William Ireland Knapp

Chrestomathie Française

William Ireland Knapp

Chrestomathie Française

ISBN/EAN: 9783337375751

Printed in Europe, USA, Canada, Australia, Japan

Cover: Foto ©Andreas Hilbeck / pixelio.de

More available books at **www.hansebooks.com**

CHRESTOMATHIE FRANCAISE.

A

FRENCH READING BOOK:

CONTAINING

I. SELECTIONS FROM THE BEST FRENCH WRITERS, WITH REFERENCES TO THE AUTHOR'S FRENCH GRAMMAR.

II. THE MASTER-PIECES OF MOLIÉRE, RACINE, BOILEAU, AND VOLTAIRE.

WITH

EXPLANATORY NOTES, BIOGRAPHICAL NOTICES, AND A VOCABULARY.

BY

WILLIAM I. KNAPP, A.M.,

PROFESSOR OF MODERN LANGUAGES AND LITERATURE IN MADISON UNIVERSITY.

NEW YORK:

HARPER & BROTHERS, PUBLISHERS,

FRANKLIN SQUARE.

1864.

PREFACE.

THE present volume is one of a series of Text-books, contemplated by the Publishers, for the study of the leading modern languages, and designed to meet the growing demands of this branch of literary culture in our colleges and seminaries of learning.

The division into two parts was intended to furnish, conjointly with the Grammar, a consecutive course in the French language and literature, which, with skillful instructors, should leave little to be desired by the mass of students in this department.

The selections contained in Part First are characterized by purity and simplicity of style, dramatic interest, and acknowledged excellence. Fable, History, Poetry, Memoirs, Epistolary Correspondence, Dialogue, and Oratory are represented in suitable proportion, embracing only the most prominent names which have adorned the literature during the past two hundred years. Particular care has been taken to secure *models* of style, as well as to exclude all expressions or allusions incompatible with the lecture-room and with good taste and propriety.

In this Part a few *foot-notes* are added, giving a solution of the more difficult idioms; and occasional references to rules or explanations in the author's French Grammar are indicated by figures inserted in the text.

Part Second introduces the more advanced student among the master-pieces of the literature. With, perhaps, the single exception of the *l ourgeois Gentilhomme*, this division furnishes what nearly all critics are agreed in pronouncing the most perfect specimens of French composition. The *Phædra* of Racine, the famous *Ninth Satire* and *Epistle* of Despréaux, together with that Code of Parnassus —the *Art of Poetry*—will ever be held, as now, the literary prodigies of the age of Louis XIV. We have admitted one of Molière's best *prose* comedies, to give an extended model in that species of writing,

A

and especially to furnish a basis for conversation, for which the play in question affords abundant material.

From the eighteenth century we have selected Voltaire, who has been aptly styled its representative, and of whose *Théâtre* the Zaïre is, without doubt, the most touching.

We would here take the liberty of suggesting that, in colleges, where the time devoted to French is of necessity limited, select portions in Part First be read, and that subsequently the pupil be transferred to the second part—a course which will secure a good basis for lectures on the history of the literature, and lead the mind of the classical student to a higher appreciation of the genius of the great authors.

The Biographical Notices, it is hoped, will tend to augment the usefulness of the book. They have been selected from such living writers as enjoy a good reputation for correct style and critical taste.

Finally, in the Vocabulary, we have taken care to give, not only the various significations of a word as it occurs in different parts of the work, but we have also placed every essential idiom or peculiar expression under that word which differs from the English use. We have also added the régime preposition, with its English equivalent, after those verbs, participles, adjectives, etc., which seemed to require it—a feature which the young student will not be slow to appreciate.

As to the figured pronunciation, it is but just to ourself to say that it was introduced, at the request of the Publishers, to guide that class of learners who do not have the advantages of competent instruction. To these it will certainly prove useful.

Hamilton, N. Y., April 20th, 1868.

TABLE OF CONTENTS.

PART FIRST.

PART SECOND.

CHRESTOMATHIE FRANÇAISE.

PART FIRST.

[N.B.—The SMALL FIGURES inserted in the Text throughout this work refer to corresponding SECTIONS in the author's French Grammar.]

HISTOIRE D'ALIBÉE, PERSAN.[440]

SCHAH-ABBAS, roi de Perse, faisant un voyage, s'écarta de toute sa cour pour passer dans la campagne sans y être[510] connu, et pour y voir les peuples dans toute leur liberté naturelle:[117] il prit[365] seulement avec lui un de ses courtisans. Je ne connais[364] point,[255] lui dit[353] le roi, les véritables mœurs des[431] hommes: tout ce qui nous aborde est déguisé. C'est l'art, et non pas la nature simple, qui se montre[289] à nous. Je veux[343] étudier la vie rustique, et voir ce genre d'hommes qu'on méprise tant, quoiqu'ils soient[548] le vrai soutien de toute la société humaine.

Je suis las de voir des[85] courtisans qui m'observent pour me surprendre, en me flattant:[515] il faut que j'aille[312] voir des laboureurs et des bergers qui ne me connaissent pas. Il passa avec son confident au milieu de plusieurs villages où l'on[207,a] faisait des danses, et il était ravi de[479] trouver loin des cours des plaisirs tranquilles et sans dépense. Il fit[356] un repas dans une cabane; et comme il avait grand' faim, après avoir marché plus qu'à l'ordinaire, les aliments grossiers qu'il prit lui parurent[364] plus agréables que tous les mets exquis de sa table. En passant dans une prairie semée[517] de fleurs, qui bordait un clair ruisseau, il aperçut un jeune berger qui jouait de la flûte à l'ombre d'un grand ormeau, auprès de ses moutons. Il l'aborde, il l'examine: il lui trouve une physionomie agréable, un air simple et ingénu, mais noble et gracieux. Les haillons dont le berger était couvert ne diminuaient point l'éclat de sa beauté. Le roi crut[351]

d'abord que c'était quelque personne de naissance illustre
qui s'était[296] déguisée ;[297] mais il apprit[365] du berger que
son père et sa mère étaient dans un village voisin, et que
son nom était Alibée.* 'A mesure que[418, a] le roi le ques-
tionnait, il admirait en lui un esprit ferme et raisonnable.
Ses yeux étaient vifs, et n'avaient rien[399] d'ardent ni de
farouche : sa voix était douce,[123] insinuante et propre à[480]
toucher. Son visage n'avait rien de grossier, mais ce[203]
n'était pas une beauté molle[121] et efféminée. Le berger,
d'environ seize ans, ne savait point qu'il fût tel qu'il paraissait aux autres : il croyait[559] penser, parler, être fait
comme tous les autres bergers de son village ; mais, sans
éducation, il avait appris tout ce que la raison fait apprendre[563] à ceux qui l'écoutent. Le roi, l'ayant entre-
tenu familièrement, en fut charmé. Il sut[340] de lui, sur
l'état des peuples, tout ce que les rois n'apprennent jamais d'une foule de flatteurs qui les environne.[504] De
temps en temps il riait de la naïveté de cet enfant, qui ne
ménageait rien dans ses réponses. C'était une grande
nouveauté pour le roi que[427] d'entendre parler si naturellement. Il fit signe au courtisan qui l'accompagnait
de ne point[278] découvrir qu'il était le roi ; car il craignait
qu' Alibée ne[591] perdît[541] en un moment toute sa liberté
et toutes ses grâces, s'il venait à savoir devant qui il parlait. Je vois bien, disait le prince au courtisan, que la
nature n'est pas moins belle[465] dans les plus basses[465] con-
ditions que dans les plus hautes.[465] Jamais[398] enfant de
roi n'a paru mieux né que celui-ci qui garde les moutons.
Je me trouverais trop heureux d'avoir un fils aussi beau,
aussi sensé et aussi aimable. Il me paraît propre à tout,
et, si on a soin de l'instruire, ce sera assurément un jour
un grand homme. Je veux le faire[569, b] élever auprès de
moi. Le roi emmena Alibée, qui fut bien surpris d'apprendre à qui il s'était rendu agréable. On lui fit apprendre à lire, à écrire, à chanter, et ensuite on lui donna
des maîtres pour les arts et pour les sciences qui ornent
l'esprit. D'abord il fut un peu ébloui de la cour ; et son
grand changement de fortune changea un peu son cœur.
Son âge et sa faveur joints[467] ensemble, altérèrent un peu
sa sagesse et sa modération. Au lieu de sa houlette, de
sa flûte et de son habit de berger, il prit une robe de

---

* In English, *Alibeg.*

pourpre brodée d'or, avec un turban couvert de pierreries. Sa beauté effaça tout ce que la cour avait de plus
agréable: il se rendit capable des affaires les plus sérieuses,[484] et mérita la confiance de son maître, qui, connaissant le goût exquis d'Alibée pour toutes les magnificences d'un palais, lui donna enfin une charge très-con-
sidérable en Perse, qui est celle de garder tout ce que le
prince a de pierreries et de meubles précieux.

Pendant toute la vie du grand Schah-Abbas, la faveur
d'Alibée ne fit que croître.* 'A mesure qu'il s'avança
dans un âge plus mûr, il se ressouvint enfin de son ancienne condition, et souvent il la regrettait. O beaux
jours! se disait-il à lui-même, jours innocents, jours où
j'ai goûté une joie pure et sans péril, jours depuis lesquels je n'en ai vu aucun de si doux, ne vous reverrai-je[342]
jamais? Celui qui m'a privé de vous, en me donnant
tant de richesses, m'a tout ôté. Il voulut aller revoir son
village: il s'attendrit dans tous les lieux où il avait autrefois dansé, chanté, joué de la flûte avec ses compagnons. Il fit quelque bien à tous ses parents et à tous ses
amis; mais il leur souhaita pour principal bonheur de ne
quitter jamais la vie champêtre, et de n'éprouver jamais
les malheurs de la cour.

Il les éprouva, ces malheurs, après la mort de son bon
maître Schah-Abbas. Son fils Schah-Sephi succéda à ce
prince. Des courtisans envieux et pleins d'artifices trouvèrent moyen de le prévenir contre Alibée. Il a abusé,[560]
disaient-ils, de la confiance du feu roi; il a amassé des
trésors immenses, et a détourné plusieurs choses de tres
grand prix, dont il était dépositaire. Schah-Sephi était
tout ensemble jeune et prince: il n'en fallait pas tant
pour être† crédule, inappliqué et sans précaution. Il eut
la vanité de vouloir paraître réformer ce que le roi son
père avait fait, et juger mieux que lui. Pour avoir un
prétexte de déposséder Alibée de sa charge, il lui demanda, selon le conseil de ses courtisans envieux, de lui
apporter un cimeterre garni de diamants d'un prix immense, que le roi son grand-père avait accoutumé de porter dans les combats. Schah-Abbas avait fait autrefois
ôter de ce cimeterre tous ces beaux diamants, et Alibée

---

* *Ne fit que croître*, did nothing but grow, i. e., *was constantly increas-ing.*
† *It is enough to say that he was.*

prouva par de bons témoins que la chose avait été faite[518]
par l'ordre du feu roi, avant que la charge eût été donnée[518] à Alibée.   Quand les ennemis d'Alibée virent[342]
qu'ils ne pouvaient plus se servir de[565] ce prétexte pour
le perdre, ils conseillèrent à Schah-Sephi de lui commander de faire dans quinze jours un inventaire exact de tous
les meubles précieux dont il était chargé.   Au bout de
quinze jours, il demanda à voir lui-même toutes choses.
Alibée lui ouvrit toutes les portes, et lui montra tout
ce qu'il avait en garde.   Rien n'y manquait : tout était
propre, bien rangé, et conservé avec grand soin.   Le roi,
bien étonné de trouver partout tant d'ordre et d'exactitude, était presque revenu en faveur d'Alibée, lorsqu'il
aperçut au bout d'une grande galerie pleine de meubles
très somptueux, une porte de fer qui avait trois grandes
serrures.   C'est là, lui dirent à l'oreille les courtisans jaloux, qu' Alibée a caché toutes les choses précieuses qu'il
vous a dérobées.[520]   Aussitôt le roi en colère s'écria : je
veux voir ce qui est au delà de cette porte.   Qu'y avez-
vous mis?   Montrez-le-moi. 'A ces mots, Alibée se jeta
à ses genoux, le conjurant, au nom de Dieu, de ne pas lui
ôter ce qu'il avait de plus précieux sur la terre : Il n'est
pas juste, disait-il, que je perde[543] en un moment ce qui
me reste, et qui fait ma ressource après avoir travaillé
tant d'années auprès du roi votre père.   Otez-moi, si vous
voulez, le reste, mais laissez-moi ceci.   Le roi ne douta
point que ce ne[592] fût[541] un trésor mal acquis qu' Alibée
avait amassé : il prit un ton plus haut, et voulut absolument qu'on ouvrît cette porte.
   Enfin Alibée, qui en avait les clefs, l'ouvrit lui-même.
On ne trouva en ce lieu que[589] la houlette, la flûte et l'habit de berger qu' Alibée avait porté autrefois, et qu'il revoyait souvent avec joie, de peur d'oublier sa première
condition.   Voilà, dit-il, ô grand roi! les précieux restes
de mon ancien bonheur : ni la fortune, ni votre puissance,
n'ont pu me les ôter ; voilà mon trésor que je garde pour
m'enrichir quand vous m'aurez fait pauvre.   Reprenez
tout le reste ; laissez-moi ces chers gages de mon premier
état : les voilà, mes vrais biens, qui ne manqueront jamais ; les voilà, ces biens simples, innocents, toujours
doux à ceux qui savent se contenter du nécessaire, et ne
se tourmentent point pour le superflu ; les voilà ces biens,
dont la liberté et la pureté sont les fruits ; les voilà, ces

biens qui ne m'ont jamais donné un moment d'embarras.
O chers instruments d'une vie simple et heureuse! Je
n'aime que vous; c'est avec vous que je veux vivre et
mourir. Pourquoi faut-il que d'autres biens trompeurs
soient[543] venus me tromper, et troubler le repos de ma
vie? Je vous les rends, grand roi, toutes ces richesses
qui me viennent de votre libéralité. Je ne garde que ce
que j'avais quand le roi votre père vint[331] par ses grâces
me rendre malheureux. Le roi, entendant ces paroles,
comprit l'innocence d'Alibée, et étant indigné contre les
courtisans qui l'avaient voulu perdre, il les chassa d'auprès de lui. Alibée devint son principal officier, et fut
chargé des affaires les plus secrètes; mais il revoyait tous
les jours sa houlette, sa flûte et son ancien habit, qu'il tenait toujours prêts dans son trésor pour les reprendre
dès que la fortune inconstante troublerait sa faveur. Il
mourut[326] dans une extrême vieillesse, sans avoir jamais
voulu ni faire[569, b] punir ses ennemis, ni amasser aucun
bien, et ne laissant à ses parents que de quoi vivre dans
la condition de berger, qu'il crut toujours la plus sûre et
la plus heureuse.—FÉNELON.

DIALOGUE ENTRE VOLTAIRE ET UN DE SES OUVRIERS.

Monsieur de Voltaire. Est-il vrai que vous êtes du
Comté de Neufchâtel?

L'Ouvrier. Oui, monsieur.

Voltaire. Êtes-vous de Neufchâtel même?

L'Ouvrier. Non, monsieur, je suis du village de Butte,
dans la vallée de Travers.

Voltaire. Butte! cela est-il loin de Motiers?

L'Ouvrier. 'A une petite lieue.*

Voltaire. Vous avez dans votre pays un certain personnage de celui-ci qui a bien fait des siennes.†

L'Ouvrier. Qui donc, monsieur?

Voltaire. Un certain Jean Jacques Rousseau. Le con-
naissez-vous?

---

* *A short league from there.*
† *Who is always playing his pranks.*

A 2

L'Ouvrier. Oui, monsieur ; je l'ai vu un jour à Butte dans le carrosse de Monsieur de Montmollin qui se promenait[738] avec lui.

Voltaire. Comment! ce pied-plat va en carrosse? le voilà donc bien fier?

L'Ouvrier. Oh, monsieur, il se promène aussi à pied. Il court comme un chat maigre, et grimpe sur toutes nos montagnes.

Voltaire. Il pourrait bien grimper quelque jour sur une échelle. Il eût été pendu à Paris, s'il ne se fût sauvé ; et il le sera ici, s'il y vient.

L'Ouvrier. Pendu, monsieur! il a l'air[711] d'un si bon homme? Eh, mon Dieu! qu'a-t-il donc fait?

Voltaire. Il a fait des livres abominables ; c'est un impie, un athée.

L'Ouvrier. Vous me surprenez. Il va tous les Dimanches à l'église.

Voltaire. Ah l'hypocrite! eh, que dit-on de lui dans le pays? y a-t-il quelqu'un qui veuille[542] le voir?

L'Ouvrier. Tout le monde, monsieur, tout le monde l'aime. Il est recherché partout, et on dit que milord lui fait aussi bien des caresses.

Voltaire. C'est que milord ne le connaît pas, ni vous non plus.[627, a] Attendez seulement deux ou trois mois, et vous connaîtrez l'homme. Les gens de Montmorenci où il demeurait, ont fait des feux de joie quand il s'est sauvé pour n'être pas pendu. C'est un homme sans foi, sans honneur, sans religion.

L'Ouvrier. Sans religion, monsieur! mais on dit que vous n'en avez pas beaucoup vous-même.

Voltaire. Qui, moi? grand Dieu! et qui est-ce qui[186] dit cela?

L'Ouvrier. Tout le monde, monsieur.

Voltaire. Ah! quelle horrible calomnie! moi qui ai étudié chez les Jésuites! moi qui ai parlé de Dieu mieux que tous les théologiens!

L'Ouvrier. Mais, monsieur, on dit que vous avez fait bien des[450, a Ex.] mauvais livres.

Voltaire. On ment. Qu'on m'en montre un seul qui porte mon nom, comme ceux de ce croquant portent le sien.—JEAN JACQUES ROUSSEAU.

LES PAUVRES ET LES MALADES.

En rentrant de nos promenades à la campagne, notre mère nous faisait presque toujours passer devant les pauvres maisons des malades ou des indigents du village. Elle s'approchait de[560] leurs lits; elle leur donnait quelques conseils et quelques remèdes. Elle puisait ses ordonnances dans Tissot ou dans Buchan, ces deux médecins populaires. Elle faisait de la médecine son étude assidue pour l'appliquer aux indigents. Elle avait des vrais médecins le génie instinctif, le coup d'œil prompt, la main heureuse. Nous l'aidions dans ses visites quotidiennes. L'un de nous portait la charpie et l'huile aromatique pour les blessés; l'autre, les bandes de linge pour les compresses. Nous apprenions ainsi à n'avoir aucune de ces répugnances qui rendent plus tard l'homme faible devant la maladie, inutile à ceux qui souffrent, timide devant la mort. Elle ne nous écartait pas des plus affreux spectacles de la misère, de la douleur et même de l'agonie. Je l'ai vue souvent debout, assise ou à genoux au chevet de ces grabats des chaumières, ou dans les étables où les paysans couchent quand ils sont vieux et cassés, essuyer de ses mains la sueur froide des pauvres mourants, les retourner sous leurs couvertures, leur réciter les prières du dernier moment, et attendre patiemment des heures entières que leur âme eût passé à Dieu, au son de sa douce voix.

Elle faisait de nous aussi les ministres de ses aumônes. Nous étions sans cesse occupés, moi surtout comme le plus grand, à porter au loin, dans les maisons isolées de la montagne, tantôt un peu de pain blanc pour les femmes en couches, tantôt une bouteille de vin vieux et des morceaux de sucre, tantôt un peu de bouillon fortifiant pour les vieillards épuisés faute de nourriture. Ces petits messages étaient même pour nous des plaisirs et des récompenses. Les paysans nous connaissaient à deux ou trois lieues à la ronde. Ils ne nous voyaient jamais passer sans nous appeler par nos noms d'enfant, qui leur étaient familiers, sans nous prier d'entrer chez eux, d'y accepter un morceau de pain, de lard ou de fromage. Nous étions, pour tout le canton, les fils de *la dame*, les envoyés de bonnes nouvelles, les anges de secours pour toutes les misères abandonnées des gens de la campagne. Là où nous entrions, entrait une providence, une espérance, une consolation, un rayon de joie et de charité. Ces douces habitudes d'intimité avec tous les malheureux et d'entrée familière dans toutes les demeures des habitants du pays avaient fait pour nous une véritable famille de tout ce peuple des champs. Depuis les vieillards jusqu' aux petits enfants, nous connaissions tout ce petit monde par son nom. Le matin, les marches de pierre de la porte d'entrée de Milly et le corridor étaient toujours assiégés de malades ou de parents des malades qui venaient chercher des consultations auprès de notre mère. Après nous, c'était à cela qu'elle consacrait ses matinées. Elle était toujours occupée à faire quelques préparations médicinales pour les pauvres, à piler des herbes, à faire des tisanes, à peser des drogues dans de petites balances, souvent même à panser les blessures ou les plaies les plus dégoûtantes. Elle nous employait, nous l'aidions selon nos forces à tout cela. D'autres cherchent l'or dans ces alambics : notre mère n'y cherchait que le soulagement des infirmités des misérables, et plaçait ainsi bien plus haut et bien plus sûrement dans le ciel l'unique trésor qu'elle ait jamais désiré ici-bas : les bénédictions des pauvres et la volonté de Dieu.—LAMARTINE.

HISTOIRE DES TROGLODYTES.

IL y avait[303] en Arabie un petit peuple appelé Troglodyte, qui descendait de ces anciens Troglodytes qui, si nous en croyons les historiens, ressemblaient plus à des bêtes qu'à des hommes. Ceux-ci n'étaient point si contrefaits, ils n'étaient point velus comme des ours, ils ne sifflaient point, ils avaient deux yeux ; mais ils étaient si méchants et si féroces, qu'il n'y avait parmi eux aucun principe d'équité ni de justice.

Ils avaient un roi d'une origine étrangère, qui, voulant corriger la méchanceté de leur naturel, les traitait sévèrement : mais ils conjurèrent contre lui, le tuèrent, et exterminèrent toute la famille royale.

Le coup étant fait, ils s'assemblèrent pour choisir un gouvernement ; et, après bien des dissensions, ils créèrent des magistrats. Mais à peine les eurent-ils élus, qu'ils leur devinrent insupportables, et ils les massacrèrent encore.

Ce peuple, libre de ce nouveau joug, ne consulta plus que son naturel sauvage. Tous les particuliers convinrent qu'ils n'obéiraient plus à personne,[208] que chacun veillerait uniquement à ses intérêts, sans consulter ceux des autres.

Cette résolution unanime flattait extrêmement tous les particuliers. Ils disaient: Qu'ai-je affaire d'aller me tuer à travailler pour des gens dont je ne me soucie point? Je penserai uniquement à moi; je vivrai heureux: que m'importe que les autres le[491] soient? Je me procurerai tous mes besoins; et, pourvu que je les aie, je ne me soucie point que tous les Troglodytes soient misérables.

On était dans le mois où l'on ensemence les terres; chacun dit: je ne labourerai mon champ que pour qu'il me fournisse le blé qu'il me faut pour me nourrir; une plus grande quantité me serait inutile: je ne prendrai point de la peine pour rien.

Les terres de ce petit royaume n'étaient pas de même nature: il y en avait d'arides et de montagneuses; et d'autres qui, dans un terrain bas, étaient arrosées de plusieurs ruisseaux. Cette année la sécheresse fut très grande, de manière que les terres qui étaient dans les lieux élevés manquèrent absolument; tandis que celles qui purent[339] être arrosées furent très fertiles: ainsi les peuples des montagnes périrent presque tous de faim par la dureté des autres qui leur refusèrent de partager la récolte.

L'année d'ensuite fut très pluvieuse; les lieux élevés se trouvèrent d'une fertilité extraordinaire, et les terres basses furent submergées. La moitié du peuple cria une seconde fois famine; mais ces misérables trouvèrent des gens aussi durs qu'ils l'avaient été eux-mêmes.

Il y avait un homme qui possédait un champ assez fertile, qu'il cultivait avec grand soin: deux de ses voisins s'unirent ensemble, le chassèrent de sa maison, occupèrent son champ: ils firent entre eux une union pour se défendre contre tous ceux qui voudraient l'usurper, et effectivement ils se soutinrent par là pendant plusieurs mois. Mais un des deux, ennuyé de partager ce qu'il pouvait avoir tout seul, tua l'autre, et devint seul maître du champ.

Son empire ne fut pas long: deux autres Troglodytes
vinrent l'attaquer; il se trouva trop faible pour sé défendre, et il fut massacré.

Un Troglodyte presque tout nu vit de la laine qui était
à vendre: il en demanda le prix. Le marchand dit en
lui-même: Naturellement je ne devrais espérer de ma
laine qu'autant d'argent qu'il en faut pour acheter deux
mesures de blé; mais je la vais vendre quatre fois davantage, afin d'avoir huit mesures. Il fallut en passer
par là et payer le prix demandé. Je suis bien aise, dit
le marchand j'aurai du blé à présent. Que dites-vous?
reprit l'acheteur, vous avez besoin de blé? j'en ai à vendre: il n'y a que le prix qui vous étonnera peut-être; car
vous saurez que le blé est extrêmement cher et que la famine règne presque partout: mais rendez-moi mon argent,
et je vous donnerai une mesure de blé; car je ne veux pas
m'en défaire autrement, dussiez-vous crever de faim.

Cependant une maladie cruelle ravageait la contrée, un
médecin habile y arriva du pays voisin, et donna ses remèdes si à propos qu'il guérit tous ceux qui se mirent[360]
entre ses mains. Quand la maladie eut cessé, il alla chez
tous ceux qu'il avait traités demander son salaire; mais
il ne trouva que des refus: il retourna dans son pays, et
il y arriva accablé des fatigues d'un si long voyage.
Mais bientôt après, il apprit que la maladie se faisait sentir de nouveau, et affligeait plus que jamais cette terre
ingrate. Ils allèrent à lui cette fois, et n'attendirent pas
qu'il vînt chez eux. Allez, leur dit-il, hommes injustes,
vous avez dans l'âme un poison plus mortel que celui
dont vous voulez guérir; vous ne méritez pas d'occuper
une place sur la terre, parceque vous n'avez point d'humanité, et que les règles de l'équité vous sont inconnues:
je croirais offenser les dieux qui vous punissent, si je
m'opposais à la justice de leur colère.

On a vu comment les Troglodytes périrent par leur
méchanceté même, et furent les victimes de leurs propres
injustices. De tant de familles il n'en resta que deux
qui échappèrent aux malheurs de la nation. Il y avait
dans ce pays deux hommes bien singuliers: ils avaient
de l'humanité, ils connaissaient la justice, ils aimaient la
vertu; autant liés par la droiture de leur cœur que par
la corruption de celui des autres, ils voyaient la désolation générale, et ne la ressentaient que par la pitié:

c'était le motif d'une union nouvelle. Ils travaillaient avec une sollicitude commune pour l'intérêt commun ; ils n'avaient de différends que ceux qu'une douce et tendre amitié faisait naître ; et, dans l'endroit du pays le plus écarté, séparés de leurs compatriotes indignes de leur présence, ils menaient une vie heureuse et tranquille : la terre semblait produire d'elle-même, cultivée par ces vertueuses mains. Ils aimaient leurs femmes et ils en étaient tendrement chéris. Toute leur attention était d'élever leurs enfants à la vertu. Ils leur représentaient sans cesse les malheurs de leurs compatriotes, et leur mettaient devant les yeux cet exemple si triste : ils leur faisaient surtout sentir que l'intérêt des particuliers se trouve toujours dans l'intérêt commun ; que vouloir[511,] s'en séparer c'est vouloir se perdre ; que la vertu n'est point une chose qui doive[542] nous coûter : qu'il ne faut point la regarder comme un exercice pénible ; et que la justice pour autrui est une charité pour nous.

Ils eurent bientôt la consolation des pères vertueux, qui est d'avoir des enfants qui leur ressemblent. Le jeune peuple qui s'éleva sous leurs yeux s'accrut par d'heureux mariages : le nombre augmenta, l'union fut toujours la même, et la vertu, bien loin de s'affaiblir dans la multitude, fut fortifiée au contraire par un plus grand nombre d'exemples.

Qui pourrait représenter ici le bonheur de ces Troglodytes ? Un peuple si juste devait être chéri des dieux. Dès qu'il ouvrit les yeux pour les connaître, il apprit à les craindre, et la religion vint adoucir dans les mœurs ce que la nature y avait laissé de trop rude.

Ils instituèrent des fêtes en l'honneur des dieux. Les jeunes filles, ornées de fleurs, et les jeunes garçons les célébraient par leurs danses et par les accords d'une musique champêtre : on faisait ensuite des festins, où la joie ne régnait pas moins que la frugalité.

On allait au temple pour demander les faveurs des dieux. Ce n'était pas les richesses et une onéreuse abondance ; de pareils souhaits étaient indignes des heureux Troglodytes ; ils ne savaient les désirer que pour leurs compatriotes : ils n'étaient aux pieds des autels que pour demander la santé de leurs pères, l'union de leurs frères, la tendresse de leurs femmes, l'amour et l'obéissance de leurs enfants.

Le soir, lorsque les troupeaux quittaient les prairies et que les bœufs fatigués avaient ramené la charrue, ils s'assemblaient; et, dans un repas frugal, ils chantaient les injustices des premiers Troglodytes, et leurs malheurs, la vertu renaissant avec un nouveau peuple, et sa félicité: ils célébraient les grandeurs des dieux, leurs faveurs toujours présentes aux hommes qui les implorent, et leur colère inévitable à ceux qui ne les craignent pas: ils décrivaient ensuite les délices de la vie champêtre, et le bonheur d'une condition toujours parée de l'innocence. Bientôt ils s'abandonnaient à un sommeil que les soins et les chagrins n'interrompaient jamais.

La nature ne fournissait pas moins à leurs désirs qu'à leurs besoins. Dans ce pays heureux, la cupidité était étrangère: ils se faisaient des présents, où celui qui donnait croyait toujours avoir l'avantage. Le peuple troglodyte se regardait comme une seule famille: les troupeaux étaient presque toujours confondus; la seule peine qu'on s'épargnait ordinairement, c'était de les partager.

Je ne saurais[672] assez te parler de la vertu des Troglodytes. Un d'eux disait un jour: Mon père doit demain labourer son champ; je me lèverai deux heures avant lui, et quand il ira à son champ, il le trouvera tout labouré.

Un autre disait en lui-même: il me semble que ma sœur a du goût pour un jeune Troglodyte de nos parents; il faut que je parle à mon père, et que je le détermine à faire ce mariage. On vint dire à un autre que des voleurs avaient enlevé son troupeau: J'en suis bien fâché, dit-il; car il y avait une génisse toute blanche que je voulais offrir aux dieux. On entendait dire à un autre: Il faut que j'aille au temple remercier les dieux; car mon frère, que mon père aime tant et que je chéris si fort, a recouvré la santé. Ou bien: Il y a un champ qui touche celui de mon père, et ceux qui le cultivent sont tous les jours exposés aux ardeurs du soleil; il faut que j'aille y planter deux arbres, afin que ces pauvres gens puissent aller quelquefois se reposer sous leur ombre.

Un jour que plusieurs Troglodytes étaient assemblés, un vieillard parla d'un jeune homme qu'il soupçonnait d'avoir commis une mauvaise action, et lui en fit des reproches. Nous ne croyons pas qu'il ait commis ce crime, dirent les jeunes Troglodytes; mais, s'il l'a fait, puisse-t-il mourir le dernier de sa famille!

On vint dire à un Troglodyte que des étrangers avaient pillé sa maison et avaient tout emporté. S'ils n'étaient pas injustes, répondit-il, je souhaiterais que les dieux leur en donnassent un plus long usage qu'à moi.

Tant de prospérités ne furent pas regardées sans envie : les peuples voisins s'assemblèrent, et, sous un vain prétexte, ils résolurent d'enlever leurs troupeaux. Dès que cette résolution fut connue, les Troglodytes envoyèrent au-devant d'eux des ambassadeurs qui leur parlèrent ainsi : Que vous ont fait les Troglodytes ? Ont-ils enlevé vos femmes, dérobé vos bestiaux, ravagé vos campagnes ? Non, nous sommes justes, et nous craignons les dieux. Que demandez-vous donc de nous ? Voulez-vous de la laine pour vous faire des habits ? Voulez-vous du lait de nos troupeaux, ou des fruits de nos terres ? Mettez bas les armes ; venez au milieu de nous, et nous vous donnerons de tout cela. Mais nous jurons par ce qu'il y a de plus sacré que, si vous entrez dans nos terres comme ennemis, nous vous regarderons comme un peuple injuste, et que nous vous traiterons comme des bêtes farouches. Ces paroles furent renvoyées avec mépris. Ces peuples sauvages entrèrent armés dans la terre des Troglodytes, qu'ils ne croyaient défendus que par leur innocence. Mais ils étaient bien disposés à la défense, ils avaient mis leurs femmes et leurs enfants au milieu d'eux.

Ils furent étonnés de l'injustice de leurs ennemis, et non pas de leur nombre. Une ardeur nouvelle s'était emparée de leur cœur : l'un voulait mourir pour son père, un autre pour sa femme et ses enfants, celui-ci pour ses frères, celui-là pour ses amis, tous pour le peuple troglodyte : la place de celui qui expirait était d'abord prise par un autre, qui, outre la cause commune, avait encore une mort particulière à venger.

Tel fut le combat de l'injustice et de la vertu. Ces peuples lâches, qui ne cherchaient que le butin, n'eurent pas honte de fuir ; et ils cédèrent à la vertu des Troglodytes, même sans en être touchés.

Comme le peuple grossissait tous les jours, les Troglodytes crurent qu'il était à propos de se choisir un roi : ils convinrent qu'il fallait déférer la couronne à celui qui était le plus juste ; et ils jetèrent tous les yeux sur un vieillard vénérable par son âge et par une longue vertu. Il n'avait pas voulu se trouver à cette assemblée ; il s'était retiré dans sa maison, le cœur serré de tristesse.

Lorsqu'on lui envoya des députés pour lui apprendre le choix qu'on avait fait de lui : 'A Dieu ne plaise, dit-il, que je fasse ce tort aux Troglodytes, que l'on puisse croire qu'il n'y a personne parmi eux de plus juste que moi! Vous me déférez la couronne, et, si vous le voulez absolument, il faudra bien que je la prenne ; mais comptez que je mourrai de douleur d'avoir vu en naissant les Troglodytes libres, et de les voir aujourd'hui assujettis. 'A ces mots, il se mit à[639] répandre un torrent de larmes. Malheureux jour! disait-il ; et pourquoi ai-je tant vécu? Puis il s'écria d'une voix sévère : Je vois bien ce que c'est, ô Troglodytes ; votre vertu commence à vous peser.   Dans l'état où vous êtes, n'ayant point de chef, il faut que vous soyez vertueux malgré vous ; sans cela vous ne sauriez subsister, et vous tomberiez dans le malheur de vos premiers pères.   Mais ce joug vous paraît trop dur ; vous aimez mieux être soumis à un prince, et obéir à ses lois moins rigides que vos mœurs.   Vous savez que pour lors vous pourrez contenter votre ambition, acquérir des richesses et languir dans une lâche volupté, et que, pourvu que vous évitiez de tomber dans les grands crimes, vous n'aurez pas besoin de la vertu.   Il s'arrêta un moment, et ses larmes coulèrent plus que jamais.   Et que prétendez-vous que je fasse ?   Comment se peut-il que je commande quelque chose à un Troglodyte ?   Voulez-vous qu'il fasse une action vertueuse parce que je la lui commande, lui qui la ferait tout de même sans moi et par le seul penchant de la nature ?   O Troglodytes, je suis à la fin de mes jours, mon sang est glacé dans mes veines, je vais bientôt revoir vos sacrés aïeux ; pourquoi voulez-vous que je les afflige, et que je sois obligé de leur dire que je vous ai laissés sous un autre joug que celui de la vertu ?—MONTESQUIEU.

EXTRAIT D'UNE COMÉDIE DE MOLIÈRE.

LE MÉDECIN MALGRÉ LUI.

Sganarelle, Martine.

Sganarelle. Non, je te dis que je n'en veux rien faire, et que c'est à moi de parler et d'être le maître.

Martine. Et je te dis, moi, que je veux que tu vives à ma fantaisie, et que je ne me suis point mariée avec toi pour souffrir tes fredaines.

Sganarelle. Oh! la grande fatigue que d'avoir une femme! et qu' Aristote a bien raison quand il dit qu'une femme est pire qu'un démon!

Martine. Voyez un peu l'habile homme, avec son benêt d'Aristote!

Sganarelle. Oui, l'habile homme. Trouve-moi un faiseur de fagots qui sache comme moi raisonner des choses, qui ait servi six ans un fameux médecin, et qui ait su dans son jeune âge son rudiment par cœur.

Martine. Peste du fou fieffé!

Sganarelle. Peste de la carogne!

Martine. Que maudits soient l'heure et le jour où je m'avisai d'aller dire oui!

Sganarelle. Que maudit soit le notaire qui me fit signer ma ruine!

Martine. C'est bien à toi vraiment à te plaindre de cette affaire! devrais-tu être un seul moment sans rendre grâce au ciel de m'avoir pour ta femme? et méritais-tu d'avoir une femme comme moi?

Sganarelle. Il est vrai que tu me fis trop d'honneur . . . . morbleu, ne me fais point parler là-dessus. Je dirais de certaines choses . . . .

Martine. Quoi! que dirais-tu?

Sganarelle. Baste, laissons là ce chapitre. Il suffit que nous savons ce que nous savons, et que tu fus bien heureuse de me trouver.

Martine. Qu'appelles-tu bien heureuse de te trouver? un homme qui me réduit à l'hôpital, un traître, que me mange tout ce que j'ai . . . .

Sganarelle. Tu as menti, j'en bois[346] une partie.

Martine. Qui me vend, pièce à pièce, tout ce qui est au logis . . . .

Sganarelle. C'est vivre de ménage.

Martine. Qui m'a ôté jusqu'au lit que j'avais . . . .

Sganarelle. Tu t'en lèveras plus matin.

Martine. Enfin qui ne laisse aucun meuble dans toute la maison . . . .

Sganarelle. On en déménage plus aisément.

Martine. Et qui du matin jusqu'au soir ne fait que jouer et que boire.

Sganarelle. C'est pour ne me point ennuyer.

Martine. Et que veux-tu pendant ce temps que je fasse avec ma famille ? . . .

Sganarelle. Tout ce qu'il te plaira.

Martine. J'ai quatre pauvres petits enfants sur les bras.

Sganarelle. Mets-les à terre.

Martine. Qui me demandent du pain . . . .

Sganarelle. Donne-leur le fouet ; quand j'ai bien bu et bien mangé, je veux que tout le monde soit soûl dans ma maison.

Martine. Et tu prétends, ivrogne, que les choses aillent toujours de même ? . . .

Sganarelle. Ma femme, allons tout doucement, s'il vous plaît.

Martine. Que j'endure éternellement tes insolences ? . . .

Sganarelle. Ne nous emportons point, ma femme.

Martine. Et que je ne sache pas le moyen de te ranger à ton devoir ?

Sganarelle. Ma femme, vous savez que je n'ai pas l'âme endurante, et que j'ai le bras assez bon.

Martine. Je me moque de tes menaces.

Sganarelle. Ma petite femme, ma mie . . . .

Martine. Je te montrerai bien que je ne te crains nullement.

Sganarelle. Ma chère moitié, vous avez envie de me dérober quelque chose.

Martine. Crois-tu que je m'épouvante de tes paroles ?

Sganarelle. Doux objet de mes voeux, je vous frotterai les oreilles.

Martine. Ivrogne que tu es !

Sganarelle. Je vous battrai.

Martine. Sac à vin !

Sganarelle. Je vous rosserai.

Martine. Infâme.

Sganarelle. Je vous étrillerai.

Martine. Traître ! insolent ! trompeur ! lâche ! coquin ! pendard ! gueux ! maraud ! voleur ! . . .

Sganarelle. Ah ! vous en voulez donc ? (*prend un bâton et bat sa femme.*)

Martine (*criant*). Ah ! ah ! ah !

Sganarelle. Voilà le moyen de vous apaiser.

AUTRE SCÈNE.

M. Robert, Sganarelle, Martine.

M. Robert. Holà! holà! fi! qu'est-ceci? quelle infamie! peste soit le coquin, de battre ainsi sa femme!

Martine. Et je veux qu'il me batte, moi.

M. Robert. Ah! j'y consens de tout mon cœur.

Martine. De quoi vous mêlez-vous?

M. Robert. J'ai tort.

Martine. Est-ce là votre affaire?

M. Robert. Vous avez raison.

Martine. Voyez un peu cet impertinent qui veut empêcher les maris de battre leurs femmes.

M. Robert. Je me rétracte.

Martine. Qu'avez-vous à voir là-dessus?

M. Robert. Rien.

Martine. Est-ce à vous d'y mettre le nez?

M. Robert. Non.

Martine. Mêlez-vous de vos affaires.

M. Robert. Je ne dis plus mot.

Martine. Il me plaît d'être battue.

M. Robert. D'accord.

Martine. Ce n'est pas à vos dépens.

M. Robert. Il est vrai.

Martine. Et vous êtes un sot de venir vous fourrer où vous n'avez que faire. (*Elle lui donne un soufflet.*)

M. Robert (*à Sganarelle*). Compère, je vous demande pardon de tout mon cœur. Faites, rossez, battez comme il faut votre femme, je vous aiderai, si vous le voulez.

Sganarelle. Il ne me plaît pas, moi.

M. Robert. Ah! c'est une autre chose.

Sganarelle. Je la veux battre si je le veux; et ne la veux pas battre si je ne le veux pas.

M. Robert. Fort bien.

Sganarelle. C'est ma femme et non pas la vôtre.

M. Robert. Sans doute.

Sganarelle. Vous n'avez rien à me commander.

M. Robert. D'accord.

Sganarelle. Je n'ai que faire de votre aide.

M. Robert. Très volontiers.

Sganarelle. Et vous êtes un impertinent de vous ingérer des affaires d'autrui. Apprenez que Cicéron dit qu'entre l'arbre et le doigt il ne faut point mettre l'écorce. (*Il bat M. Robert et le chasse.*)

AUTRE SCÈNE.

Lucinde, Géronte, Sganarelle devenu Médecin malgré lui, *Valère, Lucas, Jaqueline.*

Sganarelle. Est-ce là la malade?

Géronte. Oui. Je n'ai qu'elle de fille;* et j'aurais tous les regrets du monde, si elle venait à mourir.

Sganarelle. Qu'elle s'en garde bien! il ne faut pas qu'elle meure sans l'ordonnance du médecin.

Géronte. Allons, un siège.

Sganarelle (*assis entre Géronte et Lucinde*). Voilà une malade qui n'est pas tant dégoûtante, et je tiens qu'un homme bien sain s'en accommoderait assez.

Géronte. Vous l'avez fait rire, monsieur.

Sganarelle. Tant mieux. Lorsque le médecin fait rire le malade, c'est le meilleur signe du monde. (*A Lucinde.*) Eh bien! de quoi est-il question? qu'avez-vous? quel est le mal que vous sentez?

Lucinde. Han, hi, hon, han.

Sganarelle. Hé! que dites-vous?

Lucinde. Han, hi, hon, han, hi, hon.

Sganarelle. Quoi?

Lucinde. Han, hi, hon.

Sganarelle. Han, hi, hon. Je ne vous entends point. Quel langage est-ce là?

Géronte. Monsieur, c'est là sa maladie. Elle est devenue muette, sans que, jusqu'ici, on en ait pu savoir la cause; et c'est un accident qui fait reculer son mariage.

Sganarelle. Et pourquoi?

Géronte. Celui qu'elle doit épouser veut attendre sa guérison pour conclure les choses.

Sganarelle. Et qui est ce sot-là qui ne veut pas que sa femme soit muette? Plût à Dieu que la mienne eût cette maladie! je me garderais bien de la vouloir guérir.

Géronte. Enfin, Monsieur, nous vous prions d'employer tous vos soins pour la soulager de son mal.

Sganarelle. Ah! ne vous mettez pas en peine. Dites-moi un peu; ce mal l'oppresse-t-il beaucoup?

Géronte. Oui, monsieur.

Sganarelle. Tant mieux. Sent-elle de grandes douleurs?

---

* *She is my only daughter.*

Géronte. Fort grandes.

Sganarelle. C'est fort bien fait. (`A Lucinde.*) Donnez-moi votre bras. (`A Géronte.*) Voilà un pouls qui marque que votre fille est muette.

Géronte. Eh oui, monsieur, c'est là son mal. Vous l'avez trouvé tout du premier coup.

Sganarelle. Ah! ah!

Jaqueline. Voyez comme il a deviné sa maladie!

Sganarelle. Nous autres grands médecins, nous connaissons d'abord les choses. Un ignorant aurait été embarrassé, et vous eût été dire,* c'est ceci, c'est cela; mais moi je touche au but du premier coup, et je vous apprends que votre fille est muette.

Géronte. Oui; mais je voudrais bien que vous me pussiez dire d'où cela vient?

Sganarelle. Il n'est rien de plus aisé. Cela vient de ce qu'elle a perdu la parole.

Géronte. Fort bien; mais la cause, s'il vous plaît, qui fait qu'elle a perdu la parole?

Sganarelle. Tous nos meilleurs auteurs vous diront que c'est l'empêchement de l'action de sa langue.

Géronte. Mais encore, vos sentiments sur cet empêchement de l'action de sa langue?

Sganarelle. Aristote là-dessus dit . . . de fort belles choses.

Géronte. Je le crois.

Sganarelle. Ah! c'était un grand homme!

Géronte. Sans doute.

Sganarelle. Grand homme tout à fait; un homme qui était (*levant le bras depuis le coude*) plus grand que moi de tout cela. Pour revenir donc à notre raisonnement, je tiens que cet empêchement de l'action de sa langue est causé par de certaines humeurs, qu'entre nous autres savants, nous appelons humeurs peccantes; entendez-vous le Latin?

Géronte. En aucune façon.

Sganarelle (*se levant brusquement*). Vous n'entendez point le Latin?

Géronte. Non.

Sganarelle. *Haec musa,* la muse; *bonus, bona, bonum; Deus sanctus, estne oratio Latinas? Etiam,* oui. *Quare,* pourquoi?

---

* *Would have told you ; être* is here employed for *aller.*

Géronte. Ah! que n'ai-je étudié?

Jaqueline. L'habile homme que v'là !*

Lucas. Oui, ç'a* est si biau* que je n'y entends goutte.

Sganarelle. Or, ces vapeurs dont je vous parle venant à passer du côté gauche où est le foie, au côté droit où est le cœur, il se trouve que le poumon, que nous nommons en Latin *armyan*, ayant communication avec le cerveau, que nous nommons en Grec *masmus*, par le moyen de la veine cave, que nous appelons en Hébreu *cubile*, rencontre en son chemin les dites vapeurs, qui remplissent les ventricules de l'omoplate; et parce que les dites vapeurs . . . comprenez bien ce raisonnement, je vous prie . . . et parce que les dites vapeurs ont une certaine malignité . . . écoutez bien ceci, je vous conjure.

Géronte. Oui.

Sganarelle. Ont une certaine malignité qui est causée . . . soyez attentif, s'il vous plaît.

Géronte. Je le suis.

Sganarelle. Qui est causée par l'âcreté des humeurs engendrées dans la concavité du diaphragme, il arrive que ces vapeurs . . . voilà justement ce qui fait que votre fille est muette.

Jaqueline. Ah! que ça est bien dit, notre homme!

Lucas. Que n'ai-je la langue aussi bien pendue!

Géronte. On ne peut pas mieux raisonner, sans doute. Il n'y a qu'une seule chose qui m'a choqué; c'est l'endroit du foie et du cœur. Il me semble que vous les placez autrement qu'ils ne[590] sont; que le cœur est du côté gauche et la rate du côté droit.

Sganarelle. Oui; cela était autrefois ainsi, mais nous avons changé tout cela; et nous faisons maintenant la médecine d'une méthode toute nouvelle.

Géronte. C'est ce que je né savais pas, et je vous demande pardon de mon ignorance.

Sganarelle. Il n'y a pas de mal; et vous n'êtes pas obligé d'être aussi habile que nous.

Géronte. Assurément. Mais, monsieur, que croyez-vous qu'il faille faire à cette maladie?

Sganarelle. Ce que je crois qu'il faille faire?

Géronte. Oui.

---

* V'là = *voilà*; ç'a = *cela*; biau = *beau*.

Sganarelle. Mon avis est qu'on la remette sur son lit, et qu'on lui fasse prendre pour remède quantité de pain trempé dans du vin.

Géronte. Pourquoi, monsieur ?

Sganarelle. Parce qu'il y a dans le vin et le pain, mêlés ensemble, une vertu sympathique qui fait parler. Ne voyez-vous pas bien qu'on ne donne autre chose aux perroquets, et qu'ils apprennent à parler en mangeant de cela ?

Géronte. Cela est vrai. Ah ! le grand homme ! Vite, quantité de pain et de vin.

Sganarelle. Je reviendrai voir sur le soir en quel état est la malade.

LYSIMAQUE.

Lorsque Alexandre eut détruit l'empire des Persans, il voulut que l'on crût qu'il était fils de Jupiter. Les Macédoniens étaient indignés de voir ce prince rougir d'avoir Philippe pour père : leur mécontentement s'accrut lorsqu'ils lui virent prendre les mœurs, les habits et les manières des Perses ; et ils se reprochaient tous d'avoir tant fait pour un homme qui commençait à les mépriser. Mais on murmurait dans l'armée, et on ne parlait pas.

Un philosophe nommé Callisthène avait suivi le roi dans son expédition. Un jour qu'il le salua à la manière des Grecs : D'où vient, lui dit Alexandre, que tu ne m'adores pas ? " Seigneur, lui dit Callisthène, vous êtes chef de deux nations ; l'une, esclave avant que vous l'eussiez soumise,[520] ne l'est pas moins depuis que vous l'avez vaincue ; l'autre, libre avant qu'elle vous servît à remporter tant de victoires, l'est encore depuis que vous les avez remportées. Je suis Grec, seigneur ; et ce nom vous l'avez élevé si haut que, sans vous faire tort, il ne nous est plus permis de l'avilir."

Les vices d'Alexandre étaient extrêmes comme ses vertus ; il était terrible dans sa colère ; elle le rendait cruel. Il fit couper les[497] pieds, le nez et les oreilles à Callisthène, ordonna qu'on le mît dans une cage de fer, et le fit porter ainsi à la suite de l'armée.

J'aimais Callisthène, et de tout temps, lorsque mes occupations me laissaient quelques heures de loisir, je les avais employées à l'écouter ; et si j'ai de l'amour pour la vertu, je le dois aux impressions que ses discours faisaient sur moi. J'allai le voir. "Je vous salue, lui dis-je, illustre malheureux, que je vois dans une cage de fer comme on enferme une bête sauvage, pour avoir été le seul homme de l'armée."

"Lysimaque, me dit-il, quand je suis dans une situation qui demande de la force et du courage, il me semble que je me trouve presque à ma place. En vérité, si les dieux ne m'avaient mis sur la terre que pour y mener une vie voluptueuse, je croirais qu'ils m'auraient donné en vain une âme grande et immortelle. Jouir des plaisirs des sens est une chose dont tous les hommes sont aisément capables, et si les dieux ne nous ont faits que pour cela, ils ont fait un ouvrage plus parfait qu'ils n'ont[590] voulu, et ils ont plus exécuté qu'entrepris. Ce n'est pas, ajouta-t-il, que je sois insensible ; vous ne me faites que trop voir que je ne le suis pas. Quand vous êtes venu à moi, j'ai trouvé d'abord quelque plaisir à vous voir faire une action de courage, mais, au nom des dieux, que ce soit pour la dernière fois. Laissez-moi soutenir mes malheurs, et n'ayez point la cruauté d'y joindre encore les vôtres."

Callisthène, lui dis-je, je vous verrai tous les jours. Si le roi vous voyait abandonné des gens vertueux, il n'aurait plus de remords, il commencerait à croire que vous êtes coupable. Ah! j'espère qu'il ne jouira pas du[560] plaisir de voir que ses châtiments me feront abandonner un ami.

Un jour Callisthène me dit : "Les dieux immortels m'ont consolé, et depuis ce temps je sens en moi quelque chose de divin qui m'a ôté le sentiment de mes peines. J'ai vu en songe le grand Jupiter. Vous étiez auprès de lui ; vous aviez un sceptre à la main et un bandeau royal sur le front. Il vous a montré à moi, et m'a dit : Il te rendra plus heureux. L'émotion où j'étais m'a réveillé. Je me suis trouvé les mains élevées au ciel, et faisant des efforts pour dire : Grand Jupiter, si Lysimaque doit régner, fais qu'il règne avec justice. Lysimaque, vous régnerez : croyez un homme qui doit être agréable aux dieux, puisqu'il souffre pour la vertu."

Cependant Alexandre ayant appris que je respectais la

misère de Callisthène, que j'allais le voir, que j'osais le plaindre, il entra dans une nouvelle fureur : Va, dit-il, combattre contre les lions, malheureux qui te plais tant à vivre avec les bêtes féroces. On différa mon supplice pour le faire servir de spectacle à plus de gens.

Le jour qui le précéda j'écrivis ces mots à Callisthène : Je vais mourir. Toutes les idées que vous m'aviez données de ma future grandeur se sont évanouies de mon esprit. J'aurais souhaité d'adoucir les maux d'un homme tel que vous. Prexape, à qui je m'étais confié, m'apporta cette réponse : Lysimaque, si les dieux ont résolu que vous régniez, Alexandre ne peut pas vous ôter la vie ; car les hommes ne résistent pas à la volonté des dieux.

Cette lettre m'encouragea ; et faisant réflexion que les hommes les plus heureux et les plus malheureux sont également environnés de la main divine, je résolus de me conduire, non pas par mes espérances, mais par mon courage, et de défendre jusqu'à la fin une vie sur laquelle il y avait de si grandes promesses.

On me mena dans la carrière. Il y avait autour de moi un peuple immense qui venait être témoin de mon courage ou de ma frayeur. On me lâcha un lion. J'avais plié mon manteau autour de mon bras : je lui présentai ce bras ; il voulut le dévorer ; je lui saisis la langue, la lui arrachai, et le jetai à mes pieds.

Alexandre aimait naturellement les actions courageuses : il admira ma résolution ; et ce moment fut celui du retour de sa grande âme. Il me fit appeler, et, me tendant la main ; Lysimaque, me dit-il, je te rends mon amitié, rends-moi la tienne. Ma colère n'a servi qu'à te faire faire une action qui manque à la vie d'Alexandre.

Je reçus les grâces du roi ; j'adorai les décrets des dieux, et j'attendais leurs promesses sans les rechercher ni les fuir. Alexandre mourut, et toutes les nations furent sans maître. Les fils du roi étaient dans l'enfance ; son frère Aridée n'en était jamais sorti ; Olympias n'avait que la hardiesse des âmes faibles, et tout ce qui était cruauté était pour elle du courage ; Roxane, Eurydice, Statyre, étaient perdues dans la douleur. Tout le monde, dans le palais, savait gémir, et personne ne savait régner. Les capitaines d'Alexandre levèrent donc les yeux sur son trône ; mais l'ambition de chacun fut contenue par l'ambition de tous. Nous partageâmes l'empire, et chacun de nous crut avoir partagé le prix de ses fatigues.

Le sort me fit roi d'Asie ; et à présent que je puis tout, j'ai plus besoin que jamais des leçons de Callisthène. Sa joie m'annonce que j'ai fait quelque bonne action, et ses soupirs me disent que j'ai quelque mal à réparer. Je le trouve entre mon peuple et moi.

Je suis le roi d'un peuple qui m'aime : les pères de famille espèrent la longueur de ma vie comme celle de leurs enfants, les enfants craignent de me perdre comme ils craignent de perdre leur père. Mes sujets sont heureux, et je le suis.—MONTESQUIEU.

MORT DE CHARLES PREMIER.

LE 27 à midi, après deux heures de conférence dans la chambre peinte, la séance s'ouvrit, selon l'usage, par l'appel nominal. Au nom de Fairfax, "Il a trop d'esprit pour être ici," répondit une voix de femme du fond d'une galerie : après un moment de surprise et d'hésitation, l'appel nominal continua ; soixante-sept membres étaient présents. Quand le roi entra dans la salle, un cri violent s'éleva : "Exécution, justice, exécution !" Les soldats étaient très animés ; quelques officiers, Axtell surtout qui commandait la garde, les excitaient à crier ; quelques groupes, semés çà et là dans la salle, se joignaient à ces clameurs ; la foule se taisait avec consternation.

Monsieur, dit le roi à Bradshaw avant de s'asseoir, je demanderai à dire un mot, j'espère que je ne vous donnerai point sujet de m'interrompre.

Bradshaw. Vous répondrez à votre tour ; écoutez d'abord la cour.

Le Roi. Monsieur, s'il vous plaît, je désire être entendu. Ce n'est qu'un mot. Un jugement immédiat . . . .

Bradshaw. Monsieur, vous serez entendu lorsqu'il en sera temps ; vous devez d'abord entendre la cour.

Le Roi. Monsieur, je désire . . . Ce que j'ai à dire est relatif à ce que la cour va, je crois, prononcer, et il n'est pas aisé, monsieur, de revenir d'un jugement précipité.

Bradshaw. On vous entendra, monsieur, avant de rendre le jugement. Jusque-là, vous devez vous abstenir de parler.

A cette assurance, quelque sérénité reparut dans les traits du roi; il s'assit.[333] Bradshaw reprit la parole. "Messieurs, dit-il, il est bien connu de tous que le prisonnier ici à la barre a été plusieurs fois amené devant la cour pour répondre à une accusation de trahison et autres grands crimes présentée contre lui au nom du peuple d'Angleterre . . . ."

"Pas de la moitié du peuple," s'écria la même voix qui avait répondu au nom de Fairfax: "Où est le peuple? Où est son consentement? Olivier Cromwell est un traître."

L'assemblée entière tressaillit: tous les regards se tournèrent vers la galerie: "Soldats, faites feu sur ces femmes!" s'écria Axtell. On reconnut Lady Fairfax.

Un trouble général éclata; les soldats, partout répandus et menaçants, avaient grand' peine à le contenir: l'ordre enfin un peu rétabli, Bradshaw rappela le refus obstiné qu'avait fait le roi de répondre à l'accusation, la notoriété des crimes qui lui étaient imputés, et déclara que la cour, d'accord sur la sentence, consentait cependant, avant de la prononcer, à entendre la défense du prisonnier, pourvu qu'il renonçât à contester sa juridiction.

"Je demande, dit le roi, à être entendu dans la chambre peinte, par les lords et les communes, sur une proposition qui importe bien plus à la paix du royaume et à la liberté de mes sujets qu'à ma propre conservation."

Une vive agitation se répandit dans la cour et dans l'assemblée; amis ou ennemis, tous cherchaient à deviner dans quel but le roi demandait cette conférence avec les deux chambres, et ce qu'il pouvait avoir à leur proposer; mille bruits divers en couraient; la plupart semblaient croire qu'il voulait abdiquer la couronne en faveur de son fils. Mais quoi qu'il en fût, l'embarras de la cour était extrême; le parti, malgré son triomphe, ne se sentait en mesure ni de perdre du temps, ni de courir de nouveaux hasards; parmi les juges eux-mêmes, quelque ébranlement se laissait entrevoir.

Pour éluder le péril, Bradshaw soutint que la demande du roi n'était qu'un artifice pour échapper encore à la juridiction de la cour; un long et subtil débat s'engagea

entre eux à ce sujet. Charles insistait toujours plus vivement pour être entendu ; mais à chaque fois les soldats
devenaient autour de lui plus bruyants et plus injurieux ;
les uns allumaient du tabac et en poussaient vers lui la
fumée ; les autres murmuraient en termes grossiers de la
lenteur du procès : Axtell riait et plaisantait tout haut.
En vain, à plusieurs reprises, le roi se tourna vers eux,
et, tantôt du geste, tantôt de la voix, essaya d'obtenir
quelques moments d'attention, de silence du moins : on lui
répondait par des cris de : " Justice, exécution !" Troublé enfin, presque hors de lui : "Ecoutez-moi ! écoutez-
moi !" s'écria-t-il avec un accent passionné : les mêmes
cris recommençaient ; un mouvement inattendu se mani-
festa dans les rangs de la cour. Un des membres, le
colonel Downs, s'agitait sur son siége ; vainement ses
deux voisins, Cowley et le colonel Wanton, s'efforçaient
de le contenir : " Avons-nous donc des cœurs de pierre ?
disait-il ; sommes-nous des hommes ?" "Vous nous per-
drez, et vous-même avec nous," lui dit Cowley. "N'importe,⁷¹² reprit Downs ; dussé-je²⁷¹ en mourir, il faut que
je le fasse." 'A ce mot, Cromwell, qui siégeait au-dessous de lui, se tourna brusquement : " Colonel, lui dit-il,
êtes-vous dans votre bon sens ? 'A quoi pensez-vous ?
Ne pouvez-vous pas vous tenir tranquille ?" " Non, reprit Downs, je ne puis me tenir tranquille ;" et se levant
aussitôt : "Milord, dit-il au président, ma conscience n'est
pas assez éclairée pour me permettre de repousser la re-
quête du prisonnier ; je demande que la cour se retire
pour en délibérer." "Puisqu'un des membres le désire,
répondit gravement Bradshaw, la cour doit se retirer."
Et ils passèrent tous à l'instant dans une salle voisine.
'A peine y étaient-ils entrés, que Cromwell apostropha
rudement le colonel, lui demandant compte du dérangement et de l'embarras qu'il causait à la cour. Downs se
défendit avec trouble, alléguant que peut-être les propositions du roi seraient satisfaisantes ; qu'après tout, ce
qu'on avait cherché, ce qu'on cherchait encore, c'étaient
de bonnes et solides garanties ; qu'il ne fallait pas refuser
sans les connaître celles que le roi voulait offrir ; qu'on
lui devait au moins de l'entendre et de respecter envers
lui les simples règles du droit commun. Cromwell l'écoutait avec une brutale impatience, s'agitant autour de lui,
l'interrompant à tout propos : "Nous voilà enfin instruits,

dit-il, des grandes raisons du colonel pour nous déranger
de la sorte; il ne sait pas qu'il a affaire au plus inflexible
mortel qui soit au monde : convient-il que la cour se laisse
distraire et entraver par l'entêtement d'un seul homme ?
Nous voyons bien le fond de tout ceci; il voudrait sauver
son ancien maître; finissons-en, rentrons et faisons notre
devoir." En vain le colonel Harvey et quelques autres
appuyèrent le vœu de Downs; la discussion fut prompt-
tement étouffée; au bout d'une demi-heure, la cour rentra
en séance, et Bradshaw déclara au roi qu'elle repoussait
sa proposition.

Charles parut vaincu et n'insista plus que faiblement.
Si vous n'avez rien à ajouter, lui dit Bradshaw, on procé-
dera à la sentence. Je n'ajouterai rien, monsieur, répondit le roi; je désirerais seulement qu'on enregistrât ce
que j'ai dit. Bradshaw, sans répondre, lui annonça qu'il
allait entendre son jugement, mais avant d'en ordonner
la lecture, il adressa au roi un long discours, solennelle
apologie de la conduite du Parlement, où tous les torts
du roi furent rappelés, et tous les maux de la guerre civile rejetés sur lui seul, puisque sa tyrannie avait fait de
la résistance un devoir aussi bien qu'une nécessité. Le
langage de l'orateur était dur, amer, mais grave, pieux,
exempt d'insulte, et sa conviction évidemment profonde,
quoique mêlée de quelque émotion vindicative. Le roi
l'écouta sans l'interrompre, et avec une égale gravité.
'A mesure cependant que le discours avançait vers sa
fin, un trouble visible s'emparait de lui; au moment où
Bradshaw se tut,[371] il essaya de prendre la parole. Bradshaw s'y opposa, et donna ordre au greffier de lire la sentence; la lecture achevée : "C'est ici, dit-il, l'acte, l'avis,
le jugement unanime de la cour." Et la cour se leva
tout entière en signe d'assentiment. "Monsieur, dit le
roi, voulez-vous écouter une parole ?"

Bradshaw. Monsieur, vous ne pouvez être entendu
après la sentence.

Le Roi. Non, monsieur ?

Bradshaw. Non, monsieur, avec votre permission,
monsieur.

Gardes, emmenez le prisonnier.

Le Roi. Je puis parler après la sentence . . . Avec
votre permission, monsieur, j'ai toujours le droit de parler après la sentence . . . Avec votre permission . . .

Attendez . . . La sentence, monsieur . . . Je dis, monsieur, que . . . On ne me permet pas de parler ; pensez quelle justice peuvent attendre les autres !

'A ce moment, des soldats l'entourèrent, et, l'enlevant de la barre, l'emmenèrent avec violence jusqu'au lieu où l'attendait sa chaise : il eut à subir, en descendant l'escalier, les plus grossières insultes ; les uns jetaient sur ses pas leur pipe allumée ; les autres lui soufflaient la fumée de leur tabac au visage ; tous criaient à ses oreilles : " Justice, exécution !" 'A ses cris cependant le peuple mêlait encore quelquefois les siens : "Dieu sauve Votre Majesté ! Dieu délivre Votre Majesté des mains de ses ennemis !" Et tant qu'il ne fut pas enfermé dans sa chaise, les porteurs demeurèrent tête nue, malgré les ordres d'Axtell, qui s'emporta jusqu'à les frapper. On se mit en marche pour Whitehall ; des troupes bordaient les deux côtés de la route ; devant les boutiques, aux portes, aux fenêtres se tenait une foule immense, la plupart silencieux, d'autres pleurant, quelques-uns priant tout haut pour le roi. De moment en moment, les soldats, pour célébrer leur triomphe, renouvelaient leurs cris : "Justice ! justice ! exécution ! exécution !" Mais Charles avait recouvré sa sérénité accoutumée, et trop hautain pour croire à la sincérité de leur haine : "Pauvres gens ! dit-il en sortant de sa chaise, pour un schelling ils en crieraient autant contre leurs officiers."

'A peine rentré à Whitehall : " Herbert, dit-il, écoutez : mon neveu le prince électeur et quelques lords qui me sont attachés feront tous leurs efforts pour me voir ; je leur en sais gré ; mais mon temps est court et précieux ; je souhaite l'employer au soin de mon âme ; j'espère donc qu'ils ne se formaliseront point que je ne veuille recevoir que mes enfants. Le plus grand service que puissent me rendre aujourd'hui ceux qui m'aiment, c'est de prier pour moi." Il fit en effet demander ses jeunes enfants, la princesse 'Elisabeth et le duc de Glocester, restés sous la garde des chambres, et l'évêque de Londres, Juxon, dont il avait déjà, par l'entremise de Hugh Peters, obtenu les secours religieux. L'une et l'autre demande lui fut accordée. Le lendemain 28, l'évêque se rendit à Saint-James, où le roi venait d'être transféré ; il se livra, en l'abordant, à l'explosion de sa douleur : "Laissons cela, milord, lui dit Charles ; nous n'avons pas le

temps de nous en occuper, pensons à notre grande affaire ;
il faut me préparer à paraître devant Dieu, à qui, sous
peu, j'aurai à rendre compte de moi-même. J'espère
m'en acquitter avec calme, et que vous voudrez bien m'assister. Ne parlons pas de ces misérables entre les mains
desquels je suis ; ils ont soif de mon sang, ils l'auront ; et
que la volonté de Dieu soit faite ! Je lui rends grâces ;
je leur pardonne à tous sincèrement ; mais n'en parlons
plus." Ils passa le reste de la journée en conférence pieuse avec l'évêque : on avait eu grand' peine à obtenir
qu'il fût laissé seul dans sa chambre où le colonel Hacker
avait établi d'abord deux soldats ; et pendant la visite de
Juxon, la sentinelle de garde à la porte l'ouvrait de moment en moment pour s'assurer que le roi était là. Comme il l'avait présumé, son neveu le prince électeur, le duc
de Richmond, le marquis de Hertford, les comtes de
Southampton, de Lindsey, et quelques autres de ses plus
anciens serviteurs, se présentèrent pour le voir, mais il
ne les reçut point. M. Seymour, gentilhomme au service
du prince de Galles, arriva ce jour même de la Haye,
porteur d'une lettre du prince ; le roi donna ordre qu'on
le fît entrer, lut la lettre, la jeta au feu, chargea le messager de sa réponse, et le congédia sur-le-champ. Le
lendemain 29, presque au point du jour, l'évêque revint
à Saint-James. Les prières du matin terminées, le roi
se fit apporter un coffret contenant des croix de Saint-
George et de la Jarretière brisées : "Vous voyez là, dit-
il à Juxon et à Herbert, les seules richesses qu'il soit⁵⁴⁶
maintenant en mon pouvoir de laisser à mes enfants."
On les lui amena : à la vue de son père, la princesse 'Elisabeth, âgée de douze ans, fondait en larmes ; le duc de
Glocester, qui n'en avait que huit, pleurait en regardant
sa sœur ; Charles les prit sur ses genoux, leur partagea
ses joyaux, consola sa fille, lui donna des conseils sur les
lectures qu'elle devait faire pour s'affermir contre le pa-
pisme, la chargea de dire à ses frères qu'il avait pardonné
à ses ennemis, à sa mère que jamais ses pensées ne s'é-
taient éloignées d'elle, et que jusqu'au dernier moment
il l'aimerait comme au premier jour : puis se tournant
vers le petit duc : "Mon cher cœur, lui dit-il, ils vont
couper la tête à ton père." L'enfant le regardait fixement et d'un air très sérieux : "Fais attention, mon enfant, à ce que je te dis : ils vont me couper la tête et

peut-être te faire roi ; mais fais bien attention à ce que
je te dis ; tu ne dois pas être roi tant que tes frères
Charles et Jacques sont en vie ; car ils finiront par te
couper la tête ; je t'ordonne donc de ne jamais te laisser
faire roi par eux." "Je me laisserai plutôt hacher en
morceaux," repartit l'enfant tout ému. Le roi l'embrassa avec transport, le posa à terre, embrassa sa fille, les
bénit tous deux, pria Dieu de les bénir ; puis, se levant
tout à coup : "Faites-les emmener," dit-il à Juxon : les enfants sanglotaient : le roi debout, le front appuyé contre
la fenêtre, étouffait ses pleurs ; la porte s'ouvrit, les enfants allaient sortir ; Charles quitta précipitamment la
fenêtre, les reprit dans ses bras, les bénit de nouveau, et,
s'arrachant enfin à leurs caresses, tomba à genoux, et se
remit à prier avec l'évêque et Herbert, seuls témoins de
ces déplorables adieux.

Le matin même, la haute cour s'était réunie, et avait
fixé au lendemain mardi 30 janvier, entre dix et cinq
heures, le moment de l'exécution. Quand il fallut signer
l'ordre fatal, on eut grand' peine à rassembler des com-
missaires ; en vain deux ou trois des plus passionnés se
tenaient à la porte de la salle, arrêtant ceux de leurs col-
lègues qui passaient auprès pour se rendre à la chambre
des communes, et les sommant de venir apposer leur
nom ; plusieurs de ceux mêmes qui avaient voté la condamnation prirent soin de se cacher ou refusèrent expressément. Cromwell, presque seul gai, bruyant, hardi,
se livrait aux plus grossiers accès de sa bouffonnerie accoutumée. Après avoir signé le troisième, il barbouilla
d'encre le visage de Henri Martyn, assis près de lui, qui
le lui rendit à l'instant. Le colonel Ingoldsby, son cousin,
inscrit au nombre des juges, mais qui n'avait point siégé
à la cour, entra par hasard dans la salle. "Pour cette
fois, s'écria Cromwell, il ne nous échappera pas !" Et,
s'emparant aussitôt d'Ingoldsby, avec de grands éclats
de rire, aidé de quelques membres qui se trouvaient là,
il lui mit la plume entre les doigts, et, lui conduisant la
main, le contraignit de signer. On recueillit enfin cin-
quante-neuf signatures, plusieurs noms tellement griffon-
nés, soit par trouble, soit à dessein, qu'il était presque
impossible de les distinguer. L'ordre fut adressé au
colonel Hacker, au colonel Hunks, et au lieutenant-colo-
nel Phayre, chargés de pourvoir à son exécution.

Jusque-là, les ambassadeurs ordinaires des 'Etats-Gé-
néraux, Albert Joachim et Adrien de Pauw, arrivés à
Londres depuis cinq jours, avaient vainement sollicité
une audience des chambres; ni leur demande officielle,
ni leurs visites à Fairfax, Cromwell et quelques autres
officiers, n'avaient pu la leur faire obtenir. On les avertit
tout à coup, vers une heure, qu'ils seraient reçus a deux
heures par les lords, à trois par les communes. Ils se
présentèrent en toute hâte, et s'acquittèrent de leur message; on leur promit une réponse; et, en retournant à
leur logement, ils virent commencer devant Whitehall
les apprêts de l'exécution. Ils avaient reçu la visite des
ministres de France et d'Espagne, mais ni l'un ni l'autre
n'avaient voulu se joindre à leurs démarches; le premier
se contenta de protester que depuis longtemps il avait
prévu ce déplorable coup et tout fait pour le détourner;
le second n'avait encore, dit-il, reçu de sa cour aucun
ordre d'intervenir, quoiqu'il l'attendît de moment en moment. Le lendemain 30, vers midi, une seconde entrevue
avec Fairfax, dans la maison même de son secrétaire,
avait donné aux deux Hollandais quelques lueurs d'espérance; il s'était ému à leurs représentations, et, paraissant se décider enfin à sortir de son inertie, avait promis
de se rendre sur-le-champ à Westminster pour solliciter
au moins un sursis. Mais en le quittant, devant la maison même où ils venaient de l'entretenir, les deux ambassadeurs rencontrèrent un corps de cavalerie qui faisait
évacuer la place. Toutes les avenues de Whitehall, toutes
les rues adjacentes en étaient également encombrées; de
tous côtés ils entendaient dire que tout était prêt, que le
roi ne se ferait pas attendre longtemps.
    De grand matin, en effet, dans une chambre de White-
hall, à côté du lit où Ireton et Harrison étaient encore
couchés ensemble, Cromwell, Hacker, Hunks, Axtell, et
Phayre s'étaient réunis pour dresser et expédier le dernier acte de cette redoutable procédure: l'ordre qui devait être adressé à l'exécuteur.
    Colonel, dit Cromwell à Hunks, c'est à vous de l'écrire
et de le signer. Hunks s'y refusa obstinément.
    Quel entêté grognon! dit Cromwell. En vérité, Col-
onel Hunks, lui dit Axtell, vous me faites honte; voilà le
vaisseau qui entre dans le port, et vous voulez plier les
voiles avant de mettre à l'ancre ! Hunks persista dans

son refus : Cromwell s'assit en grommelant, écrivit lui-même l'ordre, et le présenta au colonel Hacker, qui le signa sans objection.

Presque au même moment, après quatre heures d'un sommeil profond, Charles sortait de son lit : "J'ai une grande affaire à terminer, dit-il à Herbert, il faut que je me lève promptement;" et il se mit à sa toilette.   Herbert troublé le peignait avec moins de soin : "Prenez, je vous prie, lui dit le roi, la même peine qu'à l'ordinaire; quoique ma tête ne doive pas rester longtemps sur mes épaules, je veux être paré aujourd'hui comme un marié." En s'habillant il demanda une chemise de plus.   "La saison est si froide, dit-il, que je pourrais trembler; quelques personnes l'attribueraient peut-être à la peur; je ne veux pas qu'une telle supposition soit possible."   Le jour à peine levé, l'évêque arriva et commença les exercices religieux; comme il lisait dans le vingt-septième chapitre de l'évangile selon Saint-Matthieu, le récit de la passion de Jésus-Christ : "Milord, lui demanda le roi, avez-vous choisi ce chapitre comme le plus applicable à ma situation?"   "Je prie Votre Majesté de remarquer, répondit l'évêque, que c'est l'évangile du jour, comme le prouve le calendrier."   Le roi parut profondément touché, et continua ses prières avec un redoublement de ferveur.   Vers dix heures, on frappa doucement à la porte de la chambre; Herbert demeurait immobile; un second coup se fit entendre, un peu plus fort, quoique léger encore : "Allez voir qui est là," dit le roi; c'était le colonel Hacker : "Faites-le entrer," dit-il.   "Sire, dit le colonel à voix basse et à demi tremblant, voici le moment d'aller à Whitehall; Votre Majesté aura encore plus d'une heure pour s'y reposer."   "Je pars dans l'instant, répondit Charles, laissez-moi."   Hacker sortit; le roi se recueillit encore quelques minutes, puis, prenant l'évêque par la main : "Venez, dit-il, partons : Herbert, ouvrez la porte; Hacker m'avertit pour la seconde fois;" et il descendit dans le parc, qu'il devait traverser pour se rendre à Whitehall.

Plusieurs compagnies d'infanterie l'y attendaient, formant une double haie sur son passage; un détachement de hallebardiers marchait en avant, enseignes déployées; les tambours battaient; le bruit couvrait toutes les voix. 'A la droite du roi était l'évêque; à sa gauche, tête nue,

le colonel Tomlinson, commandant de la garde, et à qui
Charles, touché de ses égards, avait demandé de ne le
point quitter jusqu'au dernier moment. Il s'entretint
avec lui pendant la route, lui parla de son enterrement,
des personnes à qui il désirait que le soin en fût confié,
l'air serein, le regard brillant, le pas ferme, marchant
même plus vite que la troupe, et s'étonnant de sa lenteur.
Un des officiers de service, se flattant sans doute de le
troubler, lui demanda s'il n'avait pas concouru, avec le
feu duc de Buckingham, à la mort du roi son père.
"Mon ami, lui répondit Charles avec mépris et douceur,
si je n'avais d'autre péché que celui-là, j'en prends Dieu
à témoin, je t'assure que je n'aurais pas besoin de lui demander pardon." Arrivé à Whitehall, il monta légèrement l'escalier, traversa la grande galerie, et gagna sa
chambre à coucher, où on le laissa seul avec l'évêque qui
s'apprêtait à lui donner la communion. Quelques ministres indépendants, Nye et Goodwin entre autres, vinrent
frapper à la porte, disant qu'ils voulaient offrir au roi
leurs services : "Le roi est en prière," leur répondit Juxon ; ils insistèrent : "Eh bien ! dit Charles à l'évêque, re-
merciez-les en mon nom de leur offre ; mais dites-leur
franchement qu'après avoir si souvent prié contre moi, et
sans aucun sujet, ils ne prieront jamais avec moi pendant
mon agonie. Ils peuvent, s'ils veulent, prier pour moi ;
j'en serai reconnaissant." Ils se retirèrent ; le roi s'agenouilla, reçut la communion des mains de l'évêque, et se
relevant avec vivacité : "Maintenant, dit-il, que[426] ces
drôles-là viennent, je leur ai pardonné du fond du cœur ;
je suis prêt à tout ce qui va m'arriver." On avait préparé son dîner ; il n'en voulait rien prendre : "Sire, lui
dit Juxon, Votre Majesté est à jeun depuis longtemps ; il
fait froid ; peut-être, sur l'échafaud, quelque faiblesse . . ."
"Vous avez raison," dit le roi, et il mangea un morceau
de pain et but un verre de vin.

Il était une heure : Hacker frappa à la porte ; Juxon
et Herbert tombèrent à genoux : Relevez-vous, mon vieil
ami, dit le roi à l'évêque en lui tendant la main. Hacker
frappa de nouveau ; Charles fit ouvrir la porte : "Marchez, dit-il au colonel, je vous suis."[370] Il s'avança le
long de la salle des banquets, toujours entre deux haies
de troupes ; une foule d'hommes et de femmes s'y étaient
précipités au péril de leur vie, et se tenaient immobiles

derrière la garde, priant pour le roi à mesure qu'il passait : les soldats, silencieux eux-mêmes, ne les rudoyaient point. À l'extrémité de la salle, une ouverture pratiquée la veille dans le mur conduisait de plain-pied à l'échafaud tendu de noir ; deux hommes étaient debout auprès de la hache, tous deux en habits de matelots et masqués.

Le roi arriva, la tête haute, promenant de tous côtés ses regards et cherchant le peuple pour lui parler : mais les troupes couvraient seules la place ; nul ne pouvait approcher ; il se tourna vers Juxon et Tomlinson : "Je ne puis guère être entendu que de vous, leur dit-il ; ce sera donç à vous que j'adresserai ces paroles ;" et il leur adressa en effet un petit discours qu'il avait préparé, grave et calme jusqu'à la froideur, uniquement appliqué à soutenir qu'il avait eu raison, que le mépris des droits des souverains était la vraie cause des malheurs du peuple, que le peuple ne devait avoir aucune part dans le gouvernement, qu'à cette seule condition le royaume retrouverait la paix et ses libertés. Pendant qu'il parlait, quelqu'un toucha à la hache ; il se retourna précipitamment, disant : "Ne gâtez pas la hache ; elle me ferait plus de mal ;" et son discours terminé, quelqu'un s'en approchant encore : "Prenez garde à la hache, prenez garde à la hache," répéta-t-il d'un ton d'effroi. Le plus profond silence régnait : il mit sur sa tête un bonnet de soie, et s'adressant à l'exécuteur : "Mes cheveux vous gênent-ils ?" Je prie Votre Majesté de les ranger sous son bonnet, répondit l'homme en s'inclinant. Le roi les rangea avec l'aide de l'évêque : J'ai pour moi, lui dit-il en prenant ce soin, une bonne cause et un Dieu clément.

Juxon. Oui, sire, il n'y a plus qu'un pas à franchir ; il est plein de trouble et d'angoisse, mais de peu de durée ; et songez qu'il vous fait faire un grand trajet ; il vous transporte de la terre au ciel.

Le roi. Je passe d'une couronne corruptible à une couronne incorruptible, où je n'aurai à craindre aucun trouble, aucune espèce de trouble ; et se tournant vers l'exécuteur : Mes cheveux sont-ils bien ? Il ôta son manteau et son Saint-George, donna le Saint-George à l'évêque en lui disant : "Souvenez-vous," ôta son habit, remit son manteau, et, regardant le billot : "Placez-le de manière à ce qu'il soit bien ferme," dit-il à l'exécuteur. "Il est ferme, sire."

Le roi. Je ferai une courte prière, et quand j'étendrai les mains, alors . . . Il se recueillit, se dit à lui-même quelques mots à voix basse, leva les yeux au ciel, s'agenouilla, posa sa tête sur le billot : l'exécuteur toucha ses cheveux pour les ranger encore sous son bonnet ; le roi crut qu'il allait frapper : "Attendez le signe," lui dit-il. "Je l'attendrai, sire, avec le bon plaisir de Votre Majesté." Au bout d'un instant le roi étendit les mains ; l'exécuteur frappa ; la tête tomba au premier coup : "Voilà la tête d'un traître !" dit-il en la montrant au peuple. Un long et sourd gémissement s'éleva autour de Whitehall ; beaucoup de gens se précipitaient au pied de l'échafaud pour tremper leur mouchoir dans le sang du roi. Deux corps de cavalerie, s'avançant dans deux directions différentes, dispersèrent lentement la foule. L'échafaud demeuré solitaire, on enleva le corps : il était déjà enfermé dans le cercueil ; Cromwell voulut le voir, le considéra attentivement, et soulevant de ses mains la tête, comme pour s'assurer qu'elle était bien séparée du tronc : "C'était là un corps bien constitué, dit-il, et qui promettait une longue vie." Le cercueil demeura exposé sept jours à Whitehall ; un concours immense se pressait à la porte, mais peu de gens obtenaient la permission d'entrer. Le 6 février, par ordre des communes, il fut remis à Herbert et à Mildmay, avec autorisation de le faire ensevelir au château de Windsor, dans la chapelle de Saint-George, où était déposé celui de Henri VIII.

La translation se fit sans pompe, mais avec décence ; six chevaux drapés de noir traînaient le cercueil ; quatre voitures suivaient, dont deux également drapées, portant les derniers serviteurs du roi, ceux qui l'avaient accompagné à l'île de Wight. Le lendemain 8, de l'aveu des communes, le duc de Richmond, le marquis de Hertford, les comtes de Southampton et de Lindsey, et l'évêque Juxon arrivèrent à Windsor pour assister aux funérailles : ils firent graver sur le cercueil ces mots seulement :

Charles, Roi.

1648.

GUIZOT.

LE MONTAGNARD ÉMIGRÉ.

COMBIEN j'ai douce souvenance
Du joli lieu de ma naissance!
Ma sœur, qu'ils[422] étaient beaux ces jours
    De France!
O mon pays, sois mes amours
    Toujours.

Te souvient-il que notre mère
Au foyer de notre chaumière
Nous pressait sur son sein joyeux,
    Ma chère!
Et nous baisions ses blonds cheveux
    Tous deux.

Ma sœur, te souvient-il encore
Du château que baignait la Dore,
Et de cette tant vieille tour
    Du More,
Où l'airain sonnait le retour
    Du jour?

Te souvient-il du lac tranquille
Qu'effleurait l'hirondelle agile,
Du vent qui courbait le roseau
    Mobile,
Et du soleil couchant sur l'eau
    Si beau?

Te souvient-il de cette amie,
Douce compagne de ma vie?
Dans les bois, en cueillant la fleur
    Jolie,
Hélène appuyait sur mon cœur
    Son cœur.

Oh! qui me rendra mon Hélène,
Et ma montagne et le grand chêne?
Leur souvenir fait tous les jours
    Ma peine:
Mon pays sera mes amours
    Toujours!

CHATEAUBRIAND.

LE CHEVALIER DE GRAMMONT

DUPÉ AU JEU.

Nous arrivâmes enfin à Lyon. Deux soldats nous arrêtèrent à la porte de la ville pour nous mener chez le gouverneur. J'en pris un pour me conduire à la meilleure hôtellerie, et mis Brinon entre les mains de l'autre, pour aller rendre compte au commandant de mon voyage et de mes desseins.

Il y a d'aussi bons traiteurs à Lyon qu'à Paris; mais mon soldat, selon la coutume, me mena chez un de ses amis, dont il me vanta la maison, comme le lieu de la ville où l'on faisait la chère la plus délicate, et où l'on trouvait la meilleure compagnie. L'hôte de ce palais était gros comme un muid; il s'appelait Cerise. Il était Suisse de nation, empoisonneur de profession, et voleur par habitude. Il me mit dans une chambre assez propre, et me demanda si je voulais manger en compagnie, ou seul. Je voulus être de l'auberge, à cause du beau monde, que le soldat m'avait promis dans cette maison.

Brinon, que les questions du gouverneur avaient impatienté, revint plus refrogné qu'un vieux singe; et voyant que je me peignais un peu pour descendre, "Et que voulez-vous donc, monsieur?" me dit-il: "aller trotter par la ville?" "Non pas." "N'est-pas* assez trotté depuis le matin? mangez un morceau et couchez-vous à bonne heure, pour être du matin à cheval à la pointe du jour." "Monsieur le contrôleur, lui dis-je, je ne veux ni trotter par la ville, ni manger seul, ni me coucher à bonne heure. Je veux souper en compagnie, là-bas." "En pleine auberge?" s'écria-t-il; "hé, monsieur, vous n'y songez pas. Je me donne au diable, s'ils ne sont une douzaine de baragouineurs à jouer carte et dés, qu'on n'entendrait pas Dieu tonner."

J'étais devenu insolent depuis que je m'étais emparé de l'argent; et voulant commencer à me soustraire à la domination de mon gouverneur: "Savez-vous bien, monsieur Brinon, lui dis-je, que je n'aime pas qu'un sot fasse le raisonneur? allez-vous-en souper, s'il vous plaît, et que j'aie ici des chevaux de poste avant le jour."

---

* Vulgar for *n'est-il pas*, etc., *Has there not been enough jolting about since morning.*

J'avais senti pétiller mon argent au moment où il avait
lâché le mot de cartes et dés. Je fus un peu surpris de
trouver la salle où l'on mangeait remplie de figures extraordinaires. Mon hôte, après m'avoir présenté, m'assura qu'il n'y avait que dix-huit ou vingt de ces messieurs
qui auraient l'honneur de manger avec moi. Je m'ap-
prochai d'une table où l'on jouait, et je faillis à mourir
de rire. Je m'étais attendu à voir bonne compagnie et
gros jeu; et c'étaient deux Allemands qui jouaient au
trictrac. Jamais chevaux de carosse n'ont joué comme
ils faisaient, mais leur figure surtout passait l'imagination. Celui auprès de qui j'étais, était un petit ragot,
grassouillet et rond comme une boule. Il avait une fraise,
avec un chapeau pointu haut d'une aune. Non, il n'y a
personne qui, d'un peu loin, ne l'eût pris pour le dôme
de quelque église, avec un clocher dessus. Je demandai
à l'hôte ce que c'était? "Un marchand de Basle," me
dit-il, "qui vient vendre ici des chevaux; mais je crois
qu'il n'en vendra guère de la manière dont il s'y prend;
car il ne fait que jouer." "Joue-t-il gros jeu," lui dis-je?
"Non pas à present," dit-il, "ce n'est que pour leur écot,
en attendant le souper: mais quand on peut tenir le petit
marchand en particulier, il joue beau jeu." "A-t-il de
l'argent," lui dis-je? "Oh, oh," dit le perfide Cerise,
"plût à Dieu que vous lui eussiez gagné mille pistoles,
et en être de moitié! nous ne serions pas longtemps à
les attendre."

Il ne m'en fallut pas davantage* pour méditer la ruine
du chapeau pointu. Je me remis auprès de lui pour l'é-
tudier: il jouait tout de travers, écoles sur écoles, Dieu
sait. Je commençais à me sentir quelques remords sur
l'argent que je devais gagner avec cette petite citrouille
qui en savait si peu: il perdit son écot, on servit, et je le
fis mettre auprès de moi.

C'était une table de réfectoire où nous étions pour le
moins vingt-cinq malgré la promesse de mon hôte.

Le plus maudit repas du monde fini, toute cette cohue
se dispersa je ne sais comment, à la réserve du petit
Suisse, qui se tint auprès de moi, et l'hôte qui se vint
mettre de l'autre côté. Ils fumaient comme des dragons,
et le Suisse me disait de temps en temps: "Demande

---

* Il—pour, *I needed no farther hint to.*

pardon à monsieur de la liberté grande ;" et là-dessus m'envoyait des bouffées de tabac à m'étouffer.

Monsieur Cerise de l'autre côté me demanda la liberté de me demander si j'avais jamais été dans son pays, et parut surpris de me voir assez bon air,* sans avoir voyagé en Suisse.

Le petit ragot, à qui j'avais affaire, était aussi questionneur que l'autre. Il me demanda si je venais de l'armée de Piémont ; et lui ayant dit que j'y allais, il me demanda si je voulais acheter des chevaux ; qu'il en avait bien deux cents, dont il me ferait bon marché.

Je commençais à être enfumé comme un jambon : et m'ennuyant du tabac et des questions, je proposai à mon homme de jouer une petite pistole au trictrac, en attendant que nos gens eussent soupé. Ce ne fut pas sans beaucoup de façons qu'il y consentit, en me demandant *pardon de la liberté grande.*

Je lui gagnai partie, revanche et le tout dans un clin d'œil ; car il se troublait et se laissait enfiler, que c'était une bénédiction. Brinon arriva sur la fin de la troisième partie, pour me mener coucher. Il fit un grand signe de croix, et n'eut aucun égard à tous ceux que je lui faisais de sortir. Il fallut me lever pour lui en aller donner l'ordre en particulier.

Il commença par me faire des réprimandes, de ce que je m'encanaillais avec un vilain monstre comme cela. J'eus beau lui dire que c'était un gros marchand qui avait force argent et qui ne jouait non plus qu'un enfant. "Lui, marchand !" s'écria-t-il, "ne vous y fiez pas, monsieur le chevalier. Je me donne au diable, si ce n'est quelque sorcier." "Tais-toi, vieux fou," lui dis-je ; "il n'est non plus sorcier que toi, c'est tout dire, et pour te le montrer, je veux lui gagner quatre ou cinq cents pistoles avant de me coucher." En disant cela, je le mis dehors, avec défense de rentrer ou de nous interrompre.

Le jeu fini, le petit Suisse déboutonna son haut-de-chausses, pour tirer un beau quadruple d'un de ses goussets ; et me le présentant, il me demanda *pardon de la liberté grande*, et voulut se retirer. Ce n'était pas mon compte. Je lui dis que nous ne jouions que pour nous amuser : que je ne voulais point de son argent ; et, que,

---

* *To see me looking very well.*

s'il voulait, je lui jouerais ses quatre pistoles dans un tour unique. Il en fit quelque difficulté, mais il se rendit à la fin, et les regagna. J'en fus piqué. J'en rejouai une autre ; la chance tourna ; le dé lui devint favorable, les écoles cessèrent ; je perdis partie, revanche et le tout : les moitiés suivirent ; le tout en fut.* J'étais piqué, lui beau joueur, il ne me refusa rien, et me gagna tout, sans que j'eusse pris six trous en huit ou dix parties. Je lui demandai encore un tour pour cent pistoles ; mais comme il vit que je ne mettais pas au jeu, il me dit qu'il était tard, qu'il fallait qu'il allât voir ses chevaux, et se retira, me demandant *pardon de la liberté grande.* Le sang-froid dont il me refusa, et la politesse dont il me fit la révérence, me piquèrent tellement, que je fus sur le point de le tuer. Je fus si troublé de la rapidité dont je venais de perdre jusqu'à la dernière pistole, que je ne fis pas d'abord toutes les réflexions qu'il y a à faire sur l'état où j'étais réduit.

Je n'osais remonter dans ma chambre, de peur de Brinon. Par bonheur, s'étant ennuyé de m'attendre, il s'était couché. Ce fut quelque consolation ; mais elle ne dura pas. Dès que je fus au lit, tout ce qu'il y avait de funeste dans mon aventure se présenta à mon imagination : je n'eus garde de m'endormir. J'envisageais toute l'horreur de mon désastre, sans y trouver de remède ; et j'eus beau tourner mon esprit de toutes façons, il ne me fournit aucun expédient. Je ne craignais rien tant que l'aube du jour : elle arriva pourtant, et le cruel Brinon avec elle. Il était botté jusqu'à la ceinture et faisant claquer un maudit fouet qu'il tenait à la main : "Debout, M. le chevalier," s'écria-t-il, en ouvrant mes rideaux ; "les chevaux sont à la porte, et vous dormez encore ? Nous devrions avoir déjà fait deux postes ; çà, de l'argent pour payer dans la maison." Brinon, lui dis-je d'une voix humiliée, "fermez le rideau." "Comment ! s'écria-t-il, fermez le rideau ! Vous voulez donc faire votre campagne à Lyon ? Apparemment que vous y prenez goût. Et le gros marchand, vous l'avez dévalisé ?" Non pas. "M. le chevalier, cet argent ne vous profitera pas, ce malheureux a peut-être une famille ; et c'est le pain de ses enfants qu'il a joué, et que vous avez gagné. Cela valait-

---

* *The whole disappeared.* See p. 23, note.

il la peine de veiller toute la nuit ? Que dirait madame,
si elle voyait ce train?” “Monsieur Brinon, lui dis-je,
fermez, s’il vous plaît, le rideau.” Mais au lieu de m’o-
béir, on eût dit que le diable lui fourrait dans l’esprit ce
qu’il y avait de plus sensible et de plus piquant dans un
malheur comme le mien. “Et combien, me disait-il ; les
cinq cents ? Que fera ce pauvre homme ? Souvenez-
vous que je vous l’ai dit, monsieur le chevalier : cet argent ne vous profitera pas. Est-ce quatre cents ? trois ?
deux ? Quoi ! ce ne serait que cent louis !” poursuivit-il,
voyant que je branlais la tête à chaque somme qu’il avait
nommée. “Il n’y a pas grand mal à cela, et cent pistoles
ne le ruineront pas, pourvu que vous les ayez bien gagn-
ées.” “Brinon, mon ami, lui dis-je, avec un grand soupir, fermez le rideau, je suis indigne de voir le jour.”

Brinon tressaillit à ces tristes paroles ; mais il pensa
s’évanouir, quand je lui contai mon aventure. Il s’arracha les cheveux, fit des exclamations douloureuses, dont
le refrain était toujours : “Que dira madame ?” et après
s’être épuisé en regrets inutiles : “ça donc, monsieur le
chevalier,” me dit-il, “que prétendez-vous devenir ?”
“Rien, lui dis-je, car je ne suis bon à rien.” Ensuite,
comme j’étais un peu soulagé de lui avoir fait ma confes-
sion, il me passa quelques projets dans la tête que je ne
pus lui faire approuver. Je voulais qu’il allât en poste
rejoindre mon équipage, pour vendre quelqu’un de mes
habits. Je voulais encore proposer au marchand de chevaux de lui en acheter bien cher à crédit, pour les re-
vendre à bon marché. Brinon se moqua de toutes ces
propositions, et après avoir eu la cruauté de me laisser
longtemps tourmenter, il me tira d’affaire. Les parents
font toujours quelque vilenie à leurs pauvres enfants.
Ma mère avait eu dessein de me donner cinq cents louis ;
elle en avait retenu cinquante, tant pour quelques petites
réparations à l’abbaye que pour faire prier Dieu pour
moi.

Brinon était chargé de cinquante autres, avec ordre
de ne m’en point parler, que dans quelque pressante nécessité. Elle arriva bientôt, comme tu vois.—HAMILTON.

SCÈNES DU FESTIN DE PIERRE.

COMÉDIE DE MOLIÈRE.

Don Juan ; Sganarelle, La Violette, Ragotin, ses Valets.

La Violette. Voilà votre marchand, Monsieur Dimanche, qui demande à vous parler.

Sgan. Bon! voilà ce qu'il nous faut qu'un compliment de créancier! de quoi s'avise-t-il de nous venir demander de l'argent? et que ne lui disais-tu que monsieur n'y est pas?

La Violette. Il y a trois quarts d'heure que je lui dis; mais il ne veut pas le croire, et s'est assis là-dedans pour l'attendre.

Sgan. Qu'il attende tant qu'il voudra.

Don Juan. Non; au contraire, faites-le entrer. C'est une fort mauvaise politique que de se faire celer aux créanciers. Il est bon[482] de les payer de quelque chose; et j'ai le secret de les renvoyer satisfaits sans leur donner un double.

SCÈNE SUIVANTE.

Don Juan, Dimanche, Sganarelle, La Violette, Ragotin.

Don Juan. Ah! monsieur Dimanche, approchez. Que je suis ravi de vous voir! et que je veux de mal à mes gens de ne vous pas faire entrer d'abord! J'avais donné ordre qu'on ne me fît parler à personne; mais cet ordre n'est pas pour vous, et vous êtes en droit de ne trouver jamais de porte fermée chez moi.

M. Dimanche. Monsieur, je vous suis fort obligé.

Don Juan (*parlant à La Violette et à Ragotin*). Parbleu, coquins, je vous apprendrai à laisser monsieur Dimanche dans une antichambre, et je vous ferai connaître les gens.

M. Dimanche. Monsieur, cela n'est rien.

Don Juan (*à M. Dimanche*). Comment! vous dire que je n'y suis pas, à monsieur Dimanche, au meilleur de mes amis!

M. Dimanche. Monsieur, je suis votre serviteur. J'étais venu . . . .

Don Juan. Allons, vite, un siége pour monsieur Dimanche.

M. Dimanche. Monsieur, je suis bien comme cela.

Don Juan. Point, point; je veux que vous soyez assis comme moi.

M. Dimanche. Cela n'est point nécessaire.

Don Juan. Otez ce pliant, et apportez un fauteuil.

M. Dimanche. Monsieur, vous vous moquez, et . . . .

Don Juan. Non, non; je sais ce que je vous dois: et je ne veux point qu'on mette de différence entre nous deux.

M. Dimanche. Monsieur . . . .

Don Juan. Allons, asseyez-vous.

M. Dimanche. Il[306] n'est pas besoin, monsieur, et 'je n'ai qu'un mot à vous dire. J'étais . . . .

Don Juan. Mettez-vous là, vous dis-je.

M. Dimanche. Non, monsieur, je suis bien. Je viens pour . . . .

Don Juan. Non, je ne vous écoute[526] point, si vous n'êtes point assis.

M. Dimanche. Monsieur, je fais ce que vous voulez: je . . . .

Don Juan. Parbleu! Monsieur Dimanche, vous vous portez bien.

M. Dimanche. Oui, monsieur, pour vous rendre service. Je suis venu . . . .

Don Juan. Vous avez un fonds de santé admirable, des lèvres fraîches, un teint vermeil, et des yeux vifs.

M. Dimanche. Je voudrais bien . . . .

Don Juan. Comment se porte madame Dimanche votre épouse?

M. Dimanche. Fort bien, monsieur, Dieu merci.

Don Juan. C'est une brave femme.

M. Dimanche. Elle est votre servante, monsieur. Je venais . . . .

Don Juan. Et votre petite fille Claudine, comment se porte-t-elle?

M. Dimanche. Le mieux du monde.

Don Juan. La jolie petite fille que c'est! Je l'aime de tout mon cœur.

M. Dimanche. C'est trop d'honneur que vous lui faites, monsieur. Je vous . . . .

Don Juan. Et le petit Colin, fait-il toujours bien du bruit avec son tambour?

M. Dimanche. Toujours de même, monsieur. Je . . . .

Don Juan. Et votre petit chien Brusquet, gronde-t-il toujours aussi fort, et mord-il toujours bien aux jambes les gens qui vont chez vous?

M. Dimanche. Plus que jamais, monsieur, et nous ne saurions en chevir.

Don Juan. Ne vous étonnez pas si je m'informe des nouvelles de toute la famille, car j'y prends beaucoup d'intérêt.

M. Dimanche. Nous vous sommes infiniment obligés : je . . . .

Don Juan (lui tendant la main). Touchez donc là, monsieur Dimanche. Etes-vous bien de mes amis ?

M. Dimanche. Monsieur, je suis votre serviteur.

Don Juan. Parbleu ! Je suis à vous de tout mon cœur.

M. Dimanche. Vous m'honorez trop. Je . . . .

Don Juan. Il n'y a rien que je ne fisse pour vous.

M. Dimanche. Monsieur, vous avez trop de bonté pour moi.

Don Juan. Et cela sans intérêt, je vous prie de le croire.

M. Dimanche. Je n'ai point mérité cette grâce, assurément. Mais, monsieur . . . .,

Don Juan. Or çà, monsieur Dimanche, sans façon, voulez-vous souper avec moi ?

M. Dimanche. Non, monsieur, il faut que je m'en retourne tout à l'heure. Je . . . .

Don Juan (se levant). Allons, vite, un flambeau pour conduire monsieur Dimanche ; et que quatre ou cinq de mes gens prennent des mousquetons pour l'escorter.

M. Dimanche (se levant aussi). Monsieur, il n'est pas nécessaire, et je m'en irai bien tout seul. Mais . . . .
(*Sganarelle ôte les siéges promptement.*)

Don Juan. Comment ! je veux qu'on vous escorte, et je m'intéresse trop à votre personne. Je suis votre serviteur, et, de plus, votre débiteur.

M. Dimanche. Ah ! monsieur.

Don Juan. C'est une chose que je ne cache pas, et je le dis à tout le monde.

M. Dimanche. Si . . . .

Don Juan. Voulez-vous que je vous reconduise ?

M. Dimanche. Ah ! monsieur, vous vous moquez. Monsieur . . . .

Don Juan. Embrassez-moi donc, s'il vous plaît. Je vous prie encore une fois d'être persuadé que je suis tout à vous, et qu'il n'y a rien au monde que je ne fasse pour votre service. (*Il sort.*)—Molière.

NAPOLÉON ET LUCIEN.

Si vous voulez me suivre maintenant dans les rues tor-
tueuses de Milan, nous nous arrêterons un instant en
face de son dôme miraculeux; mais, comme nous le re-
verrons plus tard en détail, je vous inviterai à prendre
promptement à gauche, car une de ces scènes qui se passent dans une chambre et qui retentissent dans un monde
est prête à s'accomplir.

Entrons donc au Palais-Royal, montons le grand escalier, traversons quelques-uns de ces appartements qui
viennent d'être si splendidement décorés par le pinceau
d'Appiani : plus tard nous nous arrêterons devant ces
fresques qui représentent les quatre parties du monde,
et devant le plafond où s'accomplit le triomphe d'Auguste; mais, à cette heure, ce sont des tableaux vivants
qui nous attendent, c'est de l'histoire moderne que nous
allons écrire.

Entre-bâillons doucement la porte de ce cabinet, afin
de voir sans être vus. C'est bien : vous apercevez un
homme, n'est-ce pas? et vous le reconnaissez à la simplicité de son uniforme vert, à son pantalon collant de cachemire blanc, à ses bottes assouplies et montant jusqu'au
genou. Voyez sa tête modelée comme un marbre antique; cette étroite mèche de cheveux noirs qui va s'a-
mincissant sur son large front; ces yeux bleus dont le
regard s'use à percer l'avenir; ces lèvres pressées . . . .
Quel calme! c'est la conscience de la force, c'est la sérénité du lion. Quand cette bouche s'ouvre, les peuples
écoutent; quand cet œil s'allume, les plaines d'Austerlitz
jettent des flammes comme un volcan; quand ce sourcil
se fronce, les rois tremblent. A cette heure, cet homme
commande à cent vingt millions d'hommes, dix peuples
chantent en chœur l'hosanna de sa gloire en dix langues
différentes; car cet homme, c'est plus que César; c'est
autant que Charlemagne; c'est Napoléon-le-Grand, le Jupiter tonnant de la France.

Après un instant d'attente calme, il fixe ses yeux sur
une porte qui s'ouvre; elle donne entrée à un homme
vêtu d'un habit bleu, d'un pantalon gris collant, au-dessous du genou duquel montent en s'échancrant en cœur
des bottes à la hussarde. En jetant les yeux sur lui,

nous lui trouverons une ressemblance primitive avec celui qui paraît l'attendre. Cependant il est plus grand,
plus maigre, plus brun ; celui-là, c'est Lucien, le vrai Ro-
main, le républicain des jours antiques, la barre de fer de
la famille.

Ces deux hommes, qui ne s'étaient pas revus depuis
Austerlitz, jetèrent l'un sur l'autre un de ces regards qui
vont fouiller les âmes ; car Lucien était le seul qui eût
dans les yeux la même puissance que Napoléon.

Il s'arrêta après avoir fait trois pas dans la chambre.
Napoléon marcha vers lui et lui tendit la main. "Mon
frère," s'écria Lucien en jetant les bras autour du cou de
son aîné ; "mon frère ! que je suis heureux de vous revoir !"

"Laissez-nous seuls, messieurs," dit l'empereur, faisant
signe de la main à un groupe. Les trois hommes qui le
formaient s'inclinèrent et sortirent sans murmurer une
parole, sans répondre un mot. Cependant, ces trois
hommes qui obéissaient ainsi à un geste, c'étaient Duroc,
Eugène, et Murat : un maréchal, un prince, et un roi.

"Je vous ai fait mander, Lucien," dit Napoléon lorsqu'il se vit seul avec son frère.

"Et vous voyez que je me suis empressé de vous obéir
comme à mon aîné," répondit Lucien.

Napoléon fronça imperceptiblement le sourcil.

"N'importe ! vous êtes venu, et c'est ce que je dési-
rais, car j'ai besoin de vous parler."

"J'écoute," répondit Lucien en s'inclinant.

Napoléon prit avec l'index et le pouce un des boutons
de l'habit de Lucien, et le regardant fixement : "Quels
sont vos projets ?" dit-il.

"Mes projets, à moi ?" reprit Lucien étonné : "les projets d'un homme qui vit retiré, loin du bruit, dans la
solitude ; mes projets d'achever tranquillement, si je le
puis, un poëme que j'ai commencé."

"Oui, oui," dit ironiquement Napoléon, "vous êtes le
poëte de la famille, vous faites des vers tandis que je
gagne des batailles : quand je serai mort vous me chan-
terez ; j'aurai cet avantage sur Alexandre, d'avoir mon
Homère."

"Quel est le plus heureux de nous deux ?"

"Vous, certes, vous," dit Napoléon en lâchant avec un
geste d'humeur le bouton qu'il tenait, "car vous n'avez

pas le chagrin de voir dans votre famille des indifférents,
et peut-être des rebelles."

Lucien laissa tomber ses bras, et regarda l'empereur
avec tristesse.

"Des indifférents! . . . Rappelez-vous le 18 Brumaire
. . . des rebelles! . . . et où jamais m'avez-vous vu évo-
quer la rébellion ?"

"C'est une rébellion que de ne point me servir : celui
qui n'est point avec moi est contre moi. Voyons, Lucien ; tu sais que tu es parmi tous mes frères celui que
j'aime le mieux !" il lui prit la main, "le seul qui puisse
continuer mon œuvre : veux-tu renoncer à l'opposition
tacite que tu fais ? . . . Quand tous les rois de l'Europe
sont à genoux, te croirais-tu humilié de baisser la tête au
milieu du cortége de flatteurs qui accompagnent mon
char de triomphe? Sera-ce donc toujours la voix de
mon frère qui me criera : 'César, n'oublie pas que tu
dois mourir !' Voyons, Lucien, veux-tu marcher dans
ma route ?"

"Comment Votre Majesté l'entend-elle ?" répondit Lucien en jetant sur Napoléon un regard de défiance.

L'empereur marcha en silence vers une table ronde qui
masquait le milieu de la chambre, et posant ses deux
doigts sur le coin d'une grande carte roulée, il se retourna vers Lucien, et lui dit :

"Je suis au faîte de ma fortune, Lucien ; j'ai conquis
l'Europe, il me reste à la tailler à ma fantaisie ; je suis
aussi victorieux qu' Alexandre, aussi puissant qu' Auguste, aussi grand que Charlemagne ; je veux et je puis
. . . Eh bien ! . . ."

Il prit le coin de la carte et la déroula sur la table avec
un geste gracieux et nonchalant. "Choisissez le royaume
qui vous plaira le mieux, mon frère, et je vous engage ma
parole d'empereur que, du moment où vous me l'aurez
montré du bout du doigt, ce royaume est à vous."[496]

"Et pourquoi cette proposition à moi, plutôt qu'à tout
autre de mes frères ?"

"Parce que toi seul es selon mon esprit, Lucien."

"Comment cela se peut-il, puisque je ne suis pas selon
vos principes ?"

"J'espérais que tu avais changé depuis quatre ans que
je ne[588] t'ai vu."

"Et vous vous êtes trompé, mon frère ; je suis toujours

le même qu'en 1799 : je ne troquerai pas ma chaise curule contre un trône."

"Niais et insensé," dit Napoléon, en se mettant à marcher et en se parlant à lui-même, "insensé et aveugle,
qui ne voit pas que je suis envoyé par le destin pour enrayer ce tombereau de la guillotine qu'ils ont pris pour
un char républicain !"   Puis, s'arrêtant tout à coup et
marchant à son frère : "Mais laisse-moi donc t'enlever
sur la montagne et te montrer les royaumes de la terre :
lequel est mûr pour ton rêve sublime ?   Voyons, est-ce
le corps germanique, où il n'y a de vivant que ces univer-
sités, espèce de pouls républicain qui bat dans un corps
monarchique ? est-ce l'Espagne, catholique depuis le trei-
zième siècle seulement, et chez laquelle la véritable interprétation de la parole divine germe à peine ? est-ce la
Russie, dont la tête pense peut-être, mais dont le corps,
galvanisé un instant par le czar Pierre, est retombé dans
sa paralysie polaire ?   Non, Lucien, non, les temps ne
sont pas venus ; renonce à tes folles utopies ; donne-moi
la main comme frère et comme allié, et demain je te fais
le chef d'un grand peuple, je reconnais ta femme pour ma
sœur et je te rends toute mon amitié."

"C'est cela," dit Lucien, "vous désespérez de me convaincre, et vous voulez m'acheter."

L'empereur fit un mouvement.   "Laissez-moi dire à
mon tour, car ce moment est solennel, et n'aura pas son
pareil dans le cours de notre vie : je ne vous en veux pas
de m'avoir mal jugé, vous avez rendu tant d'hommes
muets et sourds en leur coulant de l'or dans la bouche et
dans les oreilles, que vous avez cru qu'il en serait de moi
ainsi que des autres.   Vous voulez me faire roi, dites-
moi ? eh bien ! j'accepte, si vous me promettez que mon
royaume ne sera point une préfecture.   Vous me donnez
un peuple : je le prends, peu m'importe lequel, mais à la
condition que je le gouvernerai selon ses idées et selon
ses besoins ; je veux être son père et non son tyran ; je
veux qu'il m'aime, et non qu'il me craigne : du jour où
j'aurai mis la couronne d'Espagne, de Suède, de Wurtemberg ou de Hollande sur ma tête, je ne serai plus
Français, mais Espagnol, Allemand ou Hollandais : mon
nouveau peuple sera ma seule famille.   Songez-y bien,
alors nous ne serons plus frères selon le sang, mais selon
le rang, vos volontés seront consignées à mes frontières ;

si vous marchez contre moi, je vous attendrai debout :
vous me vaincrez, sans doute, car vous êtes un grand capitaine, et le dieu des armées n'est pas toujours celui de
la justice, alors je serai un roi détrôné, mon peuple sera
un peuple conquis ; et libre à vous de donner ma couronne et mon peuple à quelqu'autre plus soumis ou plus
reconnaissant. J'ai dit."

"Toujours le même, toujours le même," murmura Napoléon ; puis tout à coup, frappant du pied : "Lucien,
vous oubliez que vous devez m'obéir, comme à votre roi."

"Tu es mon aîné, non mon père ; tu es mon frère, non
mon roi : jamais je ne courberai la tête sous ton joug de
fer, jamais, jamais !"

Napoléon devint affreusement pâle, ses yeux prirent
une expression terrible, ses lèvres tremblèrent.

"Réfléchissez à ce que je vous ai dit, Lucien."

"Réfléchis à ce que je vais te dire, Napoléon : tu as
mal tué la république, car tu l'as frappée sans oser la regarder en face ; l'esprit de liberté que tu crois étouffé
sous ton despotisme grandit, se répand, se propage ; tu
crois le pousser devant toi, il te suit par derrière ; tant
que tu seras victorieux, il sera muet ; mais vienne le jour
des revers, et tu verras si tu peux t'appuyer sur cette
France que tu auras faite grande, mais esclave. Tout
empire élevé par la force doit tomber par la violence et
la force. Et toi, toi, Napoléon, qui tomberas du faîte de
cet empire, tu seras brisé," prenant sa montre et l'écra-
sant contre terre, "brisé, vois-tu, comme je brise cette
montre, tandis que nous, morceaux et débris de ta fortune, nous serons dispersés sur la surface de la terre parce que nous serons de ta famille, et maudits parce que
nous porterons ton nom. Adieu, sire !"

Lucien sortit. Napoléon resta immobile et les yeux
fixes ; au bout de cinq minutes, on entendit le roulement
d'une voiture qui sortait des cours du palais ; Napoléon
sonna.

"Quel est ce bruit ?" dit-il à l'huissier qui entr'ouvrit
la porte. "C'est celui de la voiture du frère de Votre
Majesté qui repart pour Rome." "C'est bien," dit Napoléon ; et sa figure reprit ce calme impassible et glacial
sous lequel il cachait, comme sous un masque, les émotions les plus vives.

Dix ans étaient à peine écoulés que cette prédiction

de Lucien s'était accomplie. L'empire élevé par la force avait été renversé par la force, Napoléon était brisé, et cette famille d'aigles, dont l'aire était aux Tuileries, s'était éparpillée, fugitive, proscrite et battant des ailes sur le monde. Madame Bouaparte mère, cette Niobé impériale, qui avait donné le jour à un empereur, à trois rois, à deux archiduchesses, s'était retirée à Rome, Lucien dans sa principauté de Canino, Louis à Florence, Joseph aux Etats-Unis, Jérôme en Wurtemberg, la princesse Elisa à Baden, madame Borghèse à Piombino, et la reine de Hollande au château d'Arenemberg.—ALEXANDRE DUMAS.

LES SOUVENIRS DU PEUPLE.

On parlera de sa gloire
  Sous le chaume bien longtemps;
  L'humble toit, dans cinquante ans,
Ne connaîtra plus d'autre histoire.
  Là viendront les villageois
Dire alors à quelque vieille:
  Par des récits d'autrefois,
Mère, abrégez-nous la veille.
Bien, dit-on, qu'il nous ait nui,
Le peuple encor le révère;
  Oui le révère.
Parlez-nous de lui, grand' mère,
  Parlez-nous de lui.

Mes enfants, dans ce village,
  Suivi de rois il passa.
  Voilà bien longtemps de ça:*
Je venais d'entrer en ménage.
  'A pied grimpant le coteau,
Où pour voir je m'étais mise,
  Il avait petit chapeau
Avec redingote grise.
Près de lui je me troublai.
Il me dit: Bonjour, ma chère,
  Bonjour, ma chère.

---

* *That was a long time ago.*

Il vous a parlé, grand'mère!
   Il vous a parlé!

L'an d'après, moi, pauvre femme
   'A Paris étant un jour,
   Je le vis avec sa cour:
Il se rendait à Notre-Dame.
   Tous les cœurs étaient contents;
On admirait son cortége.
   Chacun disait: Quel beau temps!
Le ciel toujours le protége.
Son sourire était bien doux:
D'un fils Dieu le rendait père,
     Le rendait père.
Quel beau jour pour vous, grand' mère!
   Quel beau jour pour vous!

Mais quand la pauvre Champagne
   Fut en proie aux étrangers,
   Lui, bravant tous les dangers,
Semblait seul tenir la campagne:
   Un soir, tout comme aujourd'hui,
J'entends frapper à la porte;
   J'ouvre: bon Dieu! c'était lui,
Suivi d'une faible escorte.
Il s'assoit* où me voilà,
S'écriant: Oh! quelle guerre!
     Oh! quelle guerre!
Il s'est assis là, grand' mère!
   Il s'est assis là!

J'ai faim, dit-il; et bien vite
   Je sers piquette et pain bis.
   Puis il sèche ses habits;
Même à dormir le feu l'invite.
   Au réveil, voyant mes pleurs,
Il me dit: Bonne espérance!
   Je cours de tous ses malheurs
Sous Paris venger la France.
Il part; et comme un trésor
J'ai depuis gardé son verre,
     Gardé son verre.
Vous l'avez encor, grand' mère!
   Vous l'avez encor!

---

* An occasional form for *il s'assied*.

Le voici. Mais à sa perte
  Le héros fut entraîné.
  Lui, qu'un pape a couronné,
Est mort dans une île déserte ;
  Longtemps aucun ne l'a cru ;
  On disait : Il va paraître ;
  Par mer il est accouru ;
L'étranger va voir son maître.
Quand d'erreur on nous tira,
Ma douleur fut bien amère,
  Fut bien amère.
Dieu vous bénira, grand' mere,
  Dieu vous bénira.

BÉRANGER.

TABLEAU DE JÉRUSALEM.

MAINTENANT que je vais quitter la Palestine, il faut que le lecteur se transporte avec moi hors des murailles de Jérusalem pour jeter un dernier regard sur cette ville extraordinaire.

Arrêtons-nous d'abord à la grotte de Jérémie, près des sépulcres des rois. Cette grotte est assez vaste, et la voûte en est soutenue par un pilier de pierres. C'est là, dit-on, que le prophète fit entendre ses lamentations ; elles ont l'air d'avoir été composées à la vue de la moderne Jérusalem, tant elles peignent naturellement l'état de cette ville désolée.

"Comment cette ville si pleine de peuple est-elle[274] maintenant si solitaire et si désolée ? La maîtresse des nations est devenue comme veuve : la reine des provinces a été assujettie au tribut."

"Les rues de Sion pleurent, parce qu'il n'y a plus personne qui vienne à ses solennités : toutes ses portes sont détruites ; ses prêtres ne font que gémir ; ses vierges sont toutes défigurées de douleur ; et elle est plongée dans l'amertume."

"O vous tous qui passez par le chemin, considérez et voyez s'il y a une douleur comme la mienne !"

"Le Seigneur a résolu d'abattre la muraille de la fille de Sion : il a tendu son cordeau, et il n'a point retiré sa main que tout ne* fût renversé : le boulevard est tombé d'une manière déplorable, et le mur a été détruit de même.''

'' Ses portes sont enfoncées dans la terre ; il en a rompu et brisé les barres ; il a banni son roi et ses princes parmi les nations : il n'y a plus de loi ; et ses prophètes n'ont point reçu de visions prophétiques du Seigneur.''

'' Mes yeux se sont affaiblis à force de verser des larmes : le trouble a saisi mes entrailles : mon cœur s'est répandu en terre en voyant la ruine de la fille de mon peuple, en voyant les petits enfants et ceux qui étaient encore à la mamelle tomber morts dans la place de la ville.''

'' 'A qui vous comparerai-je, ô fille de Jérusalem ? 'A qui dirai-je que vous ressemblez ?''

'' Tous ceux qui passaient par le chemin ont frappé des mains en vous voyant ; ils ont sifflé la fille de Jérusalem en branlant la tête et en disant : Est-ce là cette ville d'une beauté si parfaite, qui était la joie de toute la terre ?''

Vue de la montagne des Oliviers, de l'autre côté de la vallée de Josaphat, Jérusalem présente un plan incliné sur un sol qui descend du couchant au levant. Une muraille crénelée, fortifiée par des tours et par un château gothique, enferme la ville dans son entier, laissant toutefois au dehors une partie de la montagne de Sion qu'elle embrassait autrefois.

Dans la région du couchant et au centre de la ville, vers le Calvaire, les maisons se serrent d'assez près ; mais au levant, le long de la vallée de Cédron, on aperçoit des espaces vides, entre autres l'enceinte qui règne autour de la mosquée bâtie sur les débris du Temple, et le terrain presque abandonné où s'élevait le château Antonia, et le second palais d'Hérode.

Les maisons de Jérusalem sont de lourdes masses carrées fort basses, sans cheminées et sans fenêtres ; elles se terminent en terrasses aplaties ou en dômes, et elles ressemblent à des prisons ou à des sépulcres. Tout serait à l'œil d'un niveau égal, si les clochers des églises, les minarets des mosquées, les cimes de quelques cyprès et les buissons de nopals ne rompaient l'uniformité du plan. 'A la vue de ces maisons de pierres, renfermées dans un paysage de pierres, on se demande si ce ne sont pas là les monuments confus d'un cimetière au milieu d'un désert.

Entrez dans la ville, rien ne vous consolera de la tristesse extérieure : vous vous égarez dans de petites rues non pavées, qui montent et descendent sur un sol inégal, et vous marchez dans des flots de poussière, ou parmi des cailloux roulants. Des toiles jetées d'une maison à l'autre augmentent l'obscurité de ce labyrinthe ; des bazars voûtés et infects achèvent d'ôter la lumière à la ville désolée ; quelques chétives boutiques mêmes sont fermées, dans la crainte du passage d'un cadi. Personne* dans les rues, personne* aux portes de la ville ; quelquefois seulement un paysan se glisse dans l'ombre, cachant sous ses habits les fruits de son labeur, dans la crainte d'être dépouillé par le soldat ; dans un coin à l'écart, le boucher arabe égorge quelque bête suspendue par les pieds à un mur en ruine : à l'air hagard et féroce de cet homme, à ses bras ensanglantés, vous croiriez qu'il vient plutôt de tuer son semblable que d'immoler un agneau. Pour tout bruit dans la cité déicide on entend par intervalles le galop de la cavale du désert : c'est le janissaire qui apporte la tête du Bédouin, ou qui va piller le Fellah.

Au milieu de cette désolation extraordinaire, il faut s'arrêter un moment pour contempler des choses plus extraordinaires encore. Parmi les ruines de Jérusalem, deux espèces de peuples indépendants trouvent dans leur foi de quoi surmonter tant d'horreurs et de misères. Là vivent des religieux chrétiens que rien ne peut forcer à abandonner le tombeau de Jésus-Christ, ni spoliations, ni mauvais traitements, ni la mort. Leurs cantiques retentissent nuit et jour autour du saint sépulcre. Dépouillés le matin par un gouverneur turc, le soir les retrouve au pied du Calvaire, priant au lieu où Jésus-Christ souffrit pour le salut des hommes. Leur front est serein, leur bouche riante. Ils reçoivent l'étranger avec joie. Sans forces et sans soldats, ils protégent des villages entiers contre l'iniquité. Pressés par le bâton et par le sabre, les femmes, les enfants, les troupeaux se réfugient dans les cloîtres de ces solitaires. Qui empêche le méchant armé de poursuivre sa proie, et de renverser d'aussi faibles remparts ? la charité des moines : ils se privent des dernières ressources de la vie pour racheter leurs suppliants.

Turcs, Arabes, Grecs, chrétiens schismatiques, tous se

---

* Understand *n'est, there is no one.*

jettent sous la protection de quelques pauvres religieux, qui ne peuvent se défendre eux-mêmes. C'est ici qu'il faut remarquer, avec Bossuet, " que des mains levées vers le ciel enfoncent plus de bataillons que des mains armées de javelots."

Tandis que la nouvelle Jérusalem sort ainsi *du désert, brillante de clarté,* jetez les yeux entre la montagne de Sion et le Temple ; voyez ce petit peuple qui vit séparé du reste des habitants de la cité. Objet particulier de tous les mépris, il baisse la tête sans se plaindre ; il souffre toutes les avanies sans demander justice ; il se laisse accabler de coups sans soupirer ; on lui demande sa tête : il la présente au cimeterre. Si quelque membre de cette société proscrite vient à mourir, son compagnon ira, pendant la nuit, l'enterrer furtivement dans la vallée de Josaphat, à l'ombre du temple de Salomon. Pénétrez dans la demeure de ce peuple, vous le trouverez dans une affreuse misère, faisant lire un livre mystérieux à des enfants qui, à leur tour, le feront lire à leurs enfants. Ce qu'il faisait il y a cinq mille ans, ce peuple le fait encore. Il a assisté dix-sept fois à la ruine de Jérusalem, et rien ne peut le décourager ; rien ne peut l'empêcher de tourner ses regards vers Sion. Quand on voit les juifs dispersés sur la terre, selon la parole de Dieu, on est surpris sans doute : mais pour être frappé d'un étonnement surnaturel, il faut les retrouver à Jérusalem ; il faut voir ces légitimes maîtres de la Judée esclaves et étrangers dans leur propre pays ; il faut les voir attendant, sous toutes les oppressions, un roi qui doit les délivrer. 'Écrasés par la croix qui les condamne, et qui est plantée sur leurs têtes, cachés près du Temple dont il ne reste pas pierre sur pierre, ils demeurent dans leur déplorable aveuglement. Les Perses, les Grecs, les Romains ont disparu de la terre ; et un petit peuple, dont l'origine précéda celle de ces grands peuples, existe encore sans mélange dans les décombres de sa patrie. Si quelque chose, parmi les nations, porte le caractère du miracle, nous pensons que ce caractère est ici. Et qu'y a-t-il de plus merveilleux, même aux yeux du philosophe, que cette rencontre de l'antique et de la nouvelle Jérusalem, au pied du Calvaire : la première s'affligeant à l'aspect du sépulcre de Jésus-Christ ressuscité ; la seconde se consolant auprès du seul tombeau qui n'aura rien à rendre à la fin des siècles !—CHATEAUBRIAND.

LE ROI DE PRUSSE, GELLERT, ET LE MAJOR G——.

Le Roi. Vous êtes le[434] professeur Gellert ?

Gellert. Oui, Sire.

Le Roi. L'envoyé d'Angleterre m'a parlé de vous, comme d'un homme du plus grand mérite ? De quel pays êtes-vous ?

Gellert. De Hanichen, proche Freyberg.

Le Roi. Quelle est la raison qui empêche* que l'Allemagne ne produise de bons écrivains ?

Le Major. Votre Majesté en a un devant les yeux, dont les productions ont été jugées par les Français mêmes, dignes d'être traduites dans leur langue et qu'ils honorent du titre de La Fontaine d'Allemagne.

Le Roi (à Gellert). Ceci, sans doute, est une grande preuve de ce que vous valez . . . Mais, dites-moi, l'avez-vous lu La Fontaine ?

Gellert. Oui, Sire, je l'ai lu, mais sans intention de l'imiter : j'ai ambitionné le mérite d'être original à ma façon.

Le Roi. Et je trouve que vous avez bien fait. Mais encore un coup, pourquoi notre Germanie n'a-t-elle pas un plus grand nombre d'aussi bons auteurs que vous ?

Gellert. Votre Majesté me paraît un peu prévenue contre les Allemands.

Le Roi. Nenni, je vous le jure.

Gellert. Ou du moins contre ceux qui écrivent.

Le Roi. Il est vrai que je n'en ai pas trop bonne opinion . . . car enfin d'où vient qu'un bon historien est encore à naître dans leur pays ?

Gellert. Sire, nous en avons plusieurs : Cramer, entr'autres, qui a continué Bossuet. Je pourrais encore citer à V. M.[763] le savant Mascow.

Le Roi. Un Allemand continuateur de l'histoire de Bossuet ! . . . eh ! comment cela se peut-il ?

Gellert. Non-seulement il l'a continué, mais il a rempli cette tâche si difficile avec le plus grand succès. L'un des plus célèbres professeurs des états de Votre Majesté a jugé cette continuation aussi éloquente, et supérieure quant à l'exactitude, à celle qu'avait commencée Bossuet.

Le Roi. 'A la bonne heure . . . mais comment se peut-

* Render "which prevents Germany from producing," etc.

il que nous n'ayons pas encore en allemand une bonne traduction de Tacite?

Gellert. C'est que cet auteur est très difficile à traduire, et que les traductions que les Français même en ont données sont absolument sans mérite.

Le Roi. Oh! sur ce point, je suis de votre avis.

Gellert. Différentes causes ont contribué jusqu'à présent à empêcher les Allemands de devenir supérieurs en differents genres de littérature. Tandis que les sciences et les arts florissaient dans la Grèce, les Romains étaient uniquement occupés de l'art pernicieux de la guerre; et ne pourrait-on pas, eu égard au siecle où nous vivons, nous comparer en ce point aux Romains? ne pourrait-on pas même ajouter à ceci, que nos auteurs n'ont pas trouvé les encouragements qu'ont trouvé les littérateurs dans tous les genres de la part des Auguste et des Louis XIV.?

Le Roi. La Saxe a pourtant produit deux Augustes.*

Gellert. Aussi avons-nous vu naître dans ce pays d'heureux commencements; mais . . .

Le Roi. Mais comment peut-on espérer d'en voir renaître d'autres, dans les divisions dont elle est agitée?

Gellert. Ce n'est pas ce que je prétends; je désirerais seulement que chaque souverain voulût dans ses propres états encourager les hommes d'un vrai génie.

Le Roi. Ne sortîtes-vous jamais de la Saxe?

Gellert. J'ai été une fois à Berlin.

Le Roi. Je crois que vous devriez voyager.

Gellert. Moi, Sire, je n'ai aucune inclination pour les voyages, et dussé-je en avoir le goût, mes moyens n'y sauraient suffire.

Le Roi. Quelle est votre maladie ordinaire? celle des érudits, sans doute.

Gellert. 'A la bonne heure, puisqu'il plaît à Votre Majesté de la nommer ainsi; je n'aurais pu, sans un excès de vanité, l'appeler ainsi moi-même.

Le Roi. J'ai senti ses atteintes ainsi que vous, et je pourrais, je crois, vous en guérir. Il vous faut beaucoup d'exercice, et souvent monter à cheval.

Gellert. Le remède, Sire, pourrait être pour moi plus dangereux que le mal. Si le cheval était fringant et plus

---

* In French *proper names* assume the plural sign *only* when employed figuratively, as here, "*deux Aug.*" for "*two royal patrons.*"

vigoureux que moi, je ne risquerais pas de le monter; s'il l'était moins, j'en tirerais peu de soulagement.

Le Roi. En ce cas, prenez une voiture.

Gellert. Je ne suis pas assez riche pour cela.

Le Roi. J'entends; voilà où le soulier blesse assez généralement les gens de lettres d'Allemagne . . . il est vrai qu'aujourd'hui les temps sont bien mauvais.

Gellert. Oui, Sire, très mauvais! . . . mais s'il plaisait à Votre Majesté de rendre la paix à l'Empire? . . .

Le Roi. Eh! comment le pourrais-je? ignorez-vous que j'ai pour ennemis trois têtes couronnées?

Gellert. Ce que j'ignore le moins, Sire, c'est l'histoire ancienne: je me suis bien moins attaché à la moderne.

Le Roi. Lequel préférez-vous, comme poëte épique, ou d'Homère, ou de Virgile?

Gellert. Homère, en qualité de génie créateur, mérite très certainement la préférence.

Le Roi. Virgile cependant est plus châtié que l'autre?

Gellert. Nous vivons dans un siècle trop éloigné de celui d'Homère, pour pouvoir prononcer sans risque sur le style et sur les mœurs de ces temps reculés; c'est pourquoi je m'en tiens au jugement de Quintilien, qui donne la préférence à Homère.

Le Roi. Nous ne devons pourtant pas, ce me semble, une déférence trop servile au jugement des anciens.

Gellert. Aussi* n'est-ce pas aveuglément que je m'y soumets. Je ne les adopte que dans le cas, où les temps reculés jettent (si j'ose m'exprimer ainsi) une espèce de nuage, qui m'empêche de les voir avec mes propres yeux, et me tient par conséquent en garde contre les décisions que je pourrais hasarder.

Le Roi. Vous avez fait, dit-on, des fables très estimées? . . . Voudriez-vous m'en réciter une.

Gellert. Je ne sais, en vérité, Sire, si j'oserais l'entreprendre, tant j'ai lieu de me méfier de ma mémoire.

Le Roi. Tâchez-y, je vous prie; je vais passer un moment dans mon cabinet pour vous donner le temps de rappeler vos idées . . . (Le roi en rentrant:) Eh bien, y avez-vous réussi?

Gellert. Oui, Sire, en voici une: "Certain peintre athénien, que l'amour de la gloire touchait plus que celui de

---

* *Aussi*, followed by a negative, is equivalent to "*nor*," "*neither*."

la fortune, demandait un jour à un connaisseur son sentiment sur un de ses tableaux, qui représentait le dieu Mars. Le connaisseur lui dit franchement les défauts qu'il croyait trouver dans l'ouvrage, et surtout le trop d'art qui se faisait sentir dans la généralité de la composition. En cet instant, arrive un homme très borgne, qui en parlant du premier coup d'œil sur le tableau, s'écria avec transport : Ah, juste ciel, quel chef-d'œuvre! Mars est vivant, il respire, il épouvante! regardez ce pied, ces doigts, ces ongles! quel goût! quel air de grandeur dans ce casque, et dans toute l'armure de ce dieu terrible! . . . . Le peintre à ce propos rougit; et tirant à part le connaisseur : je suis maintenant convaincu, lui dit-il, de la solidité de votre jugement."

"Et le tableau fut effacé."

Le Roi. Voyons maintenant la morale.

Gellert. La voici : "Quand les productions d'un auteur, quel qu'il soit,[547] ne satisferont pas un bon juge, c'est un grand préjugé contre elles. Mais lorsqu'elles sont admirées par un sot, on ne saurait trop s'empresser de les jeter au feu."

Le Roi. Excellent apologue, monsieur Gellert! je sens toute la vérité et toutes les beautés de cette composition . . . . mais lorsque Gottsched me lut sa traduction de l' "Iphigénie" de Racine (*j'avais l'original devant les yeux*), je n'entendis, je vous le jure, pas un mot de ce qu'il me lut. Si je reste encore ici quelques jours, venez me voir; et surtout me lire quelques-unes de vos fables.

Gellert. Je ne crois pas, Sire, devoir m'y exposer . . . j'ai pris l'habitude d'un espèce de chant qui ne plaît pas à tout le monde, et que j'ai contractée dans les montagnes.

Le Roi. J'entends : la déclamation des Silésiens. Il faut cependant tâcher de lire vous-même vos productions, si vous voulez qu'elles ne risquent point à perdre beaucoup de leur mérite. Mais revenez bientôt me voir . . . adieu, monsieur Gellert.

Le soir même à son souper : M. Gellert dit le monarque, est un autre homme que Gottsched : et de tous les écrivains allemands, c'est le plus ingénieux.—*Recueil de Pièces Intéressantes, par* M. DE LA PLACE.

LETTRES PERSANES PAR MONTESQUIEU.

I.

Les habitants de Paris sont d'une curiosité qui va jusqu'à l'extravagance. Lorsque j'arrivai, je fus regardé comme si j'avais été envoyé du ciel : vieillards,[443,] hommes, femmes, enfants, tous voulaient me voir. Si je sortais, tout le monde se mettait aux fenêtres ; si j'étais aux Tuileries, je voyais aussitôt un cercle se former autour de moi ; les femmes même faisaient un arc-en-ciel nuancé de mille couleurs qui m'entourait. Si j'étais au spectacle, je trouvais d'abord cent lorgnettes dressées contre ma figure : enfin jamais homme n'a été tant vu que moi. Je souriais quelquefois d'entendre des gens qui n'étaient presque jamais sortis de leur chambre, qui disaient entre eux : Il faut avouer qu'il a l'air bien persan.

Chose admirable ! Je trouvais de mes portraits partout ; je me voyais multiplier dans toutes les boutiques, sur toutes les cheminées, tant on craignait de ne m'avoir pas assez vu.

Tant d'honneurs ne laissent pas d'être à charge : je ne me croyais pas un homme si curieux et si rare ; et quoique j'aie très bonne opinion de moi, je ne me serais jamais imaginé que je dusse troubler le repos d'une grande ville où je n'étais point connu. Cela me fit résoudre à quitter l'habit persan, et à en endosser un à l'européenne, pour voir s'il resterait encore dans ma physionomie quelque chose d'admirable. Cet essai me fit connaître ce que je valais réellement. Libre de tous les ornements étrangers, je me vis apprécié au plus juste. J'eus sujet de me plaindre de mon tailleur, qui m'avait fait perdre en un instant l'attention et l'estime publique ; car j'entrai tout à coup dans un néant affreux. Je demeurais quelquefois une heure dans une compagnie sans qu'on m'eût regardé, et qu'on m'eût mis en occasion d'ouvrir la bouche : mais si quelqu'un, par hasard, apprenait à la compagnie que j'étais Persan, j'entendais aussitôt autour de moi un bourdonnement : Ah ! ah ! monsieur est Persan ! c'est une chose bien extraordinaire ! Comment peut-on être Persan ?

II.

Je fus hier aux Invalides : j'aimerais autant avoir fait cet établissement, si j'étais prince, que d'avoir gagné trois batailles. On y trouve partout la main d'un grand monarque. Je crois que c'est le lieu le plus respectable de la terre.

Quel spectacle de voir assemblées dans un même lieu toutes ces victimes de la patrie, qui ne respirent que pour la défendre, et qui, se sentant le même cœur et non pas la même force, ne se plaignent que de l'impuissance où elles sont de se sacrifier encore pour elle !

Quoi de plus admirable que de voir ces guerriers débiles, dans cette retraite, observer une discipline aussi exacte que s'ils y étaient contraints par la présence d'un ennemi, chercher leur dernière satisfaction dans cette image de la guerre, et partager leur cœur et leur esprit entre les devoirs de la religion et ceux de l'art militaire !

Je voudrais que les noms de ceux qui meurent pour la patrie fussent conservés dans des temples, et écrits dans des registres qui fussent comme la source de la gloire et de la noblesse.

III.

Je me trouvais l'autre jour dans une compagnie où je vis un homme bien content de lui. Dans un quart d'heure il décida trois questions de morale, quatre problèmes historiques, et cinq points de physique. Je n'ai jamais vu un décisionnaire aussi universel ; son esprit ne fut jamais suspendu par le moindre doute. On laissa les sciences ; on parla des nouvelles du temps : il décida sur les nouvelles du temps. Je voulus l'attraper, et je dis en moi-même : Il faut que je me mette dans mon fort ; je vais me réfugier dans mon pays. Je lui parlai de la Perse : mais à peine lui eus-je dit quatre mots, qu'il me donna deux démentis, fondés sur l'autorité de Tavernier et Chardin. Ah ! bon Dieu ! dis-je en moi-même, quel homme est cela ! Il connaîtra tout à l'heure les rues d'Ispahan mieux que moi. Mon parti fut bientôt pris, je me tus, je le laissai parler, et il décide encore.

IV.

J'étais l'autre jour dans une maison où il y avait un cercle de gens de toute espèce ; je trouvai la conversation occupée par deux vieilles femmes qui avaient en vain travaillé tout le matin à se rajeunir. Il faut avouer, disait une d'entre elles, que les hommes d'aujourd'hui sont bien différents de ceux que nous voyions dans notre jeunesse : ils étaient polis, gracieux, complaisants ; mais à présent je les trouve d'une brutalité insupportable. Tout est changé, dit pour lors un homme qui paraissait accablé de goutte ; le temps n'est plus comme il était ; il y a quarante ans tout le monde se portait bien, on marchait, on était gai, on ne demandait qu'à rire et à danser ; à présent tout le monde est d'une tristesse insupportable. Un moment après, la conversation tourna du côté de la politique. Morbleu ! dit un vieux seigneur, l'état n'est plus gouverné : trouvez-moi à présent un ministre comme M. Colbert. Je le connaissais beaucoup, ce M. Colbert ; il était de mes amis ; il me faisait toujours payer de mes pensions avant qui que ce fût : le bel ordre qu'il y avait dans les finances ! tout le monde était à son aise ; mais aujourd'hui je suis ruiné. Monsieur, dit pour lors un ecclésiastique, vous parlez là du temps le plus miraculeux de notre invincible monarque ; y a-t-il rien de si grand que ce qu'il faisait alors pour détruire l'hérésie ? Et comptez-vous pour rien l'abolition des duels ? dit d'un air content un autre homme qui n'avait point encore parlé. La remarque est judicieuse, me dit quelqu'un à l'oreille, cet homme est charmé de l'édit, et il l'observe si bien, qu'il y a six mois qu'il reçut cent coups de bâton pour ne le pas violer.

Il me semble, Usbek, que nous ne jugeons jamais des choses que par un retour secret que nous faisons sur nous-mêmes. Je ne suis pas surpris que les nègres peignent le diable d'une blancheur éblouissante, et leurs dieux noirs comme du charbon ; qu'enfin tous les idolâtres aient représenté leurs dieux avec une figure humaine, et leur aient fait part de toutes leurs inclinations. On a dit fort bien que si les triangles faisaient un dieu, ils lui donneraient trois côtés.

Mon cher Usbek, quand je vois des hommes qui rampent sur un atome, c'est-à-dire la terre, qui n'est qu'un point de l'univers, se proposer directement pour modèles de la Providence, je ne sais comment accorder tant d'extravagance avec tant de petitesse.—MONTESQUIEU.

EXORDE D'UN SERMON PAR BRIDAINE.

JE me souviens de lui avoir entendu répéter le début d'un premier sermon qu'il prêcha dans l'église de Saint Sulpice, à Paris, en 1751. La plus haute compagnie de la capitale vint l'entendre par curiosité. Bridaine aperçut dans l'assemblée plusieurs évêques, des personnes décorées, une foule innombrable d'ecclésiastiques ; et ce spectacle, loin de l'intimider, lui inspira l'exorde qu'on va lire.

Voici ce que ma mémoire me rappelle de ce morceau dont j'ai toujours été vivement frappé, et qui ne paraîtra peut-être point indigne de Bossuet ou de Démosthène.

"'A la vue d'un auditoire si nouveau pour moi, il semble, mes frères, que je ne devrais ouvrir la bouche que pour vous demander grâce en faveur d'un pauvre missionnaire, dépourvu de tous les talents que vous exigez quand on vient vous parler de votre salut.

" J'éprouve cependant aujourd'hui un sentiment bien différent ; et, si je suis humilié, gardez-vous de croire que je m'abaisse aux misérables inquiétudes de la vanité. A Dieu ne plaise qu'un ministre du ciel pense jamais avoir besoin d'excuse auprès de vous ! car, qui que vous soyez, vous n'êtes, comme moi, que des pécheurs, c'est devant votre Dieu et le mien que je me sens pressé dans ce moment de frapper ma poitrine. Jusqu'à présent j'ai publié les justices du Très-Haut dans des temples couverts de chaume ; j'ai prêché les rigueurs de la pénitence à des infortunés qui manquaient de pain ; j'ai annoncé aux bons habitants des campagnes les vérités les plus effrayantes de ma religion : qu'ai-je fait, malheureux ? j'ai contristé les pauvres, les meilleurs amis de mon Dieu ; j'ai porté l'épouvante et la douleur dans ces âmes simples et fidèles, que j'aurais dû plaindre et consoler. C'est ici, où mes regards ne tombent que sur des grands, sur des riches, sur des oppresseurs de l'humanité souffrante, ou sur des pécheurs audacieux et endurcis ; ah ! c'est ici seulement qu'il fallait faire retentir la parole sainte dans toute la force de son tonnerre, et placer avec moi dans cette chaire, d'un côté la mort qui vous menace, et de l'autre mon grand Dieu qui vient vous juger. Je tiens aujourd'hui votre sentence à la main. Tremblez donc

devant moi, hommes superbes et dédaigneux qui m'écoutez. La nécessité du salut, la certitude de la mort, l'incertitude de cette heure si effroyable pour vous, l'impénitence finale, le jugement dernier, le petit nombre des
élus, l'enfer, et, par-dessus tout, l'éternité . . . . l'éternité!
voilà les sujets dont je viens vous entretenir, et que j'aurais dû, sans doute, réserver pour vous seuls. Et qu'ai-je
besoin de vos suffrages, qui me damneraient, peut-être,
sans vous sauver? Dieu va vous émouvoir, tandis que
son indigne ministre vous parlera; car j'ai acquis une
longue expérience de ses miséricordes. Alors, pénétrés
d'horreur pour vos iniquités passées, vous viendrez vous
jeter dans mes bras, en versant des larmes de componction et de repentir, et à force de remords vous me trouverez assez éloquent."—MAURY.

ELOQUENCE DE BRIDAINE.

RAPPELLERAI-JE encore une parabole employée par ce
même missionnaire (Bridaine), qu'on a voulu faire passer
pour un bouffon?

"Un homme accusé d'un crime dont il n'était pas coupable, était condamné à la mort par l'iniquité de ses juges. On le mène au supplice, et il ne se trouve ni potence dressée, ni bourreau pour exécuter la sentence. Le
peuple, touché de compassion, espère que ce malheureux
évitera la mort. Un homme élève la voix et dit : *Je vais
dresser une potence et je servirai de bourreau.* Vous fré-
missez d'indignation. Eh bien, mes frères, chacun de
vous est cet homme inhumain. Il n'y a plus de Juifs
aujourd'hui pour crucifier Jésus-Christ; vous vous levez
et vous dites : *C'est moi qui le crucifierai.*"

J'ai moi-même entendu Bridaine, avec la voix la plus
perçante et la plus déchirante, avec la figure d'apôtre la
plus vénérable, tout jeune qu'il était, avec un air de componction que personne n'a jamais eu comme lui en chaire;
je l'ai entendu prononçant ce morceau, et j'ose dire que
l'éloquence n'a jamais produit un effet semblable : on
n'entendit que des sanglots.—MARMONTEL.

LE PETIT SAVOYARD.

CHANT PREMIER.

Le départ.

Pauvre petit, pars pour la France ;
  Que te sert mon amour ? je ne possède rien.
On vit heureux ailleurs ; ici dans la souffrance :
  Pars, mon enfant ; c'est pour ton bien.

Tant que mon lait put te suffire,
  Tant qu'un travail utile à mes bras fut permis,
Heureuse et délassée en te voyant sourire,
      Jamais on n'eût osé me dire :
      Renonce aux baisers de ton fils.

Mais je suis veuve, on perd la force avec la joie.
      Triste et malade, où recourir ici ?
    Où mendier pour toi ?   Chez des pauvres aussi ;
Laisse ta pauvre mère, enfant de la Savoie ;
      Va, mon enfant, où Dieu t'envoie.

Vois-tu ce grand chêne là-bas ?
    Je pourrai jusque-là t'accompagner, j'espère ;
      Quatre ans déjà passés, j'y conduisis ton père ;
Mais lui, mon fils, ne revint pas.

Encor [638, b] s'il était là pour guider ton enfance,
    Il m'en coûterait moins de t'éloigner de moi ;
Mais tu n'as pas dix ans, et tu pars sans défense :
      Que je vais prier Dieu pour toi ! . . .

Que feras-tu, mon fils, si Dieu ne te seconde,
Seul, parmi les méchants (car il en est au monde),
Sans ta mère, du moins, pour t'apprendre à souffrir !
Oh ! que n'ai-je du pain, mon fils, pour te nourrir !

Mais Dieu le veut ainsi ; nous devons nous soumettre.
      Ne pleure pas en me quittant :
    Porte au seuil des palais un visage content.
Parfois mon souvenir t'affligera peut-être . . .
    Pour distraire le riche, il faut chanter pourtant !

Chante, tant que la vie est pour toi moins amère ;
    Enfant, prends ta marmotte et ton léger trousseau ;
Répète, en cheminant, les chansons de ta mère
    Quand ta mère chantait autour de ton berceau.

Si ma force première encor m'était donnée,
  J'irais te conduisant moi-même par la main ;
Mais je n'atteindrais pas la troisième journée ;
  Il faudrait me laisser bientôt sur ton chemin ;
Et moi je veux mourir aux lieux où je suis née.

Maintenant de ta mère entends le dernier vœu :
  Souviens-toi, si tu veux que Dieu ne t'abandonne,
  Que le seul bien du pauvre est le peu qu'on lui donne ;
Prie, et demande au riche, il donne au nom de Dieu ;
Ton père le disait : sois plus heureux.   Adieu.

Mais le soleil tombait des montagnes prochaines ;
  Et la mère avait dit : Il faut nous séparer ;
Et l'enfant s'en allait à travers les grands chênes,
  Se tournant quelquefois et n'osant pas pleurer.

CHANT II.

Paris.

J'ai faim : vous qui passez, daignez me secourir,
  Voyez, la neige tombe et la terre est glacée ;
  J'ai froid : le vent se lève et l'heure est avancée ...
    Et je n'ai rien pour me couvrir.

Tandis qu'en vos palais tout flatte votre envie,
  'A genoux sur le seuil j'y pleure bien souvent ;
  Donnez, peu me suffit, je ne suis qu'un enfant,
    Un petit sou me rend la vie.

On m'a dit qu'à Paris je trouverais du pain :
  Plusieurs ont raconté dans nos forêts lointaines
  Qu'ici le riche aidait le pauvre dans ses peines :
Eh bien ! moi je suis pauvre, et je vous tends la main.

  Faites-moi gagner mon salaire :
Où me faut-il courir ? dites, j'y volerai :
Ma voix tremble de froid ; eh bien ! je chanterai,
  Si mes chansons peuvent vous plaire.

  Il ne m'écoute pas, il fuit,
Il court dans une fête (et j'en entends le bruit)
  Finir son heureuse journée !
Et moi je vais chercher, pour y passer la nuit,
  Cette guérite abandonnée.

Au foyer paternel quand pourrai-je m'asseoir ?
　　Rendez-moi ma pauvre chaumière,
Le laitage durci qu'on partageait le soir,.
　　Et, quand la nuit tombait, l'heure de la prière,
Qui ne s'achevait pas sans laisser quelque espoir.

Ma mère, tu m'as dit quand j'ai fui ta demeure :
　　Pars, grandis et prospère, et reviens près de moi.
Hélas ! et tout petit faudra-t-il que je meure,
　　Sans avoir rien gagné pour toi ? . . .

　　Non, l'on ne meurt pas à mon âge ;
Quelque chose me dit de reprendre courage . . .
Eh ! que sert d'espérer ? que puis-je attendre enfin ? . . .
J'avais une marmotte, elle est mort de faim.

Et, faible, sur la terre il reposait sa tête ;
　　Et la neige, en tombant, le couvrait à demi ;
Lorsqu'une douce voix à travers la tempête
　　Vint réveiller l'enfant par le froid endormi.

　　" Qu'il vienne à nous celui qui pleure,"
Disait la voix, mêlée au murmure des vents ;
　　" L'heure du péril est notre heure,
　　Les orphelins sont nos enfants."

Et deux femmes en deuil recueillaient sa misère ;
　　Lui, docile et confus, se levait à leur voix.
　　Il s'étonnait d'abord ; mais il vit à leurs doigts
Briller la croix d'argent, au bout du long rosaire :
　　Et l'enfant les suivit en se signant deux fois.

CHANT III.

Le retour.

Avec leurs grands sommets, leurs glaces éternelles,
Par un soleil d'été que les Alpes sont belles !
　　Tout dans leurs frais vallons sert à nous enchanter,
La verdure, les eaux, les bois, les fleurs nouvelles.
　　Heureux qui sur ces bords peut longtemps s'arrêter.
　　Heureux qui les revoit, s'il a pu les quitter !

Quel est ce voyageur que l'été leur renvoie,
　　Seul, loin de la vallée, un bâton à la main ?
C'est un enfant . . . il marche, il suit le long chemin
　　Qui va de France à la Savoie.

Bientôt de la colline il prend l'étroit sentier;
Il a mis ce matin la bure du dimanche;
Et dans un sac de toile blanche
Est un pain de froment qu'il garde tout entier.

Pourquoi tant se hâter à sa course dernière?
C'est que le pauvre enfant veut gravir le coteau
Et ne point s'arrêter qu'il n'ait vu son hameau
Et n'ait reconnu sa chaumière.

Les voilà . . . tels encor qu'il les a vus toujours,
Ces grands bois, ce ruisseau qui fuit sous le feuillage;
Il ne se souvient plus qu'il a marché dix jours,
Il est si près de son village!

Tout joyeux il arrive, il regarde . . . mais quoi!
Personne ne l'attend! sa chaumière est fermée!
Pourtant du toit aigu sort un peu de fumée;
Et l'enfant plein de trouble: Ouvrez, dit-il, c'est moi . . .

La porte cède, il entre; et sa mère attendrie,
Sa mère qu'un long mal près du foyer retient,
Se relève à moitié, tend les bras, et s'écrie:
N'est-ce pas mon fils qui revient?

Son fils est dans ses bras, qui pleure et qui l'appelle,
Je suis infirme, hélas! Dieu m'afflige, dit-elle,
Et depuis quelques jours je te l'ai fait savoir,
Car je ne voulais pas mourir sans te revoir.

Mais lui! De votre enfant vous étiez éloignée;
Le voilà qui revient, ayez des jours contents;
Vivez, je suis grandi, vous serez bien soignée,
Nous sommes riches pour longtemps.

Et les mains de l'enfant, des siennes détachées,
Jetaient sur ses genoux tout ce qu'il possédait,
Les trois pièces d'argent dans sa veste cachées,
Et le pain de froment que pour elle il gardait.

Sa mère l'embrassait, et respirait à peine,
Et son œil se fixait, de larmes obscurci,
Sur un grand crucifix de chêne
Suspendu devant elle et par le temps noirci.

"C'est lui, je le savais, le Dieu des pauvres mères
   Et des petits enfants, qui du mien a pris soin ;
Lui qui me consolait quand mes plaintes amères
    Appelaient mon fils de si loin.

"C'est le Christ du foyer que les mères implorent,
   Qui sauve nos enfants du froid et de la faim.
Nous gardons nos agneaux, et les loups les dévorent ;
   Nos fils s'en vont tout seuls . . . et reviennent en-
fin.

"Toi, mon fils, maintenant me seras-tu fidèle ?
   Ta pauvre mère infirme a besoin de secours ;
   Elle mourrait sans toi."   L'enfant, à ce discours,
Grave, et joignant les mains, tombe à genoux près d'elle,
   Disant : Que le bon Dieu vous fasse de longs jours !
                     A. GUIRAUD.

VIE INTIME DU POËTE.

L'HEURE du chant pour moi, c'est la fin de l'automne ;
ce sont les derniers jours de l'année qui meurt dans les
brouillards et dans les tristesses du vent. La nature
âpre et froide nous refoule alors au dedans de nous-
mêmes ; c'est le crépuscule de l'année, c'est le moment
où l'action cesse au dehors ; mais, l'action intérieure ne
cessant jamais, il faut bien employer à quelque chose ce
superflu de force qui se convertirait en mélancolie dévo-
rante, en désespoir et en démence, si on ne l'exhalait pas
en prose ou en vers. Béni soit celui qui a inventé l'écriture, cette conversation de l'homme avec sa propre pensée, ce moyen de le soulager du poids de son âme !

`A ce moment de l'année, je me lève bien avant le jour.
Cinq heures du matin n'ont pas encore sonné à l'horloge
lente et rauque du clocher qui domine mon jardin, que
j'ai quitté mon lit, fatigué de rêves, rallumé ma lampe
de cuivre, et mis le feu au sarment de vigne qui doit ré-
chauffer ma veille dans cette petite tour voûtée, muette
et isolée, qui ressemble à une chambre sépulcrale habitée
encore par l'activité de la vie. J'ouvre ma fenêtre ; je
fais quelques pas sur le plancher vermoulu de mon balcon de bois. Je regarde le ciel et les noires dentelures
de la montagne, qui se découpent nettes et aiguës sur le

D

bleu pâle d'un firmament d'hiver, ou qui noient leurs
cimes dans un lourd océan de brouillards : quand il y a
du vent, je vois courir les nuages sur les dernières étoiles, qui brillent et disparaissent tour à tour comme des
perles de l'abîme, que la vague recouvre et découvre
dans ses ondulations.   Les branches noires et dépouil-
lées des noyers du cimetière se tordent et se plaignent
sous la tourmente des airs, et l'orage nocturne ramasse
et roule leurs tas de feuilles mortes, qui viennent bruire
et bouillonner au pied de la tour comme de l'eau.

'A un tel spectacle, à une telle heure, dans un tel silence au milieu de cette nature sympathique, de ces col-
lines où l'on a grandi, où l'on doit vieillir, à dix pas du
tombeau où repose, en nous attendant, tout ce qu'on a le
plus pleuré sur la terre, est-il possible que l'âme qui s'é-
veille et qui se trempe dans cet air des nuits n'éprouve
pas un frisson universel, ne se mêle pas instantanément
à toute cette magnifique confidence du firmament et des
montagnes, des étoiles et des prés, du vent et des arbres,
et qu'une rapide et bondissante pensée ne s'élance pas
du cœur pour monter à ces étoiles, et de ces étoiles pour
monter à Dieu ?   Quelque chose s'échappe de moi pour
se confondre à toutes ces choses ; un soupir me ramène
à tout ce que j'ai connu, aimé, perdu dans cette maison
et ailleurs ; une espérance, forte et évidente comme la
Providence dans la nature, me reporte au sein de Dieu,
où tout se retrouve ; une tristesse et un enthousiasme se
confondent dans quelques mots que j'articule tout haut,
sans crainte que personne les entende, excepté le vent
qui les porte à Dieu.   Le froid du matin me saisit ; mes
pas craquent sur le givre ; je referme ma fenêtre, et je
rentre dans ma tour, où le fagot réchauffant petille et où
mon chien m'attend.

Que faire alors, mon cher ami, pendant ces trois ou
quatre longues heures de silence qui ont à s'écouler, en
novembre, entre le réveil et le mouvement de la lumière
et du jour ?   Tout dort dans la maison et dans la cour ;
à peine entend-on quelquefois un coq, trompé par la
lueur d'une étoile, jeter un cri qu'il n'achève pas et dont
il semble se repentir, ou quelque bœuf endormi et rê-
vant, dans l'étable, pousser un mugissement sonore qui
réveille en sursaut le bouvier.   On est sûr qu'aucune distraction domestique, aucune visite importune, aucune af-

faire du jour ne viendra vous surprendre de deux ou
trois heures, et tirailler votre pensée. On est calme et
confiant dans son loisir ; car le jour est aux hommes,
mais la nuit n'est qu'à Dieu.

Ce sentiment de sécurité complète est à lui seul une
volupté. J'en jouis un instant avec délices. Je vais, je
viens, je fais mes six pas dans tous les sens, sur les dalles
de ma chambre étroite ; je regarde un ou deux portraits
suspendus au mur, images mille fois mieux peintes en
moi ; je leur parle, je parle à mon chien, qui suit d'un œil
intelligent et inquiet tous mes mouvements de pensée et
de corps. Quelquefois je tombe à genoux devant une
de ces chères mémoires du passé mort ; plus souvent, je
me promène en élevant mon âme au Créateur, et en ar-
ticulant quelques lambeaux de prières que notre mère
nous apprenait dans notre enfance, et quelques versets
mal cousus de ces psaumes du saint poëte hébreu, que
j'ai entendu chanter dans les cathédrales, et qui se re-
trouvent çà et là dans ma mémoire, comme des notes
éparses d'un air oublié.

Cela fait (et tout ne doit-il pas commencer et finir par
cela ?), je m'assieds près de la vieille table de chêne où
mon père et mon grand-père se sont assis. Elle est couverte de livres froissés par eux et par moi : leur vieille
Bible, un grand Pétrarque in-quarto, édition de Venise
en deux énormes volumes, où ses œuvres latines, sa politique, ses philosophies, son *Africa*, tiennent deux mille
pages, et où ses immortels sonnets en tiennent sept (parfait image de la vanité et de l'incertitude du travail de
l'homme, qui passe sa vie à élever un monument immense
et laborieux à sa mémoire, et dont la postérité ne sauve
qu'une petite pierre, pour lui faire une gloire et une immortalité) ; un Homère, un Virgile, un volume de lettres
de Cicéron, un tome dépareillé de Chateaubriand, de
Goethe, de Byron, tous philosophes ou poëtes, et une petite *Imitation de Jésus - Christ*, bréviaire philosophique
de ma pieuse mère, qui conserve la trace de ses doigts,
quelquefois de ses larmes, quelques notes d'elle, et qui
contient à lui seul plus de philosophie et plus de poésie
que tous ces poëtes et tous ces philosophes. Au milieu
de tous ces volumes poudreux et épars, quelques feuilles
de beau papier blanc, des crayons et des plumes, qui in-
vitent à crayonner et à écrire.

Le coude appuyé sur la table et la tête sur la main, le cœur gros de sentiments et de souvenirs, la pensée pleine de vagues images, les sens en repos, ou tristement bercés par les grands murmures des forêts qui viennent tinter et expirer sur mes vitres, je me laisse aller à tous mes rêves; je ressens tout, je pense à tout; je roule nonchalamment un crayon dans ma main, je dessine quelques bizarres images d'arbres ou de navires sur une feuille blanche; le mouvement de la pensée s'arrête, comme l'eau dans un lit de fleuve trop plein; les images, les sentiments s'accumulent, ils demandent à s'écouler sous une forme ou sous une autre; je me dis: "'Ecrivons." Comme je ne sais pas écrire en prose, faute de métier et d'habitude, j'écris des vers. Je passe quelques heures assez douces à épancher sur le papier, dans ces mètres qui marquent la cadence et le mouvement de l'âme, les sentiments, les idées, les souvenirs, les tristesses, les impressions dont je suis plein: je me relis plusieurs fois à moi-même ces harmonieuses confidences de ma propre rêverie; la plupart du temps je les laisse inachevées, et je les déchire après les avoir écrites. Elles ne se rapportent qu'à moi, elles ne pourraient être lues par d'autres; ce ne seraient pas peut-être les moins poétiques de mes poésies, mais qu'importe? Tout ce que l'homme sent et pense de plus fort et de plus beau, ne sont-ce pas les confidences qui'l fait à l'amour, ou les prières qu'il adresse à voix basse à son Dieu? Les écrit-il? Non, sans doute; l'œil ou l'oreille de l'homme les profanerait. Ce qu'il y a de meilleur dans notre cœur n'en sort jamais.

Quelques-unes de ces poésies matinales s'achèvent cependant; ce sont celles que vous connaissez, des Méditations, des Harmonies, Jocelyn, et ces pièces sans nom que je vous envoie. Vous savez comment je les écris, vous savez combien je les apprécie à leur peu de valeur; vous savez combien je suis incapable du pénible travail de la lime et de la critique sur moi-même. Blâmez-moi, mais ne m'accousez pas; et, en retour de trop d'abandon et de faiblesse, donnez-moi trop de miséricorde et d'indulgence. *Naturam sequere!*

Les heures que je puis donner ainsi à ces gouttes de poésie, véritable rosée de mes matinées d'automne, ne sont pas longues. La cloche du village sonne bientôt

l'Angélus* avec la crepuscule ; on entend dans les sentiers rocailleux qui montent à l'église où au château le
bruit des sabots des paysans, le bêlement des troupeaux,
les aboiements des chiens de berger, et les cahots criards
des roues de la charrue sur la glèbe gelée par la nuit ; le
mouvement du jour commence autour de moi, me saisit,
et m'entraîne jusqu'au soir. Les ouvriers montent mon
escalier de bois, et me demandent de leur tracer l'ouvrage de leur journée ; le curé vient, et me sollicite de
pourvoir à ses malades ou à ses écoles ; le maire vient, et
me prie de lui expliquer le texte confus d'une loi nouvelle sur les chemins vicinaux, loi que j'ai faite, et que je
ne comprends pas mieux que lui. Des voisins viennent
et me somment d'aller avec eux tracer une route ou borner un héritage ; mes vignerons viennent m'exposer que
la récolte a manqué, et qu'il ne leur reste qu'un ou deux
sacs de seigle pour nourrir leur femme et cinq enfants
pendant un long hiver. Le courrier arrive, chargé de
journaux et de lettres qui ruissellent comme une pluie
de paroles sur ma table ; paroles quelquefois douces,
quelquefois amères, plus souvent indifférentes, mais qui
demandent toutes une pensée, un mot, une ligne. Mes
hôtes, si j'en ai, se réveillent, et circulent dans la maison ;
d'autres arrivent, et attachent leurs chevaux harassés aux
barreaux de fer des fenêtres basses. Ce sont des fer-
miers de nos montagnes en vestes de velours noir, en
guêtres de cuir ; des maires des villages voisins, de bons
vieux curés à la couronne de cheveux blancs, trempés de
sueur ; de pauvres veuves des villes prochaines, qui seraient heureuses d'un bureau de poste ou de timbre, qui
croient à la toute-puissance d'un homme dont le journal
du chef-lieu a parlé, et qui se tiennent timidement en arrière sous les grands tilleuls de l'avenue, avec un ou deux
pauvres enfants à la main. Chacun a son souci, son rêve,
son affaire : il faut les entendre, serrer la main à l'un,
écrire un billet pour l'autre, donner quelque espérance à
tous. Tout cela se fait en rompant, sur le coin de la table chargée de vers, de prose et de lettres, un morceau
de ce pain de seigle odorant de nos montagnes, assai-
sonné de beurre frais, d'un fruit du jardin, d'un raisin de

---

* *Angélus*, prière latine des catholiques, qui commence par ce mot ;
" Sonne l'Angélus," *calls to prayer*.

la vigne. Frugal déjeuner de poëte et de laboureur, dont les oiseaux attendent les miettes sur mon balcon. Midi sonne; j'entends mes chevaux caressants hennir, et creuser du pied le sable de la cour, comme pour m'appeler. Je dis bonjour et adieu aux hôtes de la maison qui restent jusqu'au soir; je monte à cheval et je pars, laissant derrière moi toutes les pensées du matin, pour aller à d'autres soucis du jour. Je m'enfonce dans les sentiers creux et escarpés de nos vallées; je gravis et je redescends, pour gravir encore nos montagnes; j'attache mon cheval à bien des arbres, je frappe à plusieurs portes; je retrouve ici et là mille affaires pour moi ou pour les autres, et je ne rentre qu'à la nuit, après avoir savouré, pendant six ou sept heures de routes solitaires, tous les rayons du soleil, toutes les teintes des feuilles jaunissantes, toutes les odeurs, tous les bruits gais ou tristes de nos grands paysages dans les jours d'automne. Heureux si en rentrant, harassé de fatigue, je trouve par hasard au coin du feu quelque ami arrivé pendant mon absence, au cœur simple, à la parole poétique, qui, en allant en Italie ou en Suisse, s'est souvenu que mon toit est près de sa route.

Voilà, mon cher ami, la meilleure part de vie de l'année pour moi. Que Dieu la multiplie et soit béni pour ce peu de sel dont il l'assaisonne! Mais ces jours s'envolent avec la rapidité des derniers soleils qui dorent entre deux brouillards les cimes pourprées des jeunes peupliers de nos prés.—LAMARTINE.

SCÈNE DES "PRÉCIEUSES RIDICULES,"*
COMÉDIE PAR MOLIÈRE.

Gorgibus, Marotte.

Marotte. Que désirez-vous, monsieur?
Gorgibus. Où sont vos maîtresses?
Marotte. Dans leur cabinet.

---

* In this comedy Molière holds up to ridicule that romantic sentimentality, that affected style of expression, and that false elegance which were introduced into polite society by Mme. de Rambouillet and her circle.

Gorgibus. Que font-elles?

Marotte. De la pommade pour les lèvres.

Gorgibus. C'est trop pommadé: dites-leur qu'elles descendent.

SCÈNE SUIVANTE.

Gorgibus (*seul*). Ces pendardes-là, avec leur pommade, ont, je pense, envie de me ruiner. Je ne vois partout que blancs d'œufs, lait virginal, et mille autres brimborions que je ne connais point. Elles ont usé, depuis que nous sommes ici, le lard d'une douzaine de cochons, pour le moins; et quatre valets vivraient tous les jours des pieds de mouton qu'elles emploient.

SCÈNE SUIVANTE.

Madelon, Cathos, Gorgibus.

Gorgibus. Il est bien nécessaire, vraiment, de faire tant de dépense pour vous graisser le museau! Dites-moi un peu ce que vous avez fait à ces messieurs, que je les vois sortir avec tant de froideur. Vous n'avais-je pas commandé de les recevoir comme des personnes que je voulais vous donner pour maris?

Madelon. Et quelle estime, mon père, voulez-vous que nous fassions du procédé irrégulier de ces gens-là?

Cathos. Le moyen, mon oncle, qu'une fille un peu raisonnable se pût accommoder de leur procédé, de leur personne?

Gorgibus. Et qu'y trouvez-vous à redire?

Madelon. La belle galanterie que la leur! quoi! débuter d'abord par le mariage!

Gorgibus. Et par où veux-tu donc qu'ils débutent? N'est-ce pas un procédé dont vous avez sujet de vous louer toutes deux, aussi bien que moi? est-il rien de plus obligeant que cela? et ce lien sacré où ils aspirent n'est-il pas un témoignage de l'honnêteté de leurs intentions?

Madelon. Ah! mon père, ce que vous dites là est du dernier bourgeois. Cela me fait honte de vous ouïr parler de la sorte; et vous devriez un peu vous faire apprendre le bel air des choses.

Gorgibus. Je n'ai que faire ni d'air ni de chanson. Je te dis que le mariage est une chose sacrée, et que c'est faire en honnêtes gens que de débuter par là.

Madelon. Mon Dieu! que si tout le monde vous res-
semblait, un roman serait bientôt fini! la belle chose que
ce serait si d'abord Cyrus épousait Mandane, et qu'
Aronce de plain-pied fût marié à Clélie!*

Gorgibus. Que me vient conter celle-ci?

Madelon. Mon père, voilà ma cousine qui vous dira,
aussi bien que moi, que le mariage ne doit jamais arriver
qu'après les autres aventures. Il faut qu'un amant, pour
être agréable, sache débiter les beaux sentiments, pousser le doux, le tendre et le passionné, et que sa recherche
soit dans les formes. Premièrement, il doit voir au temple, ou à la promenade, ou dans quelque cérémonie publique, la personne dont il devient amoureux; ou bien
être conduit fatalement chez elle par un parent ou un
ami, et sortir de là tout rêveur et mélancolique. Il cache
un temps sa passion à l'objet aimé, et cependant lui rend
plusieurs visites, où l'on ne manque jamais de mettre sur
le tapis une question galante qui exerce les esprits de
l'assemblée. Le jour de la déclaration arrive, qui se doit
faire ordinairement dans une allée de quelque jardin, tandis que la compagnie s'est un peu éloignée; et cette déclaration est suivie d'un prompt courroux qui paraît à
notre rougeur, et qui, pour un temps, bannit l'amant de
notre présence. Ensuite il trouve moyen de nous apaiser, de nous accoutumer insensiblement au discours de
sa passion, et de tirer de nous cet aveu qui fait tant de
peine. Après cela viennent les aventures, les rivaux qui
se jettent à la traverse d'une inclination établie, les per-
sécutions des pères, les jalousies conçues sur de fausses
apparences, les plaintes, les désespoirs, les enlèvements,
et ce qui s'ensuit. Voilà comme les choses se traitent
dans les belles manières; et ce sont des règles dont, en
bonne galanterie, on ne saurait se dispenser. Mais en
venir de but en blanc à l'union conjugale, ne faire l'amour
qu'en faisant le contrat du mariage, et prendre justement
le roman par la queue; encore un coup, mon père, il ne
se peut rien de plus marchand que ce procédé: et j'ai
mal au cœur de la seule vision que cela me fait.

Gorgibus. Quel jargon entends-je ici? voici bien du
haut style.

---

* Characters in the *Artamène and Clélie*, two romances written by
Mlle. de Scudéry.

Cathos. En effet, mon oncle, ma cousine donne dans le vrai de la chose. Le moyen de bien recevoir des gens qui sont tout à fait incongrus en galanterie! je m'en vais gager qu'ils n'ont jamais vu la carte de Tendre et que Billets-doux, Petits-soins, Billets-galants et Jolis-vers, sont des terres inconnues pour eux.* Ne voyez-vous pas que toute leur personne marque cela, et qu'ils n'ont point cet air qui donne d'abord bonne opinion des gens?

Venir en visite amoureuse avec une jambe tout unie, un chapeau désarmé de plumes, une tête irrégulière en cheveux, et un habit qui souffre une indigence de rubans; mon Dieu! Quels amants sont-ce là! Quelle frugalité d'ajustement, et quelle sécheresse de conversation! On n'y dure point, on n'y tient pas. J'ai remarqué encore que leurs rabats ne sont point de la bonne faiseuse, et qu'il s'en faut plus d'un grand demi-pied que leurs hauts-de-chausses ne soient assez larges.

Gorgibus. Je pense qu'elles sont folles toutes deux, et je ne puis rien comprendre à ce baragouin. Cathos, et vous, Madelon . . . .

Madelon. Hé! de grâce, mon père, défaites-vous de ces noms étranges, et nous appelez autrement.

Gorgibus. Comment, ces noms étranges! ne sont-ce pas vos noms de baptême?

Madelon. Mon Dieu! que vous êtes vulgaire! A-t-on jamais parlé dans le beau style de Cathos ni de Madelon? et ne m'avouerez-vous pas que ce serait assez d'un de ces noms pour décrier le plus beau roman du monde?

Cathos. Il est vrai, mon oncle, qu'une oreille un peu délicate pâtit furieusement à entendre prononcer ces mots-là; et le nom de Polixène que ma cousine a choisi, et celui d'Aminte que je me suis donné, ont une grâce dont il faut que vous demeuriez d'accord.

Gorgibus. Ecoutez; il n'y a qu'un mot qui serve. Je n'entends point que vous ayez d'autres noms que ceux qui vous ont été donnés par vos parrains et vos marraines. Et pour ces messieurs dont il est question, je

---

* The chart of *Affection* is an allegorical fiction in *Clélie* (see preceding note). This chart contained the river of *Attraction*, the sea of *Repulsion*, and the lake of Indifference. To reach the city of Tendre, you must first besiege the town of *Billets-galants*, force the hamlet of *Billets-doux*, and finally seize the castle of *Petits-soins.*— (Aimé Martin.)

connais leurs familles et leurs biens, et je veux résolû-
ment que vous vous disposiez à les recevoir pour maris.
Je me lasse de vous avoir sur les bras ; et la garde de
deux filles est une charge un peu trop pesante pour un
homme de mon âge.

Cathos. Pour moi, mon oncle, tout ce que je puis vous
dire, c'est que je trouve le mariage une chose tout à fait
choquante.

Madelon. Souffrez que nous prenions un peu haleine
parmi le beau monde de Paris, où nous ne faisons que
d'arriver. Laissez-nous faire à loisir le tissu de notre
roman, et n'en pressez point tant la conclusion.

Gorgibus (*à part*). Il n'en faut point douter, elles sont
achevées. (*Haut.*) Encore un coup, je n'entends rien à
toutes ces balivernes, je veux être maître absolu ; et pour
trancher toutes sortes de discours, ou vous serez mariées
toutes deux avant qu'il soit peu, ou, ma foi, vous serez
religieuses ; j'en fais un bon serment.

SCÈNE SUIVANTE.

Cathos, Madelon.

Cathos. Mon Dieu ! ma chère, que ton père a la forme
enfoncée dans la matière ! Que son intelligence est
épaisse, et qu'il fait sombre[569,*] dans son âme !

Madelon. Que veux-tu, ma chère ? J'en suis en confusion pour lui. J'ai peine à me persuader que je puisse
être véritablement sa fille, et je crois que quelque aventure un jour me viendra développer une naissance plus
illustre.

Cathos. Je le croirais bien ; oui, il y a toutes les apparences du monde ; et pour moi, quand je me regarde
aussi . . . .

SCÈNE SUIVANTE.

Cathos, Madelon, Marotte.

Marotte. Voilà un laquais qui demande si vous êtes au
logis, et dit que son maître vous veut venir voir.

Madelon. Apprenez, sotte, à vous énoncer moins vul-
gairement. Dites : Voilà un nécessaire qui demande si
vous êtes en commodité d'être visibles.

Marotte. Dame, je n'entends point le latin, et je n'ai pas appris, comme vous, la filophie dans le Cyre.*

Madelon. L'impertinente! le moyen de souffrir cela! Et qui est-il le maître de ce laquais?

Marotte. Il me l'a nommé le marquis de Mascarille.

Madelon. Ah, ma chère, un marquis! un marquis! Oui, allez dire qu'on peut nous voir. C'est sans doute un bel esprit qui a ouï parler de nous.

Cathos. Assurément, ma chère.

Madelon. Il faut le recevoir dans cette salle basse, plutôt qu'en notre chambre. Ajustons un peu nos cheveux au moins, et soutenons notre réputation. Vite, venez nous tendre ici dedans le conseiller des grâces.

Marotte. Par ma foi, je ne sais point quelle bête c'est là; il faut parler chrétien, si vous voulez que je vous entende.

Cathos. Apportez-nous le miroir, ignorante que vous êtes, et gardez-vous bien d'en salir la glace, par la communication de votre image.—Molière.

ANECDOTE CURIEUSE SUR VOLTAIRE.

Il y a quelques années que plusieurs savants se trouvaient réunis chez feu M. Duclos, secrétaire de l'Académie Française: on y célébrait le génie encyclopédique de M. de Voltaire. Un fameux jurisconsulte allemand survient: on l'admet à la psalmodie, dont tous les psaumes finissaient par ce refrain: *monsieur de Voltaire est un génie universel.* L'Allemand faisait *chorus* avec les autres: il lui vint cependant un scrupule sur le *gloria patri* du cantique philosophique. "Oui," dit-il, "*M. de Voltaire vir est omnimodo doctus:* la poésie, l'histoire, la physique, les mathématiques, la médecine, l'histoire naturelle, la critique, tout est de son ressort. C'est dommage qu'il soit un peu faible sur la jurisprudence. Dès qu'il veut parler de législation, de politique, d'administration, de police, je ne sais, sa plume s'embarrasse, et son génie semble l'abandonner.

---

* A school for young ladies, established by Madame de Maintenon at St. Cyr, near Versailles.

"Je ne veux pas croire que ce soit pour cette raison qu'il a si souvent maltraité notre Grotius, notre Puffendorf, et votre Montesquieu, qui en savaient un peu plus que lui sur ces matières. Mais cette observation n'est qu'un *bibus* et M. de Voltaire est *un génie universel*."

"Oui," dit un célèbre mathématicien, "M. de Voltaire est un génie à qui rien n'échappe. La postérité refusera de croire que tant de productions soient sorties de la même plume. Nos descendants s'imagineront qu'il y a eu plusieurs hommes de ce nom, et, grâces à lui, le monde intellectuel aura son *Hercule*, comme le monde fabuleux. Quel dommage qu'il ait voulu tâter des mathématiques! car, entre nous, et je vous prie de ne point le répéter, ce n'est qu'un écolier en géométrie, témoin *ses éléments de la philosophie de Newton*. Malgré cela, on ne peut disconvenir que M. de Voltaire ne soit un homme unique: non, il n'exista jamais de génie plus vaste, *d'esprit plus universel*."

M. de Mairan, autre savant de ce cercle, qui vivait alors, prit ensuite la parole: "Les ennemis de M. de Voltaire ont beau dire et beau faire,"* dit-il, "ils ne viendront jamais à bout de lui ôter le mérite de l'universalité des talents. Quel homme! comme il plaisante excellemment! je dois à ses écrits les plus heureux moments de ma vie: ils m'amusent, ils me transportent toutes les fois que je les lis pour me délasser de mes travaux, Cet auteur parle de tout avec esprit et avec grâce. La collection de ses œuvres est une véritable encyclopédie. Quel dommage qu'il ne soit pas aussi habile en physique, qu'il est heureux en plaisanterie! car, il faut l'avouer, il est peu physicien, et vous savez que je suis versé en cette partie. A cela près, cet auteur est vraiment prodigieux. Jamais on ne se distingua dans plus de genres différents; on a donc raison de le regarder comme un *génie universel*."

Un historien anglais, qui n'avait encore rien dit, et qui rêvait profondément; "j'avoue avec vous que M. de Voltaire est un homme qui n'eut jamais de pareil. Notre Angleterre n'a point encore produit de génie aussi grand, aussi universel. Pope ne saurait lui être comparé. Il réunit le mérite de Swift, d'Addison, d'Otway, de Boling-

---

* *May do and say what they will.*

broke. C'est grand dommage qu'il ait écrit l'histoire! son style est à la vérité charmant; mais je suis forcé de dire qu'il n'a pas le ton convenable. Des épigrammes, des réflexions, des portraits, des altérations de faits. Oh, nous écrivons différemment l'histoire. Nos auteurs ne sacrifient jamais la vérité à la gentillesse. M. de Voltaire n'aurait pas dû cultiver ce genre de littérature. Mais dans les autres parties, il est vraiment supérieur, divin. Vous n'aurez jamais de plus grand philosophe, de plus fin critique, de raisonneur plus agréable. Cet auteur est charmant, charmant! en un mot, c'est un *génie universel.*"

"Je suis enchanté," dit M. Bordeu, médecin, renommé par son profond savoir et ses grandes lumières; "je suis vraiment enchanté de voir un Anglais rendre justice à M. de Voltaire d'une manière si honorable pour notre nation; mais, monsieur, en s'adressant à l'Anglais même, permettez-moi de vous dire que M. de Voltaire n'est pas si inégal, si frivole que vous le croyez, dans la partie historique. J'ai vérifié la plupart des faits qu'il rapporte sans preuve et sans citer les sources, et je puis vous assurer que je suis parvenu à découvrir leur vérité, c'est-à-dire, à trouver des autorités capables de les appuyer, et qui prouvent du moins que M. de Voltaire ne les a point imaginés. S'il est faible en quelque chose, ce n'est pas, selon moi, dans l'histoire, mais dans ce qui a rapport au physique de l'homme, à la constitution animale de notre espèce; car il donne presque toujours à gauche toutes les fois qu'il raisonne sur ces matières. Mais est-il obligé d'en savoir autant que les physiologistes de profession? il y aurait de la mauvaise humeur à lui reprocher ses méprises à cet égard. Il excelle dans tant d'autres sciences! d'où je conclus que mon observation n'empêche pas que M. de Voltaire ne soit un *esprit universel.*"

"Quoi! messieurs, lorsque chacun de vous célèbre le génie du favori des muses, je garderais un coupable silence," s'écria un abbé théologien qui aspirait à l'Académie Française? "non, je veux et je dois lui rendre aussi mon tribut d'admiration. M. de Voltaire, selon moi, réunit en lui seul les lumières et les talents qui ont immortalisé Aristote, Platon, Plutarque, Cicéron, Tacite, Sophocle, Anacréon, Lucrèce, Virgile, Horace, et les deux Pline. Grâces à ses ouvrages, notre langue deviendra classique, comme celle des Grecs et des Romains. Un mérite qui distingue ce grand homme, de tous les philosophes ses prédécesseurs, c'est d'avoir eu le courage et l'adresse de déchirer le voile des préjugés religieux. Lucien à cet égard n'est qu'un écolier auprès de lui. Personne n'a mieux manié que lui l'arme du ridicule, et vous savez que c'est la plus efficace contre les erreurs. Heureux, s'il s'en fût tenu à celle-là, sur le chapitre de la religion! lorsqu'il a voulu employer celle du raisonnement, il a malheureusement donné dans des bévues qui n'ont pas échappé à nos théologiens érudits; ils les lui ont même reprochées amèrement, et je suis obligé de convenir avec eux, d'après l'étude particulière que j'ai faite des langues anciennes, que M. de Voltaire n'a pas la moindre connaissance de l'Hébreu, qu'il ne sait point le Grec, et qu'il n'a pas puisé dans les sources ses observations critiques sur Abraham, Moïse, David, Salomon, les prophètes, les lois, et les mœurs hébraïques : je doute même qu'il ait lu les pères de l'église qu'il cite souvent. Mais le moyen qu'un génie si sublime ait pu descendre à des études si sèches, si arides! Ses ennemis diront qu'il n'eût pas dû raisonner sur ce qu'il ne connaissait pas à fond, ou du moins qu'il eût dû mieux choisir ses faiseurs d'extraits; mais je leur répondrai que Jupiter a eu ses faiblesses, et que si, pour s'être fait taureau, il n'a point cessé d'être le maître des dieux, M. de Voltaire, pour s'être quelquefois oublié, n'a point cessé d'être Voltaire, c'est-à-dire, le maître des beaux esprits, des savants, des philosophes, des poëtes, des historiens, et des littérateurs de toutes les espèces."

Un poëte comique, un poëte lyrique, un savant érudit, qui se trouvaient aussi dans l'assemblée, allaient parler à leur tour, quand les interlocuteurs se mirent à se regarder et à éclater de rire. Il était temps, car l'homme universel se serait bientôt trouvé réduit à peu de chose.

M. Duclos, qui, par politesse, avait laissé parler les autres, rompit la séance, recommanda qu'il ne fût jamais dit que sa maison eût été profanée par de semblables propos, et qu'il eût ri comme le reste de la compagnie.— SABATIER DE CASTRES.

LES FEUILLES DE SAULE.

L'AIR était pur ; un dernier jour d'automne,
En nous quittant arrachait la couronne
        Au front des bois ;
Et je voyais, d'une marche suivie,
Fuir le soleil, la saison et ma vie
        Tout à la fois.

Près d'un vieux tronc, appuyée en silence,
Je repoussais l'importune présence
        Des jours mauvais ;
Sur l'onde froide, ou l'herbe encor fleurie,
Tombait sans bruit quelque feuille flétrie,
        Et je rêvais ! . . .

Au saule antique incliné sur ma tête
Ma main enlève, indolente et distraite,
        Un vert rameau ;
Puis j'effeuillai sa dépouille légère,
Suivant des yeux sa course passagère
        Sur le ruisseau.

De mes ennuis jeu bizarre et futile !
J'interrogeais chaque débris fragile
        Sur l'avenir ;
Voyons, disais-je à la feuille entraînée,
Ce qu'à ton sort ma fortune enchaînée
        Va devenir ?

Un seul instant je l'avais vue à peine,
Comme un esquif que la vague promène,
        Voguer en paix :
Soudain le flot la rejette au rivage ;
Ce léger choc décida son naufrage . . . .
        Je l'attendais ! . . .

Je fie à l'onde une feuille nouvelle,
Cherchant le sort que pour mon luth fidèle
        J'osai prévoir ;
Mais vainement j'espérais un miracle,
Un vent léger emporta mon oracle
        Et mon espoir.

Sur cette rive où ma fortune expire,
Où mon talent sur l'aile du Zéphire
      S'est envolé,
Vais-je exposer sur l'élément perfide
Un vœu plus cher ? . . . Non, non, ma main timide
      A reculé.

Mon faible cœur, en blâmant sa faiblesse,
Ne put bannir une sombre tristesse,
      Un vague effroi :
Un cœur malade est crédule aux présages ;
Ils amassaient de menaçants nuages
      Autour de moi.

Le vert rameau de mes mains glisse à terre :
Je m'éloignai pensive et solitaire,
      Non sans effort ;
Et dans la nuit mes songes fantastiques
Autour du saule aux feuilles prophétiques
      Erraient encor.

                          Madame Tastu.

ÉPISODE DE PAUL ET VIRGINIE.[*]

Le bon naturel de ces enfants se développait de jour en jour. Un dimanche, au lever de l'aurore, leurs mères étant allées à la première messe à l'église des Pample-mousses, une négresse marronne se présenta sous les bananiers qui entouraient leur habitation. Elle était décharnée comme un squelette, et n'avait pour vêtement qu'un lambeau de serpillière autour des reins. Elle se jeta aux pieds de Virginie qui préparait le déjeuner de la famille, et lui dit : "Ma jeune demoiselle, ayez pitié d'une pauvre esclave fugitive, il y a un mois que j'erre dans ces montagnes, demi-morte de faim, souvent poursuivie par des chasseurs et par leurs chiens. Je fuis mon maître, qui est un riche habitant de la Rivière-Noire. Il m'a traitée comme vous le voyez." En même temps, elle lui montra son corps sillonné de cicatrices profondes,

---

[*] Children of two women of unequal birth and education, but equally poor and unfortunate, who live together in the Isle of France.

par les coups de fouet qu'elle en avait reçus. Elle ajouta : " Je voulais aller me noyer ; mais sachant que vous demeuriez ici, j'ai dit : Puisqu'il y a encore de bons blancs dans ce pays, il ne faut pas encore mourir." Virginie, tout émue, lui répondit : " Rassurez-vous, infortunée créature ! Mangez, mangez ;" et elle lui donna le déjeuner de la maison, qu'elle avait apprêté. L'esclave, en peu de moments, le dévora tout entier. Virginie, la voyant rassasiée, lui dit : " Pauvre misérable ! j'ai envie d'aller demander votre grâce à votre maître : en vous voyant, il sera touché de pitié. Voulez-vous me conduire chez lui ?" " Ange de Dieu, repartit la négresse, je vous suivrai partout où vous voudrez." Virginie appela son frère, et le pria de l'accompagner. L'esclave marronne les conduisit par des sentiers, au milieu des bois, à travers de hautes montagnes, qu'ils grimpèrent avec bien de la peine, et de larges rivières qu'ils passèrent à gué. Enfin, vers le milieu du jour, ils arrivèrent au bas d'un morne, sur les bords de la Rivière-Noire. Ils aperçurent là une maison bien bâtie, des plantations considérables, et un grand nombre d'esclaves occupés à toutes sortes de travaux. Leur maître se promenait au milieu d'eux une pipe à la bouche et un rotin à la main. C'était un grand homme sec, olivâtre, aux yeux enfoncés et aux sourcils noirs et joints. Virginie, tout émue, tenant Paul par le bras, s'approcha de l'habitant, et le pria, pour l'amour de Dieu, de pardonner à son esclave, qui était à quelques pas de là derrière eux. D'abord l'habitant ne fit pas grand compte de ces deux enfants pauvrement vêtus, mais quand il eut remarqué la taille élégante de Virginie, sa belle tête blonde sous une capote bleue, et qu'il eut entendu le doux son de sa voix qui tremblait, ainsi que tout son corps, en lui demandant grâce, il ôta sa pipe de sa bouche, et, levant son rotin vers le ciel, il jura par un affreux serment, qu'il pardonnait à son esclave, non pas pour l'amour de Dieu, mais pour l'amour d'elle.

Virginie aussitôt fit signe à l'esclave de s'avancer vers son maître : puis elle s'enfuit, et Paul courut après elle.

Ils remontèrent ensemble le revers du morne par où ils étaient descendus, et, parvenus à son sommet, ils s'assirent sous un arbre, accablés de lassitude, de faim et de soif. Ils avaient fait à jeun plus de cinq lieues depuis le lever du soleil. Paul dit à Virginie : " Ma sœur, il est plus de midi; tu as faim et soif; nous ne trouverons point ici à dîner; redescendons le morne et allons demander à manger au maître de l'esclave." "Oh non! mon ami," reprit Virginie, "il m'a fait trop de peur. Souviens-toi de ce que dit quelquefois maman : Le pain du méchant remplit la bouche de gravier." "Comment ferons-nous donc ?" dit Paul. "Ces arbres ne produisent que de mauvais fruits. Il n'y a pas seulement ici un tamarin ou un citron pour te rafraîchir." "Dieu aura pitié de nous," repartit Virginie; "il exauce la voix des petits oiseaux qui lui demandent de la nourriture."

'A peine avait-elle dit ces mots, qu'ils entendirent le bruit d'une source qui tombait d'un rocher voisin. Ils y coururent, et après s'être désaltérés avec ses eaux plus claires que le cristal, ils cueillirent et mangèrent un peu de cresson, qui croissait sur ses bords. Comme ils regardaient de côté et d'autre s'ils ne trouveraient pas quelque nourriture plus solide, Virginie aperçut, parmi les arbres de la forêt, un jeune palmiste. Le chou que la cime de cet arbre renferme au milieu de ses feuilles, est un fort bon manger, mais quoique sa tige ne fût pas plus grosse que la jambe, elle avait plus de soixante pieds de hauteur. 'A la vérité, le bois de cet arbre n'est formé que d'un paquet de filaments; mais son aubier est si dur qu'il fait rebrousser les meilleures haches, et Paul n'avait pas même un couteau. L'idée lui vint de mettrē le feu au pied de ce palmiste: autre embarras, il n'avait point de briquet, et d'ailleurs, dans cette île, si couverte de rochers, je ne crois pas qu'on puisse trouver une seule pierre à fusil. La nécessité donne de l'industrie, et souvent les inventions les plus utiles ont été dues aux hommes les plus misérables. Paul résolut d'allumer du feu à la manière des noirs. Avec l'angle d'une pierre il fit un petit trou sur une branche d'arbre bien sèche qu'il assujettit sous ses pieds; puis, avec le tranchant de cette pierre, il fit une pointe à un autre morceau de branche, également sèche, mais d'une espèce de bois différente. Il posa ensuite ce morceau de bois pointu dans le petit trou de la branche qui était sous ses pieds, et le faisant rouler rapidement entre ses mains, comme on roule un moulinet dont on veut faire mousser du chocolat, en peu de moments il vit sortir, du point de contact, de la fumée et des étincelles. Il ramassa des herbes sèches et d'autres branches d'arbres, et mit le feu au pied du palmiste, qui, bientôt après, tomba avec un grand fracas. Le feu lui servit encore à dépouiller le chou de l'enveloppe de ses longues feuilles ligneuses et piquantes. Virginie et lui mangèrent une partie de ce chou crue, et l'autre cuite sous la cendre, et ils les trouvèrent également savoureuses. Ils firent ce repas frugal, remplis de joie par le souvenir de la bonne action qu'ils avaient faite le matin; mais cette joie était troublée par l'inquiétude où ils se doutaient bien que leur longue absence de la maison jetterait leurs mères. Virginie revenait souvent sur cet objet; cependant Paul, qui sentait ses forces rétablies, l'assura qu'ils ne tarderaient pas à tranquilliser leurs parents.

Après dîner, ils se trouvèrent bien embarrassés; car ils n'avaient pas de guide pour les conduire chez eux. Paul, qui ne s'étonnait de rien, dit à Virginie: "Notre case est vers le soleil du milieu du jour; il faut que nous passions, comme ce matin, par-dessus cette montagne que tu vois là-bas avec ses trois pitons. Allons, marchons, mon amie."

Ils descendirent donc le morne de la Rivière-Noire, du côté du nord, et arrivèrent, après une heure de marche, sur les bords d'une large rivière qui barrait leur chemin. Cette grande partie de l'île, toute couverte de forêts, est si peu connue, même aujourd'hui, que plusieurs de ses rivières et de ses montagnes n'y ont pas encore de nom. La rivière, sur le bord de laquelle ils étaient, coule en bouillonnant sur un lit de rochers. Le bruit de ses eaux effraya Virginie, elle n'osa y mettre les pieds pour la passer à gué. Paul alors prit Virginie sur son dos, et passa ainsi chargé, sur les roches glissantes de la rivière, malgré le tumulte de ses eaux. "N'aie pas peur, lui disait-il, je me sens bien fort avec toi. Si l'habitant de la Rivière-Noire t'avait refusé la grâce de son esclave, je me serais battu avec lui." "Comment?" dit Virginie, "avec cet homme si grand et si méchant? 'A quoi t'ai-je exposé! Mon Dieu! qu'il est difficile de faire le bien! il n'y a que le mal de facile à faire."

Quand Paul fut sur le rivage, il voulut continuer sa route chargé de sa sœur, et il se flattait de monter ainsi la montagne des Trois Mamelles, qu'il voyait devant lui à une demi-lieue de là; mais bientôt les forces lui manquèrent, et il fut obligé de la mettre à terre, et de se reposer auprès d'elle. Virginie lui dit alors : "Mon frère, le jour baisse ; tu as encore des forces, et les miennes me manquent ; laisse-moi ici, et retourne seul à notre case pour tranquilliser nos mères." "Oh! non!" dit Paul, "je ne te quitterai pas. Si la nuit nous surprend dans ces bois, j'allumerai du feu, j'abattrai des palmistes, tu en mangeras le chou, et je ferai avec ses feuilles un ajoupa pour te mettre à l'abri." Cependant Virginie s'étant un peu reposée, cueillit, sur le tronc d'un vieux arbre penché sur le bord de la rivière, de longues feuilles de scolopendre qui pendaient de son tronc. Elle en fit des espèces de brodequins dont elle s'entoura les pieds, qui les pierres des chemins avaient mis en sang ; car dans l'empressement d'être utile, elle avait oublié de se chausser. Se sentant soulagée par la fraîcheur de ces feuilles, elle rompit une branche de bambou, et se mit en marche, en s'appuyant d'une main sur ce roseau, et de l'autre sur son frère.

Ils cheminaient ainsi doucement à travers les bois ; mais la hauteur des arbres et l'épaisseur de leurs feuillages leur firent bientôt perdre de vue la montagne sur laquelle ils se dirigeaient, et même le soleil, qui était déjà près de se coucher. Au bout de quelque temps, ils quittèrent, sans s'en apercevoir, le sentier frayé dans lequel ils avaient marché jusqu'alors, et ils se trouvèrent dans un labyrinthe d'arbres, de lianes et de roches, qui n'avait plus d'issue. Paul fit asseoir Virginie, et se mit à courir çà et là tout hors de lui, pour chercher un chemin hors de ce fourré épais ; mais il se fatigua en vain. Il monta au haut d'un grand arbre pour découvrir au moins la montagne ; mais il n'aperçut autour de lui que les cimes des arbres, dont quelques-unes étaient éclairées par les derniers rayons du soleil couchant. Cependant l'ombre des montagnes couvrait déjà les forêts dans les vallées ; le vent se calmait, comme il arrive au coucher du soleil ; un profond silence régnait dans ces solitudes, et on n'y entendait d'autre bruit que le bramement des cerfs, qui venaient chercher leur gîte dans ces lieux écartés. Paul, dans l'espoir que quelque chasseur pourrait l'entendre, cria alors de toute sa force : "Venez, venez au secours de Virginie!" Mais les seuls échos de la forêt répondirent à sa voix, et répétèrent à plusieurs reprises : "Virginie . . . Virginie!"

Paul descendit alors de l'arbre, accablé de fatigue et de chagrin; il chercha les moyens de passer la nuit dans ce lieu; mais il n'y avait ni fontaine, ni palmiste, ni même des branches de bois sec propre à allumer du feu; il sentit alors, par expérience, toute la faiblesse de ses ressources, et il se mit à pleurer. Virginie lui dit: "Ne pleure point, mon ami, si tu ne veux m'accabler de chagrin. C'est moi qui suis la cause de toutes tes peines, et de celles qu' éprouvent maintenant nos mères. Il ne faut rien faire, pas même le bien, sans consulter ses parents. Oh! j'ai été bien imprudente!" Et elle se prit à verser des larmes.

Cependant elle dit à Paul: "Prions Dieu, mon frère, et il aura pitié de nous." 'A peine avaient-ils achevé leur prière, qu'ils entendirent un chien aboyer. "C'est, dit Paul, le chien de quelque chasseur, qui vient le soir tuer les cerfs à l'affût." Peu après, les aboiements du chien redoublèrent. "Il me semble, dit Virginie, que c'est Fidèle, le chien de notre case. Oui, je reconnais sa voix: serions-nous si près d'arriver, et au pied de notre montagne?" En effet, un moment après, Fidèle était à leurs pieds, aboyant, hurlant, gémissant et les accablant de caresses. Comme ils ne pouvaient revenir de leur surprise, ils aperçurent Domingue, qui accourait à eux. 'A l'arrivée de ce bon noir, qui pleurait de joie, ils se mirent aussi à pleurer, sans pouvoir lui dire un mot. Quand Domingue eut repris ses sens: "O mes jeunes maîtres, leur dit-il, que vos mères ont d'inquiétude! comme elles ont été étonnées, quand elles ne vous ont plus trouvés au retour de la messe, où je les accompagnais! Marie, qui travaillait dans un coin de l'habitation, n'a su nous dire où vous étiez allés. J'allais, je venais autour de l'habitation, ne sachant moi-même de quel côté vous chercher. Enfin j'ai pris vos vieux habits à l'un et à l'autre, je les ai fait flairer à Fidèle, et sur-le-champ, comme si ce pauvre animal m'eût entendu, il s'est mis à quêter sur vos pas. Il m'a conduit, toujours en remuant la queue, jusqu'à la Rivière-Noire. C'est là que j'ai appris d'un habitant, que vous lui aviez ramené une négresse marronne, et qu'il vous avait accordé sa grâce. Mais quelle grâce! il me l'a montrée attachée, avec une chaîne au pied, à un billot de bois, et avec un collier de fer à trois crochets autour du cou. De là, Fidèle tou-

jours quêtant m'a mené sur le morne de la Rivière-
Noire, où il s'est arrêté en aboyant de toute sa force.
C'était sur le bord d'une source, auprès d'un palmiste
abattu, et près d'un feu qui fumait encore; enfin il m'a
conduit ici. Nous sommes au pied de la montagne, et il
y a encore quatre bonnes lieues jusque chez nous. Allons, mangez et prenez des forces." Il leur présenta aussitôt un gâteau, des fruits, et une grande calebasse remplie d'une liqueur composée d'eau, de vin, de jus de citron, de sucre et de muscade, que leurs mères avaient
préparée pour les fortifier et les rafraîchir. Virginie sou-
pira au souvenir de la pauvre esclave, et des inquiétudes
de leurs mères. Elle répéta plusieurs fois: "Oh! qu'il
est difficile de faire le bien!" Pendant que Paul et elle
se rafraîchissaient, Domingue alluma du feu, et ayant
cherché dans les roches un bois tortu qu'on appelle bois
de ronde, et qui brûle tout vert, en jetant une grande
flamme, il en fit un flambeau qu'il alluma, car il était déjà
nuit.

Mais il éprouva un embarras bien plus grand quand il
fallut se mettre en route: Paul et Virginie ne pouvaient
plus marcher; leurs pieds étaient enflés et tout rouges;
Domingue ne savait s'il devait aller bien loin de là leur
chercher du secours, ou passer dans ce lieu la nuit avec
eux. "Où est le temps, leur disait-il, où je vous portais
tous deux à la fois dans mes bras? Mais maintenant
vous êtes grands, et je suis vieux." Comme il était dans
cette perplexité, une troupe de noirs marrons se fit voir
à[569, d] vingt pas de là. Le chef de cette troupe, s'approchant de Paul et de Virginie, leur dit: "Bons petits
blancs, n'ayez pas peur; nous vous avons vus passer ce
matin avec une négresse de la Rivière-Noire; vous alliez
demander sa grâce à son mauvais maître; en reconnaissance, nous vous reporterons chez vous sur nos épaules."
Alors il fit un signe, et quatre noirs marrons des plus
robustes firent aussitôt un brancard avec des branches
d'arbres et des lianes, y placèrent Paul et Virginie, les
mirent sur leurs épaules, et Domingue marchant devant
eux, avec son flambeau, ils se mirent en route, aux cris
de joie de toute la troupe, qui les comblait de bénédictions. Virginie attendrie disait à Paul: "O mon ami!
jamais Dieu ne laisse un bienfait sans récompense."
Ils arrivèrent vers le milieu de la nuit au pied de leur

montagne, dont les croupes étaient éclairées de plusieurs feux. A peine ils la montaient, qu'ils entendirent des voix qui criaient : "Est-ce vous, mes enfants ?" Ils répondirent avec les noirs : "Oui, c'est nous !" Et bientôt ils aperçurent leurs mères et Marie, qui venaient au-devant d'eux avec des tisons flambants. "Malheureux enfants, dit madame de la Tour, d'où venez-vous ? dans quelles angoisses nous avez-vous jetés !" "Nous venons, dit Virginie, de la Rivière-Noire, demander la grâce d'une pauvre esclave marronne, à qui j'ai donné ce matin le déjeuner de la maison, parce qu'elle mourait de faim, et voilà que les noirs marrons nous ont ramenés." Madame de la Tour embrassa sa fille, sans pouvoir parler ; et Virginie, qui sentit son visage mouillé des larmes de sa mère, lui dit : "Vous me payez de tout le mal que j'ai souffert !" Marguerite, ravie de joie, serrait Paul dans ses bras, et lui disait : "Et toi aussi, mon fils, tu as fait une bonne action." Quand elles furent arrivées dans leur case avec leurs enfants, elles donnèrent bien à manger aux noirs marrons, qui s'en retournèrent dans leurs bois, en leur souhaitant toute sorte de prospérités.—BERNARDIN DE SAINT-PIERRE.

ÉPAMINONDAS.

DANS la relation d'un second voyage que je fis en Béotie, je parlerai de la ville de Thèbes, et des mœurs des Thébains. Dans mon premier voyage, je ne m'occupai que d'"Epaminondas.

Je lui fus présenté par Timagène. Il connaissait trop le sage Anacharsis pour ne pas être frappé de mon nom. Il fut touché du motif qui m'attirait dans la Grèce. Il me fit quelques questions sur les Scythes. J'étais si saisi de respect et d'admiration, que j'hésitais à répondre. Il s'en aperçut, et détourna la conversation sur l'expédition du jeune Cyrus et sur la retraite des dix mille.

Il nous pria de le voir souvent. Nous le vîmes tous les jours. Nous assistions aux entretiens qu'il avait avec les Thébains les plus éclairés, avec les officiers les plus habiles. Quoiqu'il eût enrichi son esprit de toutes les connaissances, il aimait mieux écouter que de parler. Ses réflexions étaient toujours justes et profondes. Dans les occasions d'éclat, lorsqu'il s'agissait de se défendre, ses réponses étaient promptes, vigoureuses et précises. La conversation l'intéressait infiniment, lorsqu'elle roulait sur des matières de philosophie et de politique.

Je me souviens, avec un plaisir mêlé d'orgueil, d'avoir vécu familièrement avec le plus grand homme peut-être que la Grèce ait produit. Et pourquoi ne pas accorder ce titre au général qui perfectionna l'art de la guerre, qui effaça la gloire des généraux les plus célèbres, et ne fut jamais vaincu que par la fortune; à l'homme d'État qui donna aux Thébains une supériorité qu'ils n'avaient jamais eue, et qu'ils perdirent à sa mort; au négociateur qui prit toujours dans les diètes l'ascendant sur les autres députés de la Grèce, et qui sut retenir dans l'alliance de Thèbes, sa patrie, les nations jalouses de l'accroissement de cette nouvelle puissance; à celui qui fut aussi éloquent que la plupart des orateurs d'Athènes, aussi dévoué à sa patrie que Léonidas, et plus juste peut-être qu' Aristide lui-même?

Le portrait fidèle de son esprit et de son cœur serait le seul éloge digne de lui; mais qui pourrait développer cette philosophie sublime qui éclairait et dirigeait ses actions; ce génie si étincelant de lumière, si fécond en ressources; ces plans concertés avec tant de prudence, exécutés avec tant de promptitude? Comment représenter encore cette égalité d'âme, cette intégrité de mœurs, cette dignité dans le maintien et dans les manières, son attention à respecter la vérité jusque dans les moindres choses, sa douceur, sa bonté, la patience avec laquelle il supportait les injustices du peuple, et celles de quelques-uns de ses amis?

Dans une vie où l'homme privé n'est pas moins admirable que l'homme public, il suffira de choisir au hasard quelques traits, qui serviront à caractériser l'un et l'autre. J'ai déjà rapporté ses principaux exploits dans le premier chapitre de cet ouvrage.

Sa maison était moins l'asile que le sanctuaire de la pauvreté. Elle y régnait avec la joie pure de l'innocence, avec la paix inaltérable du bonheur, au milieu des autres vertus auxquelles elle prêtait de nouvelles forces, et qui la paraient de leur éclat. Elle y régnait dans une dénûment si absolu, qu'on aurait de la peine à le croire. Prêt

à faire une irruption dans le Péloponèse, 'Epaminondas
fut obligé de travailler à son équipage. Il emprunta
cinquante drachmes, et c'était à peu près dans le temps
qu'il rejetait avec indignation cinquante pièces d'or qu'un
prince de Thessalie avait osé lui offrir. Quelques Thébains essayèrent vainement de partager leur fortune avec
lui ; mais il leur faisait partager l'honneur de soulager les
malheureux.

Nous le trouvâmes un jour avec plusieurs de ses amis
qu'il avait rassemblés. Il leur disait : Sphondrias a une
fille en âge d'être mariée. Il est trop pauvre pour lui
constituer une dot. Je vous ai taxés chacun en particulier suivant vos facultés. Je suis obligé de rester quelques jours chez moi ; mais à ma première sortie, je vous
présenterai cet honnête citoyen. Il est juste qu'il reçoive
de vous ce bienfait, et qu'il en connaisse les auteurs.
Tous souscrivirent à cet arrangement, et le quittèrent en
le remerciant de sa confiance.

Timagène, inquiet de ce projet de retraite, lui en demanda le motif. Il répondit simplement : Je suis obligé
de faire blanchir mon manteau. En effet il n'en avait
qu'un.

Un moment après entra Micythus. C'était un jeune
homme qu'il aimait beaucoup. Diomédon de Cyzique
est arrivé, dit Micythus ; il s'est adressé à moi pour l'introduire auprès de vous. Il a des propositions à vous
faire de la part du roi de Perse, qui l'a chargé de vous
remettre une somme considérable. Il m'a même forcé
d'accepter cinq talents. Faites-le venir, répondit 'Epaminondas.

" 'Ecoutez, Diomédon, lui dit-il ; si les vues d'Artaxercès sont conformes aux intérêts de ma patrie, je n'ai
pas besoin de ses présents. Si elles ne le sont pas, tout
l'or de son empire ne me ferait pas trahir mon devoir.
Vous avez jugé de mon cœur par le vôtre ; je vous le
pardonne ; mais sortez au plus tôt de cette ville, de peur
que vous ne corrompiez les habitants. Et vous, Micythus, si vous ne rendez à l'instant même l'argent que
vous avez reçu, je vais vous livrer au magistrat." Nous
nous étions écartés pendant cette conversation, et Micythus nous en fit le récit le moment après.

La leçon qu'il venait de recevoir, 'Epaminondas l'avait
donnée plus d'une fois à ceux qui l'entouraient. Pen-

E

dant qu'il commandait l'armée, il apprit que *(,) écuyer
avait vendu la liberté d'un captif. Rendez-moi mon bouclier, lui dit-il. Depuis que l'argent a souillé vos mains,
vous n'êtes plus fait pour me suivre dans les dangers.

Zélé disciple de Pythagore, il en imitait la frugalité.
Il s'était interdit l'usage du vin, et prenait souvent un
peu de miel pour toute nourriture. La musique, qu'il
avait apprise sous les plus habiles maîtres charmait quelquefois ses loisirs. Il excellait dans le jeu de la flûte ;
et, dans les repas où il était prié, il chantait à son tour en
s'accompagnant de la lyre.

Plus il était facile dans la société, plus il était sévère
lorsqu'il fallait maintenir la décence de chaque état. Un
homme de la lie du peuple, et perdu de débauche, était
détenu en prison. Pourquoi, dit Pélopidas à son ami,
m'avez-vous refusé sa grâce, pour l'accorder à une cour-
tisane ? "C'est, répondit 'Epaminondas, qu'il ne convenait pas à un homme tel que vous, de vous intéresser à
un homme tel que lui."

Jamais il ne brigua ni ne refusa les charges publiques.
Plus d'une fois il servit comme simple soldat, sous des
généraux sans expérience, que l'intrigue lui avait fait
préférer. Plus d'une fois les troupes assiégées dans leur
camp, et réduites aux plus fâcheuses extrémités, implorè-
rent·son secours. Alors il dirigeait les opérations, repoussait l'ennemi, et ramenait tranquillement l'armée,
sans se souvenir de l'injustice de sa patrie, ni du service
qu'il venait de lui rendre.

Il ne négligeait aucune circonstance pour relever le
courage de sa nation, et la rendre redoutable aux autres
peuples. Avant sa première campagne du Péloponèse,
il engagea quelques Thébains à lutter contre des Lacédémoniens qui se trouvaient à Thèbes. Les premiers
eurent l'avantage ; et, de ce moment, ses soldats com-
mencèrent à ne plus craindre les Lacédémoniens. Il
campait en Arcadie ; c'était en hiver. Les députés d'une
ville voisine vinrent lui proposer d'y entrer, et d'y prendre
des logements. "Non, dit 'Epaminondas à ses officiers ;
s'ils nous voyaient assis auprès du feu, ils nous prendr-
aient pour des hommes ordinaires. Nous resterons ici
malgré la rigueur de la saison. Témoins de nos luttes
et de nos exercices, ils seront frappés d'étonnement."

Daïphantus et Jollidas, deux officiers généraux qui

avaient mérité son estime, disaient un jour à Timagène :
Vous l'admireriez bien plus, si vous l'aviez suivi dans ses
expéditions ; si vous aviez étudié ses marches, ses campe-
ments, ses dispositions avant la bataille, sa valeur brillante, et sa présence d'esprit dans la mêlée ; si vous l'a-
viez vu toujours actif, toujours tranquille, pénétrer d'un
coup d'œil les projets de l'ennemi, lui inspirer une sécurité funeste, multiplier autour de lui des piéges presque
inévitables, maintenir en même temps la plus exacte discipline dans son armée, réveiller par des moyens imprévus l'ardeur de ses soldats, s'occuper sans cesse de leur
conservation et surtout de leur honneur.

C'est par des attentions si touchantes qu'il s'est attiré
leur amour. Excédés de fatigue, tourmentés de la faim,
ils sont toujours prêts à exécuter ses ordres, à se préci-
piter dans le danger. Ces terreurs paniques, si fréquentes dans les autres armées, sont inconnues dans la sienne.
Quand elles sont près de s'y glisser, il sait d'un mot les
dissiper ou les tourner à son avantage. Nous étions sur
le point d'entrer dans le Péloponèse : l'armée ennemie
vint se camper devant nous. Pendant qu' 'Epaminondas
en examine la position, un coup de tonnerre répand l'a-
larme parmi ses soldats. Le devin ordonne de sus-
pendre la marche. On demande avec effroi au général
ce qu'annonce un pareil présage : Que l'ennemi a choisi
un mauvais camp, s'écrie-t-il avec assurance. Le courage des troupes se ranima, et le lendemain elles forcè-
rent le passage.

Les deux officiers thébains rapportèrent d'autres faits
que je supprime. J'en omets plusieurs qui se sont passés
sous mes yeux ; et je n'ajoute qu'une réflexion. 'Epaminondas, sans ambition, sans vanité, sans intérêt, éleva en
peu d'années sa nation au point de grandeur où nous
avons vu les Thébains. Il opéra ce prodige, d'abord par
l'influence de ses vertus et de ses talents. En même
temps qu'il dominait sur les esprits par la supériorité de
son génie et de ses lumières, il disposait à son gré des
passions des autres, parce qu'il était maître des siennes.
Mais ce qui accéléra ses succès, ce fut la force de son caractère. Son âme indépendante et altière fut indignée
de bonne heure de la domination que les Lacédémoniens
et les Athéniens avaient exercée sur les Grecs en général, et sur les Thébains en particulier. Il leur voua une

haine qu'il aurait renfermée en lui-même : mais dès que
sa patrie lui eut confié le soin de sa vengeance, il brisa
les fers des nations, et devint conquérant par devoir ; il
forma le projet aussi hardi que nouveau d'attaquer les
Lacédémoniens jusque dans le centre de leur empire, et
de les dépouiller de cette prééminence dont ils jouissaient
depuis tant de siècles ; il le suivit avec obstination, au
mépris de leur puissance, de leur gloire, de leurs alliés,
de leurs ennemis qui voyaient d'un œil inquiet ces progrès rapides des Thébains : il ne fut point arrêté non
plus par l'opposition d'un parti qui s'était formé à Thèbes,
et qui voulait la paix, parce qu' 'Epaminondas voulait la
guerre. Ménéclidès était à la tête de cette faction. Son
éloquence, ses dignités, et l'attrait que la plupart des
hommes ont pour le repos, lui donnaient un grand crédit
sur le peuple. Mais la fermeté d''Epaminondas détruisit
à la fin ces obstacles ; et tout était disposé pour la campagne, quand nous le quittâmes.

La Grèce touchait au moment d'une révolution. 'Epaminondas était à la tête d'une armée ; sa victoire ou sa
défaite allait enfin décider si c'était aux Thébains ou aux
Lacédémoniens de donner des lois aux autres peuples.
Il entrevit l'instant de hâter cette décision.

Il part un soir de Tégée en Arcadie pour surprendre
Lacédémone. Cette ville est tout ouverte, et n'avait
alors pour défenseurs que des enfants et des vieillards.
Une partie des troupes se trouvait en Arcadie ; l'autre
s'y rendait sous la conduite d'Agésilas. Les Thébains
arrivent à la pointe du jour, et voient bientôt Agésilas
prêt à les recevoir. Instruit par un transfuge de la
marche d''Epaminondas, il était revenu sur ses pas avec
une extrême diligence : et déjà ses soldats occupaient les
postes les plus importants. Le général thébain, surpris
sans être découragé, ordonne plusieurs attaques. Il avait
pénétré jusqu'à la place publique, et s'était rendu maître
d'une partie de la ville.

Agésilas n'écoute plus alors que son désespoir. Quoique âgé de près de quatre-vingts ans, il se précipite au
milieu des dangers ; et, secondé par le brave Archidamus
son fils, il repousse l'ennemi, et le force de se retirer.

'Epaminondas ne fut point inquiété dans sa retraite.
Il fallait une victoire pour faire oublier le mauvais succès de son entreprise. Il marche en Arcadie, où s'étaient

réunies les principales forces de la Grèce. Les deux armées furent bientôt en présence. Celle des Lacédémoniens et.de leurs alliés était de plus de vingt milles hommes de pied, et de près de deux mille chevaux; celle de la ligue thébaine, de trente mille hommes d'infanterie, et d'environ trois mille de cavalerie.

Jamais 'Epaminondas n'avait déployé plus de talent que dans cette circonstance. Il suivit, dans son ordre de bataille, les principes qui lui avaient procuré la victoire de Leuctres. Une de ses ailes, formée en colonne, tomba sur la phalange lacédémonienne, qu'elle n'aurait peut-être jamais enfoncée, s'il n'était venu lui-même fortifier ses troupes par son exemple, et par un corps d'élite dont il était suivi. Les ennemis, effrayés à son approche, s'ébranlent et prennent la fuite. Il les poursuit avec un courage dont il n'est plus le maître, et se trouve enveloppé par un corps de Spartiates, qui font tomber sur lui une grêle de traits. Après avoir longtemps écarté la mort, et fait mordre la poussière à une foule de guerriers, il tomba percé d'un javelot dont le fer lui resta dans la poitrine. L'honneur de l'enlever engagea une action aussi vive, aussi sanglante que la première. Ses compagnons, ayant redoublé leurs efforts, eurent la triste consolation de l'emporter dans sa tente.

On combattit à l'autre aile avec une alternative à peu près égale de succès et de revers. Par les sages dispositions d''Epaminondas, les Athéniens ne furent pas en état de seconder les Lacédémoniens. Leur cavalerie attaqua celle des Thébains, fut repoussée avec perte, se forma de nouveau, et détruisit un détachement que les ennemis avaient placé sur les hauteurs voisines. Leur infanterie était sur le point de prendre la fuite, lorsque les 'Eléens volèrent à son secours.

La blessure d''Epaminondas arrêta le carnage, et suspendit la fureur des soldats. Les troupes des deux partis, également étonnées, restèrent dans l'inaction. De part et d'autre on sonna la retraite, et l'on dressa un trophée sur le champ de bataille.

'Epaminondas respirait encore. Ses amis, ses officiers fondaient en larmes autour de son lit. Le camp retentissait des cris de la douleur et du désespoir. Les médecins avaient déclaré qu'il expirerait dès qu'on ôterait le fer de la plaie. Il craignit que son bouclier ne fût

tombé entre les mains de l'ennemi; on le lui montra, et
il le baisa comme l'instrument de sa gloire.

Il parut inquiet sur le sort de la bataille; on lui dit
que les Thébains l'avaient gagnée. "Voilà qui est bien,
répondit-il: j'ai assez vécu." Il demanda ensuite Daïphantus et Jollidas, deux généraux qu'il jugeait dignes
de le remplacer. On lui dit qu'ils étaient morts. "Per-
suadez donc aux Thébains, reprit-il, de faire la paix."
Alors il ordonna d'arracher le fer; et l'un de ses amis
s'étant écrié dans l'egarement de sa douleur: "Vous
mourez, 'Epaminondas! Si du moins vous laissiez des
enfants!" "Je laisse, répondit-il en expirant, deux filles
immortelles: la victoire de Leuctres et celle de Mantinée."—BARTHÉLEMY.

LETTRE À SA MÈRE.

ME voici dans le charmant pays de Vaud; je suis au
bord du lac de Genève, bordé d'un côté par les montagnes
du Valais et de la Savoie, et de l'autre par de superbes
vignobles dont on fait à cette heure la vendange. Les
raisins sont énormes et excellents; ils croissent depuis
le bord du lac jusqu'au sommet du mont Jura; en sorte
que, d'un même coup-d'œil, je vois des vendangeurs, les
pieds dans l'eau, et d'autres juchés sur des rochers à perte
de vue. C'est une belle chose que le lac de Genève! il
semble que l'océan ait voulu donner à la Suisse son portrait en miniature. Imaginez une jatte de quarante lieues
de tour, remplie de l'eau la plus claire que vous ayez jamais bue, qui baigne d'un côté les châtaigniers de la Savoie, et de l'autre les raisins du pays de Vaud. Du côté
de la Savoie, la nature étale toutes ses horreurs, et de
l'autre toutes ses beautés; le mont Jura est couvert de
villes et de villages, dont la vigne couvre les toits et dont
le lac mouille les murs; enfin, tout ce que je vois me cause
une surprise qui dure encore pour les gens du pays. Mais
ce qu'il y a de plus intéressant, c'est la simplicité des
mœurs de la ville de Vévay. On ne m'y connaît que
comme un peintre, et j'y suis traité partout comme à
Nancy. Je vais dans toutes les sociétés; je suis écouté
et admiré de beaucoup de gens qui ont plus de sens que

moi ; et j'y reçois des politesses, que j'aurais, tout au plus,
a attendre de la Lorraine : l'âge d'or dure encore pour
ces gens-là.   Ce n'est pas la peine* d'être grand seigneur
pour se présenter chez eux, il suffit d'être homme.   L'humanité est pour ce bon peuple-ci, tout ce que la parenté
serait pour un autre.   Il vient de m'arriver† une aventure
qui tiendrait sa place dans le meilleur roman.   J'ai été
chez une femme qu'on m'avait indiquée, pour lui demander de vouloir bien me procurer de l'ouvrage.   Son mari
l'a engagée, quoique vieille, à se faire peindre ; j'ai parfaitement réussi.   Pendant le temps du portrait, j'ai toujours mangé chez elle, et elle m'a fort bien traité.

Ce matin, quand j'ai donné les derniers coups à l'ouvrage, le mari m'a dit : Monsieur, voilà un portrait parfait ; il ne me reste plus qu'à vous satisfaire et à vous demander votre prix.   Je lui ai dit : Monsieur, on ne se
juge jamais bien soi-même ; le grand mérite se voit en
petit, et le petit se voit en grand.   Personne ne s'apprécie, et il est plus raisonnable de se laisser juger par les
autres ; nos yeux ne nous sont pas donnés pour nous regarder.

Monsieur, m'a-t-il dit, votre façon de parler m'embarrasse autant que la bonté de votre portrait.   Je trouve
que, quelque chose que vous me demandiez, vous ne sauriez me demander trop.

Et moi, monsieur, quelque peu que vous me donniez,
je ne trouverai point que ce soit trop peu ; je vous prie
de n'avoir de ce côté-là aucune honte, et de compter pour
beaucoup les bons traitements que j'ai reçus de vous,
dont je suis plus content que je ne le serai de quelque
argent que je reçoive.

Monsieur, je vous devais au-delà des politesses que je
vous ai faites, mais je vous dois encore infiniment pour le
plaisir que vous m'avez fait.

Monsieur, si j'avais l'honneur d'être plus connu de
vous, je hasarderais de vous en faire un présent, et ce
n'est que pour vous obéir que je recevrai le prix que
vous voudrez bien y mettre ; mais conformez-vous, s'il
vous plaît, aux circonstances du pays qui n'est pas riche,
et du peintre qui est plus reconnaissant qu'intéressé.

---

* Ce n'est—eux, *it is not necessary to be a high-born gentleman to gain admission to their homes.*

† *There has just happened to me,* etc.   *Il vient de* is unipersonal.

Monsieur, puisque vous ne voulez rien dire, je vais hasarder d'acquitter en partie ce que je vous dois.

'A l'instant, le pauvre homme va à son bureau, et revient, la main pleine d'argent, me disant : Monsieur, c'est en tâtonnant que je cherche à satisfaire ma dette. Et, en même temps, il me remit trente-six livres.

Monsieur, lui dis-je, souffrez que je vous représente que c'est trop pour un ouvrage de cinq heures au plus, fait en aussi bonne compagnie que la vôtre ; permettez que je vous en remette les deux tiers, et qu'en échange je donne à Madame votre portrait en pur don.

Le pauvre homme et la pauvre femme tombèrent des nues. J'ai ajouté beaucoup de choses honnêtes ; et je m'en suis allé, emportant leurs bénédictions, et leurs douze livres que je leur rendrai à mon départ.

Il y a pourtant ici quelqu'un qui me connaît : c'est M. de Courvoisier, colonel-commandant du régiment d'Anhalt, qui était à Metz,* sous les ordres de mon frère, et qui m'y a vu. Quand j'ai su qu'il était ici, j'ai été le chercher ; et il m'a donné sa parole d'honneur du secret ; il le garde, même dans sa famille.

Il a un vieux père et une vieille mère, de cette ancienne pâte dont on a perdu la composition. Il a deux sœurs dont l'une a quarante ans et l'autre vingt. La cadette est belle comme un ange ; je la peins à cette heure, et elle n'est occupée qu'à me chercher des pratiques pour me faire gagner de l'argent.

Nous allons, M. Belpré et moi, dans toutes les assemblées sous le même nom ; et nous voyons plus d'honnêtes gens dans une ville de trois mille habitants, qu'on n'en trouverait dans toutes les villes des provinces de la France. Sur trente ou quarante jeunes filles ou femmes, il ne s'en trouve pas quatre de laides.

Adieu, madame ; voilà une assez longue lettre. Si j'y ajoutais ce que j'ai toujours à vous dire de mon adoration pour vous, vous mourriez d'ennui. Mettez-moi aux pieds du roi ; contez-lui mes folies, et annoncez-lui une de mes lettres où je voudrais bien lui manquer de respect, afin de ne le pas ennuyer. Les princes ont plus besoin d'être divertis qu' adorés.—LE CHEVALIER DE BOUFFLERS.

---

* Pronounced *Messe.*

SCÈNES DE L'AVOCAT PATELIN,

COMÉDIE.

M. Patelin. Cela est résolu; il faut aujourd'hui même, quoique je n'aie pas le sou, que je me donne un habit neuf . . . Ma foi! on a bien raison de le dire, il vaudrait autant être ladre que d'être pauvre. Qui, à me voir ainsi habillé, me prendrait pour un avocat? ne dirait-on pas plutôt que je serais un magister de ce bourg? Depuis quinze jours que j'ai quitté le village où je demeurais pour venir m'établir en ce lieu-ci, croyant d'y faire mieux mes affaires . . . elles vont de mal en pis. J'ai de ce côté-là, pour voisin, mon compère le juge du lieu . . . pas un pauvre petit procès. De cet autre côté, un riche marchand drapier . . . pas de quoi m'acheter un méchant habit . . . ah! pauvre Patelin, pauvre Patelin! comment feras-tu pour contenter ta femme qui veut absolument que tu maries ta fille! qui voudra d'elle en te voyant ainsi déguenillé?

Il te faut bien, par force, avoir recours à l'industrie . . . oui, tâchons adroitement à nous procurer à crédit un bon habit de drap dans la boutique de monsieur Guillaume notre voisin. Si je puis une fois me donner l'extérieur d'un homme riche, tel qui refuse ma fille . . .

SCÈNE SUIVANTE.

M. Patelin, M. Guillaume.

M. Patelin (à part). Bon! le voilà seul; approchons.

M. Guillaume (à part, feuilletant son livre). Compte du troupeau . . . six cents bêtes . . .

M. Patelin (à part, lorgnant le drap). Voilà une pièce de drap qui ferait bien mon affaire* . . . (*A M. Guillaume.*) Serviteur, monsieur.

M. Guillaume (sans le regarder). Est-ce le sergent que j'ai envoyé quérir? qu'il attende.

M. Patelin. Non, monsieur, je suis . . .

M. Guillaume (l'interrompant en le regardant). Une robe . . . le procureur donc? . . . Serviteur.

M. Patelin. Non, monsieur, j'ai l'honneur d'être avocat.

---

* Qui ferait, etc., *which would just suit me.*

E 2

M. Guillaume. Je n'ai pas besoin d'avocat : je suis votre serviteur.*

M. Patelin. Mon nom, monsieur, ne vous est sans doute pas inconnu. Je suis Patelin l'avocat.

M. Guillaume. Je ne vous connais point, monsieur.

M. Patelin (à part). Il faut se faire connaître. (*A M. Guillaume.*) J'ai trouvé, monsieur, dans les mémoires de feu mon père une dette qui n'a pas été payée, et . . .

M. Guillaume (l'interrompant). Ce ne sont pas mes affaires ; je ne dois rien.

M. Patelin. Non, monsieur : c'est au contraire feu mon père qui devait au vôtre trois cents écus, et comme je suis homme d'honneur, je viens vous payer.

M. Guillaume. Me payer ? attendez, monsieur, s'il vous plaît . . . je me remets un peu votre nom. Oui, je connais depuis longtemps votre famille. Vous demeuriez au village ici près : nous nous sommes connus autrefois. Je vous demande excuse ; je suis votre très humble et très obéissant serviteur. (*Lui offrant sa chaise.*) Asseyez-vous là, s'il vous plaît, asseyez-vous là.

M. Patelin. Monsieur !

M. Guillaume. Monsieur !

M. Patelin (s'asseyant). Si tous ceux qui me doivent étaient aussi exacts que moi à payer leurs dettes, je serais beaucoup plus riche que je ne suis ; mais je ne sais point retenir le bien d'autrui.

M. Guillaume. C'est pourtant ce qu'aujourd'hui beaucoup de gens savent fort bien faire.

M. Patelin. Je tiens que la première qualité d'un honnête homme est de bien payer ses dettes, et je viens savoir quand vous serez en commodité de recevoir vos trois cents écus.

M. Guillaume. Tout à l'heure.

M. Patelin. J'ai chez moi votre argent tout prêt, et bien compté ; mais il faut vous donner le temps de faire dresser une quittance par-devant notaire. Ce sont des charges d'une succession qui regarde ma fille Henriette, et j'en dois rendre un compte en formes.

M. Guillaume. Cela est juste. Eh bien, demain matin à cinq heures.

M. Patelin. 'A cinq heures, soit. J'ai peut-être mal

---

* *Votre serviteur* here signifies *I beg to be excused.*

pris mon temps, monsieur Guillaume? je crains de vous détourner.

M. Guillaume. Point du tout; je ne suis que trop de loisir; on ne vend rien.

M. Patelin. Vous faites pourtant plus d'affaires, vous seul, que tous les négociants de ce lieu.

M. Guillaume. C'est que je travaille beaucoup.

M. Patelin. C'est que vous êtes, ma foi, le plus habile homme de tout ce pays . . . (*Examinant la pièce de drap.*) Voilà un assez beau drap.

M. Guillaume. Fort beau.

M. Patelin. Vous faites votre commerce avec une intelligence! . . . .

M. Guillaume. Oh! monsieur!

M. Patelin. Avec une habileté merveilleuse!

M. Guillaume. Oh, oh, monsieur!

M. Patelin. Des manières nobles et franches, qui gagnent le cœur de tout le monde!

M. Guillaume. Oh, point, monsieur.

M. Patelin. Parbleu! la couleur de ce drap fait plaisir à la vue.

M. Guillaume. Je le crois, c'est couleur de marron.

M. Patelin. De marron? que cela est beau! gage,* monsieur Guillaume, que vous avez imaginé cette couleur-là?

M. Guillaume. Oui, oui, avec mon teinturier.

M. Patelin. Je l'ai toujours dit, il y a plus d'esprit dans cette tête-là, que dans toutes celles du village.

M. Guillaume. Ah! ah! ah!

M. Patelin (*tâtant le drap*). Cette laine me paraît assez bien conditionnée?

M. Guillaume. C'est pure laine d'Angleterre.

M. Patelin. Je l'ai cru . . . . à propos d'Angleterre, il me semble, monsieur Guillaume, que nous avons autrefois été à l'école ensemble?

M. Guillaume. Chez monsieur Nicodème?

M. Patelin. Justement. Vous étiez beau comme l'amour.

M. Guillaume. Je l'ai ouï dire à ma mère.

M. Patelin. Et vous appreniez tout ce qu'on voulait.

M. Guillaume. 'A dix-huit ans je savais lire et écrire.

---

* Familiar for *je gage*, *I'll wager.*

M. Patelin. Quel dommage que vous ne vous soyez pas appliqué aux grandes choses! Savez-vous bien, monsieur Guillaume, que vous auriez gouverné un 'Etat?

M. Guillaume. Comme un autre.

M. Patelin. Tenez, j'avais justement dans l'esprit une couleur de drap comme celle-là. Il me souvient que ma femme veut que je me fasse faire un habit. Je songe que demain matin à cinq heures, en portant vos trois cents écus, je prendrai peut-être de ce drap.

M. Guillaume. Je vous le garderai.

M. Patelin (à part). Le garderai! . . . ce n'est pas là mon compte. (*A M. Guillaume.*) Pour racheter une rente, j'avais mis à part ce matin douze cents livres, où je ne voulais pas toucher; mais je vois bien, M. Guillaume, que vous en aurez une partie.

M. Guillaume. Ne laissez pas de racheter votre rente; vous aurez toujours de mon drap.

M. Patelin. Je le sais bien; mais je n'aime point à prendre à crédit . . . . Que je prends de plaisir à vous voir frais et gaillard! quel air de santé et de longue vie!

M. Guillaume. Je me porte bien.

M. Patelin. Combien croyez-vous qu'il me faudra de ce drap, afin qu' avec vos trois cents écus, je porte aussi de quoi le payer?

M. Guillaume. Il vous en faudra . . . Vous voulez sans doute l'habit complet?

M. Patelin. Oui, très complet, justaucorps, culotte et veste, doublées de même, et le tout bien long et bien large.

M. Guillaume. Pour tout cela, il vous en faudra . . . oui . . . six aunes. Voulez-vous que je les coupe en attendant?

M. Patelin. En attendant . . . non, monsieur, non, l'argent à la main, s'il vous plaît, l'argent à la main: c'est ma méthode.

M. Guillaume. Elle est fort bonne. (*A part.*) Voici un homme très exact.

M. Patelin. Vous souvient-il, M. Guillaume, d'un jour que nous soupâmes ensemble à l''Ecu de France?

M. Guillaume. Le jour qu'on fit la fête du village?

M. Patelin. Justement. Nous raisonnâmes à la fin du repas sur les affaires du temps, et je vous ouïs dire de belles choses.

M. Guillaume. Vous vous en souvenez?

M. Patelin. Si je m'en souviens? Vous prédîtes dès lors tout ce que nous avons vu depuis dans Nostradamus.*

M. Guillaume. Je vois les choses de loin.

M. Patelin. Combien, M. Guillaume, me ferez-vous payer de l'aune de ce drap?

M. Guillaume (*regardant la marque*). Voyons . . . un autre en payerait, ma foi! six écus; mais allons . . . je vous le baillerai à cinq écus.

M. Patelin (*à part*). Le Juif! . . . (*A M. Guillaume.*) Cela est trop honnête! six fois cinq écus, ce sera justement . . .

M. Guillaume (*l'interrompant*). Trente écus.

M. Patelin. Oui, trente écus; le compte est bon . . . Parbleu! pour renouveler connaissance, il faut que nous mangions demain à dîner une oie, dont un plaideur m'a fait présent.

M. Guillaume. Une oie! je les aime fort.

M. Patelin. Tant mieux. Touchez-là; à demain a dîner; ma femme les apprête à miracle . . . Par ma foi! il me tarde, qu'elle me voie sur le corps un habit de ce drap. Croyez-vous qu'en le prenant demain matin, il soit fait à dîner.

M. Guillaume. Si vous ne donnez du temps au tailleur. il vous le gâtera.

M. Patelin. Ce serait grand dommage.

M. Guillaume. Faites mieux. Vous avez, dites-vous, l'argent tout prêt?

M. Patelin. Sans cela, je n'y songerais pas.

M. Guillaume. Je vais vous le faire porter chez vous par un de mes garçons. Il me souvient qu'il y en a là de coupé justement ce qu'il vous en faut.

M. Patelin (*prenant le drap*). Cela est heureux!

M. Guillaume. Attendez. Il faut auparavant que je l'aune en votre presence.

M. Patelin. Bon! est-ce que je ne me fie pas à vous?

M. Guillaume. Donnez, donnez; je vais vous le faire porter, et vous m'enverrez par le retour . . .

---

* Michael de N., a physician, born 1503, died 1566, was the author of a book of prophecies in rhyme, first published in 1555, entitled "*les vrayes centuries et prophéties.*"

M. Patelin (*l'interrompant*). Le retour . . . non, non ;
ne détournez pas vos gens, je n'ai que deux pas à faire
d'ici chez moi . . . comme vous dites, le tailleur aura
plus de temps.

M. Guillaume. Laissez-moi vous donner un garçon qui
me rapportera l'argent.

M. Patelin. Eh, point, point. Je ne suis pas glorieux,
il est presque nuit ; et sous ma robe on prendra ceci pour
un sac de procès.

M. Guillaume. Mais, monsieur, je vais toujours vous
donner un garçon pour me . . .

M. Patelin (*l'interrompant*). Eh, point de façon, vous
dis-je . . . à cinq heures précises, trois cent trente écus,
et l'oie à dîner . . . Oh, çà, il se fait tard : adieu, mon
cher voisin, serviteur.

M. Guillaume. Serviteur, monsieur, serviteur.

BRUEYS ET PALAPRAT.

LOUIS XI.

Heureux villageois, dansons :
Sautez, fillettes
Et garçons !
Unissez vos joyeux sons,
Musettes
Et chansons !

Notre vieux roi, caché dans ces tourelles,
Louis, dont nous parlons tout bas,
Veut essayer, au temps des fleurs nouvelles,
S'il peut sourire à nos ébats.

Quand sur nos bords on rit, on chante, on aime,
Louis se retient prisonnier.
Il craint les grands, et le peuple, et Dieu même ;
Surtout il craint son héritier.

Voyez d'ici briller cent hallebardes,
Aux feux d'un soleil pur et doux.
N'entend-on pas le *qui-vive* des gardes,
Qui se mêle au bruit des verrous ?

Il vient! il vient! Ah! du plus humble chaume
  Ce roi peut envier la paix:
Le voyez-vous, comme un pâle fantôme,
  'A travers ces barreaux épais!

Dans nos hameaux, quelle image brillante
  Nous nous faisions d'un souverain!
Quoi! pour le sceptre une main défaillante!
  Pour la couronne un front chagrin!

Malgré nos chants, il se trouble, il frissonne:
  L'horloge a causé son effroi:
Ainsi toujours il prend l'heure qui sonne
  Pour un signal de son beffroi.

Mais notre joie, hélas! le désespère:
  Il fuit avec son favori.
Craignons sa haine, et disons qu'en bon père
  'A ses enfants il a souri.

Heureux villageois, dansons:
  Sautez, fillettes
    Et garçons!
Unissez vos joyeux sons,
  Musettes
    Et chansons!

BÉRANGER.

LETTRE À MADAME LA DUCHESSE DE BOURGOGNE.

N'ESPÉREZ pas un parfait bonheur: il n'y en a point sur la terre; et s'il y en avait, il ne serait pas à la cour.

La grandeur a ses peines, et souvent plus cruelles que celles des particuliers: dans la vie privée, on se fait aux chagrins: à la cour, on ne s'y habitue pas.

Votre sexe est encore plus exposé à souffrir, parce qu'il est toujours dans la dépendance. Ne soyez ni fâchée, ni honteuse de cette dépendance d'un mari, ni de toutes celles qui sont dans l'ordre de la providence.

Que M. le duc soit votre meilleur ami, et votre seul confident. Prenez ses conseils, donnez-lui les vôtres; ne soyez, vous et lui, qu'un cœur et qu'une âme.

N'espérez pas que votre union soit parfaite. Les meilleurs mariages sont ceux où l'on souffre tour à tour avec douceur et avec patience. Il`n'y en eut jamais sans quelque contradiction.

Soyez complaisante sans faire valoir vos complaisances ; supportez les défauts de l'hymen, ceux du tempérament et de la conduite, la différence des opinions et des goûts. C'est à vous à être soumise ; et c'est en vous soumettant à M. le duc de Bourgogne, que vous régnerez sur lui. Prenez sur vous le plus que vous pourrez ; sur lui, jamais.

N'exigez pas autant d'amitié que vous en aurez : les hommes sont pour l'ordinaire moins tendres que les femmes ; et vous serez malheureuse, si vous êtes délicate en amitié : c'est un commerce où il faut toujours mettre du sien.*

Demandez à Dieu de n'être point jalouse. N'espérez pas faire revenir un mari par les plaintes, les chagrins et les reproches ; le seul moyen est la patience et la douceur. L'impatience aigrit et aliène les cœurs ; la douceur les ramène. En sacrifiant votre volonté, ne prétendez rien sur celle de votre époux ; les hommes y sont encore plus attachés que les femmes, parce qu'on les élève avec moins de contrainte. Ils sont naturellement tyranniques ; ils veulent les plaisirs et la liberté, et que les femmes y renoncent. N'examinez pas si leurs droits sont fondés ; qu'il vous suffise qu'ils sont établis ; ils sont les maîtres ; il n'y a qu'à souffrir et obéir de bonne grâce.

Parlez, écrivez, agissez, comme si vous aviez mille témoins ; comptez que tôt ou tard tout est su : il est très dangereux d'écrire.

Ne confiez à personne rien qui puisse vous nuire, s'il est redit. Comptez que les secrets les mieux gardés, ne le sont que pour un temps ; et qu'il n'est point de pays où il y ait plus d'indiscrétion que celui-ci, (la cour) où tout se fait avec mystère.

Aimez vos enfants : voyez-les souvent : c'est l'occupation la plus honnête qu'une princesse, et qu'une paysanne puisse avoir. Jetez dans leur cœur les semences de toutes les vertus ; et en les instruisant, songez que de leur éducation dépend le bonheur d'un peuple qui mérite d'être aimé de ses princes. Exposez-vous au monde selon les bienséances de votre état. Si vous êtes inaccessible, vous ne serez pas aimée.

---

* Mettre du sien, *to contribute to, to exert one's self.*

N'épousez les passions de personne ; c'est à vous de les modérer, et non pas à les suivre. Regardez comme vos véritables amis ceux qui vous porteront toujours à la douceur, à la paix, au pardon des injures ; et par la raison contraire, craignez et n'écoutez pas ceux qui voudront vous exciter contre les autres, sous quelque apparence de zèle et de raison qu'ils couvrent leurs intérêts ou leurs ressentiments.

Défiez-vous des personnes intéressées, vaines, ambitieuses, vindicatives ; leur commerce ne peut que vous nuire. N'ayez jamais tort. Ne vous mettez point en état de craindre la confrontation. Donnez toujours de bons conseils, si vous osez en donner. Excusez les absents, et n'accusez personne. Encore une fois, n'entrez point dans les passions des courtisans. Vous leur plairez moins dans le temps de leur faveur ; ils vous estimeront quand leur accès sera passé. Une princesse ne doit être d'aucun parti, mais établir partout la paix.

Sanctifiez toutes vos vertus, en leur donnant pour motif l'envie de plaire à Dieu.

Aimez l''Etat ; aimez la noblesse qui en est le soutien ; aimez les peuples ; protégez les campagnes à proportion du crédit que vous aurez. Soulagez-les autant que vous pourrez.

Ne vous laissez pas aller aux mouvements intérieurs : on a toujours les yeux ouverts sur les princes. Ils doivent donc toujours avoir un extérieur doux, égal, et médiocrement gai. Cependant montrez que vous êtes capable d'amitié. Votre amie est malade, ne cachez point votre inquiétude ; elle meurt, montrez votre affliction. Soyez tendre aux prières des malheureux, Dieu ne vous a fait naître dans le haut rang, que pour vous donner le plaisir de faire du bien. Le pouvoir de rendre service et de faire des heureux est le vrai dédommagement des fatigues, des désagréments, de la servitude de votre état. Soyez compatissante envers ceux qui recourent à vous, pour obtenir des grâces ; mais ne soyez pas importune à ceux qui les distribuent ou qui les donnent. N'entrez dans aucune intrigue, quelque intérêt et quelque gloire qu'on vous y fasse envisager : aimez vos parents ; Mais que la France soit votre seule patrie ; la France ne vous aimera qu'autant que vous saurez l'aimer.

Soyez en garde contre le goût que vous avez pour l'esprit. Trop d'esprit humilie ceux qui en ont peu. L'esprit vous fera haïr par le plus grand nombre, et peut-être mésestimer des personnes sages.—MAD. DE MAINTENON.

CARACTÈRE DES FRANÇAIS.

DE tous les peuples le Français est celui dont le caractère a dans tous les temps éprouvé moins d'altération. On retrouve le Français d'aujourd'hui dans ceux des croisades, et en remontant jusqu'aux Gaulois, on y remarque encore beaucoup de ressemblance. Cette nation a toujours été vive, gaie, brave, généreuse, sincère, présomptueuse, inconstante, avantageuse, inconsidérée. Ses vertus partent du cœur, ses vices ne tiennent qu'à l'esprit, et ses bonnes qualités corrigeant ou balançant les mauvaises, toutes concourent peut-être également à rendre le Français de tous les peuples le plus sociable.

Le grand défaut du Français est d'être toujours jeune, et presque jamais homme ; par là il est souvent plus aimable, et rarement sûr ; il n'a presque point d'âge mûr, et passe de la jeunesse à la caducité.

Nos talents s'annoncent de bonne heure ; on les néglige longtemps par dissipation, et à peine commence-t-on à vouloir en faire usage, que leur temps est passé ; il y a peu d'hommes parmi nous qui puissent s'appuyer de l'expérience.

Il est le seul peuple dont les mœurs peuvent se dépraver, sans que le cœur se corrompe, et que le courage s'altère ; qui allie les qualités heroïques avec le plaisir, le luxe et la mollesse ; ses vertus ont peu de consistance, ses vices n'ont point de racine. Le caractère d'Alcibiade n'est pas rare en France.

Le déréglement des mœurs et de l'imagination ne donne point atteinte à la franchise et à la bonté naturelle du Français. L'amour-propre contribue à le rendre aimable : plus il croit plaire, plus il a de penchant à aimer. La frivolité qui nuit au développement de ses talents et de ses vertus, le préserve en même temps des crimes noirs et réfléchis : la perfidie lui est étrangère, et il est emprunté dans l'intrigue. Si l'on a quelquefois vu chez lui des crimes odieux, ils ont disparu plutôt par le caractère national, que par la sévérité des lois.—DUCLOS.

LETTRES DE MADAME DE SÉVIGNÉ.

À SA FILLE.

Je reçois vos lettres comme vous avez reçu ma bague : je fonds en larmes en les lisant ; il me semble que mon cœur veuille se fendre par la moitié : on croirait que vous m'écrivez des injures, ou que vous êtes malade, ou qu'il vous êtes arrivé quelque accident, et c'est tout le contraire ; vous m'aimez, ma chère enfant, et vous me le dites d'une manière que je ne puis soutenir sans des pleurs en abondance. Vous continuez votre voyage sans aucune aventure fâcheuse ; lorsque j'apprends tout cela, qui est justement tout ce qui peut m'être le plus agréable, voilà l'état où je suis. Vous vous amusez donc à penser à moi, vous en parlez, et vous aimez mieux m'écrire vos sentiments que vous n'aimez à me les dire ; de quelque façon qu'ils me viennent, ils sont reçus avec une sensibilité qui n'est comprise que de ceux qui savent aimer comme je fais. Vous me faites sentir pour vous tout ce qu'il est possible de sentir de tendresse ; mais si vous songez à moi, soyez assurée aussi que je pense continuellement à vous ; c'est ce que les dévots appellent une pensée habituelle : c'est ce qu'il faudrait avoir pour Dieu, si l'on faisait son devoir : rien ne me donne de distraction ; je vois ce carrosse qui avance toujours, et qui n'approchera jamais de moi ; je suis toujours dans les grands chemins ; il me semble que j'ai quelquefois peur que ce carrosse ne verse ; les pluies qu'il fait depuis trois jours me mettent au désespoir, le Rhône me fait une peur étrange. J'ai une carte devant mes yeux, je sais tous les lieux où vous couchez : vous êtes ce soir à Nevers, vous serez dimanche à Lyon où vous recevrez cette lettre.

Je n'ai pu vous écrire qu'à Moulins par Mad. de Guénegaud. Je n'ai reçu que deux de vos lettres ; peut-être que la troisième viendra : c'est la seule consolation que je souhaite ; pour d'autres, je ne'en cherche pas.

DE LA MÊME À LA MÊME.

Si vous étiez ici, ma chère enfant, vous vous moqueriez de moi ; j'écris de provision ; mais c'est par une raison bien différente de celle que je vous donnais un jour, pour m'excuser d'avoir écrit à quelqu'un une lettre qui ne

devait partir que dans deux jours ; c'était parce que je
ne me souciais guère de lui, et que dans deux jours je
n'aurais pas autre chose à lui dire. Voici tout le contraire ; c'est que je me soucie beaucoup de vous, que
j'aime à vous entretenir à toute heure, et que c'est la
seule consolation que je puis avoir présentement. Je
suis aujourd'hui toute seule dans ma chambre par l'excès
de ma mauvaise humeur. Je suis lasse de tout, et je me
suis fait un plaisir de dîner ici, et je m'en fais un de vous
écrire hors de propos ; mais, hélas ! vous n'avez pas de
ces sortes de loisirs. J'écris tranquillement, et je ne conçois pas que vous puissiez lire de même : je ne vois pas
un moment où vous soyez à vous ; je vois un mari qui
vous adore, qui ne peut se lasser d'être auprès de vous,
et qui peut à peine comprendre son bonheur ; je vois des
harangues, des infinités de compliments, des visites ; on
vous fait des honneurs extrêmes ; il faut répondre à tout
cela, vous êtes accablée ; moi-même sur ma petite boule
je n'y suffirais pas. Que fait votre paresse pendant tout
ce tracas ? Elle souffre, elle se retire dans quelque petit
cabinet, elle meurt de peur de ne plus retrouver sa place ;
elle vous attend dans quelque moment perdu, pour vous
faire au moins souvenir d'elle, et vous dire un mot en
passant. Hélas ! dit-elle, m'avez-vous oubliée ? Songez
que je suis votre plus ancienne amie, celle qui ne vous a
jamais abandonnée, la fidèle compagne de vos plus beaux
jours ; que c'est moi qui vous consolais de tous les plaisirs, et qui même quelquefois vous les faisais haïr ; qui
vous ai empêchée de mourir d'ennui, et en Bretagne, et
dans votre maladie : quelquefois votre mère troublait nos
plaisirs ; mais je savais bien où vous reprendre ; présentement je ne sais plus où j'en suis : les honneurs et les
représentations me feront périr, si vous n'avez soin de
moi.

Il me semble que vous lui dites en passant un petit
mot d'amitié ; vous lui donnez quelque espérance de vous
posséder à Grignan ; mais vous passez vite, et vous n'a-
vez pas le loisir d'en dire davantage. Le devoir et la
raison sont autour de vous, et ne vous donnent pas un
moment de repos ; moi-même qui les ai toujours tant ho-
norés, je leur suis contraire, et ils me le sont ; le moyen
qu'ils vous laissent lire de telles lanterneries ! Je vous
assure, ma chère enfant, que je songe à vous continuelle-

ment, et je sens tous les jours ce que vous me dîtes une
fois, qu'il ne fallait point appuyer sur ses pensées : si l'on
ne glissait par-dessus, on serait toujours en larmes, c'est-
à-dire moi. Il n'y a lieu dans cette maison qui ne me
blesse le cœur ; toute votre chambre me tue ; j'y ai fait
mettre un paravent tout au milieu pour rompre un peu
la vue ; la fenêtre de ce degré, par où je vous vis monter
dans le carrosse de d'Hacqueville, et par où je vous rap-
pelai, me fait peur, quand je pense combien j'étais capable de m'y jeter ; car je suis folle quelquefois : ce cabinet
où je vous embrassai sans savoir ce que je faisais ; ces
capucins* où j'allai entendre la messe ; ces larmes qui
tombaient de mes yeux à terre, comme si ç'eût été de
l'eau qu'on eût répandue ; Sainte-Marie, madame de la
Fayette, mon retour dans cette maison, votre appartement, la nuit, le lendemain, et votre première lettre, et
toutes les autres, et tous les entretiens de ceux qui en-
trent dans mes sentiments ; ce pauvre d'Hacqueville est
le premier ; je n'oublierai jamais la pitié qu'il eut de moi.
Voilà donc où j'en reviens : il faut glisser sur tout cela,
et se bien garder de s'abandonner à ses pensées et aux
mouvements de son cœur : j'aime mieux m'occuper de la
vie que vous faites maintenant ; cela me fait une diversion, sans m'éloigner de mon sujet et de mon objet, ce
qui s'appelle poétiquement l'objet aimé.

Je songe donc à vous, et je souhaite toujours de vos
lettres ; quand je viens d'en recevoir j'en voudrais bien
encore. J'en attends présentement, et je reprendrai ma
lettre quand j'aurai reçu de vos nouvelles. J'abuse de
vous, ma très chère ; j'ai voulu aujourd'hui me permettre
cette lettre d'avance ; mon cœur en avait besoin ; je n'en
ferai pas une coutume.—MADAME DE SÉVIGNÉ.

LETTRE DE BOILEAU AU DUC DE VIVONNE.

MONSEIGNEUR,—Sans une maladie très violente qui
m'a tourmenté pendant quatre mois, et qui m'a mis très
longtemps dans un état moins glorieux à la vérité, mais

---

* *i. e.*, the Church of the Capuchins.

presque aussi périlleux que celui où vous êtes tous les jours, vous ne vous plaindriez pas de ma paresse.

Avant ce temps-là je me suis donné l'honneur de vous écrire plusieurs fois ; et si vous n'avez pas reçu mes lettres, c'est la faute de vos courriers, et non pas la mienne. Quoi qu'il en soit, me voilà gueri ; je suis en état de réparer mes fautes, si j'en ai commis quelques-unes ; et j'espère que cette lettre-ci prendra une route plus sûre que les autres. Mais dites-moi, monseigneur, sur quel ton faut-il maintenant vous parler ? Je savais assez bien autrefois de quel air il fallait écrire à *Monseigneur de Vivonne, général des galères de France ;* mais oserait-on se familiariser de même avec le libérateur de Messine, le vainqueur de Ruyter, le destructeur de la flotte espagnole ? Seriez-vous le premier héros qu'une extrême prospérité ne pût enorgueillir ? Êtes-vous encore ce même grand seigneur qui venait souper chez un misérable poëte, et y porteriez-vous sans honte vos nouveaux lauriers au second et troisième étage ? Non, non, monseigneur, je n'oserais plus me flatter de cet honneur. Ce serait assez pour moi que vous fussiez de retour à Paris ; et je me tiendrais trop heureux de pouvoir grossir les pelotons de peuple qui s'amasseraient dans les rues pour vous voir passer. Mais je n'oserais pas même espérer cette joie : vous vous êtes si fort habitué à gagner des batailles, que vous ne voulez plus faire d'autre métier ; il n'y a pas moyen de vous tirer de la Sicile. Cela accommode fort toute la France ; mais cela ne m'accommode point du tout. Quelque belles que soient vos victoires, je n'en saurais être content, puisqu'elles vous rendent d'autant plus nécessaire au pays où vous êtes, et qu'en avançant vos conquêtes, elles reculent votre retour. Tout passionné que je suis pour votre gloire, je chéris encore plus votre personne, et j'aimerais encore mieux vous entendre parler ici de Chapelain et de Quinault, que d'entendre la renommée parler si avantageusement de vous. Et puis, monseigneur, combien pensez-vous que votre protection m'est nécessaire en ce pays, dans les démêlés que j'ai incessamment sur le Parnasse ? Il faut que je vous en conte un, pour vous faire voir que je ne mens pas. Vous saurez donc, monseigneur, qu'il y a un médecin à Paris, nommé M. Perrault, très ennemi de la santé et du bon sens, mais en récompense fort grand ami de M. Quinault.

Un mouvement de pitié pour son pays, ou plutôt le peu
de gain qu'il faisait dans son métier, lui en a fait à la fin
embrasser un autre.   Il a lu Vitruve, il a fréquenté M. le
Vau* et M. Ratabon,* et s'est enfin jeté dans l'architecture, où l'on prétend qu'en peu d'années il a autant élevé
de mauvais bâtiments, qu' étant médecin il avait ruiné
de bonnes santés.   Ce nouvel architecte, qui veut se mêler aussi de poésie, m'a pris en haine sur le peu d'estime
que je faisais des ouvrages de son cher Quinault.   Sur
cela il s'est déchaîné contre moi dans le monde : je l'ai
souffert quelque temps avec assez de modération ; mais
enfin la bile satirique n'a pu se contenir, si bien que dans
le quatrième chant de ma Poétique, à quelque temps de
là, j'ai inséré la métamorphose d'un médecin en architecte.   Vous l'y avez peut-être vue ; elle finit ainsi :

> Notre assassin renonce à son art inhumain ;
> Et, désormais la règle et l'équerre à la main,
> Laissant de Galien la science suspecte,
> De méchant médecin devient bon architecte.†

Il n'avait pourtant pas sujet de s'offenser, puisque je parle
d'un médecin de Florence, et que d'ailleurs il n'est pas
le premier médecin qui dans Paris ait quitté sa robe pour
la truelle.   Ajoutez que si en qualité de médecin il avait
raison de se fâcher, vous m'avouerez qu'en qualité d'architecte il me devait des remercîments.

Il ne me remercia pas pourtant ; au contraire, comme
il a un frère chez M. Colbert,‡ et qu'il est lui-même employé dans les bâtiments du roi, il cria fort hautement
contre ma hardiesse ; jusque-là que mes amis eurent peur
que cela ne me fît une affaire§ auprès de cet illustre ministre.   Je me rendis donc à leurs remontrances, et, pour
raccommoder toutes choses, je fis une réparation sincère
au médecin par l'épigramme que vous allez voir :

> Oui, j'ai dit dans mes vers qu'un célèbre assassin,
> Laissant de Galien la science infertile,
> D'ignorant médecin devint maçon habile.
> Mais de parler de vous je n'eus jamais dessein ;
> Lubin, ma muse est trop correcte.
> Vous êtes, je l'avoue, ignorant médecin,
> Mais non pas habile architecte.

---

* Celebrated architects.
† See Part II., chant iv., vers 21, of the *Art Poétique.*
‡ Prime minister of Louis XIV.
§ *That I should be brought into collision with that renowned minister.*

Cependant regardez, monseigneur, comme les esprits des hommes sont faits : cette réparation, bien loin d'apaiser l'architecte, l'irrita encore davantage. Il gronda, il se plaignit, il me menaça de me faire ôter ma pension.

'À tout cela je répondis que je craignais ses remèdes et non pas ses menaces. Le dénoûment de l'affaire est que j'ai touché ma pension, que l'architecte s'est brouillé auprès de M. Colbert, et que si Dieu ne regarde en pitié son peuple, notre homme va se rejeter dans la médecine. Mais, monseigneur, je vous entretiens là d'étranges bagatelles. Il est temps, ce me semble, de vous dire que je suis avec toute sorte de zèle et de respect, monseigneur, votre, etc.,   BOILEAU.

UNE ÉPOQUE DE LA VIE DE MADAME DE STAAL.

LORSQUE j'étais dans la convalescence, et presque dans le désespoir, ma sœur me vint voir, et m'annonça avec de grands transports de joie la fortune qu'elle croyait que j'allais faire. Elle me dit qu'allant à Versailles avec madame la duchesse de la Ferté, elle lui avait conté, le long du chemin, qu'elle avait une sœur cadette qui avait été élevée singulièrement bien dans un couvent de province : elle lui dit que je savais tout ce qui se peut savoir, et lui fit une énumération des sciences qu'elle prétendait que je possédais, dont elle estropiait les noms. Ma sœur, qui ne savait rien, n'avait pas de peine à croire que je savais beaucoup. La duchesse, qui n'en savait pas plus qu'elle, adopta tout, et me crut un prodige : c'était la personne du monde qui s'engouait le plus violemment. Elle arriva à Versailles, l'esprit frappé de cette prétendue merveille qu'elle débita partout où elle fut, principalement chez madame de Ventadour, sa sœur, où était le cardinal de Rohan. Elle s'échauffait l'imagination en parlant, et en disait cent fois plus qu'on ne lui en avait dit. On crut qu'il fallait s'assurer d'un si grand trésor. Madame la Dauphine vivait encore. On décida qu'il fallait me mettre à Jouarre, auprès de mesdemoiselles de Rohan, qui y étaient toutes trois, pour en faire autant de chefs-d'œuvre.

Ma sœur, après m'avoir fait ce récit, me dit qu'il était absolument nécessaire que j'allasse faire mes remercîments, et me montrer à sa maîtresse ; qu'elle devait retourner ce jour-là à Versailles ; qu'après lui avoir fait ma révérence je reviendrais sur-le-champ.

Je n'avais point d'habit honnête pour me présenter : j'en empruntai un d'une pensionnaire du couvent pour deux ou trois heures : et après que ma sœur m'eut un peu ajustée, je m'en allai avec elle. Nous arrivâmes chez la duchesse à son réveil. Elle fut ravie de me voir, et me trouva charmante. Elle n'avait garde, au fort de sa prévention, d'en juger autrement. Après quelques mots qu'elle me dit, quelques réponses fort simples et peut-être assez plates que je lui fis : "Vraiment, dit-elle, elle parle à ravir : la voilà tout à propos pour m'écrire une lettre à M. Desmarets, que je veux qu'il ait tout à l'heure. Tenez, mademoiselle, on va vous donner du papier, vous n'avez qu'à écrire.—Et quoi, madame ? lui répondis-je fort embarrassée.—Vous tournerez cela comme vous voudrez, reprit-elle ; il faut que cela soit bien : je veux qu'il m'accorde ce que je lui demande.—Mais, madame, repris-je, encore il faudrait savoir ce que vous lui voulez dire.—Eh non, vous entendez." Je n'entendais rien du tout ; j'avais beau insister, je ne pouvais la faire expliquer. Enfin rejoignant les propos décousus qu'elle lâcha, je compris à peu près de quoi il s'agissait. Je n'en étais guère plus avancée ; car je ne savais point les usages et le cérémonial des gens titrés ; et je voyais bien qu'elle ne distinguerait pas une faute d'ignorance d'une faute de bon sens. Je pris pourtant ce papier qu'on me présenta, et je me mis à écrire, pendant qu'elle se levait, sans savoir comment je m'y prendrais ; et écrivant toujours au hasard, je finis cette lettre, que je lui fus* présenter, fort incertaine du succès. "Eh bien ! s'écria-t-elle, voilà justement tout ce que je lui voulais mander. Mais cela est admirable, qu'elle ait si bien pris ma pensée. Henriette, votre sœur est étonnante. Oh ! puisqu'elle écrit si bien, il faut qu'elle écrive encore une lettre pour mon homme d'affaires ; cela sera fait pendant que je m'habille." Il ne fallut point la questionner cette fois-là sur ce qu'elle voulait mander. Elle répandit un torrent de paroles, que toute l'attention que j'y donnais ne pouvait suivre ; et je me trouvai encore plus embarrassée à cette seconde

---

* See note, page 23.

F

épreuve. Elle avait nommé son procureur et son avocat, qui entraient pour beaucoup dans cette lettre ; ils m'étaient tout à fait inconnus, et malheureusement je pris leurs noms l'un pour l'autre. " L'affaire est bien expliquée, me dit-elle, après avoir lu la lettre ; mais je ne comprends pas qu'une fille qui a autant d'esprit que vous en avez, puisse donner à mon avocat le nom de mon procureur." Elle découvrit par là les bornes de mon génie. Heureusement je n'en perdis pas totalement son estime.

Pendant que j'avais fait toutes ces dépêches, elle avait fini sa toilette, et ne songea plus qu'à partir pour Versailles. Je la suivis jusqu'à son carrosse ; et lorsqu'elle y fut montée, et que ma sœur qu'elle menait eut pris sa place, au moment qu'on allait fermer la portière, et que je commençais à respirer : "Je pense, dit-elle à ma sœur, que je ferai bien de la mener tout à l'heure avec moi. Montez, montez, mademoiselle, je veux vous faire voir à madame de Ventadour." Je demeurai pétrifiée à cette proposition ; mais, surtout, ce qui me glaça le cœur, fut cet habit emprunté pour deux heures, avec lequel je craignis qu'on ne me fît faire le tour du monde ; et il ne s'en fallut guère. Mais, malgré ces considérations, il n'y avait pas moyen de reculer : je n'étais plus au temps d'avoir une volonté, ni de résister à celle des autres. Je montai donc le cœur serré ;* elle ne s'en aperçut pas, et parla tout le long du chemin. Elle disait cent choses à la fois, qui n'avaient nul rapport l'une à l'autre. Cependant il y avait tant de vivacité, de naturel et de grâce dans sa conversation, qu'on l'écoutait avec un extrême plaisir. Après m'avoir fait plusieurs questions, dont elle n'avait pas attendu la réponse : "Sans doute, me dit-elle, puisque vous savez tant de choses, vous savez faire des points pour tirer l'horoscope ; c'est tout ce que j'aime au monde." Je lui dis que je n'avais pas la moindre idée de cette science. "Mais à quoi bon, reprit elle, en avoir appris tant d'autres qui ne servent à rien ?" Je l'assurai que je n'en avais appris aucune ; mais elle ne m'écoutait déjà plus, et se mit à faire l'éloge de la géomancie, chiromancie, etc., me dit toutes les prédictions qu'on lui avait faites, dont elle attendait encore l'évènement ; me raconta à ce sujet plusieurs histoires mémorables, enfin son rêve

---

* *Avec* is understood.

de la nuit précédente, quantité d'autres aussi remarquables, qui devaient avoir tôt ou tard leur effet. J'écoutai le tout avec beaucoup de soumission et peu de foi. Enfin nous arrivâmes : elle nous dit, à ma sœur et à moi, d'aller à son appartement, et qu'ensuite nous irions la trouver chez madame de Ventadour, où elle descendit. Elle logeait à Versailles dans les combles du château. Il me fut impossible d'arriver au haut du degré ; et si quelqu'un de ses gens, qui nous suivaient, ne m'avaient portée pour achever les dernières marches, j'y serais restée. Cette fatigue de corps et d'esprit me jeta dans un accablement où l'on ne sent plus rien, et où l'on pense encore moins. Je n'avais pas bien compris ce que la duchesse nous avait dit sur ma présentation à madame de Ventadour. Ma sœur ne l'avait pas mieux entendu, et je crus qu'il n'y avait qu'à attendre qu'elle m'envoyât chercher.* Nous restâmes ainsi jusqu'au soir, dans son appartement, où elle rentra furieuse de ce que nous n'avions pas exécuté ses ordres. Ils avaient été mal expliqués ; mais ce n'était pas une représentation à lui faire. Elle avait prétendu qu'on la vînt trouver, on ne l'avait pas fait, c'était ma fortune manquée. J'écoutai, dans un silence respectueux, ses regrets, ses reproches, et tout ce que des sentiments impétueux, non retenus, font dire. Tout étant dit, elle se calma, et ne songea plus qu'au lendemain. Elle dit qu'elle me mènerait elle-même chez sa sœur, et m'y mena. Je trouvai une personne d'un caractère tout différent du sien. La douceur et la sérénité peintes sur son visage, annonçaient le calme de son esprit et l'égalité de son âme. Elle me reçut avec toute sorte de bonté et de politesse ; me parla de ma mère, qui avait été gouvernante de sa fille ; de l'estime qu'elle avait pour elle ; du bien qu'elle avait ouï dire de moi, enfin du désir de me placer convenablement. Ensuite on me fit voir M. le duc de Bretagne, qui vivait encore, et le roi, qui ne faisait presque que de naître. On dit qu'il fallait aussi me faire voir les beautés de Versailles, et l'on me traîna partout. Je pensai expirer de lassitude.

Madame la duchesse de la Ferté avait déjà tant parlé de moi, qu'on m'observait comme un objet de curiosité ;

---

* And I supposed that we were simply to wait until she should send for us.

et mille gens venaient me regarder, m'examiner, m'interroger. Elle voulut encore, pour achever ma journée, que
je fusse au souper du roi; et après m'avoir démêlée dans
la foule, elle me fit remarquer à M. le duc de Bourgogne,
qu'elle entretint, pendant une partie du souper, de mes
talents et de mon savoir prétendu. Elle ne s'en tint pas
là. Le lendemain, étant allée chez la duchesse de Noail-
les, elle me manda d'y venir: j'arrive. "Voilà, dit-elle,
madame, cette personne dont je vous ai entretenue, qui
a un si grand esprit, qui sait tant de choses. Allons, mademoiselle, parlez. Madame, vous allez voir comme elle
parle." Elle vit que j'hésitais à répondre, et pensa qu'il
fallait m'aider, comme une chanteuse qui prélude, à qui
l'on indique l'air qu'on désire d'entendre. "Parlez un
peu de religion, me dit-elle; vous direz ensuite autre
chose." Je fus si confondue, que cela ne se peut représenter, et que je ne puis même me souvenir comment je
m'en tirai. Ce fut sans doute en niant les talents qu'elle
me supposait, et, à ce qu'il me semble, pas tout à fait si
mal que je l'aurais dû.

Cette scène ridicule fut à peu près répétée dans d'autres maisons où l'on me mena. Je vis donc que j'allais
être promenée comme un singe, ou quelque autre animal
qui fait des tours à la foire. J'aurais voulu que la terre
m'engloutît, plutôt que de continuer à jouer un pareil
personnage. J'ai peut-être à me reprocher d'avoir été
si choquée des scènes où je me voyais exposée, que j'en
aie moins senti ce que je devais au motif de tant de bizarres démarches, qui n'était autre qu'un désir immodéré
de me faire valoir.

Il y avait déjà trois ou quatre jours que j'étais dans
cet état violent, lorsque la duchesse rentra le soir, fulmi-
nant contre madame de Ventadour, et contre le cardinal
de Rohan, de ce qu'ils ne concluaient rien sur ce qui me
regardait; parce qu'il fallait, pour me mettre à Jouarre,
donner une pension que personne ne voulait payer. Eh
bien! dit-elle, s'adressant à ma sœur, puisqu'ils font tant
de façons, il n'y a qu'à les laisser là.* Je suis une assez
grande dame pour faire sa fortune, sans avoir besoin
d'eux. Je la prendrai chez moi, elle y sera mieux que
partout ailleurs. C'était tout ce que je craignais. Aussi

---

* An elliptical expression for *il n'y a autre chose à faire qu'à.*

je restai sans mouvement, sans parole, ne pouvant me
résoudre à donner le moindre acquiescement à cette proposition. Sa grande agitation l'empêcha de remarquer
mon immobilité. Ma sœur m'en fit de justes reproches,
quand nous fûmes seules. Je lui avouai que l'éloignement que j'avais pour cette situation, et la crainte de
rien dire qui m'engageât, avaient suspendu toutes mes
paroles.

Le dépit de madame de la Ferté contre sa sœur la dé-
termina à partir le lendemain; et je me flattai que j'allais me retrouver dans mon couvent, où j'avais tant d'impatience de me revoir; mais je n'étais pas encore au bout
de mes voyages. La duchesse m'annonça qu'elle allait à
Sceaux, et qu'elle voulait m'y mener, pour me faire voir
à M. de Malesieu, très capable de juger de ce que je valais. Ce me fut un surcroît de désolation d'aller encore
me produire sur un nouveau théâtre.

Avant qu'elle partît, l'abbé de Vertot, son parent et
son ami, qui se trouva à Versailles, lui vint rendre visite.
Elle lui fit donner un fauteuil, et me laissa debout, comme
elle faisait volontiers lorsqu'il y avait compagnie. Je ne
pus me voir d'un air si soumis devant quelqu'un qui m'a-
vait toujours rendu les plus profonds hommages. Je
passai dans un cabinet, où je répandis quelques larmes
que m'arracha l'humiliation de mon état.

Nous fûmes l'après-dînée à Sceaux, où madame la duchesse de la Ferté, toujours remplie de son objet, ne
manqua pas de parler de moi avec excès. Madame la
duchesse du Maine, accoutumée à ses exagérations, et
rarement attentive à ce qui ne l'intéresse pas, l'écouta
peu ou point. Cependant elle voulut à toute force me
montrer à elle, et l'y fit consentir par complaisance. Mais
madame la duchesse du Maine ne s'arrêta guère à me
considérer. Madame de la Ferté, voyant que cette ten-
tative n'avait rien rendu, pria M. de Malesieu de me venir voir chez elle, et de m'entretenir. Il y vint, fut longtemps avec moi, traita diverses matières, sur lesquelles il
me trouva passablement instruite. L'envie d'obliger la
duchesse de la Ferté, la pente qu'il avait aussi bien qu'elle
à l'exagération, et peut-être la volonté de me servir, lui
firent confirmer toutes les merveilles qu'elle débitait de
moi. Ce suffrage me mit en honneur dans une cour où
les décisions de M. de Malesieu avaient la même infailli-

bilité que celles de Pythagore parmi ses disciples. Les disputes les plus échauffées s'y terminaient au moment que quelqu'un prononçait : Il l'a dit. Il dit donc que j'étais une personne rare ; on le crut. On me venait voir ; on m'écoutait ; on ne cessait de m'admirer. Baron, fameux comédien, qui avait quitté le théâtre de Paris depuis près de trente ans, jouait alors la comédie à Sceaux. Il se piquait d'esprit : il vint aussi examiner le mien ; et dans quelqu'une de ses visites, il me dit, d'un air ironique, qu'on jouerait le lendemain les *Femmes savantes,** et que sans doute j'y serais. Je répondis de manière à lui faire connaître qu'il ne me jouerait pas.—*Mémoires.*

FABLES.

LE COCHET, LE CHAT ET LE SOURICEAU.

Un souriceau tout jeune, et qui n'avait rien vu,
    Fut presque pris au dépourvu.
Voici comme il conta l'aventure à sa mère :
J'avais franchi les monts qui bornent notre 'Etat,
    Et trottais comme un jeune rat
    Qui cherche à se donner carrière,
Lorsque deux animaux m'ont arrêté les yeux :
    L'un doux, bénin et gracieux,
  Et l'autre turbulent et plein d'inquiétude ;
    Il a la voix perçante et rude,
    Sur la tête un morceau de chair,
Une sorte de bras dont il s'élève en l'air,
    Comme pour prendre la volée,
    La queue en panache étalée.
Or c'était un cochet dont notre souriceau
    Fit à sa mère le tableau
Comme d'un animal venu de l'Amérique.
Il se battait, dit-il, les flancs avec ses bras,
    Faisant tel bruit et tel fracas
Que moi, qui, grâce aux dieux, de courage me pique,
    En ai pris la fuite de peur,
    Le maudissant de très bon cœur.

---

* One of Molière's comedies.

Sans lui, j'aurais fait connaissance
Avec cet animal qui m'a semblé si doux :
Il est velouté comme nous,
Marqueté, longue queue, une humble contenance,
Un modeste regard, et pourtant l'œil luisant.
Je le crois fort sympathisant
Avec messieurs les rats : car il a des oreilles
En figure aux nôtres pareilles.
Je l'allais aborder, quand, d'un son plein d'éclat,
L'autre m'a fait prendre la fuite.
Mon fils, dit la souris, ce doucet est un chat,
Qui, sous son minois hypocrite,
Contre toute ta parenté
D'un malin vouloir est porté.
L'autre animal, tout au contraire,
Bien éloigné de nous mal faire,
Servira quelque jour, peut-être, à nos repas.
Quant au chat, c'est sur nous qu'il fonde sa cuisine.
Garde-toi, tant que tu vivras,
De juger les gens sur la mine.

La Fontaine.

———

LE RAT RETIRÉ DU MONDE.

Les Levantins en leur légende
Disent qu'un certain rat, las des soins d'ici-bas,
Dans un fromage de Hollande
Se retira loin du tracas.
La solitude était profonde,
S'étendant partout à la ronde.
Notre ermite nouveau subsistait là dedans.
Il fit tant des pieds et des dents,
Qu'en peu de jours il eut au fond de l'ermitage
Le vivre et le couvert : que faut-il davantage ?
Il devint gros et gras : Dieu prodigue ses biens
'A ceux qui font vœu d'être siens.
Un jour, au dévot personnage
Des députés du peuple rat
S'en vinrent demander quelque aumône légère :
Ils allaient en terre étrangère
Chercher quelque secours contre le peuple chat ;

Ratopolis était bloquée :
On les avait contraints de partir sans argent,
Attendu l'état indigent
De la république attaquée.
Ils demandaient fort peu, certains que le secours
Serait prêt dans quatre ou cinq jours.
Mes amis, dit le solitaire,
Les choses d'ici-bas ne me regardent plus :
En quoi peut un pauvre reclus
Vous assister ? que peut-il faire,
Que de prier le Ciel qu'il vous aide en ceci ?
J'espère qu'il aura de vous quelque souci.
Ayant parlé de cette sorte,
Le nouveau saint ferma sa porte.
Qui désigné-je, à votre avis,
Par ce rat si peu secourable ?
Un moine ? Non, mais un dervis :
Je suppose qu'un moine est toujours charitable.

LA FONTAINE.

LE PACHA ET LE DERVIS.

Un Arabe, à Marseille, autrefois m'a conté
Qu'un pacha turc, dans sa patrie,
Vint porter certain jour un coffret cacheté
Au plus sage dervis qui fût en Arabie.
Ce coffret, lui dit-il, renferme des rubis,
Des diamants de très grand prix :
C'est un présent que je veux faire
'A l'homme que tu jugeras
Être le plus fou de la terre.
Cherche bien, tu le trouveras.
Muni de son coffret, notre bon solitaire
S'en va courir le monde. Avait-il donc besoin
D'aller loin ?
L'embarras de choisir était sa grande affaire :
Des fous toujours plus fous venaient de toutes parts
Se présenter à ses regards.
Notre pauvre dépositaire,
Pour l'offrir à chacun, saisissait le coffret ;
Mais un pressentiment secret
Lui conseillait de n'en rien faire,

L'assurait qu'il trouverait mieux.
Errant ainsi de lieux en lieux,
Embarrassé de son message,
Enfin, après un long voyage,
Notre homme et le coffret arrivent un matin
Dans la ville de Constantin.
Il trouve tout le peuple en joie :
Que s'est-il donc passé ? Rien, lui dit un iman ;
C'est notre grand vizir que le sultan envoie,
Au moyen d'un lacet de soie,
Porter au prophète un firman.
Le peuple rit toujours de ces sortes d'affaires ;
Et, comme ce sont des misères,
Notre empereur souvent lui donne ce plaisir.
Souvent ? Oui. C'est fort bien. Votre nouveau vizir
Est-il nommé ? Sans doute, et le voilà qui passe.
Le dervis à ces mots court, traverse la place,
Arrive, et reconnaît le pacha son ami.
Bon ! te voilà, dit celui-ci :
Et le coffret ? Seigneur, j'ai parcouru l'Asie :
J'ai vu des fous parfaits, mais sans oser choisir.
Aujourd'hui ma course est finie ;
Daignez l'accepter, grand vizir.

FLORIAN.

EXORDE DE L'ORAISON FUNÈBRE DE LOUIS XIV.

DIEU seul est grand, mes frères, et dans ces derniers moments surtout où il préside à la mort des rois de la terre : plus leur gloire et leur puissance ont éclaté, plus, en s'évanouissant alors, elles rendent hommage à sa grandeur suprême : Dieu paraît tout ce qu'il est ; et l'homme n'est plus rien de tout ce qu'il croyait être.

Heureux le prince dont le cœur ne s'est point élevé au milieu de ses prospérités et de sa gloire ; qui, semblable à Salomon, n'a pas attendu que toute sa grandeur expirât avec lui au lit de la mort, pour avouer qu'elle n'était que vanité et affliction d'esprit, et qui s'est humilié sous la main de Dieu, dans le temps même que l'adulation semblait le mettre au-dessus de l'homme !

Oui, mes frères, la grandeur et les victoires du roi que

nous pleurons ont été autrefois assez publiées; la magnificence des éloges a égalé celle des événements; les hommes ont tout dit il y a longtemps en parlant de sa gloire. Que nous reste-t-il ici, que d'en parler pour notre instruction?

Ce roi, la terreur de ses voisins, l'étonnement de l'univers, le père des rois; plus grand que tous ses ancêtres, plus magnifique que Salomon dans toute sa gloire, a reconnu, comme lui, que tout était vanité. Le monde a été ébloui de l'éclat qui l'environnait; ses ennemis ont envié sa puissance; les étrangers sont venus des îles les plus éloignées baisser les yeux devant la gloire de sa majesté; ses sujets lui ont presque dressé des autels; et le prestige qui se formait autour de lui n'a pu le séduire lui-même.

Vous l'aviez rempli, ô mon Dieu! de la crainte de votre nom; vous l'aviez écrit sur le livre éternel, dans la succession des saints rois qui devaient gouverner vos peuples; vous l'aviez revêtu de grandeur et de magnificence. Mais ce n'était pas assez: il fallait encore qu'il fût marqué du caractère propre de vos élus: vous avez récompensé sa foi par des tribulations et par des disgrâces. L'usage chrétien des prospérités peut nous donner droit au royaume des cieux; mais il n'y a que l'affliction et la violence qui nous l'assurent.

Voyons-nous des mêmes yeux, mes frères, la vicissitude des choses humaines? Sans remonter aux siècles de nos pères, quelles leçons Dieu n'a-t-il pas donné au nôtre? Nous avons vu toute la race royale presque éteinte; les princes, l'espérance et l'appui du trône, moissonnés à la fleur de leur âge; l'époux et l'épouse auguste, au milieu de leurs plus beaux jours, enfermés dans le même cercueil, et les cendres de l'enfant suivre tristement, et augmenter l'appareil lugubre de leurs funérailles; le roi, qui avait passé d'une minorité orageuse au règne le plus glorieux dont il soit parlé dans nos histoires, retomber de cette gloire dans des malheurs presque supérieurs à ses anciennes prospérités; se relever encore plus grand de toutes ces pertes, et survivre à tant d'événements divers, pour rendre gloire à Dieu et s'affermir dans la foi des biens immuables.

Ces grands objets passent devant nos yeux comme des scènes fabuleuses; le cœur se prête pour un moment au spectacle; l'attendrissement finit avec la représentation;

il semble que Dieu n'opère ici-bas tant de révolutions, que pour se jouer dans l'univers, et nous amuser plutôt que nous instruire.

Ajoutons donc les paroles de la foi à cette triste cérémonie, qui, sans cela, nous prêcherait en vain ; racontons, non les merveilles d'un règne que les hommes ont déjà tant exalté, mais les merveilles de Dieu sur le roi qui nous est ôté ; rappelons ici ses vertus plutôt que ses victoires ; montrons-le plus grand encore au lit de la mort, qu'il ne l'était autrefois sur son trône, dans les jours de sa gloire ; n'ôtons les louanges à la vanité que pour les rendre à la grâce, et quoiqu'il ait été grand, et par l'éclat inouï de son règne, et par les sentiments héroïques de sa piété, deux réflexions sur lesquelles va rouler ce devoir de religion que nous rendons à la mémoire du très-haut, très-puissant et très-excellent prince, Louis XIV du nom, roi de France et de Navarre ; ne parlons de la gloire et de la grandeur de son règne que pour en montrer les écueils et le néant qu'il a connus, et de sa piété que pour en proposer et immortaliser les exemples.—MASSILLON.

CAMPAGNE.

Le travail de la campagne est agréable à considérer, et n'a rien d'assez pénible en lui-même pour émouvoir à compassion. L'objet de l'utilité publique et privée le rend intéressant ; et puis c'est la première vocation de l'homme ; il rappelle à l'esprit une idée agréable, et au cœur tous les charmes de l'âge d'or. L'imagination ne reste point froide à l'aspect du labourage et des moissons.

La simplicité de la vie pastorale et champêtre a toujours quelque chose qui touche. Qu'on regarde les prés couverts de gens qui fanent et chantent, et des troupeaux épars dans l'éloignement ; insensiblement on se sent attendrir sans savoir pourquoi. Ainsi quelquefois encore la voix de la nature amollit nos cœurs farouches, et quoiqu'on l'entende avec un regret inutile, elle est si douce qu'on ne l'entend jamais sans plaisir.

Les gens de ville ne savent pas aimer la campagne ; ils ne savent pas même y être : à peine, quand ils y sont, savent-ils ce qu'on y fait. Ils en dédaignent les travaux ; les plaisirs, ils les ignorent : ils sont chez eux comme en pays étrangers ; faut-il s'étonner s'ils s'y déplaisent ? Il faut être villageois, ou n'y point aller ; car qu'y va-t-on faire ? Les habitants de Paris, qui croient aller à la campagne, n'y vont point ; ils portent Paris avec eux ; les chanteurs, les beaux esprits, les auteurs, les parasites, sont le cortége qui les suit.

Le jeu, la musique, la comédie y sont leur seule occupation ; s'ils y ajoutent quelquefois la chasse, ils la font si commodément, qu'ils n'en ont pas la moitié de la fatigue ni du plaisir. Leur table est couverte comme à Paris ; ils y mangent aux mêmes heures ; on leur y sert les mêmes mets, avec le même appareil ; ils n'y font que les mêmes choses ; autant valait y rester : car quelque riche qu'on puisse être, et quelque soin qu'on ait pris, on sent toujours quelque privation, et l'on ne saurait apporter avec soi Paris tout entier. Ainsi cette variété qui leur est si chère, ils la fuient ; ils ne connaissent jamais qu'une manière de vivre, et s'en ennuient toujours.

La simplicité de la vie pastorale et champêtre a toujours quelque chose qui touche. On ne peut se dérober à la douce illusion des objets qui se présentent ; on oublie son siècle et ses contemporains ; on se transporte au temps des patriarches. O temps de l'amour et de l'innocence, où les hommes étaient simples et vivaient contents ! O Rachel, fille charmante et si constamment aimée ! heureux celui qui, pour t'obtenir ne regretta pas quatorze ans d'esclavage ! O douce élève de Noémi ! heureux le bon vieillard dont tu réchauffais les pieds et le cœur ! Non, jamais la beauté ne règne avec plus d'empire qu'au milieu des soins champêtres : c'est là que les grâces sont sur leur trône, que la simplicité les pare, que la gaiete les anime, et qu'il faut les adorer malgré soi.

C'est une impression générale qu' éprouvent tous les hommes, quoiqu'ils ne l'observent pas tous, que sur les hautes montagnes où l'air est pur et subtil, on se sent plus de facilité dans la respiration, plus de légèreté dans le corps, plus de sérénité dans l'esprit. Les plaisirs y sont moins ardents ; les passions plus modérées ; les méditations y prennent je ne sais quel caractère grand et sublime, proportionné aux objets qui nous frappent ; je ne sais quelle volupté tranquille qui n'a rien d'âcre et de

sensuel. Il semble qu'en s'élevant au-dessus du séjour
des hommes, on y laisse tous les sentiments bas et ter-
restres, qu'à mesure qu'on approche des régions éthérées,
l'âme contracte quelque chose de leur inaltérable pureté.
On y est grave sans mélancolie, paisible sans indolence,
content d'être et de penser : tous les désirs trop vifs s'é-
moussent; ils perdent cette pointe aiguë qui les rend
douloureux, ils ne laissent au fond du cœur qu'une émotion légère et douce, et c'est ainsi qu'un heureux climat
fait servir à la félicité de l'homme les passions qui font
ailleurs son tourment. Je doute qu'aucune agitation violente, aucune maladie de vapeurs, pût tenir contre un
pareil séjour prolongé, et je suis surpris que des bains de
l'air salutaire et bienfaisant des montagnes ne soient pas
un des grands remèdes de la médecine et de la morale.
—J. J. ROUSSEAU.

LE SOMMEIL DU MENDIANT.

Il est tombé sans force à côté du chemin ;
Son grand bâton noueux, échappé de sa main,
    Vient de rouler dans la poussière ;
 A l'ombre des buissons il sommeille couché ;
Un vieux livre, à demi sous son manteau caché,
    Semble sa richesse dernière.

Son grave et noble aspect a saisi mes esprits :
Que de maux, ô vieillard, sur ton front sont écrits !
    Quel calme au sein de tes détresses !
Dieu seul t'a pu donner la paix où je te vois,
Et ce livre, serré sur ton cœur plein de foi,
    C'est le trésor de ses promesses.

Le sol aride est doux à tes membres lassés :
Ces nuages épais, près des monts amassés,
    Sourdement grondent sur ta tête ;
Le jour meurt, le soir vient farouche et menaçant :
N'importe ; dans les bras de ton ami puissant,
    Tu n'aperçois pas la tempête.

Mais qu'ai-je vu ? Ce front chauve et décoloré
D'une vive lueur soudain s'est éclairé,

Comme aux jours de ton plus bel âge.
Sur ta figure éclate un saint étonnement,
Et de tes yeux fermés s'échappent lentement
    Des pleurs qui baignent ton visage.

Quel charme a de tes maux suspendu le pouvoir ?
Quel heureux souvenir ou quel touchant espoir
    Est venu consoler ton âme ?
Les cieux, les cieux sans doute un moment entr'ouverts
Te découvrent ce pur et tranquille univers
    Que ta pieuse foi réclame.

Sous les palmiers touffus du brillant paradis,
Ne vois-tu pas, dis-moi, ce Maître dont jadis
    La terre adora la présence ?
La charité du ciel est sur son front serein,
" Approche, te dit-il, bienheureux pélerin,
    Aujourd'hui ton repos commence."

Et toi, le cœur ému de ces accents si doux,
De ta tremblante main tu saisis les genoux
    De ce Roi de paix et de gloire,
Tandis qu'en chœur joyeux réunissant leurs voix,
Les habitants du ciel entonnent à la fois
    L'hymne touchant de ta victoire.

Ton cœur s'est revêtu d'un courage nouveau ;
Lève-toi, de ton sort reprends le lourd fardeau ;
    Affronte la nuit et l'orage ;
L'éclair te montre seul ton funèbre sentier ;
Mais le ciel dans ton sein habite tout entier,
    Le ciel sans ombre et sans nuage.
                                    ALEX. SOUMET.

PART SECOND.

LE BOURGEOIS GENTILHOMME,

COMÉDIE PAR MOLIÈRE.

PERSONNAGES.

M. JOURDAIN, bourgeois.
Mme. JOURDAIN, sa femme.
LUCILE, fille de M. Jourdain.
CLÉONTE, amoureux de Lucile.
DORIMÈNE, marquise.
DORANTE, comte, amant de Dorimène.
NICOLE, servante de M. Jourdain.
COVIELLE, valet de Cléonte.
UN MAÎTRE DE MUSIQUE.
UN ÉLÈVE, du maître de musique.
UN MAÎTRE À DANSER.
UN MAÎTRE D'ARMES.
UN MAÎTRE DE PHILOSOPHIE.
UN MAÎTRE TAILLEUR.
UN GARÇON TAILLEUR.
DEUX LAQUAIS.

La scène est à Paris, dans la maison de M. Jourdain.

LE BOURGEOIS GENTILHOMME.

ACTE PREMIER.

L'ouverture se fait par un grand assemblage d'instruments ; et dans
le milieu du théâtre on voit un élève du maître de musique qui
compose sur une table un air que le bourgeois a demandé pour une
sérénade.

Scène I.—*Un Maître de Musique, un Maître à Danser, trois Musiciens, deux Violons, quatre Danseurs.*

Le maître de musique (aux musiciens). Venez, entrez
dans cette salle, et vous reposez là, en attendant qu'il vienne.

Le maître à danser (aux danseurs). Et vous aussi, de
ce côté.

Le maître de musique (à son élève). Est-ce fait ?

L'élève. Oui.

Le maître de musique. Voyons . . . . Voilà qui est
bien.

Le maître à danser. Est-ce quelque chose de nouveau ?

Le maître de musique. Oui, c'est un air pour une sérénade, que je lui ai fait composer ici, en attendant que
notre homme fût éveillé.

Le maître à danser. Peut-on voir ce que c'est ?

Le maître de musique. Vous l'allez entendre avec le
dialogue, quand il viendra. Il ne tardera guère.

Le maître à danser. Nos occupations, à vous et à moi,
ne sont pas petites maintenant.

Le maître de musique. Il est vrai. Nous avons trouvé
ici un homme comme il nous le faut à tous deux. Ce
nous est une douce rente que ce monsieur Jourdain, avec
les visions de noblesse et de galanterie qu'il est allé se
mettre en tête, et votre danse et ma musique auraient à
souhaiter* que tout le monde lui ressemblât.

Le maître à danser. Non pas entièrement ; et je voudrais, pour lui, qu'il se connût mieux qu'il ne fait aux
choses que nous lui donnons.

---

* *Would have made it desirable.*

Le maître de musique. Il est vrai qu'il les connaît mal, mais il les paie bien ; et c'est de quoi maintenant nos arts ont plus besoin que de toute autre chose.

Le maître à danser. Pour moi, je vous l'avoue, je me repais un peu de gloire. Les applaudissements me touchent, et je tiens que, dans tous les beaux-arts, c'est un supplice assez fâcheux que de se produire à des sots, que d'essuyer, sur des compositions, la barbarie d'un stupide. Il y a plaisir, ne m'en parlez point, à travailler pour des personnes qui soient capables de sentir les délicatesses d'un art, qui sachent faire un doux accueil aux beautés d'un ouvrage, et, par de chatouillantes approbations, vous régaler de votre travail. Oui, la récompense la plus agréable qu'on puisse recevoir des choses que l'on fait, c'est de les voir connues, de les voir caressées d'un applaudissement qui vous honore. Il n'y a rien, à mon avis, qui nous paie mieux que cela de toutes nos fatigues ; et ce sont des douceurs exquises que des louanges eclairées.

Le maître de musique. J'en demeure d'accord, et je les goûte comme vous. Il n'y a rien assurément qui chatouille davantage que les applaudissements que vous dites ; mais cet encens ne fait pas vivre. Des louanges toutes pures ne mettent point un homme à son aise : il y faut mêler du solide ; et la meilleure façon de louer, c'est de louer avec les mains. C'est un homme, à la vérité, dont les lumières sont petites, qui parle à tort et à travers de toutes choses, et n'applaudit qu'à contre-sens ; mais son argent redresse les jugements de son esprit ; il a du discernement dans sa bourse ; ses louanges sont monnayées ; et ce bourgeois ignorant nous vaut mieux, comme vous voyez, que le grand seigneur éclairé qui nous a introduits ici.

Le maître à danser. Il y a quelque chose de vrai dans ce que vous dites ; mais je trouve que vous appuyez un peu trop sur l'argent ; et l'intérêt est quelque chose de si bas, qu'il ne faut jamais qu'un honnête homme montre pour lui de l'attachement.

Le maître de musique. Vous recevez fort bien pourtant l'argent que notre homme vous donne.

Le maître à danser. Assurément ; mais je n'en fais pas tout mon bonheur ; et je voudrais qu'avec son bien il eût encore quelque bon goût des choses.

Le maître de musique. Je le voudrais aussi ; et c'est à quoi nous travaillons tous deux autant que nous pouvons. Mais, en tout cas, il nous donne moyen de nous faire connaître dans le monde ; et il paiera pour les autres ce que les autres loueront pour lui.

Le maître à danser. Le voilà qui vient.

Scène II.—*Monsieur Jourdain (en robe de chambre et en bonnet de nuit) ; le Maître de Musique, le Maître à Danser, l'Élève du Maître de Musique, une Musicienne, deux Musiciens, Danseurs, deux Laquais.*

M. Jourdain. Hé bien, messieurs ? Qu'est-ce ? Me ferez-vous voir votre petite drôlerie ?

Maître à dan. Comment ? Quelle petite drôlerie ?

M. Jour. Hé ! la . . . Comment appelez-vous cela ? Votre prologue ou dialogue de chansons et de danse.

Maître à dan. Ah ! ah !

Maître de mus. Vous nous y voyez préparés.

M. Jour. Je vous ai fait un peu attendre ; mais c'est que je me fais habiller aujourd'hui comme les gens de qualité ; et mon tailleur m'a envoyé des bas de soie que j'ai pensé ne mettre jamais.

Maître de mus. Nous ne sommes ici que pour attendre votre loisir.

M. Jour. Je vous prie tous deux de ne vous point en aller qu'on ne m'ait apporté mon habit, afin que vous me puissiez voir.

Maître à dan. Tout ce qu'il vous plaira.

M. Jour. Vous me verrez équipé comme il faut, depuis les pieds jusqu'à la tête.

Maître de mus. Nous n'en doutons point.

M. Jour. Je me suis fait faire cette indienne-ci.

Maître à dan. Elle est fort belle.

M. Jour. Mon tailleur m'a dit que les gens de qualité étaient comme cela le matin.

Maître de mus. Cela vous sied à merveille.

M. Jour. Laquais ! holà, mes deux laquais !

Premier laquais. Que voulez-vous, monsieur ?

M. Jour. Rien. C'est pour voir si vous m'entendez bien. *(Au maître de mus. et au maître à danser.)* Que dites-vous de mes livrées ?

Maître à dan. Elles sont magnifiques.

M. Jour. (entr'ouvrant sa robe, et faisant voir son haut-de-chausses étroit de velours rouge, et sa camisole de velours vert.) Voici encore un petit déshabillé pour faire le matin mes exercices.

Maître de mus. Il est galant.

M. Jour. Laquais!

Premier laquais. Monsieur.

M. Jour. L'autre laquais!

Second laquais. Monsieur.

M. Jour. (*ôtant sa robe de chambre*). Tenez ma robe. (*Au maître de musique et au maître à danser.*) Me trouvez-vous bien comme cela?

Maître à dan. Fort bien.   On ne peut pas mieux.

M. Jour. Voyons un peu* votre affaire.

Maître de mus. Je voudrais bien auparavant vous faire entendre un air (*montrant son élève*) qu'*il* vient de composer pour la sérénade que vous m'avez demandée.   C'est un de mes écoliers, qui a pour ces sortes de choses un talent admirable.

M. Jour. Oui, mais il ne fallait pas faire faire cela par un écolier; et vous n'étiez pas trop bon vous-même pour cette besogne-là.

Maître de mus. Il ne faut pas, monsieur, que le nom d'écolier vous abuse.   Ces sortes d'écoliers en savent autant que les plus grands maîtres; et l'air est aussi beau qu'il s'en puisse faire.   'Ecoutez seulement.

M. Jour. (*à ses laquais*). Donnez-moi ma robe, pour mieux entendre ... Attendez, je crois que je serai mieux sans robe.   Non, redonnez-la-moi; cela ira mieux.

La Musicienne.

> Je languis nuit et jour, et mon mal est extrême
> Depuis qu'à vos rigueurs vos beaux yeux m'ont soumis.
> Si vous traitez ainsi, belle Iris, qui vous aime,
> Hélas! que pourriez-vous faire à vos ennemis?

M. Jour. Cette chanson me semble un peu lugubre; elle endort, et je voudrais que vous la pussiez un peu ragaillardir par-ci par-là.

Maître de mus. Il faut, monsieur, que l'air soit accommodé aux paroles.

M. Jour. On m'en apprit un tout à fait joli, il y a quelque temps.   Attendez ... la ... Comment est-ce qu'il dit?

Maître à dan. Par ma foi, je ne sais.

M. Jour. Il y a du mouton dedans.

Maître à dan. Du mouton?

---

* Translate *un peu* with an imperative, by *come, just.*

M. Jour. Oui. Ah! (*il chante.*)

> Je croyais Jeanneton
> Aussi douce que belle;
> Je croyais Jeanneton
> Plus douce qu'un mouton.
> Hélas! hélas!
> Elle est cent fois, mille fois plus cruelle
> Que n'est le tigre aux bois.

N'est-il pas joli?

Maître de mus. Le plus joli du monde.

Maître à dan. Et vous le chantez bien.

M. Jour. C'est sans avoir appris la musique.

Maître de mus. Vous devriez l'apprendre, monsieur, comme vous faites la danse. Ce sont deux arts qui ont une étroite liaison ensemble.

Maître à dan. Et qui ouvrent l'esprit d'un homme aux belles choses.

M. Jour. Est-ce que les gens de qualité apprennent aussi la musique?

Maître de mus. Oui, monsieur.

M. Jour. Je l'apprendrai donc. Mais je ne sais quel temps je pourrai prendre; car, outre le maître d'armes qui me montre, j'ai arrêté encore un maître de philosophie qui doit commencer ce matin.

Maître de mus. La philosophie est quelque chose; mais la musique, monsieur, la musique . . .

Maître à dan. La musique et la danse . . . La musique et la danse, c'est là tout ce qu'il faut.

Maître de mus. Il n'y a rien qui soit si utile dans un 'Etat que la musique.

Maître à dan. Il n'y a rien qui soit si nécessaire aux hommes que la danse.

Maître de mus. Sans la musique, un 'Etat ne peut subsister.

Maître à dan. Sans la danse, un homme ne saurait rien faire.

Maître de mus. Tous les désordres, toutes les guerres qu'on voit dans le monde, n'arrivent que pour n'apprendre pas la musique.

Maître à dan. Tous les malheurs des hommes, tous les revers funestes dont les histoires sont remplies, les bévues des politiques, et les manquements des grands capitaines, tout cela n'est venu que faute de savoir danser.

M. Jour. Comment cela?

Maître de mus. La guerre ne vient-elle pas d'un manque d'union entre les hommes ?

M. Jour. Cela est vrai.

Maître de mus. Et si tous les hommes apprenaient la musique, ne serait-ce pas le moyen de s'accorder ensemble, et de voir dans le monde la paix universelle ?

M. Jour. Vous avez raison.

Maître à dan. Lorsqu'un homme a commis un manquement dans sa conduite, soit aux affaires de sa famille, ou au gouvernement d'un État, ou au commandement d'une armée, ne dit-on pas toujours : Un tel a fait un mauvais pas dans telle affaire ?

M. Jour. Oui, on dit cela.

Maître à dan. Et faire un mauvais pas peut-il procéder d'autre chose que de ne savoir pas danser ?

M. Jour. Cela est vrai, et vous avez raison tous deux.

Maître à dan. C'est pour vous faire voir l'excellence et l'utilité de la danse et de la musique.

M. Jour. Je comprends cela à cette heure.

Maître de mus. Voulez-vous voir nos deux affaires ?

M. Jour. Oui.

Maître de mus. Je vous l'ai déjà dit, c'est un petit essai que j'ai fait autrefois des diverses passions que peut exprimer la musique.

M. Jour. Fort bien.

Maître de mus. (aux musiciens). Allons, avancez. (*A M. Jourdain.*) Il faut vous figurer qu'ils sont habillés en bergers.

M. Jour. Pourquoi toujours des bergers ? On ne voit que cela partout.

Maître à dan. Lorsqu'on a des personnes à faire parler en musique, il faut bien que, pour la vraisemblance, on donne dans la bergerie. Le chant a été de tout temps affecté aux bergers ; et il n'est guère naturel, en dialogue, que des princes ou des bourgeois chantent leurs passions.

M. Jour. Passe, passe. Voyons.

DIALOGUE EN MUSIQUE.

Une Musicienne et deux Musiciens.

La Musicienne.

Un cœur, dans l'amoureux empire,
De mille soins est toujours agité.
On dit qu'avec plaisir on languit, on soupire ;
Mais quoi qu'on puisse dire,
Il n'est rien de si doux que notre liberté.

Premier Musicien.

Il n'est rien de si doux que les tendres ardeurs
Qui font vivre deux cœurs
Dans une même envie ;
On ne peut être heureux sans amoureux désirs.
Otez l'amour de la vie,
Vous en ôtez les plaisirs.

Second Musicien.

Il serait doux d'entrer sous l'amoureuse loi,
Si l'on trouvait en amour de la foi ;
Mais, hélas ! ô rigueur cruelle !
On ne voit point de bergère fidèle ;
Et ce sexe inconstant, trop indigne du jour,
Doit faire pour jamais renoncer à l'amour.

Prem. Music.

Aimable ardeur !

La Music.

Franchise heureuse !

Sec. Music.

Sexe trompeur !

Prem. Music.

Que tu m'es précieuse !

La Music.

Que tu plais à mon cœur !

Sec. Music.

Que tu me fais d'horreur !

Prem. Music.

Ah ! quitte, pour aimer, cette haine mortelle !

La Music.

On peut, on peut te montrer
Une bergère fidèle.

Sec. Music.

Hélas ! où la rencontrer ?

La Music.

Pour défendre notre gloire,
Je te veux offrir mon cœur.

Sec. Music.

Mais, bergère, puis-je croire
Qu'il ne sera point trompeur ?

La Music.

Voyons, par expérience,
Qui des deux aimera mieux.

Sec. Music.

Qui manquera de constance,
Le puissent perdre les dieux !

G

Tous trois ensemble.

> A des ardeurs si belles
> Laissons-nous enflammer;
> Ah! qu'il est doux d'aimer
> Quand deux cœurs sont fidèles?

M. Jour. Est-ce tout?

Maître de mus. Oui.

M. Jour. Je trouve cela bien troussé, et il y a là dedans de petits dictons assez jolis.

Maître à dan. Voici, pour mon affaire, un petit essai des plus beaux mouvements et des plus belles attitudes dont une danse puisse être variée.

M. Jour. Sont-ce encore des bergers?

Maître à dan. C'est ce qu'il vous plaira. (*Aux danseurs.*) Allons.

(*Quatre danseurs exécutent tous les mouvements différents et toutes les sortes de pas que le maître à danser leur commande.*)

ACTE SECOND.

Scène I.—*Monsieur Jourdain, le Maître de Musique, le Maître à Danser.*

M. Jour. Voilà qui n'est point sot, et ces gens-là se trémoussent bien.

Maître de mus. Lorsque la danse sera mêlée avec la musique, cela fera plus d'effet encore; et vous verrez quelque chose de galant dans le petit ballet que nous avons ajusté pour vous.

M. Jour. C'est pour tantôt, au moins; et la personne pour qui j'ai fait faire tout cela me doit faire l'honneur de venir dîner céans.

Maître à dan. Tout est prêt.

Maître de mus. Au reste, monsieur, ce n'est pas assez; il faut qu'une personne comme vous, qui êtes magnifique, et qui avez de l'inclination pour les belles choses, ait un concert de musique chez soi tous les mercredis ou tous les jeudis.

M. Jour. Est-ce que les gens de qualité en ont?

Maître de mus. Oui, monsieur.

M. Jour. J'en aurai donc. Cela sera-t-il beau?

Maître de mus. Sans doute. Il vous faudra trois voix, un dessus, une haute-contre, et une basse, qui seront accompagnées d'une basse de viole, d'un téorbe, et d'un clavecin pour les basses continues, avec deux dessus de violon pour jouer les ritournelles.

M. Jour. Il y faudra mettre aussi une trompette marine. La trompette marine est un instrument qui me plaît, et qui est harmonieux.

Maître de mus. Laissez-nous gouverner les choses.

M. Jour. Au moins, n'oubliez pas tantôt de m'envoyer des musiciens pour chanter à table.

Maître de mus. Vous aurez tout ce qu'il vous faut.

M. Jour. Mais, surtout, que le ballet soit beau.

Maître de mus. Vous en serez content, et, entre autres choses, de certains menuets que vous y verrez.

M. Jour. Ah! les menuets sont ma danse, et je veux que vous me les voyiez danser. Allons, mon maître.

Maître à dan. Un chapeau, monsieur, s'il vous plaît. (*M. Jourdain va prendre le chapeau de son laquais, et le met par-dessus son bonnet de nuit. Son maître lui prend les mains, et le fait danser sur un air de menuet qu'il chante.*) La, la, la, la, la, la; la, la, la, la; la, la, la; la, la, la, la, la, la; la, la, la, la, la. En cadence, s'il vous plaît. La, la, la, la, la. La jambe droite, la, la, la. Ne remuez point tant les épaules. La, la, la, la, la, la, la, la, la, la. Vos deux bras sont estropiés. La, la, la, la, la. Haussez la tête. Tournez la pointe du pied en dehors. La, la, la. Dressez votre corps.

M. Jour. Hé!

Maître de mus. Voilà qui est le mieux du monde.

M. Jour. A propos! apprenez-moi comme il faut faire une révérence pour saluer une marquise; j'en aurai besoin tantôt.

Maître à dan. Une révérence pour saluer une marquise?

M. Jour. Oui. Une marquise qui s'appelle Dorimène.

Maître à dan. Donnez-moi la main.

M. Jour. Non. Vous n'avez qu'à faire; je le retiendrai bien.

Maître à dan. Si vous voulez la saluer avec beaucoup de respect, il faut faire d'abord une révérence en arrière, puis marcher vers elle avec trois révérences en avant, et à la dernière vous baisser jusqu'à ses genoux.

M. Jour. Faites un peu.* (*Après que le maître à danser a fait trois révérences.*) Bon.

---

* *Pray, show me how.*

Scène II.—*Monsieur Jourdain, le Maître de Musique, le Maître à Danser, un Laquais.*

Le Laquais. Monsieur, voilà votre maître d'armes qui est là.

M. Jour. Dis-lui qu'il entre ici pour me donner leçon. (*Au maître de musique et au maître à danser.*) Je veux que vous me voyiez faire.

Scène III.—*Monsieur Jourdain, un Maître d'Armes, le Maître de Musique, le Maître à Danser, un Laquais (tenant deux fleurets).*

Le Maître d'Armes (après avoir pris les deux fleurets de la main du laquais, et en avoir présenté un à monsieur Jourdain). Allons, monsieur, la révérence. Votre corps droit. Un peu penché sur la cuisse gauche. Les jambes point tant écartées. Vos pieds sur une même ligne. Votre poignet à l'opposite de votre hanche. La pointe de votre épée vis-à-vis de votre épaule. Le bras pas tout à fait si tendu. La main gauche à la hauteur de l'œil. L'épaule gauche plus quartée. La tête droite. Le regard assuré. Avancez. Le corps ferme. Touchez-moi l'épée de quarte, et achevez de même. Une, deux. Remettez-vous. Redoublez de pied ferme. Un saut en arrière. Quand vous portez la botte, monsieur, il faut que l'épée parte la première, et que le corps soit bien effacé. Une, deux. Allons, touchez-moi l'épée de tierce, et achevez de même. Avancez. Le corps ferme. Avancez. Partez de là. Une, deux. Remettez-vous. Redoublez. Une, deux. Un saut en arrière. En garde, monsieur, en garde. (*Le maître d'armes lui pousse deux ou trois bottes, en lui disant: En garde.*)

M. Jour. Hé!

Maître de mus. Vous faites des merveilles.

Maître d'armes. Je vous l'ai déjà dit, tout le secret des armes ne consiste qu'en deux choses, à donner et à ne point recevoir; et, comme je vous fis voir l'autre jour par raison démonstrative, il est impossible que vous receviez si vous savez détourner l'épée de votre ennemi de la ligne de votre corps; ce qui ne dépend seulement que d'un petit mouvement du poignet, ou en dedans, ou en dehors.

M. Jour. De cette façon, donc, un homme, sans avoir du cœur, est sûr de tuer son homme, et de n'être point tué?

Maître d'armes. Sans doute ; n'en vîtes-vous pas la démonstration ?

M. Jour. Oui.

Maître d'armes. Et c'est en quoi l'on voit de quelle considération nous autres nous devons être dans un 'Etat ; et combien la science des armes l'emporte hautement sur toutes les autres sciences inutiles, comme la danse, la musique, la . . .

Maître à dan. Tout beau, monsieur le tireur d'armes ; ne parlez de la danse qu' avec respect.

Maître de mus. Apprenez, je vous prie, à mieux traiter l'excellence de la musique.

Maîtres d'armes. Vous êtes de plaisantes gens, de vouloir comparer vos sciences à la mienne !

Maître de mus. Voyez un peu l'homme d'importance !

Maître à dan. Voilà un plaisant animal, avec son plastron !

Maître d'armes. Mon petit maître à danser, je vous ferais danser comme il faut. Et vous, mon petit musicien, je vous ferais chanter de la belle manière.

Maître à dan. Monsieur le batteur de fer, je vous apprendrai votre métier.

M. Jour. (*au maître à danser*). Êtes-vous fou de l'aller quereller, lui qui entend la tierce et la quarte, et qui sait tuer un homme par raison démonstrative ?

Maître à dan. Je me moque de sa raison démonstrative, et de sa tierce et de sa quarte.

M. Jour. (*au maître à danser*). Tout doux, vous dis-je.

Maître d'armes (*au maître à danser*). Comment ! petit impertinent !

M. Jour. Hé ! mon maître d'armes.

Maître à dan. (*au maître d'armes*). Comment ! grand cheval de carrosse !

M. Jour. Hé ! mon maître à danser !

Maître d'armes. Si je me jette sur vous . . .

M. Jour. (*au maître d'armes*). Doucement.

Maître à dan. Si je mets sur vous la main . . .

M. Jour. (*au maître d'armes*). Tout beau !

Maître d'armes. Je vous étrillerai d'un air . . .

M. Jour. (*au maître d'armes*). De grâce !

Maître à dan. Je vous rosserai d'une manière . . .

M. Jour. (*au maître à danser*). Je vous prie . . .

Maître de mus. Laissez-nous un peu lui apprendre à parler.

M. Jour. (*au maître de musique*). Mon Dieu! arrêtez-vous!

SCÈNE IV.—*Un Maître de Philosophie, M. Jourdain, le Maître de Musique, le Maître à Danser, le Maître d'Armes, un Laquais.*

M. Jour. Holà! monsieur le philosophe, vous arrivez tout à propos avec votre philosophie. Venez un peu mettre la paix entre ces personnes-ci.

M. de phil. Qu'est-ce donc? Qu'y a-t-il, messieurs?

M. Jour. Ils se sont mis en colère pour la préférence de leurs professions, jusqu'à se dire des injures, et en vouloir venir aux mains.*

M. de phil. He quoi, messieurs! faut-il s'emporter de la sorte? et n'avez-vous point lu le docte traité que Sénèque a composé de la colère? Y a-t-il rien de plus bas et de plus honteux que cette passion, qui fait d'un homme une bête féroce? et la raison ne doit-elle pas être maîtresse de tous nos mouvements?

M. à danser. Comment, monsieur! il vient nous dire des injures à tous deux, en méprisant la danse, que j'exerce, et la musique, dont *il* fait profession.

M. de phil. Un homme sage est au-dessus de toutes les injures qu'on lui peut dire; et la grande réponse qu'on doit faire aux outrages, c'est la modération et la patience.

M. d'armes. Ils ont tous deux l'audace de vouloir comparer leurs professions à la mienne!

M. de phil. Faut-il que cela vous émeuve? Ce n'est pas de vaine gloire et de condition que les hommes doivent disputer entre eux; et ce qui nous distingue parfaitement les uns des autres, c'est la sagesse et la vertu.

M. à danser. Je lui soutiens que la danse est une science à laquelle on ne peut faire assez d'honneur.

M. de musique. Et moi, que la musique en est une que tous les siècles ont révérée.

M. d'armes. Et moi, je leur soutiens à tous deux que la science de tirer des armes est la plus belle et la plus nécessaire de toutes les sciences.

M. de phil. Et que sera donc la philosophie? Je vous

---

* *To such a degree as to malign one another, and to be on the point of coming to blows.*

trouve tous trois bien impertinents de parler devant moi
avec cette arrogance, et de donner impudemment le nom
de science à des choses que l'on ne doit pas même honorer du nom d'art, et qui ne peuvent être comprises que
sous le nom de métier misérable de gladiateur, de chanteur, et de baladin !

M. d'armes. Allez, philosophe de chien.

M. de musique. Allez, bélître de pédant.

M. à danser. Allez, cuistre fieffé.

M. de phil. Comment ! marauds que vous êtes . . . . .
(*Le philosophe se jette sur eux, et tous trois le chargent
de coups.*)

M. Jour. Monsieur le philosophe !

M. de phil. Infâmes, coquins, insolents !

M. Jour. Monsieur le philosophe !

M. d'armes. La peste de l'animal !

M. Jour. Messieurs !

M. de phil. Impudents !

M. Jour. Monsieur le philosophe !

M. de phil. Scélérats !

M. Jour. Monsieur le philosophe !

M. de phil. Fripons, gueux, traîtres, imposteurs !

M. Jour. Monsieur le philosophe ! Messieurs ! Monsieur le philosophe ! Messieurs ! Monsieur le philosophe !   (*Ils sortent en se battant.*)

SCÈNE V.—*Monsieur Jourdain, un Laquais.*

M. Jour. Oh ! battez-vous tant qu'il vous plaira : je n'y
saurai que faire, et je n'irai pas gâter ma robe pour vous
séparer. Je serais bien fou de m'aller fourrer parmi eux,
pour recevoir quelque coup qui me ferait mal.

SCÈNE VI.—*Le Maître de Philosophie, Monsieur Jourdain, un Laquais.*

M. de phil. (*raccommodant son collet*). Venons à notre
leçon.

M. Jour. Ah ! monsieur, je suis fâché des coups qu'ils
vous ont donnés.

M. de phil. Cela n'est rien. Un philosophe sait recevoir comme il faut les choses ; et je vais composer contre
eux une satire du style de Juvénal, qui les déchirera de la
belle façon. Laissons cela. Que voulez-vous apprendre ?

M. Jour. Tout ce que je pourrai ; car j'ai toutes les
envies du monde d'être savant ; et j'enrage que mon père

et ma mère ne m'aient pas fait bien étudier dans toutes les sciences, quand j'étais jeune.

M. de phil. Ce sentiment est raisonnable : *nam, sine doctrina, vita est quasi mortis imago.* Vous entendez cela, et vous savez le latin, sans doute.

M. Jour. Oui ; mais faites comme si je ne le savais pas. Expliquez-moi ce que cela veut dire.

M. de phil. Cela veut dire que, *sans la science, la vie est presque une image de la mort.*

M. Jour. Ce latin-là a raison.

M. de phil. N'avez-vous point quelques principes, quelques commencements des sciences ?

M. Jour. Oh ! oui, je sais lire et écrire.

M. de phil. Par où vous plaît-il que nous commencions ? Voulez-vous que je vous apprenne la logique ?

M. Jour. Qu' est-ce que c'est que cette logique ?

M. de phil. C'est elle qui enseigne les trois opérations de l'esprit.

M. Jour. Qui sont-elles, ces trois opérations de l'esprit ?

M. de phil. La première, la seconde, et la troisième. La première est de bien concevoir, par le moyen des universaux ; la seconde, de bien juger, par le moyen des catégories ; et la troisième, de bien tirer une conséquence, par le moyen des figures : *Barbara, Celarent, Darii, Ferio, Baralipton.**

M. Jour. Voilà des mots qui sont trop rébarbatifs. Cette logique-la ne me revient point. Apprenons autre chose qui soit plus joli.

M. de phil. Voulez-vous apprendre la morale ?

M. Jour. La morale ?

M. de phil. Oui.

M. Jour. Qu'est-ce qu'elle dit, cette morale ?

M. de phil. Elle traite de la félicité, enseigne aux hommes à modérer leurs passions, et , . . .

M. Jour. Non ; laissons cela. Je suis extrêmement bilieux, et il n'y a morale qui tienne : je me veux mettre en colère tout mon soûl, quand il m'en prend envie.

M. de phil. Est-ce la physique que vous voulez apprendre ?

---

* Terms employed in logic to designate the different modes of regular syllogisms.

M. Jour. Qu'est-ce qu'elle chante, cette physique ?

M. de phil. La physique est celle qui explique les principes des choses naturelles, et les propriétés des corps ; qui discourt de la nature des éléments, des métaux, des minéraux, des pierres, des plantes et des animaux, et nous enseigne les causes de tous les météores, l'arc-en-ciel, les feux volants, les comètes, les éclairs, le tonnerre, la foudre, la pluie, la neige, la grêle, les vents, et les tourbillons.

M. Jour. Il y a trop de tintamarre là dedans, trop de brouillamini.

M. de phil. Que voulez-vous donc que je vous apprenne ?

M. Jour. Apprenez-moi l'orthographe.

M. de phil. Très volontiers.

M. Jour. Après, vous m'apprendrez l'almanach, pour savoir quand il y a de la lune, et quand il n'y en a point.

M. de phil. Soit. Pour bien suivre votre pensée, et traiter cette matière en philosophe, il faut commencer, selon l'ordre des choses, par une exacte connaissance de la nature des lettres, et de la différente manière de les prononcer toutes. Et là-dessus j'ai à vous dire que les lettres sont divisées en voyelles, ainsi dites voyelles, parcequ'elles expriment les voix ; et en consonnes, ainsi appelées consonnes, parcequ'elles sonnent avec les voyelles, et ne font que marquer les diverses articulations des voix. Il y a cinq voyelles, ou voix : A, E, I, O, U.

M. Jour. J'entends tout cela.

M. de phil. La voix A se forme en ouvrant fort la bouche : A.

M. Jour. A, A. Oui.

M. de phil. La voix E se forme en rapprochant la mâchoire d'en bas de celle d'en haut : A, E.

M. Jour. A, E ; A, E. Ma foi, oui. Ah ! que cela est beau !

M. de phil. Et la voix I, en rapprochant encore davantage les mâchoires l'une de l'autre, et écartant les deux coins de la bouche vers les oreilles : A, E, I.

M. Jour. A, E, I, I, I, I. Cela est vrai. Vive la science !

M. de phil. La voix O se forme en rouvrant les mâchoires, et rapprochant les lèvres par les deux coins, le haut et le bas : O.

M. Jour. O, O. Il n'y a rien de plus juste : A, E, I, O, I, O. Cela est admirable ! I, O ; I, O.

M. de phil. L'ouverture de la bouche fait justement comme un petit rond qui représente un O.

M. Jour. O, O, O. Vous avez raison. O. Ah! la belle chose que de savoir quelque chose!

M. de phil. La voix U se forme en rapprochant les dents sans les joindre entièrement, et allongeant les deux lèvres en dehors, les approchant aussi l'une de l'autre, sans les joindre tout à fait : U.

M. Jour. U, U. Il n'y a rien de plus véritable : U.

M. de phil. Vos deux lèvres s'allongent comme si vous faisiez la moue : d'où vient que si vous la voulez faire à quelqu'un et vous moquer de lui, vous ne sauriez lui dire que U.

M. Jour. U, U. Cela est vrai. Ah! que n'ai-je étudié plus tôt, pour savoir tout cela!

M. de phil. Demain, nous verrons les autres lettres, qui sont les consonnes.

M. Jour. Est-ce qu'il y a des choses aussi curieuses qu'à celles-ci?

M. de phil. Sans doute. La consonne D, par exemple, se prononce en donnant du bout de la langue au-dessus des dents d'en haut : DA.

M. Jour. DA, DA. Oui! Ah! les belles choses! les belles choses!

M. de phil. L'F, en appuyant les dents d'en haut sur la lèvre de dessous : FA.

M. Jour. FA, FA. C'est la vérité. Ah! mon père et ma mère, que je vous veux de mal!

M. de phil. Et l'R, en portant le bout de la langue jusqu'au haut du palais ; de sorte qu'étant frôlée par l'air qui sort avec force, elle lui cède, et revient toujours au même endroit, faisant une manière de tremblement : R, RA.

M. Jour. R, R, RA ; R, R, R, R, R, RA. Cela est vrai. Ah! l'habile homme que vous êtes, et que j'ai perdu de temps! R, R, R, RA.

M. de phil. Je vous expliquerai à fond toutes ces curiosités.

M. Jour. Je vous en prie. Au reste, il faut que je vous fasse une confidence. Je suis amoureux d'une personne de grande qualité, et je souhaiterais que vous m'aidassiez à lui écrire quelque chose dans un petit billet que je veux laisser tomber à ses pieds.

M. de phil. Fort bien !

M. Jour. Cela sera galant, oui ?

M. de phil. Sans doute. Sont-ce des vers que vous lui voulez écrire ?

M. Jour. Non, non ; point de vers.

M. de phil. Vous ne voulez que de la prose ?

M. Jour. Non, je ne veux ni prose ni vers.

M. de phil. Il faut bien que ce soit l'un ou l'autre.

M. Jour. Pourquoi ?

M. de phil. Par la raison, monsieur, qu'il n'y a, pour s'exprimer, que la prose ou les vers.

M. Jour. Il n'y a que la prose ou les vers ?

M. de phil. Non, monsieur ; tout ce qui n'est point prose est vers, et tout ce qui n'est point vers est prose.

M. Jour. Et comme l'on parle, qu'est-ce que c'est donc que cela ?

M. de phil. De la prose.

M. Jour. Quoi ! quand je dis : Nicole, apportez-moi mes pantoufles, et me donnez mon bonnet de nuit, c'est de la prose ?

M. de phil. Oui, monsieur.

M. Jour. Par ma foi, il y a plus de quarante ans que je dis de la prose, sans que j'en susse rien ; et je vous suis le plus obligé du monde de m'avoir appris cela. Je voudrais donc lui mettre dans un billet : *Belle marquise, vos beaux yeux me font mourir d'amour ;* mais je voudrais que cela fût mis d'une manière galante, que cela fût tourné gentiment.

M. de phil. Mettre que les feux de ses yeux réduisent votre cœur en cendres ; que vous souffrez nuit et jour pour elle les violences d'un . . .

M. Jour. Non, non, non, je ne veux point tout cela. Je ne veux que ce que je vous ai dit : *Belle marquise, vos beaux yeux me font mourir d'amour.*

M. de phil. Il faut bien étendre un peu la chose.

M. Jour. Non, vous dis-je. Je ne veux que ces seules paroles-là dans le billet, mais tournées à la mode, bien arrangées comme il faut. Je vous prie de me dire un peu, pour voir, les diverses manières dont on les peut mettre.

M. de phil. On les peut mettre premièrement comme vous avez dit : *Belle marquise, vos beaux yeux me font mourir d'amour.* Ou bien : *D'amour mourir me font,*

belle marquise, vos beaux yeux. Ou bien: *Vos beaux yeux
d'amour me font, belle marquise, mourir.* Ou bien: *Mourir vos beaux yeux, belle marquise, d'amour me font.* Ou
bien: *Me font vos yeux beaux mourir, belle marquise, d'a-
mour.*

M. Jour. Mais de toutes ces façons-là, laquelle est la
meilleure?

M. de phil. Celle que vous avez dite: *Belle marquise,
vos beaux yeux me font mourir d'amour.*

M. Jour. Cependant je n'ai point étudié, et j'ai fait cela
tout du premier coup. Je vous remercie de tout mon
cœur, et vous prie de venir demain be bonne heure.

M. de phil. Je n'y manquerai pas.

SCÈNE VII.—*Monsieur Jourdain, un Laquais.*

M. Jour. (à son laquais). Comment! mon habit n'est
point encore arrivé?

Laq. Non, monsieur.

M. Jour. Ce maudit tailleur me fait bien attendre pour
un jour où j'ai tant d'affaires. J'enrage. Que la fièvre
quartaine puisse serrer bien fort le bourreau de tailleur!
la peste étouffe le tailleur! Si je le tenais maintenant,
ce tailleur détestable, ce chien de tailleur-là, ce traître de
tailleur, je . . .

SCÈNE VIII.—*M. Jourdain, un Maître Tailleur, un Garçon Tailleur
portant l'habit de monsieur Jourdain; un Laquais.*

M. Jour. Ah! vous voilà! je m'allais mettre en colère
contre vous.

Le Maître Tailleur. Je n'ai pas pu venir plus tôt, et
j'ai mis vingt garçons après votre habit.

M. Jour. Vous m'avez envoyé des bas de soie si étroits,
que j'ai eu toutes les peines du monde à les mettre, et il
y a déjà deux mailles de rompues.

M. Tailleur. Ils ne s'élargiront que trop.

M. Jour. Oui, si je romps toujours des mailles. Vous
m'avez aussi fait faire des souliers qui me blessent furieusement.

M. Tailleur. Point du tout, monsieur.

M. Jour. Comment! point du tout?

M. Tailleur. Non, ils ne vous blessent point.

M. Jour. Je vous dis qu'ils me blessent, moi.

M. Tailleur. Vous vous imaginez cela.

M. Jour. Je me l'imagine parceque je le sens. Voyez la belle raison !

M. Tailleur. Tenez, voilà le plus bel habit de la cour, et le mieux assorti. C'est un chef-d'œuvre que d'avoir inventé un habit sérieux qui ne fût pas noir ; je le donne* en six coups aux tailleurs les plus éclairés.

M. Jour. Qu'est-ce que c'est que ceci ? vous avez mis les fleurs en bas.

M. Tailleur. Vous ne m'avez pas dit que vous les vouliez en en haut.

M. Jour. Est-ce qu'il faut dire cela ?

M. Tailleur. Oui, vraiment. Toutes les personnes de qualité les portent de la sorte.

M. Jour. Les personnes de qualité portent les fleurs en en bas ?

M. Tailleur. Oui, monsieur.

M. Jour. Oh ! Voilà qui est donc bien.

M. Tailleur. Si vous voulez, je les mettrai en en haut.

M. Jour. Non, non.

M. Tailleur. Vous n'avez qu'à dire.

M. Jour. Non, vous dis-je ; vous avez bien fait. Croyez-vous que mon habit m'aille bien ?

M. Tailleur. Belle demande ! Je défie un peintre, avec son pinceau, de vous faire rien de plus juste. J'ai chez moi un garçon qui, pour monter une ringrave, est le plus grand génie du monde ; et un autre qui, pour assembler un pourpoint, est le héros de notre temps.

M. Jour. La perruque et les plumes sont-elles comme il faut ?

M. Tailleur. Tout est bien.

M. Jour. (regardant le maître tailleur). Ah ! ah ! monsieur le tailleur, voilà de mon étoffe du dernier habit que vous m'avez fait. Je la reconnais bien.

M. Tailleur. C'est que l'étoffe me sembla si belle, que j'en ai voulu lever un habit pour moi.

M. Jour. Oui : mais il ne fallait pas le lever avec le mien.

M. Tailleur. Voulez-vous mettre votre habit ?

M. Jour. Oui : donnez-le-moi.

M. Tailleur. Attendez. Cela ne va pas comme cela. J'ai amené des gens pour vous habiller en cadence, et

---

* *I give the best-informed tailors six chances to hit upon it.*

ces sortes d'habits se mettent avec cérémonie. Holà!
entrez, vous autres.

Scène IX.—*Monsieur Jourdain, le Maître Tailleur, le Garçon Tailleur,
Garçons Tailleurs dansants, un Laquais.*

Le Maître Tailleur (*à ses garçons*). Mettez cet habit à
monsieur, de la manière que vous faites aux personnes de
qualité.

Les quatre garçons tailleurs dansants s'approchent de monsieur
Jourdain. Deux lui arrachent le haut-de-chausses de ses exercices ; les deux autres lui ôtent la camisole ; après quoi, toujours en cadence, ils lui mettent son habit neuf. Monsieur Jourdain se promène au milieu d'eux, et leur montre son habit pour
voir s'il est bien.

Garçon Tailleur. Mon gentilhomme, donnez, s'il vous
plaît, aux garçons quelque chose pour boire.

M. Jour. Comment m'appelez-vous ?

Garç. Tail. Mon gentilhomme.

M. Jour. Mon gentilhomme ! Voilà ce que c'est que
de se mettre en personne de qualité ! Allez-vous-en demeurer toujours habillé en bourgeois, on ne vous dira
point : Mon gentilhomme. (*Donnant de l'argent.*) Tenez, voilà pour Mon gentilhomme.

Garç. Tail. Monseigneur, nous vous sommes bien obligés.

M. Jour. Monseigneur ! Oh ! oh ! Monseigneur ! Attendez, mon ami ; Monseigneur mérite quelque chose, et
ce n'est pas une petite parole que Monseigneur ! Tenez,
voilà ce que Monseigneur vous donne.

Garç. Tail. Monseigneur, nous allons boire tous à la
santé de Votre Grandeur.

M. Jour. Votre Grandeur ! Oh ! oh ! oh ! Attendez ;
ne vous en allez pas. 'A moi, Votre Grandeur ! (*Bas,
à part.*) Ma foi, s'il va jusqu'à l'Altesse, il aura toute la
bourse. (*Haut.*) Tenez, voilà pour Ma Grandeur.

Garç. Tail. Monseigneur, nous la remercions très hum-
blement de ses libéralités.

M. Jour. Il a bien fait, je lui allais tout donner.

Les quatre garçons tailleurs se réjouissent, en dansant, de la libéralité de monsieur Jourdain.

ACTE TROISIÈME.

Scène I.—*Monsieur Jourdain, deux Laquais.*

M. Jour. Suivez-moi, que j'aille un peu montrer mon habit par la ville; et surtout ayez soin tous deux de marcher immédiatement sur mes pas, afin qu'on voie bien que vous êtes à moi.

Laquais. Oui, monsieur.

M. Jour. Appelez-moi Nicole, que je lui donne quelques ordres. Ne bougez: la voilà.

Scène II.—*Monsieur Jourdain, Nicole, deux Laquais.*

M. Jour. Nicole!

Nicole. Plaît-il?*

M. Jour. 'Ecoutez.

Nicole (riant). Hi, hi, hi, hi, hi.

M. Jour. Qu'as-tu à rire?

Nicole. Hi, hi, hi, hi, hi, hi.

M. Jour. Que veut dire cette coquine-là?

Nicole. Hi, hi, hi. Comme vous voilà bâti! Hi, hi, hi.

M. Jour. Comment donc?

Nicole. Ah! ah! mon Dieu! Hi, hi, hi, hi, hi.

M. Jour. Quelle friponne est-ce là! Te moques-tu de moi?

Nicole. Nenni, monsieur; j'en serais bien fâchée. Hi, hi, hi, hi, hi, hi.

M. Jour. Je te baillerai sur le nez, si tu ris davantage.

Nicole. Monsieur, je ne puis pas m'en empêcher. Hi, hi, hi, hi, hi, hi.

M. Jour. Tu ne t'arrêteras pas?

Nicole. Monsieur, je vous demande pardon; mais vous êtes si plaisant, que je ne saurais me tenir de rire. Hi, hi, hi.

M. Jour. Mais voyez quelle insolence!

Nicole. Vous êtes tout à fait drôle comme cela. Hi, hi.

M. Jour. Je te . . .

Nicole. Je vous prie de m'excuser. Hi, hi, hi, hi.

M. Jour. Tiens, si tu ris encore le moins du monde, je te jure que je t'appliquerai sur la joue le plus grand soufflet qui se soit jamais donné.

---

* Plaît-il? *Sir?*

Nicole. Hé bien! monsieur, voilà qui est fait: je ne rirai plus.

M. Jour. Prends-y bien garde.   Il faut que, pour tantôt, tu nettoies . . .

Nicole. Hi, hi.

M. Jour. Que tu nettoies comme il faut . . .

Nicole. Hi, hi.

M. Jour. Il faut, dis-je, que tu nettoies la salle, et . . .

Nicole. Hi, hi.

M. Jour. Encore?

Nicole (*tombant à force de rire*). Tenez, monsieur, battez-moi plutôt, et me laissez rire tout mon soûl; cela me fera plus de bien.   Hi, hi, hi, hi, hi.

M. Jour. J'enrage!

Nicole. De grâce, monsieur, je vous prie de me laisser rire.   Hi, hi, hi.

M. Jour. Si je te prends . . .

Nicole. Monsieur—eur, je crèverai—ai, si je ne ris. Hi, hi, hi.

M. Jour. Mais a-t-on jamais vu une pendarde comme celle-là, qui me vient rire insolemment au nez, au lieu de recevoir mes ordres?

Nicole. Que voulez-vous que je fasse, monsieur?

M. Jour. Que tu songes, coquine, à préparer ma maison pour la compagnie qui doit venir tantôt.

Nicole (*se relevant*). Ah! par ma foi, je n'ai plus envie de rire; et toutes vos compagnies font tant de désordre céans, que ce mot est assez pour me mettre en mauvaise humeur.

M. Jour. Ne dois-je point pour toi fermer ma porte à tout le monde?

Nicole. Vous devriez au moins la fermer à certaines gens.

SCÈNE III.—*Madame Jourdain, Monsieur Jourdain, Nicole, deux Laquais.*

Madame Jour. Ah! ah! voici une nouvelle histoire! Qu'est-ce que c'est donc, mon mari, que cet équipage-là? Vous moquez-vous du monde, de vous être fait enharnacher de la sorte? et avez-vous envie qu'on se raille partout de vous?

M. Jour. Il n'y a que des sots et des sottes, ma femme, qui se railleront de moi.

Mme. Jour. Vraiment, on n'a pas attendu jusqu'à cette heure ; et il y a longtemps que vos façons de faire donnent à rire à tout le monde.

M. Jour. Qui est donc, tout ce monde-là, s'il vous plaît ?

Mme. Jour. Tout ce monde-là est un monde qui a raison, et qui est plus sage que vous. Pour moi, je suis scandalisée de la vie que vous menez. Je ne sais plus ce que c'est que notre maison. On dirait qu'il est céans carême-prenant tous les jours ; et dès le matin, de peur d'y manquer, on y entend des vacarmes de violons et de chanteurs dont tout le voisinage se trouve incommodé.

Nicole. Madame parle bien. Je ne saurais plus voir mon ménage propre avec cet attirail de gens que vous faites venir chez vous. Ils ont des pieds qui vont chercher de la boue dans tous les quartiers de la ville, pour l'apporter ici ; et la pauvre Françoise est presque sur les dents, à frotter les planchers que vos biaux maîtres viennent crotter régulièrement tous les jours.

M. Jour. Ouais ! notre servante Nicole, vous avez le caquet bien affilé pour une paysanne !

Mme. Jour. Nicole a raison ; et son sens est meilleur que le vôtre. Je voudrais bien savoir ce que vous pensez faire d'un maître à danser, à l'âge que vous avez.

Nicole. Et d'un grand maître tireur d'armes, qui vient, avec ses battements de pied, ébranler toute la maison, et nous déraciner tous les carriaux de notre salle.

M. Jour. Taisez-vous, ma servante et ma femme.

Mme. Jour. Est-ce que vous voulez apprendre à danser pour quand* vous n'aurez plus de jambes ?

Nicole. Est-ce que vous avez envie de tuer quelqu'un ?

M. Jour. Taisez-vous, vous dis-je : vous êtes des ignorantes l'une et l'autre ; et vous ne savez pas les prérogatives de tout cela.

Mme. Jour. Vous devriez bien plutôt songer à marier votre fille, qui est en âge d'être pourvue.

M. Jour. Je songerai à marier ma fille quand il se présentera un parti pour elle ; mais je veux songer aussi à apprendre les belles choses.

Nicole. J'ai encore ouï dire, madame, qu'il a pris aujourd'hui, pour renfort de potage, un maître de philosophie.

---

* Pour quand, *against when.*

M. Jour. Fort bien. Je veux avoir de l'esprit, et savoir raisonner des choses parmi les honnêtes gens.

Mme. Jour. N'irez-vous point, l'un de ces jours, au collége, vous faire donner le fouet, à votre âge ?*

M. Jour. Pourquoi non? Plût à Dieu l'avoir tout à l'heure, le fouet, devant tout le monde, et savoir ce qu'on apprend au collége !

Nicole. Oui, ma foi, cela vous rendrait la jambe bien mieux faite.†

M. Jour. Sans doute.

Mme. Jour. Tout cela est fort nécessaire pour conduire votre maison !

M. Jour. Assurément. Vous parlez toutes deux comme des bêtes, et j'ai honte de votre ignorance. (*A madame Jourdain.*) Par exemple, savez-vous, vous, ce que c'est que vous dites à cette heure?

Mme. Jour. Oui. Je sais que ce que je dis est fort bien dit, et que vous devriez songer à vivre d'autre sorte.

M. Jour. Je ne parle pas de cela. Je vous demande ce que c'est que les paroles que vous dites ici.

Mme. Jour. Ce sont des paroles bien sensées, et votre conduite ne l'est guère.

M. Jour. Je ne parle pas de cela, vous dis-je. Je vous demande, ce que je parle avec vous, ce que je vous dis à cette heure, qu'est-ce que c'est?

Mme. Jour. Des chansons.

M. Jour. Hé! non, ce n'est pas cela. Ce que nous disons tous deux, le langage que nous parlons à cette heure?

Mme. Jour. Hé bien?

M. Jour. Comment est-ce que cela s'appelle?

Mme. Jour. Cela s'appelle comme on veut l'appeler.

M. Jour. C'est de la prose, ignorante.

Mme. Jour. De la prose?

M. Jour. Oui, de la prose. Tout ce qui est prose n'est point vers ; et tout ce qui n'est point vers est prose. Heu! voilà ce que c'est que d'étudier. (*A Nicole.*) Et toi, sais-tu bien comme il faut faire pour dire un U?

Nicole. Comment?

---

* *Mayhap you'll be going to the High-School one of these days to get a taste of the strop!*

† Proverb : *you would be all the better off for that.*

M. Jour. Oui. Qu'est-ce que tu fais quand tu dis U?
Nicole. Quoi?
M. Jour. Dis un peu U, pour voir.
Nicole. Hé bien! U.
M. Jour. Qu'est-ce que tu fais?
Nicole. Je dis U.
M. Jour. Oui; mais quand tu dis U, qu'est-ce que tu fais?
Nicole. Je fais ce que vous me dites.
M. Jour. Oh! l'étrange chose que d'avoir affaire à des bêtes! Tu allonges les lèvres en dehors, et approches la mâchoire d'en haut de celle d'en bas; U, vois-tu? Je fais la moue: U.
Nicole. Oui, cela est biau.
Mme. Jour. Voilà qui est admirable!
M. Jour. C'est bien autre chose, si vous aviez vu O, et DA, DA, et FA, FA!
Mme. Jour. Qu'est-ce que c'est donc que tout ce galimatias-là!
Nicole. De quoi est-ce que tout cela guérit?*
M. Jour. J'enrage quand je vois des femmes ignorantes.
Mme. Jour. Allez, vous devriez envoyer promener tous ces gens-là, avec leurs fariboles.
Nicole. Et surtout ce grand escogriffe de maître d'armes, qui remplit de poudre tout mon ménage.
M. Jour. Ouais! ce maître d'armes vous tient au cœur!† Je te veux faire voir ton impertinence tout à l'heure. (*Après avoir fait apporter des fleurets, et en avoir donné un à Nicole.*) Tiens, raison démonstrative, la ligne du corps. Quand on pousse en quarte, on n'a qu'à faire cela, et, quand on pousse en tierce, on n'a qu'à faire cela. Voilà le moyen de n'être jamais tué; et cela n'est-il pas beau, d'être assuré de son fait quand on se bat contre quelqu'un? Là, pousse-moi un peu, pour voir.
Nicole. Hé bien! quoi! (*Nicole pousse plusieurs bottes à monsieur Jourdain.*)
M. Jour. Tout beau! Holà! ho! Doucement.
Nicole. Vous me dites de pousser.
M. Jour. Oui; mais tu me pousses en tierce avant que

---

* *What does all that amount to?*
† Literally, *sticks to your heart,* i. e., *is an eye-sore to you.*

de me pousser en quarte, et tu n'as pas la patience que
je pare.

Mme. Jour. Vous êtes fou, mon mari, avec toutes vos
fantaisies; et cela vous est venu depuis que vous vous
mêlez de hanter la noblesse.

M. Jour. Lorsque je hante la noblesse, je fais paraître
mon jugement; et cela est plus beau que de hanter votre
bourgeoisie.

Mme. Jour. Vraiment! Il y a fort à gagner à fréquenter vos nobles, et vous avez bien opéré avec ce beau
monsieur le comte, dont vous vous êtes embéguiné!

M. Jour. Paix; songez à ce que vous dites. Savez-
vous bien, ma femme, que vous ne savez pas de qui vous
parlez, quand vous parlez de lui? C'est une personne
d'importance plus que vous ne pensez, un seigneur que
l'on considère à la cour, et qui parle au roi tout comme
je vous parle. N'est-ce pas une chose qui m'est tout à
fait honorable, que l'on voie venir chez moi si souvent
une personne de cette qualité, qui m'appelle son cher ami,
et me traite comme si j'étais son égal? Il a pour moi
des bontés qu'on ne devinerait jamais; et, devant tout
le monde, il me fait des caresses dont je suis moi-même
confus.

Mme. Jour. Oui, il a des bontés pour vous, et vous fait
des caresses; mais il vous emprunte votre argent.

M. Jour. Hé bien! ne m'est-ce pas de l'honneur, de
prêter de l'argent à un homme de cette condition-là? et
puis-je faire moins pour un seigneur qui m'appelle son
cher ami?

Mme. Jour. Et ce seigneur, que fait-il pour vous?

M. Jour. Des choses dont on serait étonné, si on les
savait.

Mme. Jour. Et quoi?

M. Jour. Baste! je ne puis pas m'expliquer. Il suffit
que si je lui ai prêté de l'argent, il me le rendra bien, et
avant qu'il soit peu.*

Mme. Jour. Oui. Attendez-vous à cela.

M. Jour. Assurément. Ne me l'a-t-il pas dit?

Mme. Jour. Oui, oui, il ne manquera pas d'y faillir.

M. Jour. Il m'a juré sa foi de gentilhomme.

Mme. Jour. Chansons!

---

* *And that, too, before long.*

M. Jour. Ouais ! Vous êtes bien obstinée, ma femme ! Je vous dis qu'il me tiendra sa parole ; j'en suis sûr.

Mme. Jour. Et moi, je suis sûre que non, et que toutes les caresses qu'il vous fait ne sont que pour vous enjôler.

M. Jour. Taisez-vous. Le voici.

SCÈNE IV.—*Dorante, Monsieur Jourdain, Madame Jourdain, Nicole.*

Dorante. Mon cher ami monsieur Jourdain, comment vous portez-vous ?

M. Jour. Fort bien, monsieur, pour vous rendre mes petits services.

Dorante. Et madame Jourdain, que voilà, comment se porte-t-elle ?

Mme. Jour. Madame Jourdain se porte comme elle peut.

Dorante. Comment ! monsieur Jourdain ! vous voilà le plus propre du monde !

M. Jour. Vous voyez.

Dorante. Vous avez tout à fait bon air avec cet habit ; et nous n'avons point de jeunes gens à la cour qui soient mieux faits que vous.

M. Jour. Hai, hai.

Dorante. Tournez-vous. Cela est tout à fait galant.

Mme. Jour. (*à part*). Oui, aussi sot par derrière que par devant.

Dorante. Ma foi, monsieur Jourdain, j'avais une impatience étrange de vous voir. Vous êtes l'homme du monde que j'estime le plus ; et je parlais de vous encore, ce matin, dans la chambre du roi.

M. Jour. Vous me faites beaucoup d'honneur, monsieur. ('*A madame J.*). Dans la chambre du roi !

Dorante. Allons, mettez.*

M. Jour. Monsieur, je sais le respect que je vous dois.

Dorante. Mon Dieu ! mettez. Point de cérémonie entre nous, je vous prie.

M. Jour. Monsieur . . .

Dorante. Mettez, vous dis-je, monsieur Jourdain ; vous êtes mon ami.

M. Jour. Monsieur, je suis votre serviteur.

Dorante. Je ne me couvrirai point, si vous ne vous couvrez.

---

* For *mettez votre chapeau*, or *couvrez-vous—put on your hat.*

M. Jour. (*se couvrant*). J'aime mieux être incivil qu'importun.

Dorante. Je suis votre débiteur, comme vous le savez.

Mme. Jour. (*à part*). Oui : nous ne le savons que trop.

Dorante. Vous m'avez généreusement prêté de l'argent en plusieurs occasions, et m'avez obligé de la meilleure grâce du monde, assurément.

M. Jour. Monsieur, vous vous moquez.

Dorante. Mais je sais rendre ce qu'on me prête, et reconnaître les plaisirs qu'on me fait.

M. Jour. Je n'en doute point, monsieur.

Dorante. Je veux sortir d'affaire avec vous ; et je viens ici pour faire nos comptes ensemble.

M. Jour. (*bas, à madame J.*). Hé bien ! vous voyez votre impertinence, ma femme.

Dorante. Je suis homme qui aime à m'acquitter le plus tôt que je puis.

M. Jour. (*bas, à madame J.*). Je vous le disais bien.

Dorante. Voyons un peu ce que je vous dois.

M. Jour. (*bas, à madame J.*). Vous voilà, avec vos soupçons ridicules.

Dorante. Vous souvenez-vous bien de tout l'argent que vous m'avez prêté ?

M. Jour. Je crois que oui. J'en ai fait un petit mémoire. Le voici. Donné à vous une fois deux cents louis.

Dorante. Cela est vrai.

M. Jour. Une autre fois six vingts.

Dorante. Oui.

M. Jour. Et une autre fois cent quarante.

Dorante. Vous avez raison.

M. Jour. Ces trois articles font quatre cent soixante louis, qui valent cinq mille soixante livres.

Dorante. Le compte est fort bon. Cinq mille soixante livres.

M. Jour. Mille huit cent trente-deux livres à votre plumassier.

Dorante. Justemen .

M. Jour. Deux mille sept cent quatre-vingts livres à votre tailleur.

Dorante. Il est vrai.

M. Jour. Quatre mille trois cent septante-neuf livres douze sous huit deniers à votre marchand.

Dorante. Fort bien. Douze sous huit deniers; le compte est juste.

M. Jour. Et mille sept cent quarante-huit livres sept sous quatre deniers à votre sellier.

Dorante. Tout cela est véritable. Qu'est-ce que cela fait?

M. Jour. Somme totale, quinze mille huit cents livres.

Dorante. Somme totale est juste. Quinze mille huit cents livres. Mettez encore deux cents pistoles que vous m'allez donner: cela fera justement dix-huit mille francs, que je vous paierai au premier jour.

Mme. Jour. (*bas, à monsieur J.*). Hé bien! ne l'avais-je pas bien deviné?

M. Jour. (*bas, à madame J.*). Paix!

Dorante. Cela vous incommodera-t-il, de me donner ce que je vous dis?

M. Jour. Hé! non.

Mme. Jour. (*bas, à monsieur J.*). Cet homme-là fait de vous une vache à lait.

M. Jour. (*bas, à madame J.*). Taisez-vous.

Dorante. Si cela vous incommode, j'en irai chercher ailleurs.

M. Jour. Non, monsieur.

Mme. Jour. (*bas, à monsieur J.*). Il ne sera pas content qu'il ne vous ait ruiné.

M. Jour. (*bas à madame J.*). Taisez-vous, vous dis-je.

Dorante. Vous n'avez qu'à me dire si cela vous embarrasse.

M. Jour. Point, monsieur.

Mme. Jour. (*bas, à monsieur J.*). C'est un vrai enjôleur.

M. Jour. (*bas, à madame J.*). Taisez-vous, donc.

Mme. Jour. (*bas, à monsieur J.*). Il vous sucera jusqu'au dernier sou.

M. Jour. (*bas, à madame J.*). Vous tairez-vous?

Dorante. J'ai force gens qui m'en prêteraient avec joie; mais comme vous êtes mon meilleur ami, j'ai cru que je vous ferais tort si j'en demandais à quelque autre.

M. Jour. C'est trop d'honneur, monsieur, que vous me faites. Je vais querir votre affaire.

Mme. Jour. (*bas, à monsieur J.*). Quoi! vous allez encore lui donner cela?

M. Jour. (*bas, à madame J.*). Que faire? voulez-vous

que je refuse un homme de cette condition-là, qui a parlé
de moi ce matin dans la chambre du roi ?

Mme. Jour. (*bas, à monsieur J.*). Allez, vous êtes une
vraie dupe.

SCÈNE V.—*Dorante, Madame Jourdain, Nicole.*

Dorante. Vous me semblez toute mélancolique. Qu'a-
vez-vous,* madame Jourdain ?

Mme. Jour. J'ai la tête plus grosse que le poing, et si
elle n'est pas enflée.

Dorante. Mademoiselle votre fille, où est-elle, que je
ne la vois point ?

Mme. Jour. Mademoiselle ma fille est bien où elle est.

Dorante. Comment se porte-t-elle ?

Mme. Jour. Elle se porte sur ses deux jambes.

Dorante. Ne voulez-vous point, un de ces jours, venir
voir avec elle le ballet et la comédie que l'on fait chez le
roi ?

Mme. Jour. Oui, vraiment ! nous avons fort envie de
rire, fort envie de rire nous avons.

Dorante. Je pense, madame Jourdain, que vous avez
eu bien des amants dans votre jeune âge, belle et d'agréable humeur comme vous étiez.

Mme. Jour. Tredame !† monsieur, est-ce que madame
Jourdain est décrépite, et la tête lui grouille-t-elle déjà ?

Dorante. Ah ! ma foi, madame Jourdain, je vous demande pardon ! je ne songeais pas que vous êtes jeune ;
et je rêve le plus souvent. Je vous prie d'excuser mon
impertinence.

SCÈNE VI.—*Monsieur Jourdain, Madame Jourdain, Dorante, Nicole.*

M. Jour. (*à Dorante*). Voilà deux cents louis bien
comptés.

Dorante. Je vous assure, monsieur Jourdain, que je
suis tout à vous, et que je brûle de vous rendre un service à la cour.

M. Jour. Je vous suis trop obligé.

Dorante. Si madame Jourdain veut voir le divertissement royal, je lui ferai donner les meilleures places de la
salle.

---

* *What ails you ?*

† *Tredame,* contracted from *Notre Dame ; " by our Lady"—(the holy
Virgin).*

Mme. Jour. Madame Jourdain vous baise les mains.

Dorante (*bas, à monsieur J.*). Notre belle marquise, comme je vous ai mandé par mon billet, viendra tantôt ici pour le ballet et le repas ; et je l'ai fait consentir enfin au cadeau que vous lui voulez donner.

M. Jour. Tirons-nous un peu plus loin, pour cause.

Dorante. Il y a huit jours que je ne vous ai vu ; et je ne vous ai point mandé de nouvelles du diamant que vous me mîtes entre les mains pour lui en faire présent de votre part ; mais c'est que j'ai eu toutes les peines du monde à vaincre son scrupule ; et ce n'est que d'aujour-d'hui qu'elle s'est résolue à l'accepter.

M. Jour. Comment l'a-t-elle trouvé ?

Dorante. Merveilleux ; et je me trompe fort, ou la beauté de ce diamant fera pour vous sur son esprit un effet admirable.

M. Jour. Plût au ciel !

Mme. Jour. (*à Nicole*). Quand il est une fois avec lui, il ne peut le quitter.

Dorante. Je lui ai fait valoir comme il faut la richesse de ce présent, et la grandeur de votre amour.

M. Jour. Ce sont, monsieur, des bontés qui m'acca-blent ; et je suis dans une confusion la plus grande du monde, de voir une personne de votre qualité s'abaisser pour moi à ce que vous faites.

Dorante. Vous moquez-vous ? est-ce qu'entre amis on s'arrête à ces sortes de scrupules ? et ne feriez-vous pas pour moi la même chose, si l'occasion s'en offrait ?

M. Jour. Oh ! assurément, et de très grand cœur !

Mme. Jour. (*à Nicole*). Que sa présence me pèse sur les épaules !

Dorante. Pour moi, je ne regarde rien quand il faut servir un ami ; et lorsque vous me fîtes confidence de l'ardeur que vous aviez prise pour cette marquise agréa-ble, chez qui j'avais commerce, vous vîtes que d'abord je m'offris de moi-même à servir votre amour.

M. Jour. Il est vrai. Ce sont des bontés qui me con-fondent.

Mme. Jour. (*à Nicole*). Est-ce qu'il ne s'en ira point ?

Nicole. Ils se trouvent bien ensemble.

Dorante. Vous avez pris le bon biais pour toucher son cœur. Les femmes aiment surtout les dépenses qu'on fait pour elles ; et vos fréquentes sérénades, et vos bou-

quets continuels, ce superbe feu d'artifice qu'elle trouva
sur l'eau, le diamant qu'elle a reçu de votre part, et le
cadeau que vous lui préparez, tout cela lui parle bien
mieux en faveur de votre amour que toutes les paroles
que vous auriez pu lui dire vous-même.

M. Jour. Il n'y a point de dépenses que je ne fisse, si
par là je pouvais trouver le chemin de son cœur. Une
femme de qualité a pour moi des charmes ravissants ; et
c'est un honneur que j'achèterais au prix de toutes choses.

Mme. Jour. (*bas, à Nicole*). Que peuvent-ils tant dire
ensemble ? Va-t'en un peu tout doucement prêter l'o-
reille.

Dorante. Ce sera tantôt que vous jouirez à votre aise
du plaisir de sa vue ; et vos yeux auront tout le temps
de se satisfaire.

M. Jour. Pour être en pleine liberté, j'ai fait en sorte
que ma femme ira dîner chez ma sœur, où elle passera
toute l'après-dînée.

Dorante. Vous avez fait prudemment, et votre femme
aurait pu nous embarrasser. J'ai donné pour vous l'ordre
qu'il faut au cuisinier, et à toutes les choses qui sont né-
cessaires pour le ballet. Il est de mon invention ; et
pourvu que l'exécution puisse répondre à l'idée, je suis
sûr qu'il sera trouvé . . .

M. Jour. (*s'apercevant que Nicole écoute, et lui donnant un soufflet*). Ouais ! vous êtes bien impertinente !
(`A Dorante.) Sortons, s'il vous plaît.

SCÈNE VII.—*Madame Jourdain, Nicole.*

Nicole. Ma foi, madame, la curiosité m'a coûté quelque
chose ; mais je crois qu'il y a quelque anguille sous roche,
et ils parlent de quelque affaire où ils ne veulent pas que
vous soyez.

Mme. Jour. Ce n'est pas d'aujourd'hui, Nicole, que j'ai
conçu des soupçons de mon mari. Je suis la plus trompée du monde, ou il y a quelque amour en campagne ; et
je travaille à découvrir ce que ce peut être. Mais songeons à ma fille. Tu sais l'amour que Cléonte a pour
elle : c'est un homme qui me revient ; et je veux aider sa
recherche, et lui donner Lucile, si je puis.

Nicole. En vérité, madame, je suis la plus ravie du
monde de vous voir dans ces sentiments ; car si le maître
vous revient, le valet ne me revient pas moins, et je sou-

haiterais que notre mariage se pût faire à l'ombre du
leur.

Mme.Jour. Va-t'en lui en parler de ma part, et lui dire
que tout à l'heure il me vienne trouver, pour faire ensemble, à mon mari, la demande de ma fille.

Nicole. J'y cours, madame, avec joie, et je ne pouvais
recevoir une commission plus agréable. (*Seule.*) Je vais,
je pense, bien réjouir les gens.

SCÈNE VIII.—Cléonte, Covielle, Nicole.

Nicole (*à Cléonte*). Ah! vous voilà tout à propos!
Je suis une ambassadrice de joie, et je viens . . .

Cléonte. Retire-toi, perfide, et ne me viens point amuser avec tes traîtresses paroles.

Nicole. Est-ce ainsi que vous recevez . . .

Cléonte. Retire-toi, te dis-je, et va t'en dire, de ce pas,
à ton infidèle maîtresse qu'elle n'abusera de sa vie le trop
simple Cléonte.

Nicole. Quel vertigo est-ce donc là? Mon pauvre
Covielle, dis-moi un peu ce que cela veut dire.

Covielle. Ton pauvre Covielle, petite scélérate! Allons, vite, ôte-toi de mes yeux, vilaine, et me laisse en
repos.

Nicole. Quoi! tu me viens aussi . . .

Covielle. Ote-toi de mes yeux, te dis-je, et ne me parle
pas de ta vie.

Nicole (*à part*). Ouais! Quelle mouche les a piqués
tous deux? Allons de cette belle histoire informer ma
maîtresse.

SCÈNE IX.—Cléonte, Covielle.

Cléonte. Quoi! traiter un amant de la sorte, et un
amant le plus fidèle et le plus passioné de tous les amants!

Covielle. C'est une chose épouvantable que ce qu'on
nous a fait à tous deux.

Cléonte. Je fais voir pour une personne toute l'ardeur
et toute la tendresse qu'on peut imaginer; je n'aime rien
au monde qu'elle, et je n'ai qu'elle dans l'esprit; elle fait
tous mes soins, tous mes désirs, toute ma joie; je ne parle
que d'elle, je ne pense qu'à elle, je ne fais des songes que
d'elle, je ne respire que par elle, mon cœur vit tout en
elle; et voilà de tant d'amitié la digne récompense! Je
suis deux jours sans la voir, qui sont pour moi deux siè-

cles effroyables : je la rencontre par hasard ; mon cœur,
à cette vue, se sent tout transporté, ma joie éclate sur
mon visage, je vole avec ravissement vers elle, et l'infidèle détourne de moi ses regards, et passe brusquement,
comme si de sa vie elle ne m'avait vu !

Covielle. Je dis les mêmes choses que vous.

Cléonte. Peut-on rien voir d'égal, Covielle, à cette perfidie de l'ingrate Lucile ?

Covielle. Et à celle, monsieur, de la pendarde de Nicole ?

Cléonte. Après tant de sacrifices ardents, de soupirs et
de vœux que j'ai faits à ses charmes !

Covielle. Après tant d'assidus hommages, de soins et
de services que je lui ai rendus dans sa cuisine !

Cléonte. Tant de larmes que j'ai versées à ses genoux !

Covielle. Tant de seaux d'eau que j'ai tirés au puits
pour elle !

Cléonte. Tant d'ardeur que j'ai fait paraître à la chérir
plus que moi-même !

Covielle. Tant de chaleur que j'ai soufferte à tourner
la broche à sa place !

Cléonte. Elle me fuit avec mépris !

Covielle. Elle me tourne le dos avec effronterie !

Cléonte. C'est une perfidie digne des plus grands châtiments.

Covielle. C'est une trahison à mériter mille soufflets.

Cléonte. Ne t'avise point, je te prie, de me parler jamais pour elle.

Covielle. Moi, monsieur ?   Dieu m'en garde !

Cléonte. Ne viens point m'excuser l'action de cette infidèle.

Covielle. N'ayez pas peur.

Cléonte. Non, vois-tu, tous tes discours pour la défendre
ne serviront de rien.

Covielle. Qui songe à cela ?

Cléonte. Je veux contre elle conserver mon ressenti-
ment, et rompre ensemble tout commerce.

Covielle. J'y consens.

Cléonte. Ce monsieur le comte qui va chez elle lui donne
peut-être dans la vue ; et son esprit, je le vois bien, se
laisse éblouir à la qualité.   Mais il me faut, pour mon
honneur, prévenir l'éclat de son inconstance.   Je veux
faire autant de pas qu'elle au changement où je la vois

courir, et ne lui laisser pas toute la gloire de me quitter.

Covielle. C'est fort bien dit, et j'entre pour mon compte dans tous vos sentiments.

Cléonte. Donne la main à mon dépit, et soutiens ma résolution contre tous les restes d'amour qui me pourraient parler pour elle. Dis-m'en, je t'en conjure, tout le mal que tu pourras. Fais-moi de sa personne une peinture qui me la rende méprisable, et marque-moi bien, pour m'en dégoûter, tous les défauts que tu peux voir en elle.

Covielle. Elle, monsieur ? voilà une belle mijaurée, une pimpesouée bien bâtie, pour vous donner tant d'amour ! Je ne lui vois rien que de très médiocre ; et vous trouverez cent personnes qui seront plus dignes de vous. Premièrement, elle a les yeux petits.

Cléonte. Cela est vrai, elle a les yeux petits, mais elle les a pleins de feu, les plus brillants, les plus perçants du monde, les plus touchants qu'on puisse voir.

Covielle. Elle a la bouche grande.

Cléonte. Oui ; mais on y voit des grâces qu'on ne voit point aux autres bouches ; et cette bouche, en la voyant, inspire des désirs, est la plus attrayante, la plus amoureuse du monde.

Covielle. Pour sa taille, elle n'est pas grande.

Cléonte. Non ; mais elle est aisée et bien prise.

Covielle. Elle affecte une nonchalance dans son parler et dans ses actions . . .

Cléonte. Il est vrai ; mais elle a grâce à tout cela ; et ses manières sont engageantes, ont je ne sais quel charme à s'insinuer dans les cœurs.

Covielle. Pour de l'esprit . . .

Cléonte. Ah ! elle en a, Covielle, du plus fin, du plus délicat.

Covielle. Sa conversation . . .

Cléonte. Sa conversation est charmante.

Covielle. Elle est toujours sérieuse.

Cléonte. Veux-tu de ces enjouements épanouis, de ces joies toujours ouvertes ? et vois-tu rien de plus impertinent que les femmes qui rient à tout propos ?

Covielle. Mais, enfin, elle est capricieuse autant que personne du monde.

Cléonte. Oui, elle est est capricieuse, j'en demeure d'accord ; mais tout sied bien aux belles, on souffre tout des belles.

Covielle. Puisque cela va comme cela, je vois bien que vous avez envie de l'aimer toujours.

Cléonte. Moi? j'aimerais mieux mourir; et je vais la haïr autant que je l'ai aimée.

Covielle. Le moyen, si vous la trouvez si parfaite?

Cléonte. C'est en quoi ma vengeance sera plus éclatante, en quoi je veux faire mieux voir la force de mon cœur à la haïr, à la quitter, toute belle, toute pleine d'attraits, tout aimable que je la trouve. La voici.

SCÈNE X.—*Lucile, Cléonte, Covielle, Nicole.*

Nicole (à Lucile). Pour moi, j'en ai été toute scandalisée.

Lucile. Ce ne peut être, Nicole, que ce que je te dis. Mais le voilà.

Cléonte (à Covielle). Je ne veux pas seulement lui parler.

Covielle. Je veux vous imiter.

Lucile. Qu'est-ce donc, Cléonte? qu'avez-vous?

Nicole. Qu'as-tu donc, Covielle?

Lucile. Quel chagrin vous possède?

Nicole. Quelle mauvaise humeur te tient?

Lucile. Êtes-vous muet, Cléonte?

Nicole. As-tu perdu la parole, Covielle?

Cléonte. Que voilà qui est scélérat!

Covielle. Que cela est Judas!

Lucile. Je vois bien que la rencontre de tantôt a troublé votre esprit.

Cléonte (à Covielle). Ah! ah! On voit ce qu'on a fait.

Nicole. Notre accueil de ce matin t'a fait prendre la chèvre.

Covielle (à Cléonte). On a deviné l'enclouure.

Lucile. N'est-il pas vrai, Cléonte, que c'est là le sujet de votre dépit?

• *Cléonte.* Oui, perfide, ce l'est, puisqu'il faut parler; et j'ai à vous dire que vous ne triompherez pas, comme vous pensez, de votre infidélité; que je veux être le premier à rompre avec vous, et que vous n'aurez pas l'avantage de me chasser. J'aurai de la peine, sans doute, à vaincre l'amour que j'ai pour vous; cela me causera des chagrins, je souffrirai un temps; mais j'en viendrai à bout, et je me percerai plutôt le cœur, que d'avoir la faiblesse de retourner à vous.

Covielle (*à Nicole*). Queussi, queumi.

Lucile. Voilà bien du bruit pour un rien! Je veux vous dire, Cléonte, le sujet qui m'a fait ce matin éviter votre abord.

Cléonte (*voulant s'en aller pour éviter Lucile*). Non, je ne veux rien écouter.

Nicole (*à Covielle*). Je te veux apprendre la cause qui nous a fait passer si vite.

Covielle (*voulant aussi s'en aller pour éviter Nicole*). Je ne veux rien entendre.

Lucile (*suivant Cléonte*). Sachez que ce matin . . .

Cléonte (*marchant toujours sans regarder Lucile*). Non, vous dis-je.

Nicole (*suivant Covielle*). Apprends que . . .

Covielle (*marchant aussi sans regarder Nicole*). Non, traîtresse!

Lucile. 'Ecoutez.

Cléonte. Point d'affaire.

Nicole. Laisse-moi dire.

Covielle. Je suis sourd.

Lucile. Cléonte!

Cléonte. 'Non.

Nicole. Covielle!

Covielle. Point.

Lucile. Arrêtez.

Cléonte. Chansons.

Nicole. Entends-moi.

Covielle. Bagatelle.

Lucile. Un moment.

Cléonte. Point du tout.

Nicole. Un peu de patience.

Covielle. Tarare.

Lucile. Deux paroles.

Cléonte. Non; c'en est fait.

Nicole. Un mot.

Covielle. Plus de commerce.

Lucile (*s'arrêtant*). Hé bien! puisque vous ne voulez pas m'écouter, demeurez dans votre pensée, et faites ce qu'il vous plaira.

Nicole (*s'arrêtant aussi*). Puisque tu fais comme cela, prends-le tout comme tu voudras.

Cléonte (*se tournant vers Lucile*). Sachons donc le sujet d'un si bel accueil.

Lucile (s'en allant à son tour pour éviter Cléonte). Il ne me plaît plus de le dire.

Covielle (se tournant vers Nicole). Apprends-nous un peu cette histoire.

Nicole (s'en allant aussi pour éviter Covielle). Je ne veux plus, moi, te l'apprendre.

Cléonte (suivant Lucile). Dites-moi . . .

Lucile (marchant toujours sans regarder Cléonte). Non, je ne veux rien dire.

Covielle (suivant Nicole). Conte-moi . . .

Nicole (marchant aussi sans regarder Covielle). Non, je ne conte rien.

Cléonte. De grâce!

Lucile. Non, vous dis-je.

Covielle. Par charité.

Nicole. Point d'affaire.

Cléonte. Je vous en prie.

Lucile. Laissez-moi.

Covielle. Je t'en conjure.

Nicole. Ôte-toi de là.

Cléonte. Lucile!

Lucile. Non.

Covielle. Nicole!

Nicole. Point.

Cléonte. Au nom des dieux!

Lucile. Je ne veux pas.

Covielle. Parle-moi.

Nicole. Point du tout.

Cléonte. 'Eclaircissez mes doutes.

Lucile. Non: je n'en ferai rien.

Covielle. Guéris-moi l'esprit.

Nicole. Non: il ne me plaît pas.

Cléonte. Hé bien! puisque vous vous souciez si peu de me tirer de peine, et de vous justifier du traitement indigne que vous avez fait à ma flamme, vous me voyez, ingrate, pour la dernière fois; et je vais, loin de vous, mourir de douleur et d'amour.

Covielle (à Nicole). Et moi, je vais suivre ses pas.

Lucile (à Cléonte, qui veut sortir). Cléonte!

Nicole (à Covielle, qui suit son maître). Covielle!

Cléonte (s'arrêtant). Hé?

Covielle (s'arrêtant aussi). Plaît-il?

Lucile. Où allez-vous?

Cléonte. Où je vous ai dit.

Covielle. Nous allons mourir.

Lucile. Vous allez mourir, Cléonte?

Cléonte. Oui, cruelle, puisque vous le voulez.

Lucile. Moi! je veux que vous mouriez!

Cléonte. Oui, vous le voulez.

Lucile. Qui vous le dit?

Cléonte (s'approchant de Lucile). N'est-ce pas le vouloir, que de ne vouloir pas éclaircir mes soupçons?

Lucile. Est-ce ma faute? et, si vous aviez voulu m'écouter, ne vous aurais-je pas dit que l'aventure dont vous vous plaignez a été causée ce matin par la présence d'une vieille tante, qui veut à toute force que la seule approche d'un homme déshonore une fille, qui perpétuellement nous sermonne sur ce chapitre, et nous figure tous les hommes comme des diables qu'il faut fuir?

Nicole (à Covielle). Voilà le secret de l'affaire.

Cléonte. Ne me trompez-vous point, Lucile?

Covielle (à Nicole). Ne m'en donnes-tu point à garder?

Lucile (à Cléonte). Il n'est rien de plus vrai.

Nicole (à Covielle). C'est la chose comme elle est.

Covielle (à Cléonte). Nous rendrons-nous à cela?

Cléonte. Ah! Lucile, qu'avec un mot de votre bouche vous savez apaiser de choses dans mon cœur, et que facilement on se laisse persuader aux personnes qu'on aime!

Covielle. Qu'on est aisément amadoué par ces animaux-là!

SCÈNE XI.—*Madame Jourdain, Cléonte, Lucile, Covielle, Nicole.*

Mme. Jour. Je suis bien aise de vous voir, Cléonte, et vous voilà tout àpropos. Mon mari vient; prenez vîte votre temps pour lui demander Lucile en mariage.

Cléonte. Ah! madame, que cette parole m'est douce, et qu'elle flatte mes désirs! Pouvais-je recevoir un ordre plus charmant, une faveur plus précieuse?

SCÈNE XII.—*Cléonte, M. Jourdain, Mme. Jourdain, Lucile, Covielle, Nicole.*

Cléonte. Monsieur, je n'ai voulu prendre personne pour vous faire une demande que je médite il y a longtemps. Elle me touche assez pour m'en charger moi-même, et, sans autre détour, je vous dirai que l'honneur d'être votre gendre est une faveur glorieuse que je vous prie de m'accorder.

M. Jour. Avant que de vous rendre réponse, monsieur, je vous prie de me dire si vous êtes gentilhomme.

Cléonte. Monsieur, la plupart des gens, sur cette question, n'hésitent pas beaucoup; on tranche le mot aisément. Ce nom ne fait aucun scrupule à prendre, et l'usage aujourd'hui semble en autoriser le vol. Pour moi, je vous l'avoue, j'ai les sentiments, sur cette matière, un peu plus délicats. Je trouve que toute imposture est indigne d'un honnête homme, et qu'il y a de la lâcheté à déguiser ce que le ciel nous a fait naître, à se parer aux yeux du monde d'un titre dérobé, à se vouloir donner pour ce qu'on n'est pas. Je suis né de parents, sans doute, qui ont tenu des charges honorables; je me suis acquis, dans les armes, l'honneur de six ans de services, et je me trouve assez de bien pour tenir dans le monde un rang assez passable; mais, avec tout cela, je ne veux point me donner un nom où d'autres en ma place croiraient pouvoir prétendre, et je vous dirai franchement que je ne suis point gentilhomme.

M. Jour. Touchez là, monsieur; ma fille n'est pas pour vous.

Cléonte. Comment?

M. Jour. Vous n'êtes point gentilhomme, vous n'aurez pas ma fille.

Mme. Jour. Que voulez-vous donc dire avec votre gentilhomme? est-ce que nous sommes, nous autres, de la côte de saint Louis?

M. Jour. Taisez-vous, ma femme; je vous vois venir.

Mme. Jour. Descendons-nous tous deux que de bonne bourgeoisie?

M. Jour. Voilà pas le coup de langue?*

Mme. Jour. Et votre père n'était-il pas marchand aussi bien que le mien?

M. Jour. Peste soit de la femme! elle n'y a jamais manqué. Si votre père a été marchand, tant pis pour lui; mais pour le mien, ce sont des malavisés qui disent cela. Tout ce que j'ai à vous dire, moi, c'est que je veux avoir un gendre gentilhomme.

Mme. Jour. Il faut à votre fille un mari qui lui soit propre; et il vaut mieux, pour elle, un honnête homme riche et bien fait, qu'un gentilhomme gueux et mal bâti.

---

* *Now for slander.*

Nicole. Cela est vrai : nous avons le fils du gentilhomme de notre village, qui est le plus grand malitorne
et le plus sot dadais que j'aie jamais vu.

M. Jour. (*à Nicole*). Taisez-vous, impertinente ; vous
vous fourrez toujours dans la conversation. J'ai du bien
assez pour ma fille ; je n'ai besoin que d'honneurs, et je
la veux faire marquise.

Mme. Jour. Marquise ?

M. Jour. Oui, marquise.

Mme. Jour. Hélas ! Dieu m'en garde !

M. Jour. C'est une chose que j'ai résolue.

Mme. Jour. C'est une chose, moi, où je ne consentirai
point. Les alliances avec plus grand que soi sont sujettes toujours à de fâcheux inconvénients. Je ne veux
point qu'un gendre puisse à ma fille reprocher ses parents, et qu'elle ait des enfants qui aient honte de m'appeler leur grand'maman. S'il fallait qu'elle me vînt visi-
ter en équipage de grande dame, et qu'elle manquât, par
mégarde, à saluer quelqu'un du quartier, on ne manquerait pas aussitôt de dire cent sottises. Voyez-vous, dirait-on, cette madame la marquise qui fait tant la glorieuse ? c'est la fille de monsieur Jourdain, qui était trop
heureuse, étant petite, de jouer à la madame avec nous.
Elle n'a pas toujours été si relevée que la voilà, et ses
deux grands-pères vendaient du drap auprès de la porte
Saint-Innocent. Ils ont amassé du bien à leurs enfants,
qu'ils paient maintenant, peut-être, bien cher en l'autre
monde ; et l'on ne devient guère si riches à être honnêtes
gens. Je ne veux point tous ces caquets, et je veux un
homme, en un mot, qui m'ait obligation de ma fille, et à
qui je puisse dire : Mettez-vous là, mon gendre, et dînez
avec moi.

M. Jour. Voilà bien les sentiments d'un petit esprit,
de vouloir demeurer toujours dans la bassesse. Ne me
répliquez pas davantage : ma fille sera marquise, en dépit
de tout le monde ; et, si vous me mettez en colère, je la
ferai duchesse.

SCÈNE XIII.—*Madame Jourdain, Lucile, Cléonte, Nicole, Covielle.*

Mme. Jour. Cléonte, ne perdez point courage encore.
('*A Lucile.*) Suivez-moi, ma fille ; et venez dire résolu-
ment à votre père que si vous ne l'avez, vous ne voulez
épouser personne.

Scène XIV.—*Cléonte, Covielle.*

Covielle. Vous avez fait de belles affaires, avec vos beaux sentiments!

Cléonte. Que veux-tu? j'ai un scrupule là-dessus que l'exemple ne saurait vaincre.

Covielle. Vous moquez-vous, de le prendre sérieusement avec un homme comme cela? Ne voyez-vous pas qu'il est fou? et vous coûtait-il quelque chose de vous accommoder à ses chimères?

Cléonte. Tu as raison; mais je ne croyais pas qu'il fallût faire ses preuves de noblesse pour être gendre de monsieur Jourdain.

Covielle (riant). Ah! ah! ah!

Cléonte. De quoi ris-tu?

Covielle. D'une pensée qui me vient pour jouer notre homme, et vous faire obtenir ce que vous souhaitez.

Cléonte. Comment?

Covielle. L'idée est tout à fait plaisante.

Cléonte. Quoi donc?

Covielle. Il s'est fait depuis peu une certaine mascarade qui vient le mieux du monde ici, et que je prétends faire entrer dans une bourle que je veux faire à notre ridicule. Tout cela sent un peu sa comédie; mais, avec lui, on peut hasarder toute chose; il n'y faut point chercher tant de façons, et il est homme à y jouer son rôle à merveille, et à donner aisément dans toutes les fariboles qu'on s'avisera de lui dire. J'ai les acteurs, j'ai les habits tout prêts; laissez-moi faire seulement.

Cléonte. Mais apprends-moi . . .

Covielle. Je vais vous instruire de tout. Retirons-nous, le voilà qui revient,

Scène XV.—*Monsieur Jourdain (seul).*

Qu'est-ce que c'est que cela? ils n'ont rien que les grands seigneurs à me reprocher, et moi je ne vois rien de si beau que de hanter les grands seigneurs; il n'y a qu'honneur et que civilité avec eux; et je voudrais qu'il m'eût coûté deux doigts de la main, et être né comte ou marquis.

Scène XVI.—*Monsieur Jourdain, un Laquais.*

Le Laquais. Monsieur, voici monsieur le comte, et une dame qu'il mène par la main.

M. Jour. Hé! mon Dieu! j'ai quelques ordres à donner. Dis-leur que je vais venir ici tout à l'heure.

SCÈNE XVII.—*Dorimène, Dorante, un Laquais.*

Le Laquais. Monsieur dit comme cela qu'il va venir ici tout à l'heure.

Dorante. Voilà qui est bien.

SCÈNE XVIII.—*Dorimène, Dorante.*

Dorimène. Je ne sais pas, Dorante, je fais encore ici une étrange démarche, de me laisser amener par vous dans une maison où je ne connais personne.

Dorante. Quel lieu voulez-vous donc, madame, que mon amour choisisse pour vous régaler, puisque, pour fuir l'éclat, vous ne voulez ni votre maison ni la mienne?

Dorimène. Mais vous ne dites pas que je m'engage insensiblement chaque jour, à recevoir de trop grands témoignages de votre passion. J'ai beau me défendre des choses, vous fatiguez ma résistance, et vous avez une civile opiniâtreté qui me fait venir doucement à tout ce qu'il vous plaît. Les visites fréquentes ont commencé, les déclarations sont venues ensuite, qui, après elles, ont traîné les sérénades et les cadeaux, que les présents ont suivis. Je me suis opposée à tout cela; mais vous ne vous rebutez point, et, pied à pied, vous gagnez mes résolutions. Pour moi, je ne puis plus répondre de rien, et je crois qu'à la fin vous me ferez venir au mariage, dont je me suis tant éloignée.

Dorante. Ma foi, madame, vous y devriez déjà être: vous êtes veuve, et ne dépendez que de vous; je suis maître de moi, et je vous aime plus que ma vie: à quoi tient-il* que dès aujourd'hui vous ne fassiez tout mon bonheur?

Dorimène. Mon Dieu! Dorante, il faut des deux parts bien des qualités pour vivre heureusement ensemble; et les deux plus raisonnables personnes du monde ont souvent peine à composer une union dont ils soient satisfaits.

Dorante. Vous vous moquez, madame, de vous y figurer tant de difficultés; et l'expérience que vous avez faite ne conclut rien pour tous les autres.

Dorimène. Enfin j'en reviens toujours là; les dépenses

---

* *What hinders.*

que je vous vois faire pour moi m'inquiètent par deux
raisons : l'une, qu'elles m'engagent plus que je ne voudrais ; et l'autre, que je suis sûre, sans vous déplaire, que
vous ne les faites point que vous ne vous incommodiez ;
et je ne veux point cela.

Dorante. Ah ! madame, ce sont des bagatelles ; et ce
n'est pas par là . . .

Dorimène. Je sais ce que je dis ; et, entre autres, le
diamant que vous m'avez forcée à prendre est d'un
prix . . .

Dorante. Hé ! madame, de grâce, ne faites point tant
valoir une chose que mon amour trouve indigne de vous ;
et souffrez . . . Voici le maître du logis.

SCÈNE XIX.—*Monsieur Jourdain, Dorimène, Dorante.*

M. Jour. (*après avoir fait deux révérences, se trouvant
trop près de Dorimène*). Un peu plus loin, madame.

Dorimène. Comment ?

M. Jour. Un pas, s'il vous plaît.

Dorimène. Quoi donc ?

M. Jour. Reculez un peu, pour la troisième.

Dorante. Madame, monsieur Jourdain sait son monde.

M. Jour. Madame, ce m'est une gloire bien grande de
me voir assez fortuné, pour être si heureux, que d'avoir
le bonheur que vous ayez eu la bonté de m'accorder la
grâce, de me faire l'honneur de m'honorer de la faveur
de votre présence ; et si j'avais aussi le mérite, pour mériter un mérite comme le vôtre, et que le ciel . . . envieux de mon bien . . . m'eût accordé . . . l'avantage
de me voir digne . . . des . . . .

Dorante. Monsieur Jourdain, en voilà assez. Madame
n'aime pas les grands compliments, et elle sait que vous
êtes homme d'esprit. (*Bas, à Dorimène.*) C'est un bon
bourgeois assez ridicule, comme vous voyez, dans toutes
ses manières.

Dorimène (*bas, à Dorante*). Il n'est pas malaisé de s'en
apercevoir.

Dorante. Madame, voilà le meilleur de mes amis.

M. Jour. C'est trop d'honneur que vous me faites.

Dorante. Galant homme tout à fait.

Dorimène. J'ai beaucoup d'estime pour lui.

M. Jour. Je n'ai rien fait encore, madame, pour mériter cette grâce.

Dorante (bas, à monsieur J.). Prenez bien garde, au moins, à ne lui point parler du diamant que vous lui avez donné.

M. Jour. (bas, à Dorante). Ne pourrais-je pas seulement lui demander comment elle le trouve?

Dorante (bas, à monsieur J.). Comment? gardez-vous-en bien! cela serait vilain à vous; et, pour agir en galant homme, il faut que vous fassiez comme si ce n'était pas vous qui lui eussiez fait ce présent. (*Haut.*) Monsieur Jourdain, madame, dit qu'il est ravi de vous voir chez lui.

Dorimène. Il m'honore beaucoup.

M. Jour. (bas, à Dorante). Que je vous suis obligé, monsieur, de lui parler ainsi pour moi!

Dorante (bas, à monsieur J.). J'ai eu une peine effroyable à la faire venir ici.

M. Jour. (bas, à Dorante). Je ne sais quelles grâces vous en rendre.

Dorante. Il dit, madame, qu'il vous trouve la plus belle personne du monde.

Dorimène. C'est bien de la grâce qu'il me fait.

M. Jour. Madame, c'est vous qui faites les grâces; et . . .

Dorante. Songeons à manger.

SCÈNE XX.—*Monsieur Jourdain, Dorimène, Dorante, un Laquais.*

Le Laquais (à monsieur J.). Tout est prêt, monsieur.

Dorante. Allons donc nous mettre à table, et qu'on fasse venir les musiciens.

SCÈNE XXI.—*Entrée de Ballet.*

(*Six cuisiniers, qui ont préparé le festin, dansent ensemble, et font le troisième intermède, après quoi ils apportent une table couverte de plusieurs mets.*)

ACTE QUATRIÈME.

SCÈNE I.—*Dorimène, Monsieur Jourdain, Dorante, trois Musiciens, un Laquais.*

Dorimène. Comment! Dorante, voilà un repas tout à fait magnifique!

M. Jour. Vous vous moquez, madame; et je voudrais qu'il fût plus digne de vous être offert. (*Dorimène, monsieur J., Dorante et les trois musiciens se mettent à table.*)

Dorante. Monsieur Jourdain a raison, madame, de parler de la sorte ; et il m'oblige de vous faire si bien les honneurs de chez lui. Je demeure d'accord avec lui que le repas n'est pas digne de vous. Comme c'est moi qui l'ai ordonné, et que je n'ai pas sur cette matière les lumières de nos amis, vous n'avez pas ici un repas fort savant, et vous y trouverez des incongruités de bonne chère, et des barbarismes de bon goût. Si Damis, notre ami, s'en était mêlé, tout serait dans les règles ; il y aurait partout de l'élégance et de l'érudition, et il ne manquerait pas de vous exagérer lui-même toutes les pièces du repas qu'il vous donnerait, et de vous faire tomber d'accord de sa haute capacité dans la science des bons morceaux ; de vous parler d'un pain de rive à biseau doré, relevé de croûte partout, croquant tendrement sous la dent ; d'un vin à sève veloutée, armé d'un vert qui n'est point trop commandant ; d'un carré de mouton gourmandé de persil ; d'une longe de veau de rivière, longue comme cela, blanche, délicate, et qui, sous les dents, est une vraie pâte d'amande ; de perdrix relevées d'un fumet surprenant ; et, pour son opéra, d'une soupe à bouillon perlé, soutenue d'un jeune gros dindon cantonné de pigeonneaux, et couronnée d'oignons blancs mariés avec la chicorée. Mais, pour moi, je vous avoue mon ignorance ; et, comme monsieur Jourdain a fort bien dit, je voudrais que le repas fût plus digne de vous être offert.

Dorimène. Je ne réponds à ce compliment qu'en mangeant comme je fais.

M. Jour. Ah ! que voilà de belles mains !

Dorimène. Les mains sont médiocres, monsieur Jourdain ; mais vous voulez parler du diamant, qui est fort beau.

M. Jour. Moi, madame ? Dieu me garde d'en vouloir parler ! ce ne serait pas agir en galant homme ; et le diamant est fort peu de chose.

Dorimène. Vous êtes bien dégoûté.

M. Jour. Vous avez trop de bonté . . .

Dorante (*après avoir fait un signe à monsieur J.*). Allons, qu'on donne du vin à monsieur Jourdain et à ces messieurs, qui nous feront la grace de nous chanter quelque air à boire.

Dorimène. C'est merveilleusement assaisonner la bonne

chère, que d'y mêler la musique ; et je me vois ici admirablement régalée.

M. Jour. Madame, ce n'est pas . . .

Dorante. Monsieur Jourdain, prêtons silence à ces messieurs ; ce qu'ils nous feront entendre vaudra mieux que tout ce que nous pourrions dire.

        (*Les musiciens chantent.*)

Dorimène. Je ne crois pas qu'on puisse mieux chanter ; et cela est tout à fait beau.

M. Jour. Je vois encore ici, madame, quelque chose de plus beau.

Dorimène. Ouais ! monsieur Jourdain est galant plus que je ne pensais.

Dorante. Comment, madame ! pour qui prenez-vous monsieur Jourdain ?

M. Jour. Je voudrais bien qu'elle me prît pour ce que je dirais.

Dorimène. Encore ?

Dorante (*à Dorimène*). Vous ne le connaissez pas.

M. Jour. Elle me connaîtra quand il lui plaira.

Dorimène. Oh ! je le quitte.

Dorante. Il est homme qui a toujours la riposte en main. Mais vous ne voyez pas que monsieur Jourdain, madame, mange tous les morceaux que vous touchez.

Dorimène. Monsieur Jourdain est un homme qui me ravit.

M. Jour. Si je pouvais ravir votre cœur, je serais . . .

SCÈNE II.—*Madame Jourdain, Monsieur Jourdain, Dorimène, Dorante,*
Musiciens, Laquais.

Mme. Jour. Ah ! ah ! je trouve ici bonne compagnie, et je vois bien qu'on ne m'y attendait pas. C'est donc pour cette belle affaire-ci, monsieur mon mari, que vous avez eu tant d'empressement à m'envoyer dîner chez ma sœur ? Je viens de voir un théâtre là-bas, et je vois ici un banquet à faire noces. Voilà comme vous dépensez votre bien ; et c'est ainsi que vous festinez les dames en mon absence, et que vous leur donnez la musique et la comédie, tandis que vous m'envoyez promener.

Dorante. Que voulez-vous dire, madame Jourdain ? et quelles fantaisies sont les vôtres, de vous aller mettre en tête que votre mari dépense son bien, et que c'est lui qui donne ce régal à madame ? Apprenez que c'est moi, je vous prie; qu'il ne fait seulement que me prêter sa maison, et que vous devriez un peu mieux regarder aux choses que vous dites.

M. Jour. Oui, impertinente, c'est monsieur le comte qui donne tout ceci à madame, qui est une personne de qualité. Il me fait l'honneur de prendre ma maison, et de vouloir que je sois avec lui.

Mme. Jour. Ce sont des chansons que cela; je sais ce que je sais.

Dorante. Prenez, madame Jourdain, prenez de meilleures lunettes.

Mme. Jour. Je n'ai que faire de lunettes, monsieur, et je vois assez clair. Il y a longtemps que je sens les choses, et je ne suis pas une bête. Cela est fort vilain à vous, pour un grand seigneur, de prêter la main comme vous faites aux sottises de mon mari. Et vous, madame, pour une grande dame, cela n'est ni beau, ni honnête à vous, de mettre de la dissension dans un ménage, et de souffrir que mon mari soit amoureux de vous.

Dorimène. Que veut donc dire tout ceci? · Allez, Dorante, vous vous moquez, de m'exposer aux sottes visions de cette extravagante.

Dorante (suivant Dorimène, qui sort). Madame! holà! madame, où courez-vous?

M. Jour. Madame . . . Monsieur le comte, faites-lui mes excuses, et tâchez de la ramener.

SCÈNE III.—*Madame Jourdain, Monsieur Jourdain, Laquais.*

M. Jour. Ah! impertinente que vous êtes, voilà de vos beaux faits! Vous me venez faire des affronts devant tout le monde; et vous chassez de chez moi des personnes de qualité!

Mme. Jour. Je me moque de leur qualité.

M. Jour. Je ne sais qui me tient, maudite, que je ne vous fende la tête avec les pièces du repas que vous êtes venue troubler.· (*Les laquais emportent la table.*)

Mme. Jour. (sortant). Je me moque de cela. Ce sont mes droits que je défends, et j'aurai pour moi toutes les femmes.

M. Jour. Vous faites bien d'éviter ma colère.

SCÈNE IV.—*Monsieur Jourdain (seul).*

Elle est arrivée là bien malheureusement. J'étais en

humeur de dire de jolies choses ; et jamais je ne m'étais
senti tant d'esprit. Qu'est-ce que c'est que cela ?

SCÈNE V.—*Monsieur Jourdain, Covielle (déguisé).*

Covielle. Monsieur, je ne sais pas si j'ai l'honneur d'être
connu de vous.

M. Jour. Non, monsieur.

Covielle (étendant la main à un pied de terre). Je vous
ai vu que vous n'étiez pas plus grand que cela.

M. Jour. Moi ?

Covielle. Oui. Vous étiez le plus bel enfant du monde,
et toutes les dames vous prenaient dans leurs bras pour
vous baiser.

M. Jour. Pour me baiser ?

Covielle. Oui. J'étais grand ami de feu monsieur
votre père.

M. Jour. De feu monsieur mon père ?

Covielle. Oui. C'était un fort honnête gentilhomme.

M. Jour. Comment dites-vous ?

Covielle. Je dis que c'était un fort honnête gentilhomme.

M. Jour. Mon père ?

Covielle. Oui.

M. Jour. Vous l'avez fort connu ?

Covielle. Assurément.

M. Jour. Et vous l'avez connu pour gentilhomme ?

Covielle. Sans doute.

M. Jour. Je ne sais donc pas comment le monde est
fait !

Covielle. Comment ?

M. Jour. Il y a de sottes gens qui me veulent dire qu'il
a été marchand.

Covielle. Lui, marchand ! C'est pure médisance, il ne
l'a jamais été. Tout ce qu'il faisait, c'est qu'il était fort
obligeant, fort officieux ; et, comme il se connaissait fort
bien en étoffes, il en allait choisir de tous les côtés, les
faisait apporter chez lui, et en donnait à ses amis pour
de l'argent.

M. Jour. Je suis ravi de vous connaître, afin que vous
rendiez ce témoignage-là, que mon père était gentilhomme.

Covielle. Je le soutiendrai devant tout le monde.

M. Jour. Vous m'obligerez. Quel sujet vous amène ?

Covielle. Depuis avoir connu feu monsieur votre père,

honnête gentilhomme, comme je vous ai dit, j'ai voyagé par tout le monde.

M. Jour. Par tout le monde?

Covielle. Oui.

M. Jour. Je pense qu'il y a bien loin en ce pays-là.

Covielle. Assurément. Je ne suis revenu de tous mes longs voyages que depuis quatre jours; et, par l'intérêt que je prends à ce qui vous touche, je viens vous annoncer la meilleure nouvelle du monde.

M. Jour. Quelle?

Covielle. Vous savez que le fils du Grand Turc est ici?

M. Jour. Moi? Non.

Covielle. Comment! il a un train tout à fait magnifique; tout le monde le va voir, et il a été reçu en ce pays comme un seigneur d'importance.

M. Jour. Par ma foi, je ne savais pas cela.

Covielle. Ce qu'il y a d'avantageux pour vous, c'est qu'il est amoureux de votre fille.

M. Jour. Le fils du Grand Turc?

Covielle. Oui; et il veut être votre gendre.

M. Jour. Mon gendre, le fils du Grand Turc!

Covielle. Le fils du Grand Turc votre gendre. Comme je le fus voir, et que j'entends parfaitement sa langue, il s'entretint avec moi; et, après quelques autres discours, il me dit: *Acciam croc soler onch alla moustaph gidelum amanahem varahini oussere carbulath,* c'est-à-dire: N'as-tu point vu une jeune belle personne, qui est la fille de monsieur Jourdain, gentilhomme parisien?

M. Jour. Le fils du Grand Turc dit cela de moi?

Covielle. Oui. Comme je lui eus répondu que je vous connaissais particulièrement, et que j'avais vu votre fille: Ah! me dit-il, *marababa sahem!* c'est-à-dire: Ah! que je suis amoureux d'elle?

M. Jour. Marababa sahem veut dire: Ah! que je suis amoureux d'elle?

Covielle. Oui.

M. Jour. Par ma foi, vous faites bien de me le dire; car, pour moi, je n'aurais jamais cru que *marababa sahem* eût voulu dire: Ah! que je suis amoureux d'elle! Voilà une langue admirable que ce turc!

Covielle. Plus admirable qu'on ne peut croire. Savez-vous bien ce que veut dire *cacaracamouchen?*

M. Jour. Cacaracamouchen? Non.

Covielle. C'est-à-dire, ma chère âme.

M. Jour. *Cacaracamouchen* veut dire, Ma chèreâme ?

Covielle. Oui.

M. Jour. Voilà qui est merveilleux! *Cacaracamouchen*, Ma chère âme. Dirait-on jamais cela? Voilà qui me confond.*

Covielle. Enfin, pour achever mon ambassade, il vient vous demander votre fille en mariage; et, pour avoir un beau-père qui soit digne de lui, il veut vous faire *mamamouchi*, qui est une certaine grande dignité de son pays.

M. Jour. *Mamamouchi?*

Covielle. Oui, *mamamouchi*; c'est-à-dire, en notre langue, paladin. Paladin, ce sont de ces anciens . . . Paladin, enfin. Il n'y a rien de plus noble que cela dans le monde, et vous irez de pair avec les plus grands seigneurs de la terre.

M. Jour. Le fils du Grand Turc m'honore beaucoup; et je vous prie de me mener chez lui pour lui faire mes remercîments.

Covielle. Comment! le voilà qui va venir ici.

M. Jour. Il va venir ici?

Covielle. Oui; et il amène toutes choses pour la cérémonie de votre dignité.

M. Jour. Voilà qui est bien prompt.

Covielle. Son amour ne peut souffrir aucun retardement.

M. Jour. Tout ce qui m'embarrasse ici, c'est que ma fille est une opiniâtre qui s'est allée mettre dans la tête un certain Cléonte, et elle jure de n'épouser personne que celui-là.

Covielle. Elle changera de sentiment quand elle verra le fils du Grand Turc; et puis il se rencontre ici une aventure merveilleuse; c'est que le fils du Grand Turc ressemble à ce Cléonte, à peu de chose près. Je viens de le voir, on me l'a montré; et l'amour qu'elle a pour l'un pourra passer aisément à l'autre, et . . . Je l'entends venir; le voilà.

---

* The so-called Turkish of this and following scenes seems to be a pure invention of Molière's. With the exception of an occasional word, it bears no likeness to Osmanli. *Ma chère âme*, for example, would be literally, in Turkish, *sevgülü jânim*, and not *cacaracamouchen*.

Scène VI.—*Cléonte (en Turc), trois Pages (portant la veste de Cléonte), Monsieur Jourdain, Covielle.*

Cléonte. Ambousahim oqui boraf, Jordina, salamalequi.

Covielle (*à monsieur J.*). C'est-à-dire : Monsieur Jourdain, votre cœur soit toute l'année comme un rosier fleuri. Ce sont façons de parler obligeantes de ces pays-là.

M. Jour. Je suis très humble serviteur de Son Altesse turque.

Covielle. Carigar camboto oustin moraf.

Cléonte. Oustin yoc catamalequi basum alla moran.

Covielle. Il dit : Que le ciel vous donne la force des lions et la prudence des serpents.

M. Jour. Son Altesse turque m'honore trop, et je lui souhaite toutes sortes de prospérités.

Covielle. Ossa binamen sadoc babally oracaf ouram.

Cléonte. Belmen.

Covielle. Il dit que vous alliez vite avec lui vous préparer pour la cérémonie, afin de voir ensuite votre fille, et de conclure le mariage.

M. Jour. Tant de choses en deux mots ?

Covielle. Oui. La langue turque est comme cela, elle dit beaucoup en peu de paroles. Allez vite où il souhaite.

Scène VII.—*Covielle (seul).*

Ah ! ah ! ah ! Ma foi, cela est tout à fait drôle. Quelle dupe ! quand il aurait appris son rôle par cœur, il ne pourrait pas le mieux jouer. Ah ! ah !

Scène VIII.—*Dorante, Covielle.*

Covielle. Je vous prie, monsieur, de nous vouloir aider céans dans une affaire qui s'y passe.

Dorante. Ah ! ah ! Covielle, qui t'aurait reconnu ? Comme te voilà ajusté !

Covielle. Vous voyez. Ah ! ah !

Dorante. De quoi ris-tu ?

Covielle. D'une chose, monsieur, qui le mérite bien.

Dorante. Comment ?

Covielle. Je vous le donnerais en bien des fois, monsieur, à deviner le stratagème dont nous nous servons auprès de monsieur Jourdain, pour porter son esprit à donner sa fille à mon maître.

Dorante. Je ne devine point le stratagème; mais je devine qu'il ne manquera pas de faire son effet, puisque tu l'entreprends.

Covielle. Je sais, monsieur, que la bête vous est connue.

Dorante. Apprends-moi ce que c'est.

Covielle. Prenez la peine de vous tirer un peu plus loin, pour faire place à ce que j'aperçois venir. Vous pourrez voir une partie de l'histoire, tandis que je vous conterai le reste.

We have omitted the remaining scenes of the act, representing the ceremony of dubbing M. Jourdain a Mamamouchi, because it is conducted in a corrupt Italian called *Lingua Franca*.

ACTE CINQUIÈME.

SCÈNE I.—*Madame Jourdain, Monsieur Jourdain.*

Mme. Jour. Ah! mon Dieu, miséricorde! Qu'est-ce que c'est donc que cela? Quelle figure! Parlez donc, qu'est-ce que c'est que ceci? Qui vous a fagoté comme cela?

M. Jour. Voyez l'impertinente, de parler de la sorte à un *mamamouchi!*

Mme. Jour. Comment donc?

M. Jour. Oui, il me faut porter du respect maintenant, et l'on vient de me faire *mamamouchi.*

Mme. Jour. Que voulez-vous dire avec votre *mamamouchi?*

M. Jour. Mamamouchi, vous dis-je. Je suis *mamamouchi.*

Mme. Jour. Quelle bête est-ce là?

M. Jour. Mamamouchi, c'est-à-dire, en notre langue, paladin.

Mme. Jour. Baladin! Êtes-vous en âge de danser des ballets?

M. Jour. Quelle ignorante! je dis paladin: c'est une dignité dont on vient de me faire la cérémonie.

Mme. Jour. Quelle cérémonie donc?

*M. Jour. Mahameta per Jordina.**

Mme. Jour. Qu'est-ce que cela veut dire?

---

* Quoted from the ceremony which we have omitted. Translate this and the italicized passages which follow thus: *I will pray to Mahomet for Jourdain; I wish to make a Paladin of Jourdain; I'll give him a turban and a galley; to defend Palestine; give him the bastinado; be not ashamed, 'tis the last affront.*

M. Jour. Jordina, c'est-à-dire Jourdain.

Mme. Jour. Hé bien ? quoi, Jourdain ?

M. Jour. Voler far un paladina de Jordina.

Mme. Jour. Comment ?

M. Jour. Dar turbanta con galera.

Mme. Jour. Qu'est-ce à dire, cela ?

M. Jour. Per deffender Palestina.

Mme. Jour. Que voulez-vous donc dire ?

M. Jour. Dara, dara bastonnara.

Mme. Jour. Qu'est-ce donc que ce jargon-là ?

M. Jour. Non tener honta, questa star l'ultima affronta.

Mme. Jour. Qu'est-ce que c'est donc que tout cela ?

M. Jour. (*chantant et dansant*). Hou la ba, ba la chou, ba la ba, ba la da.   (*Il tombe par terre.*)

Mme. Jour. Hélas ! mon Dieu ! mon mari est devenu fou !

M. Jour. (*se relevant et s'en allant*). Paix, insolente. Portez respect à monsieur le *mamamouchi.*

Mme. Jour. (*seule*). Où est-ce donc qu'il a perdu l'esprit ? Courons l'empêcher de sortir. (*Apercevant Dorimène et Dorante.*) Ah ! ah ! voici justement le reste de notre écu.*   Je ne vois que chagrin de tous côtés.

SCÈNE II.—Dorante, Dorimène.

Dorante. Oui, madame, vous verrez la plus plaisante chose qu'on puisse voir ; et je ne crois pas que dans tout le monde il soit possible de trouver encore un homme aussi fou que celui-là. Et puis, madame, il faut tâcher de servir l'amour de Cléonte, et d'appuyer toute sa mascarade. C'est un fort galant homme, et qui mérite que l'on s'intéresse pour lui.

Dorimène. J'en fais beaucoup de cas, et il est digne d'une bonne fortune.

Dorante. Outre cela, nous avons ici, madame, un ballet qui nous revient, que nous ne devons pas laisser perdre ; et il faut bien voir si mon idée pourra réussir.

Dorimène. J'ai vu là des apprêts magnifiques, et ce sont des choses, Dorante, que je ne puis plus souffrir. Oui, je veux enfin vous empêcher vos profusions ; et, pour rompre le cours à toutes les dépenses que je vous vois faire pour moi, j'ai résolu de me marier prompte-

---

ment avec vous. C'en est le vrai secret; et toutes ces choses finissent avec le mariage, comme vous savez.

Dorante. Ah! madame, est-il possible que vous ayez pu prendre pour moi une si douce résolution?

Dorimène. Ce n'est que pour vous empêcher de vous ruiner; et, sans cela, je vois bien qu'avant qu'il fût peu vous n'auriez pas un sou.

Dorante. Que j'ai d'obligation, madame, aux soins que vous avez de conserver mon bien! Il est entièrement à vous, aussi bien que mon cœur; et vous en userez de la façon qu'il vous plaira.

Dorimène. J'userai bien de tous les deux. Mais voici votre homme: la figure en est admirable.

SCÈNE III.—*Monsieur Jourdain, Dorimène, Dorante.*

Dorante. Monsieur, nous venons rendre hommage, madame et moi, à votre nouvelle dignité, et nous réjouir avec vous du mariage que vous faites de votre fille avec le fils du Grand Turc.

M. Jour. (*après avoir fait les révérences à la turque*). Monsieur, je vous souhaite la force des serpents et la prudence des lions.

Dorimène. J'ai été bien aise d'être des premières, monsieur, à venir vous féliciter du haut degré de gloire où vous êtes monté.

M. Jour. Madame, je vous souhaite toute l'année votre rosier fleuri. Je vous suis infiniment obligé de prendre part aux honneurs qui m'arrivent; et j'ai beaucoup de joie de vous voir revenue ici, pour vous faire les très humbles excuses de l'extravagance de ma femme.

Dorimène. Cela n'est rien; j'excuse en elle un pareil mouvement: votre cœur lui doit être précieux; et il n'est pas étrange que la possession d'un homme comme vous puisse inspirer quelques alarmes.

M. Jour. La possession de mon cœur est une chose qui vous est tout acquise.

Dorante. Vous voyez, madame, que monsieur Jourdain, n'est pas de ces gens que les prospérités aveuglent, et qu'il sait, dans sa grandeur, connaître encore ses amis.

Dorimène. C'est la marque d'une âme tout à fait généreuse.

Dorante. Où est donc Son Altesse turque? nous voudrions bien, comme vos amis, lui rendre nos devoirs.

I

M. Jour. Le voilà qui vient ; et j'ai envoyé querir ma fille pour lui donner la main.

Scène IV.— *M. Jourdain, Dorimène, Dorante, Cléonte (habillé en Turc).*

Dorante (à Cléonte). Monsieur, nous venons faire la révérence à Votre Altesse, comme amis de monsieur votre beau-père, et l'assurer avec respect de nos très humbles services.

M. Jour. Où est le truchement, pour lui dire qui vous êtes, et lui faire entendre ce que vous dites ? Vous verrez qu'il vous répondra ; et il parle turc à merveille. (*A Cléonte.*) Holà ! où est-il allé ? *Strouf, strif, strof, straf.* Monsieur est un *grande segnore, grande segnore, grande segnore ;* et madame, une *granda dama, granda dama.* (*Voyant qu'il ne se fait point entendre.*) Ah ! (*A Cléonte, montrant Dorante.*) Monsieur, lui *mamamouchi* français, et madame *mamamouchie* française. Je ne puis pas parler plus clairement. Bon ! voici l'interprète.

Scène V.—*M. Jourdain, Dorimène, Dorante, Cléonte (habillé en Turc), Covielle (déguisé).*

M. Jour. Où allez-vous donc ? nous ne saurions rien dire sans vous. (*Montrant Cléonte.*) Dites-lui un peu que monsieur et madame sont des personnes de grande qualité, qui lui viennent faire la révérence, comme mes amis, et l'assurer de leurs services. (*A Dorimène et à Dorante.*) Vous allez voir comme il va répondre.

Covielle. Alabala crociam acci boram alabamen.

Cléonte. Catalequi tubal ourin soter amalouchan.

M. Jour. (*à Dorimène et à Dorante*). Voyez-vous ?

Covielle. Il dit que la pluie des prospérités arrose en tout temps le jardin de votre famille.

M. Jour. Je vous l'avais bien dit, qu'il parle turc.

Dorante. Cela est admirable.

Scène VI.—*Lucile, Cléonte, M. Jourdain, Dorimène, Dorante, Covielle.*

M. Jour. Venez, ma fille ; approchez - vous, et venez donner votre main à monsieur, qui vous fait l'honneur de vous demander en mariage.

Lucile. Comment ! mon père, comme vous voilà fait !* est-ce une comédie que vous jouez ?

M. Jour. Non, non, ce n'est pas une comédie ; c'est

---

* *How you act !*

une affaire fort sérieuse, et la plus pleine d'honneur pour vous qui se peut souhaiter. (*Montrant Cléonte.*) Voilà le mari que je vous donne.

Lucile. 'À moi, mon père?

M. Jour. Oui, à vous. Allons, touchez-lui dans la main, et rendez graces au ciel de votre bonheur.

Lucile. Je ne veux point me marier.

M. Jour. Je le veux, moi, qui suis votre père.

Lucile. Je n'en ferai rien.

M. Jour. Ah! que de bruit! Allons, vous dis-je. Çà, votre main.

Lucile. Non, mon père; je vous l'ai dit, il n'est point de pouvoir qui me puisse obliger à prendre un autre mari que Cléonte; et je me résoudrai plutôt à toutes les extrémités, que de . . . (*Reconnaissant Cléonte.*) Il est vrai que vous êtes mon père; je vous dois entière obéissance; et c'est à vous à disposer de moi selon vos volontés.

M. Jour. Ah! je suis ravi de vous voir si promptement revenue dans votre devoir; et voilà qui me plaît, d'avoir une fille obéissante.

SCÈNE VII.—*Mme. Jourdain, Cléonte, M. Jourdain, Lucile, Dorante, Dorimène, Covielle.*

Mme. Jour. Comment donc? qu'est-ce que c'est que ceci? on dit que vous voulez donner votre fille en mariage à un carême-prenant.

M. Jour. Voulez-vous vous taire, impertinente? Vous venez toujours mêler vos extravagances à toutes choses; et il n'y a pas moyen de vous apprendre à être raisonnable.

Mme. Jour. C'est vous qu'il n'y a pas moyen de rendre sage; et vous allez de folie en folie. Quel est votre dessein, et que voulez-vous faire avec cet assemblage?

M. Jour. Je veux marier notre fille avec le fils du Grand Turc.

Mme. Jour. Avec le fils du Grand Turc?

M. Jour. (*montrant Covielle*). Oui. Faites-lui faire vos compliments par le truchement que voilà.

Mme. Jour. Je n'ai que faire du truchement, et je lui dirai bien, moi-même, à son nez, qu'il n'aura point ma fille.

M. Jour. Voulez-vous vous taire, encore une fois?

Dorante. Comment! madame Jourdain, vous vous opposez à un honneur comme celui-là? vous refusez Son Altesse turque pour gendre?

Mme. Jour. Mon Dieu! monsieur, mêlez-vous de vos affaires.

Dorimène. C'est une grande gloire qui n'est pas à rejeter.

Mme. Jour. Madame, je vous prie aussi de ne vous point embarrasser de ce qui ne vous touche pas.

Dorante. C'est l'amitié que nous avons pour vous qui nous fait intéresser dans vos avantages.

Mme. Jour. Je me passerai bien de votre amitié.

Dorante. Voilà votre fille qui consent aux volontés de son père.

Mme. Jour. Ma fille consent à épouser un Turc?

Dorante. Sans doute.

Mme. Jour. Elle peut oublier Cléonte?

Dorante. Que ne fait-on pas pour être grand'dame?

Mme. Jour. Je l'étranglerais de mes mains, si elle avait fait un coup comme celui-là.

M. Jour. Voilà bien du caquet! Je vous dis que ce mariage-là se fera.

Mme. Jour. Je vous dis, moi, qu'il ne se fera point.

M. Jour. Ah! que de bruit!

Lucile. Ma mère!

Mme. Jour. Allez! vous êtes une coquine.

M. Jour. (à madame J.). Quoi! vous la querellez de ce qu'elle m'obéit!

Mme. Jour. Oui; elle est à moi aussi bien qu'à vous.

Covielle. (à madame J.). Madame!

Mme. Jour. Que me voulez-vous conter, vous?

Covielle. Un mot.

Mme. Jour. Je n'ai que faire de votre mot.

Covielle (à monsieur J.). Monsieur, si elle veut écouter une parole en particulier, je vous promets de la faire consentir à ce que vous voulez.

Mme. Jour. Je n'y consentirai point.

Covielle. 'Ecoutez-moi seulement.

Mme. Jour. Non.

M. Jour. (à madame J.). 'Ecoutez-le.

Mme. Jour. Non, je ne veux pas l'écouter.

M. Jour. Il vous dira . . .

Mme. Jour. Je ne veux point qu'il me dise rien.

M. Jour. Voilà une grande obstination de femme! Cela vous fera-t-il mal de l'entendre?

Covielle. Ne faites que m'écouter; vous ferez après ce qu'il vous plaira.

Mme. Jour. Hé bien! quoi?

Covielle (bas, à madame J.). Il y a une heure, madame, que nous vous faisons signe; ne voyez-vous pas bien que tout ceci n'est fait que pour nous ajuster aux visions de votre mari; que nous l'abusons sous ce déguisement, et que c'est Cléonte lui-même qui est le fils du Grand Turc? . . .

Mme. Jour. (bas, à Covielle). Ah! ah!

Covielle (bas, à madame J.). Et moi, Covielle, qui suis le truchement?

Mme. Jour. (bas, à Covielle). Ah! comme cela, je me rends.

Covielle (bas, à madame J.). Ne faites pas semblant de rien.

Mme. Jour. (haut). Oui, voilà qui est fait, je consens au mariage.

M. Jour. Ah! voilà tout le monde raisonnable. (*A madame J.*) Vous ne vouliez pas l'écouter. Je savais bien qu'il vous expliquerait ce que c'est que le fils du Grand Turc.

Mme. Jour. Il me l'a expliqué comme il faut, et j'en suis satisfaite. Envoyons querir un notaire.

Dorante. C'est fort bien dit. Et afin, madame Jourdain, que vous puissiez avoir l'esprit tout à fait content, et que vous perdiez aujourd'hui toute la jalousie que vous pourriez avoir conçue de monsieur votre mari, c'est que nous nous servirons du même notaire pour nous marier, madame et moi.

Mme. Jour. Je consens aussi à cela.

M. Jour. (bas, à Dorante). C'est pour lui faire accroire.

Dorante (bas, à monsieur J.). Il faut bien l'amuser avec cette feinte.

M. Jour. (bas). Bon, bon! (*Haut.*) Qu'on aille querir le notaire.

Dorante. Tandis qu'il viendra et qu'il dressera les contrats, voyons notre ballet, et donnons-en le divertissement à Son Altesse turque.

M. Jour. C'est fort bien avisé. Allons prendre nos places.

Mme. Jour. Et Nicole?

M. Jour. Je la donne au truchement; et ma femme, à qui la voudra.

Covielle. Monsieur, je vous remercie. (*'A part.*) Si l'on en peut voir un plus fou, je l'irai dire à Rome.*

(*La comédie finit par un petit ballet qui avait été preparé.*)

---

* A proverb, predicated of something impossible or regarded as impossible.

PHÈDRE,

TRAGÉDIE PAR JEAN RACINE.

PERSONNAGES.

THÉSÉE, fils d'Égée, roi d'Athènes.

PHÈDRE, femme de Thésée, fille de Minos et de Pasiphaé.

HIPPOLYTE, fils de Thésée et d'Antiope, reine des Amazones.

ARICIE, princesse du sang royal d'Athènes.

THÉRAMÈNE, gouverneur d'Hippolyte.

ŒNONE, nourrice et confidente de Phèdre.

ISMÈNE, confidente d'Aricie.

PANOPE, femme de la suite de Phèdre.

GARDES.

La scène est à Trézène, ville du Péloponèse.

PHÈDRE.

Hip. Le dessein en est pris : je pars, cher Théramène,
Et quitte le séjour de l'aimable Trézène,
Dans le doute mortel dont je suis agité,
Je commence à rougir de mon oisiveté.
Depuis plus de six mois éloigné de mon père,
J'ignore le destin d'une tête si chère ;
J'ignore jusqu'aux lieux qui le peuvent cacher.
    Thér. Et dans quels lieux, seigneur, l'allez-vous donc
        chercher ?
Déjà, pour satisfaire à votre juste crainte,
J'ai couru les deux mers que sépare Corinthe ;
J'ai demandé Thésée aux peuples de ces bords
Où l'on voit l'Achéron se perdre chez les morts ;
J'ai visité l''Elide, et, laissant le Ténare,
Passé jusqu'à la mer qui vit tomber Icare.
Sur quel espoir nouveau, dans quels heureux climats
Croyez-vous découvrir la trace de ses pas ?
Qui sait même, qui sait si le roi votre père
Veut que de son absence on sache le mystère ?
Et si, lorsqu' avec vous, nous tremblons pour ses jours,
Tranquille, et nous cachant de nouvelles amours,
Ce héros n'attend point qu'une amante abusée . . . .
    Hip. Cher Théramène, arrête, et respecte Thésée.
De ses jeunes erreurs désormais revenu,
Par un indigne obstacle il n'est point retenu ;
Et, fixant de ses vœux l'inconstance fatale,
Phèdre depuis longtemps ne craint plus de rivale.
Enfin en le cherchant je suivrai mon devoir,
Et je fuirai ces lieux que je n'ose plus voir.
    Thér. Hé ! depuis quand, seigneur, craignez-vous la
        présence
De ces paisibles lieux, si chers à votre enfance,
Et dont je vous ai vu préférer le séjour
Au tumulte pompeux d'Athène et de la cour ?
Quel péril, ou plutôt quel chagrin vous en chasse ?

Hip. Cet heureux temps n'est plus. Tout a changé
de face
Depuis que sur ces bords les dieux ont envoyé
La fille de Minos et de Pasiphaé.
Thér. J'entends : de vos douleurs la cause m'est
connue,
Phèdre ici vous chagrine, et blesse votre vue.
Dangereuse marâtre, à peine elle vous vit,
Que votre exil d'abord signala son crédit.
Mais sa haine sur vous autrefois attachée,
Ou s'est évanouie, ou s'est bien relâchée.
Et d'ailleurs quels périls vous peut faire courir
Une femme mourante, et qui cherche à mourir ?
Phèdre atteinte d'un mal qu'elle s'obstine à taire,
Lasse enfin d'elle-même et du jour qui l'éclaire,
Peut-elle contre vous former quelques desseins ?
Hip. Sa vaine inimitié n'est pas ce que je crains.
Hippolyte en partant fuit une autre ennemie :
Je fuis, je l'avouerai, cette jeune Aricie,
Reste d'un sang fatal conjuré contre nous.
Thér. Quoi ! vous-même, seigneur, la persécutez-vous ?
Jamais l'aimable sœur des cruels Pallantides
Trempa-t-elle aux complots de ses frères perfides ?
Et devez-vous haïr ses innocents appas ?
Hip. Si je le haïssais, je ne la fuirais pas.
Thér. Seigneur, m'est-il permis d'expliquer votre fuite ?
Pourriez-vous n'être plus ce superbe Hippolyte,
Implacable ennemi des amoureuses lois,
Et d'un joug que Thésée a subi tant de fois ?
Vénus, par votre orgueil si longtemps méprisée,
Voudrait-elle à la fin justifier Thésée,
Et vous mettant au rang du reste des mortels,
Vous a-t-elle forcé d'encenser ses autels ?
Aimeriez-vous, seigneur ?
Hip. Ami, qu'oses-tu dire ?
Toi qui connais mon cœur depuis que je respire,
Des sentiments d'un cœur si fier, si dédaigneux,
Peux-tu me demander le désaveu honteux ?
C'est peu qu'avec son lait une mère amazone
M'ait fait sucer encor cet orgueil qui t'étonne :
Dans un âge plus mûr moi-même parvenu,
Je me suis applaudi, quand je me suis connu.
Attaché près de moi par un zèle sincère,

Tu me contais alors l'histoire de mon père.
Tu sais combien mon âme, attentive à ta voix,
S'échauffait au récit de ses nobles exploits ;
Quand tu me dépeignais ce héros intrépide
Consolant les mortels de l'absence d'Alcide,
Les monstres étouffés, et les brigands punis,
Procuste, Cercyon, et Sciron, et Sinis,
Et les os dispersés du géant d'Epidaure,
Et la Crète fumant du sang du Minotaure.
Mais, quand tu récitais des faits moins glorieux,
Sa foi partout offerte, et reçue en cent lieux,
Hélène à ses parents dans Sparte dérobée ;
Salamine témoin des pleurs de Péribée ;
Tant d'autres, dont les noms lui sont même échappés,
Trop crédules esprits que sa flamme a trompés ;
Ariane aux rochers contant ses injustices ;
Phèdre enlevée enfin sous de meilleurs auspices ;
Tu sais comme, à regret écoutant ce discours,
Je te pressais souvent d'en abréger le cours.
Heureux ! si j'avais pu ravir à la mémoire
Cette indigne moitié d'une si belle histoire !
Et moi-même, à mon tour, je me verrais lié ?
Et les dieux jusque-là m'auraient humilié ?
Dans mes lâches soupirs d'autant plus méprisable,
Qu'un long amas d'honneurs rend Thésée excusable,
Qu'aucuns monstres par moi domptés jusqu' aujourd'hui,
Ne m'ont acquis le droit de faillir comme lui.
Quand même ma fierté pourrait s'être adoucie,
Aurais-je pour vainqueur dû choisir Aricie ?
Ne souviendrait-il plus à mes sens égarés
De l'obstacle éternel qui nous a séparés ?
Mon père la réprouve ; et, par des lois sévères,
Il défend de donner des neveux à ses frères ;
D'une tige coupable il craint un rejeton ;
Il veut avec leur sœur ensevelir leur nom ;
Et que, jusqu'au tombeau soumise à sa tutelle,
Jamais les feux d'hymen ne s'allument pour elle.
Dois-je épouser ses droits contre un père irrité ?
Donnerai-je l'exemple à la témérité ?
Et dans un fol amour ma jeunesse embarquée . . . .
  Thér. Ah, seigneur ! si votre heure est une fois mar-
   quée,
Le ciel de nos raisons ne sait point s'informer.

Thésée ouvre vos yeux en voulant les fermer;
Et sa haine, irritant une flamme rebelle,
Prête à son ennemie une grâce nouvelle.
Enfin d'un chaste amour pourquoi vous effrayer?
S'il a quelque douceur, n'osez-vous l'essayer?
En croirez-vous toujours un farouche scrupule?
Craint-on de s'égarer sur les traces d'Hercule?
Quels courages Vénus n'a-t-elle pas domptés!
Vous-même où seriez-vous, vous qui la combattez,
Si toujours Antiope, à ses lois opposée
D'une pudique ardeur n'eût brûlé pour Thésée?
Mais que sert d'affecter un superbe discours?
Avouez-le, tout change: et, depuis quelques jours,
On vous voit moins souvent, orgueilleux et sauvage,
Tantôt faire voler un char sur le rivage,
Tantôt, savant dans l'art par Neptune inventé,
Rendre docile au frein un coursier indompté;
Les forêts de nos cris moins souvent retentissent;
Chargés d'un feu secret, vos yeux s'appesantissent;
Il n'en faut point douter: vous aimez, vous brûlez;
Vous périssez d'un mal que vous dissimulez.
La charmante Aricie a-t-elle su vous plaire?
Hip. Théramène, je pars, et vais chercher mon père.
Thér. Ne verrez-vous point Phèdre avant que de
        partir,
Seigneur?
Hip.   C'est mon dessein: tu peux l'en avertir.
Voyons-la, puisqu' ainsi mon devoir me l'ordonne.
Mais quel nouveau malheur trouble sa chère Œnone?

SCÈNE II.—*Hippolyte, Théramène, Œnone.*

Œn. Hélas, seigneur! quel trouble au mien peut être
        égal?
La reine touche presque à son terme fatal.
En vain à l'observer jour et nuit je m'attache;
Elle meurt dans mes bras d'un mal qu'elle me cache.
Un désordre éternel règne dans son esprit;
Son chagrin inquiet l'arrache de son lit:
Elle veut voir le jour; et sa douleur profonde
M'ordonne toutefois d'écarter tout le monde....
Elle vient.
Hip.   Il suffit: je la laisse en ces lieux,
Et ne lui montre point un visage odieux.

SCÈNE III.—*Phèdre, Œnone.*

Phèd. N'allons point plus avant, demeurons, chère
Œnone.
Je ne me soutiens plus; ma force m'abandonne:
Mes yeux sont éblouis du jour que je revoi;
Et mes genoux tremblants se dérobent sous moi.
Hélas!

(Elle s'assied.)

Œn. Dieux tout-puissants, que nos pleurs vous
apaisent!

Phèd. Que ces vains ornements, que ces voiles me
pèsent!
Quelle importune main, en formant tous ces nœuds,
A pris soin sur mon front d'assembler mes cheveux?
Tout m'afflige et me nuit, et conspire à me nuire.

Œn. Comme on voit tous ses vœux l'un l'autre se
détruire!
Vous-même, condamnant vos injustes desseins,
Tantôt à vous parer vous excitiez nos mains;
Vous-même, rappelant votre force première,
Vous vouliez vous montrer et revoir la lumière.
Vous la voyez, madame; et, prête à vous cacher,
Vous haïssez le jour que vous veniez chercher?

Phèd. Noble et brillant auteur d'une triste famille,
Toi dont ma mère osait se vanter d'être fille,
Qui peut-être rougis du trouble où tu me vois,
Soleil, je te viens voir pour la dernière fois!

Œn. Quoi! vous ne perdez point cette cruelle envie?
Vous verrai-je toujours, renonçant à la vie,
Faire de votre mort les funestes apprêts?

Phèd. Dieux! que ne suis-je assise à l'ombre des forêts!
Quand pourrai-je, au travers d'une noble poussière,
Suivre de l'œil un char fuyant dans la carrière?

Œn. Quoi, madame?

Phèd. Insensée! où suis-je? et qu'ai-je dit?
Où laissé-je égarer mes vœux et mon esprit?
Je l'ai perdu: les dieux m'en ont ravi l'usage.
Œnone, la rougeur me couvre le visage:
Je te laisse trop voir mes honteuses douleurs;
Et mes yeux, malgré moi, se remplissent de pleurs.

Œn. Ah! s'il vous faut rougir, rougissez d'un silence
Qui de vos maux encore aigrit la violence.

Rebelle à tous nos soins, sourde à tous nos discours,
Voulez-vous sans pitié laisser finir vos jours ?
Quelle fureur les borne au milieu de leur course ?
Quel charme ou quel poison en a tari la source ?
Les ombres par trois fois ont obscurci les cieux,
Depuis que le sommeil n'est entré dans vos yeux ;
Et le jour a trois fois chassé la nuit obscure,
Depuis que votre corps languit sans nourriture.
A quel affreux dessein vous laissez-vous tenter ?
De quel droit sur vous-même osez-vous attenter ?
Vous offensez les dieux auteurs de votre vie ;
Vous trahissez l'époux à qui la foi vous lie ;
Vous trahissez enfin vos enfants malheureux,
Que vous précipitez sous un joug rigoureux.
Songez qu'un même jour leur ravira leur mère,
Et rendra l'espérance au fils de l'étrangère,
A ce fier ennemi de vous, de votre sang,
Ce fils qu'une Amazone a porté dans son flanc,
Cet Hippolyte . . . .

Phèd.   Ah dieux !

Œn.   Ce reproche vous touche ?

Phèd. Malheureuse ! quel nom est sorti de ta bouche !

Œn. Hé bien ! votre colère éclate avec raison :
J'aime à vous voir frémir à ce funeste nom.
Vivez donc : que l'amour, le devoir, vous excite ;
Vivez, ne souffrez pas que le fils d'une Scythe,
Accablant vos enfants d'un empire odieux,
Commande au plus beau sang de la Grèce et des dieux.
Mais ne différez point ; chaque moment vous tue :
Réparez promptement votre force abattue,
Tandis que de vos jours, prêts à se consumer,
Le flambeau dure encore, et peut se rallumer.

Phèd. J'en ai trop prolongé la coupable durée.

Œn. Quoi ! de quelques remords êtes-vous déchirée ?
Quel crime a pu produire un trouble si pressant ?
Vos mains n'ont point trempé dans le sang innocent ?

Phèd. Grâces au ciel, mes mains ne sont point criminelles.
Plût aux dieux que mon cœur fût innocent comme elles !

Œn. Et quel affreux projet avez-vous enfanté
Dont votre cœur encore doive être épouvanté ?

Phèd. Je t'en ai dit assez : épargne-moi le reste.
Je meurs, pour ne point faire un aveu si funeste.

Œn. Mourez donc, et gardez un silence inhumain;
Mais pour fermer vos yeux cherchez une autre main.
Quoiqu'il vous reste à peine une faible lumière,
Mon âme chez les morts descendra la première;
Mille chemins ouverts y conduisent toujours,
Et ma juste douleur choisira les plus courts.
Cruelle! quand ma foi vous a-t-elle déçue?
Songez-vous qu'en naissant mes bras vous ont reçue?
Mon pays, mes enfants, pour vous j'ai tout quitté.
Réserviez-vous ce prix à ma fidélité?

Phèd. Quel fruit espères-tu de tant de violence?
Tu frémiras d'horreur si je romps le silence.

Œn. Et que me direz-vous qui ne cède, grands dieux!
A l'horreur de vous voir expirer à mes yeux?

Phèd. Quand tu sauras mon crime et le sort qui
    m'accable,
Je n'en mourrai pas moins : j'en mourrai plus coupable.

Œn. Madame, au nom des pleurs que pour vous j'ai
    versés,
Par vos faibles genoux, que je tiens embrassés,
Délivrez mon esprit de ce funeste doute.

Phèd. Tu le veux : lève-toi.

Œn.   Parlez. Je vous écoute.

Phèd. Ciel! que lui vais-je dire? et par où commencer?

Œn. Par de vaines frayeurs cessez de m'offenser.

Phèd. O haine de Vénus! O fatale colère!
Dans quels égarements l'amour jeta ma mère!

Œn. Oublions-les, madame; et qu'à tout l'avenir
Un silence éternel cache ce souvenir.

Phèd. Ariane, ma sœur, de quel amour blessée,
Vous mourûtes aux bords où vous fûtes laissée!

Œn. Que faites-vous, madame? et quel mortel ennui
Contre tout votre sang vous anime aujourd'hui?

Phèd. Puisque Vénus le veut, de ce sang déplorable
Je péris la dernière et la plus misérable.

Œn. Aimez-vous?

Phèd.   De l'amour j'ai toutes les fureurs.

Œn. Pour qui?

Phèd.   Tu vas ouïr le comble des horreurs.
J'aime .... A ce nom fatal je tremble, je frissonne.
J'aime ....

Œn.   Qui?

Phèd.   Tu connais ce fils de l'Amazone,
Ce prince si longtemps par moi-même opprimé.

Œn. Hippolyte! Grands dieux!
Phèd.   C'est toi qui l'as nommé!
Œn. Juste ciel! tout mon sang dans mes veines se
      glace.
O désespoir! ô crime! ô déplorable race!
Voyage infortuné! Rivage malheureux,
Fallait-il approcher de tes bords dangereux?
      Phèd. Mon mal vient de plus loin. A peine au fils
      d'Égée
Sous les lois de l'hymen je m'étais engagée,
Mon repos, mon bonheur, semblait être affermi;
Athènes me montra mon superbe ennemi:
Je le vis, je rougis, je pâlis à sa vue;
Un trouble s'éleva dans mon âme éperdue;
Mes yeux ne voyaient plus, je ne pouvais parler;
Je sentis tout mon corps et transir et brûler:
Je reconnus Vénus et ses feux redoutables,
D'un sang qu'elle poursuit tourments inévitables.
Par des vœux assidus je crus les détourner:
Je lui bâtis un temple, et pris soin de l'orner;
De victimes moi-même à toute heure entourée,
Je cherchais dans leurs flancs ma raison égarée:
D'un incurable amour remèdes impuissants!
En vain sur les autels ma main brûlait l'encens.
Quand ma bouche implorait le nom de la déesse,
J'adorais Hippolyte; et, le voyant sans cesse,
Même au pied des autels que je faisais fumer,
J'offrais tout à ce dieu que je n'osais nommer.
Je l'évitais partout. O comble de misère!
Mes yeux le retrouvaient dans les traits de son père.
Contre moi-même enfin j'osai me révolter:
J'excitai mon courage à le persécuter.
Pour bannir l'ennemi dont j'étais idolâtre,
J'affectai les chagrins d'une injuste marâtre;
Je pressai son exil; et mes cris éternels
L'arrachèrent du sein et des bras paternels.
Je respirais, Œnone; et, depuis son absence,
Mes jours moins agités, coulaient dans l'innocence:
Soumise à mon époux, et cachant mes ennuis,
De son fatal hymen je cultivais les fruits.
Vaines précautions! cruelle destinée!
Par mon époux lui-même à Trézène amenée,
J'ai revu l'ennemi que j'avais éloigné:

Ma blessure, trop vive, aussitôt a saigné.
Ce n'est plus une ardeur dans mes veines cachée,
C'est Vénus tout entière à sa proie attachée.
J'ai conçu pour mon crime une juste terreur :
J'ai pris la vie en haine, et ma flamme en horreur ;
Je voulais en mourant prendre soin de ma gloire,
Et dérober au jour une flamme si noire.
Je n'ai pu soutenir tes larmes, tes combats ;
Je t'ai tout avoué ; je ne m'en repens pas,
Pourvu que, de ma mort respectant les approches,
Tu ne m'affliges plus par d'injustes reproches,
Et que tes vains secours cessent de rappeler
Un reste de chaleur tout prêt à s'exhaler.

SCÈNE IV.—*Phèdre, Œnone, Panope.*

Pan. Je voudrais vous cacher une triste nouvelle,
Madame : mais il faut que je vous la révèle.
La mort vous a ravi votre invincible époux,
Et ce malheur n'est plus ignoré que de vous.
Œn. Panope, que dis-tu ?
Pan.   Que la reine, abusée,
En vain demande au ciel le retour de Thésée ;
Et que, par des vaisseaux arrivés dans le port,
Hippolyte, son fils, vient d'apprendre sa mort.
Phèd. Ciel !
Pan.   Pour le choix d'un maître Athènes se partage :
Au prince votre fils l'un donne son suffrage,
Madame ; et de l'État, l'autre, oubliant les lois,
Au fils de l'étrangère ose donner sa voix.
On dit même qu'au trône une brigue insolente
Veut placer Aricie et le sang de Pallante.
J'ai cru de ce péril vous devoir avertir.
Déjà même Hippolyte est tout prêt à partir ;
Et l'on craint, s'il paraît dans ce nouvel orage,
Qu'il n'entraîne après lui tout un peuple volage.
Œn. Panope, c'est assez. La reine, qui t'entend,
Ne négligera point cet avis important.

SCÈNE V.—*Phèdre, Œnone.*

Œn. Madame, je cessais vous presser de vivre ;
Déjà même au tombeau je songeais à vous suivre ;
Pour vous en détourner, je n'avais plus de voix ;
Mais ce nouveau malheur vous prescrit d'autres lois.

Votre fortune change et prend une autre face :
Le roi n'est plus, madame ; il faut prendre sa place.
Sa mort vous laisse un fils à qui vous vous devez ;
Esclave s'il vous perd, et roi si vous vivez.
Sur qui, dans son malheur, voulez-vous qu'il s'appuie ?
Ses larmes n'auront plus de main qui les essuie ;
Et ses cris innocents, portés jusques aux dieux,
Iront contre sa mère irriter ses aïeux.
Vivez : vous n'avez plus de reproche à vous faire :
Votre flamme devient une flamme ordinaire ;
Thésée en expirant vient de rompre les nœuds
Qui faisaient tout le crime et l'horreur de vos feux.
Hippolyte pour vous devient moins redoutable,
Et vous pouvez le voir sans vous rendre coupable.
Peut-être, convaincu de votre aversion,
Il va donner un chef à la sédition :
Détrompez son erreur, fléchissez son courage.
Roi de ces bords heureux, Trézène est son partage.
Mais il sait que les lois donnent à votre fils
Les superbes remparts que Minerve a bâtis.
Vous avez l'un et l'autre une juste ennemie :
Unissez-vous tous deux pour combattre Aricie.

Phèd. Hé bien ! à tes conseils je me laisse entraîner.
Vivons, si vers la vie on peut me ramener,
Et si l'amour d'un fils, en ce moment funeste,
De mes faibles esprits peut ranimer le reste.

ACTE DEUXIÈME.

Scène I.—*Aricie, Ismène.*

Ari. Hippolyte demande à me voir en ce lieu ?
Hippolyte me cherche, et veut me dire adieu ?
Ismène, dis-tu vrai ?   N'es-tu point abusée ?

Ism. C'est le premier effet de la mort de Thésée.
Préparez-vous, madame, à voir de tous côtés
Voler vers vous les cœurs par Thésée écartés.
Aricie, à la fin, de son sort est maîtresse,
Et bientôt à ses pieds verra toute la Grèce.

Ari. Ce n'est donc point, Ismène, un bruit mal affermi ?
Je cesse d'être esclave, et n'ai plus d'ennemi ?

Ism. Non, madame, les dieux ne vous sont plus con-
     traires,
Et Thésée a rejoint les mânes de vos frères.

Ari. Dit-on quelle aventure a terminé ses jours?
Ism. On sème de sa mort d'incroyables discours.
On dit que, ravisseur d'une amante nouvelle,
Les flots ont englouti cet époux infidèle.
On dit même, et ce bruit est partout répandu,
Qu'avec Pirithoüs aux enfers descendu
Il a vu le Cocyte et les rivages sombres,
Et s'est montré vivant aux infernales ombres;
Mais qu'il n'a pu sortir de ce triste séjour,
Et repasser les bords qu'on passe sans retour.
Ari. Croirai-je qu'un mortel avant sa dernière heure
Peut pénétrer des morts la profonde demeure?
Quel charme l'attirait sur ces bords redoutés?
Ism. Thésée est mort, madame, et vous seule en doutez.
Athènes en gémit, Trézène en est instruite,
Et déjà pour son roi reconnaît Hippolyte.
Phèdre dans ce palais tremblante pour son fils,
De ses amis troublés demande les avis.
Ari. Et tu crois que, pour moi plus humain que son
        père,
Hippolyte rendra ma chaîne plus légère?
Qu'il plaindra mes malheurs?
Ism.   Madame, je le croi.
Ari. L'insensible Hippolyte est-il connu de toi?
Sur quel frivole espoir penses-tu qu'il me plaigne,
Et respecte en moi seule un sexe qu'il dédaigne?
Tu vois depuis quel temps il évite nos pas,
Et cherche tous les lieux où nous ne sommes pas.
Ism. Je sais de ses froideurs tout ce que l'on récite;
Mais j'ai vu près de vous ce superbe Hippolyte;
Et même, en le voyant, le bruit de sa fierté
A redoublé pour lui ma curiosité.
Sa présence à ce bruit n'a point paru répondre:
Dès vos premiers regards je l'ai vu se confondre;
Ses yeux, qui vainement voulaient vous éviter,
Déjà pleins de langueur, ne pouvaient vous quitter.
Le nom d'amant peut-être offense son courage;
Mais il en a les yeux, s'il n'en a le langage.
Ari. Que mon cœur, chère Ismène, écoute avidement
Un discours qui peut-être a peu de fondement!
O toi qui me connais, te semblait-il croyable
Que le triste jouet d'un sort impitoyable,
Un cœur toujours nourri d'amertume et de pleurs,
Dût connaître l'amour et ses folles douleurs?

Reste du sang d'un roi, noble fils de la terre,
Je suis seule échappée aux fureurs de la guerre:
J'ai perdu, dans la fleur de leur jeune saison,
Six frères: quel espoir d'une illustre maison!
Le fer moissonna tout, et la terre humectée
But à regret le sang des neveux d'"Erechthée.
Tu sais, depuis leur mort, quelle sévère loi
Défend à tous les Grecs de soupirer pour moi:
On craint que de la sœur les flammes téméraires
Ne raniment un jour la cendre de ses frères.
Mais tu sais bien aussi de quel œil dédaigneux
Je regardais ce soin d'un vainqueur soupçonneux:
Tu sais que, de tout temps à l'amour opposée,
Je rendais souvent grâce à l'injuste Thésée,
Dont l'heureuse rigueur secondait mes mépris.
Mes yeux alors, mes yeux n'avaient pas vu son fils.
Non que, par les yeux seuls lâchement enchantée,
J'aime en lui sa beauté, sa grâce tant vantée,
Présents dont la nature a voulu l'honorer,
Qu'il méprise lui-même, et qu'il semble ignorer:
J'aime, je prise en lui de plus nobles richesses,
Les vertus de son père, et non point les faiblesses.
J'aime, je l'avouerai, cet orgueil généreux
Qui jamais n'a fléchi sous le joug amoureux.
Phèdre en vain s'honorait des soupirs de Thésée:
Pour moi, je suis plus fière, et fuis la gloire aisée
D'arracher un hommage à mille autres offert,
Et d'entrer dans un cœur de toutes parts ouvert.
Mais de faire fléchir un courage inflexible,
De porter la douleur dans une âme insensible,
D'enchaîner un captif de ses fers étonné,
Contre un joug qui lui plaît vainement mutiné,
C'est là ce que je veux, c'est là ce qui m'irrite.
Hercule à désarmer coûtait moins qu' Hippolyte;
Et vaincu plus souvent, et plus tôt surmonté,
Préparait moins de gloire aux yeux qui l'ont dompté.
Mais, chère Ismène, hélas! quelle est mon imprudence!
On ne m'opposera que trop de résistance:
Tu m'entendras peut-être, humble dans mon ennui,
Gémir du même orgueil que j'admire aujourd'hui.
Hippolyte aimerait! par quel bonheur extrême
Aurais-je pu fléchir ....

Ism.   Vous l'entendrez lui-même:
Il vient à vous.

SCÈNE II.—*Hippolyte, Aricie, Ismène.*

Hip.   Madame, avant que de partir,
J'ai cru de votre sort vous devoir avertir.
Mon père ne vit plus. Ma juste défiance
Présageait les raisons de sa trop longue absence :
La mort seule, bornant ses travaux éclatants,
Pouvait à l'univers le cacher si longtemps.
Les dieux livrent enfin à la parque homicide
L'ami, le compagnon, le successeur d'Alcide.
Je crois que votre haine, épargnant ses vertus,
'Ecoute sans regret ces noms qui lui sont dus.
Un espoir adoucit ma tristesse mortelle :
Je puis vous affranchir d'une austère tutelle ;
Je révoque des lois dont j'ai plaint la rigueur.
Vous pouvez disposer de vous, de votre cœur ;
Et dans cette Trézène, aujourd'hui mon partage,
De mon aïeul Pitthée autrefois l'héritage,
Qui m'a, sans balancer, reconnu pour son roi,
Je vous laisse aussi libre, et plus libre que moi.
Ari. Modérez des bontés dont l'excès m'embarrasse.
D'un soin si généreux honorer ma disgrace,
Seigneur, c'est me ranger, plus que vous ne pensez,
Sous ces austères lois, dont vous me dispensez.
Hip. Du choix d'un successeur Athènes incertaine,
Parle de vous, me nomme, et le fils de la reine.
Ari. De moi, seigneur ?
Hip.   Je sais, sans vouloir me flatter,
Qu'une superbe loi semble me rejeter :
La Grèce me reproche une mère étrangère.
Mais si pour concurrent je n'avais que mon frère,
Madame, j'ai sur lui de véritables droits,
Que je saurais sauver du caprice des lois.
Un frein plus légitime arrête mon audace :
Je vous cède, ou plutôt je vous rends une place,
Un sceptre que jadis vos aïeux ont reçu
De ce fameux mortel que la terre a conçu.
L'adoption le mit entre les mains d''Egée.
Athènes, par mon père accrue et protégée,
Reconnut avec joie un roi généreux,
Et laissa dans l'oubli vos frères malheureux.
Athènes dans ses murs maintenant vous rappelle :
Assez elle a gémi d'une longue querelle ;

Assez dans ses sillons votre sang englouti
A fait fumer le champ dont il était sorti.
Trézène m'obéit. Les campagnes de Crète
Offrent au fils de Phèdre une riche retraite.
L'Attique est votre bien. Je pars, et vais, pour vous,
Réunir tous les vœux partagés entre nous.
    Ari. De tout ce que j'entends étonnée et confuse,
Je crains presque, je crains qu'un songe ne m'abuse.
Veillé-je ? Puis-je croire un semblable dessein ?
Quel dieu, seigneur, quel dieu l'a mis dans votre sein ?
Qu'à bon droit votre gloire en tous lieux est semée !
Et que la vérité passe la renommée !
Vous-même, en ma faveur, vous voulez vous trahir !
N'était-ce pas assez de ne me point haïr ?
Et d'avoir si longtemps pu défendre votre ame
De cette inimitié . . . .
    Hip.   Moi, vous haïr, madame !
Avec quelques couleurs qu'on ait peint ma fierté,
Croit-on que dans ses flancs un monstre m'ait porté ?
Quelles sauvages mœurs, quelle haine endurcie
Pourrait, en vous voyant, n'être point adoucie ?
Ai-je pu résister au charme décevant . . . .
    Ari. Quoi, seigneur !
    Hip.   Je me suis engagé trop avant.
Je vois que la raison cède à la violence :
Puisque j'ai commencé de rompre le silence,
Madame, il faut poursuivre ; il faut vous informer
D'un secret que mon cœur ne peut plus renfermer.
Vous voyez devant vous un prince déplorable,
D'un téméraire orgueil exemple mémorable.
Moi qui, contre l'amour fièrement révolté,
Aux fers de ses captifs ai longtemps insulté ;
Qui, des faibles mortels déplorant les naufrages,
Pensais toujours du bord contempler les orages ;
Asservi maintenant sous la commune loi,
Par quel trouble me vois-je emporté loin de moi !
Un moment a vaincu mon audace imprudente :
Cette âme si superbe est enfin dépendante.
Depuis près de six mois, honteux, désespéré,
Portant partout le trait dont je suis déchiré,
Contre vous, contre moi, vainement je m'éprouve :
Présente, je vous fuis : absente, je vous trouve ;
Dans le fond des forêts votre image me suit ;
La lumière du jour, les ombres de la nuit,

Tout retrace à mes yeux les charmes que j'évite;
Tout vous-livre à l'envi le rebelle Hippolyte.
Moi-même, pour tout fruit de mes soins superflus,
Maintenant je me cherche, et ne me trouve plus;
Mon arc, mes javelots, mon char, tout m'importune;
Je ne me souviens plus des leçons de Neptune;
Mes seuls gémissements font retentir les bois,
Et mes coursiers oisifs ont oublié ma voix.
Peut-être le récit d'un amour si sauvage
Vous fait, en m'écoutant, rougir de votre ouvrage.
D'un cœur qui s'offre à vous quel farouche entretien!
Quel étrange captif pour un si beau lien!
Mais l'offrande à vos yeux en doit être plus chère:
Songez que je vous parle une langue étrangère;
Et ne rejetez pas des vœux mal exprimés,
Qu' Hippolyte sans vous n'aurait jamais formés.

SCÈNE III.—*Hippolyte, Aricie, Théramène, Ismène.*

Thér. Seigneur, la reine vient, et je l'ai devancée;
Elle vous cherche.
Hip.   Moi!
Thér.   J'ignore sa pensée;
Mais on vous est venu demander de sa part:
Phèdre veut vous parler avant votre départ.
Hip. Phèdre? Que lui dirai-je? et que peut-elle at-
     tendre . . . .
Ari. Seigneur, vous ne pouvez refuser de l'entendre:
Quoique trop convaincu de son inimitié,
Vous devez à ses pleurs quelque ombre de pitié.
Hip. Cependant vous sortez. Et je pars; et j'ignore
Si je n'offense point les charmes que j'adore.
J'ignore si ce cœur que je laisse en vos mains . . . .
Ari. Partez, prince, et suivez vos généreux desseins:
Rendez de mon pouvoir Athènes tributaire.
J'accepte tous les dons que vous me voulez faire.
Mais cet empire enfin, si grand, si glorieux,
N'est pas de vos présents le plus cher à mes yeux.

SCÈNE IV.—*Hippolyte, Théramène.*

Hip. Ami, tout est-il prêt? Mais la reine s'avance.
Va, que pour le départ tout s'arme en diligence.
Fais donner le signal, cours, ordonne, et revien
Me délivrer bientôt d'un fâcheux entretien.

Scène V.—*Phèdre, Hippolyte, Œnone.*

Phèd. (à Œnone, dans le fond du théâtre).
Le voici : vers mon cœur tout mon sang se retire.
J'oublie, en le voyant, ce que je viens lui dire.
Œn. Souvenez-vous d'un fils qui n'espère qu'en vous.
Phèd. On dit qu'un prompt départ vous éloigne de
      nous,
Seigneur.   A vos douleurs je viens joindre mes larmes ;
Je vous viens pour un fils expliquer mes alarmes.
Mon fils n'a plus de père ; et le jour n'est pas loin
Qui de ma mort encor doit le rendre témoin.
Déjà mille ennemis attaquent son enfance :
Vous seul pouvez contre eux embrasser sa défense.
Mais un secret remords agite mes esprits :
Je crains d'avoir fermé votre oreille à ses cris.
Je tremble que sur lui votre juste colère
Ne poursuive bientôt une odieuse mère.
Hip. Madame, je n'ai point des sentiments si bas.
Phèd. Quand vous me haïriez, je ne m'en plaindrais pas,
Seigneur : vous m'avez vue attachée à vous nuire ;
Dans le fond de mon cœur vous ne pouviez pas lire.
A votre inimitié j'ai pris soin de m'offrir :
Aux bords que j'habitais je n'ai pu vous souffrir ;
En public, en secret, contre vous déclarée,
J'ai voulu par des mers en être séparée ;
J'ai même défendu, par une expresse loi,
Qu'on osât prononcer votre nom devant moi.
Si pourtant à l'offense on mesure la peine,
Si la haine peut seule attirer votre haine,
Jamais femme ne fut plus digne de pitié,
Et moins digne, seigneur, de votre inimitié.
Hip. Des droits de ses enfants une mère jalouse
Pardonne rarement au fils d'une autre épouse ;
Madame, je le sais : les soupçons importuns
Sont d'un second hymen les fruits les plus communs.
Toute autre aurait pour moi pris les mêmes ombrages,
Et j'en aurais peut-être essuyé plus d'outrages.
Phèd. Ah, seigneur ! que le ciel, j'ose ici l'attester,
De cette loi commune a voulu m'excepter !
Qu'un soin bien différent me trouble et me dévore !
Hip. Madame, il n'est pas temps de vous troubler en-
      core :

Peut-être votre époux voit encore le jour;
Le ciel peut à nos pleurs accorder son retour.
Neptune le protége, et ce dieu tutélaire
Ne sera pas en vain imploré par mon père.

Phèd. On ne voit point deux fois le rivage des morts,
Seigneur: puisque Thésée a vu les sombres bords,
En vain vous espérez qu'un dieu vous le renvoie;
Et l'avare Achéron ne lâche point sa proie.
Que dis-je? Il n'est point mort, puisqu'il respire en
  vous.
Toujours devant mes yeux je crois voir mon époux:
Je le vois, je lui parle; et mon cœur .... Je m'égare,
Seigneur; ma folle ardeur malgré moi se déclare.

Hip. Je vois de votre amour l'effet prodigieux:
Tout mort qu'il est, Thésée est présent à vos yeux;
Toujours de son amour votre âme est embrasée.

Phèd. Oui, prince, je languis, je brûle pour Thésée:
Je l'aime, non point tel que l'ont vu les enfers,
Volage adorateur de mille objets divers,
Qui va du dieu des morts déshonorer la couche;
Mais fidèle, mais fier, et même un peu farouche,
Charmant, jeune, traînant tous les cœurs après soi,
Tel qu'on dépeint nos dieux, ou tel que je vous voi.
Il avait votre port, vos yeux, votre langage;
Cette noble pudeur colorait son visage,
Lorsque de notre Crète il traversa les flots,
Digne sujet des vœux des filles de Minos.
Que faisiez-vous alors? Pourquoi, sans Hippolyte,
Des héros de la Grèce assembla-t-il l'élite?
Pourquoi, trop jeune encor, ne pûtes-vous alors
Entrer dans le vaisseau qui le mit sur nos bords?
Par vous aurait péri le monstre de la Crète,
Malgré tous les détours de sa vaste retraite:
Pour en développer l'embarras incertain
Ma sœur du fil fatal eût armé votre main.
Mais non, dans ce dessein je l'aurais devancée;
L'amour m'en eût d'abord inspiré la pensée:
C'est moi, prince, c'est moi dont l'utile secours
Vous eût du labyrinthe enseigné les détours.
Que de soins m'eût coûté cette tête charmante!
Un fil n'eût point assez rassuré votre amante:
Compagne du péril qu'il vous fallait chercher,
Moi-même devant vous j'aurais voulu marcher;

K

Et Phèdre au labyrinthe avec vous descendue,
Se serait avec vous retrouvée ou perdue.
   Hip. Dieux! qu'est-ce que j'entends? Madame, ou-
     bliez vous
Que Thésée est mon père, et qu'il est votre époux?
   Phèd. Et sur quoi jugez-vous que j'en perds la mé-
     moire,
Prince? Aurais-je perdu tout le soin de ma gloire?
   Hip. Madame, pardonnez: j'avoue, en rougissant,
Que j'accusais à tort un discours innocent.
Ma honte ne peut plus soutenir votre vue;
Et je vais . . . .
   Phèd.   Ah, cruel! tu m'as trop entendue!
Je t'en ai dit assez pour te tirer d'erreur.
Hé bien! connais donc Phèdre et toute sa fureur:
J'aime. Ne pense pas qu'au moment que je t'aime,
Innocente à mes yeux je m'approuve moi-même;
Ni que du fol amour qui trouble ma raison
Ma lâche complaisance ait nourri le poison;
Objet infortuné des vengeances célestes,
Je m'abhorre encor plus que tu ne me détestes.
Les dieux m'en sont témoins, ces dieux qui dans mon flanc
Ont allumé le feu fatal à tout mon sang;
Ces dieux qui se sont fait une gloire cruelle
De séduire le cœur d'une faible mortelle.
Toi-même en ton esprit rappelle le passé:
C'est peu de t'avoir fui, cruel, je t'ai chassé;
J'ai voulu te paraître odieuse, inhumaine;
Pour mieux te résister, j'ai recherché ta haine.
De quoi m'ont profité mes inutiles soins?
Tu me haïssais plus, je ne t'aimais pas moins;
Tes malheurs te prêtaient encor de nouveaux charmes.
J'ai langui, j'ai séché dans les feux, dans les larmes:
Il suffit de tes yeux pour t'en persuader,
Si tes yeux un moment pouvaient me regarder.
Que dis-je? Cet aveu que je te viens de faire,
Cet aveu si honteux, le crois-tu volontaire?
Tremblante pour un fils que je n'osais trahir.
Je te venais prier de ne le point haïr:
Faibles projets d'un cœur trop plein de ce qu'il aime!
Hélas! je ne t'ai pu parler que de toi-même!
Venge-toi, punis-moi d'un odieux amour:
Digne fils du héros qui t'a donné le jour,

Délivre l'univers d'un monstre qui t'irrite.
La veuve de Thésée ose aimer Hippolyte !
Crois-moi, ce monstre affreux ne doit point t'échapper ;
Voilà mon cœur : c'est là que ta main doit frapper.
Impatient déjà d'expier son offense,
Au-devant de ton bras je le sens qui s'avance.
Frappe : ou si tu le crois indigne de tes coups,
Si ta haine m'envie un supplice si doux,
Ou si d'un sang trop vil ta main serait trempée,
Au défaut de ton bras prête-moi ton épée ;
Donne.
    Œn.   Que faites-vous, madame ? Justes dieux !
Mais on vient : évitez des témoins odieux ;
Venez, rentrez, fuyez une honte certaine.

SCÈNE VI.—Hippolyte, Théramène.

Thér. Est-ce Phèdre qui fuit, ou plutôt qu'on entraîne ?
Pourquoi, seigneur, pourquoi ces marques de douleur ?
Je vous vois sans épée, interdit, sans couleur ?
    Hip. Théramène, fuyons. Ma surprise est extrême.
Je ne puis sans horreur me regarder moi-même.
Phèdre . . . . Mais non, grands dieux ! qu'en un profond
        oubli.
Cet horrible secret demeure enseveli.
    Thér. Si vous voulez partir, la voile est préparée.
Mais Athènes, seigneur, s'est déjà déclarée ;
Ses chefs ont pris les voix de toutes ses tribus :
Votre frère l'emporte, et Phèdre a le dessus.
    Hip. Phèdre ?
    Thér.   Un héraut chargé des volontés d'Athènes
De l'État en ses mains vient remettre les rênes.
Son fils est roi, seigneur.
    Hip.   Dieux, qui la connaissez,
Est-ce donc sa vertu que vous récompensez ?
    Thér. Cependant un bruit sourd veut que le roi res-
        pire :
On prétend que Thésée a paru dans l'Épire,
Mais moi qui l'y cherchai, seigneur, je sais trop bien . . .
    Hip. N'importe ; écoutons tout, et ne négligeons rien.
Examinons ce bruit, remontons à sa source :
S'il ne mérite pas d'interrompre ma course,
Partons ; et, quelque prix qu'il en puisse coûter,
Mettons le sceptre aux mains dignes de le porter.

ACTE TROISIÈME.

Scène I.—*Phèdre, Œnone.*

Phèd. Ah ! que l'on porte ailleurs les honneurs qu'on
    m'envoie :
Importune, peux-tu souhaiter qu'on me voie ?
De quoi viens-tu flatter mon esprit désolé ?
Cache-moi bien plutôt : je n'ai que trop parlé.
Mes fureurs au dehors ont osé se répandre :
J'ai dit ce que jamais on ne devait entendre.
Ciel ! comme il m'écoutait ! Par combien de détours
L'insensible a longtemps éludé mes discours !
Comme il ne respirait qu'une retraite prompte !
Et combien sa rougeur a redoublé ma honte !
Pourquoi détournais-tu mon funeste dessein ?
Hélas ! quand son épée allait chercher mon sein,
A-t-il pâli pour moi ? me l'a-t-il arrachée ?
Il suffit que ma main l'ait une fois touchée,
Je l'ai rendue horrible à ses yeux inhumains ;
Et ce fer malheureux profanerait ses mains.

Œn. Ainsi, dans vos malheurs ne songeant qu'à vous
    plaindre,
Vous nourrissez un feu qu'il vous faudrait éteindre.
Ne vaudrait-il pas mieux, digne sang de Minos,
Dans de plus nobles soins chercher votre repos ;
Contre un ingrat qui plaît recourir à la fuite,
Régner, et de l'"Etat embrasser la conduite ?

Phèd. Moi, régner ! Moi, ranger un 'Etat sous ma loi,
Quand ma faible raison ne règne plus sur moi !
Lorsque j'ai de mes sens abandonné l'empire !
Quand sous un joug honteux à peine je respire !
Quand je me meurs !

Œn.   Fuyez.

Phèd.   Je ne le puis quitter.

Œn. Vous l'osâtes bannir, vous n'osez l'éviter !

Phèd. Il n'est plus temps : il sait mes ardeurs insen-
    sées.
De l'austère pudeur les bornes sont passées :
J'ai déclaré ma honte aux yeux de mon vainqueur,
Et l'espoir malgré moi s'est glissé dans mon cœur.
Toi-même, rappelant ma force défaillante,
Et mon âme déjà sur mes lèvres errante,

Par tes conseils flatteurs tu m'as su ranimer :
Tu m'as fait entrevoir que je pouvais l'aimer.
Œn. Hélas ! de vos malheurs innocente ou coupable,
De quoi pour vous sauver n'étais-je point capable ?
Mais si jamais l'offense irrita vos esprits,
Pouvez-vous d'un superbe oublier les mépris ?
Avec quels yeux cruels sa rigueur obstinée
Vous laissait à ses pieds peu s'en faut prosternée !
Que son farouche orgueil le rendait odieux !
Que Phèdre en ce moment n'avait-elle mes yeux !
  Phèd. Œnone, il peut quitter cet orgueil qui te blesse ;
Nourri dans les forêts, il en a la rudesse.
Hippolyte, endurci par de sauvages lois,
Entend parler d'amour pour la première fois :
Peut-être sa surprise a causé son silence ;
Et nos plaintes peut-être ont trop de violence.
  Œn. Songez qu'une barbare en son sein l'a formé.
  Phèd. Quoique Scythe et barbare, elle a pourtant aimé.
  Œn. Il a pour tout le sexe une haine fatale.
  Phèd. Je ne me verrai point préférer de rivale.
Enfin, tous tes conseils ne sont plus de saison.
Sers ma fureur, Œnone, et non point ma raison.
Il oppose à l'amour un cœur inaccessible ;
Cherchons pour l'attaquer quelque endroit plus sensible.
Les charmes d'un empire ont paru le toucher :
Athènes l'attirait, il n'a pu s'en cacher ;
Déjà de ses vaisseaux la pointe était tournée,
Et la voile flottait aux vents abandonnée.
Vá trouver de ma part ce jeune ambitieux,
Œnone ; fais briller la couronne à ses yeux :
Qu'il mette sur son front le sacré diadème ;
Je ne veux que l'honneur de l'attacher moi-même.
Cédons-lui ce pouvoir que je ne puis garder.
Il instruira mon fils dans l'art de commander ;
Peut-être il voudra bien lui tenir lieu de père :
Je mets sous son pouvoir et le fils et la mère.
Pour le fléchir enfin tente tous les moyens :
Tes discours trouveront plus d'accès que les miens ;
Presse, pleure, gémis ; peins-lui Phèdre mourante ;
Ne rougis point de prendre une voix suppliante :
Je t'avouerai de tout ; je n'espère qu'en toi.
Va : j'attends ton retour pour disposer de moi.

Scène II.—*Phèdre (seule)*.

O toi, qui vois la honte où je suis descendue,
Implacable Vénus, suis-je assez confondue !
Tu ne saurais plus loin pousser ta cruauté.
Ton triomphe est parfait ; tous tes traits ont porté.
Cruelle, si tu veux une gloire nouvelle,
Attaque un ennemi qui te soit plus rebelle.
Hippolyte te fuit ; et, bravant ton courroux,
Jamais à tes autels n'a fléchi les genoux ;
Ton nom semble offenser ses superbes oreilles :
Déesse, venge-toi ; nos causes sont pareilles.
Qu'il aime . . . . Mais déjà tu reviens sur tes pas,
Œnone ? On me déteste ; on ne t'écoute pas ?

Scène III.—*Phèdre, Œnone*.

Œn. Il faut d'un vain amour étouffer la pensée,
Madame ; rappelez votre vertu passée :
Le roi, qu'on a cru mort, va paraître à vos yeux,
Thésée est arrivé, Thésée est en ces lieux.
Le peuple, pour le voir, court et se précipite.
Je sortais par votre ordre, et cherchais Hippolyte,
Lorsque jusques au ciel mille cris élancés . . . .
Phèd. Mon époux est vivant, Œnone ; c'est assez.
J'ai fait l'indigne aveu d'un amour qui l'outrage ;
Il vit : je ne veux pas en savoir davantage.
Œn. Quoi ?
Phèd.   Je te l'ai prédit ; mais tu n'a pas voulu :
Sur mes justes remords tes pleurs ont prévalu.
Je mourais ce matin digne d'être pleurée ;
J'ai suivi tes conseils, je meurs déshonorée.
Œn. Vous mourez ?
Phèd.   Juste ciel ! qu'ai-je fait aujourd'hui ?
Mon époux va paraître, et son fils avec lui !
Je verrai le témoin de ma flamme adultère
Observer de quel front j'ose aborder son père,
Le cœur gros de soupirs qu'il n'a point écoutés,
L'œil humide de pleurs par l'ingrat rebutés.
Penses-tu que, sensible à l'honneur de Thésée,
Il lui cache l'ardeur dont je suis embrasée ?
Laissera-t-il trahir et son père et son roi ?
Pourra-t-il contenir l'horreur qu'il a pour moi ?
Il se tairait en vain : je sais mes perfidies,

Œnone, et ne suis point de ces femmes hardies
Qui, goûtant dans le crime une tranquille paix,
Ont su se faire un front qui ne rougit jamais.
Je connais mes fureurs, je les rappelle toutes :
Il me semble déjà que ces murs, que ces voûtes
Vont prendre la parole, et, prêts a m'accuser,
Attendent mon époux pour le désabuser.
Mourons : de tant d'horreurs qu'un trépas me délivre.
Est-ce un malheur si grand que de cesser de vivre ?
La mort aux malheureux ne cause point d'effroi :
Je ne crains que le nom que je laisse après moi.
Pour mes tristes enfants quel affreux héritage !
Le sang de Jupiter doit enfler leur courage ;
Mais, quelque juste orgueil qu'inspire un sang si beau,
Le crime d'une mère est un pesant fardeau,
Je tremble qu'un discours, hélas ! trop véritable,
Un jour ne leur reproche une mère coupable.
Je tremble qu'opprimés de ce poids odieux,
L'un ni l'autre jamais n'osent lever les yeux.
     Œn. Il n'en faut point douter, je les plains l'un et
          l'autre ;
Jamais crainte ne fut plus juste que la vôtre.
Mais à de tels affronts pourquoi les exposer ?
Pourquoi contre vous-même allez-vous déposer ?
C'en est fait : on dira que Phèdre, trop coupable,
De son époux trahi fuit l'aspect redoutable.
Hippolyte est heureux qu'aux dépens de vos jours,
Vous-même en expirant appuyez ses discours.
A votre accusateur que pourrai-je répondre ?
Je serai devant lui trop facile à confondre :
De son triomphe affreux je le verrai jouir,
Et conter votre honte à qui voudra l'ouïr.
Ah ! que plutôt du ciel la flamme me dévore !
Mais, ne me trompez point, vous est-il cher encore ?
De quel œil voyez-vous ce prince audacieux ?
     Phèd. Je le vois comme un monstre effroyable à mes
          yeux.
     Œn. Pourquoi donc lui céder une victoire entière ?
Vous le craignez : osez l'accuser la première
Du crime dont il peut vous charger aujourd'hui.
Qui vous démentira ?   Tout parle contre lui :
Son épée en vos mains heureusement laissée,
Votre trouble présent, votre douleur passée,

Son père par vos cris dès longtemps prévenu,
Et déjà son exil par vous-même obtenu.
Phèd. Moi, que j'ose opprimer et noircir l'innocence!
Œn. Mon zèle n'a besoin que de votre silence.
Tremblante comme vous, j'en sens quelques remords;
Vous me verriez plus prompte affronter mille morts.
Mais puisque je vous perds sans ce triste remède,
Votre vie est pour moi d'un prix à qui tout cède :
Je parlerai.   Thésée, aigri par mes avis,
Bornera sa vengeance à l'exil de son fils :
Un père, en punissant, madame, est toujours père;
Un supplice léger suffit à sa colère.
Mais le sang innocent dût-il être versé,
Que ne demande point votre honneur menacé ?
C'est un trésor trop cher pour oser le commettre.
Quelque loi qu'il vous dicte, il faut vous y soumettre,
Madame; et pour sauver notre honneur combattu,
Il faut immoler tout, et même la vertu.
On vient; je vois Thésée.
Phèd.   Ah! je vois Hippolyte;
Dans ses yeux insolents je vois ma perte écrite.
Fais ce que tu voudras, je m'abandonne à toi.
Dans le trouble où je suis, je ne puis rien pour moi.

SCÈNE IV.—*Thésée, Phèdre, Hippolyte, Théramène, Œnone.*

Thés. La fortune à mes vœux cesse d'être opposée,
Madame, et dans vos bras met . . . .
Phèd.   Arrêtez, Thésée,
Et ne profanez point des transports si charmants :
Je ne mérite plus ces doux empressements ;
Vous êtes offensé.   La fortune jalouse
N'a pas en votre absence épargné votre épouse.
Indigne de vous plaire et de vous approcher,
Je ne dois désormais songer qu'à me cacher.

SCÈNE V.—*Thésée, Hippolyte, Théramène.*

Thés. Quel est l'étrange accueil qu'on fait à votre père,
Mon fils?
Hip.   Phèdre peut seule expliquer ce mystère.
Mais, si mes vœux ardents vous peuvent émouvoir,
Permettez-moi, seigneur, de ne la plus revoir :
Souffrez que pour jamais le tremblant Hippolyte
Disparaisse des lieux que votre épouse habite.

Thés. Vous, mon fils, me quitter?

Hip. Je ne la cherchais pas:
C'est vous qui sur ces bords conduisîtes ses pas.
Vous daignâtes, seigneur, aux rives de Trézène
Confier en partant Aricie et la reine:
Je fus même chargé du soin de les garder.
Mais quels soins désormais peuvent me retarder?
Assez dans les forêts mon oisive jeunesse
Sur de vils ennemis a montré son adresse:
Ne pourrai-je, en fuyant un indigne repos,
D'un sang plus glorieux teindre mes javelots?
Vous n'aviez pas encore atteint l'âge où je touche,
Déjà plus d'un tyran, plus d'un monstre farouche
Avait de votre bras senti la pesanteur;
Déjà, de l'insolence heureux persécuteur,
Vous aviez des deux mers assuré les rivages;
Le libre voyageur ne craignait plus d'outrages;
Hercule, respirant sur le bruit de vos coups,
Déjà de son travail se reposait sur vous.
Et moi, fils inconnu d'un si glorieux père,
Je suis même encor loin des traces de ma mère!
Souffrez que mon courage ose enfin s'occuper:
Souffrez, si quelque monstre a pu vous échapper,
Que j'apporte à vos pieds la dépouille honorable,
Ou que d'un beau trépas la mémoire durable,
'Eternisant des jours si noblement finis,
Prouve à tout l'univers que j'étais votre fils.

Thés. Que vois-je? Quelle horreur dans ces lieux ré-
pandue
Fait fuir devant mes yeux ma famille éperdue?
Si je reviens si craint et si peu désiré,
O ciel! de ma prison pourquoi m'as-tu tiré?
Je n'avais qu'un ami: son imprudente flamme
Du tyran de l''Epire allait ravir la femme;
Je servais à regret ses desseins amoureux;
Mais le sort irrité nous aveuglait tous deux.
Le tyran m'a surpris sans défense et sans armes.
J'ai vu Pirithoüs, triste objet de mes larmes,
Livré par ce barbare à des monstres cruels
Qu'il nourrissait du sang des malheureux mortels.
Moi-même il m'enferma dans des cavernes sombres,
Lieux profonds et voisins de l'empire des ombres.
Les dieux, après six mois, enfin m'ont regardé:

J'ai su tromper les yeux par qui j'étais gardé.
D'un perfide ennemi j'ai purgé la nature :
A ses monstres lui-même a servi de pâture.
Et lorsque avec transport je pense m'approcher
De tout ce que les dieux m'ont laissé de plus cher ;
Que dis-je ? quand mon âme, à soi-même rendue,
Vient se rassasier d'une si chère vue,
Je n'ai pour tout accueil que des frémissements ;
Tout fuit, tout se refuse à mes embrassements ;
Et moi-même, éprouvant la terreur que j'inspire,
Je voudrais être encor dans les prisons d'''Epire.
Parlez. Phèdre se plaint que je suis outragé.
Qui m'a trahi ? Pourquoi ne suis-je pas vengé ?
La Grèce, à qui mon bras fut tant de fois utile,
A-t-elle au criminel accordé quelque asile ?
Vous ne répondez point. Mon fils, mon propre fils,
Est-il d'intelligence avec mes ennemis ?
Entrons : c'est trop garder un doute qui m'accable.
Connaissons à la fois le crime et le coupable.
Que Phèdre explique enfin le trouble où je la voi.

SCÈNE VI.—*Hippolyte, Théramène.*

Hip. Où tendait ce discours qui m'a glacé d'effroi ?
Phèdre, toujours en proie à sa fureur extrême,
Veut-elle s'accuser et se perdre elle-même ?
Dieux ! que dira le roi ? Quel funeste poison
L'amour a répandu sur toute sa maison !
Moi-même plein d'un feu que sa haine réprouve,
Quel il ma vu jadis, et quel il me retrouve !
De noirs pressentiments viennent m'épouvanter.
Mais l'innocence enfin n'a rien à redouter.
Allons, cherchons ailleurs par quelle heureuse adresse
Je pourrai de mon père émouvoir la tendresse,
Et lui dire un amour qu'il peut vouloir troubler,
Mais que tout son pouvoir ne saurait ébranler.

ACTE QUATRIÈME.

SCÈNE I.—*Thésée, Œnone.*

Thés. Ah ! qu'est-ce que j'entends ? Un traître, un
téméraire
Préparait cet outrage à l'honneur de son père ?
Avec quelle rigueur, destin, tu me poursuis !

Je ne sais où je vais, je ne sais où je suis.
O tendresse! O bonté trop mal récompensée!
Projet audacieux! détestable pensée!
Pour parvenir au but de ses noires amours,
L'insolent de la force empruntait le secours!
J'ai reconnu le fer, instrument de sa rage,
Ce fer dont je l'armai pour un plus noble usage.
Tous les liens du sang n'ont pu le retenir!
Et Phèdre différait à le faire punir!
Le silence de Phèdre épargnait le coupable!

Œn. Phèdre épargnait plutôt un père déplorable:
Honteuse du dessein d'un amant furieux,
Et du feu criminel qu'il a pris dans ses yeux,
Phèdre mourait, seigneur, et sa main meurtrière
'Eteignait de ses yeux l'innocente lumière.
J'ai vu lever le bras, j'ai couru la sauver.
Moi seule à votre amour j'ai su la conserver;
Et plaignant à la fois son trouble et vos alarmes,
J'ai servi, malgré moi, d'interprète à ses larmes.

Thés. Le perfide! il n'a pu s'empêcher de pâlir:
De crainte, en m'abordant, je l'ai vu tressaillir.
Je me suis étonné de son peu d'allégresse;
Ses froids embrassements ont glacé ma tendresse.
Mais ce coupable amour dont il est dévoré,
Dans Athènes déjà s'était-il déclaré?

Œn. Seigneur, souvenez-vous des plaintes de la reine:
Un amour criminel causa toute sa haine.

Thés. Et ce feu dans Trézène a donc recommencé?

Œn. Je vous ai dit, seigneur, tout ce qui s'est passé.
C'est trop laisser la reine à sa douleur mortelle;
Souffrez que je vous quitte et me range auprès d'elle.

SCÈNE II.—*Thésée, Hippolyte.*

Thés. Ah! le voici.   Grands dieux! à ce noble main-
tien
Quel œil ne serait pas trompé comme le mien?
Faut-il que sur le front d'un profane adultère
Brille de la vertu le sacré caractère?
Et ne devrait-on pas à des signes certains
Reconnaître le cœur des perfides humains?

Hip. Puis-je vous demander quel funeste nuage,
Seigneur, a pu troubler votre auguste visage?
N'osez-vous confier ce secret à ma foi?

Thés. Perfide! oses-tu bien te montrer devant moi?
Monstre, qu'a trop longtemps épargné le tonnerre,
Reste impur des brigands dont j'ai purgé la terre!
Après que le transport d'un amour plein d'horreur,
Jusqu'au lit de ton père a porté sa fureur,
Tu m'oses présenter une tête ennemie!
Tu parais dans des lieux pleins de ton infamie!
Et ne vas pas chercher, sous un ciel inconnu,
Des pays où mon nom ne soit point parvenu!
Fuis, traître. Ne viens point braver ici ma haine,
Et tenter un courroux que je retiens à peine:
C'est bien assez pour moi de l'opprobre éternel
D'avoir pu mettre au jour un fils si criminel,
Sans que ta mort encor, honteuse à ma mémoire,
De mes nobles travaux vienne souiller la gloire.
Fuis; et, si tu ne veux qu'un châtiment soudain
T'ajoute aux scélérats qu'a punis cette main,
Prends garde que jamais l'astre qui nous éclaire
Ne te voie en ces lieux mettre un pied téméraire.
Fuis, dis-je; et, sans retour précipitant tes pas,
De ton horrible aspect purge tous mes 'Etats.
Et toi, Neptune, et toi, si jadis mon courage
D'infâmes assassins nettoya ton rivage,
Souviens-toi que, pour prix de mes efforts heureux,
Tu promis d'exaucer le premier de mes vœux.
Dans les longues rigueurs d'une prison cruelle
Je n'ai point imploré ta puissance immortelle;
Avare du secours que j'attends de tes soins,
Mes vœux t'ont réservé pour de plus grands besoins:
Je t'implore aujourd'hui. Venge un malheureux père;
J'abandonne ce traître à toute ta colère;
Etouffe dans son sang ses désirs effrontés:
Thésée à tes fureurs connaîtra tes bontés.
   Hip. D'un amour criminel Phèdre accuse Hippo-
      lyte!
Un tel excès d'horreur rend mon âme interdite;
Tant de coups imprévus m'accablent à la fois,
Qu'ils m'ôtent la parole et m'étouffent la voix.
   Thés. Traître, tu prétendais qu'en un lâche silence
Phèdre ensevelirait ta brutale insolence:
Il fallait, en fuyant, ne pas abandonner
Le fer qui dans ses mains aide à te condamner;

Ou plutôt il fallait, comblant ta perfidie,
Lui ravir tout d'un coup la parole et la vie.

Hip. D'un mensonge si noir justement irrité,
Je devrais faire ici parler la vérité,
Seigneur ; mais je supprime un secret qui vous touche.
Approuvez le respect qui me ferme la bouche,
Et sans vouloir vous-même augmenter vos ennuis,
Examinez ma vie, et songez qui je suis.
Quelques crimes toujours précèdent les grands crimes ;
Quiconque a pu franchir les bornes légitimes,
Peut violer enfin les droits les plus sacrés.
Ainsi que la vertu, le crime a ses degrés ;
Et jamais on n'a vu la timide innocence
Passer subitement à l'extrême licence.
Un jour seul ne fait point d'un mortel vertueux
Un perfide assassin, un lâche incestueux.
'Elevé dans le sein d'une chaste héroïne,
Je n'ai point de son sang démenti l'origine.
Pitthée, estimé sage entre tous les humains,
Daigna m'instruire encore au sortir de ses mains.
Je ne veux point me peindre avec trop d'avantage ;
Mais si quelque vertu m'est tombée en partage,
Seigneur, je crois surtout avoir fait éclater
La haine des forfaits qu'on ose m'imputer.
C'est par là qu' Hippolyte est connu dans la Grèce.
J'ai poussé la vertu jusques à la rudesse :
On sait de mes chagrins l'inflexible rigueur.
Le jour n'est pas plus pur que le fond de mon cœur.
Et l'on veut qu' Hippolyte, épris d'un feu profane . . . .

Thés. Oui, c'est ce même orgueil, lâche ! qui te con-
        damne.
Je vois de tes froideurs le principe odieux :
Phèdre seule charmait tes impudiques yeux ;
Et pour tout autre objet ton âme indifférente
Dédaignait de brûler d'une flamme innocente.

Hip. Non, mon père, ce cœur, c'est trop vous le celer,
N'a point d'un chaste amour dédaigné de brûler.
Je confesse à vos pieds ma véritable offense :
J'aime, j'aime, il est vrai, malgré votre défense.
Aricie à ses lois tient mes vœux asservis ;
La fille de Pallante a vaincu votre fils :
Je l'adore ; et mon âme, à vos ordres rebelle,
Ne peut ni soupirer, ni brûler que pour elle.

Thés. Tu l'aimes? ciel! Mais non, l'artifice est gros-
sier:
Tu te feins criminel pour te justifier.
Hip. Seigneur, depuis six mois je l'évite, et je l'aime:
Je venais, en tremblant, vous le dire à vous-même.
Hé quoi! de votre erreur rien ne vous peut tirer!
Par quel affreux serment faut-il vous rassurer?
Que la terre, le ciel, que toute la nature . . . .
Thés. Toujours les scélérats ont recours au parjure.
Cesse, cesse, et m'épargne un importun discours,
Si ta fausse vertu n'a point d'autre secours.
Hip. Elle vous paraît fausse et pleine d'artifice:
Phèdre, au fond de son cœur, me rend plus de justice.
Thés. Ah! que ton impudence excite mon courroux!
Hip. Quel temps à mon exil, quel lieu prescrivez-vous?
Thés. Fusses-tu par delà les colonnes d'Alcide,
Je me croirais encor trop voisin d'un perfide.
Hip. Chargé du crime affreux dont vous me soupçon-
nez,
Quels amis me plaindront quand vous m'abandonnez?
Thés. Va chercher des amis dont l'estime funeste
Honore l'adultère, applaudisse à l'inceste;
Des traîtres, des ingrats sans honneur et sans loi,
Dignes de protéger un méchant tel que toi.
Hip. Vous me parlez toujours d'inceste et d'adultère:
Je me tais. Cependant Phèdre sort d'une mère,
Phèdre est d'un sang, seigneur, vous le savez trop bien,
De toutes ces horreurs plus rempli que le mien.
Thés. Quoi! ta rage à mes yeux perd toute retenue?
Pour la dernière fois, ôte-toi de ma vue;
Sors, traître: n'attends pas qu'un père furieux
Te fasse avec opprobre arracher de ces lieux.

Scène III.—*Thésée.*

Misérable, tu cours à ta perte infaillible.
Neptune, par le fleuve aux dieux mêmes terrible,
M'a donné sa parole, et va l'exécuter.
Un dieu vengeur te suit, tu ne peux l'éviter.
Je t'aimais; et je sens que, malgré ton offense,
Mes entrailles pour toi se troublent par avance.
Mais à te condamner tu m'as trop engagé:
Jamais père, en effet, fut-il plus outragé?
Justes dieux, qui voyez la douleur qui m'accable,
Ai-je pu mettre au jour un enfant si coupable?

Scène IV.—*Thésée, Phèdre.*

Phèd. Seigneur, je viens à vous, pleine d'un juste ef-
froi ;
Votre voix redoutable a passé jusqu'à moi :
Je crains qu'un prompt effet n'ait suivi la menace.
S'il en est temps encore, épargnez votre race,
Respectez votre sang ; j'ose vous en prier :
Sauvez-moi de l'horreur de l'entendre crier ;
Ne me préparez point la douleur éternelle
De l'avoir fait répandre à la main paternelle.

Thés. Non, madame, en mon sang ma main n'a point
trempé ;
Mais l'ingrat toutefois ne m'est point échappé :
Une immortelle main de sa perte est chargée,
Neptune me la doit ; et vous serez vengée.

Phèd. Neptune vous la doit ! Quoi ! vos vœux irrités . . . .

Thés. Quoi ! craignez-vous déjà qu'ils ne soient écou-
tés ?
Joignez-vous bien plutôt à mes vœux légitimes :
Dans toute leur noirceur retracez-moi ses crimes ;
'Echauffez mes transports trop lents, trop retenus.
Tous ses crimes encor ne vous sont pas connus :
Sa fureur contre vous se répand en injures ;
Votre bouche, dit-il, est pleine d'impostures ;
Il soutient qu' Aricie a son cœur, a sa foi,
Qu'il l'aime.

Phèd. Quoi, seigneur !

Thés. Il l'a dit devant moi :
Mais je sais rejeter un frivole artifice.
Espérons de Neptune une prompte justice :
Je vais moi-même encore au pied de ses autels,
Le presser d'accomplir ses serments immortels.

Scène V.—*Phèdre.*

Il sort. Quélle nouvelle a frappé mon oreille ?
Quel feu mal étouffé dans mon cœur se réveille ?
Quel coup de foudre, O ciel ! et quel funeste avis !
Je volais tout entière au secours de son fils,
Et, m'arrachant des bras d'Œnone épouvantée,
Je cédais aux remords dont j'étais tourmentée.
Qui sait même où m'allait porter ce repentir ?

Peut-être à m'accuser j'aurais pu consentir ;
Peut-être, si la voix ne m'eût été coupée,
L'affreuse vérité me serait échappée.
Hippolyte est sensible, et ne sent rien pour moi !
Aricie a son cœur ! Aricie a sa foi !
Ah dieux ! lorsqu'à mes vœux l'ingrat inexorable
S'armait d'un œil si fier, d'un front si redoutable,
Je pensais qu'à l'amour son cœur toujours fermé
Fût contre tout mon sexe également armé :
Une autre cependant a fléchi son audace ;
Devant ses yeux cruels une autre a trouvé grâce.
Peut-être a-t-il un cœur facile à s'attendrir :
Je suis le seul objet qu'il ne saurait souffrir.
Et je me chargerais du soin de le défendre !

SCÈNE VI.—*Phèdre, Œnone.*

Phèd. Chère Œnone, sais-tu ce que je viens d'apprendre ?
Œn. Non ; mais je viens tremblante, à ne vous point mentir :
J'ai pâli du dessein qui vous a fait sortir ;
J'ai craint une fureur à vous-même fatale.
Phèd. Œnone, qui l'eût cru ? j'avais une rivale !
Œn. Comment ?
Phèd. Hippolyte aime, et je n'en puis douter.
Ce farouche ennemi qu'on ne pouvait dompter,
Qu'offensait le respect, qu'importunait la plainte,
Ce tigre, que jamais je n'abordais sans crainte,
Soumis, apprivoisé, reconnaît un vainqueur :
Aricie a trouvé le chemin de son cœur.
Œn. Aricie ?
Phèd. Ah ! douleur non encore éprouvée !
A quel nouveau tourment je me suis réservée !
Tout ce que j'ai souffert, mes craintes, mes transports,
La fureur de mes feux, l'horreur de mes remords,
Et d'un cruel refus l'insupportable injure,
N'était qu'un faible essai du tourment que j'endure.
Ils s'aiment ! par quel charme ont-ils trompé mes yeux ?
Comment se sont-ils vus ? depuis quand ? dans quels lieux ?
Tu le savais : pourquoi me laissais-tu séduire ?
De leur furtive ardeur ne pouvais-tu m'instruire ?
Les a-t-on vus souvent se parler, se chercher ?

Dans le fond des forêts allaient-ils se cacher ?
Hélas ! ils se voyaient avec pleine licence :
Le ciel de leurs soupirs approuvait l'innocence ;
Ils suivaient sans remords leur penchant amoureux ;
Tous les jours se levaient clairs et sereins pour eux !
Et moi, triste rebut de la nature entière,
Je me cachais au jour, je fuyais la lumière ;
La mort est le seul dieu que j'osais implorer.
J'attendais le moment où j'allais expirer ;
Me nourrissant de fiel, de larmes abreuvée,
Encor dans mon malheur de trop près observée,
Je n'osais dans mes pleurs me noyer à loisir ;
Je goûtais en tremblant ce funeste plaisir ;
Et sous un front serein déguisant mes alarmes,
Il fallait bien souvent me priver de mes larmes.

    Œn. Quel fruit recevront-ils de leurs vaines amours ?
Ils ne se verront plus.

    Phèd.   Ils s'aimeront toujours !
Au moment que je parle, ah ! mortelle pensée !
Ils bravent la fureur d'une amante insensée !
Malgré ce même exil qui va les écarter,
Ils font mille serments de ne se point quitter.
Non, je ne puis souffrir un bonheur qui m'outrage ;
Œnone, prends pitié de ma jalouse rage.
Il faut perdre Aricie : il faut de mon époux
Contre un sang odieux réveiller le courroux :
Qu'il ne se borne pas à des peines légères ;
Le crime de la sœur passe celui des frères.
Dans mes jaloux transports je le veux implorer.
Que fais-je ? où ma raison se va-t-elle égarer ?
Moi jalouse ! et Thésée est celui que j'implore !
Mon epoux est vivant, et moi je brûle encore !
Pour qui ? Quel est le cœur où prétendent mes vœux ?
Chaque mot sur mon front fait dresser mes cheveux.
Mes crimes désormais ont comblé la mesure :
Je respire à la fois l'inceste et l'imposture ;
Mes homicides mains, promptes à me venger,
Dans le sang innocent brûlent de se plonger.
Misérable ! et je vis ? et je soutiens la vue
De ce sacré soleil dont je suis descendue !
J'ai pour aïeul le père et le maître des dieux ;
Le ciel, tout l'univers est plein de mes aïeux :
Où me cacher ? Fuyons dans la nuit infernale.

Mais que dis-je? mon père y tient l'urne fatale;
Le sort, dit-on, l'a mise en ses sévères mains:
Minos juge aux enfers tous les pâles humains.
Ah! combien frémira son ombre épouvantée,
Lorsqu'il verra sa fille à-ses yeux présentée,
Contrainte d'avouer tant de forfaits divers,
Et des crimes peut-être inconnus aux enfers!
Que diras-tu, mon père, à ce spectacle horrible?
Je crois voir de ta main tomber l'urne terrible;
Je crois te voir, cherchant un supplice nouveau,
Toi-même de ton sang devenir le bourreau.
Pardonne: un dieu cruel a perdu ta famille;
Reconnais sa vengeance aux fureurs de ta fille.
Hélas! du crime affreux dont la honte me suit,
Jamais mon triste cœur n'a recueilli le fruit:
Jusqu'au dernier soupir de malheurs poursuivie,
Je rends dans les tourments une pénible vie.
Œn. Eh! repoussez, madame, une injuste terreur!
Regardez d'un autre œil une excusable erreur.
Vous aimez. On ne peut vaincre sa destinée:
Par un charme fatal vous fûtes entraînée.
Est-ce donc un prodige inouï parmi nous?
L'amour n'a-t-il encor triomphé que de vous?
La faiblesse aux humains n'est que trop naturelle:
Mortelle, subissez le sort d'une mortelle.
Vous vous plaigniez d'un joug imposé dès longtemps:
Les dieux mêmes, les dieux de l'Olympe habitants,
Qui d'un bruit si terrible épouvantent les crimes,
Ont brûlé quelquefois de feux illégitimes.
Phèd. Qu'entends-je? Quels conseils ose-t-on me don-
ner?
Ainsi donc jusqu'au bout tu veux m'empoisonner,
Malheureuse! voilà comme tu m'as perdue;
Au jour que je fuyais c'est toi qui m'as rendue.
Tes prières m'ont fait oublier mon devoir;
J'évitais Hippolyte, et tu me l'as fait voir.
De quoi te chargeais-tu? pourquoi ta bouche impie
A-t-elle, en l'accusant, osé noircir sa vie?
Il en mourra peut-être, et d'un père insensé
Le sacrilège vœu peut-être est exaucé.
Je ne t'écoute plus. Va-t'en, monstre exécrable;
Va, laisse-moi le soin de mon sort déplorable.
Puisse le juste ciel dignement te payer!
Et puisse ton supplice à jamais effrayer

Tous ceux qui, comme toi, par de lâches adresses,
Des princes malheureux nourrissent les faiblesses,
Les poussent au penchant où leur cœur est enclin,
Et leur osent du crime aplanir le chemin!
Détestables flatteurs, présent le plus funeste
Que puisse faire aux rois la colère céleste!
    Œn. (*seule*). Ah dieux! pour la servir j'ai tout fait,
        tout quitté;
Et j'en reçois ce prix! Je l'ai bien mérité.

ACTE CINQUIÈME.

SCÈNE I.—*Hippolyte, Aricie, Ismène.*

    Ari. Quoi! vous pouvez vous taire en ce péril ex-
        trême?
Vous laissez dans l'erreur un père qui vous aime?
Cruel, si, de mes pleurs méprisant le pouvoir,
Vous consentez sans peine à ne me plus revoir,
Partez, séparez-vous de la triste Aricie;
Mais du moins en partant assurez votre vie,
Défendez votre honneur d'un reproche honteux,
Et forcez votre père à révoquer ses vœux:
Il en est temps encor. Pourquoi, par quel caprice,
Laissez-vous le champ libre à votre accusatrice?
'Eclaircissez Thésée.
    Hip.   Eh! que n'ai-je point dit?
Ai-je dû mettre au jour l'opprobre de son lit?
Devais-je, en lui faisant un récit trop sincère,
D'une indigne rougeur couvrir le front d'un père?
Vous seule avez percé ce mystère odieux.
Mon cœur pour s'épancher n'a que vous et les dieux.
Je n'ai pu vous cacher, jugez si je vous aime,
Tout ce que je voulais me cacher à moi-même.
Mais songez sous quel sceau je vous l'ai révélé:
Oubliez, s'il se peut, que je vous ai parlé,
Madame; et que jamais une bouche si pure
Ne s'ouvre pour conter cette horrible aventure.
Sur l'équité des dieux osons nous confier;
Ils ont trop d'intérêt à me justifier:
Et Phèdre, tôt ou tard de son crime punie,
N'en saurait éviter la juste ignominie.
C'est l'unique respect que j'exige de vous;
Je permets tout le reste à mon libre courroux:

Sortez de l'esclavage où vous êtes réduite ;
Osez me suivre, osez accompagner ma fuite ;
Arrachez-vous d'un lieu funeste et profané,
Où la vertu respire un air empoisonné :
Profitez, pour cacher votre prompte retraite,
De la confusion que ma disgrâce y jette.
Je vous puis de la fuite assurer les moyens :
Vous n'avez jusqu'ici de gardes que les miens ;
De puissants défenseurs prendront notre querelle ;
Argos nous tend les bras, et Sparte nous appelle :
A nos amis communs portons nos justes cris ;
Ne souffrons pas que Phèdre, assemblant nos débris,
Du trône paternel nous chasse l'un et l'autre,
Et promette à son fils ma dépouille et la vôtre.
L'occasion est belle, il la faut embrasser . . . .
Quelle peur vous retient ? vous semblez balancer ?
Votre seul intérêt m'inspire cette audace :
Quand je suis tout de feu, d'où vous vient cette glace ?
Sur les pas d'un banni craignez-vous de marcher ?
    Ari. Hélas ! qu'un tel exil, seigneur, me serait cher !
Dans quels ravissements, à votre sort liée,
Du reste des mortels je vivrais oubliée !
Mais, n'étant point unis par un lien si doux,
Me puis-je avec honneur dérober avec vous ?
Je sais que, sans blesser l'honneur le plus sévère,
Je me puis affranchir des mains de votre père :
Ce n'est point m'arracher du sein de mes parents ;
Et la fuite est permise à qui fuit ses tyrans.
Mais vous m'aimez, seigneur ; et ma gloire alarmée . . . .
    Hip. Non, non, j'ai trop de soin de votre renommée.
Un plus noble dessein m'amène devant vous :
Fuyez vos ennemis, et suivez votre époux.
Libres dans nos malheurs, puisque le ciel l'ordonne,
Le don de notre foi ne dépend de personne.
L'hymen n'est point toujours entouré de flambeaux.
Aux portes de Trézène, et parmi ces tombeaux,
Des princes de ma race antiques sépultures,
Est un temple sacré, formidable aux parjures.
C'est là que les mortels n'osent jurer en vain :
Le perfide y reçoit un châtiment soudain ;
Et, craignant d'y trouver la mort inévitable,
Le mensonge n'a point de frein plus redoutable.
Là, si vous m'en croyez, d'un amour éternel

Nous irons confirmer le serment solennel ;
Nous prendrons à témoin le dieu qu'on y révère ;
Nous le prierons tous deux de nous servir de père.
Des dieux les plus sacrés j'attesterai le nom,
Et la chaste Diane, et l'auguste Junon,
Et tous les dieux enfin, témoins de mes tendresses,
Garantiront la foi de mes saintes promesses.
    Ari. Le roi vient : fuyez, prince, et partez prompte-
    ment.
Pour cacher mon départ je demeure un moment.
Allez ; et laissez-moi quelque fidèle guide,
Qui conduise vers vous ma démarche timide.

SCÈNE II.—Thésée, Aricie, Ismène.

    Thés. Dieux ! éclairez mon trouble, et daignez à mes
    yeux
Montrer la vérité, que je cherche en ces lieux !
    Ari. Songe à tout, chère Ismène, et sois prête à la
    fuite.

SCÈNE III.—Thésée, Aricie.

    Thés. Vous changez de couleur, et semblez interdite,
Madame. Que faisait Hippolyte en ce lieu ?
    Ari. Seigneur, il me disait un éternel adieu.
    Thés. Vos yeux ont su dompter ce rebelle courage ;
Et ses premiers soupirs sont votre heureux ouvrage.
    Ari. Seigneur, je ne vous puis nier la vérité :
De votre injuste haine il n'a pas hérité ;
Il ne me traitait point comme une criminelle.
    Thés. J'entends : il vous jurait une amour éternelle.
Ne vous assurez point sur ce cœur inconstant ;
Car à d'autres que vous il en jurait autant.
    Ari. Lui, seigneur ?
    Thés.   Vous deviez le rendre moins volage :
Comment souffriez-vous cet horrible partage ?
    Ari. Et comment souffrez-vous que d'horribles dis-
    cours
D'une si belle vie osent noircir le cours ?
Avez-vous de son cœur si peu de connaissance ?
Discernez-vous si mal le crime et l'innocence ?
Faut-il qu'à vos yeux seuls un nuage odieux
Dérobe sa vertu qui brille à tous les yeux ?
Ah ! c'est trop le livrer à des langues perfides.

Cessez : repentez-vous de vos vœux homicides ;
Craignez, seigneur, craignez que le ciel rigoureux
Ne vous haïsse assez pour exaucer vos vœux.
Souvent dans sa colère il reçoit nos victimes :
Ses présents sont souvent la peine de nos crimes.

Thés. Non, vous voulez en vain couvrir son attentat ;
Votre amour vous aveugle en faveur de l'ingrat.
Mais j'en crois des témoins certains, irréprochables :
J'ai vu, j'ai vu couler des larmes véritables.

Ari. Prenez garde, seigneur : vos invincibles mains
Ont de monstres sans nombre affranchi les humains ;
Mais tout n'est pas détruit, et vous en laissez vivre
Un . . . . Votre fils, seigneur, me défend de poursuivre.
Instruite du respect qu'il veut vous conserver,
Je l'affligerais trop si j'osais achever.
J'imite sa pudeur, et fuis votre présence,
Pour n'être point forcée à rompre le silence.

SCÈNE IV.—*Thésée (seul).*

Quelle est donc sa pensée, et que cache un discours
Commencé tant de fois, interrompu toujours ?
Veulent-ils m'éblouir par une feinte vaine ?
Sont-ils d'accord tous deux pour me mettre à la gêne ?
Mais moi-même, malgré ma sévère rigueur,
Quelle plaintive voix crie au fond de mon cœur ?
Une pitié secrète et m'afflige et m'étonne.
Une seconde fois interrogeons Œnone :
Je veux de tout le crime être mieux éclairci.
Gardes, qu' Œnone sorte, et vienne seule ici.

SCÈNE V.—*Thésée, Panope.*

Pan. J'ignore le projet que la reine médite,
Seigneur ; mais je crains tout du transport qui l'agite.
Un mortel désespoir sur son visage est peint ;
La pâleur de la mort est déjà sur son teint.
Déjà, de sa présence avec honte chassée,
Dans la profonde mer Œnone s'est lancée.
On ne sait point d'où part ce dessein furieux ;
Et les flots pour jamais l'ont ravie à nos yeux.

Thés. Qu'entends-je ?

Pan. Son trépas n'a point calmé la reine ;
Le trouble semble croître en son âme incertaine.
Quelquefois, pour flatter ses secrètes douleurs,

Elle prend ses enfants et les baigne de pleurs ;
Et soudain, renonçant à l'amour maternelle,
Sa main avec horreur les repousse loin d'elle ;
Elle porte au hasard ses pas irrésolus ;
Son œil tout égaré ne nous reconnaît plus ;
Elle a trois fois écrit ; et, changeant de pensée,
Trois fois elle a rompu sa lettre commencée.
Daignez la voir, seigneur, daignez la secourir.

Thés. O ciel ! Œnone est morte, et Phèdre veut mou-
   rir !
Qu'on rappelle mon fils, qu'il vienne se défendre ;
Qu'il vienne me parler, je suis prêt de l'entendre.

   (seul.)
Ne précipite point tes funestes bienfaits,
Neptune ; j'aime mieux n'être exaucé jamais.
J'ai peut-être trop cru des témoins peu fidèles,
Et j'ai trop tôt vers toi levé mes mains cruelles.
Ah ! de quel désespoir mes vœux seraient suivis !

SCÈNE VI.—*Thésée, Théramène.*

Thés. Théramène, est-ce toi ? Qu'as-tu fait de mon
   fils ?
Je te l'ai confié dès l'âge le plus tendre.
Mais d'où naissent les pleurs que je te vois répandre ?
Que fait mon fils ?

Thér.   O soins tardifs et superflus !
Inutile tendresse ! Hippolyte n'est plus.

Thés. Dieux !

Thér.   J'ai vu des mortels périr le plus aimable,
Et j'ose dire encor, seigneur, le moins coupable.

Thés. Mon fils n'est plus ! Hé quoi ! quand je lui tends
   les bras,
Les dieux impatients ont hâté son trépas !
Quel coup me l'a ravi ? quelle foudre soudaine ?

Thér. A peine nous sortions des portes de Trézène,
Il était sur son char ; ses gardes affligés
Imitaient son silence, autour de lui rangés ;
Il suivait tout pensif le chemin de Mycènes ;
Sa main sur ses chevaux laissait flotter les rênes ;
Ses superbes coursiers, qu'on voyait autrefois
Pleins d'une ardeur si noble obéir à sa voix,
L'œil morne maintenant, et la tête baissée,
Semblaient se conformer à sa triste pensée.

Un effroyable cri, sorti du fond des flots,
Des airs en ce moment a troublé le repos;
Et du sein de la terre une voix formidable
Répond en gémissant à ce cri redoutable.
Jusqu'au fond de nos cœurs notre sang s'est glacé;
Des coursiers attentifs le crin s'est hérissé.
Cependant, sur le dos de la plaine liquide,
S'élève à gros bouillons une montagne humide;
L'onde approche, se brise, et vomit à nos yeux,
Parmi des flots d'écume, un monstre furieux.
Son front large est armé de cornes menaçantes;
Tout son corps est couvert d'écailles jaunissantes;
Indomptable taureau, dragon impétueux,
Sa croupe se recourbe en replis tortueux;
Ses longs mugissements font trembler le rivage.
Le ciel avec horreur voit ce monstre sauvage;
La terre s'en émeut, l'air en est infecté;
Le flot qui l'apporta recule épouvanté.
Tout fuit; et, sans s'armer d'un courage inutile,
Dans le temple voisin chacun cherche un asile.
Hippolyte lui seul, digne fils d'un héros,
Arrête ses coursiers, saisit ses javelots,
Pousse au monstre, et d'un dard, lancé d'une main sûre,
Il lui fait dans le flanc une large blessure.
De rage et de douleur le monstre bondissant
Vient aux pieds des chevaux tomber en mugissant,
Se roule, et leur présente une gueule enflammée,
Qui les couvre de feu, de sang et de fumée.
La frayeur les emporte; et, sourds à cette fois,
Ils ne connaissent plus ni le frein ni la voix;
En efforts impuissants leur maître se consume;
Ils rougissent le mors d'une sanglante écume.
On dit qu'on a vu même, en ce désordre affreux,
Un dieu qui d'aiguillons pressait leur flanc poudreux.
A travers les rochers la peur les précipite;
L'essieu crie et se rompt: l'intrépide Hippolyte
Voit voler en éclats tout son char fracassé;
Dans les rênes lui-même il tombe embarrassé.
Excusez ma douleur: cette image cruelle
Sera pour moi de pleurs une source éternelle.
J'ai vu, seigneur, j'ai vu votre malheureux fils
Traîné par les chevaux que sa main a nourris.
Il veut les rappeler, et sa voix les effraie;
Ils courent: tout son corps n'est bientôt qu'une plaie.

De nos cris douloureux la plaine retentit.
Leur fougue impétueuse enfin se ralentit :
Ils s'arrêtent non loin de ces tombeaux antiques
Où des rois ses aïeux sont les froides reliques.
J'y cours en soupirant, et sa garde me suit :
De son généreux sang la trace nous conduit ;
Les rochers en sont teints ; les ronces dégouttantes
Portent de ses cheveux les dépouilles sanglantes.
J'arrive, je l'appelle ; et, me tendant la main,
Il ouvre un œil mourant qu'il referme soudain :
"Le ciel, dit-il, m'arrache une innocente vie.
Prends soin après ma mort de la triste Aricie.
Cher ami ; si mon père un jour désabusé
Plaint le malheur d'un fils faussement accusé,
Pour apaiser mon sang et mon ombre plaintive,
Dis-lui qu'avec douceur il traite sa captive :
Qu'il lui rende" . . . . A ce mot, ce héros expiré
N'a laissé dans mes bras qu'un corps défiguré :
Triste objet où des dieux triomphe la colère,
Et que méconnaîtrait l'œil même de son père.
   Thés. O mon fils ! cher espoir que je me suis ravi !
Inexorables dieux, qui m'avez trop servi !
A quels mortels regrets ma vie est réservée !
   Thér. La timide Aricie est alors arrivée ;
Elle venait, seigneur, fuyant votre courroux,
A la face des dieux l'accepter pour époux.
Elle approche ; elle voit l'herbe rouge et fumante ;
Elle voit (quel objet pour les yeux d'une amante !)
Hippolyte étendu, sans forme et sans couleur.
Elle veut quelque temps douter de son malheur ;
Et, ne connaissant plus ce héros qu'elle adore,
Elle voit Hippolyte, et le demande encore.
Mais, trop sûre à la fin qu'il est devant ses yeux,
Par un triste regard elle accuse les dieux ;
Et froide, gémissante, et presque inanimée,
Aux pieds de son amant elle tombe pâmée.
Ismène est auprès d'elle ; Ismène, tout en pleurs,
La rappelle à la vie, ou plutôt aux douleurs.
Et moi, je suis venu, détestant la lumière,
Vous dire d'un héros la volonté dernière,
Et m'acquitter, seigneur, du malheureux emploi
Dont son cœur expirant s'est reposé sur moi.
Mais j'aperçois venir sa mortelle ennemie.

L

SCÈNE VII.—*Thésée, Phèdre, Théramène, Panope, Gardes.*

Thés. Hé bien ! vous triomphez, et mon fils est sans
 vie !
Ah ! que j'ai lieu de craindre ! et, qu'un cruel soupçon,
L'excusant dans mon cœur, m'alarme avec raison !
Mais, madame, il est mort, prenez votre victime ;
Jouissez de sa perte injuste ou légitime :
Je consens que mes yeux soient toujours abusés.
Je le crois criminel, puisque vous l'accusez.
Son trépas à mes pleurs offre assez de matières,
Sans que j'aille chercher d'odieuses lumières,
Qui, ne pouvant le rendre à ma juste douleur,
Peut-être ne feraient qu'accroître mon malheur.
Laissez-moi, loin de vous, et loin de ce rivage,
De mon fils déchiré fuir la sanglante image.
Confus, persécuté d'un mortel soüvenir,
De l'univers entier je voudrais me bannir.
Tout semble s'élever contre mon injustice ;
L'éclat de mon nom même augmente mon supplice :
Moins connu des mortels, je me cacherais mieux.
Je hais jusques aux soins dont m'honorent les dieux ;
Et je m'en vais pleurer leurs faveurs meurtrières,
Sans plus les fatiguer d'inutiles prières.
Quoi qu'ils fissent pour moi, leur funeste bonté
Ne me saurait payer de ce qu'ils m'ont ôté.
 Phèd. Non, Thésée, il faut rompre un injuste silence,
Il faut à votre fils rendre son innocence :
Il n'était point coupable.
 Thés.　　　　　　Ah ! père infortuné !
Et c'est sur votre foi que je l'ai condamné !
Cruelle ! pensez-vous être assez excusée . . . .
 Phèd. Les moments me sont chers ; écoutez-moi, Thé-
 sée :
C'est moi qui, sur ce fils chaste et respectueux,
Osai jeter un œil profane, incestueux.
Le ciel mit dans mon sein une flamme funeste :
La détestable Œnone a conduit tout le reste.
Elle a craint qu' Hippolyte, instruit de ma fureur,
Ne découvrît un feu qui lui faisait horreur :
La perfide, abusant de ma faiblesse extrême,
S'est hâtée à vos yeux de l'accuser lui-même.
Elle s'en est punie, et, fuyant mon courroux,

A cherché dans les flots un supplice trop doux.
Le fer aurait déjà tranché ma destinée ;
Mais je laissais gémir le vertu soupçonnée :
J'ai voulu, devant vous exposant mes remords,
Par un chemin plus lent descendre chez les morts.
J'ai pris, j'ai fait couler dans mes brûlantes veines
Un poison que Médée apporta dans Athènes.
Déjà jusqu'à mon cœur le venin parvenu
Dans ce cœur expirant jette un froid inconnu ;
Déjà je ne vois plus qu'à travers un nuage
Et le ciel et l'époux que ma présence outrage ;
Et la mort, à mes yeux dérobant la clarté,
Rend au jour qu'ils souillaient toute sa pureté.

   Pan. Elle expire, seigneur !

   Thés.   D'une action si noire
Que ne peut avec elle expirer la mémoire !
Allons, de mon erreur, hélas ! trop éclaircis,
Mêler nos pleurs au sang de mon malheureux fils !
Allons de ce cher fils embrasser ce qui reste,
Expier la fureur d'un vœu que je déteste :
Rendons-lui les honneurs qu'il a trop mérités ;
Et, pour mieux apaiser ses mânes irrités,
Que, malgré les complots d'une injuste famille,
Son amante aujourd'hui me tienne lieu de fille !

SATIRE PAR BOILEAU.

À SON ESPRIT.

C'est à vous, mon Esprit, à qui je veux parler.
Vous avez des défauts que je ne puis celer :
Assez et trop longtemps ma lâche complaisance
De vos jeux criminels a nourri l'insolence ;
Mais, puisque vous poussez ma patience à bout,
Une fois en ma vie il faut vous dire tout.
   On croirait à vous voir dans vos libres caprices
Discourir en Caton des vertus et des vices,
Décider du mérite et du prix des auteurs,
Et faire impunément la leçon aux docteurs,
Qu'étant seul à couvert des traits de la satire
Vous avez tout pouvoir de parler et d'écrire.
Mais moi, qui dans le fond sais bien ce que j'en crois,
Qui compte tous les jours vos défauts par mes doigts,
Je ris quand je vous vois si foible et si stérile,
Prendre sur vous le soin de réformer la ville,
Dans vos discours chagrins plus aigre et plus mordant
Qu'une femme en furie, ou Gautier en plaidant.
   Mais répondez un peu.   Quelle verve indiscrète
Sans l'aveu des neuf sœurs vous a rendu poëte ?
Sentiez-vous, dites-moi, ces violents transports
Qui d'un esprit divin font mouvoir les ressorts ?
Qui vous a pu souffler une si folle audace ?
Phébus a-t-il pour vous aplani le Parnasse ?
Et ne savez-vous pas que, sur ce mont sacré,
Qui ne vole au sommet tombe au plus bas degré,
Et qu'à moins d'être au rang d'Horace ou de Voiture,
On rampe dans la fange avec l'abbé de Pure ?
   Que si tous mes efforts ne peuvent réprimer
Cet ascendant malin qui vous force à rimer,
Sans perdre en vains discours tout le fruit de vos veilles
Osez chanter du roi les augustes merveilles :
Là, mettant à profit vos caprices divers,
Vous verriez tous les ans fructifier vos vers :
Et par l'espoir du gain votre muse animée

Vendrait au poids de l'or une once de fumée.
Mais en vain, direz-vous, je pense vous tenter
Par l'éclat d'un fardeau trop pesant à porter.
Tout chantre ne peut pas, sur le ton d'un Orphée,
Entonner en grands vers la Discorde étouffee ;
Peindre Bellone en feu tonnant de toutes parts,
Et le Belge effrayé fuyant sur ses remparts.
Sur un ton si hardi, sans être téméraire,
Racan pourrait chanter au défaut d'un Homère ;
Mais pour Cotin et moi, qui rimons au hasard,
Que l'amour de blâmer fit poëtes par art,
Quoiqu'un tas de grimauds vante notre éloquence,
Le plus sûr est pour nous de garder le silence.
Un poëme insipide et sottement flatteur
Déshonore à la fois le héros et l'auteur :
Enfin de tels projets passent notre faiblesse.
     Ainsi parle un esprit languissant de mollesse,
Qui, sous l'humble dehors d'un respect affecté,
Cache le noir venin de sa malignité.
Mais, dussiez-vous en l'air voir vos ailes fondues,
Ne valait-il pas mieux vous perdre dans les nues,
Que d'aller sans raison, d'un style peu chrétien,
Faire insulte en rimant à qui ne vous dit rien,
Et du bruit dangereux d'un livre téméraire
'A vos propres périls enrichir le libraire ?
     Vous vous flattez, peut être, en votre vanité,
D'aller comme un Horace à l'immortalîté ;
Et déjà vous croyez dans vos rimes obscures
'Aux Saumaises futurs préparer des tortures.
Mais combien d'écrivains, d'abord si bien reçus,
Sont de ce fol espoir honteusement déçus !
Combien, pour quelques mois, ont vu fleurir leur livre,
Dont les vers en paquet se vendent à la livre !
Vous pourrez voir, un temps, vos écrits estimés
Courir de main en main par la ville semés ;
Puis de là, tout poudreux, ignorés sur la terre,
Suivre chez l'épicier Neuf-Germain et La Serre ;
Ou, de trente feuillets réduits peut-être à neuf,
Parer, demi-rongés, les rebords du Pont-Neuf.
Le bel honneur pour vous, en voyant vos ouvrages
Occuper le loisir des laquais et des pages,
Et souvent dans un coin renvoyés à l'écart
Servir de second tome aur airs du Savoyard !

Mais je veux que le sort, par un heureux caprice,
Fasse de vos écrits prospérer la malice,
Et qu'enfin votre livre aille, au gré de vos vœux,
Faire siffler Cotin chez nos derniers neveux :
Que vous sert-il qu'un jour l'avenir vous estime,
Si vos vers aujourd'hui vous tiennent lieu de crime,
Et ne produisent rien, pour fruit de leurs bons mots,
Que l'effroi du public et la haine des sots ?
Quel démon vous irrite, et vous porte à médire ?
Un livre vous déplaît : qui vous force à le lire ?
Laissez mourir un fat dans son obscurité :
Un auteur ne peut-il pourrir en sûreté ?
Le *Jonas* inconnu sèche dans la poussière :
Le *David* imprimé n'a point vu la lumière ;
Le *Moïse*, commence à moisir par les bords.
Quel mal cela fait-il ?   Ceux qui sont morts sont morts :
Le tombeau contre vous ne peut-il les défendre ?
Et qu'ont fait tant d'auteurs, pour remuer leur cendre ?
Que vous ont fait Perrin, Bardin, Pradon, Hainaut,
Colletet, Pelletier, Titreville, Quinault,
Dont les noms en cent lieux, placés comme en leurs ni-
    ches,
Vont de vos vers malins remplir les hémistiches ?
Ce qu'ils font vous ennuie.   O le plaisant détour !
Ils ont bien ennuyé le roi, toute la cour,
Sans que le moindre édit ait, pour punir leur crime,
Retranché les auteurs, ou supprimé la rime.
'Ecrive qui voudra.   Chacun à ce métier
Peut perdre impunément de l'encre et du papier.
Un roman, sans blesser les lois ni la coutume,
Peut conduire un héros au dixième volume.
De là vient que Paris voit chez lui de tout temps
Les auteurs à grands flots déborder tous les ans ;
Et n'a point de portail où, jusques aux corniches,
Tous les piliers ne soient enveloppés d'affiches.
Vous seul, plus dégoûté, sans pouvoir et sans nom,
Viendrez régler les droits et l'état d'Apollon !
Mais vous, qui raffinez sur les écrits des autres,
De quel œil pensez-vous qu'on regarde les vôtres ?
Il n'est rien en ce temps à couvert de vos coups,
Mais savez-vous aussi comme on parle de vous ?
Gardez-vous, dira l'un, de cet esprit critique :
On ne sait bien souvent quelle mouche le pique.

Mais c'est un jeune fou qui se croit tout permis,
Et qui pour un bon mot va perdre vingt amis.
Il ne pardonne pas aux vers de *la Pucelle*,
Et croit régler le monde au gré de sa cervelle.
Jamais dans le barreau trouva-t-il rien de bon?
Peut-on si bien prêcher qu'il ne dorme au sermon?
Mais lui, qui fait ici le régent du Parnasse,
N'est qu'un gueux revêtu des dépouilles d'Horace.
Avant lui Juvénal avait dit en latin
Qu'on est assis à l'aise aux sermons de Cotin.
L'un et l'autre avant lui s'étaient plaints de la rime,
Et c'est aussi sur eux qu'il rejette son crime;
Il cherche à se couvrir de ces noms glorieux.
J'ai peu lu ces auteurs, mais tout n'irait que mieux,
Quand de ces médisants l'engeance tout entière
Irait la tête en bas rimer dans la rivière.
 Voilà comme on vous traite: et le monde effrayé
Vous regarde déjà comme un homme noyé.
En vain quelque rieur, prenant votre défense,
Veut faire au moins, de grâce, adoucir la sentence:
Rien n'apaise un lecteur toujours tremblant d'effroi,
Qui voit peindre en autrui ce qu'il remarque en soi.
 Vous ferez-vous toujours des affaires nouvelles?
Et faudra-t-il sans cesse essuyer des querelles?
N'entendrai-je qu'auteurs se plaindre et murmurer?
Jusqu'à quand vos fureurs doivent-elles durer?
Répondez, mon Esprit; ce n'est plus raillerie:
Dites . . . Mais, direz-vous, pourquoi cette furie?
Quoi! pour un maigre auteur que je glose en passant,
Est-ce un crime, après tout, et si noir et si grand?
Et qui, voyant un fat s'applaudir d'un ouvrage
Où la droite raison trébuche à chaque page,
Ne s'écrie aussitôt: L'impertinent auteur!
L'ennuyeux écrivain! Le maudit traducteur!
'A quoi bon mettre au jour tous ces discours frivoles,
Et ces riens enfermés dans de grandes paroles?
 Est-ce donc là médire, ou parler franchement?
Non, non, la médisance y va plus doucement.
Si l'on vient à chercher pour quel secret mystère
Alidor à ses frais bâtit un monastère:
Alidor! dit un fourbe, il est de mes amis,
Je l'ai connu laquais avant qu'il fût commis:
C'est un homme d'honneur, de piété profonde,
Et qui veut rendre à Dieu ce qu'il a pris au monde.

Voilà jouer d'adresse, et médire avec art ;
Et c'est avec respect enfoncer le poignard.
Un esprit né sans fard, sans basse complaisance,
Fuit ce ton radouci que prend la médisance.
Mais de blâmer des vers ou durs ou languissants,
De choquer un auteur qui choque le bon sens,
De railler d'un plaisant qui ne sait pas nous plaire,
C'est ce que tout lecteur eut toujours droit de faire.
   Tous les jours à la cour un sot de qualité
Peut juger de travers avec impunité ;
A Malherbe, à Racan, préférer Théophile,
Et le clinquant du Tasse à tout l'or de Virgile.
   Un clerc, pour quinze sous, sais craindre le holà,
Peut aller au parterre attaquer *Attila ;*
Et, si le roi des Huns ne lui charme l'oreille,
Traiter de visigoths tous les vers de Corneille.
   Il n'est valet d'auteur, ni copiste à Paris,
Qui, la balance en main, ne pèse les écrits.
Dès que l'impression fait éclore un poëte,
Il est esclave né de quiconque l'achète :
Il se soumet lui-même aux caprices d'autrui,
Et ses écrits tout seuls doivent parler pour lui.
Un auteur à genoux, dans une humble préface,
Au lecteur qu'il ennuie a beau demander grâce ;
Il ne gagnera rien sur ce juge irrité,
Qui lui fait son procès de pleine autorité.
   Et je serai le seul qui ne pourrai rien dire !
On sera ridicule, et je n'oserai rire !
Et qu'ont produit mes vers de si pernicieux,
Pour armer contre moi tant d'auteurs furieux ?
Loin de les décrier, je les ai fait paraître :
Et souvent, sans ces vers qui les ont fait connaître,
Leur talent dans l'oubli demeurerait caché.
Et qui saurait sans moi que Cotin a prêché ?
La satire ne sert qu'à rendre un fat illustre :
C'est une ombre au tableau, qui lui donne du lustre.
En les blâmant enfin j'ai dit ce que j'en croi ;
Et tel qui m'en reprend en pense autant que moi.
   Il a tort, dira l'un ; pourquoi faut-il qu'il nomme ?
Attaquer Chapelain ! ah ! c'est un si bon homme !
Balzac en fait l'éloge en cent endroits divers.
Il est vrai, s'il m'eût cru, qu'il n'eût point fait de vers.
Il se tue à rimer : que n'écrit-il en prose ?

Voilà ce que l'on dit. Et que dis-je autre chose ?
En blâmant ses écrits, ai-je d'un style affreux
Distillé sur sa vie un venin dangereux ?
Ma muse en l'attaquant, charitable et discrète,
Sait de l'homme d'honneur distinguer le poëte.
Qu'on vante en lui la foi, l'honneur, la probité ;
Qu'on prise sa candeur et sa civilité ;
Qu'il soit doux, complaisant, officieux, sincère ;
On le veut, j'y souscris, et suis prêt de me taire.
Mais que pour un modèle on montre ses écrits ;
Qu'il soit le mieux renté de tous les beaux esprits,
Comme roi des auteurs qu'on l'élève à l'empire :
Ma bile alors s'échauffe, et je brûle d'écrire ;
Et, s'il ne m'est permis de le dire au papier,
J'irai creuser la terre, et, comme ce barbier,
Faire dire aux roseaux par un nouvel organe :
" Midas, le roi Midas a des oreilles d'âne."
Quel tort lui fais-je enfin ? Ai-je par un écrit
Pétrifié sa veine et glacé son esprit ?
Quand un livre au Palais se vend et se débite,
Que chacun par ses yeux juge de son mérite,
Que Bilaine l'étale au deuxième pilier,
Le dégoût d'un censeur peut-il le décrier ?
En vain contre *le Cid* un ministre se ligue :
Tout Paris pour Chimène a les yeux de Rodrigue.
L'Académie en corps a beau le censurer :
Le public révolté s'obstine à l'admirer.
Mais lorsque Chapelain met une œuvre en lumière,
Chaque lecteur d'abord lui devient un Linière.
En vain il a reçu l'encens de mille auteurs :
Son livre en paraissant dément tout ses flatteurs.
Ainsi, sans m'accuser, quand tout Paris le joue,
Qu'il s'en prenne à ses vers que Phébus désavoue ;
Qu'il s'en prenne à sa muse allemande en français.
Mais laissons Chapelain pour la dernière fois.
   La satire, dit-on, est un métier funeste,
Qui plaît à quelques gens, et choque tout le reste.
La suite en est à craindre : en ce hardi métier
La peur plus d'une fois fit repentir Regnier.
Quittez ces vains plaisirs dont l'appât vous abuse :
'A de plus doux emplois occupez votre muse ;
Et laissez à Feuillet réformer l'univers.
   Et sur quoi donc faut-il que s'exercent mes vers ?

Irai-je dans une ode, en phrases de Malherbe,
Troubler dans ses roseaux le Danube superbe ;
Délivrer de Sion le peuple gémissant ;
Faire trembler Memphis, ou pâlir.le croissant ;
Et, passant du Jourdain les ondes alarmées,
Cueillir mal à propos, les palmes idumées ?
Viendrai-je en une églogue, entouré de troupeaux,
Au milieu de Paris enfler mes chalumeaux,
Et, dans mon cabinet assis au pied des hêtres,
Faire dire aux échos des sottises champêtres ?
Faudra-t-il de sang-froid, et sans être amoureux,
Pour quelque Iris en l'air faire le langoureux,
Lui prodiguer les noms de Soleil et d'Aurore,
Et, toujours bien mangeant, mourir par métaphore ?
Je laisse aux doucereux ce langage affété,
Où s'endort un esprit de mollesse hébété.
    La satire, en leçons, en nouveautés fertile,
Sait seule assaisonner le plaisant et l'utile,
Et, d'un vers qu'elle épure aux rayons du bon sens,
Détromper les esprits des erreurs de leur temps.
Elle seule, bravant l'orgueil et l'injustice,
Va jusque sous le dais faire pâlir le vice ;
Et souvent sans rien craindre, à l'aide d'un bon mot,
Va venger la raison des attentats d'un sot.
C'est ainsi que Lucile, appuyé de Lélie,
Fit justice en son temps des Cotins d'Italie,
Et qu' Horace, jetant le sel à pleines mains,
Se jouait aux dépens des Pelletiers romains.
C'est elle qui, m'ouvrant le chemin qu'il faut suivre,
M'inspira dès quinze ans la haine d'un sot livre ;
Et sur ce mont fameux, où j'osai la chercher,
Fortifia mes pas et m'apprit à marcher.
C'est pour elle, en un mot, que j'ai fait vœu d'écrire.
    Toutefois, s'il le faut, je veux bien m'en dédire,
Et, pour calmer enfin tous ces flots d'ennemis,
Réparer en mes vers les maux qu'ils ont commis.
Puisque vous le voulez, je vais changer de style.
Je le déclare donc : Quinault est un Virgile ;
Pradon comme un soleil en nos ans a paru :
Pelletier écrit mieux qu' Ablancourt ni Patru ;
Cotin, à ses sermons traînant toute la terre,
Fend les flots d'auditeurs pour aller à sa chaire ;
Saufal est le phénix des esprits relevés ;

Perrin . . . Bon, mon Esprit! courage! poursuivez.
Mais ne voyez-vous pas que leur troupe en furie
Va prendre encor ces vers pour une raillerie?
Et Dieu sait aussitôt que d'auteurs en courroux,
Que de rimeurs blessés s'en vont fondre sur vous!
Vous les verrez bientôt, féconds en impostures,
Amasser contre vous des volumes d'injures,
Traiter en vos écrits chaque vers d'attentat,
Et d'un mot innocent faire un crime d''Etat.
Vous aurez beau vanter le roi dans vos ouvrages,
Et de ce nom sacré sanctifier vos pages;
Qui méprise Cotin n'estime point son roi,
Et n'a, selon Cotin, ni Dieu, ni foi, ni loi.
  Mais quoi! répondrez-vous, Cotin nous peut-il nuire?
Et par ses cris enfin que saurait-il produire?
Interdire à mes vers, dont peut-être il fait cas,
L'entrée aux pensions où je ne prétends pas?
Non, pour louer un roi que tout l'univers loue,
Ma langue n'attend point que l'argent la dénoue;
Et, sans espérer rien de mes faibles ecrits,
L'honneur de le louer m'est un trop digne prix:
On me verra toujours, sage dans mes caprices,
De ce même pinceau dont j'ai noirci les vices
Et peint du nom d'auteur tant de sots revêtus,
Lui marquer mon respect, et tracer ses vertus.
Je vous crois; mais pourtant on crie, on vous menace.
Je crains peu, direz-vous, les braves du Parnasse.
Hé! mon Dieu, craignez tout d'un auteur en courroux,
Qui peut . . . .—Quoi?—Je m'entends.—Mais encor?—
  Taisez-vous.

ÉPÎTRE PAR BOILEAU

AU MARQUIS DE SEIGNELAY.

RIEN N'EST BEAU QUE LE VRAI.

DANGEREUX ennemi de tout mauvais flatteur,
Seignelay, c'est en vain qu'un ridicule auteur,
Prêt à porter ton nom de l''Ebre jusqu'au Gange,
Croit te prendre aux filets d'une sotte louange.
Aussitôt ton esprit, prompt à se révolter,
S'échappe, et rompt le piége où l'on veut l'arrêter.
Il n'en est pas ainsi de ces esprits frivoles
Que tout flatteur endort au son de ses paroles;
Qui, dans un vain sonnet, placés au rang des dieux,
Se plaisent à fouler l'Olympe radieux;
Et, fiers du haut étage où La Serre les loge,
Avalent sans dégoût le plus grossier éloge.
Tu ne te repais point d'encens à si bas prix.
Non que tu sois pourtant de ces rudes esprits
Qui regimbent toujours, quelque main qui les flatte:
Tu souffres la louange adroite et délicate,
Dont la trop forte odeur n'ébranle point les sens;
Mais un auteur novice à répandre l'encens
Souvent à son héros, dans un bizarre ouvrage,
Donne de l'encensoir au travers du visage,
Va louer Monterey, d'Oudenarde forcé,
Ou vante aux 'Electeurs Turenne repoussé.
Tout éloge imposteur blesse une âme sincère.
Si, pour faire sa cour à ton illustre père,
Seignelay, quelque auteur, d'un faux zèle emporté,
Au lieu de peindre en lui la noble activité,
La solide vertu, la vaste intelligence,
Le zèle pour son roi, l'ardeur, la vigilance,
La constante équité, l'amour pour les beaux-arts,
Lui donnait les vertus d'Alexandre ou de Mars;
Et, pouvant justement l'égaler à Mécène,
Le comparait au fils de Pélée ou d'Alcmène:
Ses yeux, d'un tel discours faiblement éblouis,
Bientôt dans ce tableau reconnaîtraient Louis;

Et, glaçant d'un regard la muse et le poëte,
Imposeraient silence à sa verve indiscrète.
Un cœur noble est content de ce qu'il trouve en lui,
Et ne s'applaudit point des qualités d'autrui.
Que me sert en effet qu'un admirateur fade
Vante mon embonpoint, si je me sens malade ;
Si dans cet instant même un feu séditieux
Fait bouillonner mon sang et pétiller mes yeux ?
Rien n'est beau que le vrai : le vrai seul est aimable ;
Il doit régner partout, et même dans la fable :
De toute fiction l'adroite fausseté
Ne tend qu'à faire aux yeux briller la vérité.
Sais-tu pourquoi mes vers sont lus dans les provinces,
Sont recherchés du peuple, et reçus chez les princes ?
Ce n'est pas que leurs sons, agréables, nombreux,
Soient toujours à l'oreille également heureux ;
Qu'en plus d'un lieu le sens n'y gêne la mesure ;
Et qu'un mot quelquefois n'y brave la césure :
Mais c'est qu'en eux le vrai, du mensonge vainqueur,
Partout se montre aux yeux, et va saisir le cœur,
Que le bien et le mal y sont prisés au juste ;
Que jamais un faquin n'y tint un rang auguste ;
Et que mon cœur, toujours conduisant mon esprit,
Ne dit rien aux lecteurs, qu'à soi-même il n'ait dit.
Ma pensée au grand jour partout s'offre et s'expose,
Et mon vers, bien ou mal, dit toujours quelque chose.
C'est par là quelquefois que ma rime surprend ;
C'est là ce que n'ont point *Jonas* ni *Childebrand*,
Ni tous ces vains amas de frivoles sornettes,
Montre, Miroir d'amour, Amitiés, Amourettes,
Dont le titre souvent est l'unique soutien,
Et qui, parlant beaucoup, ne disent jamais rien.
Mais peut-être, enivré des vapeurs de ma muse,
Moi-même en ma faveur, Seignelay, je m'abuse.
Cessons de nous flatter.   Il n'est esprit si droit
Qui ne soit imposteur et faux par quelque endroit :
Sans cesse on prend le masque, et, quittant la nature,
On craint de se montrer sous sa propre figure.
Par là le plus sincère assez souvent déplaît.
Rarement un esprit ose être ce qu'il est.
Vois-tu cet importun que tout le monde évite ;
Cet homme à toujours fuir, qui jamais ne vous quitte ?
Il n'est pas sans esprit ; mais, né triste et pesant,

Il veut être folâtre, évaporé, plaisant ;
Il s'est fait de sa joie une loi nécessaire,
Et ne déplaît enfin que pour vouloir trop plaire.
La simplicité plaît sans étude et sans art.
Tout charme en un enfant dont la langue sans fard,
'A peine du filet encor débarrassée,
Sait d'un air innocent bégayer sa pensée.
Le faux est toujours fade, ennuyeux, languissant ;
Mais la nature est vraie, et d'abord on la sent :
C'est elle seule en tout qu'on admire et qu'on aime.
Un esprit né chagrin plaît par son chagrin même.
Chacun pris dans son air est agréable en soi :
Ce n'est que l'air d'autrui qui peut déplaire en moi.
　　Ce marquis était né doux, commode, agréable ;
On vantait en tous lieux son ignorance aimable.
Mais, depuis quelques mois devenu grand docteur,
Il a pris un faux air, une sotte hauteur ;
Il ne veut plus parler que de rime et de prose ;
Des auteurs décriés il prend en main la cause ;
Il rit du mauvais goût de tant d'hommes divers,
Et va voir l'opéra seulement pour les vers.
Voulant se redresser, soi-même on s'estropie,
Et d'un original on fait une copie.
L'ignorance vaut mieux qu'un savoir affecté.
Rien n'est beau, je reviens, que par la vérité ;
C'est par elle qu'on plaît, et qu'on peut longtemps plaire.
L'esprit lasse aisément, si le cœur n'est sincère.
En vain par sa grimace un bouffon odieux
'A table nous fait rire, et divertit nos yeux ;
Ses bons mots ont besoin de farine et de plâtre.
Prenez-le tête-à-tête, ôtez-lui son théâtre ;
Ce n'est plus qu'un cœur bas, un coquin ténébreux ;
Son visage essuyé n'a plus rien que d'affreux.
J'aime un esprit aisé qui se montre, qui s'ouvre,
Et qui plaît d'autant plus, que plus il se découvre.
Mais la seule vertu peut souffrir la clarté :
Le vice toujours sombre aime l'obscurité ;
Pour paraître au grand jour il faut qu'il se déguise ;
C'est lui qui de nos mœurs a banni la franchise.
　　Jadis l'homme vivait au travail occupé,
Et, ne trompant jamais, n'était jamais trompé :
On ne connaissait point la ruse et l'imposture ;
Le Normand même alors ignorait le parjure ;

Aucun rhéteur encore, arrangeant le discours,
N'avait d'un art menteur enseigné les détours.
Mais sitôt qu'aux humains, faciles à séduire,
L'abondance eut donné le loisir de se nuire,
La mollesse amena la fausse vanité.
Chacun chercha pour plaire un visage emprunté :
Pour éblouir les yeux, la fortune arrogante
Affecta d'étaler une pompe insolente ;
L'or éclata partout sur les riches habits ;
On polit l'émeraude, on tailla le rubis ;
Et la laine et la soie, en cent façons nouvelles,
Apprirent à quitter leurs couleurs naturelles.
La trop courte beauté monta sur des patins ;
La coquette tendit ses lacs tous les matins ;
Et, mettant la céruse et le plâtre en usage,
Composa de sa main les fleurs de son visage.
L'ardeur de s'enrichir chassa la bonne foi :
Le courtisan n'eut plus de sentiments a soi.
Tout ne fut plus que fard, qu'erreur, que tromperie :
On vit partout régner la basse flatterie.
Le Parnasse surtout, fécond en imposteurs,
Diffama le papier par ses propos menteurs.
De là vint cet amas d'ouvrages mercenaires,
Stances, odes, sonnets, épîtres liminaires,
Où toujours le héros passe pour sans pareil,
Et, fût-il louche ou borgne, est réputé soleil.
    Ne crois pas toutefois, sur ce discours bizarre,
Que, d'un frivole encens malignement avare,
J'en veuille sans raison frustrer tout l'univers.
La louange agréable est l'âme des beaux vers :
Mais je tiens, comme toi, qu'il faut qu'elle soit vraie,
Et que son tour adroit n'ait rien qui nous effraie.
Alors, comme j'ai dit, tu la sais écouter,
Et sans crainte à tes yeux on pourroit t'exalter.
Mais sans t'aller chercher des vertus dans les nues,
Il faudrait peindre en toi des vérités connues ;
Décrire ton esprit ami de la raison,
Ton ardeur pour ton roi, puisée en ta maison ;
A servir ses desseins ta vigilance heureuse ;
Ta probité sincère, utile, officieuse.
Tel, qui hait à se voir peint en de faux portraits,
Sans chagrin voit tracer ses véritables traits.
Condé même, Condé, ce héros formidable,

Et, non moins qu'aux Flamands, aux flatteurs redoutable,
Ne s'offenserait pas si quelque adroit pinceau
Traçait de ses exploits le fidèle tableau ;
Et, dans Senef en feu contemplant sa peinture,
Ne désavouerait pas Malherbe ni Voiture.
Mais malheur au poëte insipide, odieux,
Qui viendrait le glacer d'un éloge ennuyeux !
Il aurait beau crier : " Premier prince du monde !
Courage sans pareil ! lumière sans seconde !"
Ses vers, jetés d'abord sans tourner le feuillet,
Iraient dans l'antichambre amuser Pacolet.

L'ART POÉTIQUE, PAR BOILEAU.

C'EST en vain qu'au Parnasse un téméraire autéur
Pense de l'art des vers atteindre la hauteur :
S'il ne sent point du ciel l'influence secrète,
Si son astre en naissant ne l'a formé poëte,
Dans son génie étroit il est toujours captif ;
Pour lui Phébus est sourd, et Pégase est rétif.
O vous donc qui, brûlant d'une ardeur périlleuse,
Courez du bel esprit la carrière épineuse,
N'allez pas sur des vers sans fruit vous consumer,
Ni prendre pour génie un amour de rimer :
Craignez d'un vain plaisir les trompeuses amorces,
Et consultez longtemps votre esprit et vos forces.
La nature, fertile en esprits excellents,
Sait entre les auteurs partager les talents :
L'un peut tracer en vers une amoureuse flamme ;
L'autre d'un trait malin aiguiser l'épigramme :
Malherbe d'un héros peut vanter les exploits ;
Racan, chanter Philis, les bergers et les bois :
Mais souvent un esprit qui se flatte et qui s'aime
Méconnaît son génie, et s'ignore soi-même :
Ainsi tel, autrefois qu'on vit avec Faret
Charbonner de ses vers les murs d'un cabaret,
S'en va, mal à propos, d'une voix insolente,
Chanter du peuple hébreu la marche triomphante,
Et, poursuivant Moïse au travers des déserts,
Court avec Pharaon se noyer dans les mers.
Quelque sujet qu'on traite, ou plaisant, ou sublime,
Que toujours le bon sens s'accorde avec la rime :
L'un l'autre vainement ils semblent se haïr ;
La rime est une esclave, et ne doit qu'obéir.
Lorsqu'à la bien chercher d'abord on s'évertue,
L'esprit à la trouver aisément s'habitue ;
Au joug de la raison sans peine elle fléchit,
Et, loin de la gêner, la sert et l'enrichit.
Mais lorsqu'on la néglige, elle devient rebelle ;

Et pour la rattraper le sens court après elle.
Aimez donc la raison : que toujours vos écrits
Empruntent d'elle seule et leur lustre et leur prix.
  La plupart, emportés d'une fougue insensée,
Toujours loin du droit sens vont chercher leur pensée :
Ils croiraient s'abaisser, dans leurs vers monstrueux,
S'ils pensaient ce qu'un autre a pu penser comme eux.
'Evitons ces excès : laissons à l'Italie
De tous ces faux brillants l'éclatante folie.
Tout doit tendre au bon sens : mais pour y parvenir
Le chemin est glissant et pénible à tenir ;
Pour peu qu'on s'en écarte, aussitôt on se noie.
La raison pour marcher n'a souvent qu'une voie.
  Un auteur quelquefois trop plein de son objet
Jamais sans l'épuiser n'abandonne un sujet,
S'il rencontre un palais, il m'en dépeint la face ;
Il me promène après de terrasse en terrasse ;
Ici s'offre un perron ; là règne un corridor ;
Là ce balcon s'enferme en un balustre d'or.
Il compte des plafonds les ronds et les ovales ;
" Ce ne sont que festons, ce ne sont qu'astragales."
Je saute vingt feuillets pour en trouver la fin,
Et je me sauve à peine au travers du jardin.
Fuyez de ces auteurs l'abondance stérile,
Et ne vous chargez point d'un détail inutile.
Tout ce qu'on dit de trop est fade et rebutant,
L'esprit rassasié le rejette à l'instant.
Qui ne sait se borner ne sut jamais écrire.
  Souvent la peur d'un mal nous conduit dans un pire :
Un vers était trop faible, et vous le rendez dur ;
J'évite d'être long, et je deviens obscur ;
L'un n'est point trop fardé, mais sa muse est trop nue
L'autre a peur de ramper, il se perd dans la nue.
  Voulez-vous du public mériter les amours ?
Sans cesse en écrivant variez vos discours.
Un style trop égal et toujours uniforme
En vain brille à nos yeux, il faut qu'il nous endorme.
On lit peu ces auteurs, nés pour nous ennuyer,
Qui toujours sur un ton semblent psalmodier.
  Heureux qui, dans ses vers, sait d'une voix légère
Passer du grave au doux, du plaisant au sévère !
Son livre, aimé du ciel, et chéri des lecteurs,
Est souvent chez Barbin entouré d'acheteurs.

Quoi que vous écriviez, évitez la bassesse :
Le style le moins noble a pourtant sa noblesse.
Au mépris du bon sens, le burlesque effronté
Trompa les yeux d'abord, plut par sa nouveauté ;
On ne vit plus en vers que pointes triviales ;
Le Parnasse parla le langage des halles ;
La licence à rimer alors n'eut plus de frein ;
Apollon travesti devint un Tabarin.
Cette contagion infecta les provinces,
Du clerc et du bourgeois passa jusques aux princes :
Le plus mauvais plaisant eut ses approbateurs ;
Et, jusqu'à d'Assouci, tout trouva des lecteurs.
Mais de ce style enfin la cour désabusée
Dédaigna de ces vers l'extravagance aisée,
Distingua le naïf du plat et du bouffon,
Et laissa la province admirer le *Typhon*.
Que ce style jamais ne souille votre ouvrage.
Imitons de Marot l'élégant badinage,
Et laissons le burlesque aux plaisants du Pont-Neuf.
   Mais n'allez point aussi, sur les pas de Brébeuf,
Même en une *Pharsale*, entasser sur les rives
"De morts et de mourants cent montagnes plaintives."
Prenez mieux votre ton.   Soyez simple avec art,
Sublime sans orgueil, agréable sans fard.
   N'offrez rien au lecteur que ce qui peut lui plaire.
Ayez pour la cadence une oreille sévère :
Que toujours dans vos vers le sens coupant les mots,
Suspende l'hémistiche, en marque le repos.
Gardez qu'une voyelle à courir trop hâtée
Ne soit d'une voyelle en son chemin heurtée.
Il est un heureux choix de mots harmonieux.
Fuyez des mauvais sons le concours odieux :
Le vers le mieux rempli, la plus noble pensée
Ne peut plaire à l'esprit, quand l'oreille est blessée.
   Durant les premiers ans du Parnasse français,
Le caprice tout seul faisait toutes les lois.
La rime, au bout des mots assemblés sans mesure,
Tenait lieu d'ornements, de nombre et de césure.
Villon sut le premier, dans ces siècles grossiers,
Débrouiller l'art confus de nos vieux romanciers.
Marot bientôt après fit fleurir les ballades,
Tourna les triolets, rima des mascarades,
'A des refrains réglés asservit les rondeaux,

Et montra pour rimer des chemins tout nouveaux.
Ronsard, qui le suivit, par une autre méthode,
Réglant tout, brouilla tout, fit un art à sa mode,
Et toutefois longtemps eut un heureux destin.
Mais sa muse, en français parlant grec et latin,
Vit dans l'âge suivant, par un retour grotesque,
Tomber de ses grands mots le faste pédantesque.
Ce poëte orgueilleux, trébuché de si haut,
Rendit plus retenus Desportes et Bertaut.
  Enfin Malherbe vint, et, le premier en France,
Fit sentir dans les vers une juste cadence,
D'un mot mis en sa place enseigna le pouvoir,
Et réduisit la muse aux règles du devoir.
Par ce sage écrivain la langue réparée
N'offrit plus rien de rude à l'oreille épurée.
Les stances avec grâce apprirent à tomber,
Et le vers sur le vers n'osa plus enjamber.
Tout reconnut ses lois ; et ce guide fidèle
Aux auteurs de ce temps sert encore de modèle.
Marchez donc sur ses pas : aimez sa pureté,
Et de son tour heureux imitez la clarté.
Si le sens de vos vers tarde à se faire entendre,
Mon esprit aussitôt commence à se détendre ;
Et, de vos vains discours prompt à se détacher,
Ne suit point un auteur qu'il faut toujours chercher.
  Il est certains esprits dont les sombres pensées
Sont d'un nuage épais toujours embarrassées ;
Le jour de le raison ne le saurait percer.
Avant donc que d'écrire apprenez à penser.
Selon que notre idée est plus ou moins obscure,
L'expression la suit, ou moins nette, ou plus pure.
Ce que l'on conçait bien s'énonce clairement,
Et les mots pour le dire arrivent aisément.
  Surtout qu'en vos écrits la langue révérée
Dans vos plus grands excès vous soit toujours sacrée.
En vain vous me frappez d'un son mélodieux,
Si le terme est impropre, ou le tour vicieux :
Mon esprit n'admet point un pompeux barbarisme,
Ni d'un vers ampoulé l'orgueilleux solécisme.
Sans la langue, en un mot, l'auteur le plus divin,
Est toujours, quoi qu'il fasse, un méchant écrivain.
  Travaillez à loisir, quelque ordre qui vous presse,
Et ne vous piquez point d'une folle vitesse :

Un style si rapide, et qui court en rimant,
Marque moins trop d'esprit, que peu de jugement.
J'aime mieux un ruisseau qui, sur la molle arène,
Dans un pré plein de fleurs lentement se promène,
Qu'un torrent débordé qui, d'un cours orageux,
Roule, plein de gravier, sur un terrain fangeux.
Hâtez-vous lentement; et, sans perdre courage,
Vingt fois sur le métier remettez votre ouvrage:
Polissez-le sans cesse et le repolissez;
Ajoutez quelquefois, et souvent effacez.
    C'est peu qu'en un ouvrage où les fautes fourmillent,
Des traits d'esprit semés de temps en temps petillent.
Il faut que chaque chose y soit mise en son lieu;
Que le début, la fin répondent au-milieu;
Que d'un art délicat les pièces assorties
N'y forment qu'un seul tout de diverses parties;
Que jamais du sujet le discours s'écartant
N'aille chercher trop loin quelque mot éclatant.
    Craignez-vous pour vos vers la censure publique?
Soyez-vous à vous-même un sévère critique:
L'ignorance toujours est prête à s'admirer.
Faites-vous des amis prompts à vous censurer;
Qu'ils soient de vos écrits les confidents sincères,
Et de tous vos défauts les zélés adversaires.
Dépouillez devant eux l'arrogance d'auteur;
Mais sachez de l'ami discerner le flatteur.
Tel vous semble applaudir, qui vous raille et vous joue.
Aimez qu'on vous conseille, et non pas qu'on vous loue.
    Un flatteur aussitôt cherche à se récrier:
Chaque vers qu'il entend le fait extasier.
Tout est charmant, divin; aucun mot ne le blesse;
Il trépigne de joie, il pleure de tendresse;
Il vous comble partout d'éloges fastueux.
La vérité n'a point cet air impétueux.
    Un sage ami, toujours rigoureux, inflexible,
Sur vos fautes jamais ne vous laisse paisible:
Il ne pardonne point les endroits négligés,
Il renvoie en leur lieu les vers mal arrangés,
Il réprime des mots l'ambitieuse emphase;
Ici le sens le choque, et plus loin c'est la phrase.
Votre construction semble un peu s'obscurcir:
Ce terme est équivoque: il le faut éclaircir.
C'est ainsi que vous parle un ami véritable.

Mais souvent sur ses vers un auteur intraitable
'A les protéger tous se croit intéressé,
Et d'abord prend en main le droit de l'offensé.
—De ce vers, direz-vous, l'expression est basse.
—Ah ! monsieur, pour ce vers je vous demande grâce,
Répondra-t-il d'abord.—Ce mot me semble froid,
Je le retrancherais.—C'est le plus bel endroit !
—Ce tour ne me plaît pas.—Tout le monde l'admire.
Ainsi toujours constant à ne se point dédire,
Qu'un mot dans son ouvrage ait paru vous blesser,
C'est un titre chez lui pour ne point l'effacer.
Cependant, à l'entendre, il chérit la critique ;
Vous avez sur ses vers un pouvoir despotique.
Mais tout ce beau discours dont il vient vous flatter
N'est rien qu'un piége adroit pour vous les réciter.
Aussitôt il vous quitte ; et, content de sa muse,
S'en va chercher ailleurs quelque fat qu'il abuse ;
Car souvent il en trouve : ainsi qu'en sots auteurs,
Notre siècle est fertile en sots admirateurs ;
Et, sans ceux que fournit la ville et la province,
Il en est chez le duc, il en est chez le prince.
L'ouvrage le plus plat a, chez les courtisans,
De tout temps rencontré de zélés partisans ;
Et, pour finir enfin par un trait de satire,
Un sot *trouve toujours un plus sot* qui l'admire.

CHANT II.

Telle qu'une bergère, au plus beau jour de fête,
De superbes rubis ne charge point sa tête,
Et, sans mêler à l'or l'éclat des diamants,
Cueille en un champ voisin ses plus beaux ornements :
Telle, aimable en son air, mais humble dans son style,
Doit éclater sans pompe une élégante idylle.
Son tour simple et naïf n'a rien de fastueux,
Et n'aime point l'orgueil d'un vers présomptueux.
Il faut que sa douceur flatte, chatouille, éveille,
Et jamais de grands mots n'épouvante l'oreille.
Mais souvent dans ce style un rimeur aux abois
Jette là, de dépit, la flûte et le hautbois ;
Et, follement pompeux, dans sa verve indiscrète,
Au milieu d'une églogue entonne la trompette.
De peur de l'écouter Pan fuit dans les roseaux ;
Et les Nymphes, d'effroi, se cachent sous les eaux.

Au contraire cet autre, abject en son langage,
Fait parler ses bergers comme on parle au village.
Ses vers plats et grossiers, dépouillés d'agrément,
Toujours baisent la terre, et rampent tristement :
On dirait que Ronsard, sur ses pipeaux rustiques,
Vient encor fredonner ses idylles gothiques,
Et changer, sans respect de l'oreille et du son,
Lycidas en Pierrot, et Philis en Toinon.
  Entre ces deux excès la route est difficile.
Suivez, pour la trouver, Théocrite et Virgile :
Que leurs tendres écrits, par les Grâces dictés,
Ne quittent point vos mains, jour et nuit feuilletés.
Seuls, dans leurs doctes vers, ils pourront vous apprendre
Par quel art sans bassesse un auteur peut descendre ;
Chanter Flore, les champs, Pomone, les vergers ;
Au combat de la flûte animer deux bergers ;
Des plaisirs de l'amour vanter la douce amorce ;
Changer Narcisse en fleur, couvrir Daphné d'écorce,
Et par quel art encor l'églogue quelquefois
Rend dignes d'un consul la campagne et les bois.
Telle est de ce poëme et la force et la grâce.
  D'un ton un peu plus haut, mais pourtant sans audace,
La plaintive élégie, en longs habits de deuil,
Sait, les cheveux épars, gémir sur un cercueil.
Elle peint des amants la joie et la tristesse ;
Flatte, menace, irrite, apaise une maîtresse.
Mais, pour bien exprimer ces caprices heureux,
C'est peu d'être poëte, il faut être amoureux.
  Je hais ces vains auteurs dont la muse forcée
M'entretient de ses feux, toujours froide et glacée ;
Qui s'affligent par art, et, fous de sens rassis,
S'érigent pour rimer en amoureux transis.
Leurs transports les plus doux ne sont que phrases vaines ;
Ils ne savent jamais que se charger de chaînes,
Que bénir leur martyre, adorer leur prison,
Et faire quereller les sens et la raison.
Ce n'était pas jadis sur ce ton ridicule
Qu' Amour dictait les vers que soupirait Tibulle,
Ou que, du tendre Ovide animant les doux sons,
Il donnait de son art les charmantes leçons.
Il faut que le cœur seul parle dans l'élégie.
  L'ode, avec plus d'éclat et non moins d'énergie,
'Elevant jusqu'au ciel son vol ambitieux,

Entretient dans ses vers commerce avec les dieux.
Aux athlètes dans Pise elle ouvre la barrière,
Chante un vainqueur poudreux au bout de la carrière,
Mène Achille sanglant aux bords du Simoïs,
Ou fait fléchir l'Escaut sous le joug de Louis.
Tantôt, comme une abeille ardente à son ouvrage,
Elle s'en va de fleurs dépouiller le rivage :
Elle peint les festins, les danses et les ris ;
Vante un baiser cueilli sur les lèvres d'Iris,
Qui mollement résiste, et, par un doux caprice,
Quelquefois le refuse afin qu'on le ravisse.
Son style impétueux souvent marche au hasard :
Chez elle un beau désordre est un effet de l'art.
   Loin ces rimeurs craintifs dont l'esprit flegmatique
Garde dans ses fureurs un ordre didactique ;
Qui, chantant d'un héros les progrès éclatants,
Maigres historiens, suivront l'ordre des temps.
Ils n'osent un moment perdre un sujet de vue :
Pour prendre Dole, il faut que Lille soit rendue ;
Et que leur vers exact, ainsi que Mézerai,
Ait fait déjà tomber les remparts de Courtrai.
Apollon de son feu leur fut toujours avare.
   On dit, à ce propos, qu'un jour ce dieu bizarre,
Voulant pousser à bout tous les rimeurs françois,
Inventa du sonnet les rigoureuses lois ;
Voulut qu'en deux quatrains de mesure pareille
La rime avec deux sons frappât huit fois l'oreille ;
Et qu'ensuite six vers artistement rangés
Fussent en deux tercets par le sens partagés.
Surtout de ce poëme il bannit la licence :
Lui-même en mesura le nombre et la cadence ;
Défendit qu'un vers faible y pût jamais entrer,
Ni qu'un mot déjà mis osât s'y remontrer.
Du reste il l'enrichit d'une beauté suprême :
Un sonnet sans défaut vaut seul un long poëme.
Mais en vain mille auteurs y pensent arriver,
Et cet heureux phénix est encore à trouver.
A peine dans Gombaut, Maynard et Malleville,
En peut-on admirer deux ou trois entre mille :
Le reste, aussi peu lu que ceux de Pelletier,
N'a fait de chez Sercy qu'un saut chez l'épicier.
Pour enfermer son sens dans la borne prescrite,
La mesure est toujours trop longue ou trop petite.
                    M

L'épigramme, plus libre en son tour plus borné,
N'est souvent qu'un bon mot de deux rimes orné.
Jadis de nos auteurs les pointes ignorées
Furent de l'Italie en nos vers attirées.
Le vulgaire, ébloui de leur faux agrément,
A ce nouvel appât courut avidement.
La faveur du public excitant leur audace,
Leur nombre impétueux inonda le Parnasse.
Le madrigal d'abord en fut enveloppé ;
Le sonnet orgueilleux lui-même en fut frappé ;
La tragédie en fit ses plus chères délices ;
L'élégie en orna ses douloureux caprices ;
Un héros sur la scène eut soin de s'en parer,
Et sans pointe un amant n'osa plus soupirer :
On vit tous les bergers, dans leurs plaintes nouvelles,
Fidèles à la pointe encor plus qu'à leurs belles ;
Chaque mot eut toujours deux visages divers :
La prose la reçut aussi bien que les vers ;
L'avocat au palais en hérissa son style,
Et le docteur en chaire en sema l''Évangile.
La raison outragée enfin ouvrit les yeux,
La chassa pour jamais des discours sérieux ;
Et dans tous ces écrits la déclarant infâme,
Par grâce lui laissa l'entrée en l'épigramme,
Pourvu que sa finesse, éclatant à propos,
Roulât sur la pensée, et non pas sur les mots.
Ainsi de toutes parts les désordres cessèrent.
Toutefois à la cour les Turlupins restèrent,
Insipides plaisants, bouffons infortunés,
D'un jeu de mots grossier partisans surannés.
Ce n'est pas quelquefois qu'une muse un peu fine
Sur un mot, en passant, ne joue et ne badine,
Et d'un sens détourné n'abuse avec succès ;
Mais fuyez sur ce point un ridicule excès,
Et n'allez pas toujours d'une pointe frivole
Aiguiser par la queue une épigramme folle.
Tout poëme est brillant de sa propre beauté.
Le rondeau, né gaulois, a la naïveté.
La ballade, asservie à ses vieilles maximes,
Souvent doit tout son lustre au caprice des rimes.
Le madrigal, plus simple et plus noble en son tour,
Respire la douceur, la tendresse et l'amour.
L'ardeur de se montrer, et non pas de médire,

Arma la Vérité du vers de la satire.
Lucile le premier osa la faire voir,
Aux vices des Romains présenta le miroir,
Vengea l'humble vertu de la richesse altière,
Et l'honnête homme à pied, du faquin en litière.
Horace, à cette aigreur mêla son enjouement :
On ne fut plus ni fat ni sot impunément ;
Et malheur à tout nom qui, propre à la censure,
Put entrer dans un vers sans rompre la mesure !
   Perse, en ses vers obscurs, mais serrés et pressants,
Affecta d'enfermer moins de mots que de sens.
   Juvénal, élevé dans les cris de l'école,
Poussa jusqu'à l'excès sa mordante hyperbole.
Ses ouvrages, tout pleins d'affreuses vérités,
'Etincellent pourtant de sublimes beautés :
Soit que, sur un écrit arrivé de Caprée,
Il brise de Séjan la statue adorée ;
Soit qu'il fasse au conseil courir les sénateurs,
D'un tyran soupçonneux pâles adulateurs ;
Ou que, poussant à bout la luxure latine,
Aux portefaix de Rome il vende Messaline.
Ses écrits pleins de feu partout brillent aux yeux.
   De ces maîtres savants disciple ingénieux,
Regnier seul parmi nous formé sur leurs modèles,
Dans son vieux style encore a des grâces nouvelles.
Heureux, si ses discours, craints du chaste lecteur,
Ne se sentaient des lieux où fréquentait l'auteur ;
Et si, du son hardi de ses rimes cyniques,
Il n'alarmait souvent les oreilles pudiques !
Le latin, dans les mots brave l'honnêteté :
Mais le lecteur français veut être respecté ;
Du moindre sens impur la liberté l'outrage,
Si la pudeur des mots n'en adoucit l'image.
Je veux dans la satire un esprit de candeur,
Et fuis un effronté qui prêche la pudeur.
D'un trait de ce poëme en bons mots si fertile,
Le Français, né malin, forma le vaudeville ;
Agréable indiscret, qui, conduit par le chant,
Passe de bouche en bouche et s'accroît en marchant.
La liberté française en ses vers se déploie :
Cet enfant de plaisir veut naître dans la joie.
Toutefois n'allez pas, goguenard dangereux,
Faire Dieu le sujet d'un badinage affreux.

A la fin tous ces jeux, que l'athéisme élève,
Conduisent tristement le plaisant à la Grève.
Il faut, même en chansons, du bon sens et de l'art :
Mais pourtant on a vu le vin et le hasard
Inspirer quelquefois une muse grossière,
Et fournir, sans génie, un couplet à Linière.
Mais pour un vain bonheur qui vous a fait rimer,
Gardez qu'un sot orgueil ne vous vienne enfumer.
Souvent l'auteur altier de quelque chansonnette
Au même instant prend droit de se croire poëte :
Il ne dormira plus qu'il n'ait fait un sonnet,
Il met tous les matins six impromptus au net.
Encore est-ce un miracle, en ses vagues furies,
Si bientôt, imprimant ses sottes rêveries,
Il ne se fait graver au-devant du recueil,
Couronné de lauriers, par la main de Nanteuil.

CHANT III.

Il n'est point de serpent, ni de monstre odieux,
Qui, par l'art imité, ne puisse plaire aux yeux :
D'un pinceau délicat l'artifice agréable.
Du plus affreux objet fait un objet aimable.
Ainsi, pour nous charmer, la Tragédie en pleurs
D'Œdipe tout sanglant fit parler les douleurs,
D'Oreste parricide exprima les alarmes,
Et, pour nous divertir, nous arracha des larmes.
Vous donc qui, d'un beau feu pour le théâtre épris,
Venez en vers pompeux y disputer le prix,
Voulez-vous sur la scène étaler des ouvrages
Où tout Paris en foule apporte ses suffrages,
Et qui, toujours plus beaux, plus ils sont regardés,
Soient au bout de vingt ans encor redemandés ?
Que dans tous vos discours la passion émue
Aille chercher le cœur, l'échauffe et le remue.
Si d'un beau mouvement l'agréable fureur
Souvent ne nous remplit d'une douce terreur,
Ou n'excite en notre âme une pitié charmante,
En vain vous étalez une scène savante :
Vos froids raisonnements ne feront qu'attiédir
Un spectateur toujours paresseux d'applaudir,
Et qui, des vains efforts de votre rhétorique
Justement fatigué, s'endort, ou vous critique.
Le secret est d'abord de plaire et de toucher :

Inventez des ressorts qui puissent m'attacher.
Que dès les premiers vers l'action préparée
Sans peine du sujet m'aplanisse l'entrée.
Je me ris d'un acteur qui, lent à s'exprimer,
De ce qu'il veut, d'abord, ne sait pas m'informer;
Et qui, débrouillant mal une pénible intrigue,
D'un divertissement me fait une fatigue.
J'aimerais mieux encor qu'il déclinât son nom,
Et dît: "Je suis Oreste, ou bien Agamemnon,"
Que d'aller, par un tas de confuses merveilles,
Sans rien dire à l'esprit, étourdir les oreilles:
Le sujet n'est jamais assez tôt expliqué.
Que le lieu de la scène y soit fixe et marqué.
Un rimeur, sans péril, delà les Pyrénées,
Sur la scène en un jour renferme des années:
Là souvent le héros d'un spectacle grossier,
Enfant au premier acte, est barbon au dernier.
Mais nous, que la raison à ses règles engage,
Nous voulons qu'avec art l'action se ménage;
Qu'en un lieu, qu'en un jour, un seul fait accompli
Tienne jusqu'à la fin le théâtre rempli.
Jamais au spectateur n'offrez rien d'incroyable:
Le vrai peut quelquefois n'être pas vraisemblable.
Une merveille absurde est pour moi sans appas:
L'esprit n'est point ému de ce qu'il ne croit pas.
Ce qu'on ne doit point voir, qu'un récit nous l'expose.
Les yeux en le voyant saisiraient mieux la chose;
Mais il est des objets que l'art judicieux
Doit offrir à l'oreille et reculer des yeux.
Que le trouble, toujours croissant de scène en scène,
A son comble arrivé se débrouille sans peine.
L'esprit ne se sent point plus vivement frappé
Que lorsqu'en un sujet d'intrigue enveloppé
D'un secret tout à coup la vérité connue
Change tout, donne à tout une face imprévue.
La tragédie, informe et grossière en naissant,
N'étoit qu'un simple chœur, où chacun en dansant,
Et du dieu des raisins entonnant les louanges,
S'efforçait d'attirer de fertiles vendanges.
Là, le vin et la joie éveillant les esprits,
Du plus habile chantre un bouc était le prix.
Thespis fut le premier qui, barbouillé de lie,
Promena par les bourgs cette heureuse folie;

Et, d'acteurs mal ornés chargeant un tombereau,
Amusa les passants d'un spectacle nouveau.
   Eschyle dans le chœur jeta les personnages,
D'un masque plus honnête habilla les visages,
Sur les ais d'un théâtre en public exhaussé
Fit paraître l'acteur d'un brodequin chaussé.
Sophocle enfin, donnant l'essor à son génie ;
   ccrut encor la pompe, augmenta l'harmonie,
Intéressa le chœur dans toute l'action,
Des vers trop raboteux polit l'expression,
Lui donna chez les Grecs cette hauteur divine
Où jamais n'atteignit la faiblesse latine.
   Chez nos dévots aïeux le théâtre abhorré
Fut longtemps dans la France un plaisir ignoré.
De pèlerins, dit-on, une troupe grossière
En public à Paris y monta la première ;
Et, sottement zélée en sa simplicité,
Joua les saints, la Vierge et Dieu, par piété.
Le savoir, à la fin dissipant l'ignorance,
Fit voir de ce projet la dévote imprudence.
On chassa ces docteurs prêchant sans mission ;
On vit renaître Hector, Andromaque, Ilion.
Seulement, les acteurs laissant le masque antique,
Le violon tint lieu de chœur et de musique.
   Bientôt l'amour, fertile en tendres sentiments,
S'empara du théâtre ainsi que des romans.
De cette passion la sensible peinture
Est pour aller au cœur la route la plus sûre.
Peignez donc, j'y consens, les héros amoureux ;
Mais ne m'en formez pas des bergers doucereux ;
Qu' Achille aime autrement que Thyrsis et Philène ;
N'allez pas d'un Cyrus nous faire un Artamène ;
Et que l'amour, souvent de remords combattu,
Paraisse une faiblesse et non une vertu.
   Des héros de roman fuyez les petitesses ;
Toutefois aux grands cœurs donnez quelques faiblesses.
Achille déplairait, moins bouillant et moins prompt :
J'aime à lui voir verser des pleurs pour un affront.
'A ces petits défauts marqués dans sa peinture,
L'esprit avec plaisir reconnaît la nature.
Qu'il soit sur ce modèle en vos écrits tracé :
Qu' Agamemnon soit fier, superbe, intéressé ;
Que pour ses dieux Enée ait un respect austere.

Conservez à chacun son propre caractère.
Des siècles, des pays étudiez les mœurs :
Les climats font souvent les diverses humeurs.
  Gardez donc de donner, ainsi que dans *Clélie*,
L'air ni l'esprit français à l'antique Italie ;
Et, sous des noms romains faisant notre portrait,
Peindre Caton galant, et Brutus dameret.
Dans un roman frivole aisément tout s'excuse ;
C'est assez qu'en courant la fiction amuse ;
Trop de rigueur alors serait hors de saison :
Mais la scène demande une exacte raison ;
L'étroite bienséance y veut être gardée.
  D'un nouveau personnage inventez-vous l'idée ?
Qu'en tout avec soi-même il se montre d'accord,
Et qu'il soit jusqu'au bout tel qu'on l'a vu d'abord.
  Souvent, sans y penser, un écrivain qui s'aime
Forme tous ses héros semblables à soi-même :
Tout a l'humeur gasconne en un auteur gascon ;
Calprenède et Juba parlent du même ton.
La nature est en nous plus diverse et plus sage ;
Chaque passion parle un différent langage :
La colère est superbe, et veut des mots altiers,
L'abattement s'explique en des termes moins fiers.
  Que devant Troie en flamme Hécube désolée
Ne vienne pas pousser une plainte ampoulée ;
Ni sans raison décrire en quel affreux pays
Par sept bouches l'Euxin reçoit le Tanaïs.
Tous ces pompeux amas d'expressions frivoles
Sont d'un déclamateur amoureux des paroles.
Il faut dans la douleur que vous vous abaissiez :
Pour me tirer des pleurs, il faut que vous pleuriez.
Ces grands mots dont alors l'acteur emplit sa bouche
Ne partent point d'un cœur que sa misère touche.
  Le théâtre, fertile en censeurs pointilleux,
Chez nous pour se produire est un champ périlleux.
Un auteur n'y fait pas de faciles conquêtes ;
Il trouve à le siffler des bouches toujours prêtes.
Chacun le peut traiter de fat et d'ignorant ;
C'est un droit qu'à la porte on achète en entrant.
Il faut qu'en cent façons, pour plaire, il se replie ;
Que tantôt il s'élève et tantôt s'humilie ;
Qu'en nobles sentiments il soit partout fécond ;
Qu'il soit aisé, solide, agréable, profond ;

Que de traits surprenants sans cesse il nous réveille ;
Qu'il coure dans ses vers de merveille en merveille ;
Et que tout ce qu'il dit, facile à retenir,
De son ouvrage en nous laisse un long souvenir.
Ainsi la tragédie agit, marche et s'explique.
   D'un air plus grand encor la poésie épique,
Dans le vaste récit d'une longue action,
Se soutient par la fable, et vit de fiction.
Là pour nous enchanter tout est mis en usage ;
Tout prend un corps, une âme, un esprit, un visage.
Chaque vertu devient une divinité :
Minerve est la prudence, et Vénus la beauté ;
Ce n'est plus la vapeur qui produit le tonnerre,
C'est Jupiter armé pour effrayer la terre ;
Un orage terrible aux yeux des matelots,
C'est Neptune en courroux qui gourmande les flots ;
'Echo n'est plus un son qui dans l'air retentisse,
C'est une nymphe en pleurs qui se plaint de Narcisse.
Ainsi, dans cet amas de nobles fictions,
Le poëte s'égaie en mille inventions,
Orne, élève, embellit, agrandit toutes choses,
Et trouve sous sa main des fleurs toujours écloses.
Qu' 'Enée et ses vaisseaux, par le vent écartés,
Soient aux bords africains d'un orage emportés ;
Ce n'est qu'une aventure ordinaire et commune,
Qu'un coup peu surprenant des traits de la fortune.
Mais que Junon, constante en son aversion,
Poursuive sur les flots les restes d'Ilion ;
Qu' 'Eole, en sa faveur, les chassant d'Italie,
Ouvre aux vents mutinés les prisons d''Eolie ;
Que Neptune en courroux, s'élevant sur la mer,
D'un mot calme les flots, mette la paix dans l'air,
Délivre les vaisseaux, des sirtes les arrache :
C'est là ce qui surprend, frappe, saisit, attache.
Sans tous ces ornements le vers tombe en langueur ;
La poésie est morte, ou rampe sans vigueur ;
Le poëte n'est plus qu'un orateur timide,
Qu'un froid historien d'une fable insipide.
   C'est donc bien vainement que nos auteurs déçus,
Bannissant de leurs vers ces ornements reçus,
Pensent faire agir Dieu, ses saints et ses prophètes,
Comme ces dieux éclos du cerveau des poëtes ;
Mettent à chaque pas le lecteur en enfer ;

N'offrent rien qu' Astaroth, Belzébuth, Lucifer.
De la foi d'un chrétien les mystères terribles
D'ornements égayés ne sont point susceptibles :
L''Evangile à l'esprit n'offre de tous côtés
Que pénitence à faire et tourments mérités ;
Et de vos fictions le mélange coupable
Même à ses vérités donne l'air de la fable.
Eh ! quel objet enfin à présenter aux yeux
Que le diable toujours hurlant contre les cieux,
Qui de votre héros veut rabaisser la gloire,
Et souvent avec Dieu balance la victoire !
    Le Tasse, dira-t-on, l'a fait avec succès.
Je ne veux point ici lui faire son procès :
Mais, quoi que notre siècle à sa gloire publie,
Il n'eût point de son livre illustré l'Italie,
Si son sage héros, toujours en oraison,
N'eût fait que mettre enfin Satan à la raison :
Et si Renaud, Argant, Tancrède et sa maîtresse
N'eussent de son sujet égayé la tristesse.
    Ce n'est pas que j'approuve, en un sujet chrétien,
Un auteur follement idolâtre et païen.
Mais, dans une profane et riante peinture,
De n'oser de la fable employer la figure ;
De chasser les Tritons de l'empire des eaux ;
D'ôter à Pan sa flûte, aux Parques leurs ciseaux ;
D'empêcher que Caron, dans la fatale barque ;
Ainsi que le berger ne passe le monarque :
C'est d'un scrupule vain s'alarmer sottement,
Et vouloir aux lecteurs plaire sans agrément.
Bientôt ils défendront de peindre la Prudence,
De donner à Thémis ni bandeau ni balance,
De figurer aux yeux la Guerre au front d'airain,
Ou le temps qui s'enfuit une horloge à la main ;
Et partout des discours, comme une idolâtrie,
Dans leur faux zèle iront chasser l'allégorie.
Laissons-les s'applaudir de leur pieuse erreur,
Mais, pour nous, bannissons une vaine terreur,
Et, fabuleux chrétiens, n'allons point, dans nos songes,
Du dieu de vérité faire un dieu de mensonges.
    La fable offre à l'esprit mille agréments divers :
Là tous les noms heureux semblent nés pour les vers,
Ulysse, Agamemnon, Oreste, Idoménée,
Hélène, Ménélas, Pâris, Hector, 'Enée.

O le plaisant projet d'un poëte ignorant,
Qui de tant de héros va choisir Childebrand !
D'un seul nom quelquefois le son dur ou bizarre
Rend un poëme entier ou burlesque ou barbare.
   Voulez-vous longtemps plaire et jamais ne lasser ?
Faites choix d'un héros propre à m'intéresser,
En valeur éclatant, en vertus magnifique :
Qu'en lui, jusqu'aux défauts, tout se montre héroïque ;
Que ses faits surprenants soient dignes d'être ouïs ;
Qu'il soit tel que César, Alexandre ou Louis,
Non tel que Polynice et son perfide frère :
On s'ennuie aux exploits d'un conquérant vulgaire.
   N'offrez point un sujet d'incidents trop chargé.
Le seul courroux d'Achille, avec art ménagé,
Remplit abondamment une Iliade entière :
Souvent trop d'abondance appauvrit la matière.
   Soyez vif et pressé dans vos narrations ;
Soyez riche et pompeux dans vos descriptions.
C'est là qu'il faut des vers étaler l'élégance ;
N'y présentez jamais de basse circonstance.
N'imitez pas ce fou qui, décrivant les mers,
Et peignant, au milieu de leurs flots entr'ouverts,
L'Hébreu sauvé du joug de ses injustes maîtres,
Met, pour le voir passer, les poissons aux fenêtres ;
Peint le petit enfant qui va, saute, revient,
Et joyeux à sa mère offre un caillou qu'il tient.
Sur de trop vains objets c'est arrêter la vue.
   Donnez à votre ouvrage une juste étendue.
Que le début soit simple et n'ait rien d'affecté.
N'allez pas dès l'abord, sur Pégase monté,
Crier à vos lecteurs, d'une voix de tonnerre :
" Je chante le vainqueur des vainqueurs de la terre."
Que produira l'auteur après tous ces grands cris ?
La montagne en travail enfante une souris.
Oh ! que j'aime bien mieux cet auteur plein d'adresse,
Qui, sans faire d'abord de si haute promesse,
Me dit d'un ton aisé, doux, simple, harmonieux :
" Je chante les combats et cet homme pieux
Qui, des bords phrygiens conduit dans l'Ausonie,
Le premier aborda les champs de Lavinie !"
Sa muse en arrivant ne met pas tout en feu,
Et, pour donner beaucoup, ne nous promet que peu ;
Bientôt vous la verrez, prodiguant les miracles,

Du destin des Latins prononcer les oracles ;
De Styx et d'Achéron peindre les noirs torrents,
Et déjà les Césars dans l'"Elysée errants.
 De figures sans nombre égayez votre ouvrage ;
Que tout y fasse aux yeux une riante image :
On peut être à la fois et pompeux et plaisant ;
Et je hais un sublime ennuyeux et pesant.
J'aime mieux Arioste et ses fables comiques,
Que ces auteurs toujours froids et mélancoliques
Qui dans leur sombre humeur se croiraient faire affront
Si les Grâces jamais leur déridaient le front.
 On dirait que pour plaire, instruit par la nature,
Homère ait à Vénus dérobé sa ceinture.
Son livre est d'agréments un fertile trésor :
Tout ce qu'il a touché se convertit en or ;
Tout reçoit dans ses mains une nouvelle grâce ;
Partout il divertit, et jamais il ne lasse.
Une heureuse chaleur anime ces discours :
Il ne s'égare point en de trop longs détours.
Sans garder dans ses vers un ordre méthodique,
Son sujet de soi-même et s'arrange et s'explique :
Tout, sans faire d'apprêts, s'y prépare aisément ;
Chaque vers, chaque mot court à l'événement.
Aimez donc ses écrits, mais d'un amour sincère :
C'est avoir profité que de savoir s'y plaire.
 Un poëme excellent, où tout marche et se suit,
N'est pas de ces travaux qu'un caprice produit :
Il veut du temps, des soins ; et ce pénible ouvrage
Jamais d'un écolier ne fut l'apprentissage.
Mais souvent parmi nous un poëte sans art,
Qu'un beau feu quelquefois échauffa par hasard,
Enflant d'un vain orgueil son esprit chimérique,
Fièrement prend en main la trompette héroïque :
Sa muse déréglée, en ses vers vagabonds,
Ne s'élève jamais que par sauts et par bonds ;
Et son feu, dépourvu de sens et de lecture,
S'éteint à chaque pas faute de nourriture.
Mais en vain le public, prompt à le mépriser,
De son mérite faux le veut désabuser ;
Lui-même, applaudissant à son maigre génie,
Se donne par ses mains l'encens qu'on lui dénie
Virgile, auprès de lui, n'a point d'invention
Homère n'entend point la noble fiction.

Si contre cet arrêt le siècle se rebelle,
A la postérité d'abord il en appelle :
Mais attendant qu'ici le bon sens de retour
Ramène triomphants ses ouvrages au jour,
Leurs tas, au magasin, cachés à la lumière,
Combattent tristement les vers et la poussière.
Laissons-les donc entre eux s'escrimer en repos ;
Et, sans nous égarer, suivons notre propos.
  Des succès fortunés du spectacle tragique
Dans Athènes naquit la comédie antique.
Là le Grec, né moqueur, par mille jeux plaisants
Distilla le venin de ses traits médisants.
Aux accès insolents d'une bouffonne joie
La sagesse, l'esprit, l'honneur furent en proie.
On vit par le public un poëte avoué
S'enrichir aux dépens du mérite joué ;
Et Socrate par lui, dans un chœur de nuées,
D'un vil amas de peuple attirer les huées.
Enfin de la licence on arrêta le cours :
Le magistrat des lois emprunta le secours,
Et, rendant par édit les poëtes plus sages,
Défendit de marquer les noms et les visages.
Le théâtre perdit son antique fureur ;
La comédie apprit à rire sans aigreur,
Sans fiel et sans venin sut instruire et reprendre,
Et plut innocemment dans les vers de Ménandre.
Chacun, peint avec art dans ce nouveau miroir,
S'y vit avec plaisir, ou crut ne s'y point voir :
L'avare, des premiers, rit du tableau fidèle
D'un avare souvent tracé sur son modèle ;
Et mille fois un fat finement exprimé
Méconnut le portrait sur lui-même formé.
  Que la nature donc soit votre étude unique,
Auteurs qui prétendez aux honneurs du comique.
Quiconque voit bien l'homme, et, d'un esprit profond,
De tant de cœurs cachés a pénétré le fond ;
Qui sait bien ce que c'est qu'un prodigue, un avare,
Un honnête homme, un fat, un jaloux, un bizarre,
Sur une scène heureuse il peut les étaler,
Et les faire à nos yeux vivre, agir et parler.
Présentez-en partout les images naïves ;
Que chacun y soit peint des couleurs les plus vives.
La nature, féconde en bizarres portraits,

Dans chaque âme est marquée à de différents traits ;
Un geste la découvre, un rien la fait paraître :
Mais tout esprit n'a pas des yeux pour la connaître.
Le temps, qui change tout, change aussi nos humeurs :
Chaque âge a ses plaisirs, son esprit et ses mœurs.
Un jeune homme, toujours bouillant dans ses caprices,
Est prompt à recevoir l'impression des vices ;
Est vain dans ses discours, volage en ses désirs,
Rétif à la censure, et fou dans les plaisirs.
L'âge viril, plus mûr, inspire un air plus sage,
Se pousse auprès des grands, s'intrigue, se ménage,
Contre les coups du sort songe à se maintenir,
Et loin dans le présent regarde l'avenir.
La vieillesse chagrine incessamment amasse ;
Garde, non pas pour soi, les trésors qu'elle entasse ;
Marche en tous ses desseins d'un pas lent et glacé ;
Toujours plaint le présent et vante le passé ;
Inhabile aux plaisirs dont la jeunesse abuse,
Blâme en eux les douceurs que l'âge lui refuse.
Ne faites point parler vos acteurs au hasard,
Un vieillard en jeune homme, un jeune homme en vieil-
    lard.
'Etudiez la cour, et connaissez la ville :
L'une et l'autre est toujours en modèles fertile.
C'est par là que Molière, illustrant ses écrits,
Peut-être de son art eût remporté le prix,
Si, moins ami du peuple, en ses doctes peintures
Il n'eût point fait souvent grimacer ses figures,
Quitté, pour le bouffon, l'agréable et le fin,
Et sans honte à Térence allié Tabarin :
Dans ce sac ridicule où Scapin s'enveloppe
Je ne reconnais plus l'auteur du Misanthrope.
Le comique, ennemi des soupirs et des pleurs,
N'admet point en ses vers de tragiques douleurs ;
Mais son emploi n'est pas d'aller, dans une place,
De mots sales et bas charmer la populace :
Il faut que ses acteurs badinent noblement ;
Que son nœud bien formé se dénoue aisément ;
Que l'action, marchant où la raison la guide,
Ne se perde jamais dans une scène vide ;
Que son style humble et doux se relève à propos ;
Que ses discours, partout fertiles en bons mots,
Soient pleins de passions finement maniées,

Et les scènes toujours l'une à l'autre liées.
Aux dépens du bon sens gardez de plaisanter :
Jamais de la nature il ne faut s'écarter.
Contemplez de quel air un père, dans Térence,
Vient d'un fils amoureux gourmander l'imprudence ;
De quel air cet amant écoute ses leçons,
Et court chez sa maîtresse oublier ces chansons.
Ce n'est pas un portrait, une image semblable ;
C'est un amant, un fils, un père véritable.
    J'aime sur le théâtre un agréable auteur,
Qui, sans se diffamer aux yeux du spectateur,
Plaît par la raison seule, et jamais ne la choque.
Mais pour un faux plaisant, à grossière équivoque,
Qui pour me divertir n'a que la saleté,
Qu'il s'en aille, s'il veut, sur deux tréteaux monté,
Amusant le Pont-Neuf de ses sornettes fades,
Aux laquais assemblés jouer ses mascarades.

CHANT IV.

    Dans Florence jadis vivait un médecin,
Savant hâbleur, dit-on, et célèbre assassin.
Lui seul y fit longtemps la publique misère :
Là le fils orphelin lui redemande un père ;
Ici le frère pleure un frère empoisonné.
L'un meurt vide de sang, l'autre plein de séné ;
Le rhume à son aspect se change en pleurésie,
Et par lui la migraine est bientôt frénésie.
Il quitte enfin la ville, en tous lieux détesté.
De tous ses amis morts un seul ami resté
Le mène en sa maison de superbe structure :
C'était un riche abbé, fou de l'architecture.
Le médecin d'abord semble né dans cet art,
Déjà de bâtiments parle comme Mansart :
D'un salon qu'on élève il condamne la face ;
Au vestibule obscur il marque une autre place ;
Approuve l'escalier tourné d'autre façon.
Son ami le conçoit, et mande son maçon.
Le maçon vient, écoute, approuve et se corrige.
Enfin, pour abréger un si plaisant prodige,
Notre assassin renonce à son art inhumain ;
Et désormais, la règle et l'équerre à la main,
Laissant de Galien la science suspecte,
De méchant médecin devient bon architecte.

Son exemple est pour nous un précepte excellent.
Soyez plutôt maçon, si c'est votre talent,
Ouvrier estimé dans un art nécessaire,
Qu'écrivain du commun, et poëte vulgaire.
Il est dans tout autre art des degrés différents,
On peut avec honneur remplir les seconds rangs ;
Mais, dans l'art dangereux de rimer et d'écrire,
Il n'est point de degrés du médiocre au pire :
Qui dit froid écrivain dit détestable auteur.
Boyer est à Pinchêne égal pour le lecteur ;
On ne lit guère plus Rampale et Menardière,
Que Magnon, du Souhait, Corbin, et la Morlière,
Un fou du moins fait rire, et peut nous égayer :
Mais un froid écrivain ne sait rien qu'ennuyer.
J'aime mieux Bergerac et sa burlesque audace
Que ces vers où Motin se morfond et nous glace.
   Ne vous enivrez point des éloges flatteurs
Qu'un amas quelquefois de vains admirateurs
Vous donne en ces réduits prompts à crier : Merveille!
Tel écrit récité se soutint à l'oreille,
Qui, dans l'impression au grand jour se montrant,
Ne soutient pas des yeux le regard pénétrant.
On sait de cent auteurs l'aventure tragique :
Et Gombaud tant loué garde encor la boutique.
   Ecoutez tout le monde, assidu consultant :
Un fat quelquefois ouvre un avis important.
Quelques vers toutefois qu' Apollon vous inspire,
En tous lieux aussitôt ne courez pas les lire.
Gardez-vous d'imiter ce rimeur furieux
Qui, de ses vains écrits lecteur harmonieux,
Aborde en récitant quiconque le salue,
Et poursuit de ses vers les passants dans la rue.
Il n'est temple si saint, des anges respecté,
Qui soit contre sa muse un lieu de sûreté.
Je vous l'ai déjà dit ; aimez qu'on vous censure,
Et, souple à la raison, corrigez sans murmure.
Mais ne vous rendez pas dès qu'un sot vous reprend.
   Souvent dans son orgueil un subtil ignorant
Par d'injustes dégoûts combat toute une pièce,
Blâme des plus beaux vers la noble hardiesse.
On a beau réfuter ses vains raisonnements ;
Son esprit se complaît dans ses faux jugements ;
Et sa faible raison, de clarté dépourvue,

Pense que rien n'échappe à sa débile vue.
Ses conseils sont à craindre ; et, si vous les croyez,
Pensant fuir un écueil, souvent vous vous noyez.
Faites choix d'un censeur solide et salutaire
Que la raison conduise et le savoir éclaire,
Et dont le crayon sûr d'abord aille chercher
L'endroit que l'on sent faible, et qu'on se veut cacher,
Lui seul éclaircira vos doutes ridicules,
De votre esprit tremblant lèvera les scrupules.
C'est lui qui vous dira par quel transport heureux
Quelquefois dans sa course un esprit vigoureux
Trop resserré par l'art sort des règles prescrites,
Et de l'art même apprend à franchir leurs limites.
Mais ce parfait censeur se trouve rarement.
Tel excelle à rimer qui juge sottement :
Tel s'est fait par ses vers distinguer dans la ville,
Qui jamais de Lucain n'a distingué Virgile.
Auteurs, prêtez l'oreille à mes instructions.
Voulez-vous faire aimer vos riches fictions ?
Qu'en savantes leçons votre muse fertile
Partout joigne au plaisant le solide et l'utile.
Un lecteur sage fuit un vain amusement,
Et veut mettre à profit son divertissement.
Que votre âme et vos mœurs, peintes dans vos ou-
            vrages,
N'offrent jamais de vous que de nobles images.
Je ne puis estimer ces dangereux auteurs
Qui de l'honneur, en vers, infâmes déserteurs,
Trahissant la vertu sur un papier coupable,
Aux yeux de leurs lecteurs rendent le vice aimable.
Je ne suis pas pourtant de ces tristes esprits
Qui, bannissant l'amour de tous chastes écrits,
D'un si riche ornement veulent priver la scène ;
Traitent d'empoisonneurs et Rodrigue et Chimène.
L'amour le moins honnête exprimé chastement
N'excite point en nous de honteux mouvement.
Didon a beau gémir et m'étaler ses charmes ;
Je condamne sa faute en partageant ses larmes.
Un auteur vertueux, dans ses vers innocents,
Ne corrompt point le cœur en chatouillant les sens :
Son feu n'allume point de criminelle flamme.
Aimez donc la vertu, nourrissez-en votre âme :
En vain l'esprit est plein d'une noble vigueur ;
Le vers se sent toujours des bassesses du cœur.

Fuyez surtout, fuyez, ces basses jalousies,
Des vulgaires esprits malignes frénésies.
Un sublime écrivain n'en peut être infecté ;
C'est un vice que suit la médiocrité.
Du mérite éclatant cette sombre rivale
Contre lui chez les grands incessamment cabale ;
Et, sur les pieds en vain tâchant de se hausser,
Pour s'égaler à lui cherche à le rabaisser.
Ne descendons jamais dans ces lâches intrigues :
N'allons point à l'honneur par de honteuses brigues.
Que les vers ne soient pas votre éternel emploi.
Cultivez vos amis, soyez homme de foi :
C'est peu d'être agréable et charmant dans un livre,
Il faut savoir encore et converser et vivre.
Travaillez pour la gloire, et qu'un sordide gain
Ne soit jamais l'objet d'un illustre écrivain.
Je sais qu'un noble esprit peut, sans honte et sans crime,
Tirer de son travail un tribut légitime ;
Mais je ne puis souffrir ces auteurs renommés,
Qui, dégoûtés de gloire et d'argent affamés,
Mettent leur Apollon aux gages d'un libraire,
Et font d'un art divin un métier mercenaire.
Avant que la raison, s'expliquant par la voix,
Eût instruit les humains, eût enseigné des lois,
Tous les hommes suivaient la grossière nature,
Dispersés dans les bois couraient à la pâture :
La force tenait lieu de droit et d'équité ;
Le meurtre s'exerçait avec impunité.
Mais du discours enfin l'harmonieuse adresse
De ces sauvages mœurs adoucit la rudesse,
Rassembla les humains dans les forêts épars,
Enferma les cités de murs et de remparts,
De l'aspect du supplice effraya l'insolence,
Et sous l'appui des lois mit la faible innocence.
Cet ordre fut, dit-on, le fruit des premiers vers.
De là sont nés ces bruits reçus dans l'univers,
Qu'aux accents dont Orphée emplit les monts de Thrace,
Les tigres amollis dépouillaient leur audace ;
Qu'aux accords d'Amphion les pierres se mouvaient,
Et sur les murs thébains en ordre s'élevaient.
L'harmonie en naissant produisit ces miracles.
Depuis, le ciel en vers fit parler les oracles ;
Du sein d'un prêtre ému d'une divine horreur,

Apollon par des vers exhala sa fureur.
Bientôt, ressuscitant les héros des vieux âges,
Homère aux grands exploits anima les courages.
Hésiode à son tour par d'utiles leçons,
Des champs trop paresseux vint hâter les moissons.
En mille écrits fameux la sagesse tracée
Fut, à l'aide des vers, aux mortels annoncée ;
Et partout des esprits ses préceptes vainqueurs,
Introduits par l'oreille, entrèrent dans les cœurs.
Pour tant d'heureux bienfaits, les Muses révérées
Furent d'un juste encens dans la Grèce honorées :
Et leur art, attirant le culte des mortels,
A sa gloire en cent lieux vit dresser des autels.
Mais enfin l'indigence amenant la bassesse,
Le Parnasse oublia sa première noblesse.
Un vil amour du gain, infectant les esprits,
De mensonges grossiers souilla tous les écrits ;
Et partout, enfantant mille ouvrages frivoles,
Trafiqua du discours et vendit les paroles.
    Ne vous flétrissez point par un vice si bas.
Si l'or seul a pour vous d'invincibles appas,
Fuyez ces lieux charmants qu'arrose le Permesse ;
Ce n'est point sur ses bords qu'habite la richesse.
Aux plus savants auteurs, comme aux plus grands guer-
        riers,
Apollon ne promet qu'un nom et des lauriers.
    Mais quoi ! dans la disette une muse affamée
Ne peut pas, dira-t-on, subsister de fumée ;
Un auteur qui, pressé d'un besoin importun,
Le soir entend crier ses entrailles à jeun,
Goûte peu d'Hélicon les douces promenades :
Horace a bu son soûl quand il voit les Ménades ;
Et, libre du souci qui trouble Colletet,
N'attend pas pour dîner le succès d'un sonnet.
    Il est vrai : mais enfin cette affreuse disgrâce
Rarement parmi nous afflige le Parnasse.
Et que craindre en ce siècle, où toujours les beaux-arts
D'un astre favorable éprouvent les regards,
Où d'un prince éclairé la sage prévoyance
Fait partout au mérite ignorer l'indigence !
    Muses, dictez sa gloire à tous vos nourrissons :
Son nom vaut mieux pour eux que toutes vos leçons.
Que Corneille pour lui rallumant son audace,

Soit encor le Corneille et du Cid et d'Horace :
Que Racine, enfantant des miracles nouveaux,
De ses héros sur lui forme tous les tableaux :
Que de son nom, chanté par la bouche des belles,
Benserade en tous lieux amuse les ruelles :
Que Segrais dans l'églogue en charme les forêts ;
Que pour lui l'épigramme aiguise tous ses traits.
Mais quel heureux auteur, dans une autre Enéide,
Aux bords du Rhin tremblant conduira cet Alcide ?
Quelle savante lyre au bruit de ses exploits
Fera marcher encor les rochers et les bois ;
Chantera le Batave, éperdu dans l'orage,
Soi-même se noyant pour sortir du naufrage ;
Dira les bataillons sous Mastricht enterrés,
Dans ces affreux assauts du soleil éclairés ?
  Mais tandis que je parle, une gloire nouvelle
Vers ce vainqueur rapide aux Alpes vous appelle.
Déjà Dôle et Salins sous le joug ont ployé ;
Besançon fume encor sous son roc foudroyé.
Où sont ces grands guerriers dont les fatales ligues
Devaient à ce torrent opposer tant de digues ?
Est-ce encore en fuyant qu'ils pensent l'arrêter,
Fiers du honteux honneur d'avoir su l'éviter ?
Que de remparts détruits ! que de villes forcées !
Que de moissons de gloire en courant amassées !
  Auteurs, pour les chanter redoublez vos transports :
Le sujet ne veut pas de vulgaires efforts.
  Pour moi, qui, jusqu'ici nourri dans la satire,
N'ose encor manier la trompette et la lyre,
Vous me verrez pourtant, dans ce champ glorieux,
Vous animer du moins de la voix et des yeux ;
Vous offrir ces leçons que ma muse au Parnasse
Rapporta, jeune encor, du commerce d'Horace ;
Seconder votre ardeur, échauffer vos esprits,
Et vous montrer de loin la couronne et le prix.
Mais aussi pardonnez, si, plein de ce beau zèle,
De tous vos pas fameux observateur fidèle,
Quelquefois du bon or je sépare le faux,
Et des auteurs grossiers j'attaque les défauts :
Censeur un peu fâcheux, mais souvent nécessaire,
Plus enclin à blâmer, que savant à bien faire.

ZAÏRE,

TRAGÉDIE PAR VOLTAIRE.

PERSONNAGES.

OROSMANE, soudan de Jérusalem.

LUSIGNAN, prince du sang des rois de Jérusalem.

ZAÏRE,
FATIME, } esclaves du soudan.

NÉRESTAN,
CHATILLON, } chevaliers français.

CORASMIN,
MÉLEDOR, } officiers du soudan.

UN ESCLAVE.

SUITE.

La scène est au sérail de Jérusalem.

ZAÏRE.

Fat. Je ne m'attendais pas, jeune et belle Zaïre,
Aux nouveaux sentiments que ce lieu vous inspire.
Quel espoir si flatteur, ou quels heureux destins
De vos jours ténébreux ont fait des jours sereins ?
La paix de votre cœur augmente avec vos charmes.
Cet éclat de vos yeux n'est plus terni de larmes ;
Vous ne les tournez plus vers ces heureux climats
Où ce brave Français devait guider nos pas !
Vous ne me parlez plus de ces belles contrées,
Où d'un peuple poli les femmes adorées
Reçoivent cet encens que l'on doit à vos yeux,
Compagnes d'un époux, et reines en tous lieux,
Libres sans déshonneur et sages sans contrainte,
Et ne devant jamais leurs vertus à la crainte !
Ne soupirez-vous plus pour cette liberté ?
Le sérail d'un soudan, sa triste austérité,
Ce nom d'esclave enfin, n'ont-ils rien qui vous gêne ?
Préférez-vous Solyme aux rives de la Seine ?
    Za. On ne peut désirer ce qu'on ne connaît pas.
Sur les bords du Jourdain le ciel fixa nos pas :
Au sérail des soudans dès l'enfance enfermée,
Chaque jour ma raison s'y voit accoutumée.
Le reste de la terre anéanti pour moi,
M'abandonne au soudan qui nous tient sous sa loi ;
Je ne connais que lui, sa gloire, sa puissance :
Vivre sous Orosmane est ma seule espérance,
Le reste est un vain songe.
    Fat.   Avez-vous oublié
Ce généreux Français, dont la tendre amitié
Nous promit si souvent de rompre notre chaîne ?
Combien nous admirions son audace hautaine !
Quelle gloire il acquit dans ces tristes combats
Perdus par les chrétiens sous les murs de Damas !
Orosmane vainqueur, admirant son courage,

Le laissa sur sa foi partir de ce rivage.
Nous l'attendons encor ; sa générosité
Devait payer le prix de notre liberté.
N'en aurions-nous conçu qu'une vaine espérance ?
    Za. Peut-être sa promesse a passé sa puissance.
Depuis plus de deux ans il n'est point revenu.
Un étranger, Fatime, un captif inconnu,
Promet beaucoup, tient peu, permet à son courage
Des serments indiscrets pour sortir d'esclavage.
Il devait délivrer dix chevaliers chrétiens,
Venir rompre leurs fers, ou reprendre les siens :
J'admirai trop en lui cet inutile zèle ;
Il n'y faut plus penser.
    Fat.   Mais s'il était fidèle,
S'il revenait enfin dégager ses serments,
Ne voudriez-vous pas ? . . . .
    Za.   Fatime, il n'est plus temps ;
Tout est changé . . . .
    Fat.   Comment ? que prétendez-vous dire ?
    Za. Va, c'est trop te celer le destin de Zaïre ;
Le secret du soudan doit encor se cacher ;
Mais mon cœur dans le tien se plaît à s'épancher.
Depuis près de trois mois, qu'avec d'autres captives
On te fit du Jourdain abandonner les rives,
Le ciel, pour terminer les malheurs de nos jours,
D'une main plus puissante a choisi le secours.
Ce superbe Orosmane . . . .
    Fat. Eh bien !
    Za.   Ce soudan même,
Ce vainqueur des chrétiens . . . . chère Fatime il
        m'aime . . . .
Tu rougis ! je t'entends . . . . garde-toi de penser
Qu'à briguer ses soupirs je puisse m'abaisser ;
Que d'un maître absolu la superbe tendresse
M'offre l'honneur honteux du rang de sa maîtresse ;
Et que j'essuie enfin l'outrage et le danger
Du malheureux éclat d'un amour passager.
Cette fierté qu'en nous soutient la modestie,
Dans mon cœur à ce point ne s'est pas démentie.
Plutôt que jusque-là j'abaisse mon orgueil,
Je verrais sans pâlir les fers et le cercueil.
Je m'en vais t'étonner : son superbe courage
'A mes faibles appas présente un pur hommage :

Parmi tous ces objets à lui plaire empressés,
J'ai fixé ses regards, à moi seule adressés ;
Et l'hymen, confondant leurs intrigues fatales,
Me soumettra bientôt son cœur et mes rivales.

Fat. Vos appas, vos vertus, sont dignes de ce prix,
Mon cœur en est flatté, plus qu'il n'en est surpris.
Que vos félicités, s'il se peut, soient parfaites.
Je me vois avec joie au rang de vos sujettes.

Za. Sois toujours mon égale, et goûte mon bonheur ;
Avec toi partagé, je sens mieux sa douceur.

Fat. Hélas ! puisse le ciel souffrir cet hyménée !
Puisse cette grandeur qui vous est destinée,
Qu'on nomme si souvent du faux nom de bonheur,
Ne point laisser de trouble au fond de votre cœur !
N'est-il point en secret de frein qui vous retienne ?
Ne vous souvient-il plus que vous fûtes chrétienne ?

Za. Ah ! que dis-tu ? pourquoi rappeler mes ennuis ?
Chère Fatime, hélas ! sais-je ce que je suis ?
Le ciel m'a-t-il jamais permis de me connaître ?
Ne m'a-t-il pas caché le sang qui m'a fait naître ?

Fat. Nérestan, qui naquit non loin de ce séjour,
Vous dit que d'un chrétien vous reçûtes le jour.
Que dis-je ? cette croix, qui sur vous fut trouvée,
Parure de l'enfance, avec soin conservée,
Ce signe des chrétiens que l'art dérobe aux yeux
Sous le brillant éclat d'un travail précieux,
Cette croix, dont cent fois mes soins vous ont parée,
Peut-être entre vos mains est-elle demeurée,
Comme un gage secret de la fidélité
Que vous deviez au Dieu que vous avez quitté.

Za. Je n'ai point d'autre preuve ; et mon cœur qui
                    s'ignore
Peut-il admettre un dieu que mon amant abhorre ?
La coutume, la loi, plia mes premiers ans
'A la religion des heureux musulmans.
Je le vois trop : les soins qu'on prend de notre enfance,
Forment nos sentiments, nos mœurs, notre croyance.
J'eusse été près du Gange esclave des faux dieux,
Chrétienne dans Paris, musulmane en ces lieux.
L'instruction fait tout ; et la main de nos pères
Grave en nos faibles cœurs ces premiers caractères,
Que l'exemple et le temps nous viennent retracer,
Et que peut-être en nous Dieu seul peut effacer.

N

Prisonnière en ces lieux, tu n'y fus renfermée,
Que lorsque ta raison, par l'âge confirmée,
Pour éclairer ta foi te prêtait son flambeau :
Pour moi, des Sarrasins esclave en mon berceau,
La foi de nos chrétiens me fut trop tard connue.
Contre elle cependant, loin d'être prévenue,
Cette croix, je l'avoue, a souvent malgré moi
Saisi mon cœur surpris de respect et d'effroi :
J'osais l'invoquer même avant qu'en ma pensée
D'Orosmane en secret l'image fût tracée.
J'honore, je chéris ces charitables lois,
Dont ici Nérestan me parla tant de fois ;
Ces lois qui, de la terre écartant les misères,
Des humains attendris font un peuple de frères ;
Obligés de s'aimer, sans doute ils sont heureux.
 Fat. Pourquoi donc aujourd'hui vous déclarer contre
  eux ?
'A la loi musulmane à jamais asservie,
Vous allez des chrétiens devenir l'ennemie ;
Vous allez épouser leur superbe vainqueur.
 Za. Qui lui refuserait le présent de son cœur ?
De toute ma faiblesse il faut que je convienne ;
Peut-être sans l'amour j'aurais été chrétienne ;
Peut-être qu'à ta loi j'aurais sacrifié :
Mais Orosmane m'aime, et j'ai tout oublié :
Je ne vois qu'Orosmane, et mon âme enivrée
Se remplit du bonheur de s'en voir adorée.
Mets-toi devant les yeux sa grâce, ses exploits ;
Songe à ce bras puissant, vainqueur de tant de rois,
'A cet aimable front que la gloire environne :
Je ne te parle point du sceptre qu'il me donne ;
Non, la reconnaissance est un faible retour,
Un tribut offensant, trop peu fait pour l'amour.
Mon cœur aime Orosmane, et non son diadème ;
Chère Fatime, en lui je n'aime que lui-même.
Peut-être j'en crois trop un penchant si flatteur ;
Mais si le ciel, sur lui déployant sa rigueur,
Aux fers que j'ai portés eût condamné sa vie,
Si le ciel sous mes lois eût rangé la Syrie,
Ou mon amour me trompe, ou Zaïre aujourd'hui
Pour l'élever à soi descendrait jusqu'à lui.
 Fat. On marche vers ces lieux ; sans doute c'est lui-
  même.

Za. Mon cœur, qui le prévient, m'annonce ce que
    j'aime.
Depuis deux jours, Fatime, absent de ce palais,
Enfin son tendre amour le rend à mes souhaits.

SCÈNE II.—*Orosmane, Zaïre, Fatime.*

Oros. Vertueuse Zaïre, avant que l'hyménée
Joigne à jamais nos cœurs et notre destinée,
J'ai cru, sur mes projets, sur vous, sur mon amour,
Devoir en musulman vous parler sans détour.
Les soudans, qu'à genoux cet univers contemple,
Leurs usages, leurs droits ne sont point mon exemple ;
Je sais que notre loi, favorable aux plaisirs,
Ouvre un champ sans limite à nos vastes désirs ;
Que je puis à mon gré, prodiguant mes tendresses,
Recevoir à mes pieds l'encens de mes maîtresses ;
Et tranquille au sérail, dictant mes volontés,
Gouverner mon pays du sein des voluptés.
Mais la mollesse est douce, et sa suite est cruelle ;
Je vois autour de moi cent rois vaincus par elle ;
Je vois de Mahomet ces lâches successeurs,
Ces califes tremblants dans leurs tristes grandeurs,
Couchés sur les débris de l'autel et du trône,
Sous un nom sans pouvoir languir dans Babylone ;
Eux qui seraient encore, ainsi que leurs aïeux,
Maîtres du monde entier s'ils l'avaient été d'eux.
Bouillon leur arracha Solyme et la Syrie ;
Mais bientôt, pour punir une secte ennemie,
Dieu suscita le bras du puissant Saladin ;
Mon père, après sa mort, asservit le Jourdain ;
Et moi, faible héritier de sa grandeur nouvelle,
Maître encore incertain d'un 'Etat qui chancelle,
Je vois ces fiers chrétiens, de rapine altérés,
Des bords de l'Occident vers nos bords attirés ;
Et lorsque la trompette, et la voix de la guerre
Du Nil au Pont-Euxin font retentir la terre,
Je n'irai point, en proie à de lâches amours,
Aux langueurs d'un sérail abandonner mes jours.
J'atteste ici la gloire, et Zaïre et ma flamme,
De ne choisir que vous pour maîtresse et pour femme,
De vivre votre ami, votre amant, votre époux,
De partager mon cœur entre la guerre et vous.
Ne croyez pas non plus que mon honneur confie

La vertu d'une épouse à ces monstres d'Asie,
Du sérail des soudans gardes injurieux,
Et des plaisirs d'un maître esclaves odieux.
Je sais vous estimer autant que je vous aime,
Et sur votre vertu me fier à vous-même.
Après un tel aveu, vous connaissez mon cœur;
Vous sentez qu'en vous seule il a mis son bonheur.
Vous comprenez assez quelle amertume affreuse
Corrompait de mes jours la durée odieuse,
Si vous ne receviez les dons que je vous fais,
Qu'avec ces sentiments que l'on doit aux bienfaits.
Je vous aime, Zaïre, et j'attends de votre âme
Un amour qui réponde à ma brûlante flamme.
Je l'avouerai, mon cœur ne veut rien qu'ardemment;
Je me croirais haï, d'être aimé faiblement.
De tous mes sentiments tel est le caractère.
Je veux avec excès vous aimer et vous plaire.
Si d'un égal amour votre cœur est épris,
Je viens vous épouser, mais c'est à ce seul prix;
Et du nœud de l'hymen l'étreinte dangereuse
Me rend infortuné, s'il ne vous rend heureuse.

    Za. Vous, seigneur, malheureux!   Ah! si votre grand
          cœur
'A sur mes sentiments pu fonder son bonheur,
S'il dépend en effet de mes flammes secrètes,
Quel mortel fut jamais plus heureux que vous l'êtes!
Ces noms chers et sacrés, et d'amant et d'époux,
Ces noms nous sont communs: et j'ai par-dessus vous
Ce plaisir, si flatteur à ma tendresse extrême,
De tenir tout, seigneur, du bienfaiteur que j'aime;
De voir que ses bontés font seules mes destins;
D'être l'ouvrage heureux de ses augustes mains;
De révérer, d'aimer un héros que j'admire.
Oui, si parmi les cœurs soumis à votre empire,
Vos yeux ont discerné les hommages du mien,
Si votre auguste choix . . . .

       SCÈNE III.—*Orosmane, Zaïre, Fatime, Corasmin.*

    Cor.   Cet esclave chrétien,
Qui sur sa foi, seigneur, a passé dans la France,
Revient au moment même, et demande audience.
    Fat. O ciel!
    Oros.   Il peut entrer.   Pourquoi ne vient-il pas?

Cor. Dans la première enceinte il arrête ses pas.
Seigneur, je n'ai pas cru qu'aux regards de son maître
Dans ces augustes lieux un chrétien pût paraître.
    Oros. Qu'il paraisse. En tous lieux, sans manquer de
        respect,
Chacun peut désormais jouir de mon aspect.
Je vois avec mépris ces maximes terribles,
Qui font de tant de rois des tyrans invisibles.

      Scène IV.—*Orosmane, Zaïre, Fatime, Corasmin, Nérestan.*

    Nér. Respectable ennemi qu'estiment les chrétiens,
Je reviens dégager mes serments et les tiens ;
J'ai satisfait à tout, c'est à toi d'y souscrire ;
Je te fais apporter la rançon de Zaïre,
Et celle de Fatime, et de dix chevaliers,
Dans les murs de Solyme illustres prisonniers.
Leur liberté, par moi trop long-temps retardée,
Quand je reparaîtrais, leur dut être accordée ;
Sultan, tiens ta parole, ils ne sont plus à toi ;
Et dès ce moment même ils sont libres par moi.
Mais, grâces à mes soins, quand leur chaîne est brisée,
A t'en payer le prix ma fortune épuisée,
Je ne le cèle pas, m'ôte l'espoir heureux
De faire ici pour moi ce que je fais pour eux.
Une pauvreté noble est tout ce qui me reste.
J'arrache des chrétiens à leur prison funeste ;
Je remplis mes serments, mon honneur, mon devoir ;
Il me suffit : je viens me mettre en ton pouvoir ;
Je me rends prisonnier, et demeure en otage.
    Oros. Chrétien, je suis content de ton noble courage ;
Mais ton orgueil ici se serait-il flatté
D'effacer Orosmane en générosité ?
Reprends ta liberté, remporte tes richesses,
A l'or de ces rançons joins mes justes largesses :
Au lieu de dix chrétiens que je dus t'accorder,
Je t'en veux donner cent ; tu les peux demander.
Qu'ils aillent sur tes pas apprendre à ta patrie
Qu'il est quelques vertus au fond de la Syrie ;
Qu'ils jugent en partant qui méritait le mieux,
Des Français, ou de moi, l'empire de ces lieux.
Mais parmi ces chrétiens que ma bonté délivre,
Lusignan ne fut point réservé pour te suivre :
De ceux qu'on peut te rendre, il est seul excepté ;

Son nom serait suspect à mon autorité :
Il est du sang français qui régnait à Solyme ;
On sait son droit au trône, et ce droit est un crime :
Du destin qui fait tout tel est l'arrêt cruel.
Si j'eusse été vaincu, je serais criminel.
Lusignan dans les fers finira sa carrière,
Et jamais du soleil ne verra la lumière.
Je le plains, mais pardonne à la nécessité
Ce reste de vengeance et de sévérité.
Pour Zaïre, crois-moi, sans que ton cœur s'offense,
Elle n'est pas d'un prix qui soit en ta puissance ;
Tes chevaliers français, et tous leurs souverains,
S'uniraient vainement pour l'ôter de mes mains :
Tu peux partir.
  Nér.   Qu'entends-je ? Elle naquit chrétienne.
J'ai pour la délivrer ta parole et la sienne ;
Et quant à Lusignan, ce vieillard malheureux,
Pourrait-il ? . . . .
  Oros.   Je t'ai dit, chrétien, que je le veux.
J'honore ta vertu ; mais cette humeur altière,
Se fesant estimer, commence à me déplaire :
Sors, et que le soleil levé sur mes 'Etats,
Demain près du Jourdain ne te retrouve pas.
            (*Nérestan sort.*)
  Fat. O Dieu ! secourez-nous.
  Oros.   Et vous, allez, Zaïre,
Prenez dans le sérail un souverain empire,
Commandez en sultane, et je vais ordonner
La pompe d'un hymen qui vous doit couronner.

Scène V.—Orosmane, Corasmin.

  Oros. Corasmin, que veut donc cet esclave infidèle ?
Il soupirait . . . . ses yeux se sont tournés vers elle ;
Les as-tu remarqués ?
  Cor.   Que dites-vous, seigneur ?
De ce soupçon jaloux écoutez-vous l'erreur ?
  Oros. Moi, jaloux ! qu'à ce point ma fierté s'avilisse !
Que j'éprouve l'horreur de ce honteux supplice !
Moi, que je puisse aimer comme l'on sait haïr !
Quiconque est soupçonneux invite à le trahir.
Je vois à l'amour seul ma maîtresse asservie ;
Cher Corasmin, je l'aime avec idolâtrie :
Mon amour est plus fort, plus grand que mes bienfaits.

Je ne suis point jaloux . . . . si je l'étais jamais . . . .
Si mon cœur . . . . Ah! chassons cette importune idée :
D'un plaisir pur et doux mon âme est possédée.
Va, fais tout préparer pour ces moments heureux,
Qui vont joindre ma vie à l'objet de mes vœux.
Je vais donner une heure aux soins de mon empire,
Et le reste du jour sera tout à Zaïre.

ACTE II.

Scène I.—*Nérestan, Chatillon.*

Chat. O brave Nérestan, chevalier généreux,
Vous qui brisez les fers de tant de malheureux,
Vous, sauveur des chrétiens, qu'un Dieu sauveur envoie,
Paraissez, montrez-vous! goûtez la douce joie
De voir nos compagnons, pleurant à vos genoux,
Baiser l'heureuse main qui nous délivre tous.
Aux portes du sérail en foule ils vous demandent ;
Ne privez point leurs yeux du héros qu'ils attendent,
Et qu'unis à jamais sous notre bienfaiteur . . . .
Nér. Illustre Chatillon, modérez cet honneur,
J'ai rempli d'un Français le devoir ordinaire ;
J'ai fait ce qu'à ma place on vous aurait vu faire.
Chat. Sans doute ; et tout chrétien, tout digne cheva-
    lier,
Pour sa religion se doit sacrifier ;
Et la félicité des cœurs tels que les nôtres,
Consiste à tout quitter pour le bonheur des autres.
Heureux à qui le ciel a donné le pouvoir
De remplir comme vous un si noble devoir !
Pour nous, tristes jouets du sort qui nous opprime,
Nous, malheureux Français, esclaves dans Solyme,
Oubliés dans les fers, où long-temps, sans secours,
Le père d'Orosmane abandonna nos jours,
Jamais nos yeux sans vous ne reverraient la France.
Nér. Dieu s'est servi de moi, seigneur ; sa providence
De ce jeune Orosmane a fléchi la rigueur.
Mais quel triste mélange altère ce bonheur !
Que de ce fier soudan la clémence odieuse
Répand sur ses bienfaits une amertume affreuse !
Dieu me voit et m'entend ; il sait si dans mon cœur
J'avais d'autres projets que ceux de sa grandeur.
Je fesais tout pour lui : j'espérais de lui rendre

Une jeune beauté, qu'à l'âge le plus tendre
Le cruel Noradin fit esclave avec moi,
Lorsque les ennemis de notre auguste foi,
Baignant de notre sang la Syrie enivrée,
Surprirent Lusignan vaincu dans Césarée.
Du sérail des sultans sauvé par des chrétiens,
Remis depuis trois ans dans mes premiers liens,
Renvoyé dans Paris sur ma seule parole,
Seigneur, je me flattais, (espérance frivole!)
De ramener Zaïre à cette heureuse cour,
Où Louis des vertus a fixé le séjour.
Déjà même la reine, à mon zèle propice,
Lui tendait de son trône une main protectrice.
Enfin, lorsqu'elle touche au moment souhaité,
Qui la tirait du sein de la captivité,
On la retient . . . Que dis-je? . . . Ah! Zaïre elle-même,
Oubliant les chrétiens pour ce soudan qui l'aime . . . .
N'y pensons plus . . . . Seigneur, un refus plus cruel
Vient m'accabler encor d'un déplaisir mortel;
Des chrétiens malheureux l'espérance est trahie.
Chat. Je vous offre pour eux ma liberté, ma vie;
Disposez-en, seigneur; elle vous appartient.
Nér. Seigneur, ce Lusignan, qu'à Solyme on retient,
Ce dernier d'une race en héros si féconde,
Ce guerrier dont la gloire avait rempli le monde,
Ce héros malheureux, de Bouillon descendu,
Aux soupirs des chrétiens ne sera point rendu.
Chat. Seigneur, s'il est ainsi, votre faveur est vaine;
Quel indigne soldat voudrait briser sa chaîne,
Alors que dans les fers son chef est retenu?
Lusignan, comme à moi, ne vous est pas connu.
Seigneur; remerciez le ciel, dont la clémence
A pour votre bonheur placé votre naissance
Long-temps après ces jours à jamais détestés,
Après ces jours de sang et de calamités,
Où je vis, sous le joug de nos barbares maîtres,
Tomber ces murs sacrés conquis par nos ancêtres.
Ciel! si vous aviez vu ce temple abandonné,
Du Dieu que nous servons le tombeau profané,
Nos pères, nos enfants, nos filles et nos femmes,
Aux pieds de nos autels expirant dans les flammes;
Et notre dernier roi, courbé du faix des ans,
Massacré sans pitié sur ses fils expirants!

Lusignan, le dernier de cette auguste race,
Dans ces moments affreux ranimant notre audace,
Au milieu des débris des temples renversés,
Des vainqueurs, des vaincus, et des morts entassés,
Terrible, et d'une main reprenant cette epée,
Dans le sang infidèle à tout moment trempée,
Et de l'autre à nos yeux montrant avec fierté
De notre sainte foi le signe redouté,
Criant à haute voix, Français, soyez fidèles . . . .
Sans doute en ce moment, le couvrant de ses ailes,
La vertu du Très-Haut, qui nous sauve aujourd'hui,
Aplanissait sa route, et marchait devant lui;
Et des tristes chrétiens la foule délivrée,
Vint porter avec nous ses pas dans Césarée.
Là, par nos chevaliers, d'une commune voix,
Lusignan fut choisi pour nous donner des lois.
O mon cher Nérestan! Dieu, qui nous humilie,
N'a pas voulu sans doute, en cette courte vie,
Nous accorder le prix qu'il doit à la vertu;
Vainement pour son nom nous avons combattu.
Ressouvenir affreux, dont l'horreur me dévore!
Jérusalem en cendre, hélas! fumait encore,
Lorsque dans notre asile attaqués et trahis,
Et livrés par un Grec à nos fiers ennemis,
La flamme dont brûla Sion désespérée,
S'étendit en fureur aux murs de Césarée:
Ce fut là le dernier de trente ans de revers;
Là je vis Lusignan chargé d'indignes fers:
Insensible à sa chute, et grand dans ses misères,
Il n'était attendri que des maux de ses frères.
Seigneur, depuis ce temps, ce père des chrétiens,
Resserré loin de nous, blanchi dans ses liens,
Gémit dans un cachot, privé de la lumière,
Oublié de l'Asie et de l'Europe entière.
Tel est son sort affreux: qui pourrait aujourd'hui,
Quand il souffre pour nous, se voir heureux sans lui?
    Nér. Ce bonheur, il est vrai, serait d'un cœur barbare.
Que je hais le destin qui de lui nous sépare!
Que vers lui vos discours m'ont sans peine entraîné!
Je connais ses malheurs, avec eux je suis né;
Sans un trouble nouveau je n'ai pu les entendre;
Votre prison, la sienne, et Césarée en cendre,
Sont les premiers objets, sont les premiers revers

Qui frappèrent mes yeux à peine encore ouverts.
Je sortais du berceau ; ces images sanglantes
Dans vos tristes récits me sont encor présentes.
Au milieu des chrétiens dans un temple immolés,
Quelques enfants, seigneur, avec moi rassemblés,
Arrachés par des mains de carnage fumantes
Aux bras ensanglantés de nos mères tremblantes,
Nous fûmes transportés dans ce palais des rois,
Dans ce même sérail, seigneur, où je vous vois.
Noradin m'éleva près de cette Zaïre,
Qui depuis .... pardonnez si mon cœur en soupire,
Qui depuis égarée en ce funeste lieu,
Pour un maître barbare abandonna son Dieu.
    Chat. Telle est des musulmans la funeste prudence.
De leurs chrétiens captifs ils séduisent l'enfance ;
Et je bénis le ciel, propice à nos desseins,
Qui dans vos premiers ans vous sauva de leurs mains.
Mais, seigneur, après tout, cette Zaïre même,
Qui renonce aux chrétiens pour le soudan qui l'aime,
De son crédit au moins nous pourrait secourir :
Qu'importe de quel bras Dieu daigne se servir ?
M'en croirez-vous ? le juste, aussi-bien que le sage,
Du crime et du malheur sait tirer avantage.
Vous pourriez de Zaïre employer la faveur
A fléchir Orosmane, à toucher son grand cœur,
A nous rendre un héros, que lui-même a dû plaindre,
Que sans doute il admire, et qui n'est plus à craindre.
    Nér. Mais ce même héros, pour briser ses liens,
Voudra-t-il qu'on s'abaisse à ces honteux moyens ?
Et quand il le voudrait, est-il en ma puissance
D'obtenir de Zaïre un moment d'audience ?
Croyez-vous qu' Orosmane y daigne consentir ?
Le sérail à ma voix pourra-t-il se rouvrir ?
Quand je pourrais enfin paraître devant elle,
Que faut-il espérer d'une femme infidèle,
A qui mon seul aspect doit tenir lieu d'affront,
Et qui lira sa honte écrite sur mon front ?
Seigneur, il est bien dur, pour un cœur magnanime,
D'attendre des secours de ceux qu'on mésestime :
Leurs refus sont affreux, leurs bienfaits font rougir.
    Chat. Songez à Lusignan, songez à le servir.
    Nér. Eh bien ! .... Mais quels chemins jusqu'à cette
    infidèle

Pourront .... On vient à nous. Que vois-je? O ciel!
c'est elle.

SCÈNE II.—*Zaïre, Chatillon, Nérestan.*

Za. (*à Nérestan*). C'est vous, digne Français, à qui je
    viens parler.
Le soudan le permet, cessez de vous troubler;
Et rassurant mon cœur, qui tremble à votre approche,
Chassez de vos regards la plainte et le reproche.
Seigneur, nous nous craignons, nous rougissons tous deux;
Je souhaite et je crains de rencontrer vos yeux.
L'un à l'autre attachés depuis notre naissance,
Une affreuse prison renferma notre enfance;
Le sort nous accabla du poids des mêmes fers,
Que la tendre amitié nous rendait plus légers.
Il me fallut depuis gémir de votre absence;
Le ciel porta vos pas aux rives de la France:
Prisonnier dans Solyme, enfin je vous revis;
Un entretien plus libre alors m'était permis.
Esclave dans la foule, où j'étais confondue,
Aux regards du soudan je vivais inconnue:
Vous daignâtes bientôt, soit grandeur, soit pitié,
Soit plutôt digne effet d'une pure amitié,
Revoyant des Français le glorieux empire,
Y chercher la rançon de la triste Zaïre:
Vous l'apportez: le ciel a trompé vos bienfaits;
Loin de vous, dans Solyme, il m'arrête à jamais.
Mais quoi que ma fortune ait d'éclat et de charmes,
Je ne puis vous quitter sans répandre des larmes.
Toujours de vos bontés je vais m'entretenir,
Chérir de vos vertus le tendre souvenir,
Comme vous des humains soulager la misère,
Protéger les chrétiens, leur tenir lieu de mère:
Vous me les rendez chers, et ces infortunés ....
    Nér. Vous, les protéger! vous, qui les abandonnez!
Vous, qui des Lusignans foulant aux pieds la cendre ...
    Za. Je la viens honorer, seigneur, je viens vous rendre
Le dernier de ce sang, votre amour, votre espoir;
Oui, Lusignan est libre, et vous l'allez revoir.
    Chat. O ciel! nous reverrions notre appui, notre père!
    Nér. Les chrétiens vous devraient une tête si chère!
    Za. J'avais sans espérance osé la demander:
Le généreux soudan veut bien nous l'accorder:
On l'amène en ces lieux.

Nér.   Que mon âme est émue !
Za. Mes larmes, malgré moi, me dérobent sa vue ;
Ainsi que ce vieillard, j'ai langui dans les fers :
Qui ne sait compatir aux maux qu'on a soufferts !
Nér. Grand Dieu, que de vertu dans une ame infidèle !

SCÈNE III.—*Zaïre, Lusignan, Chatillon, Nérestan, Plusieurs Esclaves
Chrétiens.*

Lus. Du séjour du trépas quelle voix me rappelle ?
Suis-je avec des chrétiens ? . . . . Guidez mes pas trem-
blants.
Mes maux m'ont affaibli plus encor que mes ans.
(*En s'asseyant.*)
Suis-je libre en effet ?
Za.   Oui, seigneur, oui, vous l'êtes.
Chat. Vous vivez, vous calmez nos douleurs inquiètes.
Tous nos tristes chrétiens . . . .
Lus.   O jour ! O douce voix !
Chatillon, c'est donc vous ? c'est vous que je revois !
Martyr, ainsi que moi, de la foi de nos pères,
Le Dieu que nous servons finit-il nos misères ?
En quels lieux sommes-nous ?   Aidez mes faibles yeux.
Chat. C'est ici le palais qu'ont bâti vos aïeux ;
Du fils de Noradin c'est le séjour profane.
Za. Le maître de ces lieux, le puissant Orosmane,
Sait connaître, seigneur, et chérir la vertu.
Ce généreux français, qui vous est inconnu,
(*en montrant Nérestan*)
Par la gloire amené des rives de la France,
Venait de dix chrétiens payer la délivrance :
Le soudan, comme lui, gouverné par l'honneur,
Croit, en vous délivrant, égaler son grand cœur.
Lus. Des chevaliers français tel est le caractère ;
Leur noblesse en tout temps me fut utile et chère.
Trop digne chevalier, quoi ! vous passez les mers
Pour soulager nos maux, et pour briser nos fers ?
Ah ! parlez, à qui dois-je un service si rare ?
Nér. Mon nom est Nérestan ; le sort long-temps bar-
bare,
Qui dans les fers ici me mit presque en naissant,
Me fit quitter bientôt l'empire du Croissant.
'A la cour de Louis, guidé par mon courage,
De la guerre sous lui j'ai fait l'apprentissage ;

Ma fortune et mon rang sont un don de ce roi,
Si grand par sa valeur, et plus grand par sa foi.
Je le suivis, seigneur, aux bords de la Charente,
Lorsque du fier Anglais la valeur menaçante,
Cédant à nos efforts trop long-temps captivés,
Satisfit en tombant aux lis qu'ils ont bravés.
Venez, prince, et montrez au plus grand des monarques
De vos fers glorieux les vénérables marques :
Paris va révérer le martyr de la croix,
Et la cour de Louis est l'asile des rois.
 Lus. Hélas ! de cette cour j'ai vu jadis la gloire.
Quand Philippe à Bovine enchaînait la victoire,
Je combattais, seigneur, avec Montmorenci,
Melun, d'Estaing, de Nesle, et ce fameux Couci.
Mais à revoir Paris je ne dois plus prétendre :
Vous voyez qu'au tombeau je suis prêt à descendre :
Je vais au Roi des rois demander aujourd'hui
Le prix de tous les maux que j'ai soufferts pour lui.
Vous, généreux témoins de mon heure dernière,
Tandis qu'il en est temps, écoutez ma prière :
Nérestan, Chatillon, et vous . . . . de qui les pleurs
Dans ces moments si chers honorent mes malheurs,
Madame, ayez pitié du plus malheureux père,
Qui jamais ait du ciel éprouvé la colère,
Qui répand devant vous des larmes que le temps
Ne peut encor tarir dans mes yeux expirants.
Une fille, trois fils, ma superbe espérance,
Me furent arrachés dès leur plus tendre enfance :
O mon cher Chatillon, tu dois t'en souvenir.
 Chat. De vos malheurs encor vous me voyez frémir.
 Lus. Prisonnier avec moi dans Césarée en flamme,
Tes yeux virent périr mes deux fils et ma femme.
 Chat. Mon bras chargé de fers ne les put secourir.
 Lus. Hélas ! et j'étais père, et je ne pus mourir !
Veillez du haut des cieux, chers enfants que j'implore,
Sur mes autres enfants, s'ils sont vivants encore.
Mon dernier fils, ma fille, aux chaînes réservés,
Par de barbares mains pour servir conservés,
Loin d'un père accablé, furent portés ensemble
Dans ce même sérail où le ciel nous rassemble.
 Chat. Il est vrai, dans l'horreur de ce péril nouveau,
Je tenais votre fille à peine en son berceau :
Ne pouvant la sauver, seigneur, j'allais moi-même

Répandre sur son front l'eau sainte du baptême;
Lorsque les Sarrasins, de carnage fumants,
Revinrent l'arracher à mes bras tout sanglants.
Votre plus jeune fils, à qui les destinées
Avaient à peine encore accordé quatre années,
Trop capable déjà de sentir son malheur,
Fut dans Jérusalem conduit avec sa sœur.
   Nér. De quel ressouvenir mon âme est déchirée!
'A cet âge fatal j'étais dans Césarée;
Et tout couvert de sang, et chargé de liens,
Je suivis en ces lieux la foule des chrétiens.
   Lus. Vous . . . . seigneur! . . . . ce sérail éleva votre
      enfance? . . . .
                    (*En les regardant.*)
Hélas! de mes enfants auriez-vous connaissance?
Ils seraient de votre âge, et peut-être mes yeux . . . .
Quel ornement, madame, étranger en ces lieux?
Depuis quand l'avez-vous?
   Za.   Depuis que je respire.
Seigneur . . . eh quoi! d'où vient que votre âme soupire?
                (*Elle lui donne la croix.*)
   Lus. Ah! daignez confier à mes tremblantes mains . . .
   Za. De quel trouble nouveau tous mes sens sont at-
      teints!
      (*Il l'approche de sa bouche en pleurant.*)
Seigneur, que faites-vous?
   Lus.   O ciel! O Providence!
Mes yeux, ne trompez point ma timide espérance!
Serait-il bien possible? oui, c'est elle . . . . je voi
Ce présent qu'une épouse avait reçu de moi,
Et qui de mes enfants ornait toujours la tête,
Lorsque de leur naissance on célébrait la fête:
Je revois . . . . je succombe à mon saisissement.
   Za. Qu'entends-je? et quel soupçon m'agite en ce mo-
      ment?
Ah! seigneur! . . .
   Lus.   Dans l'espoir dont j'entrevois les charmes,
Ne m'abandonnez pas, Dieu qui voyez mes larmes?
Dieu mort sur cette croix, et qui revis pour nous,
Parle, achève, O mon Dieu! ce sont là de tes coups.
Quoi! madame, en vos mains elle était demeurée?
Quoi! tous les deux captifs, et pris dans Césarée?
   Za. Oui, seigneur.

Nér.   Se peut-il?

Lus.   Leur parole, leurs traits,
De leur mère en effet sont les vivants portraits.
Oui, grand Dieu! tu le veux, tu permets que je voie ...
Dieu, ranime mes sens trop faibles pour ma joie!
Madame ... Nérestan ... Soutiens-moi, Chatillon ....
Nérestan, si je dois vous nommer de ce nom,
Avez-vous dans le sein la cicatrice heureuse
Du fer dont à mes yeux une main furieuse ....

Nér. Oui, seigneur, il est vrai.

Lus.   Dieu juste! heureux moments!

Nér. Ah, seigneur! ah, Zaïre!   (*se jetant à genoux*).

Lus.   Approchez, mes enfants.

Nér. Moi, votre fils!

Za.   Seigneur!

Lus.   Heureux jour qui m'éclaire!
Ma fille! mon cher fils! embrassez votre père.

Chat. Que d'un bonheur si grand mon cœur se sent
              toucher!

Lus. De vos bras, mes enfants, je ne puis m'arracher.
Je vous revois enfin, chère et triste famille,
Mon fils, digne héritier .... vous .... hélas! vous, ma
              fille!
Dissipez mes soupçons, ôtez-moi cette horreur,
Ce trouble qui m'accable au comble du bonheur.
Toi qui seul as conduit sa fortune et la mienne,
Mon Dieu qui me la rends, me la rends-tu chrétienne?
Tu pleures, malheureuse, et tu baisses les yeux!
Tu te tais! je t'entends! O crime! O justes cieux!

Za. Je ne puis vous tromper: sous les lois d'Oros-
              mane ....
Punissez votre fille .... Elle était musulmane.

Lus. Que la foudre en éclats ne tombe que sur moi!
Ah! mon fils! à ces mots j'eusse expiré sans toi.
Mon Dieu! j'ai combattu soixante ans pour ta gloire;
J'ai vu tomber ton temple, et périr ta mémoire:
Dans un cachot affreux abandonné vingt ans,
Mes larmes t'imploraient pour mes tristes enfants:
Et lorsque ma famille est par toi réunie,
Quand je trouve une fille, elle est ton ennemie!
Je suis bien malheureux .... c'est ton père, c'est moi,
C'est ma seule prison qui t'a ravi ta foi.
Ma fille, tendre objet de mes dernières peines,

Songe au moins, songe au sang qui coule dans tes veines :
C'est le sang de vingt rois, tous chrétiens comme moi ;
C'est le sang des héros, défenseurs de ma loi,
C'est le sang des martyrs . . . . O fille encor trop chère!
Connais-tu ton destin ? sais-tu quelle est ta mère ?
Sais-tu bien qu'à l'instant que son flanc mit au jour
Ce triste et dernier fruit d'un malheureux amour,
Je la vis massacrer par la main forcenée,
Par la main des brigands à qui tu t'es donnée ?
Tes frères, ces martyrs égorgés à mes yeux,
T'ouvrent leurs bras sanglants, tendus du haut des cieux.
Ton Dieu que tu trahis, ton Dieu que tu blasphèmes,
Pour toi, pour l'univers, est mort en ces lieux mêmes ;
En ces lieux où mon bras le servit tant de fois,
En ces lieux où son sang te parle par ma voix.
Vois ces murs, vois ce temple envahi par tes maîtres :
Tout annonce le Dieu qu'ont vengé tes ancêtres.
Tourne les yeux, sa tombe est près de ce palais ;
C'est ici la montagne où, lavant nos forfaits,
Il voulut expirer sous les coups de l'impie ;
C'est là que de sa tombe il rappela sa vie.
Tu ne saurais marcher dans cet auguste lieu,
Tu n'y peux faire un pas, sans y trouver ton Dieu ;
Et tu n'y peux rester sans renier ton père,
Ton honneur qui te parle, et ton Dieu qui t'éclaire.
Je te vois dans mes bras, et pleurer, et frémir ;
Sur ton front pâlissant Dieu met le repentir ;
Je vois la vérité dans ton cœur descendue ;
Je retrouve ma fille après l'avoir perdue ;
Et je reprends ma gloire et ma félicité,
En dérobant mon sang à l'infidélité.
      Nér. Je revois donc ma sœur ! . . . Et son âme . . .
      Za.   Ah, mon père !
Cher auteur de mes jours, parlez, que dois-je faire ?
      Lus. M'ôter, par un seul mot, ma honte et mes en-
            nuis ;
Dire ; je suis chrétienne.
      Za.   Oui . . . seigneur . . . je le suis.
      Lus. Dieu ! reçois son aveu du sein de ton empire !

      Scène IV.—*Zaire, Lusignan, Chatillon, Nérestan, Corasmin.*

      Cor. Madame, le soudan m'ordonne de vous dire
Qu'à l'instant de ces lieux il faut vous retirer,

Et de ces vils chrétiens surtout vous séparer.
Vous, Français, suivez-moi : de vous je dois répondre.
Chat. Où sommes-nous ? grand Dieu ! Quel coup vient
    nous confondre ?
Lus. Notre courage, amis, doit ici s'animer.
Za. Hélas, seigneur !
Lus.   O vous, que je n'ose nommer,
Jurez-moi de garder un secret si funeste.
Za. Je vous le jure.
Lus.   Allez, le ciel fera le reste.

ACTE III.

Scène I.—*Orosmane, Corasmin.*

Oros. Vous étiez, Corasmin, trompé par vos alarmes ;
Non, Louis contre moi ne tourne point ses armes ;
Les Français sont lassés de chercher désormais
Des climats que pour eux le destin n'a point faits ;
Ils n'abandonnent point leur fertile patrie,
Pour languir aux déserts de l'aride Arabie,
Et venir arroser de leur sang odieux
Ces palmes, que pour nous Dieu fait croître en ces lieux.
Ils couvrent de vaisseaux la mer de la Syrie ;
Louis, des bords de Chypre, épouvante l'Asie ;
Mais j'apprends que ce roi s'éloigne de nos ports ;
De la féconde 'Egypte il menace les bords :
J'en reçois à l'instant la première nouvelle.
Contre les Mamelucks son courage l'appelle ;
Il cherche Méledin, mon secret ennemi ;
Sur leurs divisions mon trône est affermi.
Je ne crains plus enfin l''Egypte ni la France.
Nos communs ennemis cimentent ma puissance ;
Et, prodigues d'un sang qu'ils devraient ménager,
Prennent en s'immolant le soin de me venger.
Relâche ces chrétiens, ami, je les délivre ;
Je veux plaire à leur maître, et leur permets de vivre :
Je veux que sur la mer on les mène à leur roi,
Que Louis me connaisse, et respecte ma foi.
Mène-lui Lusignan ; dis-lui que je lui donne
Celui que la naissance allie à sa couronne ;
Celui que par deux fois mon père avait vaincu,
Et qu'il tint enchaîné tandis qu'il a vécu.
Cor. Son nom, cher aux chrétiens . . . .

Oros.   Son nom n'est point à craindre.
Cor. Mais, seigneur, si Louis . . . .
   Oros.   Il n'est plus temps de feindre,
Zaïre l'a voulu ; c'est assez : et mon cœur,
En donnant Lusignan, le donne à mon vainqueur.
Louis est peu pour moi ; je fais tout pour Zaïre ;
Nul autre sur mon cœur n'aurait pris cet empire.
Je viens de l'affliger, c'est à moi d'adoucir
Le déplaisir mortel qu'elle a dû ressentir,
Quand, sur les faux avis des desseins de la France,
J'ai fait à ces chrétiens un peu de violence.
Que dis-je ?   Ces moments, perdus dans mon conseil,
Ont de ce grand hymen suspendu l'appareil :
D'une heure encore, ami, mon bonheur se diffère :
Mais j'emploierai du moins ce temps à lui complaire.
Zaïre ici demande un secret entretien
Avec ce Nérestan, ce généreux chrétien . . . .
   Cor. Et vous avez, seigneur, encor cette indulgence ?
   Oros. Ils ont été tous deux esclaves dans l'enfance ;
Ils ont porté mes fers, ils ne se verront plus ;
Zaïre enfin de moi n'aura point un refus.
Je ne m'en défends point ; je foule aux pieds pour elle
Des rigueurs du sérail la contrainte cruelle.
J'ai méprisé ces lois, dont l'âpre austérité
Fait d'une vertu triste une nécessité.
Je ne suis point formé du sang asiatique ;
Né parmi les rochers, au sein de la Taurique,
Des Scythes mes aïeux je garde la fierté,
Leurs mœurs, leurs passions, leur générosité :
Je consens qu'un partant Nérestan la revoie ;
Je veux que tous les cœurs soient heureux de ma joie.
Après ce peu d'instants, volés à mon amour,
Tous ses moments, ami, sont à moi sans retour.
Va, ce chrétien attend, et tu peux l'introduire.
Presse son entretien, obéis à Zaïre.

SCÈNE II.—*Corasmin, Nérestan.*

   Cor. En ces lieux, un moment, tu peux encor rester.
Zaïre à tes regards viendra se présenter.

SCÈNE III.—*Nérestan (seul).*

En quel état, O ciel ! en quels lieux je la laisse !
O ma religion ! O mon père ! O tendresse !
Mais je la vois.

SCÈNE IV.—*Zaïre, Nérestan.*

Nér.　　　　Ma sœur, je puis donc vous parler ;
Ah ! dans quel temps le ciel nous voulut rassembler !
Vous ne reverrez plus un trop malheureux père.

Za. Dieu ! Lusignan ?

Nér.　　　　　　Il touche à son heure dernière.
Sa joie, en nous voyant, par de trop grands efforts,
De ses sens affaiblis a rompu les ressorts ;
Et cette émotion, dont son âme est remplie,
A bientôt épuisé les sources de sa vie.
Mais, pour comble d'horreur, à ces derniers moments,
Il doute de sa fille et de ses sentiments ;
Il meurt dans l'amertume, et son âme incertaine
Demande en soupirant si vous êtes chrétienne.

Za. Quoi ! je suis votre sœur, et vous pouvez penser
Qu'à mon sang, à ma loi j'aille ici renoncer ?

Nér. Ah, ma sœur ! cette loi n'est pas la vôtre encore ;
Le jour qui vous éclaire est pour vous à l'aurore ;
Vous n'avez point reçu ce gage précieux,
Qui nous lave du crime, et nous ouvre les cieux.
Jurez par nos malheurs, et par votre famille,
Par ces martyrs sacrés de qui vous êtes fille,
Que vous voulez ici recevoir aujourd'hui
Le sceau du Dieu vivant qui nous attache à lui.

Za. Oui, je jure en vos mains, par ce Dieu que j'adore,
Par sa loi que je cherche, et que mon cœur ignore,
De vivre désormais sous cette sainte loi . . . .
Mais, mon cher frère . . . . Hélas ! que veut-elle de moi ?
Que faut-il ?

Nér.　　　　Détester l'empire de vos maîtres,
Servir, aimer ce Dieu qu'ont aimé nos ancêtres,
Qui, né près de ces murs, est mort ici pour nous,
Qui nous a rassemblés, qui m'a conduit vers vous.
Est-ce à moi d'en parler ? moins instruit que fidèle,
Je ne suis qu'un soldat, et je n'ai que du zèle.
Un pontife sacré viendra jusqu'en ces lieux
Vous apporter la vie, et dessiller vos yeux.
Songez à vos serments, et que l'eau du baptême
Ne vous apporte point la mort et l'anathème.
Obtenez qu'avec lui je puisse revenir.
Mais à quel titre, O ciel ! faut-il donc l'obtenir ?
A qui le demander dans ce sérail profane ? . . . .

Vous, le sang de vingt rois, esclave d'Orosmane!
Parente de Louis, fille de Lusignan!
Vous chrétienne, et ma sœur, esclave d'un soudan!
Vous m'entendez .... je n'ose en dire davantage:
Dieu, nous réserviez-vous à ce dernier outrage?
    Za. Ah, cruel! poursuivez; vous ne connaissez pas
Mon secret, mes tourments, mes vœux, mes attentats.
Mon frère, ayez pitié d'une sœur égarée,
Qui brûle, qui gémit, qui meurt désespérée.
Je suis chrétienne, hélas! .... j'attends avec ardeur
Cette eau sainte, cette eau, qui peut guérir mon cœur.
Non, je ne serai point indigne de mon frère,
De mes aïeux, de moi, de mon malheureux père.
Mais parlez à Zaïre, et ne lui cachez rien:
Dites .... quelle est la loi de l'empire chrétien? ....
Quel est le châtiment pour une infortunée,
Qui, loin de ses parents, aux fers abandonnée,
Trouvant chez un barbare un généreux appui,
Aurait touché son âme et s'unirait à lui?
    Nér. O ciel! que dites-vous? Ah! la mort la plus
        prompte
Devrait ....
    Za.   C'en est assez; frappe, et préviens ta honte.
    Nér. Qui? vous? ma sœur!
    Za.   C'est moi que je viens d'accuser.
Orosmane m'adore .... et j'allais l'épouser.
    Nér. L'épouser! est-il vrai, ma sœur? Est-ce vous-
        même?
Vous, la fille des rois?
    Za.   Frappe, dis-je; je l'aime.
    Nér. Opprobre malheureux du sang dont vous sortez,
Vous demandez la mort, et vous la méritez:
Et si je n'écoutais que ta honte et ma gloire,
L'honneur de ma maison, mon père, sa mémoire;
Si la loi de ton Dieu, que tu ne connais pas,
Si ma religion ne retenait mon bras,
J'irais dans ce palais, j'irais au moment même,
Immoler de ce fer un barbare qui t'aime,
De son indigne flanc, le plonger dans le tien,
Et ne l'en retirer que pour percer le mien.
Ciel! tandis que Louis, l'exemple de la terre,
Au Nil épouvanté ne va porter la guerre
Que pour venir bientôt, frappant des coups plus sûrs,

Délivrer ton Dieu même, et lui rendre ces murs :
Zaïre, cependant, ma sœur, son alliée,
Au tyran d'un sérail par l'hymen est liée !
Et je vais donc apprendre à Lusignan trahi,
Qu'un Tartare est le dieu que sa fille a choisi !
Dans ce moment affreux, hélas ! ton père expire,
En demandant à Dieu le salut de Zaïre.

Za. Arrête, mon cher frère . . . . arrête, connais-moi ;
Peut-être que Zaïre est digne encor de toi.
Mon frère, épargne-moi cet horrible langage ;
Ton courroux, ton reproche est un plus grand outrage,
Plus sensible pour moi, plus dur que ce trépas
Que je te demandais, et que je n'obtiens pas.
L'état où tu me vois accable ton courage ;
Tu souffres, je le vois ; je souffre davantage.
Je voudrais que du ciel le barbare secours
De mon sang dans mon cœur eût arrêté le cours,
Le jour qu'empoisonné d'une flamme profane,
Ce pur sang des chrétiens brûla pour Orosmane,
Le jour que de ta sœur Orosmane charmé . . . .
Pardonnez-moi, chrétiens ; qui ne l'aurait aimé !
Il fesait tout pour moi ; son cœur m'avait choisie ;
Je voyais sa fierté pour moi seule adoucie.
C'est lui qui des chrétiens a ranimé l'espoir :
C'est à lui que je dois le bonheur de te voir :
Pardonne ; ton courroux, mon père, ma tendresse,
Mes serments, mon devoir, mes remords, ma faiblesse,
Me servent de supplice ; et ta sœur en ce jour
Meurt de son repentir, plus que de son amour.

Nér. Je te blâme et te plains ; crois-moi, la Providence
Ne te laissera point périr sans innocence :
Je te pardonne, hélas ! ces combats odieux ;
Dieu ne t'a point prêté son bras victorieux :
Ce bras qui rend la force aux plus faibles courages,
Soutiendra ce roseau plié par les orages.
Il ne souffrira pas qu'à son culte engagé,
Entre un barbare et lui ton cœur soit partagé.
Le baptême éteindra ces feux dont il soupire,
Et tu vivras fidèle, ou périras martyre.
Achève donc ici ton serment commencé ;
Achève ; et, dans l'horreur dont ton cœur est pressé,
Promets au roi Louis, à l'Europe, à ton père,
Au Dieu qui déjà parle à ce cœur si sincère,

De ne point accomplir cet hymen odieux,
Avant que le pontife ait éclairé tes yeux,
Avant qu'en ma présence il te fasse chrétienne
Et que Dieu par ses mains t'adopte et te soutienne.
Le promets-tu, Zaïre ? . . .

Za.   Oui, je te le promets :
Rends-moi chrétienne et libre ; à tout je me soumets.
Va, d'un père expirant, va fermer la paupière ;
Va, je voudrais te suivre et mourir la première.

Nér. Je pars ; adieu, ma sœur, adieu : puisque mes
              vœux
Ne peuvent t'arracher à ce palais honteux,
Je reviendrai bientôt par un heureux baptême
T'arracher aux enfers, et te rendre à toi-même.

Scène V.—*Zaïre.*

Me voilà seule, O Dieu ! que vais-je devenir ?
Dieu, commande à mon cœur de ne te point trahir.
Hélas ! suis-je en effet Française, ou musulmane ?
Fille de Lusignan, ou femme d'Orosmane ?
Suis-je amante, ou chrétienne ? O serments que j'ai faits !
Mon père, mon pays, vous serez satisfaits !
Fatime ne vient point.   Quoi ! dans ce trouble extrême,
L'univers m'abandonne ! on me laisse à moi-même !
Mon cœur peut-il porter, seul et privé d'appui,
Le fardeau des devoirs qu'on m'impose aujourd'hui ?
'A ta loi, Dieu puissant, oui, mon âme est rendue ;
Mais fais que mon amant s'éloigne de ma vue.
Cher amant ! ce matin l'aurais-je pu prévoir,
Que je dusse aujourd'hui redouter de te voir ?
Moi, qui, de tant de feux justement possédée,
N'avais d'autre bonheur, d'autre soin, d'autre idée,
Que de t'entretenir, d'écouter ton amour,
Te voir, te souhaiter, attendre ton retour ?
Hélas ! et je t'adore, et t'aimer est un crime !

Scène VI.—*Zaïre, Orosmane.*

Oros. Paraissez, tout est prêt, et l'ardeur qui m'anime
Ne souffre plus, madame, aucun retardement ;
Les flambeaux de l'hymen brillent pour votre amant ;
Les parfums de l'encens remplissent la mosquée ;
Du dieu de Mahomet la puissance invoquée
Confirme mes serments, et préside à mes feux ;

Mon peuple prosterné pour vous offre ses vœux ;
Tout tombe à vos genoux ; vos superbes rivales,
Qui disputaient mon cœur et marchaient vos égales,
Heureuses de vous suivre et de vous obéir,
Devant vos volontés vont apprendre à fléchir.
Le trône, les festins, et la cérémonie,
Tout est prêt : commencez le bonheur de ma vie.

 Za. Où suis-je ? malheureuse ! O tendresse ! O douleur !

 Oros. Venez.

 Za.   Où me cacher ?

 Oros.   Que dites-vous ?

 Za.   Seigneur !

 Oros. Donnez-moi votre main ; daignez, belle Zaïre . . .

 Za. Dieu de mon père, hélas ! que pourrai-je lui dire !

 Oros. Que j'aime à triompher de ce tendre embarras !
Qu'il redouble ma flamme, et mon bonheur ! . . .

 Za.   Hélas !

 Oros. Ce trouble à mes désirs vous rend encor plus
   chère,
D'une vertu modeste il est le caractère.
Digne et charmant objet de ma constante foi,
Venez, ne tardez plus.

 Za.   Fatime, soutiens-moi . . . .
Seigneur.

 Oros. O ciel ! eh quoi !

 Za.   Seigneur, cet hyménée
'Etait un bien suprême à mon âme étonnée ;
Je n'ai point recherché le trône et la grandeur :
Qu'un sentiment plus juste occupait tout mon cœur !
Hélas ! j'aurais voulu qu'à vos vertus unie,
Et méprisant pour vous les trônes de l'Asie,
Seule et dans un désert, auprès de mon époux,
J'eusse pu sous mes pieds les fouler avec vous.
Mais . . . . seigneur . . . . ces chrétiens . . . .

 Oros.   Ces chrétiens . . . . Quoi, madame ?
Qu'auraient donc de commun cette secte et ma flamme ?

 Za. Lusignan, ce vieillard, accablé de douleurs,
Termine en ces moments sa vie et ses malheurs.

 Oros. Eh bien ! quel intérêt si pressant et si tendre
A ce vieillard chrétien votre cœur peut-il prendre ?
Vous n'êtes point chrétienne ; élevée en ces lieux,
Vous suivez dès long-temps la foi de mes aïeux.

Un vieillard qui succombe au poids de ses années,
Peut-il troubler ici vos belles destinées ?
Cette aimable pitié, qu'il s'attire de vous,
Doit se perdre avec moi dans des moments si doux.
    Za. Seigneur, si vous m'aimez, si je vous étais chère ...
    Oros. Si vous l'êtes, ah Dieu !
    Za.   Souffrez que l'on diffère ...
Permettez que ces nœuds, par vos mains assemblés ....
    Oros. Que dites-vous ? O ciel ! est-ce vous qui parlez ?
Zaïre !
    Za.   Je ne puis soutenir sa colère.
    Oros. Zaïre !
    Za.   Il m'est affreux, seigneur, de vous déplaire ;
Excusez ma douleur .... Non, j'oublie à la fois,
Et tout ce que je suis, et tout ce que je dois.
Je ne puis soutenir cet aspect qui me tue.
Je ne puis .... Ah ! souffrez que loin de votre vue,
Seigneur, j'aille cacher mes larmes, mes ennuis,
Mes vœux, mon désespoir, et l'horreur où je suis.
                            (*Elle sort.*)

Scène VII.—Orosmane, Corasmin.

    Oros. Je demeure immobile, et ma langue glacée
Se refuse aux transports de mon âme offensée.
Est-ce à moi que l'on parle ? ai-je bien entendu ?
Est-ce moi qu'elle fuit ? O ciel ! et qu'ai-je vu ?
Corasmin, quel est donc ce changement extrême ?
Je la laisse échapper ! je m'ignore moi-même.
    Cor. Vous seul causez son trouble, et vous vous en
      plaignez !
Vous accusez, seigneur, un cœur où vous régnez !
    Oros. Mais pourquoi donc ces pleurs, ces regrets, cette
      fuite,
Cette douleur si sombre en ses regards écrite ?
Si c'était ce Français ! quel soupçon ! quelle horreur !
Quelle lumière affreuse a passé dans mon cœur !
Hélas ! je repoussais ma juste défiance :
Un barbare, un esclave, aurait cette insolence !
Cher ami, je verrais un cœur comme le mien,
Réduit à redouter un esclave chrétien !
Mais, parle, tu pouvais observer son visage,
Tu pouvais de ses yeux entendre le langage :
Ne me déguise rien, mes feux sont-ils trahis ?

Apprends-moi mon malheur . . . . tu trembles . . . . tu
    frémis . . . .
C'en est assez.

Cor.   Je crains d'irriter vos alarmes.
Il est vrai que ses yeux ont versé quelques larmes ;
Mais, seigneur, après tout, je n'ai rien observé
Qui doive . . . .

Oros.   'A cet affront je serais réservé !
Non ; si Zaïre, ami, m'avait fait cette offense,
Elle eût avec plus d'art trompé ma confiance.
Le déplaisir secret de son cœur agité,
Si ce cœur est perfide, aurait-il éclaté ?
'Ecoute, garde-toi de soupçonner Zaïre.
Mais, dis-tu, ce Français gémit, pleure, soupire ;
Que m'importe, après tout, le sujet de ses pleurs ?
Qui sait si l'amour même entre dans ses douleurs ?
Et qu'ai-je à redouter d'un esclave infidèle,
Qui demain pour jamais se va séparer d'elle ?

Cor. N'avez-vous pas, seigneur, permis, malgré nos lois,
Qu'il jouît de sa vue une seconde fois ?
Qu'il revînt en ces lieux ?

Oros.   Qu'il revînt, lui, ce traître ?
Qu'aux yeux de ma maîtresse il osât reparaître ?
Oui, je le lui rendrais, mais mourant, mais puni,
Mais versant à ses yeux le sang qui m'a trahi,
Déchiré devant elle ; et ma main dégouttante
Confondrait dans son sang le sang de son amante . . . .
Excuse les transports de ce cœur offensé ;
Il est né violent, il aime, il est blessé.
Je connais mes fureurs, et je crains ma faiblesse,
'A des troubles honteux je sens que je m'abaisse.
Non ; c'est trop sur Zaïre arrêter un soupçon ;
Non, son cœur n'est point fait pour une trahison :
Mais ne crois pas non plus que le mien s'avilisse
'A souffrir des rigueurs, à gémir d'un caprice,
'A me plaindre, à reprendre, à redonner ma foi ;
Les éclaircissements sont indignes de moi.
Il vaut mieux sur mes sens reprendre un juste empire ;
Il vaut mieux oublier jusqu'au nom de Zaïre.
Allons, que le sérail soit fermé pour jamais ;
Que la terreur habite aux portes du palais ;
Que tout ressente ici le frein de l'esclavage :
Des rois de l'Orient suivons l'antique usage.

O

On peut, pour son esclave, oubliant sa fierté,
Laisser tomber sur elle un regard de bonté ;
Mais il est trop honteux de craindre une maîtresse ;
Aux mœurs de l'Occident laissons cette bassesse.
Ce sexe dangereux, qui veut tout asservir,
S'il règne dans l'Europe, ici doit obéir.

ACTE IV.

Scène I.—*Zaïre, Fatime.*

Fat. Que je vous plains, madame, et que je vous ad-
mire !
C'est le dieu des chrétiens, c'est Dieu qui vous inspire ;
Il donnera la force à vos bras languissants,
De briser des liens si chers et si puissants.

Za. Eh ! pourrai-je achever ce fatal sacrifice ?

Fat. Vous demandez sa grâce, il vous doit sa justice :
De votre cœur docile il doit prendre le soin.

Za. Jamais de son appui je n'eus tant de besoin.

Fat. Si vous ne voyez plus votre auguste famille,
Le Dieu que vous servez vous adopte pour fille ;
Vous êtes dans ses bras, il parle à votre cœur ;
Et quand ce saint pontife, organe du Seigneur,
Ne pourrait aborder dans ce palais profane . . . .

Za. Ah ! j'ai porté la mort dans le sein d'Orosmane.
J'ai pu désespérer le cœur de mon amant !
Quel outrage, Fatime, et quel affreux moment !
Mon Dieu, vous l'ordonnez ! . . . . j'eusse été trop heu-
reuse.

Fat. Quoi ! regretter encor cette chaîne honteuse !
Hasarder la victoire, ayant tant combattu !

Za. Victoire infortunée ! inhumaine vertu !
Non, tu ne connais pas ce que je sacrifie.
Cet amour si puissant, ce charme de ma vie,
Dont j'espérais, hélas ! tant de félicité,
Dans toute son ardeur n'avait point éclaté.
Fatime, j'offre à Dieu mes blessures cruelles ;
Je mouille devant lui de larmes criminelles
Ces lieux où tu m'as dit qu'il choisit son séjour ;
Je lui crie en pleurant : Ôte-moi mon amour,
Arrache-moi mes vœux, remplis-moi de toi-même !
Mais, Fatime, à l'instant les traits de ce que j'aime,
Ces traits chers et charmants, que toujours je revoi,

Se montrent dans mon âme entre le ciel et moi.
Eh bien! race des rois, dont le ciel me fit naître,
Père, mère, chrétiens, vous mon Dieu, vous mon maître,
Vous qui de mon amant me privez aujourd'hui,
Terminez donc mes jours, qui ne sont plus pour lui!
Que j'expire innocente, et qu'une main si chère,
De ces yeux qu'il aimait ferme au moins la paupière!
Ah! que fait Orosmane? Il ne s'informe pas
Si j'attends loin de lui la vie ou le trépas;
Il me fuit, il me laisse, et je n'y peux survivre.

 Fat. Quoi, vous! fille des rois, que vous prétendez
   suivre,
Vous, dans les bras d'un Dieu, votre éternel appui . . . .

 Za. Eh! pourquoi mon amant n'est-il pas né pour lui?
Orosmane est-il fait pour être sa victime?
Dieu pourrait-il haïr un cœur si magnanime?
Généreux, bienfesant, juste, plein de vertus,
S'il était né chrétien, que serait-il de plus?
Et plût à Dieu du moins que ce saint interprète,
Ce ministre sacré que mon âme souhaite,
Du trouble où tu me vois vînt bientôt me tirer!
Je ne sais; mais enfin, j'ose encore espérer
Que ce Dieu, dont cent fois on m'a peint la clémence,
Ne réprouverait point une telle alliance:
Peut-être, de Zaïre en secret adoré,
Il pardonne aux combats de ce cœur déchiré;
Peut-être, en me laissant au trône de Syrie,
Il soutiendrait par moi les chrétiens de l'Asie.
Fatime, tu le sais, ce puissant Saladin,
Qui ravit à mon sang l'empire du Jourdain,
Qui fit comme Orosmane admirer sa clémence,
Au sein d'une chrétienne il avait pris naissance.

 Fat. Ah! ne voyez-vous pas que pour vous consoler . . . .

 Za. Laisse-moi; je vois tout; je meurs sans m'aveu-
   gler:
Je vois que mon pays, mon sang, tout me condamne:
Que je suis Lusignan, que j'adore Orosmane;
Que mes vœux, que mes jours à ses jours sont liés.
Je voudrais quelquefois me jeter à ses pieds,
De tout ce que je suis faire un aveu sincère.

 Fat. Songez que cet aveu peut perdre votre frère,
Expose les chrétiens, qui n'ont que vous d'appui,
Et va trahir le Dieu qui vous rappelle à lui.

Za. Ah! si tu connaissais le grand cœur d'Orosmane!
Fat. Il est le protecteur de la loi musulmane,
Et plus il vous adore, et moins il peut souffrir
Qu'on vous ose annoncer un Dieu qu'il doit haïr.
Le pontife à vos yeux en secret va se rendre,
Et vous avez promis . . . .
　　　　Za. 　　　　　　　Eh bien, il faut l'attendre.
J'ai promis, j'ai juré de garder ce secret :
Hélas! qu'à mon amant je le tais à regret!
Et, pour comble d'horreur, je ne suis plus aimée.

　　　　　　SCÈNE II.—*Orosmane, Zaïre.*

Oros. Madame, il fut un temps où mon âme charmée,
'Ecoutant sans rougir des sentiments trop chers,
Se fit une vertu de languir dans vos fers.
Je croyais être aimé, madame; et votre maître,
Soupirant à vos pieds, devait s'attendre à l'être :
Vous ne m'entendrez point, amant faible et jaloux,
En reproches honteux éclater contre vous;
Cruellement blessé, mais trop fier pour me plaindre,
Trop généreux, trop grand, pour m'abaisser à feindre,
Je viens vous déclarer que le plus froid mépris
De vos caprices vains sera le digne prix.
Ne vous préparez point à tromper ma tendresse,
'A chercher des raisons dont la flatteuse adresse,
'A mes yeux éblouis colorant vos refus,
Vous ramène un amant qui ne vous connaît plus,
Et qui, craignant surtout qu'à rougir on l'expose,
D'un refus outrageant veut ignorer la cause.
Madame, c'en est fait ; une autre va monter
Au rang que mon amour vous daignait présenter ;
Une autre aura des yeux, et va du moins connaître
De quel prix mon amour et ma main devaient être.
Il pourra m'en coûter, mais mon cœur s'y résout.
Apprenez qu' Orosmane est capable de tout ;
Que j'aime mieux vous perdre, et, loin de votre vue,
Mourir, désespéré de vous avoir perdue,
Que de vous posséder, s'il faut qu'à votre foi
Il en coûte un soupir qui ne soit pas pour moi.
Allez, mes yeux jamais ne reverront vos charmes.
　　　Za. Tu m'as donc tout ravi, Dieu, témoin de mes
　　　　　larmes !
Tu veux commander seul à mes sens éperdus . . . .

Eh bien, puisqu'il est vrai que vous ne m'aimez plus,
Seigneur . . . .

Oros.   Il est trop vrai que l'honneur me l'ordonne,
Que je vous adorai, que je vous abandonne,
Que je renonce à vous, que vous le désirez,
Que sous une autre loi . . . . Zaïre, vous pleurez ?

Za. Ah ! seigneur ! ah ! du moins, gardez de jamais
        croire
Que du rang d'un soudan je regrette la gloire ;
Je sais qu'il faut vous perdre, et mon sort l'a voulu :
Mais, seigneur, mais mon cœur ne vous est pas connu.
Me punisse à jamais ce ciel qui me condamne,
Si je regrette rien que le cœur d'Orosmane !

Oros. Zaïre, vous m'aimez !

Za.   Dieu ! si je l'aime, hélas !

Oros. Quel caprice étonnant, que je ne conçois pas !
Vous m'aimez ?   Eh ! pourquoi vous forcez-vous, cruelle,
A déchirer le cœur d'un amant si fidèle ?
Je me connaissais mal ; oui, dans mon désespoir,
J'avais cru sur moi-même avoir plus de pouvoir.
Va, mon cœur est bien loin d'un pouvoir si funeste.
Zaïre, que jamais la vengeance céleste
Ne donne à ton amant, enchaîné sous ta loi,
La force d'oublier l'amour qu'il a pour toi !
Qui, moi ? que sur mon trône une autre fût placée !
Non, je n'en eus jamais la fatale pensée.
Pardonne à mon courroux, à mes sens interdits,
Ces dédains affectés, et si bien démentis ;
C'est le seul déplaisir que jamais, dans ta vie,
Le ciel aura voulu que ta tendresse essuie.
Je t'aimerai toujours . . . mais d'où vient que ton cœur,
En partageant mes feux, différait mon bonheur ?
Parle.   Était-ce un caprice ? est-ce crainte d'un maître,
D'un soudan, qui pour toi veut renoncer à l'être ?
Serait-ce un artifice ? épargne-toi ce soin ;
L'art n'est pas fait pour toi, tu n'en as pas besoin ;
Qu'il ne souille jamais le saint nœud qui nous lie !
L'art le plus innocent tient de la perfidie.
Je n'en connus jamais, et mes sens déchirés,
Pleins d'un amour si vrai . . . .

Za.   Vous me désespérez.
Vous m'êtes cher, sans doute, et ma tendresse extrême
Est le comble des maux pour ce cœur qui vous aime.

Oros. O ciel! expliquez-vous.   Quoi, toujours me trou-
    bler?
Se peut-il . . . .
    Za.   Dieu puissant, que ne puis-je parler?
Oros. Quel étrange secret me cachez-vous, Zaïre?
Est-il quelque chrétien qui contre moi conspire?
Me trahit-on? parlez.
    Za.   Eh! peut-on vous trahir?
Seigneur, entre eux et vous, vous me verriez courir:
On ne vous trahit point, pour vous rien n'est à craindre,
Mon malheur est pour moi, je suis la seule à plaindre.
    Oros. Vous, à plaindre? grand Dieu!
    Za.   Souffrez qu'à vos genoux
Je demande en tremblant une grâce de vous.
    Oros. Une grâce! ordonnez, et demandez ma vie.
Plût au ciel qu'à vos jours la mienne fût unie!
Orosmane . . . Seigneur . . . permettez qu'aujourd'hui,
Seule, loin de vous-même, et toute à mon ennui,
D'un œil plus recueilli contemplant ma fortune,
Je cache à votre oreille une plainte importune . . . .
Demain tous mes secrets vous seront révélés.
    Oros. De quelle inquiétude, O ciel! vous m'accablez!
Pouvez-vous . . . .
    Za.   Si pour moi l'amour vous parle encore,
Ne me refusez pas la grâce que j'implore.
Eh bien! il faut vouloir tout ce que vous voulez;
J'y consens; il en coûte à mes sens désolés.
Allez, souvenez-vous que je vous sacrifie
Les moments les plus beaux, les plus chers de ma vie.
    Za. En me parlant ainsi, vous me percez le cœur.
    Oros. Eh bien! vous me quittez, Zaïre?
    Za.   Hélas, seigneur!

        SCÈNE III.—*Orosmane, Corasmin.*

Oros. Ah! c'est trop tôt chercher ce solitaire asile,
C'est trop tôt abuser de ma bonté facile;
Et plus j'y pense, ami, moins je puis concevoir
Le sujet si caché de tant de désespoir.
Quoi donc! par ma tendresse élevée à l'empire,
Dans le sein du bonheur que son âme désire,
Près d'un amant qu'elle aime, et qui brûle à ses pieds
Ses yeux remplis d'amour, de larmes sont noyés!
Je suis bien indigné de voir tant de caprices.

Mais moi-même, après tout, eus-je moins d'injustices ?
Ai-je été moins coupable à ses yeux offensés ?
Est-ce à moi de me plaindre ? on m'aime, c'est assez.
Il me faut expier, par un peu d'indulgence,
De mes transports jaloux l'injurieuse offense.
Je me rends : je le vois, son cœur est sans détours ;
La nature naïve anime ses discours :
Elle est dans l'âge heureux où règne l'innocence ;
A sa sincérité je dois ma confiance.
Elle m'aime, sans doute ; oui, j'ai lu devant toi,
Dans ses yeux attendris, l'amour qu'elle a pour moi ;
Et son âme, éprouvant cette ardeur qui me touche,
Vingt fois pour me le dire a volé sur sa bouche.
Qui peut avoir un cœur assez traître, assez bas,
Pour montrer tant d'amour, et ne le sentir pas ?

SCÈNE IV.—*Orosmane, Corasmin, Mélédor.*

Mél. Cette lettre, seigneur, à Zaïre adressée,
Par vos gardes saisie, et dans mes mains laissée . . . .
Oros. Donne . . . Qui la portait ? . . . Donne.
Mél.   Un de ces chrétiens,
Dont vos bontés, seigneur, ont brisé les liens :
Au sérail en secret il allait s'introduire ;
On l'a mis dans les fers.
Oros.   Hélas ! que vais-je lire ?
Laisse-nous . . . . je frémis.

SCÈNE V.—*Orosmane, Corasmin.*

Cor.   Cette lettre, seigneur,
Pourra vous éclaircir, et calmer votre cœur.
Oros. Ah ! lisons : ma main tremble, et mon âme éton-
          née
Prévoit que ce billet contient ma destinée.
Lisons . . . . "Chère Zaïre, il est temps de nous voir :
Il est vers la mosquée une secrète issue,
Où vous pouvez sans bruit, et sans être aperçue,
Tromper vos surveillants, et remplir notre espoir ·
Il faut tout hasarder ; vous connaissez mon zèle :
Je vous attends ; je meurs, si vous n'êtes fidèle."
Eh bien ! cher Corasmin, que dis-tu ?
Cor.   Moi, seigneur ?
Je suis épouvanté de ce comble d'horreur.
Oros. Tu vois comme on me traite.

Cor.   O trahison horrible !
Seigneur, à cet affront vous êtes insensible ?
Vous, dont le cœur tantôt, sur un simple soupçon,
D'une douleur si vive a reçu le poison ?
Ah ! sans doute, l'horreur d'une action si noire
Vous guérit d'un amour qui blessait votre gloire.
   Oros. Cours chez elle à l'instant, va, vole, Corasmin :
Montre-lui cet écrit . . . Qu'elle tremble . . . et soudain,
De cent coups de poignard que l'infidèle meure.
Mais avant de frapper . . . . ah ! cher ami, demeure,
Demeure, il n'est pas temps. Je veux que ce chrétien
Devant elle amené . . . non . . . je ne veux plus rien . . .
Je me meurs . . . . je succombe à l'excès de ma rage.
   Cor. On ne reçut jamais un si sanglant outrage.
   Oros. Le voilà donc connu ce secret plein d'horreur,
Ce secret qui pesait à son infâme cœur !
Sous le voile emprunté d'une crainte ingénue,
Elle veut quelque temps se soustraire à ma vue.
Je me fais cet effort, je la laisse sortir,
Elle part en pleurant . . . . et c'est pour me trahir.
Quoi ! Zaïre !
   Cor.   Tout sert à redoubler son crime.
Seigneur, n'en soyez pas l'innocente victime,
Et de vos sentiments rappelant la grandeur . . . .
   Oros. C'est-là ce Nérestan, ce héros plein d'honneur,
Ce chrétien si vanté, qui remplissait Solyme
De ce faste imposant de sa vertu sublime !
Je l'admirais moi-même, et mon cœur combattu
S'indignait qu'un chrétien m'égalât en vertu.
Ah ! qu'il va me payer sa fourbe abominable !
Mais Zaïre, Zaïre est cent fois plus coupable.
Une esclave chrétienne, et que j'ai pu laisser
Dans les plus vils emplois languir sans l'abaisser !
Une esclave ! elle sait ce que j'ai fait pour elle !
Ah ! malheureux !
   Cor.   Seigneur, si vous souffrez mon zèle,
Si, parmi les horreurs qui doivent vous troubler,
Vous vouliez . . . .
   Oros.   Oui, je veux la voir et lui parler.
Allez, volez, esclave, et m'amenez Zaïre.
   Cor. Hélas ! en cet état que pourrez-vous lui dire ?
   Oros. Je ne sais, cher ami, mais je prétends la voir.
   Cor. Ah ! seigneur, vous allez, dans votre désespoir,

Vous plaindre, menacer, faire couler ses larmes.
Vos bontés contre vous lui donneront des armes ;
Et votre cœur séduit, malgré tous vos soupçons,
Pour la justifier cherchera des raisons.
M'en croirez-vous ? cachez cette lettre à sa vue,
Prenez pour la lui rendre une main inconnue :
Par là, malgré la fraude et les déguisements,
Vos yeux démêleront ses secrets sentiments,
Et des plis de son cœur verront tout l'artifice.
    Oros. Penses-tu qu'en effet Zaïre me trahisse ? . . . .
Allons, quoi qu'il en soit, je vais tenter mon sort,
Et pousser la vertu jusqu'au dernier effort.
Je veux voir à quel point une femme hardie
Saura de son côté pousser la perfidie.
    Cor. Seigneur, je crains pour vous ce funeste entretien ;
Un cœur tel que le vôtre . . . .
    Oros.   Ah ! n'en redoute rien.
'A son exemple, hélas ! ce cœur ne saurait feindre ;
Mais j'ai la fermeté de savoir me contraindre :
Oui, puisqu'elle m'abaisse à connaître un rival . . . .
Tiens, reçois ce billet à tous trois si fatal :
Va, choisis pour le rendre un esclave fidèle,
Mets en de sûres mains cette lettre cruelle ;
Va, cours . . . . Je ferai plus, j'éviterai ses yeux ;
Qu'elle n'approche pas . . . . C'est elle, justes cieux !

Scène VI.—Orosmane, Zaïre.

    Za. Seigneur, vous m'étonnez ; quelle raison soudaine,
Quel ordre si pressant près de vous me ramène ?
    Oros. Eh bien, madame, il faut que vous m'éclaircissiez ;
Cet ordre est important plus que vous ne croyez.
Je me suis consulté . . . . Malheureux l'un par l'autre,
Il faut régler d'un mot et mon sort et le vôtre.
Peut-être qu'en effet ce que j'ai fait pour vous,
Mon orgueil oublié, mon sceptre à vos genoux,
Mes bienfaits, mon respect, mes soins, ma confiance,
Ont arraché de vous quelque reconnaissance.
Votre cœur, par un maître attaqué chaque jour,
Vaincu par mes bienfaits, crut l'être par l'amour.
Dans votre âme, avec vous, il est temps que je lise ;
Il faut que ses replis s'ouvrent à ma franchise ;
Jugez-vous : répondez avec la vérité
Que vous devez au moins à ma sincérité.

O 2

Si de quelque autre amour l'invincible puissance
L'emporte sur mes soins, ou même les balance,
Il faut me l'avouer, et dans ce même instant,
Ta grâce est dans mon cœur ; prononce, elle t'attend.
Sacrifie à ma foi l'insolent qui t'adore :
Songe que je te vois, que je te parle encore,
Que ma foudre à ta voix pourra se détourner,
Que c'est le seul moment où je peux pardonner.
    Za. Vous, seigneur ! vous osez me tenir ce langage !
Vous, cruel ! Apprenez que ce cœur qu'on outrage,
Et que par tant d'horreurs le ciel veut éprouver,
S'il ne vous aimait pas, est né pour vous braver.
Je ne crains rien ici que ma funeste flamme ;
N'imputez qu'à ce feu qui brûle encor mon âme,
N'imputez qu'à l'amour, que je dois oublier,
La honte où je descends de me justifier.
J'ignore si le ciel, qui m'a toujours trahie,
A destiné pour vous ma malheureuse vie.
Quoi qu'il puisse arriver, je jure par l'honneur,
Qui, non moins que l'amour, est gravé dans mon cœur ;
Je jure que Zaïre, à soi-même rendue,
Des rois les plus puissants détesterait la vue ;
Que tout autre, après vous, me serait odieux.
Voulez-vous plus savoir, et me connaître mieux ?
Voulez-vous que ce cœur, à l'amertume en proie,
Ce cœur désespéré devant vous se déploie ?
Sachez donc qu'en secret il pensait malgré lui
Tout ce que devant vous il déclare aujourd'hui ;
Qu'il soupirait pour vous avant que vos tendresses
Vinssent justifier mes naissantes faiblesses ;
Qu'il prévint vos bienfaits, qu'il brûlait à vos pieds,
Qu'il aimait enfin lorsque vous m'ignoriez ;
Qu'il n'eut jamais que vous, n'aura que vous pour maître.
J'en atteste le ciel, que j'offense peut-être ;
Et si j'ai mérité son éternel courroux,
Si mon cœur fut coupable, ingrat, c'était pour vous.
    Oros. Quoi, des plus tendres feux sa bouche encor
      m'assure !
Quel excès de noirceur ! Zaïre ! ah la parjure !
Quand de sa trahison j'ai la preuve en ma main !
    Za. Que dites-vous ? Quel trouble agite votre sein ?
    Oros. Je ne suis point troublé. Vous m'aimez ?
    Za.   Votre bouche

Peut-elle me parler avec ce ton farouche,
D'un feu si tendrement déclaré chaque jour ?
Vous me glacez de crainte, en me parlant d'amour.
    Oros. Vous m'aimez ?
    Za.   Vous pouvez douter de ma tendresse !
Mais, encore une fois, quelle fureur vous presse ?
Quels regards effrayants vous me lancez ! hélas !
Vous doutez de mon cœur ?
    Oros.   Non, je n'en doute pas.
Allez, rentrez, madame.

Scène VII.—Orosmane, Corasmin.

    Oros.   Ami, sa perfidie
Au comble de l'horreur ne s'est pas démentie ;
Tranquille dans le crime, et fausse avec douceur,
Elle a jusques au bout soutenu sa noirceur.
As-tu trouvé l'esclave ? as-tu servi ma rage ?
Connaîtrai-je à la fois son crime et mon outrage ?
    Cor. Oui, je viens d'obéir ; mais vous ne pouvez pas
Soupirer désormais pour ses traîtres appas :
Vous la verrez sans doute avec indifférence,
Sans que le repentir succède à la vengeance,
Sans que l'amour sur vous en repousse les traits.
    Oros. Corasmin, je l'adore encor plus que jamais.
    Cor. Vous ?   O ciel ! vous ?
    Oros.   Je vois un rayon d'espérance :
Cet odieux chrétien, l'élève de la France,
Est jeune, impatient, léger, présomptueux,
Il peut croire aisément ses téméraires vœux :
Son amour indiscret et plein de confiance
Aura de ses soupirs hasardé l'insolence :
Un regard de Zaïre aura pu l'aveugler :
Sans doute il est aisé de s'en laisser troubler.
Il croit qu'il est aimé, c'est lui seul qui m'offense ;
Peut-être ils ne sont point tous deux d'intelligence.
Zaïre n'a point vu ce billet criminel,
Et j'en croyais trop tôt mon déplaisir mortel.
Corasmin, écoutez . . . . dès que la nuit plus sombre
Aux crimes des mortels viendra prêter son ombre,
Sitôt que ce chrétien chargé de mes bienfaits,
Nérestan, paraîtra sous les murs du palais,
Ayez soin qu'à l'instant ma garde le saisisse ;
Qu'on prépare pour lui le plus honteux supplice,

Et que chargé de fers il me soit présenté.
Laissez, surtout, laissez Zaïre en liberté.
Tu vois mon cœur, tu vois à quel excès je l'aime !
Ma fureur est plus grande, et j'en tremble moi-même.
J'ai honte des douleurs où je me suis plongé :
Mais malheur aux ingrats qui m'auront outragé !

ACTE V.

Scène I.—*Orosmane, Corasmin, un Esclave.*

Oros. On l'a fait avertir, l'ingrate va paraître.
Songe que dans tes mains est le sort de ton maître ;
Donne-lui le billet de ce traître chrétien ;
Rends-moi compte de tout, examine-la bien :
Porte-moi sa réponse. On approche . . . . c'est elle.
('*A Corasmin.*)
Viens, d'un malheureux prince, ami tendre et fidèle,
Viens m'aider à cacher ma rage et mes ennuis.

Scène II.—*Zaïre, Fatime, L'Esclave.*

Za. Eh! qui peut me parler dans l'état où je suis ?
'A tant d'horreurs, hélas ! qui pourra me soustraire ?
Le sérail est fermé ! Dieu ! si c'était mon frère !
Si la main de ce Dieu, pour soutenir ma foi,
Par des chemins cachés, le conduisait vers moi !
Quel esclave inconnu se présente à ma vue ?
L'Es. Cette lettre, en secret dans mes mains parvenue,
Pourra vous assurer de ma fidélité.
Za. Donne. ' (*Elle lit.*)
Fat. (*à part, pendant que Zaïre lit*). Dieu tout-puis-
        sant, éclate en ta bonté ;
Fais descendre ta grâce en ce séjour profane ;
Arrache ma princesse au barbare Orosmane !
Za. (*à Fat.*). Je voudrais te parler.
Fat. (*à l'Es.*). Allez, retirez-vous ;
On vous rappellera, soyez prêt ; laissez-nous.

Scène III.—*Zaïre, Fatime.*

Za. Lis ce billet : hélas ! dis-moi ce qu'il faut faire ;
Je voudrais obéir aux ordres de mon frère.
Fat. Dites plutôt, madame, aux ordres éternels
D'un Dieu qui vous demande au pied de ses autels.
Ce n'est point Nérestan, c'est Dieu qui vous appelle.

Za. Je le sais ; à sa voix je ne suis point rebelle,
J'en ai fait le serment : mais puis-je m'engager,
Moi, les chrétiens, mon frère, en un si grand danger ?
    Fat. Ce n'est point leur danger dont vous êtes trou-
      blée ;
Votre amour parle seul à votre âme ébranlée.
Je connais votre cœur ; il penserait comme eux,
Il hasarderait tout, s'il n'était amoureux.
Ah ! connaissez du moins l'erreur qui vous engage.
Vous tremblez d'offenser l'amant qui vous outrage :
Quoi ! ne voyez-vous pas toutes ses cruautés,
Et l'âme d'un Tartare à travers ses bontés ?
Ce tigre, encor farouche au sein de sa tendresse,
Même en vous adorant, menaçait sa maîtresse . . . .
Et votre cœur encor ne s'en peut détacher ?
Vous soupirez pour lui ?
    Za.   Qu'ai-je à lui reprocher ?
C'est moi qui l'offensais, moi qu'en cette journée
Il a vu souhaiter ce fatal hyménée ;
Le trône était tout prêt, le temple était paré,
Mon amant m'adorait, et j'ai tout différé.
Moi, qui devais ici trembler sous sa puissance,
J'ai de ses sentiments bravé la violence ;
J'ai soumis son amour, il fait ce que je veux ;
Il m'a sacrifié ses transports amoureux.
    Fat. Ce malheureux amour, dont votre âme est blessée,
Peut-il en ce moment remplir votre pensée ?
    Za. Ah ! Fatime, tout sert à me désespérer :
Je sais que du sérail rien ne peut me tirer :
Je voudrais des chrétiens voir l'heureuse contrée ;
Quitter ce lieu funeste à mon âme égarée ;
Et je sens qu'à l'instant, prompte à me démentir,
Je fais des vœux secrets pour n'en jamais sortir.
Quel état ! quel tourment ! non, mon âme inquiète
Ne sait ce qu'elle doit, ni ce qu'elle souhaite ;
Une terreur affreuse est tout ce que je sens.
Dieu ! détourne de moi ces noirs pressentiments ;
Prends soin de nos chrétiens, et veille sur mon frère !
Prends soin, du haut des cieux, d'une tête si chère !
Oui, je le vais trouver, je lui vais obéir :
Mais dès que de Solyme il aura pu partir,
Par son absence alors à parler enhardie,
J'apprends à mon amant le secret de ma vie ;

Je lui dirai le culte où mon cœur est lié,
Il lira dans ce cœur, il en aura pitié.
Mais, dussé-je au supplice être ici condamnée,
Je ne trahirai point le sang dont je suis née.
Va, tu peux amener mon frère dans ces lieux.
Rappelle cet esclave.

Scène IV.—*Zaïre.*

O Dieu de mes aïeux!
Dieu de tous mes parents, de mon malheureux père,
Que ta main me conduise, et que ton œil m'éclaire!

Scène V.—*Zaïre, l'Esclave.*

Za. Allez dire au chrétien qui marche sur vos pas,
Que mon cœur aujourd'hui ne le trahira pas,
Que Fatime en ces lieux va bientôt l'introduire.
            (*A part.*)
Allons, rassure-toi, malheureuse Zaïre!

Scène VI.—*Orosmane, Corasmin, l'Esclave.*

Oros. Que ces moments, grand Dieu, sont lents pour
            ma fureur!
(*à l'Esclave.*) Eh bien! que t'a-t-on dit? réponds, parle.
    L'Es.   Seigneur,
On n'a jamais senti de si vives alarmes.
Elle a pâli, tremblé, ses yeux versaient des larmes;
Elle m'a fait sortir, elle m'a rappelé,
Et d'une voix tremblante, et d'un cœur tout troublé,
Près de ces lieux, seigneur, elle a promis d'attendre
Celui qui cette nuit à ses yeux doit se rendre.
    Oros. (*à l'Es.*). Allez, il me suffit . . . . (*à Cor.*). Ote-
            toi de mes yeux,
Laisse-moi: tout mortel me devient odieux.
Laisse-moi seul, te dis-je, à ma fureur extrême:
Je hais le monde entier, je m'abhorre moi-même.

Scène VII.—*Orosmane (seul).*

Où suis-je? O ciel! où suis-je? où porté-je mes vœux?
Zaïre, Nérestan . . . . couple ingrat, couple affreux!
Traîtres, arrachez-moi ce jour que je respire,
Ce jour souillé par vous! . . . . misérable Zaïre,
Tu ne jouiras pas . . . . Corasmin, revenez.

SCÈNE VIII.—*Orosmane, Corasmin.*

Oros. Ah! trop cruel ami, quoi, vous m'abandonnez!
Venez; a-t-il paru, ce rival, ce coupable?
Cor. Rien ne paraît encore.
Oros.   O nuit! nuit effroyable!
Peux-tu prêter ton voile à de pareils forfaits?
Zaïre! .... l'infidèle .... après tant de bienfaits!
J'aurais d'un œil serein, d'un front inaltérable,
Contemplé de mon rang la chute épouvantable;
J'aurais su, dans l'horreur de la captivité,
Conserver mon courage et ma tranquillité;
Mais me voir à ce point trompé par ce que j'aime!
    Cor. Eh! que prétendez-vous dans cette horreur ex-
        trême?
Quel est votre dessein?
    Oros.   N'entends-tu pas des cris?
Cor. Seigneur ....
Oros.   Un bruit affreux a frappé mes esprits.
On vient.
    Cor.   Non, jusqu'ici nul mortel ne s'avance:
Le sérail est plongé dans un profond silence;
Tout dort; tout est tranquille; et l'ombre de la nuit ...
    Oros. Hélas! le crime veille, et son horreur me suit.
A ce coupable excès porter sa hardiesse!
Tu ne connaissais pas mon cœur et ma tendresse!
Combien je t'adorais! quels feux! Ah, Corasmin!
Un seul de ses regards aurait fait mon destin:
Je ne puis être heureux ni souffrir que par elle.
Prends pitié de ma rage. Oui, cours ... Ah! la cruelle!
    Cor. Est-ce vous qui pleurez? vous, Orosmane? O
        cieux!
Oros. Voilà les premiers pleurs qui coulent de mes
    yeux.
Tu vois mon sort, tu vois la honte où je me livre:
Mais ces pleurs sont cruels, et la mort va les suivre:
Plains Zaïre, plains-moi; l'heure approche; ces pleurs
Du sang qui va couler sont les avant-coureurs.
    Cor. Ah! je tremble pour vous.
    Oros.   Frémis de mes souffrances,
Frémis de mon amour, frémis de mes vengeances.
Approche, viens, j'entends .... je ne me trompe pas.
    Cor. Sous les murs du palais quelqu'un porte ses pas.

Va saisir Nérestan, va, dis-je! qu'on l'enchaîne;
Que tout chargé de fers à mes yeux on l'entraîne!

SCÈNE IX.—*Orosmane, Zaïre et Fatime (marchant pendant la nuit dans l'enfoncement du théâtre).*

Za. Viens, Fatime.
Oros.   Qu'entends-je! est-ce là cette voix
Dont les sons enchanteurs m'ont séduit tant de fois?
Cette voix qui trahit un feu si légitime?
Cette voix infidèle, et l'organe du crime?
Perfide! vengeons-nous ... quoi! c'est elle?   O destin!
(*Il tire son poignard.*)
Zaïre! ah, Dieu! .... ce fer échappe de ma main.
Za. (*à Fat.*). C'est ici le chemin, viens, soutiens mon
          courage.
Fat. Il va venir.
Oros.   Ce mot me rend toute ma rage.
Za. Je marche en frissonnant, mon cœur est éperdu ...
Est-ce vous, Nérestan, que j'ai tant attendu?
Oros. (*courant à Za.*). C'est moi que tu trahis: tombe
          à mes pieds, parjure!
Za. (*tombant dans la coulisse*). Je me meurs, O mon
          Dieu!
Oros.   J'ai vengé mon injure.
Otons-nous de ces lieux. Je ne puis ... Qu'ai-je fait? ...
Rien que de juste .... allons, j'ai puni son forfait.
Ah! voici son amant que mon destin m'envoie,
Pour remplir ma vengeance et ma cruelle joie.

SCÈNE X *et dernière.—Orosmane, Zaïre, Nérestan, Corasmin, Fatime,*
          Esclaves.

Oros. Approche, malheureux, qui viens de m'arracher,
De m'ôter pour jamais ce qui me fut si cher;
Méprisable ennemi, qui fais encor paraître
L'audace d'un héros avec l'âme d'un traître;
Tu m'imposais ici pour me déshonorer.
Va, le prix en est prêt, tu peux t'y préparer.
Tes maux vont égaler les maux où tu m'exposes,
Et ton ingratitude, et l'horreur que tu causes.
Avez-vous ordonné son supplice?
Cor.   Oui, seigneur.
Oros. Il commence déjà dans le fond de ton cœur.
Tes yeux cherchent partout et demandent encore

La perfide qui t'aime, et qui me déshonore.
Regarde, elle est ici.

Nér.   Que dis-tu ?   Quelle erreur ! . . . .

Oros. Regarde-la, te dis-je.

Nér.   Ah ! que vois-je ?   Ah, ma sœur !
Zaïre ! . . . elle n'est plus ! Ah, monstre ! Ah ! jour hor-
      rible !

Oros. Sa sœur ! Qu'ai-je entendu ? dieux, serait-il pos-
      sible ?

Nér. Barbare, il est trop vrai : viens épuiser mon flanc
Du reste infortuné de cet auguste sang.
Lusignan, ce vieillard, fut son malheureux père ;
Il venait dans mes bras d'achever sa misère,
Et d'un père expiré j'apportais en ces lieux
La volonté dernière et les derniers adieux ;
Je venais, dans un cœur trop faible et trop sensible,
Rappeler des chrétiens le culte incorruptible.
Hélas ! elle offensait notre Dieu, notre loi ;
Et ce Dieu la punit d'avoir brûlé pour toi.

Oros. Zaïre ! . . . . Elle m'aimait ? Est-il bien vrai,
      Fatime ?
Sa sœur ? . . . . J'étais aimé ?

Fat.   Cruel ! voilà son crime.
Tigre altéré de sang, tu viens de massacrer
Celle qui, malgré soi, constante à t'adorer,
Se flattait, espérait que le Dieu de ses pères
Recevrait le tribut de ses larmes sincères ;
Qu'il verrait en pitié cet amour malheureux ;
Que peut-être il voudrait vous réunir tous deux.
Hélas ! à cet excès son cœur l'avait trompée ;
De cet espoir trop tendre elle était occupée ;
Tu balançais son Dieu dans son cœur alarmé.

Oros. Tu m'en as dit assez. O ciel ! j'étais aimé !
Va, je n'ai pas besoin d'en savoir davantage . . . .

Nér. Cruel ! qu'attends-tu donc pour assouvir ta rage ?
Il ne reste que moi de ce sang glorieux
Dont ton père et ton bras ont inondé ces lieux ;
Rejoins un malheureux à sa triste famille,
Au héros dont tu viens d'assassiner la fille.
Tes tourments sont-ils prêts ? Je puis braver tes coups :
Tu m'as fait éprouver le plus cruel de tous.
Mais la soif de mon sang, qui toujours te dévore,
Permet-elle à l'honneur de te parler encore ?

En m'arrachant le jour, souviens-toi des chretiens,
Dont tu m'avais juré de briser les liens ;
Dans sa férocité, ton cœur impitoyable
De ce trait généreux serait-il bien capable ?
Parle ; à ce prix encor je bénis mon trépas.
  Oros. (*allant vers le corps de Za.*). Zaïre !
  Cor.   Hélas ! seigneur, où portez-vous vos pas ?
Rentrez, trop de douleur de votre âme s'empare ;
Souffrez que Nérestan . . . .
  Nér.   Qu'ordonnes-tu, barbare ?
  Oros. (*après une longue pause*). Qu'on détache ses fers.
    'Ecoutez, Corasmin ;
Que tous ses compagnons soient délivrés soudain :
Aux malheureux chrétiens prodiguez mes largesses ;
Comblés de mes bienfaits, chargés de mes richesses,
Jusqu'au port de Joppé vous conduirez leurs pas.
  Cor. Mais, seigneur . . . .
  Oros.   Obéis, et ne réplique pas,
Vole, et ne trahis point la volonté suprême
D'un soudan qui commande, et d'un ami qui t'aime ;
Va, ne perds point de temps, sors, obéis . . . .
  (*à Nérestan.*)   Et toi,
Guerrier infortuné, mais moins encor que moi,
Quitte ces lieux sanglants, remporte en ta patrie
Cet objet que ma rage a privé de la vie.
Ton roi, tous les chrétiens, apprenant tes malheurs,
N'en parleront jamais sans répandre des pleurs.
Mais si la vérité par toi se fait connaître,
En détestant mon crime, on me plaindra peut-être.
Porte aux tiens ce poignard, que mon bras égaré
A plongé dans un sein qui dut m'être sacré ;
Dis-leur que j'ai donné la mort la plus affreuse
A la plus digne femme, à la plus vertueuse,
Dont le ciel ait formé les innocents appas ;
Dis-leur qu'à ses genoux j'avais mis mes 'Etats ;
Dis-leur que dans son sang cette main s'est plongée ;
Dis que je l'adorais, et que je l'ai vengée. (*Il se tue.*)
(*Aux siens.*) Respectez ce héros, et conduisez ses pas.
  Nér. Guide-moi, Dieu puissant, je ne me connais pas.
Faut-il qu'à t'admirer ta fureur me contraigne,
Et que, dans mon malheur, ce soit moi qui te plaigne ?

BIOGRAPHICAL NOTICES.

SELECT

BIOGRAPHICAL AND CRITICAL NOTICES

OF THE AUTHORS REPRESENTED IN THIS WORK.

BARTHÉLEMY (*Jean Jacques*), né en 1716, mort en 1795, unit une
Born 1716. érudition étendue au talent d'écrire. Il traça un tableau
Died 1795. animé et complet des institutions et des mœurs de la Grèce
dans son *Voyage du jeune Anacharsis*, ouvrage en 7 vol. in 8°, qui lui
coûta trente ans de travaux. Il fait voyager en Grèce, dans le quatrième siècle avant l'ère chrétienne, un descendant du Scythe Anacharsis. Les plus grands hommes, les traits de mœurs les plus intéressants, les chefs-d'œuvre de la littérature et des arts, passant tour à
tour sous les yeux du voyageur, font la matière de ses récits et le sujet
de ses réflexions.—*Vinet.*

BÉRANGER (*Pierre-Jean de*), le plus populaire de nos poëtes vivants,*
Born 1780. est né à Paris en 1780 d'une famille pauvre. Il fit son éd-
Died 1857. ucation presque tout seul par la lecture ; mais il n'apprit ni
le grec ni le latin. En 1809, il obtint une place de commis expéditionnaire dans les bureaux du ministère de l'instruction publique ; il
la perdit en 1821, après la publication de son second recueil de chansons. En 1830, ses amis arrivèrent au pouvoir, et lui offrirent des
places et des honneurs ; Béranger refusa tout, et resta *chansonnier.*
Béranger a publié quatre recueils de *chansons.* Tantôt il célèbre
la gloire et les malheurs de la patrie, les grandeurs et les infortunes
de la famille impériale, l'humanité, la liberté, l'égalité ; tantôt il chan-
sonne la royauté des Bourbons, les nobles, les courtisans, les jésuites,
le clergé, les vieux usages du passé. Ses chansons, à la portée de
tous les esprits, exercèrent une grande influence sur la révolution de
1830. Le mérite de Béranger a été de devenir créateur dans un
genre qu'on croyait usé. Il sait introduire tous les tons dans la
chanson, comme La Fontaine les avait introduits dans la *fable ;* il y
donne accès aux plus fiers élans de la poésie lyrique et aux plus
douces effusions de l'âme. Sous le rapport du style, il a une clarté,

---

* This article was written in 1852.

une pureté, une élégance, une précision, qui ne laissent à désirer que la grâce de la facilité.

On regrette que la poésie de Béranger soit tout épicurienne, tout sensuelle ; on regrette surtout ses attaques fréquentes contre la religion, les choses saintes et la morale publique. S'il parle de la religion, comme dans *le Dieu des bonnes gens*, c'est une religion de bon vivant. Il sait prêter au plaisir un langage chaste et pur, comme dans les belles élégies de *la Bonne Vieille* et du *Bon Vieillard ;* mais trop souvent il est commun, trivial, et tombe dans une licence qui ne respecte rien.—*Roche.*

BOILEAU-DESPRÉAUX (*Nicolas*), destiné à être *le législateur du Parnasse français,* naquit à Paris en 1636. Son père était greffier au parlement. Le jeune Despréaux, après avoir essayé le droit et la théologie, se livra tout entier aux lettres. Ses *Satires*, ses *Epîtres*, son *Art poétique* et *le Lutrin* sont ses titres à l'immortalité.

Born 1636. Died 1711.

Dans ses *Satires*, il déclara la guerre à tous les mauvais écrivains, et couvrit de ridicule l'emphase espagnole, les pointes et les jeux de mots de l'Italie, le jargon sentimental des *précieuses,* la bouffonnerie et la licence qui régnaient encore sur la littérature. Il manque un peu de verve, de grâce et d'enjouement ; mais il rachète ces défauts par le bon sens, la pureté du goût, la décence, la force et la correction du style.

Les *Epîtres* sont supérieures aux *Satires :* la versification en est plus forte, plus douce et plus flexible. On peut comparer sans désavantage à celles d'Horace la neuvième *sur le Vrai (voyez page 253, de ce livre),* qui est la plus belle, et même la sixième, *sur les Plaisirs de la campagne,* mis en opposition avec la vie inquiète et agitée de la ville.

L'*Art poétique*, véritable profession de foi littéraire du grand siècle, renferme les règles de l'art d'écrire, exprimées en vers élégants et faciles à retenir. Quelques-unes ont été modifiées ou abrogées de nos jours ; mais la plupart sont dictées par le goût le plus sûr.

Boileau est le plus contesté de nos poëtes classiques. Assurément, il fut moins heureusement doué que Molière, Corneille, Racine et La Fontaine ; et sa part de gloire serait médiocre, si on le jugeait d'après l'idéal qu'on se forme d'un grand poëte. Il faut le prendre tel qu'il se donne, et ne lui demander que ce qu'il s'engage à nous offrir. Il n'a ni l'imagination créatrice du poëte épique, ni l'enthousiasme lyrique, ni la sensibilité qui révèle le secret des passions. Il tire toute sa poésie de sa raison et de son cœur ; la raison est l'âme de ses écrits, et le *vrai* en est le seul objet.—*Roche.*

BOUFFLERS (*le Chevalier de*), a publié beaucoup de petites pièces de poésie fort gaies. Sa *Reine de Golconde* et ses *Lettres à sa mère* ne sont ni moins faciles, ni moins agréables que ses vers.

Born 1644. Died 1711.

BRUEYS (*David Augustin*), a rajeuni l'ancienne farce de *Patelin*
Born 1640. que l'on voit toujours avec plaisir. Il a aussi donné le
Died 1723. *Grondeur* et le *Muet*, pièces estimées. Il en a partagé la
gloire avec Palaprat (*voyez ce nom*) qui y a eu la moindre part. Leurs
œuvres sont recueillies en 5 petits volumes.

CHATEAUBRIAND (*François-René de*), chef de la réforme littéraire,
Born 1768. naquit à Saint-Malo; il était fils du comte de Chateaubriand.
Died 1848. Au commencement de la révolution, il visita l'Amérique.
Les scènes pompeuses du nouveau monde, avec ses forêts vierges, ses
vastes fleuves, agirent puissamment sur l'imagination du jeune poëte;
pour peindre ses sensations, il se créa un style et une manière en harmonie avec le grandiose des tableaux qui se déroulaient à ses yeux.

Ainsi, c'est en Amérique qu'il trouva son talent, son inspiration, sa
muse. 'A vingt-sept ans, il débuta, à Londres, dans la littérature,
par un *Essai sur les révolutions*, livre bizarre, étonnant de savoir et
de témérité, où il cherchait à établir qu'on retrouve dans les révolutions anciennes et modernes les personnages et les principaux traits
de la révolution française.

Revenu en France, Chateaubriand, encore inconnu, publia, en 1802,
le *Génie du christianisme*, où il se proposait de célébrer les bienfaits de
la religion chrétienne, et de ramener l'homme à la foi par la poésie
et par le cœur. Ce livre, malgré la faiblesse du plan et du fond, exerça une puissante influence sur les idées religieuses et sur la littérature: il fit une révolution dans le style, dans la critique et dans l'histoire. En 1809, l'auteur donna *les Martyrs*, ouvrage plein de poésie et
de pompe, où il voulait montrer la supériorité des mœurs chrétiennes
et du merveilleux chrétien dans l'épopée; et deux ans plus tard,
l'*Itinéraire de Paris à Jérusalem*, livre admirable où il serait difficile
de découvrir aucun défaut littéraire.

'A côté de ces grands ouvrages on peut placer quatre petits chefs-
d'œuvre: *Atala*, magnifique tableau de la nature sauvage, peint avec
un coloris de style bien en harmonie avec le sujet; *René*, peinture
pathétique et saisissante d'un certain état de l'âme, propre à nos temps
si agités et si pleins de ruines, l'ouvrage le plus original qu'ait écrit
Chateaubriand, parce que c'est celui où il a été le plus vrai avec les
autres et avec lui-même; le *Dernier Abencerrage*, et une très belle
Lettre à Fontanes *sur Rome*.

Chateaubriand est le plus grand coloriste et le prosateur le plus
harmonieux de notre littérature. Comme peintre des magnificences
de la nature, il n'a pas son pareil, et on trouverait difficilement son
égal.—*Roche*.

CHEVALIER DE BOUFFLERS (*le*), voyez BOUFFLERS.

DUCLOS (*Charles*), né en Bretagne en 1705, mort à Paris en 1772,
Born 1705. fut secrétaire perpétuel de l'Académie française et vétéran
Died 1772. de celle des inscription et belles-lettres, historiographe de
France. C'était un homme d'un caractère vif et impétueux. L'âge,
l'expérience et un grand fonds de bonté, le rendirent plus tolérant.

DUMAS (*Alexandre*), est né à Villers-Cotterets, petite ville du dé-
Born 1803. partement de l'Aisne. Il eut pour père le général Dumas,
né à Saint-Domingue et fils naturel d'une négresse et du
marquis de La Pailleterie. 'A vingt ans, il alla chercher fortune à
Paris, et obtint une place dans le secrétariat du duc d'Orléans. En
1829, il débuta dans la littérature par le drame de *Henri III*, qui eut
un immense succès. Depuis, M. Dumas a publié plus de deux cents
volumes de *drames*, de *comédies*, de *romans*, de *chroniques*, d'*histoires*,
de *voyages*, etc. ˉTout ce qu'il écrit est bien accueilli du public, et lu
avec avidité. La plupart des lecteurs ne cherchent que l'amusement,
et M. Dumas excelle a les amuser. 'A une verve intarissable il joint
un talent prodigieux pour conduire l'intrigue d'un drame ou d'un
roman et pour piquer la curiosité en ménageant l'intérêt; il a un
style naturel, vif, animé, comme celui d'un improvisateur. Mais la
précipitation de son travail est peu compatible avec les qualités des
ouvrages qui durent. Sa diction manque de précision, de pureté,
d'élégance. Dans ses drames, comme dans ses romans, le vrai est
sacrifié au faux, l'idéal au matérialisme, les émotions de l'âme aux
impressions des sens. Il ne faut lui demander ni but moral, ni portée
philosophique, ni rien qui élève l'âme et nous rende meilleurs. Il ne
veut que nous distraire, et personne n'y réussit mieux que lui.—*Roche.*

FÉNELON (*François de Salignac de la Motte-*), naquit au château de
Born 1651. Fénelon, en Périgord. Comme Bossuet, il se destina de
Died 1715. bonne heure à l'Église, et il se distingua tellement dans ses
études qu'à l'âge de quinze ans il prêcha avec un succès extraordinaire. En 1689, l'abbé de Fénelon fut nommé précepteur du duc de
Bourgogne, petit fils de Louis XIV, et, cinq ans après, il fut appelé à
l'archevêché de Cambrai. La querelle de *quiétisme* fit tomber Fénelon
dans la disgrâce du roi, et fut cause qu'il passa dans son diocèse les
dix-huit dernières années de sa vie. Il soutint cette lutte contre
Bossuet, et déploya une fécondité prodigieuse, un art admirable, une
force et une vigueur de génie qui semblaient incompatibles avec sa
nature gracieuse et mélancolique.

Les principaux ouvrages de Fénelon sont les *Aventures de Télémaque*, utopie d'un homme vertueux, mais chimérique, où il a embelli
de tout le charme du style poétique les leçons de morale qui conviennent le mieux aux princes et les maximes de gouvernement les plus
favorables au bonheur des peuples; un *Traité de l'existence de Dieu*,

un *Traité de l'éducation des filles*, des *Dialogues des Morts*, des *Fables*
en prose, des *Dialogues sur l'éloquence de la chaire*, une *Lettre à l'Académie*, une *Correspondance*, etc.

Le caractère de Fénelon, plein de douceur et d'amour, l'a fait surnommer le *Cygne de Cambrai*. C'était un homme simple et modeste,
d'une imagination gracieuse, d'une vertu aimable et tendre, d'une éloquence douce, fleurie, persuasive. ' Son style, toujours vrai, toujours
enchanteur, ressemble à sa vertu. Sa mémoire restera à jamais chère
aux hommes de tous les pays et de toutes les opinions.—*Roche.*

FLORIAN (*Jean-Pierre Claris de*), naquit au château de *Florian*,
Born 1755. dans les Cévennes. Il fut d'abord page du duc de Pen-
Died 1794. thièvre, puis capitaine de dragons dans son régiment, et
enfin son gentilhomme et son ami. Le vertueux duc de Penthièvre
le chargeait de distribuer aux pauvres ses nombreuses aumônes.
Pendant la révolution, Florian fut arrêté comme *suspect*, à cause de
son nom. Devenu libre, après la chute de Robespierre, il ne fit que
languir dans de continuelles alarmes, et mourut bientôt, à l'âge de
38 ans.

Les meilleurs titres littéraires de Florian sont ses *fables;* elles le
placent après La Fontaine, quoique à une grande distance. Il manque
d'invention et de force ; mais il a un naturel, une simplicité, une
grâce, une morale pure, une élégance facile, qui le font lire avec plaisir.

Florian a encore laissé quelques petits poëmes : *Ruth et Noémi*,
jolie églogue, *Tobée*, etc., des pièces de théâtre, aujourd'hui peu lues ;
des nouvelles pastorales et des romans ; *Estelle, Galatée, Numa Pom-
pilius, Guillaume Tell, Gonzalve de Cordoue*, etc. Ces ouvrages, si populaires et si aimés de l'enfance, sont peu estimés de l'âge mûr.—*Roche.*

GUIRAUD (*Pierre-Alexandre*), membre de l'Académie française, est
Born 1788. fils d'un riche manufacturier de Limoux. En 1824, il publia un volume de poésies, intitulé *Poëmes et Chants élégiaques*,
où l'on trouve des pièces qui ne seraient pas désavouées par les meilleurs poëtes. On y distingue les trois élégies du *Petit Savoyard*, qui
sont dans toutes les mémoires, et qui méritent d'être retenues pour le
naturel et la vérité des sentiments.

On regrette que M. Guiraud ait oublié son génie élégiaque, pour
composer des *tragédies*, des *romans* et des ouvrages de controverse, qui
se distinguent par de belles qualités, mais qui dureront moins que ses
élégies.—*Roche.*

GUIZOT (*François*), historien, publiciste, orateur et homme d'État
Born 1787. éminent, est né à Nîmes. Il est fils d'un avocat protestant
mort sur l'échafaud révolutionnaire. Après de fortes études,
il se fit précepteur, et appela bientôt l'attention sur lui par plusieurs

P

publications littéraires.   Il publia un *Dictionnaire des synonymes français*, remarquables de précision et de méthode ; une *Vie de Corneille
et de Shakespeare*, excellentes études sur ces deux grands poëtes ; une
traduction de Gibbon, avec des notes historiques d'un haut intérêt.   En
1812, M. Guizot fut nommé professeur d'histoire moderne à la Faculté
des lettres, et il commença cette série de travaux qui sont le fondement le plus solide de la science historique actuelle.   Ce cours célèbre
a été imprimé ; il se compose des *Essais sur l'histoire de France*, où
plusieurs questions obscures et difficiles sont résolues avec une rare
sagacité ; de l'*Histoire de la civilization européenne*, ou recherche des
causes qui ont influé sur l'état politique et social de l'Europe ; de
l'*Histoire de la civilisation en France*, le travail le plus vaste et le plus
complet sur les neuf premiers siècles de notre histoire.   On remarque,
dans ces trois ouvrages, une érudition, un esprit d'ordre, une hauteur
de vues, une profondeur d'analyse et une impartialité critique inconnues aux historiens de la France avant M. Guizot.   On regrette
que M. Guizot se préoccupe trop peu de la forme ; ses ouvrages se
distinguent plus par la gravité du ton, la force et la justesse des raisons,
l'élévation des vues, que par l'originalité du langage.

Les études historiques doivent encore à M. Guizot le précieux secours de deux grandes *Collections de Mémoires*, l'une sur les neuf
premiers siècles de l'histoire de France, l'autre sur la révolution
d'Angleterre ; elles lui doivent l'*Histoire de cette révolution*, modèle
achevé de l'histoire politique dans les temps modernes ; MONK, ou
Chute de la république et *Rétablissement de la monarchie* en Angleterre ;
WASHINGTON, *son caractère et son influence dans la révolution d'Amérique*, des *Études biographiques sur la révolution d'Angleterre*, des *Études
sur les beaux-arts*, etc.   Enfin la haute critique littéraire et la philosophie morale reconnaissent un maître dans ses jugements sur le
théâtre de Shakespeare et de Corneille, et dans un volume récemment
publié sous le titre de *Méditations et Études morales.—Roche.*

HAMILTON (*Antoine, comte de*), issu de l'illustre famille des Ham-
Born 1646. ilton d'Écosse, naquit en Irlande.   Élevé en France pen-
Died 1720. dant la révolution d'Angleterre, il retourna à Londres sous
le règne de Charles II.   La révolution de 1688 le força de se réfugier
de nouveau en France, et il y passa les trente dernières années de
sa vie.

Hamilton, quoique étranger, s'est placé au rang de nos bons écrivains par ses *Mémoires du Chevalier de Grammont*, son beau-frère.
C'est une peinture légère, gracieuse, spirituelle et railleuse de la cour
épicurienne et demi-française de Charles II.   L'art de raconter les
petites choses de manière à les faire valoir y est porté à sa perfection.
Le badinage de Hamilton, moins élégant que celui de Voltaire, est
peut-être plus exquis et agréable.   Son style est facile, naturel, d'un

tour heureux, quelquefois un peu négligé, délicat sans jamais être précieux. C'est le meilleur style de la conversation.—*Roche.*

LA FONTAINE (*Jean de*), le plus grand des fabulistes, était fils d'un Born 1621. maître des eaux et forêts, de Château-Thierry. Son en-Died 1695. fance n'eut rien de remarquable. 'A vingt-deux ans, son génie poétique s'éveilla à la lecture d'une ode de Malherbe. Il débuta par des *contes* en vers, dans lesquels la décence est trop souvent offensée. Ses *fables*, que tout le monde sait par cœur, se font remarquer par un ton de naïveté, de bonhomie, de finesse, qui l'a fait surnommer *l'inimitable.* On dirait une chronique des animaux, écrite par un homme simple, qui a l'air de répéter sérieusement les contes qu'il s'est laissé faire.

On a encore de lui des *comédies*, des *opéras*, des *ballades*, des *rondeaux*, et une admirable *élégie*, sur la disgrâce de Fouquet, son protecteur.—*Roche.*

LAMARTINE (*Alphonse de*), est né à Mâcon. Il fit ses études au Born 1790. collége des jésuites, à Belley, et compléta son éducation par des voyages. En 1814, il entra dans les gardes du corps, en qualité d'officier de cavalerie. Après deux ans de service, il se remit à voyager. En 1820, il se rendit à Paris, et publia un volume de poésies intitulées *Méditations poétiques.* Le succès de ce livre fut immense, et rappela celui du *Génie du Christianisme* (see *Chateaubriand*).

En 1835, M. de Lamartine a publié le poëme de *Jocelyn,* épisode d'une grande épopée qu'il promet d'écrire sur l'humanité. Dans cet épisode, il se propose de peindre le prêtre catholique, et il le résume dans le curé de campagne, une des plus touchantes figures de la société moderne. Ce poëme, malgré la faiblesse de la composition et de nombreuses négligences de détail, montre le talent du poëte sous un nouveau jour. Lamartine a su trouver des couleurs d'une richesse incomparable pour peindre les grandes scènes de la nature dans les Alpes, des teintes douces et un style simple, naïf et précis, pour décrire les modestes occupations du bon curé.

La poésie n'est qu'une brillante moitié de la gloire littéraire de M. de Lamartine, comme de M. Victor Hugo, de M. de Vigny et de M. Sainte-Beuve. Il a écrit un *Voyage en Orient,* l'*Histoire des Girondins,* les confidences de son enfance et de sa jeunesse dans *Mes Confidences* et dans *Raphaël,* où l'on trouve des pages qui le disputent de grâce et de fraîcheur avec les *Harmonies* et les *Méditations; le Tailleur de pierres de Saint-Point;* une *Histoire de la révolution de* 1848, une *Histoire de la restauration,* une *Histoire des Constituants,* encore inachevée, etc., etc.

M. de Lamartine se montre, en prose comme en vers, doué de tous

les dons.   Son style est facile, abondant, flexible, brillant, harmonieux.   Mais on y désirerait plus de correction, de précision, de simplicité, plus de mesure dans les images et de sobriété dans les détails,
et un peu moins de cette monotonie toujours grandiose, riche, splen-
dide.   On voudrait aussi qu'il n'oubliât pas dans les récits historiques
que la raison doit dominer l'imagination, et qu'une exactitude sévère
est le premier mérite du narrateur.—*Roche.*

LA PLACE (*Pierre Antoine de*), né en 1709, a donné pendant toute
Born 1709. sa vie un grand nombre d'ouvrages, surtout des traductions
Died 1793. de l'Anglais.   Il a publié *des pièces intéressantes et peu connues pour servir à l'Histoire et à la Littérature,* 8 vol.   Elles ont été
bien reçues.

MAINTENON (*Françoise d'Aubigné, Marquise de*), née en 1635, morte
Born 1635. à Saint-Cyr en 1719.   Cette femme étonnante, née dans
Died 1719. une prison, trop heureuse d'épouser Scarron, cul-de-jatte,
devint la femme de Louis XIV, éprouva le dégoût des grandeurs,
vécut malheureuse à la cour dans la première place où une femme
pût prétendre.   La Beaumelle a publié ses lettres en 9 volumes in
12°.   Elles sont écrites avec beaucoup d'esprit, mais sérieuses et ré-
fléchies.   L'editeur les a altérées en beaucoup d'endroits.   Le même
a publié des *Mémoires pour servir à la vie de Mme. de Maintenon ;* ils
son écrits avec feu, mais ils péchent par le défaut d'exactitude.

MARMONTEL (*Jean-François*), naquit à Bord, dans le Limousin,
Born 1728. d'une famille pauvre.   'A dix-huit ans, il se rendit à Paris,
Died 1799. et se lia avec Voltaire et les autres écrivains du parti philosophique.   Il fut d'abord précepteur.   Il obtint plus tard le brevet
du journal *le Mercure,* dont il était un des principaux rédacteurs, puis
la place d'historiographe de France.   Pendant la Terreur, il s'éloigna
de Paris ; en 1797, il fut nommé député au conseil des Anciens.
Nous avons de Marmontel deux romans philosophiques, *Bélisaire*
et *les Incas,* qui se distinguent par un style brillant et une élégance
quelquefois apprêtée, des *Contes moraux* fort licencieux, écrits avec
facilité ; des *Eléments de littérature,* ouvrage encore estimé ; des *Mémoires* intéressants sur sa vie, etc.—*Roche.*

MASSILLON (*Jean-Baptiste*), prédicateur célèbre, évêque de Cler-
Born 1663. mont, naquit à Hyères, en Provence.   Il était fils d'un no-
Died 1742. taire.   Il entra, jeune encore, dans la congrégation de
l'Oratoire.   Appelé à Paris par l'éclat de ses talents, il prêcha devant
la cour, et enleva tous les suffrages.   Son fameux sermon sur *le petit
nombre des élus* transporta son auditoire d'admiration.   Celui qu'il
prononça sur l'*aumône,* pendant le cruel hiver de 1709, produisit un

mouvement semblable, et valut une abondante moisson pour les malheureux. Le *Petit Carême*, suite de sermons composés pour l'instruction de Louis XV enfant, est regardé comme un des plus parfaits ouvrages de la littérature française. Il a valu à son auteur le surnom de *Racine de la chaire*. Massillon, en effet, ressemble à Racine, comme Bourdaloue ressemble à Corneille. Moins nerveux, moins précis que Bourdaloue, moins sublime et moins rapide que Bossuet, il brille par l'imagination, la facilité abondante et le pathétique. Une douceur persuasive, une diction fleurie et harmonieuse, beaucoup de grâce et d'onction forment les caractères de son éloquence.

Massillon a moins réussi dans l'oraison funèbre que dans le sermon. On connaît le commencement de celle de Louis XIV : *Dieu seul est grand, mes frères !* (See p. 129.) Ce mot, prononcé en face du cercueil de Louis-le-Grand, est une inspiration sublime.—*Roche.*

MAURY (*Jean-Siffrein*) était fils d'un pauvre cordonnier de Valréas, Born 1746. petite ville du comtat Venaissin. Promu dans les ordres, Died 1817. il commença sa réputation par des *Éloges académiques*, entre autres celui de Fénelon ; par des *Sermons*, et par les *Panégyriques* de *saint Louis*, de *saint Augustin* et celui de *saint Vincent de Paul*, qui est son chef-d'œuvre. A l'époque de la révolution, l'abbé Maury, député de son ordre, se plaça au premier rang parmi les orateurs du parti royaliste. Mais il lutta avec plus de courage que de succès contre la foudroyante éloquence de Mirabeau. Quand il désespéra de la monarchie, il se retira auprès du pape, qui le créa archevêque et cardinal. Sous l'empire, il rentra en France, se dévoua entièrement à Napoléon, et fut nommé archevêque de Paris. Quand les Bourbons revinrent, il retourna en Italie, et passa les derniers jours de sa vie dans la disgrâce et la retraite.

Outre ses discours, le cardinal Maury a laissé un *Essai sur l'éloquence de la chaire*, qui, malgré un peu d'emphase et de diffusion, lui assure une place distinguée comme écrivain et comme littérateur.—*Roche.*

MOLIÈRE. Jean-Baptiste Poquelin, devenu immortel sous le nom Born 1622. de MOLIÈRE, était fils d'un tapissier de Paris, valet de cham-Died 1673. bre de Louis XIII. Après de bonnes et rapides études, il fut reçu avocat ; mais il se dégoûta bientôt du barreau et se fit comédien. Ses premières pièces n'étaient que des farces. A trente-huit ans, il donna les *Précieuses ridicules*, la première de ses comédies qui fut une représentation réelle de la vie humaine. Ses contemporains ne mettaient sur la scène que des intrigues romanesques et des farces grossières ; ils ne cherchaient qu'à plaire et à divertir. Molière se proposa un but plus grand et plus utile : guidé par le *Menteur* de Corneille, il voulut faire servir la comédie à réformer la société. La comédie, telle qu'il la créa, devint l'école des mœurs, le tableau le plus fidèle et la meilleure histoire morale de la nature humaine.

Il possédait à un degré éminent toutes les qualités qu'exigeait ce rôle de réformateur : un jugement juste, un profond bon sens, une âme honnête et sensible, un esprit observateur, et une parfaite connaissance du cœur humain. On a dit qu'*il savait le cœur humain par cœur*.

Molière attaqua successivement le style affecté, maniéré, dans *les Précieuses ridicules ;* le pédantisme et la manie des sciences chez les femmes, dans *les Femmes savantes ;* le verbiage scientifique des savants, la manie de philosopher à tout propos, d'après les lois d'Aristote, la sotte doctrine du pyrrhonisme, dans *le Mariage forcé ;* le charlatanisme pédantesque et l'ignorance des médecins, dans *le Festin de Pierre, l'Amour médecin, le Médecin malgré lui, M. de Pourceaugnac* et dans *le Malade imaginaire ;* les magistrats petits-maîtres, dans *le Sicilien,* dans *la Comtesse d'Escarbagnas ;* la manie de plaider, dans *les Fourberies de Scapin ;* le danger d'élever les jeunes personnes dans une contrainte trop rigoureuse, dans *l'École des maris ;* le préjugé de tenir les femmes dans l'ignorance, dans *l'École des femmes ;* la fureur de s'élever au-dessus de sa condition, les ridicules des parvenus, dans *George Dandin,* dans *M. de Pourceaugnac,* dans *la Comtesse d'Escarbagnas,* dans *le Bourgeois gentilhomme ;* la fatuité ridicule des marquis, dans *la Défense de l'École des Femmes,* dans *l'Impromptu de Versailles ;* les faiblesses, les travers et les défauts des hommes vertueux, dans *le Misanthrope ;* dans *l'Avare* et dans *le Turtufe,* il nous dévoila l'avarice et l'hypocrisie dans toute leur horreur.

On peut hardiment assigner à Molière la première place parmi les écrivains comiques de tous les temps et de tous les pays. Personne comme lui n'a point l'humanité telle qu'elle existera éternellement. On lui oppose Shakespeare, qui ne lui est pas comparable. Molière n'a pas l'esprit brillant, le pathétique, le sublime et les peintures poétiques de Shakespeare ; mais il l'emporte sur lui par la force et la profondeur du bon sens, par le but moral qu'il a donné à la comédie, par un coup d'œil perçant qui lui fait découvrir les vices et les travers sous toutes les formes, et par les traits soudains dont il les frappe, au moment où l'on s'y attend le moins. Assurément, Molière n'aurait pu faire *Roméo et Juliette, Othello, Hamlet, Macbeth, le roi Lear ;* mais Shakespeare n'a rien écrit de comparable au *Tartufe,* au *Misanthrope* et aux *Femmes savantes.* L'un est le premier tragique du monde, comme l'autre en est le plus grand comique.—*Roche.*

MONTESQUIEU (*Charles de Secondat, baron de*), naquit au château
Born 1689. de La Brède, près de Bordeaux. Conseiller, puis président
Died 1755. à mortier au parlement de cette ville, il se dégoûta bientôt
de la procédure, et se consacra tout entier à l'étude de la philosophie, des lettres et des sciences morales et politiques.

Nous avons du président de Montesquieu : 1°, les *Lettres persanes*, satire vive, piquante, moqueuse de nos lois, de nos mœurs, de notre gouvernement, et même de la religion chrétienne, dont les prétendus voyageurs persans parlent en vrais mahométans ; 2°, les *Considéra-tions sur les causes de la grandeur et de la décadence des Romains*, petit volume qui résume admirablement toute l'histoire politique de ce peu-ple célèbre ; 3°, *l'Esprit des lois*, son chef-d'œuvre et un des livres les plus profonds de tout le XVIII° siècle.

C'est un résumé des lois de tous les peuples, rapportées et expliquées comme des faits historiques ; l'auteur en recherche les causes et les conséquences ; il les critique ou les loue, comme on le ferait pour des événements accomplis. Ce livre a valu à Montesquieu la première place parmi les publicistes modernes. On pourrait reprocher à Mon-tesquieu le morcellement de ses divisions et de ses subdivisions établies sans liaison et souvent sans motif, et quelques principes trop absolus auxquels il asservit les faits : de là ce fatalisme raisonneur qui montre les événements comme la conséquence nécessaire du climat ou des lois qu'un peuple s'est données.

Le style de Montesquieu est concis et nerveux, rempli d'expres-sions vives et fortes ; on lui reproche d'être quelquefois haché et trop dépourvu de douceur et d'harmonie.—*Roche*.

PALAPRAT (*Jean*), travailla aux pièces de théâtre de Bruéys son
Born 1650. ami, et y eut la moindre part. Elles sont recueillies en 5
Died 1721. petits vol. in 12°.

PIERRE, voyez SAINT-PIERRE.

PLACE, voyez LA PLACE.

RACINE (*Jean*), fils d'un contrôleur du grenier à sel, naquit à la
Born 1639. Ferté-Milon. Après d'excellentes études à Port-Royal, il
Died 1699. essaya le droit et la théologie, et se dégoûta bientôt de l'un et de l'autre.

Il débuta dans la littérature par deux *odes*, qui le firent connaître de Boileau et de Molière. Boileau devint son ami intime, son guide, et lui apprit à *faire difficilement des vers faciles*. Ses deux premières tragédies, *la Thébaïde, ou les Frères ennemis*, et *Alexandre le Grand*, furent faites d'après la manière de Corneille.

Après cet essai, il résolut de travailler sans modèle, et de devenir créateur à son tour. Corneille avait célébré l'héroïsme sous toutes ses faces. Racine entreprit d'élever l'âme en l'attendrissant, et d'in-troduire dans la tragédie un mélange d'héroïsme et de sensibilité : il se proposa de représenter sur la scène les désordres et les malheurs causés par les passions, afin de nous apprendre à les éviter ou à les maîtriser.   Chez lui, la tragédie devint l'étude du cœur de la femme, la peinture de toutes les nuances du plus tendre de nos sentiments. Racine possédait au suprême degré toutes les qualités propres à remplir le but qu'il se proposait : il avait une brillante imagination, un goût délicat, un sentiment parfait des convenances, une sensibilité exquise, une grâce ravissante, et une élégance inexprimable de langage, qui en fait le plus parfait de nos poëtes.   Il est inférieur à Corneille pour le génie, la vigueur, l'élévation et le sublime; mais il a plus d'habileté dans la composition du drame, plus de vérité dans la peinture des sentiments, plus de goût et plus de talent pour orner les détails et pour exprimer poétiquement les idées les plus simples.

Racine donna successivement *Andromaque, Britannicus, Mithridate, Bajazet, Iphigénie, Phèdre, Esther* et *Athalie*, considérée généralement comme la pièce la plus parfaite du théâtre français.

Nous avons encore de lui la comédie des *Plaideurs*, qui n'aurait pas été désavouée par Molière ; quelques *épigrammes*, qui annoncent un rare talent pour la raillerie et la satire ; quelques admirables *cantiques*, composés pour les demoiselles de Saint-Cyr (see page 83, *note*) ; un excellent *Abrégé de l'histoire de Port-Royal ;* et une collection de *lettres* à son fils et à ses amis, qui lui assurent une place éminente parmi nos auteurs épistolaires.—*Roche.*

RoussEAU *(Jean-Jacques)*, le plus éloquent écrivain du XVIIIe siècle, Born 1712. était fils d'un horloger de Genève.   Sa vie ne fut guère Died 1778. qu'une longue suite de chagrins et d'infortunes, causés presque toujours par son humeur inquiète, son caractère susceptible et son union avec une femme indigne de lui.   On le vit tour à tour élève d'un ministre protestant, clerc de greffier, apprenti graveur, catéchumène, laquais, valet de chambre, séminariste, professeur de musique, interprète d'un charlatan, employé au cadastre, précepteur, secrétaire d'ambassade, caissier d'un banquier, compositeur d'opéras, copiste de musique et homme de lettres.   C'est au milieu de cette vie errante, coupée par un foule d'incidents romanesques, quelquefois exposée à la misère et à la faim, que se forma et se développa le génie le plus singulier et le plus paradoxal que nous offre notre histoire littéraire.

Rousseau crut sincèrement aimer la justice, la morale et la vertu : il en défendit les principes avec beaucoup d'éloquence, mais en les exagérant par des illusions et des erreurs funestes; et la lecture de ses ouvrages n'est pas sans danger pour la jeunesse.

Les principaux ouvrages de Rousseau sont: *Emile, ou de l'Éducation*, son chef-d'œuvre, utopie d'un homme de génie, où l'on trouve des vérités plutôt rajeunies que nouvelles, mêlées à une infinité de sophismes ; *la Nouvelle Héloïse*, roman fiévreux et plein d'une éloquence passionnée ; ses *Confessions*, ouvrage où il avoue ses fautes avec une

franchise mêlée d'orgueil, et qui serait une lecture agréable et attrayante si, moins complaisant pour lui-même, il eût passé sous silence
des détails que la bienséance aurait dû lui interdire; les *Rêveries*,
écrites avec une délicieuse fraîcheur de style au retour de ses longues
promenades aux environs de Paris; le *Contrat social*, ouvrage politique, où il proclame la souveraineté du peuple, et qui fut la *Bible* des
terroristes de 1793; un *Discours sur les lettres*, brillante déclamation
contre les lettres, qu'il regarde comme la cause de la corruption et de
l'incrédulité; un *Discours sur l'inégalité*, diatribe radicale, inspirée
par les désordres du gouvernement de Louis XV; une *Lettre à
d'Alembert sur les spectacles*, paradoxe éloquent contre le théâtre et
les auteurs dramatiques; les *Lettres de la Montagne*, ouvrage mêlé
de polémique amère et d'ardentes rêveries; une *Lettre à l'archevêque
de Paris*, réponse pleine d'une dialectique véhémente au mandement
publié contre *Émile*. On a encore de Rousseau le *Devin de village*,
petit opéra dont il fit les paroles et la musique, un *Dictionnaire de
musique*, des *Lettres sur la botanique*, une *Correspondance*, etc.

Jean-Jacques mourut à Ermenonville, soupçonné, mais sans preuves
suffisantes, d'avoir abrégé ses jours par le suicide.—*Roche.*

SABATIER (*Antoine*), abbé, né à Castres en 1742. Cet auteur s'est
Born 1742. fait un nom par la persévérance avec laquelle il a poursuivi
Died 1817. les philosophes. Son principal ouvrage contre eux est intitulé, *les Trois Siècles de la Littérature Française*. Il a eu un grand
nombre d'éditions.

SAINT-PIERRE (*Bernardin de*). Après les quatre grands génies qui
Born 1737. dominent le XVIIIe siècle (*i. e.* MONTESQUIEU, VOLTAIRE,
Died 1814. ROUSSEAU et BUFFON), la première place appartient à Bernardin de Saint-Pierre. Il naquit au Havre. Doué d'une vive sensibilité, entraîné par une humeur aventureuse, il passa sa jeunesse à
caresser de généreuses chimères. Il prit ou chercha du service en
France, à Malte, en Russie, en Pologne, en Autriche, en Saxe, en
Prusse, dans les colonies, et n'éprouva que des déceptions. Revenu
de ses illusions, il renonça à l'ambition et à la gloire, et dévoua le
reste de sa vie à l'étude de la nature et à la recherche de la vertu.
Il fut nommé intendant du *jardin des Plantes* en 1792, professeur de
morale en 1794, et membre de l'Institut en 1795.

Nous devons à Bernardin de Saint-Pierre *Paul et Virginie* et *la
Chaumière indienne*, délicieux chefs-d'œuvre, où il s'efforce de rappeler
ses contemporains au bonheur de la famille par le tableau de l'innocence et de la vertu. On a encore de lui un *Voyage à l'Île de France*,
les Études de la Nature, *les Harmonies de la Nature*, *les Vœux d'un solitaire*, un *Dialogue sur la mort de Socrate*, une *Théorie de l'univers;*
le premier livre d'un poëme en prose intitulé *Arcadie*, et inspiré par

la lecture de *Télémaque* ; un *Essai sur J. J. Rousseau*, où l'on trouve
des détails intéressants sur ce grand écrivain, dont il fut quelque
temps l'ami.

La gloire de Bernardin de Saint-Pierre a été de continuer la lutte
commencée par Jean-Jacques contre le matérialisme et l'athéisme,
de ramener Dieu et la nature dans la littérature, et de hâter la révolution religieuse qui devait porter des fruits dans les premières années du xix⁰ siècle. Il fut le précurseur de Chateaubriand.

Le style de Bernardin est un mélange de l'élégance et de l'harmonie
de Fénélon, de la pompe et de l'élévation de J. J. Rousseau. Quoique
toutes ses couleurs ne soient pas vraies, il excelle à peindre la nature.
Il prêche l'amour de la vertu ; mais son système n'est guère qu'une
morale gravement épicurienne.—*Roche.*

SÉVIGNÉ (*Madame de*). MARIE DE RABUTIN-CHANTAL, fille du
Born 1626. baron de Chantal, d'une des plus anciennes familles de
Died 1696. Bourgogne, naquit à Paris. Devenue orpheline de bonne
heure, elle fut élevée avec soin par l'abbé de Coulanges, son oncle
maternel, homme d'un rare bon sens, qu'elle a immortalisé sous le
nom de *bien bon*. À dix-huit ans, elle épousa le marquis de Sévigné,
qui fut tué en duel. Madame DE SÉVIGNÉ se dévoua tout entière à
l'éducation de ses deux enfants. En 1669, mademoiselle de Sévigné,
ayant épousé le comte de Grignan, gouverneur de la Provence, fut
obligée de se séparer de sa mère.

Cette séparation, qui fut un coup terrible pour madame de Sévigné
nous a valu la correspondance de cette femme célèbre, un des chefs-
d'œuvre les plus originaux de notre littérature. C'est une peinture
fidèle de la cour, de la capitale et des provinces ; un journal de tous
les évènements importants et de tous les petits faits du jour, racontés
par une femme instruite, spirituelle et sensée, qui a vécu avec les
hommes les plus éminents de l'époque. Madame de Sévigné, tout
en laissant *trotter sa plume, la bride sur le cou*, sait admirablement
prendre tous les tons. Tendre et passionnée comme Racine lorsqu'elle
peint l'état où la jette le départ de sa fille, il lui arrive d'atteindre au
comique malin de Molière, et de rencontrer plus d'un trait digne de
Bossuet lorsqu'elle parle de la perte du temps, de la vieillesse, de la
Providence, de la mort. Plusieurs de ses narrations peuvent se comparer à ce que les historiens de l'antiquité ont écrit de plus parfait.
La *Mort de Turenne*, qui est un chef-d'œuvre en ce genre, nous rappelle les belles pages de Tacite sur les derniers moments et les funérailles de Germanicus.—*Roche.*

SOUMET (*Alexandre*) naquit à Castelnaudary, et se fit connaître, en-
Born 1788. core jeune, par ses triomphes poétiques dans les concours des
Died 1845. *Jeux floraux* et de l'Académie française.

Doué d'un génie élégiaque, qui lui dicta l'élégie de *la Pauvre Fille* et celle du *Sommeil du Mendiant*, petits chefs-d'œuvre de sentiment et de style, Soumet abandonna sa vocation, pour cultiver la poésie plus élevée de la tragédie et de l'épopée. Il donna les tragédies de *Saül*, de *Clytemnestre*, de *Jeanne d'Arc*, d'*Elisabeth de France*, de *Cléopâtre*, de *Norma*, etc., dont le fond est faible et n'est pas suffisamment racheté par l'éclat et la beauté des vers. On lui doit encore un poëme sur l'*Incrédulité*, où il reproduit la gravité religieuse de L. Racine, qu'il surpasse par l'animation et la chaleur ; deux poëmes épiques : l'un intitulé *Jeanne d'Arc*, et l'autre *la divine Épopée*, où l'on trouve quelques belles tirades, perdues au milieu d'une monotonie solennelle.—*Roche*.

STAAL (*Madame de*). Mademoiselle de Launay, privée de bonne
Born 1695. heure de ses parents, qui ne lui laissèrent aucune fortune,
Died 1750. trouva un asile dans un couvent gouverné par une de ses tantes. Douée d'une intelligence extraordinaire, avide de lectures de tous les genres, et libre de satisfaire son goût, elle acquit bientôt une instruction dont un homme de lettres eût pu s'honorer. 'A sa sortie du convent, elle fut obligée de plier aux circonstances un caractère indépendant et fier. On crut rendre assez de justice à son esprit et à ses connaissances en lui procurant une place de femme de chambre chez la duchesse du Maine ; c'est à ces fonctions subalternes que fut réduite une femme dont les écrivains les plus distingués de l'époque recherchaient l'entretien et ambitionnaient l'estime. Sans sortir de cette humble position, elle fut entraînée à jouer un rôle dans les intrigues politiques où son imprudente maîtresse était continuellement engagée. Ces intrigues forment une partie intéressante des *Mémoires* qu'elle a écrits sur sa vie, et qu'on regarde à bon droit comme le modèle de ce genre d'écrire. Une concision piquante et qui n'est jamais prétentieuse, une grande fermeté de jugement, des réflexions très fines dans le ton le plus naturel et le moins commun, caractérisent les Mémoires de madame de Staal, dont nous donnons quelques pages (see page 120).—*Vinet*.

TASTU (*Madame Amable*), née Voïart, est la fille d'un administra-
Born 1798. teur général des vivres sous la république. Dès son enfance, elle montra une véritable passion pour la lecture, et un talent précoce pour la poésie. En 1816, elle épousa M. Tastu, imprimeur, puis bibliothécaire à la bibliothèque Sainte-Geneviève, à Paris, et auteur d'ouvrages estimés sur la langue romane. Madame Tastu a publié plusieurs recueils de poésie ; ils contiennent des *odes*, des *élégies*, des *idylles*, le conte de *Peau d'Âne*, les *Chroniques de la France*, etc. Il y a dans ses vers une correction et une habileté de facture, qu'on trouve rarement dans les poésies des femmes.—*Roche*.

VOLTAIRE. François-Marie Arouet, si célèbre sous le nom de Vol-
Born 1604. taire, naquit à Paris; il était fils d'un ancien notaire, de-
Died 1778. venu trésorier de la chambre des Comptes. Il montra de
bonne heure une merveilleuse facilité, une activité infatigable, et une
passion insatiable pour la renommée. De 1718 à 1778, époque de
sa mort, il publia une foule d'ouvrages en vers et en prose, qui lui
assurèrent la première place parmi les écrivains de son siècle. Devenu possesseur d'une fortune seigneuriale, il se retira dans son château de Ferney, d'où il exerça sur la France et l'Europe une sorte de
royauté littéraire et philosophique. Il y passa les vingt dernières années de sa vie, d'un côté honorant son existence par quelques bonnes
œuvres, et de l'autre souillant son génie par des écrits où la religion
et la décence sont également outragées.

Voltaire essaya tous les genres de la célébrité littéraire. Il fut le
premier poëte du XVIIIᵉ siècle; mais il est encore plus grand comme
prosateur. Il rappelle la pureté brillante et le naturel des auteurs du
XVIIᵉ siècle, et il a une vivacité, une liberté de mouvement, une manière de dire légèrement des choses solides qu'on n'y trouve pas au
même degré. Mais même dans les pages où il semble atteindre à la
perfection du genre, il ne vous élève jamais dans cette atmosphère où
Bossuet et Pascal vous transportent d'un mot. Voltaire occupe le
premier rang comme historien, comme critique, comme auteur épis-
tolaire, comme publiciste et comme romancier.

C'est à Voltaire qu'on doit le seul poëme épique que puisse citer
la littérature française, bien que *la Henriade* mérite peu le nom
d'épopée.

Dans la *tragédie*, il est inférieur à Corneille pour l'élévation et le
sublime, et à Racine, pour la régularité de la composition, la peinture
du cœur, et surtout pour la perfection du style; mais il a des effets
de théâtre qu'on ne trouve pas dans ces deux grands maîtres. Un
autre caractère de ses tragédies, ce sont ces maximes philosophiques
sur la tolérance, la liberté, la dignité humaine, qui étaient si applau-
dies de ses contemporains, et qui paraissent aujourd'hui si froides et
si déplacées.

De tous les ouvrages de Voltaire, celui dont la lecture est la plus
piquante, la plus variée, la plus amusante, c'est son immense *Correspondance*. C'est là qu'il faut l'étudier; c'est là qu'on voit l'activité
infatigable de cet homme, le plus laborieux, le plus occupé du XVIIIᵉ
siècle. Quand il n'est pas aveuglé par l'amour-propre ou par l'esprit
de parti, c'est le plus aimable, le plus charmant des correspondants.

Le genre où Voltaire est resté sans rival, c'est la poésie légère; il
la porta à sa perfection. Ce genre, qui prend tous les tons et toutes
les formes, convenait admirablement à cet esprit si souple, si fin et si
railleur.

Voltaire prétendait que *les bons vers ne sont que de la prose bien faite.* Il se conforma trop à ce principe, et ses vers sont quelquefois prosaïques. Il a peu de ces formes hardies, de ces tours originaux, de ces riches couleurs, de ces vives images, qui sont le caractère même de la poésie. Une clarté parfaite, une exacte convenance entre l'idée et l'expression, une élégance sans apprêt, une noblesse sans emphase, sont les qualités dominantes de sa versification.—*Roche.*

VOCABULARY.

VOCABULARY.

NOTE.

In the following Vocabulary an attempt has been made to represent, in ordinary English letters, the pronunciation of the French words, according to the subjoined scale:

THE CONSONANTS.

These have their usual English sounds. It must be noted, however, that

s has its sibilant sound, as in *see*.
wă as in *watch*—representing *oi*.
y as in *yet*.
z as in *zone*.
zh as z in *azure* or s in *pleasure*.
nʸ as n, with an after-sound of y in *year*—representing *gne* final.

THE VOWELS.

ă as *a* in *add*.
ā as *a* in *father* or *ah*.
ai as in *fair*—representing è, ê, and *ai* not final.
ay as in *say*—representing é, er, and *ai* final.
e as in *met*.
ĕ as in *the*, pronounced without accent; thus, thĕ hoŭse.
ee as in *see*.
ō as o in *note*.
ŏ as in *not*, nearly.
oo as in *boot*.
ö as *u* in *fur*, *i* in *bird*, or *o* in *word*—representing, as nearly as possible, the French *eu* and *œu*.

354 VOCABULARY.

ü represents the French *u*. It has no precise equivalent in English.
iy as *i* in *pine*, with an after-sound of *y* in *year*.
aiy as *ai* in *fair*, " " " "
eey as *ee* in *see*, " " " "
öy as *u* in *fur*, " " " "

THE NASALS.

These sounds are not found in the English language. They are produced by the combination of a vowel with either of the letters *m* or *n*. The nasal sound is the same, whether represented by *m* or *n*, the vowels *ā, ă, o, ö*, alone distinguishing them; thus:
ā˜ sounds as *a* in *marl*, accompanied by the nasal.
ă˜ " *a* in *add*, " " "
o˜ " *aw* in *thaw*, " " "
ö " *u* in *tub*, " " "

THE ACCENTUATION.

The mark (′) indicates that the principal stress falls on that syllable over which it is placed.

These are only approximations to the precise sounds. For full directions on pronouncing French, see the author's "French Grammar," to which the Reader is specially adapted.

ABD

'A [*ā*], prep., *to, at, in, on*.
Abaisser [*ă-bai-say'*], v. a., *to humble; diminish; reduce; debase*.
s'Abaisser [*să-bai-say'*], v. refl., *to demean o. s.; humble o. s.; stoop*.
Abandon [*ă-bā˜do~'*], n. m., *unreserved confidence; dereliction*.
Abandonné-e [*ă-bā˜dō-nay'*], p., *abandoned, deserted*.
Abandonner [*ă-bā˜dō-nay'*], v. a., *to desert; abandon; yield; give up*.
s'Abandonner [*să-bā˜dō-nay'*], v. refl., *to yield, abandon o. s.*
Abattement [*ă-băt-mā˜'*], n. m., *despondency; dejection*.
Abattre [*ă-bătr'*], v. a., *to pull down; destroy; fell* (trees).
Abattu-e [*ă-bă-tü'*], p., *felled; fallen, exhausted; subverted*.
Abbas [*ă-bās'*], p. n., *Abbas* (name of a Persian monarch).
Abbaye [*ă-bay-ee'*], n. f., *abbey*.
Abbé [*ă-bay'*], n. m., *abbé; abbot*.
Abdiquer [*ăb-dee-kay'*], v. a., *to abdicate*.

ABO

Abeille [*ă-baiy'*], n. f., *bee*.
Abencerrage [*ă-bā˜sair-răzh'*], p. n., *Abencerrage* (name of an old Moorish family of Granada, Spain).
Abhorrer [*ă-bor-ray'*], v. a., *to abhor; detest; loathe*.
s'Abhorrer [*să-bor-ray'*], v. refl., *to abhor, loathe o. s.*
Abîme [*ă-beem'*], n.m., *deep; abyss*.
Abject-e [*ăb-zhekt'*], adj., *abject, vile*.
Aboi [*ă-bwä'*], n. m., *bark; aux abois* [*ō-ză-bwä'*], *at bay, in a strait*.
Aboiement [*ă-bwä-mā~'*], n. m., *bark, barking*.
Abolition [*ă-bō-lee-seeo~'*], n. f., *abolition*.
Abominable [*ă-bō-mee-năb'l*], adj., *detestable; abominable*.
Abondamment [*ă-bo˜dă-mā~'*], adv., *abundantly; amply*.
Abondance [*ă-bo˜-dā~'-s*], n. f., *abundance; affluence; diffusiveness*.
Abord [*ă-bor'*], n. m., *approach; ar-*

ACC

rival; d'abord [dă-bor'], adv., *at first, the first thing; at once, immediately.*

Aborder [ă-bor-day'], v. a., *to approach, accost.*

Aboyer [ă-bwă-yay'], v. n., *to bark; to bark* (at, de).

Abrégé [ă-bray-zhay'],n.m.,*abridgment; epitome.*

Abréger [ă-bray-zhay'], v. a., *to shorten; abridge.*

Abreuver [ă-brŏ-vay'], v. a., *to water; to steep; soak.*

Abri [ă-bree'], n. m., *shelter;* à l'abri de [ă-lă-bree' dĕ], *sheltered from;* mettre à l'abri, *to shelter.*

Abroger [ă-brŏ-zhay'],v.a., *to abrogate; repeal.*

Absent-e [ăb-să~',-să~t'], adj:, *absent.*

Absence [ăb-să~-s'], n. f., *absence.*

Absolu-e [ăb-sŏ-lü'], adj., *absolute; positive.*

Absolument [ăb-sŏ-lü-mă~'], adv., *absolutely; positively; wholly; peremptorily.*

s'Abstenir [săb-stĕ-neer'], v. refl., *to abstain; refrain.*

Abusé-e [ă-bü-zay'], p., *deceived; abused.*

Abuser [ă-bü-zay'], v. a., *to deceive; delude; abuse.*

Abuser, v. n., *to misuse; abuse; impose upon* (followed by *de*).

s'Abuser [să-bü-zay'], v.refl., *to deceive o. s.; mistake.*

Académie [ă-kă-day-mee'], n. f., *Academy; French Academy.*

Accablement [ă-kă-blĕ-mă~'],n.m., *languor, extreme depression.*

Accablé-e [ă-kă-blay'], p., *depressed; overwhelmed* (with, de).

Accabler [ă-kă-blay'], v. a., *to overwhelm; load; weigh down; load down.*

Accélérer [ăk-say-lay-ray'],v.a., *to hasten, accelerate.*

Accent [ăk-să~'], n. m., *accent; tone.*

Accepter [ăk-sep-tay'], v. a., *to accept; receive.*

Accès [ăk-sai'], n. m., *access; ad-*

ACC

mittance; paroxysm; fit; donner ac. à [dŏ-nay' ăk-sai'-ă], *to admit.*

Accident [ăk-see-dă~'], n. m., *accident.*

Accommodé-e [ă-kŏ-mŏ-day'], p., *suited; adapted.*

Accommoder [a-kŏ-mo-day'],v. a., *to accommodate; suit.*

s'Accommoder [să-kŏ-mŏ-day'], v. refl., *to accommodate o. s.* (with); *put up* (with); *be pleased* (with).

Accompagné-e [ă-kŏ~păn-yay'], p., *accompanied.*

Accompagner [ă-kŏ~-păn-yay'], v. a., *to accompany.*

Accompli-e [ă-kŏ~plee'], p. or adj., *accomplished, fulfilled.*

Accomplir [ă-ko~pleer'], v. a., *to complete, fulfill, accomplish.*

s'Accomplir [să-ko~pleer'], v. refl., *to be brought about, fulfilled.*

Accord [ă-kor'], n. m., *accord, harmony, strain;* d'accord [dă-kor'], *unanimous, agreed, granted;* demeurer d'accord [d'mŏ-ray' dă-kor'], *to acknowledge, agree.*

Accordé-e [ă-kor-day'], p., *granted, acceded.*

Accorder [ă-kor-day'],v.a.,*to grant, harmonize.*

s'Accorder [să-kor-day'], v. refl., *to agree, harmonize.*

Accourir [ă-koo-reer'], v. n., *to hasten, run up.*

Accouru-e [ă-koo-rü'], p., *hastened, run up.*

Accoutumé-e [ă-koo-tü-may'], p., *accustomed, used to, wonted.*

Accoutumer [ă-koo-tü-may'], v. n., *to be accustomed, wont to, used to.*

Accoutumer, v. a., *to accustom, habituate.*

Accroire [ăk-rwăr'], v. a., *to believe;* faire accroire, *to make any one believe.*

Accroissement [ăk-rwăss-mă~'], n. m., *growth, extension, growing power.*

Accroître [ăk-rwătr'], v. a., *to increase, extend.*

s'Accroître [să-krwătr'], v. refl., *to increase, extend, grow.*

ACT

Accru-e [ă-krü'], p., *increased, extended.*

Accrut [ă-krü'], from *accroître.*

s'Accrut [să - krü'], from s'*accroître.*

Accueil [ă-köy'], n. m., *welcome, reception;* faire un doux accueil à [*fair'-ŏ˘doo'-ză-köy'*], *to appreciate* (page 140).

Accueilli-e [ă-kö-yee'], p., *received, welcomed.*

Accueillir [ă-kö-yeer'], v. a., *to welcome.*

s'Accumuler [să - kü - mü - lay'], v. refl., *to accumulate.*

Accusateur [ă-kü-ză-tör'], n. m., *accuser.*

Accusatrice [ă-kü-ză-treess'], n. f., *accuser.*

Accusation [ă-kü-ză-seeo˜'], n. f., *charge, accusation, indictment.*

Accusé-e [ă-kü-zay'], p., *accused, charged* (with, *de*).

Accuser [ă-kü-zay'], v. a., *to accuse, arraign.*

Achéron [ă-shay-ro˜'], p. n., *Acheron* (river of the lower world).

Acheter [ăsh-tay'], v. a., *to buy.*

Acheteur [ăsh-tör'], n. m., *buyer, purchaser.*

Achevé-e [ăsh - vay'], p., *finished, concluded.*

Achever [ăsh-vay'], v. a., *to finish, conclude; recover* (in fencing).

Achille [ă-sheey'], p. n., *Achilles.*

Acquérir [ă-kay-reer'], v. a., *to get, gain, acquire.*

s'Acquérir [să-kay-reer'], v. refl., *to acquire, gain (for one's self).*

Acquiescement [ă-kee-ess-mă˜'], n. m., *acquiescence, assent.*

Acquis-e [ă-kee',-keez'], p., *acquired, gained, gotten, won over.*

Acquit [ă-kee'], from *acquérir.*

Acquitter [ă-kee-tay'], v. a., *to pay, discharge, acquit.*

s'Acquitter [să-kee-tay'], v. refl., *to perform, pay off, clear, fulfill.*

Âcre [ākr], adj., *acrimonious, tart.*

Âcreté [ă-krĕ-tay'], n, f., *acrimony, acridness.*

Acte [ăct], n. m., *act, action.*

ADR

Acteur [ăk-tör'], n. m., *actor, charactcr.*

Actif-ve [ăk-teef', -teev'], adj., *active, energetic.*

Action [ăk-seeo˜'], n. f., *action, act.*

Activité [ăk-tee-vee-tay'], n. f., *activity.*

Actuel-le [ăk-tü-ell'], adj., *actual, present.*

Adieu [ăd - yö'], n. m., *farewell, adieu;* adv., *good-by, adieu.*

Adjacent-e [ăd - zhă - sā˜', - sā˜t'], adj., *adjacent, neighboring.*

Admet [ăd-mai'], from *admettre.*

Admettre [ăd-metr], v. a., *to admit, admit of, permit.*

Administrateur [ăd-mee-nee-strā-tör'], n. m., *trustee, administrator;* ad. de vivres [ăd. dĕ-vee'-vr], *victualing agent.*

Administration [ăd-mee-nees-trā-seeo˜'], n. f., *administration, government.*

Admirable [ăd-mee-răbl'], adj., *admirable, wonderful.*

Admirateur [ăd-mee-rā-tör'], n. m., *admirer.*

Admiration [ăd-mee-rā-seeo˜'], n. f., *admiration.*

Admiré-e [ăd - mee - ray'], p., *admired.*

Admirer [ăd-mee-ray'], v. a., *to admire.*

Adopter [ă-dop-tay'], v. a., *to adopt, admit.*

Adorateur [ă-dō-rā-tör'], n. m., *admirer, adorer.*

Adoration [ă-dō-rā-seeo˜'], n. f., *adoration, admiration.*

Adoré-e [ă - dō - ray'], p., *adored, worshiped.*

Adorer [ă-dō-ray'], v. a., *to adore, worship, render worship or homage to.*

Adoucir [ă-doo-seer'], v. a., *to soften, soothe, mollify, allay.*

s'Adoucir [să-doo-seer'], v. refl., *to be softened, allayed;* faire adoucir, *to mollify, mitigate.*

Adresse [ă - dress], n. f., *address, dexterity, cleverness, skill.*

AFF

Adressé - e [ă - dres - say'], p., ad-dressed, directed.

Adresser [ă-dres-say'], v. a., to ad-dress, direct.

s'Adresser [să-dres-say'], v. refl., to apply to, address (foll. by à).

Adroit-e [ăd-rwă',-rwăt'], adj., dex-terous, skillful, adroit.

Adroitement [ăd-rwăt-mă~'], adv., dexterously, adroitly.

Adulateur [ă-dü-lă-tör'], n. m., ad-ulator, flatterer.

Adulation [ă-dü-lă-seeo~'], n. f., ad-ulation, flattery.

Adultère [a-dül-tair'], adj., adul-terous.

Adultère, n. f., adultress.

Adultère, n. m., adultery.

Adversaire [ad-vair-sair'], n. m., opponent, adversary.

Affaibli-e [ă - fai - blee'], p., grown weak, weakened, enfeebled, fail-ed.

Affaiblir [ă-fai-bleer'], v. a., to weak-en, impair.

s'Affaiblir [să-fai-bleer'], v. refl., to grow weak, fail, abate.

Affaire [ă-fair'], n. f., affair, busi-ness, matter; homme d'affaires [ŏm-dă-fair'], agent; qu'ai-je af-faire à [kayzh, etc.], what need have I to —; avoir af. à [ă-vwār'], to have to do with.

Affamé-e [ă-fă-may'], adj., famish-ed, starving (for, de).

Affecté-e [ă-fek-tay'], adj. and p., affected, assumed; appropriated (to, à).

Affecter [ă-fek-tay'], v. a., to affect, aspire, seek.

Affermi-e [ă-fair-mee'], p., secured, grounded; strengthened, establish-ed; mal affermi, ill-grounded.

s'Affermir [să-fair-meer'], v. refl., to strengthen, fix, secure o. s.; be-come firm.

Affiche [ă - feesh'], n. f., placard, hand-bill.

Affliction [ă-flik-seeo~'], n. f., af-fliction, trouble, sorrow.

Affliger [ă-flee-zhay'], v. a., to af-flict, harass, grieve, sadden.

AH

s'Affliger [să-flee-zhay'], v. refl., to grieve, mourn.

Affranchir [ă-frā~sheer'], v. a., to liberate, set free.

s'Affranchir [să-frā~sheer'], v. refl., to liberate one's self (from).

Affreusement [ă-fröz-mā~'], adv., frightfully, dreadfully.

Affreux-se [ă-frö', -fröz'], adj., frightful, dreadful, horrid.

Affront [ă-fro~'], n. m., affront, in-sult.

Affronter [a-fro~tay'], v. a., to face, affront.

Affût [ă-fü'], n. m., watch; à l'af-fût [ă-lă-fü], lying in wait.

Afin [ā-fă~], conj., in order (that, que; to, de).

Africain-e [ă-free - kă~'; ă - free-kain'], adj., African.

Âge [āzh], n. m., age, life, time of life; âge d'or [āzh-dōr], golden age.

Âgé-e [āzh-ay'], adj., aged, old, of age.

s'Agenouiller [să-zh-noo-yay'], v. refl., to kneel down.

Agile [ă-zheel], adj., nimble, active, agile.

Agir [ă-zheer'], v. n., to act, behave.

s'Agir [să-zheer'], v. imp., to be in question; il s'agit de [eel să-zhee' dě], the question is touching.

Agitation [ă-zhee-tă-seeo~'], n. f., agitation.

Agité-e [ă-zhee-tay'], p., agitated, restless, troubled.

Agiter [ă-zhee-tay'], v. a., to agi-tate.

s'Agiter [să-zhee-tay'], v. refl., to toss, be restless; move about rest-lessly.

Agneau [ăn-yō'], n. m., lamb.

Agonie [ă-gŏ-nee'], n. f., agony.

Agrandir [ă-grā~deer'], v. a., to en-large, magnify, extend.

Agréable [ă-gray-ăbl'], adj., pleas-ant, agreeable; to one's taste, pleas-ing, attractive.

Agrément [ă - gray - mā~], n. m., grace, charm.

Ah, int., ah, oh.

AIS

Aide [aid], n. f., aid, assistance, help.

Aider [ai-day'], v. a. and n., to aid, assist.

Aïeul [i-yöl'], n. m., grandfather, grandsire.

Aïeux [i-yö'], n. m. pl., ancestors, forefathers.

Aigle [aigl], n. m., eagle.

Aigre [aigr], adj., sour, tart, harsh.

Aigreur [ai-grör'], n. f., tartness, harshness.

Aigrir [ai-greer'], v. a., to exasperate, embitter.

Aigu-ë [ai-gü'], adj., sharp, acute, pointed; pointe aiguë [pwă~t ai-gü'], pungency, sting.

Aiguillon [ai-güee-yo~'], n.m., goad, spur.

Aiguiser [ai-güee-zay'], v. a., to whet, sharpen; point (an epigram); niguiser par la queue [păr lā kö], to misapply.

Aile [ell], n. f., wing.

Aille [iy], from aller.

Aillent [iy], from aller.

Ailleurs [i-yör'], adv., elsewhere, otherwise; partout ailleurs [păr-too'-ti-yör'], any where else, every where else; d'ailleurs [di-yör'], besides, moreover.

Aimable [ai-mă'-bl], adj., amiable, lovely.

Aimer [ai-may'], v. a., to love, like; aimer mieux [mee-ö'], to prefer.

Aîné-e [ai-nay'], n. m., elder brother, senior.

Ainsi [ă~-see'], adv., so, thus; ainsi que [kö], as well as; as; the same as.

Air [air], n. m., air, manner, look, appearance, tune; avoir l'air de, to look like; avoir bon air, to look well; avoir l'air bien persan, to look very like a Persian (page 64); le bel air, the fine look, the propriety.

Airain [ai-ră~], n. m., brass, bronze.

Aire [air], n. f., aerie or eyry.

Ais [ai], n. m., plank, board.

Aise [aiz], adj., glad.

Aise, n. f., ease, pleasure; à l'aise,

ALL

at ease, comfortable; être à son aise, to be in comfortable circumstances; mettre à son aise, to put in comfortable circumstances.

Aisé-e [ai-zay'], adj., easy, convenient.

Aisément [ai-zay-mă~'], adv., easily.

Aisne l' [lain], the Aisne (a department of France).

Ait [ai], from avoir.

Ajoupa [ă-zhoo-pā'], n. m., shed, hut.

Ajouter [ă-zhoo-tay'], v. a., to add.

Ajusté-e [ă-zhüs-tay'], p., trimmed, dressed.

Ajustement [ăzh-üst-mă~'], n. m., dress, toilette, attire.

Ajuster [ăzh-üs-tay'], v. a., to arrange, dress, trim, adapt.

Alambic [ă-lā~beek'], n. m., alembic.

Alarme [ă-larm], n. f., alarm, uneasiness.

Alarné-e [ă-lăr-may'], p., alarmed.

Alarmer [ă-lar-may'], v.a., to alarm.

Alcide [ăl-ceed'], p. n., Alcides, Hercules.

Alexandre [ă-lek-sā~'dr], p. n., Alexander.

Aliéner [ă-lee-ay-nay'], v. a., to alienate.

Aliment [ă-lee-mă~'], n. m., food, aliment.

Allé-e [ă-lay'], p., gone.

Allée [ă-lay'], n. f., alley, walk.

Allégorie [ă-lay-gō-ree'], n. f., allegory.

Allégresse [ă-lay-gress'], n. f., joy, glee, liveliness.

Alléguer [ă-lay-gay'], v. a., to allege, aver.

Allemagne [ăl-măn'y], n. f., Germany.

Allemand-e [ăl-mā~', -mā~d'], n.m. and f., German.

Allemand-e, adj., German.

Aller [ă-lay'], v. n., to go; aller à [ă-lair-ă'], to give way to, yield; aller bien à [bee-ă~nā], to fit, become any one.

s'en Aller [sā~năl-lay'], to go away, go off.

AMB

Alliance [ă-lee-ā˜ce'], n. f., alliance.

Allié [ă-lee-ay'], n. m., ally; alliée, n. f., ally.

Allier [ă-lee-ay'], v. a., to ally, combine, blend.

Allonger [ă-lo˜zhay'], v. a., to protrude, stretch out.

s'Allonger [să-lo˜zhay'], v. refl., to protrude, stand out.

Allons [ă-lo˜'], come; here; let us go, let us proceed.

Allumé-e [ă-lü-may'], p., lighted.

Allumer [ă-lü-may'], v. a., to light; allumer du feu [dü fŏ], to kindle a fire.

s'Allumer [să-lü-may'], v. refl., to lighten, be kindled, be lighted.

Almanach [ăl-mă-nā'], n. m., almanac, calendar.

Alors [ă-lor'], adv., then, at that time.

Alpes [ălp], n. f. pl., Alps.

Altération [ăl-tay-ră-seeo˜'], n. f., alteration, distortion.

Altéré-e [ăl-tay-ray'], p., thirsty (for, de).

Altérer [ăl-tay-ray'], v. a., to impair, injure, spoil; v. n., to excite thirst.

Alternative [ăl-tair-nă-teev'], n. f., alternation, succession.

Altesse [ăl-tess], n. f., highness.

Altier-ère [ăl-tee-ay', -air], adj., lofty, haughty, proud.

Amadouer [ă-mă-doo-ay'], v. a., to coax, wheedle.

Amant [ă-mā˜'], n. m., lover, suitor, sweetheart, beau.

Amante [ă-mā˜t'], n. f., lover.

Amas [ă-mā'], n. m., mass, heap, load, series.

Amassé-e [ă-mă-say'], p., amassed, accumulated, piled up.

Amasser [ă-mă-say'], v. a., to amass, accumulate, store up.

s'Amasser [să-mă-say'], v. refl., to be amassed, to collect.

Amazone [ă-mă-zōne'], n. f., Amazon.

Ambassade [ā˜bă-săd'], n. f., embassy, message.

ANA

Ambassadeur [ā˜bă-să-dör'], n. m., ambassador.

Ambassadrice [ā˜-bă-să-dreece'], n. f., ambassadress.

Ambitieux-se [ā˜bee-see'-ö, -see'-öz], adj., ambitious.

Ambition [ā˜bee-seeo˜'], n. f., ambition.

Ambitionner [ā˜bee-see-ō-nay'], v. a., to aspire to, be ambitious of.

Âme [ām], n. f., soul, heart, disposition.

Amené-e [ăm-nay'], p., brought.

Amener [ăm-nay'], v. a., to bring, lead.

Amer-e [ă-mair'], adj., bitter.

Amèrement [ă-mair-mā˜'], adv., bitterly.

Amérique l' [lă-mair-eek'], n. f., America.

Amertume [ă-mair-tüm'], n. f., bitterness.

Ami [ă-mee'], n. m., friend; amie, n. f., (female) friend.

s'Amincir [să-mă˜-seer'], v. refl., to taper, grow thin.

s'Amincissant [să-mă˜-see-sā˜'], p., tapering down.

Amitié [ă-mee-tee-ay'], n. f., friendship.

Amollir [ă-mŏ-leer'], v. a., to soften, tame.

Amorce [ă-morss], n. f., bait, allurement.

Amour [ă-moor'], n. m., love, affection; amour propre, self-love.

Amourette [ă-moo-rett'], n. f., love, love affair.

Amoureux-se [ă-moo-rö', -röz'], adj., lovely, enamored; love —; of love, in love.

Amoureux-se, n. m. or f., lover.

Ampoulé-e [ā˜-poo-lay'], p., adj., inflated, bombastic.

Amuser [ă-mü-zay'], v. a., to amuse, divert.

s'Amuser [să-mü-zay'], v. refl., to amuse one's self, sport.

An [ā˜'], n. m., year, year old; — years of age.

Anacharsis [ă-nă-kăr-seess'], p. n.

APE

Analyse [ă-nă-leez'], n. f., parsing, analysis.

Anathème [ă-nă-taim], n.m., anathema, obloquy.

Ancêtres [ă˜-say'-tr'], n. m. pl., ancestors, forefathers.

Ancien-ne [ă˜-see-ă˜', -en'], old, ancient, former; les anciens [layză˜-see-ă˜'], the ancients.

Ancre [ă˜kr'], n. f., anchor; mettre à l'ancre, to anchor.

Andromaque [ă˜-drŏ-măk'], p. n. f., Andromache.

Âne [ăn], n. m., jackass, donkey.

Aneanti-e [ă-nay-ă˜-tee'], p., annihilated, destroyed.

Anecdote [ă-nek-dōte'], n. f., anecdote.

Ange [ă˜zh], n. m., angel.

Anglais-e [ă˜glai', -aiz'], adj., English.

Anglais, n. m., Englishman.

Angle [ă˜gl], n. m., angle, corner.

Angleterre [ă˜glĕ-tair'], n. f., England.

Angoisse [ă˜gwäss], n. f., anguish, pang.

Anguille [ă˜gheeʸ'], n. f., eel; quelque anguille sous roche [kelk ă˜gheeʸ' soo rōsh], a snake in the grass.

Animal [ă-nee-măl'], n. m., animal; pl., animaux [ă-nee-mō'].

Animé-e [ă-nee-may'], adj., spirited, animated, lively.

Animer [ă-nee-may'], v. a., to animate, enliven, arouse, excite.

Année [ă-nay'], n. f., year.

Annoncer [ă-no˜-say'], v. a., to announce, indicate, signify; be the harbinger of.

Antichambre [ă˜-tee-shă˜br], n. f., antechamber.

Antiope [ă˜tee-ōpe'], p. n., Antiope.

Antique [ă˜-teek'], adj., ancient, antique.

Apaiser [ă-pai-zay'], v. a., to appease, pacify, quiet, allay.

Apercevoir [ă-pair-sĕ-vwär'], v. a., to perceive, descry, heed.

s'Apercevoir [să-pair-sĕ-vwär], v. refl., to perceive.

APP

Aperçois [ă-pair-swä], from apercevoir.

Aperçu-e [ă-pair-sü'], perceived.

s'Aperçut [să-pair-sü'], from s'apercevoir.

Aplanir [ă-plă-neer'], v. a., to level, smooth.

Aplati-e [ă-plă-tee'], adj., flattened, flat.

Apollon [ă-pol-lo˜'], p. n., Apollo.

Apologie [ă-pŏ-lō-zhee'], n. f., apology, defense.

Apologue [ă-pō-lŏg'], n. m., apologue.

Apostropher [ă-pŏs-trō-fay'], v. a., to address, salute.

Apôtre [ă-pōtr'], n. m., apostle.

Appareil [ă-pă-raiʸ'], n. m., preparation, apparel, apparatus.

Apparemment [ă-pă-ră-mă˜], adv., evidently, apparently; apparemment que, it is evident that.

Apparence [ă-pă-ră˜ss'], n. f., appearance, show.

Appartement [ă-părt-mă˜ʸ], n. m., room, apartment.

Appartenir [ă-păr-tĕ-neer'], v. n., to appertain, belong.

Appartient [ă-păr-tee-ă˜'], from appartenir.

Appas [ă-pă'], n. m.pl., attractions, charms, allurements.

Appât [ă-pă'], n. m., bait, allurement.

Appauvrir [ă-pō-vreer'], v. a., to impoverish.

Appel [ă-pell'], n. m., call; appel nominal [nō-mee-năl'], roll-call.

Appeler· [ă-pĕ-lay'], v. a., to call, summon, appeal; faire ap., to summon.

s'Appeler [să-pĕ-lay'], v. refl., to be called, named.

s'Appesantir [să-pĕ-ză˜-teer'], v. refl., to grow heavy, dull.

Applaudir [ă-plō-deer'], v. a. and n., to applaud, cheer·

s'Applaudir [să-plō-deer'], v. refl., to applaud one's self.

Applaudissement [ă-plō-deess-mă˜'], n. m., applause; pl., commendation.

APP

Applicable [ă-plee-kă'-bl], adj., applicable, appropriate.

Appliqué-e [ă-plee-kay'], p., applied, Appliquer [ă-plee-kay'], v. a., to apply, give.

s'Appliquer [să-plee-kay'], v. refl., to turn one's attention to; to apply o. s. to.

Apporter [ă-pōr-tay'], v.a., to bring, carry; faire ap., to bring.

Apposer [ă-po-zay'], v. a., to affix, set, fix.

Apprécier [ă-pray-see-ay'], v. a., to appreciate, prize.

Apprécié-e [ă-pray-see-ay'], p., appreciated.

s'Apprécier [să-pray-see-ay'], v. refl., to appreciate o. s.; prize o. s.

Apprenait [ă-prĕ-nai'], from apprendre.

Apprendre [ă-prā̃dr', v.a., to learn, inform, hear; teach; se faire apprendre, to be taught.

Apprends [ă-prā̃'], from apprendre.

Apprenez [ă-prĕ-nay'], from apprendre.

Apprennent [ă-pren'], from apprendre.

Apprenti-e [ă-prā̃-tee'], adj., apprenticed.

Apprentissage [ă-prā̃-tee-săzh'], n. m., apprenticeship.

Apprêt [ă-prai'], n. m., preparation, affectation.

Apprêté-e [ă-prai-tay'], p., prepared, studied.

Apprêter [ă-prai-tay'], v. a., to get ready, prepare.

s'Apprêter [să-prai-tay'], v. refl., to get ready, prepare.

Apprirent [ă-preer'], from apprendre.

Appris-e [ă-pree', -preez'], p., learned, informed, heard.

Apprit [ă-pree'], from apprendre.

Apprivoisé-e [ă-pree-vwā-zay'], p., tamed, reclaimed.

Approbateur [ă-prō-bā-tör'], n. m., admirer, approver.

Approche [ă-prŏsh], n. f., approach.

Approcher [ă-prō-shay'], v. a. and

ARI

n., to draw near, approach; come in, come near (foll. by de).

s'Approcher [să-prō-shay'], v. refl., to draw near; approach (de).

Approuver [ă-proo-vay'], v. a., to approve, endorse, sanction.

Appui [ă-püee'], n. m., support, protection, stay.

Appuyé-e [ă-püee-yay'], p., leaned, leaning, pressed.

Appuyer [ă-püee-yay'], v. a. and n., to sustain, support, rest, lay stress upon, press on, brood (over, sur).

s'Appuyer [să-püee-yay'], v. refl., to lean.

Âpre [ā-pr], adj., harsh, violent.

Après [ă-prai'], prep., after; d'après, after, according to, from.

Après, adv., afterward, after, next.

Après-dînée [ă-prai'-dee-nay'], n. f., afternoon.

Arabe [ă-răb'], n. m., Arab; adj., Arabian, Arabic.

Arabie [ă-ră-bee'], n. f., Arabia.

Arbre [ăr'-br], n. m., tree.

Arc [ărk], n. m., bow, arch.

Arcadie [ăr-kă-dee'], n. f., Arcadia.

Arc-en-ciel [ark-ā̃-see-el'], n. m., rainbow.

Archevêché [ărsh-vai-shay'], n. m., archbishopric.

Archiduchesse [ăr-shee-dü-shess'], n. f., archduchess.

Architecte [ăr-shee-tekt'], n. m., architect.

Architecture [ăr-shee-tek-tür'], n. f., architecture.

Ardemment [ăr-dă-mā̃'], adv., ardently.

Ardent-e [ăr-dā̃', -dā̃'t'], adj., ardent, fervent, eager, intense, vivid.

Ardeur [ăr-dör'], n. f., ardor, zeal, fervor, heat.

Arène [ă-rain'], n. f., sand.

Argent [ăr-zhā̃']. n. m., silver, money.

Ariane [ă-ree-ăn'], p. n. f., Ariadne.

Aricie [ă-ree-see'], p. n. f., Aricia.

Aride [ă-reed'], adj., dry, arid, parched, unfruitful, barren.

Aridée [ă-ree-day'], n. m., Aridœus.

ART

Arioste [ă-ree-ost'], p. n., *Arioste.*

Aristide [ă-ris-teed'], p. n., *Aristides.*

Aristote [ă-ris-tŏt'], p. n., *Aristotle.*

Arme [ărm], n. f., *arm, weapon;* maître d'armes [mai-tr-dărm'], *fencing-master.*

Armé-e [ăr-may'], p., *armed, set.*

Armée [ăr-may'], n. f., *army.*

Armer [ăr-may'], v. a., *to arm.* s'Armer [săr-may'], v. refl., *to arm o. s.*

Armure [ăr-mür'], n. f., *armor.*

Aromatique [ăr-ō-mă-teek'], adj., *aromatic, scented.*

Arracher [ăr-răsh-ay'], v. a., *to pull out, draw from, extract, snatch; extort, exact; tear, pull off (à, from); wrest, pluck.* s'Arracher [să-răsh-shay'], v. refl., *to tear one's self away; tear out.*

Arrangé-e [ăr-rẵ-zhay'], p., *arranged; mal arrangé, ill-adjusted.*

Arrangement [ăr-rẵzh-mẵ'], n. m., *arrangement, adjustment.*

Arranger [ăr-rẵzhay'], v. a., *to arrange, adjust.*

Arrêt [ăr-rai'], n. m., *sentence, judgment.*

Arrêté-e [ăr-rai-tay'], p., *arrested, stopped, brought to a stand; engaged.*

Arrêter [ăr-rai-tay'], v. a., *to arrest, hold, fasten, stop, put a stop to; engage, catch (les yeux, the attention).* s'Arrêter [săr-rai-tay'], v. refl., *to stop, pause.*

Arrière [ăr-ree-air'], adv., *behind, back;* en arrière [ẵ-năr-ree-air'], *back, backward.*

Arrivée [ăr-ree-vay'], n. f., *arrival.*

Arriver [ăr-ree-vay'], v. n., *to arrive, reach; happen, take place;* il arrive [eel ăr-reev'], *it happens.*

Arrogance [ăr-rō-gẵss'], n. f., *superciliousness, arrogance.*

Arrogant-e [ăr-rō-gẵ', -gẵt], adj., *supercilious, haughty, arrogant.*

Arroser [ăr-rō-zay'], v. a., *to water.*

Art [ăr], n. m., *art.*

ASS

Artaxerce [ăr-tăg-zairce, p. n., *Artaxerxes.*

Artaxercès [ar-tăg-zair-sai'], see foregoing.

Articuler [ar-tee-kü-lay'], v. a., *to utter, articulate.*

Artifice [ar-tee-feess'], n. m., *trick, artifice, craft;* feux d'artifice [fŏ-dăr-tee-feess'], *fire-works.*

Artistement [ar-teest-mẵ'], adv., *skillfully, artistically.*

Ascendant [ăss-sẵ-dẵ'], n. m., *ascendency, ruling passion, influence;* prendre l'ascendant, *to maintain the ascendency (over).*

Asiatique [ă-zee-ă-teek'], adj., *Asiatic.*

Asic [ă-zee'], n. f., *Asia.*

Asile [ă-zeel'], n. m., *asylum, retreat, refuge.*

Aspect [ăss-pekt'], n. m., *sight, aspect, appearance.*

Aspirer [ăss-pee-ray'], v. n., *to aspire.*

Assaisonné-e [ă-sai-zō-nay'], p., *seasoned, made palatable (by, de).*

Assaisonner [ă-sai-zō-nay'], v. a., *to season, flavor.*

Assassin [ă-să-sẵ'], n. m., *assassin, cutthroat.*

Assassiner [ă-să-see-nay'], v. a., *to assassinate.*

Assaut [ă-sō'], n. m., *assault, onset.*

Assemblage [ă-sẵ-blăzh], n. m., *assembly, collection, gathering, union.*

Assemblé-e [ă-sẵ-blay'], p. *gathered, assembled.*

Assemblée [ă-sẵ-blay'], n. f., *audience, meeting, assembly.*

Assembler [ă-sẵ-blay'], v. a. and n., *to gather, collect, assemble.* s'Assembler [să-sẵ-blay'], v. refl., *to come together, assemble.*

Assentiment [ă-sẵ-tee-mẵ'], n. m., *assent.*

Asseoir [ă-swăr'], v. a., *to set, place;* faire asseoir, *to make to sit, cause to sit.* s'Asseoir [să-swăr'], v. refl., *to sit down, take a seat.*

ATH

Asservi-e [ă-sair-vee'], p., enthrall-ed, subjected, enslaved.

Asservir [ă-sair-veer'], v. a., to subordinate, reduce, enslave, subdue.

s'Asseyant [să-say-yă~'], p., from s'asseoir.

Assoyez-vous [ă-say-yay'-voo'], from s'asseoir.

Assez [ă-say'], adv., quite, pretty; enough, sufficiently well, long enough.

Assidu-e [ă-see-dü], adj., diligent, careful.

s'Assied [să-see-ai'], from s'asseoir.

Assiégé-e [ă-see-ay-zhay'], p., besieged, beset.

Assigner [ă-seen-yay'], v. a., to assign.

s'Assirent [să-seer'], from s'asseoir.

Assis-e [ă-see', -seez'], p. seated.

Assistant [ă-sis-tă~'], n. m., assistant.

Assister [ă-sis-tay'], v. a., to aid, assist.

s'Assit [să-see'], from s'asseoir.

s'Asseoit [să-swă'], for s'assied.

Assorti-e [ă-sor-tee'], p., matched, suited.

Assoupli-e [ă-soo-plee'], adj., pliant, supple.

Assouvir [ă-soo-veer'], v. a., to satiate, gratify.

Assujetti-e [ă-sü-zhay-tee'], p., enthralled, in subjection.

Assujettir [ă-sü-zhay-teer'], v. a., to hold down, subject, tie down.

Assurance [ă-sü-ră~ss], n. f., confidence, boldness, guarantee.

Assuré-e [ă-sü-ray'], adj., steady, bold, firm.

Assurément [ă-sü-ray-mă~'], adv., assuredly, certainly.

Assurer [ă-sü-ray'], v. a., to assure, make sure, guarantee.

s'Assurer [să-sü-ray'], v. refl., to assure one's self, make sure of.

Astragale [ăss-tră-gal'], n. m., fillet.

Astre [ăsstr], n. m., star.

Athalie [ă-tă-lee'], p. n., Athaliah.

Athée [ă-tay'], n. m., atheist.

ATT

Athéisme [ă-tay-eesm'], n. m., atheism.

Athènes [ă-tain'], Athens.

Athénien-ne [ă-tay-nee-ă~', -en], adj., Athenian, of Athens.

Athlète [ăt-lait'], n. m., wrestler, champion.

Atmosphère [ăt-mos-fair'], n. f., atmosphere.

Atome [ăt-ŏm'], n. m., atom.

Attaché-e [ăt-ăsh-ay'], p. attached, tied, fixed, fastened.

Attachement [ăt-ăsh-mă~'], n. m., attachment, affection.

Attacher [ă-tăsh-ay'], v. a., to attach, fasten, tie, fix.

s'Attacher [să-tăsh-ay'], v. refl., to attach o. s. to; to endeavor, strive (to, à).

Attaque [ăt-tack'], n. f., onset, attack.

Attaquer [ă-tă-kay'], v. a., to attack, assail, impugn.

Atteignit [ă-tain-yee'], from atteindre.

Atteindre [ă-tă~'-dr], v. ir., to attain, reach, equal.

Atteindrais [ă-tă~-drai'], from atteindre.

Atteint-e [ă-tă~', -tă~t'], p., attacked, attained.

Atteinte [ă-tă~t'], n. f., attack.

Attendant [ă-tă~dă~'], p., waiting, waiting for, expecting; en attendant, while, meanwhile; en att. que, till, until.

Attendre [ă-tă~'dr], v. ir., to wait, hold, wait for; await, expect.

s'Attendre [să-tă~'dr], v. refl., to expect, look for (à).

Attendrir [ă-tă~dreer'], v. a., to touch, move, melt; se sentir attendrir, to feel o. s. touched.

s'Attendrir [să-tă~-dreer'], v. refl., to be moved, touched.

Attendri-e [ă-tă~dree'], p., touched, affected, moved, melted.

Attendu-e [ă-tă~-dü'], p., waited, waited for, awaited; on account of, considering.

Attentat [ă-tă~-tă'], n. m., attempt, crime.

AUD

Attente [ă-tä~t'], n. f., *waiting, expectation*.

Attenter [ă-tä~-tay'], v. n., *to lay violent hands on; to do one's self harm*.

Attentif-ve [ă-tä~-teef'', -teev'], adj., *attentive, mindful*.

Attention [ă-tä~-see-o `'], n. f., *attention, care;* faire attention, *to give, pay attention*.

Attentivement [ă-tä~-teev-mä~'], adv., *attentively, closely*.

Attester [ă-tess-tay'], v. a., *to witness, call to witness*.

Attiédir [ă-tee-ay-deer'], v. a., *to cool*.

Attila [ă-tee-lä'], title of a play by Corneille.

Attique l' [lă-teek'], n. f., *Attica*.

Attirail [ă-tee-riy'], n. m., *apparatus; gang*.

Attirer [ă-tee-ray'], v. a., *to draw, lead, attract*.

s'Attirer [să-tee-ray'], v. refl., *to draw upon one's self; obtain, win, gain*.

Attrait [ă-trai'], n. m., *attraction, charm, inclination*.

Attraper [ă-trăp-pay'], v. a., *to catch, entrap*.

Attrayant-e [ă-tray-yä~', -t], adj., *attractive, winning*.

Attribuer [ă-tree-bü-ay'], v. a., *to attribute*.

Au [ŏ], art., *to the, at the*.

Aube [ŏbe], n. f., *dawn, break* (of day).

Auberge [ŏ-bairzh'], n. f., *inn, public house;* en pleine auberge, *in public*.

Aubier [ŏ-bee-ay'], n. m., *inner bark* (of a tree).

Aucun-e [ŏ-kö~', -kün'], pron., *any;* with negative, *no, none, not any*.

Audace [ŏ-dăss'], n. f., *boldness, audacity, hardihood*.

Audacieux-se [ŏ-dă-see-ö', -öz'], adj., *audacious, bold, daring*.

Au-dehors [ŏ-dĕ-ŏr'], adv., *without, outside*.

Au-dessous [ŏ-dĕ-soo'], adv., *below, beneath*.

AUT

Au-dessus [ŏ-dĕ-sü'], adv., *above, over*.

Au-devant [ŏ-dĕ-vä~'], adv., *before, in front, in advance*.

Audience [ŏ-dee-ä~ss'], n. f., *audience, hearing*.

Auditeur [ö-dee-tör'], n. m., *hearer*.

Auditoire [ŏ-dee-twär'], n. m., *auditory, audience*.

Augmenter [ŏg-mä~-tay'], v. a. and n., *to increase, augment, intensify*.

Auguste [ŏ-güst'], adj., *august, stately*.

Auguste, p. n., *Augustus*.

Aujourd'hui [ŏ-zhoord-üee'], adv., *to-day, nowadays*.

Aune [ŏne], n. f., *ell, yard*.

Auner [ŏ-nay'], v. a., *to measure off* (by the yard).

Auparavant [ŏ-pă-ră-vä~'], adv., *before, first, first of all*.

Auprès [ŏ-prai'], adv., *near, close by;* auprès de, prep., *near, by, with, to, in comparison with, by the side of;* d'auprès de, *from;* passer auprès, *to pass by*.

Aurore [ŏ-rŏr'], n. f., *dawn*.

Ausonie [ŏ-zŏ-nee'], n. f., *Ausonia*.

Auspice [ŏs-peess'], n. m., *auspice*.

Aussi [ŏ-see'], adv., *also, too, so, as, therefore, thus*.

Aussitôt [ŏ-see-tŏ'], adv., *immediately, at once, directly*.

Austère [ŏ-stair'], adj., *austere, stern, rigid*.

Austérité [ŏ-stair-ee-tay'], n. f., *austerity, sternness*.

Autant [ŏ-tä~], adv., *so much—many, as much—many;* d'autant plus [dŏ-tä~-plü'], *so much the more*.

Autel [ŏ-tell'], n. m., *altar*.

Auteur [ŏ-tör'], n. m., *author, writer*.

Automne [ŏ-tŏne'], n. m. f., *autumn*.

Autorisation [ŏ-tŏ-ree-ză-see-o~'], n. f., *authority, warrant*.

Autoriser [ŏ-tŏ-ree-zay'], v. a., *to authorize*.

Autorité [ŏ-tŏ-ree-tay'], n. f., *authority*.

AVE

Autour de [ō-toor' dĕ], prep., *about, around.*

Autre [ō'-tr], pron., *other, another;* d'autres [dō' - tr], *others;* tout autre [toot], *any other.*

Autrefois [ō-trĕ-fwă'], adv., *former-ly, of yore, of old.*

Autrement [ō-trĕ-mẵ'], adv., *oth-erwise, different.*

Autriche [ō - treesh'], n. f., *Aus-tria.*

Autrui [ō - trü - ee'], pron., *others, other people.*

Aux [ō], art., *to the, at the.*

Avaler [ă-vă-lay'], v. a., *to swallow, gulp down.*

Avance [ă-vā̃'-ss], n. f., *par or* d'avance, *in advance, beforehand.*

Avancé-e [ă-vā̃-say'], p., *advanced, benefited.*

Avancer [ă-vā̃-say'], v. n., *to pro-ceed, advance, push on, come up, draw near.*

Avancer, v. a., *to advance, urge for-ward.*

s'Avancer [să-vā̃-say'], v. refl., *to proceed, draw near.*

Avanie [ă-vă-nee'], n. f., *affront, outrage.*

Avant [ă-vā̃'], prep., *before;* avant de, *before;* avant que or que de, *before, before that.*

Avant, adv., *forward, far, in ad-vance;* en avant, *forward; in front.*

Avantage [ă-vā̃-tăzh'], n. m., *ad-vantage, benefit, superiority.*

Avantageusement [ă-vā̃-tăzh-ŏz'-mẵ], adv., *advantageously, flat-teringly.*

Avantageux - se [ă - vā̃ - tă - zhŏ', -zhŏz'], adj., *beneficial, advantage-ous.*

Avant-coureur [ă-vā̃-koo-rŏr'], n. m., *precursor, harbinger.*

Avare [ă-văr'], adj., *greedy, avari-cious.*

Avare, n. m., *miser.*

Avec [ă-vek'], prep., *with, to.*

Avenir [ăv-neer'], n. m., *future.*

Aventure [ă-vā̃-tür'], n. f., *adven-ture, occurrence.*

BAG

Aventureux-se [ă-vā̃'-tü-rŏ', -rŏz'], adj., *adventurous, venturesome.*

Avenue [ăv-nü'], n. f., *avenue.*

Avertir [ă-vair-teer'], v. a., *to noti-fy, warn.*

Aveu [ă-vŏ'], n. m., *consent, confes-sion, approval, avowal.*

Aveugle [ă-vŏ'-gl], adj., *blind.*

Aveuglé-e [ă-vŏ-glay'], p., *blind-ed.*

Aveuglement [ă-vŏ-glĕ-mā̃'],n.m., *blindness.*

Aveuglément [ă - vŏ - glay - mā̃'], adv., *blindly.*

Aveugler [ă - vŏ - glay'], v. a., *to blind.*

Avidement [ă-veed-mā̃'], adv., *ea-gerly, greedily.*

Avidité [ă-vee-dee-tay'], n. f., *ea-gerness, avidity.*

Avilir [ă-vee-leer'], v. a., *to dishon-or, disgrace.*

s'Avilir [să-vee-leer'], v. refl., *to de-mean o. s., stoop, dishonor o. s., disgrace o. s.*

Avis [ă-vee'], n. m., *opinion, mind; information;* à votre avis, *in your opinion.*

Avisé-e [ă-vee-zay'], p., *thought of, considered.*

s'Aviser [să - vee - zay'], v. refl., *to think, take it into one's head.*

Avocat [ă-vŏ-kă'], n. m., *attorney, advocate, counsel.*

Avoir [ă-vwăr'], v. ir., *to have, pos-sess;* avoir à, *to be compelled to, must, have to.*

Avoué-e [ă - voo - ay'], p., *avowed, acknowledged.*

Avouer [ă-voo-ay'], v. a., *to con-fess, avow.*

Ayez [ay-yay'], from avoir.

B

Babylone [bă-bee-lōne'], *Babylon.*

Badinage [bă - dee - năzh'], n. m., *sportiveness, trifling.*

Badiner [bă-dee-nay'],v. n., *to sport, frolic.*

Bagatelle [bă-gă-tell'], n. f., *trifle, small affair; pshaw!*

Bague [băg], n. f., *ring.*

BAR

Baigner [bain-yay'], v. a., to bathe, wash.

Bailler [bă-yay'], v. a., to lease; give, deliver, deal a blow.

Bain [bẵ], n. m., bath.

Baiser [bai-zay'], v. a., to kiss, salute; baiser les mains à, to be much obliged to.

Baiser [bai-zay'], n. m., kiss, caress.

Baisser [bai-say'], v. a. and n., to bow, hold down, cast down (one's eyes), decline, lower.

se Baisser [sĕ-bai-say'], v. refl., to bow, bend.

Baladin [bă-lă-dẵ'], n. m., dancer, merry-Andrew.

Balance [bă-lẵss'], n. f., balance, scales.

Balancer [bă-lẵ-say'], v. a. and n., to balance, counterpoise, poise, hesitate; sans balancer, unhesitatingly.

Balcon [băl-co̅'], n. m., balcony.

Baliverne [bă-lee-vairn'], n. f., fiddle-faddle, nonsense.

Balustre [bă-lŭs-tr'], n. m., railing.

Bambou [bẵ'-boo'], n. m., bamboo.

Bananier [bă-nă-nee-ay'], n. m., plantain-tree, plantain.

Bande [bẵ'd], n. f., slip, strip.

Bandeau [bẵ'-do̅'], n. m., fillet, frontlet, diadem.

Banni [bă-nee'], n. m., exile.

Banni-e, p., banished.

Bannir [bă-neer'], v. a., to banish.

Banquet [bẵ'-kay'], n. m., banquet, feast; salle de banquet, banqueting-hall.

Banquier [bẵ'-kee-ay'], n. m., banker.

Baptême [bă-taim'], n. m., baptism; nom de baptême, name by which one is christened.

Baragouin [bă-ră-goo-ẵ'], n. m., gibberish.

Baragouineur [bă-ră-goo-ee-nör'], n. m., jabberer.

Barbare [băr-băr'], adj., barbarous; n. m., barbarian.

Barbarie [băr-bă-ree'], n. f., barbarism, barbarousness.

BAT

Barbarisme [băr-băr-eesm'], n. m., barbarism, outrage against.

Barbier [bar-bee-ay'], n. m., barber.

Barbin [bar-bẵ'], name of a bookseller.

Barbon [băr-bo̅'], n. m., dotard.

Barbouillé - e [băr - boo - yay'], p., daubed, smeared.

Barbouiller [băr-boo-yay'], v. a., to blot, daub, smear.

Barque [bărk], n. f., bark, boat.

Barre [băr], n. f., bar.

Barreau [băr-ro̅'], n. m., bar.

Barrer [băr-ray'], v. a., to bar, obstruct.

Barrière [băr-ree-air'], n. f., barrier, gate.

Bas - se [bă, -băss], adj., low, degraded.

Bas [bă], n. m., bottom; au bas, at the foot.

Bas, adv., low, down; en bas, lower, below, downward; mettre bas les armes [lay-zărm], to lay aside one's weapons.

Bas, n. m., stocking; bas de soie [swă], silk hose.

Basle [băle], p. n., Bâle (city in Switzerland).

Basse [băss], n. f., bass; basses continues [co̅'-tee-nü'], thorough bass.

Bassesse [bă-sess'], n. f., lowness, what is low, the common ranks.

Baste [băst], int., enough, enough said, hold.

Bat [bă], from battre.

se Bat [sĕ-bă'], from se battre.

Bataille [bă-tiy'], n. f., battle.

Bataillon [bă-tă-yo̅'], n. m., battalion, squadron.

Batave [bă-tăv'], adj., Batavian.

Bâti-e [bă-tee'], p., built, made; bien bâti, of good form; mal bâti, ill shaped; comme vous voilà bâti [co̅m-voo-vwă-lă-bă-tee'], how you look.

Bâtiment [bă-tee-mẵ'], n. m., building, structure.

Bâtir [bă-teer'], v. a., to build.

Bâton [bă-to̅'], n. m., staff, stick, cudgel.

BEO

se Battant [*sĕ-bă-tā~'*], p., from se
battre.

Battait [*bă-tai'*], from *battre.* -

Batte [*băt*], from *battre.*

Battement [*băt-mā~'*], n. m., *beat-*
ing ; battement de pied [*pee-ai'*],
stamping.

Batteur [*bă-tör'*], n. m., batteur de
fer, *inveterate swordsman.*

Battre [*bătr*], v. a., *to beat, strike,*
rap.

se Battre [*sĕ bătr'*], v. refl., *to fight.*

Battu-e [*bă-tü*], p., *beaten.*

Bazar [*bă-zăr'*], n. m., *bazar.*

Beau [*bō*], f., belle [*bell*], adj., *beau-*
tiful, fair, fine, gay, happy ; beau
jeu, *fair game ;* tout beau, *softly ;*
beau monde, *good society ;* avoir
beau, *to be in vain, be vain.*

Beaucoup [*bō - coo'*], adv., *much,*
many, good deal, good many.

Beau-frère [*bō-frair'*], n. m., *broth-*
er-in-law.

Beau-père [*bō-pair'*], n. m., *father-*
in-law.

Beauté [*bō-tay'*], n. f., *beauty.*

Bédouin [*bay-doo-ă~'*], n. m., *Bed-*
ouin.

Beffroi [*bef-frwă'*], n. m., *belfry,*
bell-tower.

Bégayer [*bay - gay - yay'*], v. a., *to*
stammer out, lisp.

Bel, employed before a vowel or *h*
mute for *beau.*

Bêlement [*bail-mā~'*], n. m., *bleat-*
ing.

Belge [*belzh*], adj., *Belgian.*

Bélitre [*bay-leetr'*], n. m., *rascal,*
scoundrel.

Belle, f. of *beau.*

Bellone [*bel - lōne*], n. f., *Bellona*
(goddess of war).

Bénédiction [*bay-nay-dik-seeo~'*], n.
f., *blessing.*

Benêt [*bĕ-nai'*], n. m., *simpleton,*
booby.

Béni-e [*bay-nee'*], p., *blessed ;* béni
soit [*swă*], *blessings on.*

Bénin [*bay-nă~'*], f., bénigne [*bay-*
neen'], adj., *benign, easy, gentle.*

Bénir [*bay-neer'*], v. a., *to bless.*

Béotie [*bay-ō-see'*], n. f., *Bœotia.*

BIE

Berceau [*bair-sō'*], n. m., *cradle.*

Bercé - e [*bair - say'*], p., *rocked,*
swayed

Berger [*bair-zhay'*], n. m., *shep-*
herd ; habit de berger, *shepherd's*
suit.

Bergère [*bair-zhair'*], n. f., *shep-*
herdess.

Bergerie [*bair-zhĕ-ree'*], n. f., *peas-*
antry.

Besogne [*bĕ-zōn'*], n. f., *task, work.*

Besoin [*bĕ-zwă~'*], n. m., *need, want ;*
avoir besoin, *to want, need, stand*
in need ; tous mes besoins, *all that*
I need.

Bestiaux [*bes-tee-ō'*], n. m. pl., *cat-*
tle.

Bête [*bait*], n. f., *beast, animal ;*
brute, fool.

Beurre [*bör*], n. m., *butter.*

Bévue [*bay-vü'*], n. f., *blunder.*

Biais [*bee-ai'*], n. m., *way, expedient.*

Biau, same as *beau.*

Bible [*beebl*], n. f., *Bible.*

Bibliothécaire [*beeb-lee-ō-tay-cair'*],
n. m., *librarian.*

Bibliothèque [*beeb-lee-ō-taik'*], n. f.,
library.

Bibus [*bee-büce'*], n. m., *trifle, bag-*
atelle.

Bien [*bee-ă~'*], adv., *well, very, quite,*
clearly ; bien du, des, etc., *much,*
many ; ou bien, *or again.*

Bien que [*bee-ă~' kĕ*], conj., *al-*
though, notwithstanding that ; si
bien que, *so that.*

Bien, n. m., *good, welfare, property,*
boon, means, blessing, gift ; faire
bien à, *to bestow something on ;*
faire le bien, *to do good.*

Bienfaisant - e [*bee - ă~ - fai - ză~'*,
ză~t'], adj., *beneficial, beneficent.*

Bienfait [*bee-ă~-fai'*], n. m., *kind-*
ness, benefit, advantage, boon.

Bienfaiteur [*bee-ă~-fai-tör'*], n. m.,
benefactor.

Bienheureux - se [*bee - ă~ - nö - rö'*,
-röz'], adj., *blessed, blest.*

Bienséance [*bee-ă~-say-ă~ss'*], n. f.,
propriety, decency.

Bientôt [*bee-ă~-tō'*], adv., *soon, soon*
after.

BON

Bilaine [*bee-lain'*], name of a book-seller.

Bile [*beel*], n. f., *bile, gall.*

Bilieux-se [*bee-lee-ö', -öz'*], *bilious, choleric.*

Billet [*bee-yai'*], n. m., *note, billet;* billet-doux [*doo*], *love-letter.*

Billot [*bee-yō'*], n. m., *block.*

Biographique [*bee-ō-grăph-eek'*], adj., *biographical.*

Bis [*bee*], pain bis, *brown bread.*

Biseau [*bee-zō'*], n. m., *crust.*

Bizarre [*bee-zar'*], adj., *odd, strange.*

Blâmer [*blā-may'*], v. a., *to blame, censure.*

Blanc [*blā~*], f., blanche [*blā~sh*], *white;* n. m., *white.*

Blancheur [*blā~-shör'*], n. f., *whiteness.*

Blanchi-e [*blā~-shee'*], p., *grown gray; whitened.*

Blanchir [*blā~-sheer'*], v. a., *to wash* (linen); faire blanchir, *to have, get washed.*

Blasphémer [*blăss-phay-may'*], v. a. and n., *to blaspheme.*

Blé [*blay*], n. m., *corn.*

Blessé-e [*bless-say'*], p., *wounded;* les blessés [*lay*], *the wounded.*

Blesser [*bless-say'*], v. a., *to wound, hurt, pinch.*

Blessure [*bless-sür'*], n. f., *wound, bruise, hurt.*

Bleu-e [*blö*], adj., *blue;* bleu pâle, *light blue.*

Blond-e [*blo~, -blo~d*], adj., *fair, light, flaxen.*

Bloqué-e [*blō-kay'*], p., *blockaded.*

Bœuf [*böf*], pl., [*bö*], n. m., *ox.*

Boire [*bwār*], v. ir., *to drink.*

Bois [*bwā*], from boire.

Bois, n. m., *wood; forest.*

Boit [*bwā*], from boire.

Bon-ne [*bo~, -bōn*], adj., *good, excellent;* de bonne heure, *early.*

Bond [*bo~*], n. m., *bound, skip.*

Bondir [*bo~-deer'*], v. n., *to bound, leap, skip.*

Bondissant-e [*bo~-dee-sā~', -sā~t'*], adj., *bounding.*

Bonheur [*bōn-ör'*], n. m., *happiness, good fortune, welfare;* par

BOU

bonheur, *as good luck would have it.*

Bonhomie [*bōn-om-ee'*], n. f., *goodnature, simplicity.*

Bonjour [*bo~-zhoor'*], n. m., *good day, good morning.*

Bonne, fem. of *bon.*

Bonnet [*bō-nai'*], n. m., *cap, hat;* bonnet de nuit, *nightcap.*

Bonté [*bo~-tay'*], n. f., *goodness, kindness;* pl., *kindliness.*

Bord [*bōr*], n. m., *shore, bank, border, edge.*

Bordé-e [*bor-day'*], p., *bounded, skirted.*

Border [*bor-day'*], v. a., *to border, skirt, fringe.*

Borgne [*bōrny*], adj., *one-eyed, blind.*

Borne [*bōrn*], n. f., *boundary, limit.*

Borner [*bor-nay'*], v. a., *to limit, bound, set boundaries to;* se Borner [*sě bor-nay'*], v. refl., *to limit o. s., confine o. s.*

Bossuet [*boss-ü-ai'*]. p. n., *Bossuet* (orator and historian of the 17th century).

Botanique [*bō-tă-neck'*], n. f., *botany.*

Botte [*bot*], n. f., *boot; thrust, lunge;* porter une botte [*por-tay' ün*], *to make a charge.*

Botté-e [*bŏ-tay'*], p., *booted;* être botté jusqu'à [*zhüs-kă*], *to have boots on which reach to.*

Bouc [*book*], n. m., *goat.*

Bouche [*boosh*], n. f., *mouth, lips.*

Boucher [*boo-shay'*], n. m., *butcher.*

Bouclier [*boo-clee-ay'*], n. m., *shield, buckler.*

Boue [*boo*], n. f., *mud, dirt.*

Bouffée [*boo-fay'*], n. f., *puff, whiff.*

Bouffon [*boo-fo~'*], n. m., *clown, buffoon, jester.*

Bouffon-ne [*boo-fo~', -fon'*], adj., *buffoonish, droll.*

Bouffonnerie [*boo-fŏnn-ree'*], n. f., *buffoonery, joking.*

Bouger [*boo-zhay'*], v. n., *to move, stir, budge.*

Bouillant-e [*boo-yā~', yā~t'*], adj., *fiery, impetuous.*

BRA

Bouillon [*boo-yo~*], n. m., *broth, soup;* à gros bouillons [*grō*], *with great bubbling, with great bubbles.*

Bouillon, p. n., *Godfrey* (of Boulogne).

Bouillonner [*boo-yōn-nay*], v. n., to *bubble, boil; bubble up, gush up, ripple.*

Boule [*bool*], n. f., *ball, bowl, sphere; sconce, pate;* sur ma petite boule, *with my little head* (page 116).

Boulevard [*bool-var'*], n. m., *rampart, bulwark, boulevard.*

Bouquet [*boo-kai'*], n. m., *bouquet, nosegay.*

Bourdonnement [*boor-dōn-mā~'*], n. m., *buzzing, humming.*

Bourg [*boork*], n. m., *market-town.*

Bourgeois [*boorzh-wā'*], n. m., *commoner* (not a nobleman); être du dernier bourgeois, *to be on a par with the lowest commoner;* bourgeois gentilhomme, *the titled commoner.*

Bourgeoisie [*boorzh-wā-zee'*], n. f., *common people, middle class.*

Bourgogne [*boor-gōn*ʸ], *Burgundy.*

Bourle [*boorl*], n. f., *joke, rig.*

Bourreau [*boor-rō'*], n. m., *executioner, brute.*

Bourse [*boorss*], n. f., *purse, pocket.*

Bout [*boo*], n. m., *end;* au bout de, *at the end of, at the expiration of;* venir à bout, *to succeed in, manage to, wade through* (a thing); pousser à bout, *to drive to extremities.*

Bouteille [*boo-tai*ʸ], n. f., *bottle.*

Boutique [*boo-teek'*], n. f., *shop, store.*

Bouton [*boo-to~*], n. m., *button.*

Bouvier [*boo-vee-ay'*], n. m., *herdsman, ox-driver.*

Bramement [*brǎ-mě-mā~'*], n. m., *cry* (of the deer).

Brancard [*brǎ~-kär'*], n. m., *litter.*

Branche [*brā~sh*], n. f., *branch, bough, limb.*

Branler [*brā~-lay'*], v. a. and n., to *shake, wag.*

Bras [*brā*], n. m., *arm;* avoir sur les bras, *to have on one's hands.*

BRU

Brave [*brăv*], adj., *brave, worthy, valiant, excellent;* n. m., *a valiant, brave man.*

Braver [*brǎ-vay'*], v. a., to *brave, defy, bid defiance to.*

Brebis [*brě-bee'*], n. f., *sheep.*

Bretagne [*brě-tān*ʸ], f., *Brittany.*

Brevet [*brě-vai'*], n. m., *license, patent.*

Bréviaire [*bray-vee-air'*], n. m., *breviary.*

Bride [*breed*], n. f., *bridle, reins.*

Brigand [*bree-gā~'*], n. m., *robber, ruffian.*

Brigue [*breeg*], n. f., *intrigue, faction.*

Briguer [*bree-gay'*], v. a., to *solicit, sue for.*

Brillant-e [*bree-yā~', -yā~t'*], adj., *brilliant, joyous, shining; cheerful, radiant, beaming.*

Brillant, n. m., *brilliant, glitter.*

Briller [*bree-yay'*], v. n., to *glitter, sparkle, shine, twinkle.*

Brimborion [*brā~-bō-ree-o~'*], n.m., *a knickknack.*

Briquet [*bree-kai'*], n. m., *tinderbox, steel.*

Brisé-e [*bree-zay'*], p., *broken, shattered, broken down.*

Briser [*bree-zay'*], v. a. and n., to *break* (in pieces), *shiver;* se Briser [*sě bree-zay'*], v. refl., to *break, shatter.*

Broche [*brŏsh*], n. f., *spit* (kitchen utensil).

Brodequin [*brŏd-kă~*], n. m., *buskin, sock.*

Broder [*brŏ-day'*], v. a., to *fringe, embroider.*

Brouillamini [*broo-ya-mee-nee'*], n. m., *confusion, bluster.*

Brouillard [*broo-yār'*], n. m., *fog, mist.*

Brouiller [*broo-yay'*], v. a., to *confuse, derange;* se Brouiller [*sě broo-yay'*], v. refl., to *quarrel, fall out with.*

Bruire [*brüeer'*], v. ir., to *rustle, roar.*

Bruit [*brüee'*], n. m., *sound, noise; report, rumor.*

Q 2

CAC

Brûlant - e [brü-lă~', -lă~t'], adj., burning.

Brûler [brü-lay'], v. a. and n., to burn, to be impatient.

Brumaire [brü-mair'], n. m., name of the 2d month of the Revolutionary Calendar; the 18th Brumaire, date of the fall of the Directory—November 9th, 1799.

Brun-e [brö~, -brün], adj., brown, dark.

Brusquement [brüsk - mă~'], adv., suddenly, abruptly.

Brutal-e [brü - tal'], adj., brutish, brutal.

Brutalité [brü - tă - lee - tay'], n. f., brutishness, brutality.

Bruyant-e [brüee-yā`, -yā`t], adj., clamorous, boisterous, noisy.

Bu-e [bü], p., drunk, drunken.

Buisson [büee-so~'], n. m., thicket, bush.

Burc [bür], n. f., smock-frock, coarse woolen cloth.

Bureau [bü-rö'], n. m., desk; office; bureau de poste, post-office.

Burlesque [bür-lesk'], n. m., burlesque.

But [bü], n. m., aim, end, object, goal; en venir de but en blanc, to come abruptly.

But, from boire.

Butin [bü-tă~'], n. m., booty, plunder.

Buvons [bü-vo~'], from boire.

C

C', for ce, used before a vowel or h mute; c'est [sai], it is, that is.

Çà [sā], adv., here; çà donc, so then, now then; çà et là, here and there, to and fro.

Çà, int., well! come!

Çà, pron., contraction of cela.

Cabaler [că-bă-lay'], v. n., to cabal.

Cabane [că-băn'], n. f., cottage, hut.

Cabaret [că - bă - rai'], n. m., tap-house, pot-house.

Cabinet [că-bee-nai'], n. m., private room, study, cabinet.

Cachemire [căsh - meer'], n. m., Cashmere.

CAM

Caché-e [căsh-ay'], hidden, concealed.

Cacher [căsh-ay'], v. a., to hide, conceal.

se Cacher [sĕ că-shay'], v. refl., to conceal o. s., be concealed; to be kept secret.

Cacheté-e [căsh-tay'], p., sealed.

Cacheter [căsh-tay'], v. a, to seal, fasten.

Cachot [că-sho'], n. m., dungeon.

Cadastre [că - das' - tr], n. m., cadastre (register of the survey of lands); employé au cadastre, register clerk.

Cadeau [că - dö'], n. m., present, gift; entertainment.

Cadence [că-dă~ss'], n. f., cadence, time; en cadence, in time; keep time.

Cadette [că - dett'], n. f., younger (sister).

Cadi [că-dee'], n. m., Cadi (Turkish judge).

Cage [căzh], n. f., cage.

Cahot [că-ö'], n. m., jolting, jolt.

Caillou [că-yoo'], n. m., pebble, sand; pl., cailloux [că-yoo'].

Caissier [cai-see-ay'], n. m., cashier.

Calamité [că-lăm-ee-tay'], n. f., calamity.

Calabasse [că-lă-bass'], n. f., calabash.

Calendrier [că-lă~-dree-ay'], n. m., calender, almanac.

Calife [că-leef'], n. m., Caliph.

Callisthène [că - leess - tain'], p. n., Callisthenes.

Calme [călm], adj., calm.

Calme, n. m., calm, calmness.

Calmer [căl-may'], v. a., to calm, quiet.

se Calmer [sĕ căl-may'], v. refl., to become tranquil; to go down (of wind).

Calomnie [căl-ŏm-nee'], n. f., calumny.

Calvaire [căl-vair'], n. m., Calvary.

Camisole [căm-ee-zol'], n. f., gown, under-jacket.

Camp [că~], n. m., camp.

CAR

CAV

Campagne [cä~-pän^y'], n. f., country, field ; province, campaign ; faire sa campagne, to serve one's campaign ; tenir la cam., to keep the field.

Campement [cä~p-mä~'], n. m., encampment.

Camper [cä~-pay'], v. n., to encamp.

Candeur [cä~-dör'], n. f., candor, frankness.

Cantique [cä~-teek'], n. m., song, canticle.

Canton [cä~-to~'], n. m., canton, region.

Cantonné-e [cä~-tŏn-nay'], p., fortified, flanked.

Capable [cä-pä'-bl], adj., capable, able.

Capitaine [cä-pee-tain'], n. m., captain.

Capitale [cä-pee-tall'], n. f., capital, metropolis.

Capote [cä-pŏt'], n. f., cloak, mantel.

Caprée [cä-pray'], n. f., Capreœ, now called Capri.

Caprice [cä-preess'], n. m., caprice, whim, freak.

Capricieux-se [cä-pree-see-ö', -öz'], adj., capricious, whimsical.

Captif-ve [cäp-teef', -teev'], n. m. or f. and adj., a captive, captive.

Captive [cäp-teev'], n. f., captive.

Captivé-e [cäp-tee-vay'], p., captivated, under subjection.

Captivité [cäp-tee-vee-tay'], n. f., captivity.

Capucin [cä-pü-sä~'], n. m., capuchin, friar.

Caquet [cä-kaï'], n. m., gossip, prate ; avoir le caquet bien affilé, to be very oily-tongued.

Car [cär], conj., for, because, since.

Caractère [cär-ăk-tair'], n.m., character, mark.

Caractériser [cär-ăk-tay-ree-zay'], v. a., to characterize.

Cardinal [cär-dee-năl'], n. m., cardinal.

Carême [cär-aim'], n. m., lent.

Carême - prenant [cär - aim' - prĕ-nä~'], n. m., Shrovetide, Shrove-Tuesday ; a Shrovetide reveler.

Caressant-e [cär - ess - sä~', -sä~t'], adj., caressing, fawning.

Caresse [cä-ress'], n. f., caress, endearment ; faire des caresses, to caress.

Caresser [cä-ress-say'], v. a., to caress, pamper, foster.

Carnage [cär-năzh'], n. m., slaughter, carnage.

Carogne [cär-on^y'], n. f., hag, crone.

Caron [cä-ro~'], p. n., Charon.

Carreau [cä-rō'], n. m., tile, brick (for paving).

Carriau [cär-ree-ō'], vulgar for carreau.

Carrière [cär-ree-air'], n. f., arena, course, career, race ; se donner carrière, to have free scope.

Carrosse [cär - rŏss'], n. m., carriage, coach ; cheval de carrosse, carriage-horse ; blockhead, dunce.

Carte [cärt], n. f., chart, map, card.

Cas [cä], n. m., case ; en tout cas, at all events ; faire cas de, to set value upon, to prize.

Case [cäz], n. f., house, hut.

Casque [cäsk], n. m., casque, helmet.

Cassé-e [cäs-say'], p., broken, worn out.

Casser [cäs-say'], v. a. and n., to break.

Catéchumène [cä-tay-kü-main'], n. m., catechumen.

Catégorie [cät - ay - gō - ree'], n. f., category.

Cathédrale [cät-ay-drăl'], n. f., cathedral.

Catholique [cä-tō-leek'], adj., catholic ; n. m. or f., Catholic.

Caton [cä-to~'], n. m., Cato.

Cause [cōz], n. f., cause, occasion ; à cause de, for the sake of; pour cause, for a certain reason ; être cause que, to be the cause of one's —ing.

Causé-e [cō-zay'], p., caused, occasioned.

Causer [cō-zay'], v. a., to cause, occasion.

Causer, v. n., to chat.

Cavale [cä-văl'], n. f., horse.

CER

Cavalerie [căv-ăl-ree'], n.f., cavalry.

Cave [căv], adj., hollow; veine cave, vena cava.

Ce [sĕ], pron., this, that, it; c'est [sai], it is, that is; ce sont [sĕ-so~'], those are, they are; ce qui, ce que, that which, what.

Céans [say-ā~'], adv., within, here.

Ceci [sĕ-see'], pron., this.

Céder [say-day'], v. a., to yield, give way.

Ceinture [să~-tür'], n. f., waist, girdle.

Cela [sĕ-lā'], pron., that; it; comme cela, so, like that; à cela près [prai], with that exception.

Célèbre [say-laibr'], adj., renowned, distinguished, famous.

Célébrer [say-lay-bray'], v. a., to celebrate, solemnize.

Céler [say-lay'], v. a., to hide, conceal; se faire céler à, to conceal o. s. from, to abscond.

Céleste [say-lest'], adj., heavenly, celestial.

Celle [sell], pron. f., that, she; pl., celles, those; celle-là, that.

Celui [sel-lüee'], pron., that, the one, he.

Celui-ci [sel-üee'-see'], pron., this, this one, the latter; celui-là, that, that one, the former.

Cendre [sā~'-dr], n. f., ashes.

Censeur [sā~-sör'], n. m., censor, critic.

Censurer [sā~-sü-ray'], v. a., to censure.

Cent [sā~], num., a hundred.

Centre [sā~'-tr], n. m., centre.

Cependant [spā~-dā~'], adv., nevertheless, meanwhile, still, yet.

Cercle [sair'-kl], n. m., circle, ring, company.

Cercueil [sair-köy'], n. m., coffin.

Cérémonial [say-ray-mō-nee-ăl'], n. m., ceremony, conventionalities.

Cérémonie [say-ray-mō-nee'], n. f., ceremony, ceremonial.

Cerf [sair], n. m., deer, stag, hart.

Cerise [sĕ-reez'], n. f., cherry.

Certain-e [sair-tă~', -tain'], adj., certain, sure.

CHA

Certainement [sair-tain-mā~'], adv., certainly, surely.

Certes [sairt], adv., surely, truly, of course.

Certitude [sair-tee-tüd'], n. f., certainty.

Céruse [say-rüz'], n. f., ceruse, white lead.

Cerveau [sair'-vō'], n. m., brain.

Cervelle [sair-vell'], n. f., brains, intelligence.

Césarée [say-zā-ray'], p.n., Cæsarea.

Ces [say], pron. pl., these, those.

Cesse [sess], n. f., cessation; sans cesse [sā~-sess'], constantly, incessantly.

Cesser [sess-ay'], v. a. and n., to cease; abate.

C'est-à-dire [say-tā-deer'], that is to say.

Césure [say-zür'], n. f., cæsura, pause.

Cet [sett], pron., this, that.

Ceux [sö], pron. pl., these, those; ceux-ci, these; ceux-là, those.

Chacun-e [shă-kö~', -kün'], pron., each, each one.

Chagrin [shă-gră~'], n. m., sorrow, grief; mortification; fretfulness, surliness.

Chagrin-e [shă-gră~', -green'], adj., sorrowful; peevish; grief-worn.

Chagriner [shăg-ree-nay'], v. a., to afflict, grieve, trouble.

Chaine [shain], n. f., chain, fetter.

Chair [shair], n. f., flesh.

Chaire [shair], n. f., desk, pulpit.

Chaise [shaiz], n. f., chair, chaise.

Chaleur [shă-lör'], n. f., warmth, heat.

Chalumeau [shăl-ü-mō'], n. m., pipe, reed.

Chambre [shā~'-br], n. f., room, chamber; House (legislative); chambre à coucher [coo-shay'], sleeping apartment.

Champ [shā~], n. m., field; sur-le-champ, at once, immediately.

Champagne [shā~-păny], n. f., a district in France.

Champêtre [shā~-pai'-tr], adj., rural, rustic.

CHA

Chance [shā~ss], n. f., luck, fortune. se
Chanceler [shā~-sĕ-lay'], v. n., to
totter, be unsteady.
Changement [shā~zh-mā~'], n. m.,
change, alteration.
Changé-e [shā~-zhay'], p., changed.
Changer [shā~-zhay'], v. a. and n.,
to change.
Chanson [shā~-so~'], n. f., song, bal-
lad; nonsense.
Chansonner [shā~-son-nay'], v. a.,
to make ballads on.
Chansonnette [shā~-son-nett'], n. f.,
little song, ditty.
Chansonnier [shā~-son-nee-ay'], n.
m., ballad writer, song writer.
Chant [shā~], n. m., song, canto,
sing-song.
Chantant-e [shā~-tā~, -tā~t], adj.,
singing.
Chanter [shā~-tay'], v. a., to sing,
celebrate in song.
Chanteur [shā~-tör'], n. m., singer.
Chanteuse [shā~-töz'], n. f., female
singer.
Chantre [shā~'-tr], n. m., songster,
poet.
Chapeau [shă-pō'], n. m., hat; cha-
peau pointu, high-peaked hat.
Chapelle [shă-pell'], n. f., chapel.
Chapître [shă-peetr'], n. m., chap-
ter; subject, matter.
Chaque [shăk], pron., each, every.
Char [shār], n. m., chariot, car, cart;
char de triomphe, triumphal car.
Charbon [shār-bo~'], n. m., coal,
charcoal.
Charbonner [shār-bon-nay'], v. a.,
to black (with charcoal); to scrib-
ble.
Chardin [shār-dă~'], p. n., author
of "Travels in Persia."
Charge [shārzh], n. f., office, place,
post; encumbrance, load, burden;
être à charge, to be cumbersome,
burdensome.
Chargé-e [shār-zhay'], p., commissioned, intrusted; charged, laden
(with, de).
Charger [shār-zhay'], v. a., to
charge, intrust, commission; bela-
bor, load.

CHA

se Charger [sĕ shār-zhay'], v. refl.,
to load o. s., burden o.'s., take a
thing in hand.
Charitable [shăr-ee-tă'-bl], adj., be-
nevolent, charitable.
Charité [shăr-ee-tay'], n. f., charity,
benevolence, love.
Charlatan [shār-lă-tā~'], n. m.,
quack, charlatan.
Charlatanisme [shār-lă-tăn-eesm'],
n. m., charlatanism, quackery.
Charlemagne [shārl-mā̆ny'], p. n.,
Charlemagne, Charles the Great.
Charmant-e [shār-mā~, -mā~t'],
adj., charming, delightful.
Charme [shārm], n. m., charm, fas-
cination, spell.
Charmé-e [shār-may'], p., charmed,
delighted.
Charmer [shār-may'], v. a., to
charm, beguile.
Charpie [shār-pee'], n. f., lint.
Charrue [shār-rü'], n. f., plow.
Chasse [shăss], n. f., hunting, chase.
Chasser [shă-say'], v. a., to drive,
drive away, off; dispel.
Chasseur [shă-sör'], n. m., hunt-
er.
Chaste [shăst], adj., chaste.
Chat [shā], n. m., cat.
Châtaignier [shă-tain-yee-ay'], n.
m., chestnut (tree).
Château [shă-tō'], n. m., castle;
villa.
Châtié-e [shă-tee-ay'], p. and adj.,
polished, refined.
Châtiment [shă-tee-mā~'], n. m.,
punishment, chastisement.
Chatouillant-e [shă-too-yā~', -yā~t'],
adj., pleasing, gratifying.
Chatouiller [shă-too-yay'], v. a., to
gratify, please.
Chaud-e [shō, -shōde], adj., warm,
hot.
Chaume [shōme], n. m., thatch.
Chaumière [shō-mee-air'], n. f., cot,
cottage.
Chaussé-e [shō-say'], p., clad, fitted.
se Chausser [sĕ shō-say'], v. refl.,
to put on shoes; protect the feet.
Chauve [shōve], adj., bald.

CHI

Chef [*shĕf*], n. m., *chief, head, leader.*

Chef-d'œuvre [*shai-dŏ'-vr*], n. m. ; pl., chefs-d'œuvre, *masterpiece.*

Chef-lieu [*shef-lee-ŏ'*], n. m. ; pl., chefs-lieux, *chief town; county seat.*

Chemin [*shĕ-mă~'*], n. m., *way, road;* grand chemin, *highway.*

Cheminée [*shĕ-mee-nay'*], n.f., *chimney, mantel-piece.*

Cheminer [*shĕ-mee-nay'*], v. n., *to walk on, walk along; travel.*

Chemise [*shĕ-meez'*], n. f., *shirt.*

Chêne [*shain*], n. m., *oak.*

Cher [*shair*], f., chère [*shair*], adj., *dear.*

Chercher [*shair-shay'*], v. a., *to seek, look for; try, strive, endeavor;* aller chercher, *to look for, go in quest of.*

Chère [*shair*], n. f., *chcer, fare, living;* faire — chère, *to have — fare.*

Chère, n. f., *dear;* ma chère, *my dear, my love.*

Chérir [*shay-reer'*], v. a., *to cherish, hold dear.*

Chétif-ve [*shay-teef, -teev'*], adj., *mean, sorry, wretched.*

Cheval [*shĕ-val'*], n. m., *horse;* à cheval, *on horseback.*

Chevalier [*shĕ-văl-ee-ay'*], n. m., *chevalier, knight.*

Chevet [*shĕ-vai'*], n. m., *head (of a bed); bedside.*

Cheveux [*shĕ-vŏ'*], n. m. pl., *hair, locks.*

Chevir [*shĕ-veer'*], v. n., *to master, control* (foll. by *de*).

Chèvre [*shai'-vr*], n. f., *goat;* faire prendre la chèvre, *to make angry; to put in a pet.*

Chez [*shay*], prep., *to, at, among, with; to or at the house of.*

Chicorée [*shee-kŏ-ray'*], n.f., *chicory.*

Chien [*shee-ă~'*], n. m., *dog;* chien de berger, *shepherd's dog;* philosophe de chien, *dog of a philosopher.*

Chimène [*shee-main'*], p. n., *Ximenes.*

CIM

Chimère [*shee-mair'*], n.f., *chimera, whim, idle fancy.*

Chimérique [*shee-mair-eek'*], adj., *chimerical, visionary.*

Chiromancie [*kee-rŏ-mă~-see'*], n. f., *chiromancy.*

Choc [*shŏk*], n. m., *shock.*

Chocolat [*shŏ-kŏ-lă'*], n. m., *chocolate.*

Chœur [*kŏr*], n. m., *choir, chorus.*

Choisi-e [*shwă-zee'*], p., *chosen, selected.*

Choisir [*shwă-zeer'*], v. a., *to choose, select.*

se Choisir [*sĕ shwă-zeer'*], v. refl., *to choose for one's self.*

Choix [*shwă*], n. m., *choice, selection.*

Choquant-e [*shŏ-kă~', -kă~t'*], adj., *shocking, offensive.*

Choqué-e [*shŏ-kay*], p., *shocked, offended; struck, clashed.*

Choquer [*shŏ-kay'*], v. a., *to shock, offend, wound.*

Chorus [*kŏ-rüss'*], n. m., *chorus;* faire chorus, *to join in.*

Chose [*shŏz*], n. f., *thing.*

Chou [*shoo*], n. m., *cabbage.*

Chrestomathie [*kress-tŏ-mă-tee'*], n. f., *chrestomathy, reading-book.*

Chrétien-ne [*kray-tee-ă~', -en'*], n. m. and f., *Christian;* parler chrétien, *to speak Christianly.*

Chrétien-ne, adj., *Christian.*

Christianisme [*kris-tee-ăn-eesm'*], n. m., *Christianity.*

Chronique [*krŏ-neek'*], n. f., *chronicle.*

Chute [*shüt*], n. f., *fall.*

Chypre [*shee'-pr*], p. n., *Cyprus.*

Ci [*see*], adv., *this, here.*

Cicatrice [*see-kă-trees'*], n. f., *cicatrix, scar.*

Cicéron [*see-say-ro~'*], p. n., *Cicero.*

Cid [*seed*], *title of a tragedy by Corneille.*

Ciel [*see-el'*], n. m., *heaven, sky.*

Cieux [*see-ŏ'*], n. m. pl., *heavens.*

Cime [*seem*], n. f., *top, summit.*

Cimenter [*see-mă~-tay'*], v. a., *to cement.*

CLI

Cimeterre [*seem-tair'*], n. m., *cimeter*.

Cimetière [*seem - tee - air'*], n. m., *cemetery*.

Cinq [*sănk*, before a consonant, *sã~*], num., *five*.

Cinquante [*sã~-kä~'t'*], num., *fifty*.

Cinquième [*sã~kee - aim'*], num., *fifth*.

Circonstance [*seer-ko~-stä~ss'*], n. f., *circumstance*.

Circuler [*seer-kü-lay'*], v. n., *to circulate, to move around*.

Ciseau [*see-zō'*], n. m., *scissors*.

Cité [*see-tay'*], n. f., *city*.

Citer [*see-tay'*], v. a., *to cite; mention*.

Citoyen [*seet-wā-yă~'*], n. m., *citizen*.

Citron [*see-tro~'*], n. m., *lime, lemon; jus de citron* [*zhü*], *lime-juice*.

Citrouille [*see - troo - ee*ᵞ'], n. f., *pumpkin; dumpy*.

Civil-e [*see-veel'*], adj., *civil, courteous, polite*.

Clair-e [*klair*], adj., *clear, limpid, pure*.

Clairement [*klair-mä~'*], adv., *clearly, distinctly*.

Clameur [*klă-mör'*], n. f., *clamor;* pl., *outcry*.

Claquer [*klă-kay'*], v. n., *to snap, crack; faire claquer, to crack* (of a whip).

Clarté [*klăr-tay'*], n. f., *light, brightness, perspicuity*.

Classe [*klăss*], n. f., *class, rank*.

Classique [*klas-seek'*], adj., *classic, classical*.

Clavecin [*klăv-să~'*], n. m., *harpsichord*.

Clef [*klay*], n. f., *key*.

Clémence [*klay-mä~ss'*], n. f., *clemency, mercy*.

Clément-e [*klay-mä~'*, *-mä~'t'*], adj., *clement, merciful*.

Clerc [*klair*], n. m., *clerk, accountant*.

Clergé [*klair-zhay'*], n. m., *clergy*.

Climat [*klee-mä'*], n. m., *climate, clime, region*.

Clin d'œil [*klă~-dö*ᵞ'], n. m., *twink-*

COM

ling, trice; d'un clin d'œil, *in a trice*.

Clinquant [*klă~-kä~'*], n. m., *tinsel, glitter*.

Cloche [*klōsh*], n. f., *bell*.

Clocher [*klō-shay'*], n. m., *steeple, bell-tower, spire*.

Cloître [*klwä'-tr*], n. m., *cloister*.

Cochet [*cō-shai'*], n. m., *chanticleer, young cock*.

Cochon [*cō-sho~'*], n. m., *hog*.

Cocyte [*cō - seet'*], p. n., *Cocytus* (river).

Cœur [*kör*], n. m., *heart, courage*.

Coffret [*cŏ-frai'*], n. m., *box, chest*.

Cohue [*cō-ü'*], n. f., *crowd, bevy*.

Coin [*kwă~*], n. m., *corner*.

Colère [*cō-lair'*], n. f., *anger, rage;* se mettre en colère, *to get angry*.

Colin [*cō-lă~'*], p. n., *Nick* (familiar for Nicholas).

Collant-e [*cŏl-lă~'*, *-lä~'t'*], adj., *tight, close-fitting*.

Collége [*cŏl-laizh'*], n. m., *college, grammar-school*.

Collègue [*cŏl-laig'*], m., *colleague*.

Collet [*cŏl-lai'*], n. m., *collar*.

Collier [*cŏl-lee-ay'*], n. m., *collar, band*.

Colline [*cŏl-leen'*], n. f., *hill*.

Colonel [*cŏl-ō-nel'*], n. m., *colonel*.

Colonne [*cŏl-ōne*], n. f., *pillar, column*.

Colorer [*cō-lō-ray'*], v. a., *to color, tinge*.

Coloris [*cō-lō-ree'*], n. m., *coloring, color*.

Coloriste [*cō-lō-reest'*], n. m., *colorist*.

Combat [*co~-bä'*], n. m., *contest, strife, battle, combat*.

Combat, from *combattre*.

Combattre [*co~-bătr'*], v. a. and n., *to combat, fight; struggle, contest*.

Combattu-e [*co~-bă-tü'*], p., *attacked, beaten; impugned, struggling, vying*.

Combien [*co~-bee-ă~'*], adv., *how, how much, how many*.

Comble [*co~' - bl'*], n. m., *height; acme, extreme, highest apartment of a house, attic*.

COM

Comblé-e [*co˘ - blay'*], p., *loaded, crowned.*

Combler [*co˘-blay'*], v. a., *to load, heap, overwhelm, crown, top.*

Comédie [*cŏm-ay-dee'*],n.f., *comedy.*

Comédien [*cŏm-ay-dee-ă˜'*], n. m., *comedian.*

Comète [*cŏm-ait'*], n. m., *comet.*

Comique [*cŏm-eek'*], n. m., *comic writer.*

Comique, adj., *comic, comical.*

Commandant [*cŏm - mă˘- dă˜'*], n. m., *commandant, overseer, officer.*

Commandement [*cŏm-mā˘d-mā˜*], n. m., *command.*

Commander [*cŏm-mā˜-day'*], v. a., *to command, enjoin, order, lead, bid.*

Comme [*cŏm*], adv., *as, how, because, like.*

Commencement [*cŏm-mā˜ss-mā˜'*], n. m., *beginning, commencement; rudiment.*

Commencer [*cŏm-mā˜-say'*], v. a., *to commence, begin.*

Comment [*cŏm-mā˜'*], adv., *how.*

Commerce [*cŏm-mairss*], n. m., *intercourse, connection; interview; business, trade.*

Commettre [*cŏm-mĕtr'*], v. ir., *to commit, compromise.*

Commis-e [*cŏm - mee', - meez'*], p., *committed.*

Commis, n. m., *clerk.*

Commissaire [*cŏm-mee-sair'*], n.m., *commissioner.*

Commode [*cŏm-mōd*], adj., *easy, accommodating.*

Commodément [*cŏm-mō-day-mā˜'*], adv., *conveniently.*

Commodité [*cŏm-mō-dee-tay'*], n. f., *convenience.*

Commun-e [*cŏm-mŏ˜', -mŭn*], adj., *common, commonplace, trite.*

Communes [*cŏm-mŭn*], n. f. pl., *Commons, House of Commons.*

Communication [*cŏm - mŭ - nee - kă-seeo˜'*], n. f., *communication.*

Communion [*cŏm-mŭ-nee-o˜'*],n.f., *communion, sacrament.*

Compagne [*co˜-pān^y*], n. f., *companion, mate.*

COM

Compagnie [*co˜-pān-yee'*], n. f., *society, company.*

Compagnon [*co˜-pān-yo˜'*], n. m., *companion, comrade.*

Comparé-e [*co˜-pă-ray'*], p., *compared.*

Comparer [*co˜-pă-ray'*], v. a., *to compare, liken.*

se Comparer [*sĕ co˜-pă-ray'*], v. refl., *to compare o. s.*

Compassion [*co˜-pă-see-o˜'*], n. f., *compassion, mercy.*

Compatir [*co˜-pă - teer'*], v. a., *to compassionate; sympathize* (in, à).

Compatissant-e [*co˜- pă- tee - sā˜', -să˜t'*], adj., *compassionate, tender.*

Compatriote [*co˜- păt - ree - ōt'*], n. m., *fellow-countryman.*

Compère [*co˜-pair'*], n. m., *comrade, crony, confederate.*

Complaire [*co˜-plair'*], v. a., *to humor, please.*

se Complaire [*sĕ co˜-plair'*], v. refl., *to delight* (in, à).

Complaisance [*co˜-plai-zā˜ss'*], n. f., *compliance, complacency;* par complaisance, *out of courtesy.*

Complaisant - e [*co˜ - plai - zā˜', -zā˜t'*], adj., *compliant, yielding.*

se Complaît [*sĕ co˜-plai'*], from se *complaire.*

Complet-e [*co˜-plai', -plait'*], adj., *complete, entire, full.*

Compliment [*co˜-plee-mā˜'*], n. m., *compliment, favor.*

Complot [*co˜-plō'*], n. m., *plot.*

Componction [*co˜-po˜˘k-seeo˜'*], n. f., *contrition, compunction.*

Composé-e [*co˜-pō-zay'*], p., *composed.*

Composer [*co˜-pō - zay'*], v. a., *to compose.*

Comprends [*co˜-prā˜'*], from *comprendre.*

Comprendre [*co˜-prā˜'-dr*], v. ir., *to understand, comprehend.*

Comprenez [*co˜- prĕ - nay'*], from *comprendre.*

Compresse [*co˜-press'*], n. f., *compress* (in surgery).

Compris-e [*co˜-pree', -preez'*], p.,

CON

understood, comprehended, included.

Compris, from comprendre.

Comprit [co˜ - pree'], from comprendre.

Compte [co˜t], n.m., account, calculation, computation; faire compte de, to give heed to, pay attention to.

Compté-e [co˜-tay'], p., reckoned, counted.

Compter [co˜-tay'], v. a. and n., to count, reckon; intend; consider, regard; rely; comptez, rely upon it.

Comtat [co˜-tā'], n. m., county.

Comte [co˜t], n. m., count.

Comté [co˜- tay'], n. m., county, canton.

Comtesse [co˜-tess'], n. f., countess.

Concavité [co˜-kă-vee-tay'], n. f., concavity.

Concerté-e [co˜-sair-tay'], p., contrived, devised.

Concevoir [co˜sě-vwār'], v. a., to conceive, apprehend, entertain.

Concis-e [co˜-see', -seez'], adj., concise.

Conclure [co˜-klür'], v. ir., to conclude, end.

Conclus [co˜-clü'], from conclure.

Conclusion [co˜-klü-zeeo˜'], n. f., conclusion.

Conclut [co˜-klü'], from conclure.

Concours [co˜-coor'], n. m., concourse, assembly, meeting, gathering.

Concouru-e [co˜-coo-rü'], p., conspired, co-operated.

Conçu-e [co˜-sü'], p., conceived, entertained, cherished.

Concurrent [co˜- kü - rā˜'], n. m., competitor.

Condamnation [co˜-dă-nā-seeo˜'], n. f., condemnation.

Condamné-e [co˜-dă-nay'], p., condemned.

Condamner [co˜-dă-nay'], v. a., to condemn.

Condition [co˜- dee - seeo˜'], n. f., condition, station; à la condition que, on the condition that.

CON

Conditionné-e [co˜-dee-see-ōn-nay'], p., conditioned; bien conditionné, in good condition.

Conduire [co˜-düeer'], v. a. and n., to lead, guide, conduct, convey, direct, carry; manage, superintend, take.

se Conduire [sě co˜-düeer'], v. refl., to conduct o. s., guide o. s., act, behave.

Conduisait [co˜ - düee - zai'], from conduire.

Conduisant [co˜-düee-zā˜'],p.,from conduire.

Conduisis [co˜-düee-zee'], from conduire.

Conduisîtes [co˜-düee-zeet'], from conduire.

Conduit-e [co˜-düee', -düeet'], p., led, conducted, guided.

Conduite [co˜-düeet'], n. f., guide, guidance; behavior, conduct, action.

Conférence [co˜-fay-rā˜ss'], n. f., conference, consultation.

Confession [co˜-fess-seeo˜'], n. f., confession.

Confiance [co˜-fee-ā˜ss'], n.f., confidence.

Confiant-e [co˜-fee-ā˜', -ā˜t'], confident, sanguine.

Confidence [co˜-fee-dā˜ss'], n. f., confidence; secret, secrecy; faire une confidence à, to tell any one a thing in confidence.

Confident [co˜-fee-dā˜'], n. m., confidant.

Confidente [co˜-fee-dā˜t'], n.f., confidante.

Confié-e [co˜-fee-ay'], p., intrusted.

Confier [co˜-fee-ay'], v. a., to intrust.

se Confier [sě co˜-fee-ay'], v. refl., to confide (in, à), rely on, trust.

Confirmé-e [co˜-feer-may'], p., confirmed, strengthened.

Confirmer [co˜-feer-may'], v. a., to confirm.

Confondre [co˜-fo˜'-dr], v. ir., to confound.

se Confondre [sě co˜-fo˜'-dr], v.

378   VOCABULARY.

CON

refl., *to be confused, confounded ;*
to mingle, blend.
Confondu-e [*co͞-fo͞-du̎*], p., *con-*
fused, confounded.
Conforme [*co͞-fŏrm͞*], adj., *con-*
formable ; conforme à, *in accord-*
ance with ; conformable to.
se Conformer [*sĕ co͞-fŏr-may͞*],
v. refl., *to conform to, harmonize*
with.
Confus-e [*co͞-fü͞, -füz͞*], adj., *con-*
fused, scattered ; jumbled, abash-
ed.
Confusion [*co͞-fü-zeeo͞*], n. f., *con-*
fusion.
Congédier [*co͞-zhay͞-dee-ay͞*], v. a.,
to dismiss, send off.
Conjugal-e [*co͞-zhü-găl͞*], adj.,
conjugal.
Conjuré-e [*co͞-zhü-ray͞*], p., *con-*
spiring, banded.
Conjurer [*co͞-zhü-ray͞*], v. a., *to en-*
treat, conjure, conspire.
Connais [*cŏn-nai͞*], from connaître.
Connaissais [*cŏn-nai-sai͞*], from
connaître.
Connaissait [*cŏn-nai-sai͞*], from
connaître.
Connaissance [*cŏn-nai-sa͞ss͞*], n.f.,
knowledge, acquaintance ; pl., *ac-*
quirements.
Connaissant [*cŏn-nai-sa͞*], p., from
connaître.
Connaissent [*cŏn-naiss͞*], from connaître.
Connaisseur [*cŏn-nai-sŏr͞*], n. m.,
" connaisseur."
Connaissez [*cŏn-nai-say͞*], from connaître.
Connaissons [*cŏn-nai-so͞*], from
connaître.
Connaît [*cŏn-nai͞*], from connaître.
Connaître [*cŏn-naitr͞*], v. ir., *to*
know, be acquainted with ; connaître beaucoup, *to know well ;*
faire connaître, *to let (one) under-*
stand ; connaître mal, *to have an*
imperfect knowledge of.
se Connaître [*sĕ cŏn-nai͞-tr*], v.
refl., *to know o. s. ;* se connaître
à, *to be a judge of ;* se connaître
mieux à, *to be a better judge of.*

CON

Connaîtrez [*cŏn-nai-tray͞*], from
connaître.
Connu-e [*cŏ-nü͞*], p., *known, recog-*
nized.
se Connût [*sĕ cŏ-nü͞*], from se connaître.
Conquérant [*co͞-kay-ra͞*], n. m.,
conqueror.
Conquête [*co͞-kait͞*], n. f., *con-*
quest.
Conquis-e [*co͞-kee͞, -keez͞*], p., *con-*
quered, vanquished, beaten.
Consacrer [*co͞-să-kray͞*], v. a., *to*
consecrate, devote.
se Consacrer [*sĕ co͞-să-kray͞*], v.
refl., *to devote o. s., dedicate o. s.*
Conscience [*co͞-see-â͞ss͞*], n. f.,
conscience, consciousness, knowl-
edge.
Conseil [*co͞-sai͞*], n. m., *advice,*
counsel ; council ; pl., *advice.*
Conseiller [*co͞-sai-yay͞*], n. m.,
counselor, judge.
Conseiller, v. a., *to advise, counsel.*
Consens [*co͞-sa͞*], from consentir.
Consentement [*co͞-să͞t-ma͞*], n.
m., *consent, assent.*
Consentir [*co͞-sa͞-teer͞*], v. a. and
n., *to consent, agree.*
Conséquence [*co͞-say-ka͞ss͞*], n.
f., *consequence ;* tirer une conséquence, *to draw a conclusion.*
Conséquent [*co͞-say-ka͞*], n. m.,
consequent ; par conséquent, *con-*
sequently.
Conservation [*co͞-sair-va-seeo͞*],
n. f., *preservation.*
Conservé-e [*co͞-sair-vay͞*], p., *pre-*
served.
Conserver [*co͞-sair-vay͞*], v. a., *to*
preserve.
Considérable [*co͞-see-day-ra͞-bl*],
adj., *considerable, good-sized, re-*
spectable, important.
Considération [*co͞-see-day-ra-see-*
o͞], n. f., *consideration.*
Considérer [*co͞-see-day-ray͞*], v. a.,
to consider, contemplate, behold,
view, examine, respect, look at, no-
tice.
Consigné-e [*co͞-seen-yay͞*], p., *con-*
signed.

CON

Consister [co˝-sees-tay'], v. n., to consist (in).

Consolation [co˝-sō-lä-seeo˝'], n. f., consolation, comfort.

Consoler [co˝-sō-lay'], v. a., to console, solace.

Consonne [co˝-sōn'], n. f., consonant.

Conspirer [co˝-spee-ray'], v. n., to conspire.

Constamment [co˝-stä-mä˝'], adv., constantly, with constancy.

Constant-e [co˝-stä˝', -stä˝t'], adj., constant, steadfast, steady.

Constantin [co˝-stä˝-tä˝'], p. n., Constantine; ville de Constantin, Constantinople.

Consternation [co˝-stair-nä-seeō'], n. f., consternation; avec consternation, terror-stricken.

Constitué-e [co˝-stee-tü-ay'], p., formed, constituted.

Constituer [co˝-stee-tü-ay'], v. a., to constitute; settle on (as a dowry).

Constitution [co˝-stee-tü-seeo˝'], n. f., constitution.

Consul [co˝-sül'], n. m., consul.

Consultant [co˝-sül-tä˝'], n. m., consulter.

Consultation [co˝-sül-tä-seeo˝'], n. f., consultation; opinion.

Consulter [co˝-sül-tay'], v. n., to consult, follow, regard, take the sense of.

se Consulter [sĕ co˝-sül-tay'], v. refl., to consider, reflect.

se Consumer [sĕ co˝-sü-may'], v. refl., to be consumed, to wear out, waste one's efforts.

Contact [co˝-täkt'], n. m., contact, touch.

Conte [co˝t], n. m., story, tale.

Conté-e [co˝-tay'], p., told, related, narrated.

Contempler [co˝-tä˝-play'], v. a. and n., to contemplate, consider.

Contemporain [co˝-tä˝-pō-rä˝'], n. m., contemporary; adj., do.

Contenance [co˝-tĕ-nä˝ss'], n. f., look, countenance, bearing.

CON

Contenant [co˝-tĕ-nä˝'], p., containing.

Contenir [co˝-tĕ-neer'], v. ir., to restrain, contain.

se Contenir [sĕ co˝-tĕ-neer'], v. refl., to hold o. s. in check, restrain o. s.

Content [co˝-tä˝', -tä˝t'], adj., contented, happy, satisfied.

Contenter [co˝-tä˝-tay'], v. a., to content, satisfy.

se Contenter [sĕ co˝-tä˝-tay'], v. refl., to content o. s., be satisfied.

Contenu-e [co˝-tĕ-nü'], p., contained, restrained, checked.

Conter [co˝-tay'], v. a., to relate, tell.

Contester [co˝-tess-tay'], v. a., to contest, dispute, call in question.

Contient [co˝-tee-ä˝'], from contenir.

Continuation [co˝-tee-nü-ä-seeo˝'], n. f., continuation.

Continuateur [co˝-tee-nü-ä-tör'], n. m., continuer.

Continuellement [co˝-tee-nü-ell-mä˝'], adv., continually, constantly.

Continué-e [co˝-tee-nü-ay'], p., continued.

Continuer [co˝-tee-nü-ay'], v. a. and n., to continue, pursue, go on.

Contorsion [co˝-tōr-seeo˝'], n. f., contortion.

Contracté-e [co˝-träk-tay'], p., contracted.

Contracter [co˝-träk-tay'], v. a., to contract, take on.

Contradiction [co˝-trä-dik-seeo˝'], n. f., inconsistency, variance.

Contraigne [co˝-train'], from contraindre.

Contraignit [co˝-train-yee'], from contraindre.

Contraindre [co˝-trä˝'-dr], v. ir., to constrain, compel.

se Contraindre [sĕ co˝-trä˝'-dr], v. refl., to restrain one's self.

Contraint-e [co˝-trä˝', -trä˝t'], p., constrained, restrained, compelled.

Contrainte [co˝-trä˝t'], n. f., constraint, restraint, compulsion.

Contraire [co˝-trair'], adj., contra-

CON

ry, *adverse, unfavorable ;* au con-traire, *on the contrary.*

Contrat [co˜-trä'], n. m., *contract.*

Contre [co˜'-tr], prep., *against, at, with.*

Contrée [co˜-tray'], n. f., *country, region.*

Contrefait - e [co˜- tr - fai', -fait'], adj., *ugly, deformed.*

Contre-sens [co˜-tr-sä˜'], n. m., a contre-sens, *out of place, wrongly.*

Contribué-e [co˜- tree - bü - ay'], p., *contributed.*

Contrister [co˜-trees-tay'], v. a., *to afflict, grieve.*

Contrôleur [co˜- trō - lür'], n. m., *controller, comptroller ; fault-find-er.*

Controverse [co˜-trō-vairss'], n. f., *controversy.*

Convaincre [co˜-vä˜'-kr], v. ir., *to convince, persuade.*

Convaincu-e [co˜-vä˜-kü'], p., con-vinced, persuaded.

Convalescence [co˜-väl-ees-sä˜ss'], n. f, *convalescence ;* être dans la convalescence, *to be convalescing.*

Convenable [co˜- vě - nä' - bl], adj., *suitable, proper.*

Convenablement [co˜- vě - nä - blě-mä˜'], adv., *suitably.*

Convénance [co˜-vě-nä˜ss'], n. f., *fitness ;* pl., *proprieties.*

Convenir [co˜- vě - neer'], v. ir., *to agree, to beseem ; to be becoming, be suited ; admit, acknowledge* (de).

Conversation [co˜- vair - sä - seeo˜'], n. f., *conversation.*

Converser [co˜-vair-say'], v. n., *to converse.*

se Convertir [sě co˜-vair-teer'], v. refl., *to be converted (into), be turned, changed (into).*

Conviction [co˜-veek-seeo˜'], n. f., *conviction.*

Convienne [co˜-vee-en'], from con-venir.

Conviennent [co˜-vee-en'], from con-venir.

Convient [co˜-vee-ă˜'], from conve-nir ; il convient, *it is proper.*

COU

Convier [co˜-vee-ay'], v. a., *to in-vite.*

Convinrent [co˜-vä˜'r'], from conve-nir.

Copie [cō-pee'], n. f., *copy.*

Copiste [cō-peest'], n. m., *copyist.*

Coq [cōke], n. m., *cock, chanticleer.*

Coquette [cō-kett'], n. f., *coquette, flirt.*

Coquin [cō-kă˜'], n. m., *rogue, rascal.*

Coquine [cō-keen'], n. f., *hussy, jade.*

Cordonnier [cŏr-dŏn-nee-ay'], n. m., *shoemaker.*

Cordoue [cŏr-doo'], p. n., *Cordova.*

Corinthe [cor-ă˜t'], p. n., *Corinth.*

Corne [corn], n. f., *horn.*

Corniche [cor - neesh'], n. f., *cor-nice, surbase.*

Corps [cōr], n. m., *body ; corpse, corps ;* corps d'élite, *select corps.*

Correct-e [cor - rek', - rekt'], adj., *correct.*

Correction [cor - rek - seeo˜'], n. f., *correction, correctness, accuracy.*

Corridor [cor-ree-dōr'], n. m., *cor-ridor.*

Corriger [cor - ree - zhay'], v. a., *to correct, improve, mend.*

se Corriger [sě cor - ree - zhay'], v. refl., *to correct o. s., amend.*

Corrompre [cor-ro˜'-pr], v. ir., *to corrupt, spoil.*

Corrompt [cor-ro˜'], from corrompre.

Corruptible [cor-rüp-tee'-bl], adj., *corruptible, fading.*

Corruption [cor-rüp-seeo˜'], n. f., *corruption.*

Cortége [cor-taizh'], n. m., *retinue.*

Côte [cōte], n. f., *rib ;* de la côte de, *descended from.*

Côté [cō-tay'], n. m., *side, direc-tion ;* de côté à d'autre, *from side to side ;* du côté de, *on, toward ;* à côté de, *beside.*

Coteau [cō-tō'], n. m., *hill, hillock, slope.*

Cou [coo], n. m., *neck.*

Couchant - e [coo - shā˜' - shā˜t'], adj., *setting.*

Couchant, n. m., *West.*

Couche [coosh], n. f., *bed, couch ;* en couche, *sick.*

COU

Couché-e [coo-shay'], p., laid, lying, lying down, reclining.

Coucher [coo-shai'], v. n., to lie down, set; chambre à coucher, sleeping apartment.

se Coucher [sĕ coo-shay'], v. refl., to lie down, go to bed; set (of the sun); mener se coucher, to put (one) to bed.

Coucher, n. m., setting; le coucher du soleil, sunset.

Coude [cood], n. m., elbow.

Couler [coo-lay'], v. n., to flow, fall, glide, lapse, glide away, slip.

Couleur [coo-lör'], n. f., color.

Coulisse [coo-leess'], n. f., side scene, green-room.

Coup [coo], n. m., blow, deal, stroke, rap; coup d'œil, glance, look; coups de fouet, lashes, flogging; faire un coup, to take a step, commit an act; tout à coup, all at once, suddenly; du premier coup, the first time; encore un coup, once more, again.

Coupable [coo-pā'-bl], adj., guilty, culpable.

Coupé-e [coo-pay'], p., cut, intersected, crossed; interrupted.

Couper [coo-pay'], v. a., to cut, cut off, divide.

Couple [coopl], n. m., couple, pair.

Couplet [coo-plai'], n. m., couplet; song; stanza.

Cour [coor], n. f., court, court-yard; follower (of a king).

Courage [coor-āzh'], n. m., courage, prowess.

Courageux-se [coo-răzh-ŏ', -öz'], adj., courageous, bold.

Courbé-e [coor-bay'], p., bent, bowed.

Courber [coor-bay'], v. a. and n., to bow, bend.

Courez [coor-ay'], from courir.

Courir [coo-reer'], v. ir., to run; incur; spread (as a report); run about, scour; courir sur, to scud by.

Couronne [coo-rŏn], n. f., crown; à la couronne de, crowned with.

Couronné-e [coo-rō-nay'], p., crowned, topped off.

CRA

Couronner [coo-rŏn-nay'], v. a., to crown.

Courrier [coo-ree-ay'], n. m., courier, messenger, post-boy.

Courroux [coo-roo'], n. m., anger, ire, wrath; fit of anger.

Cours [coor], from courir.

Cours, n. m., course, career.

Course [coors], n. f., race, career, flight, course.

Coursier [coor-see-ay'], n. m., courser.

Court [coor], from courir.

Court-e [coor, coort], adj., short.

Courtisan-e [coor-tee-zā'~, -zăn'], n. m. and f., courtier; courtesan.

Couru-e [coo-rü'], p., run, traversed.

Courut [coo-rü'], from courir.

Cousin-e [coo-zā'~, -zeen'], n. m. and f., cousin.

Cousu-e [coo-zü'], p., sewed; mal cousu, detached.

Couteau [coo-tō'], n. m., knife.

Coûter [coo-tay'], v. n., to cost; be painful.

Coutume [coo-tüm'], n. f., custom, habit.

Couvent [coo-vā'~], n. m., convent.

Couvert-e [coo-vair', -vairt'], p., covered; à couvert, sheltered from.

Couvert, n. m., shelter.

Couverture [coo-vair-tür'], n. f., bedclothes.

Couvraient [coo-vrai'], from couvrir.

Couvrait [coo-vrai'], from couvrir.

Couvre [coovr], from couvrir.

Couvrir [coo-vreer'], v. ir. to cover; envelop, cloak; drown.

se Couvrir [sĕ coo-vreer'], v. refl., to cover o. s.; to put on one's hat.

Craignais [crain-yai'], from craindre.

Craignait [crain-yai'], from craindre.

Craigne [crainʸ], from craindre.

Craignent [crainʸ], from craindre.

Craignis [crain-yee'], from craindre.

Craignons [crain-yo~'], from craindre.

Craindre [cră'~-dr], v. ir., to fear.

CRI

se Craindre [sĕ cră˜'-dr], v. recip., to fear each other.

Crains [cră˜], from craindre.

Craint-e [cră˜, -cră˜t], p.,feared.

Craint [cră˜], from craindre.

Crainte [cră˜t], n. f., fear.

Craintif-ve [cră˜-teef', -teev'], adj., fearful, timorous, timid.

Craquer [cră-kay'], v. n., to crack, creak.

Crayon [cray-yo˜'], n. m., pencil; lead-pencil.

Crayonner [cray-yŏn-nay'], v. a., to sketch.

Créancier [cray-ă˜-see-ay'], n. m., debtor.

Créateur [cray-ā-tör'], n. m., creator.

Créateur [cray-ā-tör'], f. ; créatrice [cray-ā-treess'], adj., creative. Créatrice, f. of créateur.

Créature [cray-ā-tür'], n. f., creature, being.

Crédit [cray-dee'], n. m., credit, influence, interest; à crédit, on credit, on account.

Crédule [cray-dül'], adj., credulous, trusting.

Créer [cray-ay'], v. a., to create, elect; strike out.

se Créer [sĕ cray-ay'], v. refl., to create for one's self.

Crénelé-e [crain-lay'], p.,furnished with battlements; indented.

Crépuscule [cray-püss-kül'], n. m., twilight, dawn.

Cresson [cress-so˜'], n. m., cress, water-cress.

Creuser [crö-zay'], v. a., to dig, dig up, paw.

Creux-se [crö, cröz], adj., hollow, deep.

Crever [crĕ-vay'], v. n., to burst; die; crever de faim, to perish with hunger.

Cri [cree], n. m., cry, shout, exclamation; pl., outcry.

Criard-e [cree-ār', -ārd'], adj., noisy, squeaking.

Crier [cree-ay'], v. n., to cry, exclaim, shout, shriek.

Crime [creem], n. m., crime.

CRU

Criminel-le [cree-mee-nel'], adj., criminal, guilty.

Criminel, n. m., criminal.

Crin [cră˜], n. m., mane, hair.

Cristal [creess-tăl'],m., crystal.

Critique [cree-teek'], n. f., criticism.

Critique, adj., critical.

Critique, n. m., critic.

Critiquer [cree-tee-kay'], v. a., to criticize.

Crochet [crŏ-shai'], n. m., hook.

Croient [crwă], from croire.

Croire [crwār], v. ir., to believe, suppose, think; croire à, to believe in, credit.

Croirais [crwă-rai'], from croire.

Croiriez [crwă-ree-ay'], from croire.

Crois [crwă], from croire.

Croissait [crwă-sai'], from croître.

Croissant [crwă-să˜'], p., increasing, augmenting.

Croissant, n. m., crescent.

Croissent [crwăss], from croître.

Croître [crwă'-tr], v. ir., to grow, increase.

Croix [crwă], n. f., cross.

Croquant [crŏ-kă˜'], n. m., boor, countryman.

Croquant-e [crŏ-kă˜', -kă˜t'], adj., crisp.

Croquer [crŏ-kay'],v. n., to crackle croquer sous la dent, to eat crisp.

Crotter [crot-tay'], v. a., to befoul, soil.

Croupe [croop], n. f., hind quarter, rump; ridge, brow, lower part.

Croûte [croot], n. f., crust.

Croyable [crwă-yă'-bl], adj., credible.

Croyait [crwă-yai'], from croire.

Croyance [crwă-yă˜ss'], n. f., belief; conviction, creed.

Croyant [crwă-yă˜'], from croire.

Cru-e [crü], p., thought, believed.

Cru, adj., crude, raw.

Cruauté [crü-ō-tay'], n. f., cruelty; avoir la cruauté de, to be so cruel as to.

Crucifier [crü-see-fee-ay'], v. a., to crucify.

Crucifix [crü-see-feex'], n. m., crucifix, cross.

D

Cruel-le [crü-el'], adj., cruel.

Cruellement [crü-ell-mä"'], adv., cruelly.

Crurent [crür], from croire.

Crut [crü], from croire.

Crût, from croître or croire.

Cueillant [kö-yä"'], gathering, culling.

Cueilli-e [kö-yee'], p., gathered, plucked, culled.

Cueillir [kö-yeer'], v. ir., to gather, cull, pluck.

Cuir [cüeer], n. m., leather.

Cuit-e [cüee, cüeet], p., cooked.

Cuisine [cüee-zeen'], n. f., kitchen; fare.

Cuisinier [cüee-zee-nee-ay'], n. m., cook.

Cuisse [cüeess], n. f., thigh, side.

Cuistre [cüeess-tr], n. m., college scout; pedant.

Cul-de-jatte [cü-dĕ-zhăt], n. m., cripple.

Culotte [cü-lott'], n. f., breeches, small-clothes.

Culte [cült], n. m., worship.

Cultiver [cül-tee-vay'], v. a., to cultivate.

Cupidité [cü-pee-dee-tay'], n. f., cupidity, covetousness.

Curé [cü-ray'], n. m., vicar, rector.

Curieux-se [cü-ree-ö', -öz'], adj., curious, singular.

Curiosité [cü-ree-oz-ee-tay'], n. f., curiosity; par curiosité, out of curiosity.

Curule [cü-rül'], curule; chaise curule, curule chair (of a magistrate).

Cygne [seeny], n. m., swan.

Cynique [see-neek'], adj., cynic, indecent.

Cyprès [see-prai'], n. m., cypress; cypress-tree.

Cyrus [see-rüss'], p. n., Cyrus; le jeune Cyrus, Cyrus the younger.

Cyzique [see-zeek'], p. n., Cyzica.

Czar [gzăr], n. m., Tsar (emperor of Russia).

D

D', contraction of de.

DEB

Dadais [dä-dai'], n. m., dolt, blockhead.

Daigner [dain-yay'], v. n., to deign.

Dais [dai], n. m., canopy; sous le dais, in the midst of grandeur.

Dalle [dăl], n. f., flag-stone, flag.

Damas [dä-mä'], p. n., Damascus.

Dame [dăm], n. f., lady; dame.

Dameret [dam-rai'], n. m., beau, ladies' man.

Damner [dăn-nay'], v. a., to condemn.

Danger [dä"-zhay'], n. m., danger, peril.

Dangereux-se [dä"-zhĕ-rŏ', -rŏz'], adj., dangerous, hazardous.

Dans [dä"], prep., into, in, to.

Danse [dä"ss], n. f., dance, dancing; faire des danses, to be dancing.

Danser [dä"-say'], v. n., to dance; maître à danser, dancing-master.

Danseur [dä"-sör'], n. m., dancer.

Dard [dăr], m., dart.

Davantage [dä-vä"-tăzh], adv., more; farther, longer; encore davantage, still more.

De [dĕ], prep., of, from, with, by, on, at.

Débarrassé-e [day-bă-ră-say'], p., rid.

Débat [day-bä'], n. m., debate, discussion.

Débauche [day-bōsh'], n. f., dissoluteness.

Débile [day-beel'], adj., feeble, debilitated.

Débiter [day-bee-tay'], v. a., to retail; deliver; pronounce; report.

se Débiter [sĕ day-bee-tay'], v. refl., to retail o. s.

Débiteur [day-bee-tör'], n. m., debtor.

Débordé-e [day-bor-day], p., overflowing; overflowed.

Déborder [day-bor-day'], v. n., to overflow, run over.

Debout [dĕ-boo'], adv., standing, upright; on one's feet; up! get up!

Déboutonner [day-boo-tōn-nay'], v. a., to unbutton, undo.

DEC

Débris [day-bree'], n. m. pl., ruins, remains, wreck; fragment.

Débrouiller [day-broo-yay'], v. a., to disentangle, clear up.

Début [day-bü'], n. m., beginning, opening.

Débuter [day-bü-tay'], v. n., to start, start out; to make one's first appearance.

Décadence [day-kā-dā~ss'], n. f., decline.

Décence [day-sā~ss'], n. f., decency, propriety.

Décevant-e [dayss-vā~', -vā~t'], adj., deceptive.

Décevoir [dayss-vwār], v. a., to deceive.

se Déchaîner [sĕ day-shay-nay'], v. refl., to let o. s. loose (upon, contre); inveigh.

Décharné-e [day-shăr-nay'], adj., emaciated, thin.

Déchirant-e [day-shee-rā~', -rā~t'], adj., harrowing, heart-rending.

Déchiré-e [day-shee-ray'], p., mangled, lacerated.

Déchirer [day-shee-ray'], v. a., to tear, tear away, tear down; abuse, cut up.

Décider [day-see-day'], v. a. and n., to decide, resolve.

se Décider [sĕ day-see-day'], v. refl., to resolve.

Décision [day-see-zeeo~'], n. f., decision.

Décisionnaire [day-see-zee-ōnair'], n. m., dogmatist.

Déclamateur [day-clăm-ă-tör'], n. m., declaimer.

Déclamation [day-clăm-ā-seeo~'], n. f., declamation, elocution.

Déclaré-e [day-clā-ray'], p., affirmed, asserted.

Déclarer [day-clā-ray'], v. a., to declare; affirm, make known.

se Déclarer [sĕ day-clā-ray'], v. refl., to declare o. s., proclaim o. s.

Décliner [day-clee-nay'], v. a. and n., to decline; to give (one's name).

Décoloré-e [day-kŏ-lŏ-ray'], p., colorless, discolored.

DEF

Décombres [day-ko~'-br], n. m. pl., rubbish.

Décoré-e [day-kŏ-ray'], p., decorated, ornamented, set off; knighted.

se Découper [sĕ day-koo-pay], v. refl., to be carved, cut out.

Découragé-e [day-koor-ăzh-ay'], p., discouraged.

Décourager [day-koor-ăzh-ay'], v. a., to dishearten, discourage.

Décousu-e [day-koo-zü'], adj., desultory; propos décousus [prō-pō'], remarks dropped here and there.

Découvrir [day-koo-vreer'], v. ir., to discover, reveal, make known, descry, uncover.

Décrépit-e [day-cray-pee', -peet'], adj., decrepit, broken down.

Décret [day-crai'], n. m., decree.

Décrier [day-cree-ay'], v. a., to decry, cry down.

Décrire [day-creer'], v. ir., to describe.

Décrivant [day-cree-vā~'], describing.

Décrivaient [day-cree-vai'], from décrire.

Déçu-e [day-sü'], p., deceived.

Dédaigner [day-dain-yay'], v. a., to despise, scorn, contemn, disdain.

Dédaigneux-se [day-dain-yŏ', -yŏz'], adj., scornful, disdainful.

Dedans [dĕ-dā~'], adv., in it, therein; au dedans de, within; là dedans, within, therein; en dedans, in, inside, inward.

se Dédire [sĕ day-deer'], v. ir., to recant, revoke, renounce.

Dédommagement [day-dō-măzhmā~'], n. m., compensation, amends (for, de).

Déesse [day-ess'], n. f., goddess.

Défaillant-e [day-fă-yā~', -yā~t'], adj., faltering, failing, waning, weak, feeble.

se Défaire [sĕ day-fair'], v. refl., to get rid of, rid one's self of.

Défaite [day-fait'], n. f., defeat, overthrow.

DEG

Défaites-vous [*day-fait-voo'*], from se défaire.

Défaut [*day-fō'*], n. m., *fault, defect; au défaut de, in default of, for want of.*

Défendre [*day-fä~'-dr*], v. a., *to defend, protect ; forbid.*

se Défendre [*sĕ day-fä~' - dr*], v. refl., *to defend o. s., protect one another justify o. s. ; excuse o. s. from ; decline ; il s'agissait de se défendre, the question was one of self-defense.*

Défendu-e [*day - fä~ - dü'*], p., *defended, protected ; forbidden.*

Défense [*day-fä~ss'*], n. f., *defense, protection ; part, side ; prohibition.*

Défenseur [*day-fä~-sör'*], n. m., *defender.*

Déférence [*day-fay-rä~ss'*], n. f., *deference.*

Déférer [*day-fay-ray'*], v. a., *to bestow.*

Défiance [*day-fee-ä~ss*], n. f., *distrust, mistrust.*

Défier [*day-fee-ay'*], v. a., *to defy, challenge.*

se Défier [*sĕ day-fee-ay'*], v. refl., *to distrust.*

Défiguré-e [*day-fee-gü-ray'*], p., *disfigured, defaced.*

Dégager [*day-găzh-ay'*], v. a., *to redeem, make good.*

Dégoût [*day-goo'*], n. m., *dislike, distaste, disgust, loathing, distaste for.*

Dégoûtant-e [*day-goo-tä~', -tä~t'*], adj., *repulsive, distasteful.*

Dégoûté-e [*day-goo-tay'*], adj., *fastidious, squeamish, sick* (of).

se Dégoûter [*sĕ day - goo - tay'*], v. refl., *to become disgusted with ; to take a distaste for.*

Dégouttant-e [*day-goo-tä~, -tä~t*], adj., *dripping.*

Degré [*dĕ-gray'*], n. m., *degree ; staircase.*

Déguenillé-e [*day - ghĕ - nee - yay'*], adj., *ragged, in rags.*

Déguisement [*day-gheez-mä~'*], n. m., *disguise.*

DEM

Déguiser [*day-ghee-zay'*], v. a., *to disguise, mask, conceal.*

Dehors [*dĕ-ōr'*], n. m., *outside, exterior; au dehors de, without, out of doors.*

Dehors, adv., *out, without; au dehors, without, outside.*

Déicide [*day - ee - seed'*], *deicidal— that has slain a God* (epithet of Jerusalem).

Déjà [*day-zhä'*], adv., *already.*

Déjeuner [*day - zhö - nay'*], n. m., *breakfast.*

Delà [*dĕ-lä*], prep., *beyond; au delà de, beyond, on the other side of; par delà, beyond.*

De la [*dĕ lä*], art., *of the, from the; some, any.*

Délassé-e [*day - lăss - say'*], p., *refreshed.*

se Délasser [*sĕ day - lăss - say'*], v. refl., *to refresh o. s. ; to unbend o. s.*

Délibérer [*day-lee-bay-ray'*], v. n., *to resolve, determine.*

Délicat-e [*day-lee-kă', -kăt'*], adj., *delicate, fastidious, dainty.*

Délicatesse [*day-lee-kă-tess'*], n. f., *delicacy, nicety.*

Délices [*day - leess'*], n. f. pl., *delight.*

Délivrance [*day-leev-rä~ss'*], n. f., *deliverance, release.*

Délivrer [*day-leev-ray'*], v. a., *to deliver, set free, rescue.*

Demain [*dĕ-mä~'*], adv., *to-morrow; demain matin, to-morrow morning.*

Demande [*dĕ-mä~d'*], n. f., *request, demand ; question.*

Demandé-e [*dĕ-mä~-day'*], p., *asked, required.*

Demander [*dĕ-mä~-day'*], v. a., *to ask, inquire, ask for ; require ; beg ; inquire after.*

se Demander, v. refl., *to ask o. s.*

Démarche [*day-marsh'*], n. f., *step, walk, proceeding ;* faire une démarche, *to take a step.*

Démêlé [*day-mai-lay'*], n. m., *quarrel, contention.*

Démêler [*day - mai - lay'*], v. a., *to*

R

DEP

separate, discern, recognize ; démêler dans la foule, to spy in the crowd.

Déménager [*day-may-nā-zhay'*], v. n., to move, remove.

Démence [*day-mā˜ss'*], n. f., insanity, madness.

Dément [*day-mā˜'*], from démentir.

Démenti [*day-mā˜-tee'*], n. m., contradiction; donner un démenti à, to contradict.

Démenti-e [*day-mā˜-tee'*], p., belied, contradicted.

Démentir [*day-mā˜-teer'*], v. ir., to belie, contradict.

se Démentir [*sĕ day-mā˜-teer'*], v. refl., to contradict o. s., cease.

Demeure [*dĕ-mör'*], n. f., dwelling, abode, home.

Demeuré-e [*dĕ-mö-ray'*], p., remained, lain, left.

Demeurer [*dĕ-mö-ray'*], v. n., to live, dwell, remain, stand.

Demi-e [*dĕ-mee'*], adj., half; à demi, half; demi pied, six inches; demi heure, half an hour.

Demoiselle [*dĕ-mwā-zell'*], n. f., (unmarried) lady; young lady.

Démon [*day-mo˜'*], n. m., demon.

Démonstratif-ve [*day-mo˜-strā-teef', -teev'*], adj., demonstrative.

Démosthène [*day-mos-tain'*], p. n., Demosthenes.

Dénier [*day-nee-ay'*], v. a., to refuse, deny.

Denier [*dĕ-nee-ay'*], n. m., farthing.

Dénouer [*day-noo-ay'*], v. a., to untie, loosen.

Dénoûment [*day-noo-mā˜'*], n. m., issue, event.

Dent [*dā˜*], n. f., tooth; être sur les dents, to be tired out; dents d'en haut, upper teeth.

Dentelure [*dā˜-tĕlür'*], n. f., indentation.

Dénûment [*day-nü-mā˜'*], n. m., deprivation, destitution.

Dépareillé-e [*day-pă-rai-yay'*], p., incomplete, odd.

Départ [*day-par'*], n. m., departure, parting.

DEP

Dépêche [*day-paish'*], n. f., correspondence, dispatch.

se Dépêcher [*sĕ day-paish-ay'*], v. refl., to hasten, make haste.

Dépeignais [*day-pain-yay'*], from dépeindre.

Dépeindre [*day-pă˜'-dr*], v. ir., to describe.

Dépeint [*day-pă˜'*], from dépeindre.

Dépendance [*day-pā˜-dā˜ss'*], n. f., dependence ; state of dependency.

Dépendre [*day-pā˜'-dr*], v. n., to depend (on, de).

Dépens [*day-pă˜'*], n. m. pl., expense, cost ; aux dépens de, at the expense of.

Dépense [*day-pā˜ss'*], n. f., outlay, expense.

Dépit [*day-pee'*], spite; pet; resentment; de dépit, in a spite, pet.

Déplacé-e [*day-plă-say'*], adj., unbecoming, ill-timed.

Déplaire [*day-plair'*], v. ir., to displease, offend.

se Déplaire [*sĕ day-plair'*], v. refl., to be displeased (with, à); to dislike.

se Déplaisent [*sĕ day-plaiz'*], from se déplaire.

Déplaisir [*day-plai-zeer'*], n. m., displeasure, sorrow.

Déplaît [*day-plai'*], from déplaire.

Déplorable [*day-plor-ă'-bl*], adj., deplorable, lamentable, wretched, miserable.

Déplorer [*day-plō-ray'*], v. a., to deplore, bewail.

Déployé-e [*day-plwā-yay'*], p., unfolded, displayed; unfurled.

Déployer [*day-plwā-yay'*], v. a., to unfold, develop; exert, put forth.

se Déployer [*sĕ day-plwā-yay'*], v. refl., to unfold; display one's self.

Déposé-e [*day-pō-zay'*], p., deposited.

Déposer [*day-pō-zay'*], v. n., to testify.

Dépositaire [*day-pō-zee-tair'*], n. m., guardian, trustee.

Déposséder [*day-pō-say-day'*], v.a., to dispossess, deprive.

DES

Dépouille [*day-poo'-eeʸ*], n. f., *booty, spoils ; remains, relics.*

Dépouillé-e [*day-poo-yay'*], p., *despoiled, stripped ; leafless.*

Dépouiller [*day-poo-yay'*], v. a., *to lay bare, strip ; lay aside.*

Dépourvu-e [*day-poor-vü'*], adj., *destitute* (of), *void* (of) ; *au dépourvu, unawares.*

Depuis [*dĕ-püee'*], prep. and adv., *from, since, since then ;* depuis longtemps, *long ago ;* depuis ce temps, *from this moment.*

Depuis que [*dĕ-püee' kĕ*], conj., *since.*

Député [*day-pü-tay'*], n. m., *deputy, delegate.*

Déraciner [*day-ră-se-nay'*], v. a., *to uproot ; stub out.*

Dérangement [*day-rā˘zh-mā˘'*], n. m., *derangement, disturbance.*

Déranger [*day-rā˘zh-ay'*], v. a., *to disturb.*

Déréglé-e [*day-ray-glay'*], adj., *unrestrained, unbridled.*

Dérider [*day-ree-day'*], v. a., *to smooth.*

Dernier-e [*dair-nee-ay'*], adj., *last ; final; utmost; greatest; most distant ; remotest.*

Dérobé-e [*day-rō-bay*], p., *stolen, robbed ; borrowed.*

Dérober [*day-rō-bay'*], v. a., *to rob, steal, purloin, deprive ; conceal, veil, screen* (à).

se Dérober [*sĕ day-rō-bay'*], v. refl., *to steal away ; to divest o. s. of, get rid of ; sink.*

Dérouler [*day-roo-lay'*], v. a., *to unroll, unfold.*

Derrière [*dair-ree-air'*], prep. and adv., *behind;* par derrière, *behind.*

Dervis [*dair-vee'*], n. m., *dervis.*

Des [*day*], art., *of the, from the, with the ; some, any.*

Dés [*day*], n. m. pl., *dice.*

Dès [*dai*], prep., *from ;* dès que, conj., *as soon as.*

Désabuser [*day-ză-bü-zay'*], v. a., *to undeceive.*

Désagrément [*day-ză-gray-mā˘'*], n. m., *vexation, annoyance.*

DES

se Désaltérer [*sĕ day-zāl-tay-ray'*], v. refl., *to quench one's thirst.*

Désarmé-e [*day-zăr-may'*], p., *disarmed, dismantled.*

Désarmer [*day-zār-may'*], v. a., *to disarm, foil.*

Désastre [*day-zăss'-tr*], n. m., *disaster.*

Désavantage [*day-ză-vā˘-tăzh'*], n. m., *disadvantage.*

Désaveu [*day-ză-vö'*], n. m., *disavowal.*

Désavoué-e [*day-ză-voo-ay'*], p., *disclaimed, disowned.*

Désavouer [*day-ză-voo-ay'*], v. a., *to disown, disclaim.*

Descendant [*dĕ-sā˘-dā˘'*], n. m., *descendant.*

Descendre [*dĕ-sā˘'-dr*], v. a. and n., *to descend, come down, go down ; alight* (from a carriage).

Descendu-e [*dĕ-sā˘-dü'*], p., *descended, gone down.*

Désert-e [*day-zair', -zairt'*], adj., *desert, lone, abandoned.*

Désert, n. m., *desert, wilderness.*

Déserteur [*day-zair-tör'*], n. m., *deserter.*

Désespéré-e [*day-zess-pay-ray'*], adj., *desperate, hopeless, disconsolate.*

Désespérer [*day-zess-pay-ray'*], v. a. and n., *to despair, give over, drive to despair.*

Désespoir [*day-zess-pwār'*], n. m., *despair, despondency.*

Déshabillé [*day-ză-bee-yay'*], n. m., *undress.*

Déshonneur [*day-zōn-nör'*], n. m., *dishonor, disgrace.*

Déshonorer [*day-zōn-ō-ray'*], v. a., *to dishonor, defile.*

Désigner [*day-zeen-yay'*], v. a., *to indicate, describe.*

Désir [*day-zeer'*], n. m., *desire.*

Désirer [*day-zee-ray'*], v. a., *to desire, long for, wish* (to, de).

Désolation [*day-zō-lă-seeo'*], n. f., *desolation ; vexation.*

Désolé-e [*day-zō-lay'*], adj., *disconsolate, desolated ; troubled, afflicted, distressed ; wasted.*

DET

Désordre [*day-zōr'-dr*], n. m., com-motion, *disturbance, disorder.*

Désormais [*day - zōr - mai'*], adv., henceforth, *hereafter.*

Despotique [*dess - pō - teek'*], adj., despotic.

Despotisme [*dess-pō-teesm'*], n. m., despotism, *despotic sway.*

Dessein [*dĕ - să~'*], n. m., design, plan; à desscin, *on purpose, pur-posely;* avoir dessein, *to purpose;* avoir des desseins de, *to intend to.*

Desquels [*day-kell'*],pron.,*of which, of whom, from whom, which.*

Dessiller [*day-see-yay'*], v. a., *to un-seal, open.*

Dessiner [*dĕ-see-nay'*],v. a., *to draw, sketch.*

Dessous [*dĕ-soo'*], n. m.,*under part;* de dessous, *lower, under.*

Dessus [*dĕ - sü'*], adv., *upon it, on the top of it;* au dessus, *above, over.*

Dessus, n. m., *advantage; soprano;* treble (music); dessus de violon, *treble violin.*

Destin [*dess-tă~'*], n. m., *destiny, fate;* pl., *career, life;* faire ses destins, *to make up one's life.*

Destiné-e [*dess - tee - nay'*], p., *des-tined, intended* (for, à).

Destinée [*dess-tee-nay'*], n. f., *fate, destiny.*

se Destiner [*sĕ dess - tee - nay'*], v. refl., *to be intended* (for, à).

Destructeur [*dess-trük-tör'*], n. m., destroyer.

Détachement [*day-tăsh-mă~'*],n.m., *detachment.*

Détaché-e [*day - tăsh - ay'*], p., *de-tached, disengaged.*

Détacher [*day - tăsh - ay'*], v. a., *to detach, take off, loose.*

se Détacher, v. refl., *to get loose, disengage one's self.*

Détail [*day - tiy*], n. m., *detail, re-tail.*

se Détendre [*sĕ day - tă~' - dr*], v. refl., *to slacken, unbend.*

Détenu-e [*dayt - nü*], p., *detained, held.*

Détenu, n. m.,*prisoner.*

DEV ·

Déterminer [*day-tair-mee-nay'*], v. a., *to determine, decide; persuade.*

Détester [*day-tess-tay'*],v. a., *to detest, despise.*

Détour [*day - toor'*], n. m., *turn; evasion, subterfuge, shift.*

Détourné-e [*day-toor-nay'*], p., *de-vious, indirect.*

Détourner [*day-toor-nay'*], v. a., *to turn aside, divert, avert, ward off; interrupt; embezzle; dissuade.*

Détresse [*day-tress'*], n. f., *misery, distress.*

Détromper [*day-tro~'-pay'*], v. a., *to undeceive.*

Détrôné-e [*day - trō - nay'*], p., *de-throned.*

Détruire [*day-trüeer'*], v. ir., *to destroy.*

se Détruire, v. refl., *to destroy o. s., to subvert o. s.*

Détruisit [*day-trüee-zee'*], from dé-truire.

Détruit-e [*day-trüee', -trüeet'*], p., *destroyed, overthrown.*

Dette [*dett*], n. f., *debt, obligation.*

Deuil [*dŏy*], n. m., *mourning, black.*

Deux [*dŏ*], num., *two;* deux à deux, *two by two;* tous deux, *both.*

Deuxième [*dŏ-zee-aim'*], num., *sec-ond.*

Devaient [*dĕ-vai'*], from devoir.

Dévalisé-e [*day-văl-ee-zay'*], p., *ri-fled, stripped.*

Devancer [*dĕ-vă~-say'*],v. a., *to an-ticipate, precede.*

Devant [*dĕ-vă~'*], prep. and adv., *before;* au devant de, *before, in front of.*

Développer [*daiv-lō-pay'*], v. a., *to develop, unfold, expand.*

se Développer, v. refl., *to develop, become developed.*

Devenaient [*dev-nai'*],from devenir.

Devenir [*dĕv - neer'*], v. n., *to be-come, do.*

Devenu-e [*dĕv-nü'*], p., *become, hav-ing become.*

Deviendra [*dĕv-ee-ă~-drā'*], from devenir.

Devient [*dev-ee-ă~'*], from devenir.

Devin [*dĕ-vă~'*], n. m., *soothsayer.*

DIE

Deviné-e [dĕ-vee-nay'], p., guessed, conjectured.

Deviner [dĕ-vee-nay'], v. a., to divine, guess.

Devinrent [dĕ-vă~r'], from devenir.

Devìnt [dĕ-vă~'], from devenir.

Devoir [dĕ-vwār'], v. a., to owe ; v. n., to be to, ought, must.

Devoir, n. m., duty ; pl., respects ; par devoir, from a sense of duty.

Dévorant-e [day-vō-rā~', -rā~t'], adj., consuming, distracting.

Dévorer [day-vō-ray'], v. a., to devour, destroy, consume.

Dévot-e [day-vō', -vōt'], adj., devout.

Dévoué-e [day-voo-ay'], p., devoted.

se Dévouer [sĕ day-voo-ay'], v. refl., to devote one's self.

Diable [dee-ăbl'], n. m., devil ; je me donne au diable, the deuce take me.

Diadème [dee-ā-daim'], n. m., diadem.

Dialogue [dee-ā-lōg'], n. m., dialogue.

Diamant [dee-ā-mā~'], n. m., diamond.

Diane [dee-ăn'], p. n., Diana.

Diantre [dee-ā~tr'], n. m., dickens, deuce ; diantre soit le, the pest on the.

Diaphragme [dee-ā-frăgm'], n. m., diaphragm.

Dicté-e [deek-tay'], p., dictated, indicted.

Dicter [deek-tay'], v. a., to dictate, suggest, prompt, indict.

Diction [deek-sceo~'], n. f., diction, style.

Dictionnaire [deek-see-ō-nair'], n. m., dictionary.

Dicton [deek-to~'], n. m., saying, hit.

Didactique [dee-dăk-teek'], adj., didactic.

Didon [dee-do~'], p. n. f., Dido.

Diète [dee-ait'], n. f., diet ; diet (assembly).

Dieu [dee-ŏ'], n. m., God ; mon Dieu! dear me! oh dear!

DIR

Dieux [dee-ŏ'], n. m. pl., gods (heathen).

Diffamer [dee-fā-may'], v. a., to defame, traduce, libel.

Différemment [dee-fay-rā-mā~'], adv., differently.

Différence [dee-fay-rā~ss'], n. f., difference ; mettre une différence entre, to make a difference between.

Différend [dee-fay-rā~'], n. m., contention, quarrel, difference.

Différent-e [dee-fay-rā~', -rā~t'], adj., different.

Différer [dee-fay-ray'], v. a., to defer, put off, delay.

se Différer [sĕ dee-fay-ray'], v. refl., to be delayed, put off.

Difficile [dee-fee-seel'], adj., difficult, hard.

Difficilement [dee-fee-seel-mā~'], adv., with difficulty.

Difficulté [dee-fee-kül-tay'], n. f., difficulty, objection.

Digne [deenʸ], adj., worthy.

Dignement [deenʸ-mā~'], adv., worthily.

Dignité [deen-yee-tay'], n. f., dignity, self-respect ; pl., dignified manners.

Digue [deeg], n. f., obstacle, barrier.

Diligence [dee-lee-zhā~ss'], n. f., diligence, expedition, promptness.

Dimanche [dee-mā~zh'], n. m., Sunday ; tous les dimanches, every Sunday.

Diminuer [dee-mee-nü-ay'], v. a. and n., to diminish, lessen.

Dindon [dă~-do~'], n. m., turkey.

Dînée [dee-nay'], n. f., dinner.

Dîner [dee-nay'], v. n., to dine, eat.

Dîner, n. m., dinner.

Diocèse [dee-ō-saiz'], n. m., diocese.

Dirai [dee-ray'], from dire.

Dira [dee-rā'], from dire.

Dirait [dee-rai'], from dire.

Dire [deer], v. ir., to say, tell ; dire en lui-même, to say to one's self.

Directement [dee-rekt-mā~'], adv., directly ; in so many words.

Direction [dee-rek-see-o~'], n. f., direction, course.

DIS

Dirent [*deer*], from *dire*.

Direz [*dee-ray'*], from *dire*.

Diriger [*dee-ree-zhay'*], v. a., *to direct, guide*.

se Diriger, v. refl., *to proceed*.

Diront [*dee-ro~*], from *dire*.

Dis [*dee*], from *dire*.

Disaient [*dee-zai'*], from *dire*.

Disait [*dee-zai'*], from *dire*.

Disant [*dee-zä~'*], from *dire*.

Discernement [*dee-sairn-mä~'*], n. m., *discretion, discernment*.

Discerner [*dee-sair-nay'*], v. a., *to discern, discriminate, distinguish*.

Disciple [*dee-see'-pl*], n. m., *disciple*.

Discipline [*dee-see-pleen'*], n. f., *discipline*.

Disconvenir [*deess-ko~-vĕ-neer'*], v. ir., *to disown, deny*.

Discorde [*deess-kord'*], n. f., *discord*.

Discourir [*deess-koo-reer'*], v. ir., *to discourse, descant*.

Discours [*deess-koor'*], n. m., *discourse, language, talk, speech; gossip*.

Discourt [*deess-koor'*], from *discourir*.

Discussion [*deess-kü-see-o~'*], n. f., *discussion, debate*.

Dise [*deez*], from *dire*.

Disent [*deez*], from *dire*.

Disette [*dee-zett'*], n. f., *dearth, poverty, scarcity*.

Disgrâce [*deess-gräss'*], n. f., *misfortune, disfavor, disgrace*.

Disons [*dee-zo~*], from *dire*.

Disparaissent [*deess-pă-raiss'*], from *disparaître*.

Disparaître [*dees-pă-raitr'*], v. ir., *to disappear*.

Disparu-e [*deess-pă-rü'*], p., *disappeared*.

Dispenser [*deess-pä~-say'*], v. a., *to dispense, exempt*.

se Dispenser, v. refl., *to dispense* (with, *de*.)

Dispersé-e [*deess-pair-say'*], p., *dispersed, scattered*.

Disperser [*deess-pair-say'*], v. a., *to disperse, scatter*.

DIV

se Disperser, v. refl., *to disperse, scatter*.

Disposé-e [*deess-pō-zay*], p., *disposed, prepared*.

Disposer [*deess-pō-zay'*], v. a., *to dispose, arrange*.

se Disposer, v. refl., *to prepare* (à).

Disposition [*deess-pō-zee-see-o~'*], n. f., *disposition; arrangement*.

Dispute [*deess-püt'*], n. f., *discussion, dispute*.

Disputer [*deess-pü-tay'*], v. a., *to dispute, vie* (in, *de*).

Dissension [*deess-sä~-see-o~'*], n. f., *dissension, discord, quarrel*.

Dissimuler [*diss-see-mü-lay*], v. a., *to dissemble, conceal*.

Dissiper [*diss-see-pay'*], v. a., *to dissipate, scatter*.

Distiller [*diss-tee-yay'*], v. a., *to distil*.

Distinguer [*dis - tă~ - ghay'*], v. a., *to distinguish, discriminate* (between).

se Distinguer, v. refl., *to distinguish o. s.*

Distraction [*deess-trăk-see-o~'*], n. f., *abstraction, diversion, amusement*.

Distraire [*dees-trair'*], v. ir., *to divert, amuse; turn aside*.

Distrait-e [*dees-trai', -trait'*], adj., *heedless, inattentive*.

Distribuer [*deess-tree-bü-ay'*], v. a., *to distribute*.

Dit [*dee*], from *dire*.

Dit-e [*dee, deet*], p., *said, told*.

Dites [*deet*], from *dire*.

Divers-e [*dee-vair, -vairss'*], adj., *various, diverse, sundry*.

Diverti-e [*dee-vair-tee'*], p., *amused, entertained*.

Divertir [*dee-vair-teer'*], v. a., *to divert, amuse*.

Divertissement [*dee-vair-tees-mä~'*], n. m., *amusement, entertainment; exhibition*.

Divin-e [*dee-vă~', -veen'*], adj., *divine, god-like; exquisite*.

Divisé-e [*dee-vee-zay'*], p., *divided*.

Division [*dee-vee-zee-o~'*], n. f., *division, discord*.

DOU

Dix [*deess*]; before a vowel [*deez*]; before a consonant [*dee*], num., ten; les dix-mille [*lay dee-meel*], the *Ten Thousand* (Greek hist.).

Dix-huit [*dee-züeet'*], num., *eighteen.*

Dixième [*dee-zee-aim'*], num., *tenth.*

Docile [*dō-seel'*], adj., *docile.*

Docte [*dōkt*], adj., *learned.*

Docteur [*dŏk-tör'*], n. m., *doctor.*

Doigt [*dwä*], n. m., *finger.*

Dôme [*dōm*], n. m., *dome; cathedral.*

Domestique [*dō - mess - teek'*], adj. and n., *domestic; household.*

Domination [*dō-mee-nä-see-o͞*], n. f., *domination, sway.*

Dominer [*dō-mee-nay'*], v. a. and n., *to sway, rule; tower over, tower above.*

Domingue [*dō-mä͞'-gh*], p. n., *Domingo.*

Dommage [*dō-mäzh'*], n. m., *pity;* c'est dommage, *it is a pity.*

Dompter [*do͞-tay'*], v. a., *to curb, subdue, tame.*

Don [*do͞*], n. m., *gift, present;* en par don, *as a present.*

Donc [*do͞*], conj., *then, pray, prithee.*

Donner [*dō-nay'*], v. a. and n., *to give;* donner à, *to press against;* donner dans, *to indulge in;* commit; donner dessus, *to hit on;* se donner, *to give to one's self.*

Dont [*do͞*], pron., *whose, of which, of whom; with which, whom; for which, whom.*

Dore [*dōr*]; f., *name of a river.*

Doré-e [*dō - ray'*], p., *gilt, gilded, brown.*

Dorer [*dō-ray'*], v. a., *to gild.*

Dormez [*dōr-may'*], from *dormir.*

Dormir [*dōr-meer'*], v. ir., *to sleep.*

Dort [*dōr*], from *dormir.*

Dos [*dō*], n. m., *back, surface.*

Dot [*dŏt*], n. m., *dowry.*

Double [*doo'-bl*], adj., *double.*

Double, n. m., *farthing.*

Doublé-e [*doo-blay'*], p., *lined.*

Douce [*dooss*], f. of *Doux.*

Doucement [*doos-mä͞*], adv., *softly, mildly, easily, slowly.*

DRO

Doucereux - se [*dooss - rö', - röz'*], adj., *affected.*

Doucet-te [*doo-sai', -sett'*], adj., *demure;* n. m. f., *a demure (animal).*

Douceur [*doo-sör'*], n. f., *mildness, gentleness, sweetness, moderation; wages, pay.*

Doué-e [*doo-ay'*], p., *endowed, gifted.*

Douleur [*doo-lör'*], n. f., *grief, sorrow, pain, suffering.*

Douloureux-se [*doo-loo-rö', -röz'*], adj., *painful, afflicting, grievous.*

Doute [*doot*], n. f., *doubt, suspicion;* sans doute, *without doubt, of course.*

Douter [*doo-tay'*], v. n., *to doubt, question* (foll. by *de*).

se Douter, v. refl., *to surmise, suspect, mistrust.*

Doux [*doo*]; f., douce [*doos*], adj., *sweet, soft, mild, agreeable;* tout doux, *softly.*

Douzaine [*doo-zain*], n. f., *dozen.*

Douze [*dooz*], num., *twelve.*

Drachme [*drägm*], n. f., *drachm* (Grecian coin); *dram.*

Dragon [*drä-go͞'*], n. m., *dragoon.*

Dragon, n. m., *dragon.*

Drame [*dräm*], n. m., *drama.*

Drap [*drä*], n. m., *cloth.*

Drapé - e [*drä - pay'*], p., *draped;* drapé de noir, *draped in black.*

Drapier [*drä-pee-ay'*], n. m., *cloth-merchant;* marchand drapier, *cloth-merchant.*

Dressé - e [*dress - say'*], p., *erected, set up* (toward, contre), *directed.*

Dresser [*dress-say'*], v. a., *to erect, set up, rear; straighten, project, make out, prepare.*

Drogue [*drŏg*], n. f., *drug.*

Droit-e [*drwä, drwät*], adj., *right, straight, erect.*

Droit [*drwä*], n. m., *right, law, justice;* être en droit de, *to have a right to;* à bon droit, *justly.*

Droite [*drwät*], n.f., *right* (not *left*).

Droiture [*drwä-tür'*], n. f., *uprightness, rectitude.*

Drôle [*drōl*], n. m., *knave, rogue.*

ECA

Drôlerie [drōl-ree'], n. f., *farce, droll thing, buffoonery.*

Dû-e [dü], p., from *devoir;* j'aurais dû, *I should have —, ought to have* —; eût dû, *should have —.*

Du, art., *of the, from the; some, any.*

Duc [dük], n. m., *duke.*

Duchesse [dü-shess'], n. f., *duchess.*

Duel [dü-ell'], n. m., *duel.*

Dupé-e [dü-pay'], p., *duped, tricked.*

Duquel [dü-kell'], pron., *of which.*

Dur-e [dür], adj., *hard, harsh, tough; hard-hearted.*

Durant [dü-rã~], prep., *during.*

Durci-e [dür-see'], p., *thickened, hardened.*

Durée [dü-ray'], n. f., *duration, continuance.*

Durer [dü-ray'], v. n., *to last, continue, endure;* durer à, *to put up with, endure.*

Dureté [dür-tay'], n. f., *harshness, selfishness.*

Dussé-je [dü-sayzh'], *should I,* from *devoir.*

E

Eau [ō], n. f., *water.*

Ébat [ay-bã'], n. m., *sport, frolic, gambol.*

Ébloui-e [ay-bloo-ee'], p., *dazzled.*

Éblouir [ay-bloo-eer'], v. a., *to dazzle;* se laisser éblouir à, *to be dazzled by.*

Éblouissant-e [ay-bloo-ee-sã~', -sã~t'], adj., *dazzling.*

Ébranlement [ay-brã~-lĕ-mã~'], n. m., *disorder, disturbance.*

Ébranler [ay-brã~-lay'], v. a., *to shake, disturb.*

s'Ébranler, v. refl., *to waver, give way.*

Èbre [aibr], p. n., *Ebro* (river).

Écaille [ay-kiʸ], n. f., *shell, scale.*

Écart [ay-kär']. À l'écart, *in a lonely place; aside;* renvoyer à l'écart, *to throw or set one side.*

Écarté-e [ay-kär-tay'], adj., *remote, far.*

Écarté-e, p., *diverted, scattered, separated, eluded, spread out, sprawling.*

ECL

Écarter [ay-kär-tay'], v. a., *to remove, put aside; keep away, scatter, dispel, separate, exclude, draw back.*

s'Écarter [say-kär-tay'], v. refl., *to stray, deviate, stray away, wander, turn aside, withdraw.*

Ecclésiastique [ek-klay-zee-ass-teek'], n. m., *clergyman.*

Échafaud [ay-shă-fō'], n. m., *scaffold.*

s'Échancrant [say-shã~-krã~'], p., *sloping;* s'échancrant en cœur, *sloped in the form of a heart.*

Échange [ay-shã~zh'], n. m., *exchange;* en échange, *in return.*

Échappé-e [ay-shăp-pay'], p., *escaped* (from, à), *slipped, fallen.*

Échapper [ay-shăp-pay'], v. n., *to escape* (from, à).

s'Échapper [say-shăp-pay'], v. refl., *to escape* (from, à); *steal down.*

Échauffé-e [ay-shō-fay'], p., *heated, warm.*

Échauffer [ay-shō-fay'], v. a., *to excite, warm.*

s'Échauffer [say-shō-fay'], v. refl., *to heat, excite, warm, grow warm.*

Échelle [ay-shell'], n. f., *ladder.*

Écho [ay-kō'], n. m., *echo.*

Éclair [ay-klair'], n. m., *lightning.*

Éclairci-e [ay-klair-see'], p., *instructed, apprised.*

Éclaircir [ay-klair-seer'], v. a., *to clear up, explain; enlighten, illustrate.*

Éclaircissement [ay-klair-keess-mã~'], n. m., *solution, explanation.*

Éclairé-e [ay-klair-ay'], p., *illuminated, gilded; informed, enlightened;* les plus éclairés, *the best informed.*

Éclairer [ay-klair-ay'], v. a., *to give light to, illuminate, illumine, light up; enlighten, shine upon, expose to light.*

s'Éclairer [say-klair-ay], v. refl., *to brighten, be lighted.*

Éclat [ay-klã'], n. m., *fragment; burst, peal, bolt; exposure; brilliancy, lustre; glare, blaze; scan-*

ECU

dal, rumor; plein d'éclat, *stunning.*

Éclatant-e [*ay-clăt-ă͞ʹ, -ă͞ʹt*], adj., *dazzling, resplendent, gorgeous, brilliant.*

Éclater [*ay-clăt-ay*ʹ], v. a., *to break out, burst out, burst forth, arise; shine, shine forth, glitter;* faire éclater, *to give vent to; display;* éclater de rire, *to burst out laughing.*

Éclore [*ay-clōr*ʹ], v. ir., *to hatch;* faire éclore, *to hatch, usher in.*

Éclos-e [*ay-clō*ʹ*, -clōz*ʹ], p., *hatched; disclosed; in bloom.*

École [*ay-cōl*ʹ], n. f., *school.*

Écolier [*ay-cō-lee-ay*ʹ], n. m., *scholar, beginner, pupil.*

Écorce [*ay - cŏrss*ʹ], n. f., *bark* (of trees, etc.).

Écosse [*ay-coss*ʹ], n. f., *Scotland.*

Écot [*ay-kō*ʹ], n. m., *share, quota.*

Écoulé-e [*ay-coo-lay*ʹ], p., *elapsed, slipped by.*

s'Écouler [*say-coo-lay*ʹ], v. refl., *to elapse, glide away, flow off.*

Écouté-e [*ay-coo-tay*ʹ], p., *listened to, heard.*

Écouter [*ay-coo-tay*ʹ], v. a., *to hear, listen, listen to, hearken.*

Écrasé-e [*ay-crăz-ay*ʹ], p., *crushed, trampled.*

Écraser [*ay-crăz-ay*ʹ], v. a., *to dash, crush.*

s'Écrier [*say-cree-ay*ʹ], v. refl., *to exclaim.*

Écrire [*ay-creer*ʹ], v. ir., *to write.*

Écrit-e [*ay-cree*ʹ*, -creet*ʹ], p., *written.*

Écrit [*ay-cree*ʹ], n. m., *writing.*

Écris [*ay-cree*ʹ], from *écrire.*

Écriture [*ay-cree-tür*], n. f., *writing.*

Écrivain [*ay - cree - vă͞*ʹ], n. m., *writer.*

Écrivant [*ay-cree-vă͞*ʹ], p., *writing.*

Écrive [*ay-creev*ʹ], from *écrire.*

Écrivent [*ay-creev*ʹ], from *écrire.*

Écrivez [*ay-cree-vay*ʹ], from *écrire.*

Écrivit [*ay-cree-vee*ʹ], from *écrire.*

Écrivons [*ay-cree-vo͞*ʹ], from *écrire.*

Écu [*ay-cü*ʹ], n. m., *crown.*

EFF

Écueil [*ay-kö*yʹ], n. m., *rock, danger.*

Écume [*ay-küm*ʹ], n. f., *foam, froth.*

Écuyer [*ay-kü-yay*ʹ], n. m., *armorbearer, esquire.*

Édit [*ay-dee*ʹ], n. m., *edict, decree.*

Éditeur [*ay - dee - tör*ʹ], n. m., *editor.*

Édition [*ay-dee-see-o͞*ʹ], n. f., *edition.*

Éducation [*ay-dü-că-see-o͞*ʹ], n. f., *education, training.*

Effacé-e [*ef - fă - say*ʹ], p., *effaced, blotted out; guarded, protected* (in fencing).

Effacer [*ef-fă-say*ʹ], v. a., *to efface, erase, expunge; eclipse, outshine.*

Effectivement [*ef-fek - teev - mă͞*ʹ], adv., *in reality, in fact.*

Efféminé-e [*ef-fay-mee-nay*ʹ], adj., *effeminate.*

Effet [*ef-fai*ʹ], n. m., *effect;* en effet, *in effect, verily, truly.*

Effeuiller [*ef-fö-yay*ʹ], v. a., *to strip off (leaves).*

Efficace [*ef-fee-căss*ʹ], adj., *efficient, efficacious.*

Effleurer [*ef-flö-ray*ʹ], v. a., *to graze, skim over.*

Effort [*ef-fōr*], n. m., *exertion, effort,* faire un effort, *to put forth an effort.*

Effrayant-e [*ef-fray-yă͞*ʹ*, -yă͞*ʹt], adj., *appalling, startling.*

Effrayé-e [*ef-fray-yay*ʹ], p., *frightened.*

Effrayer [*ef-fray-yay*ʹ], v. a., *to terrify, frighten.*

s'Effrayer [*sef-fray-yay*ʹ], v. refl., *to be frightened.*

Effroi [*ef-frwă*ʹ], n. m., *terror, dismay, fright.*

Effronté-e [*ef-fro͞-tay*ʹ], adj., *impudent, shameless.*

Effronté, n. m., *brazen-faced fellow.*

Effronterie [*ef-fro͞-tĕ-ree*ʹ], n. f., *impudence.*

Effroyable [*ef-frwă - yăbl*ʹ], adj., *dreadful, fearful.*

Effusion [*ef-fü-zee-o͞*ʹ], n. f., *effusion, outpouring.*

ELE

Égal-e [ay-găl'], adj., equal, uniform.

Egal, n. m., an equal; like.

Égale [ay-găl'], n. f., equal.

Également [ay - găll - mā~'], adv., equally ; likewise, alike.

Égaler [ay-găl-ay'], v. a., to equal; compare.

s'Egaler [say-găl-ay'], v. refl., to make one's self equal.

Égalité [ay-găl-ee-tay'], n. f., equality, evenness, uniformity.

Égard [ay-gār'], n. m., respect, consideration ; pl., respect ; à cet égard, in this regard ; eu égard à, considering.

Égarement [ay - gār - mā~'], n. m., error, wildness ; excess.

Égaré-e [ay-gār-ay'], p., bewildered, led astray ; deluded, erring.

Egarer [ay-gār-ay'], v. n., to wander.

s'Egarer [say-gār-ay'], v. refl., to lose one's way, be lost ; wander, err.

Egayé-e [ay-gay-yay'], p., enlivened, cheerful, merry.

Egayer [ay-gay-yay'], v. a., to enliven.

s'Égayer [say-gay-yay'], v. refl., to divert one's self ; make merry.

Église [ay-gleez'], n. f., church.

Églogue [ay-glōg'], n. f., eclogue.

Égorger [ay-gōr-zhay'], v. a., to kill, slaughter.

Égypte [ay-zheept'], Egypt.

Eh [ay], int., oh! ah! eh non, oh no! eh bien, well.

Élan [ay - lā~'], n. m., flight, outburst.

Elancer [ay-lā~-say'], v. a., to put forth, shoot.

s'Élancer [say-lā~-say'], v. refl., to spring forth, leap forth.

s'Élargir [say-lār-zheer'], v. refl., to stretch, enlarge.

Electeur [ay-lek-tör'], n. m., elector.

Éléen-ne [ay - lay - ă~', - en'], adj., Elean.

Élégant-e [ay-lay-gā~', -gā~t'], adj., elegant, fashionable.

EMB

Élégiaque [ay-lay-zhee-ăk'], adj., elegiac.

Élégie [ay-lay-zhee'], n. f., elegy.

Élément [ay-lay-mā~'], n. m., element.

Élève [ay - laiv'], n. m. f., scholar, pupil; girl.

Élevé-e [ayl-vay'], p., elevated, reared, raised, educated, brought up ; high.

Élever [ayl - vay'], v. a., to raise, bring up, educate, lift.

s'Élever [sayl-vay'], v. refl., to raise one's self up, be raised, be reared, rise, arise, be exalted, grow up.

Élide [ay-leed'], Elis ; country of Elis.

Élire [ay-leer'], v. ir., to elect, select

Élite [ay-leet'], n. f., choice, best.

Elle [ell], pron. f., she, it ; her.

Elles [ell], pron. f. pl., they.

Éloge [ay-lōzh'], n. m., commendation, eulogy.

Éloignement [ay-lwā~y-mā~'], n. m., distance ; dislike ; aversion ; dans l'éloignement, in the distance, background.

Éloigné-e [ay - lwā~ - yay'], p., far, remote, far away, removed, estranged ; un peu éloigné, at a short distance.

Éloigner [ay-lwā~-yay'], v. a., to remove, send away, divert, let go.

s'Éloigner [say-lwā~-yay'], v. refl., to withdraw, retire.

Éloquence [ay-lō-kā~ss'], n. f., eloquence.

Éloquent-e [ay-lō-kā~, -kā~t'], adj., eloquent.

Élu-e [ay-lü'], p., chosen ; les élus [lay-zay-lü'], the elect.

Eluder [ay-lü-day'], v. a., to elude, baffle, escape.

Elysée [ay-lee-zay'], n. m., Elysium.

Embarqué-e [ā~-bār-kay'], p., embarked.

Embarras [ā~-bār-rā'], n. m., perplexity, difficulty.

Embarrassé-e [ā~-bār-rā-say'], p., perplexed, confused.

Embarrasser [ā~-bār-rā-say'], v. a., to confuse, embarrass.

EMP

Embéguiné-e [ă˜-bay-ghee-nay'], p., infatuated.

s'Embéguiner, v. refl., to be infatuated.

Embelli-e [ă˜-bĕl-lee'], p. embellished, beautified.

Embellir [ă˜-bel-leer'], v. a., to embellish.

Embonpoint [ă˜-bo˜-pwă˜], n. m., stoutness, obesity, plumpness.

Embrasé-e [ă˜-brā-zay'], p., set on fire, inflamed.

Embrassement [ă˜-brăss-mā˜'], n. m., embrace.

Embrasser [ă˜-brăss-say'], v. a., to clasp, embrace, choose.

Émeraude [aim-rōd'], n. f., emerald.

s'Émeut [say-mö'], from s'émouvoir.

Émeuve [ay-möv'], from émouvoir.

Emigré [ay-mee-gray'], n. m., emigrant.

Emmener [ă˜m-nay'], v. a., to take away, remove; faire emmener, to take away.

Émotion [ay-mō-see-o˜'], n. f., emotion, excitement, feeling.

s'Émousser [say-moo-say'], v. refl., to become dull; be weakened, be blunted.

Émouvoir [ay-moo-vwăr'], v. ir., to move, arouse, excite.

s'Émouvoir, v. refl., to be roused; be excited.

s'Emparer [să˜-pă-ray'], v. refl., to take possession of; lay hold of; come in possession of.

Empêchement [ă˜-paish-mā˜'], n. m., obstruction, obstacle.

Empêcher [ă˜-pay-shay'], v. a., to hinder, prevent.

s'Empêcher, v. refl., to forbear, refrain.

Empereur [ă˜-pĕ-rör'], n. m., emperor.

Emphase [ă˜-phăz'], n. f., emphasis; bombast, magniloquence.

Empire [a˜-peer'], n. m., empire, sway, control.

Emplir [ă˜-pleer'], v. a., to fill.

Emploi [ă˜-plwă'], n. m., employment, situation, place, office.

ENC

Employé-e [ă˜-plwă-yay'], p., employed, used.

Employer [ă˜-plwă-yay'], v. a., to employ, use.

Empoisonner [ă˜-pwă-zŏ-nay'], v. a., to poison; embitter.

Empoisonneur [ă˜-pwă-zŏ-nör'], n. m., poisoner.

Emporté-e [ă˜-pōr-tay'], p., carried away, driven off, carried off.

Emporter [ă˜-pōr-tay'], to convey, carry away, carried off; l'emporter sur, to surpass, outstrip.

s'Emporter, v. refl., to get enraged, get into a passion; s'emporter à, to be enraged enough to.

Empressé-e [ă˜-press-say], adj., eager, ready.

Empressement [ă˜-press-mā˜'], n. m., ardor, eagerness.

s'Empresser [să˜-press-say], v. refl., to hasten, be eager.

Emprunt [ă˜-prö˜'], n. m., loan.

Emprunter [ă˜-prö˜-tay'], v. a., to borrow (of, à).

Ému-e [ay-mü'], p., affected, touched, aroused; tout ému, deeply affected.

En [ă˜], prep., in, into, by; de — en, from — to.

En, pron., some, any; with him, her, it; of him, her, it; by it; with respect to this; with regard to it.

En, adv., as, like.

s'Encanailler [să˜-că-nā-yay'], v. refl., to keep low company, herd with.

Enceinte [ă˜-să˜t'], n. f., inclosure; walls.

Encens [ă˜-sā˜'], n. m., incense, homage, flattery.

Encenser [ă˜-sā˜-say'], v. a., to worship, pay homage to.

Encensoir [ă˜-sā˜-swăr'], n. m., censer.

Enchaîné-e [ă˜-shay-nay'], p., enchained, bound.

Enchaîner [ă˜-shay-nay'], v. a., to enchain, chain, link, unite.

Enchanter [a˜-shā-tay'], v. a., to delight, charm, enchant.

Enchanteur [ă˜-shā˜-tör'], f., en-

ENF

chanteresse [ă͞-shă͞t-ress], adj., charming, siren.

Enclin-e [ă͞- klă͞', -kleen'], adj., prone, inclined, disposed.

Enclouure [ă͞-kloo-ür'], n. f., difficulty, obstacle.

Encombré-e [ă͞-ko͞-bray'], p., obstructed.

Encore [ă͞-kōr'], adv., still, yet, besides, more, furthermore.

Encouragement [ă͞-koo-răzh-mă͞'], n. m., encouragement.

Encourager [ă͞-koo-ră-zhay'], v. a., to encourage.

Encre [ă͞'-kr], n. f., ink.

Encyclopédie [a͞-see-klō-pay-dee'], n. f., encyclopædia.

Encyclopédique [ă͞- see - klō -pay - deek], adj., encyclopedic; comprehensive.

Endorme [ă͞-dorm'], from endormir.

Endormi-e [ă͞-dōr-mee'], p., asleep, sleepy, drowsy; fallen asleep, lulled to sleep.

Endormir [ă͞-dor-meer'], v. ir., to lull to sleep, put to sleep.

s'Endormir, v. refl., to fall asleep, go to sleep.

Endort [ă͞-dōr'], from endormir.

s'Endort [să͞-dōr'], from s'endormir.

Endosser [ă͞-dŏss-ay'], v. a., to put on, don.

Endroit [ă͞ - drwă'], n. m., place, part, passage, position.

Endurant-e [ă͞-dü-ră͞, -ră͞t], adj., patient, enduring.

Endurci-e [ă͞-dür-see'], p., hardened, obdurate.

Endurer [ă͞-dü-ray'], v. a., to endure, bear, suffer.

Enée [ay-nay'], p. n., Æneas.

Energie [ay-nair-zhee'], n. f., energy.

Enfance [ă͞-fă͞ss'], n.f., childhood, infancy.

Enfant [ă͞-fă͞'], n. m. f., child.

Enfanté-e [ă͞-fă͞-tay'], p., begotten, engendered.

Enfanter [ă͞-fă͞-tay'], v. a., to bring forth.

ENH

Enfer [ă͞-fair'], n. m., hell; pl., infernal regions.

Enfermé-e [ă͞-fair-may'], p., confined, shut up, inclosed.

Enfermer [ă͞-fair-may'], v. a., to inclose, confine.

s'Enfermer [să͞-fair-may'], v. refl., to be inclosed.

s'Enfiler [să͞-fee-lay'], v. refl., to get involved.

Enfin [ă͞-fă͞'], adv., at last, finally.

Enflammé-e [ă͞-flă͞m-may'], p., inflamed, on fire, flaming.

Enflé-e [ă͞-flay'], p., swollen, tumid.

Enfler [ă͞-flay'], v. a., to inflate, swell, excite.

Enfoncement [ă͞-fo͞ss-mă͞'], n. m., background, recess.

Enfoncer [ă͞-fŏ͞-say'], v. a., to sink, plunge, bury, force.

s'Enfoncer, v. refl., to plunge (into).

s'Enfuir [să͞-füeer'], v. refl., to run away, escape; fly, flee away, flit.

Enfumé-e [ă͞-fü-may'], p., smoked, smoky.

Enfumer [ă͞-fü-may'], v. a., to smoke.

Engagé-e [ă͞-gă-zhay'], p., engaged (in, à).

Engageant-e [ă͞- găzh- ă͞, -ă͞t], adj., engaging, winsome.

Engager [ă͞-gă-zhay'], v. a., to bind, pledge; hire, induce, persuade.

s'Engager, v. refl., to pledge o. s.; commence, enter into.

Engeance [ă͞-zhă͞ss'], n. f., breed, race, brood.

Engendré-e [ă͞ - zhă͞ - dray'], p., produced, engendered.

Englouti-e [ă͞-gloo-tee'], p., absorbed, swallowed up.

Engloutir [ă͞-gloo-teer'], v. a., to ingulf, swallow up.

s'Engouer [să͞-goo-ay'], v. refl., to be infatuated.

Enhardi-e [ă͞-năr-dee'], p., emboldened.

Enharnacher [ă͞-năr-nă-shay'], v. a., to harness, rig out; se faire enharnacher, to have o. s. rigged out.

ENR

Enivré-e [ā̃-nee-vray'], p., intoxi-cated; elated.

s'Enivrer [sā̃-nee-vray'], v. refl., to get — become intoxicated; get tipsy; s'enivrer à longs traits, to become intoxicated by long draughts.

Enjamber [ā̃-zhā̃-bay'], v. n., to project; encroach.

Enjôler [ā̃-zhō-lay'], v. a., to wheedle, cajole.

Enjôleur [ā̃-zhō-lŭr']; f., enjôleuse [ā̃-zhō-lŏz'], n. m. f., wheedler, swindler.

Enjouement [ā̃-zhoo-mā̃'], n. m., playfulness, sportiveness, gayety; sprightliness, liveliness.

Enlèvement [ā̃-laiv-mā̃'], n. m., elopement.

Enlevé-e [ā̃-lĕ-vay'], p., carried away, borne away.

Enlever [ā̃-lĕ-vay'], v. a., to carry off, carry away, take away, remove.

Ennemi [ĕnn-mee'], n. m., enemy, foe, adversary.

Ennemi-e [enn-mee], adj., hostile.

Ennemie [enn-mee'], n. f., enemy.

Ennui [ā̃-nüee], n. m., "ennui," weariness, vexation; cares, troubles.

Ennuyé-e [ā̃-nüee-yay'], p., tired, wearied, annoyed.

Ennuyer [ā̃-nüee-yay'], v. a., to weary, annoy, torment.

s'Ennuyer [sā̃-nüee-yay'], v. refl., to get tired, get weary, become weary.

Ennuyeux-se [ā̃-nüee-yŏ', -yŏz'], adj., tedious, troublesome.

s'Énoncer [say-no̅̃-say'], v. refl., to express one's self, be expressed.

Enorgueillir [ā̃-nŏr-ghŏ-yeer'], v. a., to render proud, make proud.

Énorme [ny-nŏrm], adj., enormous, ponderous, monstrous.

Enrager [ā̃-ră-zhay'], v. n., to be mad, be enraged.

Enrayer [ā̃-ray-yay'], v. a., to put the drag on; to stop.

Enregistrer [ā̃-r-zhees-tray'], v. a., to record, register.

Enrichi-e [ā̃-ree-shee'], p., enriched.

ENT

Enrichir [ā̃-ree-sheer'], v. a., to enrich.

s'Enrichir, v. refl., to enrich o. s., get rich, grow rich.

Ensanglanté-e [ā̃-sā̃-glā̃-tay'], p., bloodstained, bloody.

Enseigne [ā̃-sainy'], n. f., banner, flag.

Enseigner [ā̃-sain-yay'], v. a., to show, teach.

Ensemble [ā̃-sā̃'-bl], adv., together, with each other, all together; tout ensemble, all together, at once.

Ensemencer [ā̃ss-mā̃-say'], v. a., to sow (ground).

Ensevelir [ā̃-sĕv-leer'], v. a., to bury, inter; faire ensevelir, to bury.

Ensuite [ā̃-süeet'], adv., then, afterward; d'ensuite, following.

s'Ensuit [sā̃-süee'], from s'ensuivre.

s'Ensuivre [sā̃-süee'-vr], v. refl., to follow.

Entassé-e [ā̃-tăss-ay'], p., heaped, piled up.

Entasser [ā̃-tăss-ay'], v. a., to accumulate, hoard.

Entendre [ā̃-tā̃'-dr], v. a., to hear, understand; intend; entendre dire, to hear say.

Entendu-e [ā̃-tā̃-dü], p., heard, listened to; understood.

Enterrement [ā̃-tairr-mā̃'], n. m., burial, interment.

Enterré-e [ā̃-tair-ray'], p., buried.

Enterrer [ā̃-tair-ray'], v. a., to inter, bury.

Entêté-e [ā̃-tai-tay'], adj., obstinate, stubborn.

Entêtement [ā̃-tait-mā̃'], n. m., obstinacy, stubbornness.

Enthousiasme [ā̃-too-zee-ăsm'], n. m., enthusiasm, ecstasy.

Entier-e [ā̃-tee-ay', -air'], adj., whole, entire; tout entier, wholly, completely; dans son entier, completely, entirely.

Entièrement [ā̃-tee-air-mā̃'], adv., wholly, entirely.

Entonner [ā̃-tō-nay'], v. a., to sing, celebrate (in song); blow.

ENT

Entourer [ā͞-too-ray'], v. a., to en-circle, surround.

Entrailles [ā͞-triy'], n. f. pl., bow-els; compassion.

Entraîné-e [ā͞-trai-nay'], p., drawn, attracted, impelled, borne along, hurried on, dragged on.

Entraîner [ā͞-trai-nay'], v. a., to impel, urge on, carry along, drag on, influence.

Entr'autres [ā͞-trō'-tr], among them, among others.

Entraver [ā͞-tră-vay'], v. a., to fet-ter, trammel.

Entre [ā͞-tr], prep., between, among, in.

Entre-bâiller [ā͞-trĕ-bā-yay'], v. a., to half open, leave (a door) ajar.

Entrée [ā͞-tray'], n. f., entrance, access, ingress, admission, entry, admittance.

Entremise [ā͞-trĕ-meez'], n. f., in-tervention, agency.

Entreprendre [ā͞-trĕ-prā͞'-dr], v. ir., to undertake.

s'Entreprendre, v. refl., to under-take (to, à).

Entrepris-e [ā͞-trĕ-pree', -preez'], p., undertaken, attempted.

Entreprise [ā͞-trĕ-preez'], n. f., en-terprise, undertaking.

Entreprit [ā͞-trĕ-pree'], from entre-prendre.

Entrer [ā͞-tray'], v. n., to enter, go in, come in; faire entrer, to ad-mit, let in; entrer pour beaucoup dans, to engross a large share of.

Entretenir [ā͞-trĕ-t'neer'], v. ir., to entertain; converse with, chat with, talk with; hold.

s'Entretenir, v. refl., to converse.

Entretenu-e [ā͞-trĕ-t'nü'], p., con-versed.

Entretien [ā͞-trĕ-tee-ā͞'], n. m., conversation, talk, colloquy.

Entretiens [ā͞-trĕ-tee-ā͞'], from en-tretenir.

Entretient [ā͞-trĕ-tee-ă͞'], from en-tretenir.

Entretint [ā͞-trĕ-tă͞'], from entre-tenir.

Entrevit [ā͞-trĕ-vee'], from entrevoir.

ENV

Entrevoir [ā͞-trĕ-vwār'], v. ir., to catch a glimpse of, have a glimpse of; to see (imperfectly); to fore-see.

Entrevue [ā͞-trĕ-vü'], n. f., inter-view.

Entr'ouvert-e [ā͞-troo-vair',-vairt'], p., half open, ajar; gaping, yawn-ing.

Entr'ouvrant [ā͞-troo-vrā͞'], p., from entr'ouvrir.

Entr'ouvrir [ā͞-troo-vreer'], v. ir., to half open, open partly.

Enumération [ay-nü-may-ră-see-ō'], n. f., enumeration; faire une énumération de, to enumerate.

Envahi-e [ā͞-vā-ee'], p., invaded, overrun.

Enveloppe [ā͞-v'lōp'], n. f., wrap-per, covering.

Envelopper [ā͞-v'lŏ-pay'], v. a., to envelop, wrap up, wrap in.

s'Envelopper, v. refl., to cover o. s., envelop one's self.

Enverrez [ā͞-vair-ray'], from en-voyer.

Envers [ā͞-vair'], prep., toward, to-wards, in.

Envi. À l'envi [ă lā͞-vee], adv., emulously.

Envie [ā͞-vee'], n. f., envy, desire, inclination, wish; avoir envie de, to be inclined, disposed to; have a mind to.

Envier [ā͞-vee-ay'], v. a., to envy.

Envieux-se [ā͞-vee-ö', -öz'], adj., envious, jealous.

Environ [ā͞-vee-ro͞'], adv., about; d'environ, about.

Environner [ā͞-vee-rō-nay'], v. a., to surround, encircle.

Envisager [ā͞-vee-ză-zhay'], v. a., to look at, consider, regard, look upon, look a thing full in the face.

s'Envoler [sā͞-vō-lay'], v. refl., to fly away, flit by.

Envoyé-e [ā͞vwā-yay'], p., sent, commissioned.

Envoyé, n. m., messenger, envoy, ambassador, minister.

Envoyer [ā͞-vwā-yay'], v. ir., to send; envoyer chercher, to send

EPO

for; envoyer promener, *to send packing.*

Éole [*ay-ōl*], p. n., *Æolus.*

Éolie [*ay-ō-lee'*], p. n. f., *Æolia.*

Épais - se [*ay - pai', - paiss'*], adj., *thick, dense.*

Epaisseur [*ay-pai-sör'*], n. f., *thickness, density.*

Épaminondas [*ay-pă-mee-no˜-dās'*], p. n., *a Theban general.*

Épancher [*ay-pā˜-shay'*], v. a., *to pour out, give vent to.*

s'Épancher, v. refl., *to pour o. s. out; overflow.*

Épanoui-e [*ay-pă-noo-ee'*], p., *full blown, unbounded.*

Épargner [*ay-pār̄n-yay'*], v. a., *to spare.*

s'Épargner, v. refl., *to save, spare one's self — one another.*

Éparpillé-e [*ay-par-pee-yay'*], p., *scattered, dispersed.*

s'Éparpiller [*say-pār-pee-yay*], v. refl., *to be scattered, dispersed.*

Épars-e [*ay-pār', -pārss'*], adj., *scattered, disheveled.*

Épaule [*ay-pōl'*], n. f., *shoulder.*

Épée [*ay-pay'*], n. f., *sword.*

Éperdu-e [*ay-pair-dü'*], adj., *distracted, desperate.*

Épicier [*ay-pee-see-ay'*], n. m., *grocer.*

Epicurien-ne [*ay-pee-kü-ree-ă˜'*, *-en'*], adj., *Epicurean.*

Epidaure [*ay-pee-dor'*], p. n., *Epidaurus.*

Epigramme [*ay-pee-grăm'*], n. f., *epigram.*

Épineux-se [*ay-pee-nö', -nöz'*], adj., *thorny.*

Épique [*ay-peek'*], adj., *epic.*

Épire [*ay-peer'*], *Epirus.*

Épisode [*ay-pee-zōd'*], n. m., *episode.*

Epître [*ay-pee'-tr*], n. f., *epistle.*

Epopée [*ay-pŏ-pay'*], n. f., *epopee, epic poem.*

Epoque [*ay-pŏk'*], n. f., *epoch.*

Epouse [*ay-pooz'*], n. f., *wife, spouse.*

Epouser [*ay-poo-zay'*], v. a., *to marry, wed; embrace.*

Epouvantable [*ay-poo-vā˜-tăbl'*], adj., *frightful, shocking.*

ERU

Epouvante [*ay-poo-vā˜t'*], n. f., *terror, fright.*

Epouvanté-e [*ay-poo-vā˜-tay'*], p., *terrified, panic-stricken.*

Epouvanter [*ay-poo-vā˜-tay'*], v. a., *to terrify, frighten, shock.*

s'Epouvanter, v. refl., *to be frightened (at, de).*

Epoux [*ay-poo'*], n. m., *husband, consort.*

Epreuve [*ay-pröv'*], n. f., *test, ordeal, proof.*

Epris-e [*ay-pree', -preez'*], p., *enamored, smitten* (with, *de*).

Eprouver [*ay-proo-vay'*], v. a., *to experience, feel, try.*

s'Eprouver [*say-proo-vay*], v. refl., *to feel, experience.*

Epuisé-e [*ay-püee-zay'*], p., *exhausted.*

Epuiser [*ay-püee-zay'*], v. a., *to exhaust.*

s'Epuiser, v. refl., *to exhaust o. s.*

Epurer [*ay-pü-ray'*], v. a., *to refine, purify.*

Equerre [*ay-kair'*], n. f., *square.*

Equipage [*ay-kee-păzh'*], n. m., *dress, outfit, baggage, equipage, turn-out.*

Equipé-e [*ay-kee-pay'*], p., *accoutred, fitted out.*

Equité [*ay-kee-tay'*], n. f., *equity, justice.*

Equivoque [*ay-kee-vōk'*], adj., *ambiguous, equivocal.*

Ère [*air*], n. f., *era, epoch.*

Érechthée [*ay-rĕk-tay'*], p. n. m., *Erechtheus.*

s'Eriger [*say-ree-zhay'*], v. refl., *to set one's self up* (for, *en*).

Ermitage [*air-mee-tăzh'*], n. m., *hermitage.*

Ermite [*air-meet'*], n. m., *hermit.*

Errant-e [*air-rā˜', -rā˜t'*], adj., *roving, straying, wandering.*

Errer [*air-ray'*], v. n., *to wander about.*

Erreur [*air-rör'*], n. f., *mistake, illusion.*

Erudit-e [*ay-rü-dee', -deet'*], adj., *learned.*

EST

Erudit [*ay-rü-dee'*], n. m., *learned man, scholar.*

Érudition [*ay-rü-dee-see-o͂'*], n. f., *learning, scholarship.*

Escalier [*ess - kă - lee - ay'*], n. m., *staircase, steps.*

Escarpé-e [*ess-kăr-pay*], adj., *steep.*

Escaut [*ess - kō'*], n. m., *Scheldt* (river).

Eschyle [*ess-keel*], p. n., *Æschylus.*

Esclavage [*ess - klăv - ăzh'*], n. m., *slavery, bondage.*

— Esclave [*ess-klăv'*], n. m. f., *slave.*

Escogriffe [*ess - kō - greef'*], n. m., *sharper; tall clown.*

Escorte [*ess-kort'*], n. f., *escort.*

Escorter [*ess-kōr-tay*], v. a., *to escort, attend.*

s'Escrimer [*sess-kree-may*], v. refl., *to fence; try.*

Espace [*ess-păss'*], n. m., *space.*

Espagne [*ess-păn͡y'*], n. f., *Spain.*

Espagnol - e [*ess - păn - yōl'*], adj., *Spanish.*

Espagnol, n. m., *Spaniard.*

Espèce [*ess-paiss'*], n. f., *kind, species.*

Espérance [*ess -pay - ră͂ss'*], n. f., *hope, expectation, faith.*

Espérer [*ess-pay-ray'*], v. a. and n., *to hope, expect, desire.*

Espoir [*ess-pwär'*], n. m., *hope.*

Esprit [*ess-pree'*], n. m., *spirit, mind, intelligence, wit, good sense; genius, sense;* beaux esprits [*bōz-ess-pree'*], *wits, witlings;* bel esprit, *literary talent* (page 258).

Esquif [*ess-keef'*], n. m., *skiff.*

Essai [*ess-ay*], n. m., *trial, experiment; essay, treatise,.*

Essayer [*ess-ay-yay'*], v. a., *to attempt, try.*

Essieu [*ess-see-ŏ'*], n. m., *axle-tree, axle.*

Essor [*ess-sōr'*], n. m., *flight, scope, play.*

Essuyer [*ess - süee - yay'*], v. a., *to wipe, wipe away, wipe off; experience, suffer, undergo.*

Estime [*ess-teem'*], n. f., *esteem, regard;* faire estime de, *to have regard for.*

ETE

Estimé-e [*ess-tee-may'*], p., *esteemed;* très estimé, *very highly esteemed.*

Estimer [*ess-tee-may'*], v. a., *to esteem, value, regard.*

Estropié-e [*ess - trō - pee - ay'*], p., *paralyzed; out of place.*

Estropier [*ess-trō-pee-ay'*], v. a., *to mutilate, cripple, maim.*

s'Estropier [*sess - trō - pee - ay'*], v. refl., *to cripple one's self.*

Et [*ay*], conj., *and;* et — et, *both — and.*

Étable [*ay-tăbl'*], n. f., *stall, stable.*

Etabli-e [*ay-tăb-lee'*], p., *stationed, established.*

Etablir [*ay-tăb-leer'*], v. a., *to establish.*

s'Etablir, v. refl., *to establish o. s., settle.*

Établissement [*ay - tăb - leess-mă͂'*], n. m., *institution, establishment.*

Étage [*ay-tăzh'*], n. m., *grade, flight, story* (of a house).

Etait [*ay-tai'*], from *être.*

Etaler [*ay-tă-lay'*], v. a., *to expose for sale; display, spread out.*

État [*ay - tă'*], n. m., *state, condition;* homme d'État, *statesman;* être en état de, *to be able to.*

Etats Généraux [*ay-tă' zhay-nay-rō'*], *States General* (of Holland).

Etats-Unis [*ay-tă'-zü-nee'*], *United States.*

Etc., =*et cetera, &c.*

Été [*ay-tay'*], n. m., *summer.*

Eté, p. of *être,* been.

Eteignait [*ay-tain-yai'*], from *eteindre.*

Eteindra [*ay-tă͂-dră'*], from *éteindre.*

Eteindre [*ay-tă͂'-dr*], v. ir., *to put out, extinguish.*

Eteint-e [*ay-tă͂'*, -*tă͂'t*], p., *extinguished, put out.*

s'Éteint [*say - tă͂'*], *goes out,* from *s'éteindre.*

s'Eteindre [*say-tă͂'-dr*], v. refl., *to go out.*

Etendre [*ay-tă '-dr*], v. a., *to extend, stretch forth.*

s'Étendre, v. refl., *to extend, spread.*

ETR

Etendu-e [ay-tă͞-dü'], p., extended, stretched out; extensive.

Etendue [ay-tă͞-dü'], n. f., extent, compass.

Eternel-le [ay-tair-nell'], adj., eternal, everlasting.

Eternellement [ay-tair-nell-mā͠'], adv., perpetually, incessantly.

Eterniser [ay-tair-nee-zay'], v. a., to immortalize.

Eternité [ay-tair-nee-tay'], n. f., eternity.

Ethéré-e [ay-tay-ray'], adj., ethereal.

Etincelant-e [ay-tă͞ss-lā͞', -lā͞t'], adj., sparkling, brilliant.

Etinceler [ay-tă͞ss-lay], v. n., to sparkle, flash.

Etincelle. [ay-tă͞-sell'], n. f., spark.

Etoffe [ay-tŏff'], n. f., stuff, cloth.

Etoile [ay-twāl'], n. f., star.

Etonnant-e [ay-tŏ-nā͞', -nā͞t'], adj., surprising.

Etonné-e [ay-tŏ-nay], p., astonished, surprised, astounded.

Étonnement [ay-tŏn-mā͠'], n. m., wonder, amazement.

Etonner [ay-tŏ-nay'], v. a., to astonish, surprise.

s'Etonner, v. refl., to be astonished, be surprised, wonder (at, de).

Etouffé-e [ay-too-fay'], p., smothered, stifled, suppressed, quelled.

Etouffer [ay-too-fay], v. a., to smother, strangle, suppress, quell.

Etourdir [ay-toor-deer'], v. a., to stun, deafen.

Etrange [ay-trā͞zh], adj., strange, odd.

Etranger-e [ay-trā͞-zhay', -zhair'], adj., foreign, strange.

Etranger, n. m., stranger, foreigner; l'étranger, foreign lands.

Etrangère [ay-trā͞-zhair'], n. f., stranger, foreign woman.

Etrangler [ay-trā͞-glay'], v. a., to throttle, strangle, choke.

Être [ai'-tr], v. ir., to be; être à, to belong to.

Etreinte [ay-tră͞t'], n. f., clasping, knot.

Etriller [ay-tree-yay'], v. a., to curry, fleece, give one a tanning.

EVI

Étroit-e [ay-trwă', -trwăt], adj., narrow, strait, close, tight.

Etude [ay-tüd'], n. f., study, survey; faire ses études, to study.

Etudié-e [ay-tü-dee-ay'], p., studied.

Etudier [ay-tü-dee-ay'], v. a., to study.

Eu-e [ü], p., had.

Eurent [ür], from avoir.

Europe [ö-rŏp'], n. f., Europe.

Européen-ne [ö-rŏ-pay-ă͞, -ĕn'], adj., European; à l'Européenne, like a European, in the European fashion.

Eurydice [ö-ree-deess'], p. n. f., Eurydice.

Eut [ü], from avoir.

Eût [ü], from avoir.

Eux [ö], pron., they, them; euxmêmes, themselves, they themselves.

Euxin [ŏk-să͞], Euxine; Pont-Euxin, the Euxine (Sea).

Evacuer [ay-văk-ü-ay'], v. a., to clear, vacate; faire evacuer, to clear.

Evangile [ay-vā͞-zheel'], n. m., Gospel.

s'Evanouir [say-văn-oo-eer'], v. refl., to vanish, disappear, vanish away; faint, swoon.

s'Evanouissant [say-văn-oo-eesā͞'], p., from s'évanouir; s'év nouissant, when they disappear.

Evaporé-e [ay-văp-ŏ-ray'], adj., giddy, thoughtless.

Eveillé-e [ay-vay-yay'], p., awake, waked up.

Eveiller [ay-vay-yay'], v. a., to excite, arouse.

s'Eveiller, v. refl., to awake, awaken, arouse, be aroused.

Événement [ay-vayn-mā͠'], n. m., event, occurrence, fulfillment, exigency.

Evêque [ay-vaik'], n. m., bishop.

s'Evertuer [say-vair-tü-ay'], v. refl., to strive.

Evidemment [ay-vee-dă-mā͠'], adv., evidently.

Evident-e [ay-vee-dă͞', -dā͞t'], adj., evident.

EXE

Eviter [ay-vee-tay'], v. a., to avoid, escape, shun.

Evoquer [ay-vō-kay'], v. a., to call forth, incite.

Exact-e [ĕg-zăk', -zăkt'], adj., ex-act, strict, precise.

Exactitude [ĕg-zăk-tee-tüd'], n. f., exactness, precision, preciseness.

Exagération [ĕg-zăzh-ay-ră-see-o~'], n. f., extravagance, extravagant expression.

Exagérer [ĕg-zăzh-ay-ray'], v. a., to exaggerate.

Exalter [ĕg-zāl-tay'], v. a., to exalt, extol.

Examiner [eg-zăm-ee-nay'], v. a., to examine, scrutinize, reconnoitre.

Exaucer [ĕg-zō-say'], v. a., to hear, listen to, grant.

Excédé-e [ĕk-say-day'], p., worn, tired out.

Excellemment [ĕk-sai-lā-mă~'], adv., excellently.

Excellence [ĕk-sai-lā~ss'], n. f., ex-cellence, excellency.

Excellent-e [ĕk-sai-lā~', -lā~t'], adj., excellent, exquisite.

Exceller [ĕk-sai-lay'], v. a., to ex-cel, outstrip.

Excepté [ĕk-sĕp-tay'], prep., except, excepting.

Excepté-e, p., excepted.

Excepter [ĕk-sĕp-tay'], v. a., to ex-cept.

Excès [ĕk-sai'], n. m., excess.

Exciter [ĕk-see-tay'], v. a., to excite, arouse, urge, urge on.

Exclamation [ĕks-klā-mă-see'-o~], n. f., exclamation, utterance; faire des exclamations, to give vent to.

Excuse [eks-küz'], n. f., excuse, apology.

Excuser [ĕks-kü-zay'], v. a., to ex-cuse.

Exécuté-e [ĕg-zay-kü-tay'], p., per-formed, executed.

Exécuter [ĕg-zay-kü-tay'], v. a., to execute, perform.

Exécuteur [ĕg-zay-kü-tŏr'], n. m., executioner.

Exécution [ĕg-zay-kü-see-o~'], n. f., execution.

EXP

Exemple [ĕg-zā~'-pl], n. m., exam-ple, instance.

Exempt-e [ĕg-zā~', -zā~t], adj., ex-empt, free.

Exercé-e [ĕg-zair-say'], p., exer-cised, maintained.

Exercer [ĕg-zair-say'], v. a., to ex-ercise, practice, wield.

s'Exercer, v. refl., to practice, exer-cise.

Exercice [ĕg-zair-seess'], n. m., ex-ercise, evolution; drilling; faire ses exercices, to perform one's ev-olutions.

Exhaler [ĕg-ză-lay], v. a., to breathe out, give vent to.

s'Exhaler, v. refl., to be exhaled, find vent.

Exhaussé-e [ĕg-zō-say'], p., raised.

Exiger [ĕg-zee-zhay'], v. a., to ex-act, demand.

Exil [ĕg-zeel'], n. m., exile, banish-ment.

Exister [ĕg-zeess-tay'], v. n., to ex-ist, be.

Exorde [ĕg-zōrd'], n. m., exordium, opening.

Expédient [ĕks-pay-dee-ā~'], n. m., expedient, shift.

Expédier [eks-pay-dee-ay'], v. a., to dispatch.

Expédition [eks-pay-dee-see-o~'], n. f., expedition.

Expéditionnaire [eks-pay-dee-see-ō-nair'], adj., commis expédition-naire, copying clerk.

Expérience [ĕks-pay-ree-ā~ss'], n. f., experience.

Expier [eks-pee-ay'], v. a., to expiate.

Expirant-e [eks-pee-ră~', -ră~t'], adj., expiring.

Expirer [eks-pee-ray'], v. n., to ex-pire, die, die away.

Expliqué-e [eks-plee-kay'], p., ex-plained.

Expliquer [eks-plee-kay'], v. a., to explain, interpret, make clear; faire expliquer, to explain, make clear.

Exploit [eks-plwă'], n. m., exploit, feat, achievement, deed, deed of valor.

FAC

Explosion [*eks-plō-zee-o~'*], n. f., *explosion; excess.*

Exposé-e [*eks-pō-zay*], p., *exposed, exposed to view; liable.*

Exposer [*eks-pō-zay'*], v. a., *to expose, make known, imperil.*

s'Exposer, v. refl., *to expose o. s.*

Exprès-se [*eks-prai', -press'*], adj., *express, positive.*

Expressément [*eks-press-say-mā~'*], adv., *expressly, positively.*

Expression [*ĕks-press-seeo~'*], n. f., *expression.*

Exprimer [*eks-pree-may'*], v. a., *to express.*

s'Exprimer, v. refl., *to express o. s.*

Exquis-e [*eks-kee', -keez'*], adj., *exquisite, delicate.*

Extasier [*eks-tă-zee-ay'*], v. n., *to be in raptures; faire extasier, to enrapture, put in raptures.*

Extérieur [*eks-tay-ree-ŏr'*], n. m., *exterior, outside.*

Extérieur-e, adj., *external, exterior.*

Exterminer [*eks-tair-mee-nay'*], v. a., *to exterminate.*

Extrait [*eks-trai'*], n. m., *extract.*

Extraordinaire [*eks - trā - ōr - dee - nair'*], adj., *extraordinary, uncommon, unusual.*

Extravagance [*eks-trăv-ā-gā~ss*], n. f., *extravagance, folly, excess.*

Extravagante [*eks-trăv-ā-gā~t'*], n. f., *extravagant woman.*

Extrême [*eks-train'*], adj., *extreme.*

Extrêmement [*eks - trai - mĕ - mā~'*], adv., *extremely, exceedingly.*

Extrémité [*eks-tray-mee-tay'*], n. f., *extremity, end.*

F

Fable [*fă'-bl*], n. f., *fable.*

Fabuleux-se [*fă-bü-lö', -löz'*], adj., *fabulous, — of fable.*

Fabuliste [*fă-bü-leest'*], n. m., *fabulist.*

Face [*făss*], n. f., *face, front; aspect, surface; en face de, in front of; regarder en face, to face.*

Fâché-e [*fā-shay'*], adj., *sorry (for, de); angry (with, contre).*

FAI

se Fâcher [*sĕ fā-shay'*], v. refl., *to get angry, mad.*

Fâcheux-se [*fā-shö', -shöz'*], adj., *grievous, unpleasant, untoward.*

Facile [*fă-seel'*], adj., *easy; indulgent, yielding, compliant.*

Facilité [*fă-see-lee-tay'*], n. f., *facility, ease.*

Façon [*fă-so~'*], n. f., *way, manner;* pl., *ceremony, ceremonies;* en aucune façon, *not at all;* de toutes façons, *in every way;* sans façon, *plainly, without ceremony.*

Faction [*făk-see-o~'*], n. f., *faction.*

Facture [*făk-tür'*], n. f., *composition.*

Faculté [*făk-ül-tay'*], n. f., *faculty, means, ability.*

Fade [*făd*], adj., *insipid, dull.*

Fagot [*fă-gō*], n. m., *fagot, bundle.*

Fagoter [*fă-gō-tay*], v. a., *to bundle up; dress up.*

Faible [*fai-bl*], adv., *weak, feeble, weakly, deficient.*

Faiblement [*fai - blĕ - mā~'*], adv., *feebly, weakly, slightly.*

Faiblesse [*fai - bless'*], n. f., *weakness, inadequacy, deficiency, faintness, foible.*

Faille [*fiy*], from *falloir.*

Faillir [*fă-yeer'*], v. ir., *to be wanting, err, fail;* faillir à, *to come near; like to.*

Faillis [*fă-yee'*]; faillis à, *I came near, I liked to.*

Faim [*fă~*], n. f., *hunger;* avoir faim, *to be hungry.*

Faire [*fair*], v. ir., *to make, do, effect; cause, render, have* (foll. by an inf.), *vouchsafe;* faire voir, *to show;* ne faire que, *to do nothing but;* to have but just; n'avoir que faire, *to have nothing to do* (with).

se Faire, v. refl., *to become; to make for one's self; to acquire, gain;* se faire à, *to accustom one's self to.*

Fais [*fai*], from *faire.*

Faisaient [*fez-ai'*], from *faire.*

Faisant [*fez-ā~'*], from *faire.*

Faiseur [*fez-ör'*], n. m., *maker.*

Faiseuse [*fez-öz'*], n. f., *maker;* être

FAR

de la bonne faiseuse, *to be the work of a master hand.*

Faisons [*fez-o~'*], from *faire.*

Fait-e [*fai, -fet*], p., *made, done, fashioned, caused, had ; qualified, fit* (for, to).

Fait, from *faire.*

Fait, n. m., *fact, deed, achievement; circumstance, business, point ;* tout à fait, *quite, wholly, thoroughly.*

Faîte [*fait*], n. m., *height, summit.*

Faites [*fait*], from *faire.*

Faix [*fai*], n. m., *burden, weight.*

Fallait [*făl-lai'*], from *falloir.*

Falloir [*făl-wăr'*], v. ir., *to be necessary ; need, want ;* must.

Fallut [*făl-ü'*], from *falloir.*

Fameux-se [*făm-ö', -öz'*], adj., *famous, well-known.*

se Familiariser [*se făm-eel-ee-ăr-ee-zay*], v. refl., *to make o. s. familiar, to become familiar.*

Familier-e [*făm-eel-ee-ay', -air'*], adj., *familiar, well-known.*

Familièrement [*făm - eel - ee - air-mă~'*], adv., *familiarly, on terms of familiarity.*

Famille [*făm-eeʸ'*], n. f., *family.*

Famine [*făm-een'*], n. f., *famine.*

Faner [*fă-nay'*], v. a., *to turn grass, stir hay.*

Fange [*fă~zh*], n. f., *mire, dirt, mud.*

Fangeux-se [*fă~-zhö', -zhöz'*], adj., *miry, muddy.*

Fantaisie [*fă~-tai-zee'*], n. f., *fancy, whim, notion.*

Fantastique [*fă~-tăss-teek'*], adj., *fantastic, fantastical.*

Fantôme [*fă~-tōm'*], n. m., *phantom.*

Faquin [*fă-kă~'*], n. m., *rascal, puppy.*

Farce [*fărss*], n. f., *farce.*

Fard [*făr'*], n. m., *paint, varnish ; tinsel, disguise.*

Fardeau [*far-dō'*], n. m., *burden, fardel.*

Fariboles [*far - ee - bōl*], n. pl. f., *idle talk, trash.*

Farine [*făr-een'*], n. f., *flour, meal.*

FEL

Farouche [*fă-roosh'*], adj., *fierce, wild, morose, timid, shy.*

Fasse [*făss*], from *faire.*

Fassions [*făss-ee-o~'*], from *faire.*

Faste [*făst*], n. m., *pomp.*

Fastueux-se [*făss-tü-ö', -öz'*], adj., *pompous, ostentatious.*

Fat [*făt*], n. m., *fop, coxcomb.*

Fatal-e [*fă-tăl'*], adj., *fatal.*

Fatalement [*fă-tăl-mă~'*], adv., *fatally, by chance; by an inevitable fatality.*

Fatigue [*fă-teegh'*], n.f., *weariness, fatigue, toil ; hardship, burden.*

Fatigué-e [*fă-tee-ghay'*], adj., *tired, wearied.*

Fatiguer [*fă - tee - ghay'*], v. a., *to weary, tire.*

se Fatiguer, v. refl., *to weary o. s., tire o. s.*

Fatime [*fă-teem'*], p. n. f., *Fatima.*

Faudra [*fō-dră'*]; il me faudra, *I shall want — need ;* from *falloir.*

Faudrait [*fō-drai'*], from *falloir.*

Faussement [*fōss - mă~'*], adv., *falsely.*

Fausseté [*fōss-tay'*], n. f., *falsity, deceit.*

Faut [*fō*]; il faut, *it is necessary ;* il s'en faut plus, *it lacks more ;* peu s'en faut, *almost, very nearly.*

Faute [*fōt*], n.f., *fault, error;* faute de, *for want of.*

Fauteuil [*fō-töʸ'*], n.m., *arm-chair, chair.*

Faux [*fō*]; f., fausse [*fōss*], adj., *false.*

Faveur [*fă-vör'*], n. f., *favor.*

Favorable [*făv-ō-răbl'*], adj., *favorable, propitious.*

Favori-te [*făv-ō-ree', -reet'*], adj., *favorite.*

Fécond - e [*fay-ko~', -ko~d*], adj., *fertile, prolific, fruitful.*

Fécondité [*fay-ko~-dee-tay'*], n. f., *fertility, fruitfulness.*

Feindre [*fă~- dr*], v. ir., *to feign, pretend, hesitate.*

Feins [*fă~*], from *feindre.*

Feinte [*fă~t*], n. f., *pretense, feint.*

Félicité [*fay-lee-see-tay'*], n. f., *fe-*

FET

licity, happiness, delightfulness ; pl., *things that contribute to happiness.*

Féliciter [*fay-lee-see-tay'*], v. a., *to congratulate.*

Fellah [*fel-läh'*], n. m., *fellah (an Arabian husbandman).*

Femme [*fămn*], n. f., *woman, wife.*

Fendre [*fă˘-dr*], v. a., *to split, cleave, cleave asunder, cut, burst.*

Fendre, v. n., *to break, burst.*

se Fendre, v. refl., *to split, burst asunder ;* se fendre par la moitié, *to be rent asunder — in twain.*

Fenêtre [*fĕ-nai'-tr*], n. f., *window.*

Fer [*fair*], n. m., *iron, steel ;* pl., *fetters, bonds.*

Fera [*fĕ-rä'*], from *faire.*

Ferai [*fĕ-ray*], from *faire.*

Ferait [*fĕ-rai'*], from *faire.*

Feras [*fĕ-rä'*], from *faire.*

Ferez [*fĕ-ray'*], from *faire.*

Ferme [*fairm*], adj., *firm, strong, solid.*

Fermé-e [*fair-may'*], p., *closed, shut.*

Fermer [*fair-may'*], v. a., *to shut, close.*

Fermeté [*fair-mĕ-tay'*], n. f., *firmness.*

Fermier [*fair-mee-ay'*], n. m., *farmer, tenant.*

Féroce [*fay-ross'*], adj., *fierce, cruel, wild.*

Ferons [*fĕ-ro˜'*], from *faire.*

Fertile [*fair-teel'*], adj., *fertile, productive.*

Fertilité [*fair-tee-lee-tay'*], n. f., *fertility.*

Ferveur [*fair-vör'*], n. f., *fervor, zeal.*

Fesais, for *faisais,* from *faire.*

Fesant, for *faisant.*

Festin [*fess-tă˜'*], n. m., *feast, festival, banquet.*

Festiner [*fess-tee-nay'*], v. a. and n., *to feast.*

Feston [*fess-to˜'*], n. m., *festoon.*

Fête [*fait*], n. f., *festival, entertainment, holiday ;* jour de fête, *holiday ;* faire la fête du village, *to celebrate the patron-saint's day.*

FIL

Feu [*fö*], n. m., *fire ;* feux volants, *shooting stars ;* mettre le feu à, *to set fire to ;* faire feu sur, *to fire on ;* feu de joie, *bonfire.*

Feu-e [*fö*], adj., *late, deceased.*

Feuillage [*fö-yäzh'*], n. m., *foliage, leaves.*

Feuille [*föy*], n. f., *leaf.*

Feuillet [*fö-yai'*], n. m., *leaf (of a book).*

Feuillet, p. n., *name of a celebrated preacher.*

Feuilleté-e [*föy-tay'*], p., *perused.*

Feuilleter [*föy-tay'*], v. a., *to turn over the leaves (of a book) ;* peruse.

Février [*fay-vree-ay'*], n. m., *February.*

Fi [*fee*], int., *fie, for shame.*

Fidèle [*fee-dail'*], adj., *faithful ;* n. m., *Fido (name of a dog).*

Fidélité [*fee-day-lee-tay'*], n. f., *fidelity, faithfulness.*

Fieffé-e [*fee-ĕf-ay'*], adj., *arrant, downright.*

Fiel [*fee-ĕl'*], n. m., *gall.*

Fier [*fee-ay'*], v. a., *to trust, intrust.*

se Fier, v. refl., *to trust, put confidence (in, à).*

Fier-e [*fee-air*], adj., *haughty, proud, bold.*

Fièrement [*fee-air-mä˜'*], adv., *proudly, boldly, haughtily.*

Fierté [*fee-air-tay'*], n. f., *pride, hauteur.*

Fièvre [*fee-aivr'*], n. f., *fever.*

Fiévreux-se [*fee-ay-vrö', -vröz'*], adj., *feverish, restless.*

Figure [*fee-gür'*], n. f., *form, figure, countenance, character ;* faire une figure, *to cut a dash.*

Figurer [*fee-gü-ray'*], v. a., *to figure, represent.*

seFigurer, v. refl., *to imagine, fancy.*

Fil [*feel*], n. m., *thread, cord.*

Filament[*fee-lä-mä˜'*], n. m., *fibre, filament.*

Filet [*fee-lai'*], n. m., *net, snare, thread, string.*

Fille [*feey*], n. f., *girl, daughter, child.*

FLA

Fillette [*fee-yett'*], n. f., *lass, young girl.*

Filophie [*fee-lō-fee'*], see *Philosophie.*

Fils [*feess;* before a vowel, *feez;* often in poetry, when final, *fee*], n. m., *son, child.*

Fin [*fǎ''*], n. f., *end, close;* à la fin, *at last, finally.*

Fin-e [*fǎ'', feen*], adj., *fine, subtle, refined, acute.*

Final-e [*fee-nǎl'*], adj., *final, ultimate.*

Finances [*fee - nā''ss*], n. f. pl., *finances.*

Finement [*feen-mā''*], adv., *ingeniously, shrewdly.*

Finesse [*fee-ness'*], n. f., *acuteness, cunning, delicacy.*

Fini-e [*fee-nee'*], p., *finished, ended.*

Finir [*fee-neer'*], v. a., *to finish, conclude* (with, *par*).

Firent [*feer*], from *faire.*

Firmament [*feer-mā-mā''*], n. m., *sky, firmament.*

Firman [*feer-mā''*], n. m., *firman* (an Oriental edict).

Fis [*fee*], from *faire.*

Fisse [*feess*], from *faire.*

Fissent [*feess*], from *faire.*

Fit [*fee*], from *faire.*

Fixe [*feeks*], adj., *fixed, steadfast.*

Fixé-e [*feeks-ay'*], p., *fixed, fastened, appointed.*

Fixement [*feek-sě-mā''*], adv., *fixedly, attentively.*

Fixer [*feek-say'*], v. a., *to fix, fasten, establish.*

se Fixer, v. refl., *to be fixed; settle.*

Flairer [*flair-ay'*], v. a., *to smell, scent.*

Flamand [*flǎm-ā''*], n. m., *Fleming.*

Flamand-e [*flǎm-ā'', -ā''d*], adj., *Flemish.*

Flambant-e [*flǎ''-bā'', -bā''t*], adj., *blazing.*

Flambeau [*flǎ''-bō'*], n. m., *torch, light.*

Flamme [*flǎm*], n. f., *flame, passion.*

FOI

Flanc [*flā''*], n. m., *side, flank; womb; entrails* (of animals).

Flatter [*flǎt-tay'*], v. a., *to flatter, wheedle, gratify.*

se Flatter, v. refl., *to flatter o. s., to flatter o. s. to be able to.*

Flatterie [*flǎt-tě-ree'*], n. f., *flattery.*

Flatteur [*flǎt - tör'*], f., flatteuse [*flǎt-töz'*], adj., *flattering, pleasing.*

Flatteur, n. m., *flatterer, parasite.*

Fléchir [*flay-sheer'*], v. a. and n., *to bend, move, assuage, subdue; bow.*

Flegmatique [*fleg-mǎ-teek'*], adj., *phlegmatic, cold.*

Flétri-e [*flay-tree'*], p., *withered, faded.*

se Flétrir [*sě flay-treer'*], v. refl., *to dishonor one's self.*

Fleur [*flör*], n. f., *flower;* à la fleur de, *in the bloom of.*

Fleuret [*flö-rai'*], n. m., *foil* (fencing).

Fleuri-e [*flö-ree'*], p., *flowery, in bloom.*

Fleurir [*flö-reer'*], v. n., *to bloom, flourish.*

Fleuve [*flöv*], n. m., *river;* lit de fleuve, *river-bed.*

Floral-e [*flō-rǎl'*], adj., *floral.*

Floraux [*flō-rō'*], pl. of *floral.*

Flore [*flōr*], p. n. f., *Flora.*

Florissaient [*flō-ree-sai'*], *flourished,* ir. from *fleurir.*

Flot [*flō*], n. m., *wave, billow, tide, flood, crowd;* pl. *waters;* à grands flots, *in large crowds* — floods.

Flotte [*flott*], n. f., *fleet, flotilla.*

Flotter [*flō-tay*], v. n., *to float.*

Flûte [*flüt*], n. f., *flute, reed.*

Foi [*fwā*], n. f., *faith, credulity;* ma foi, *by my troth, my word on't.*

Foie [*fwā*], n. m., *liver.*

Foire [*fwār*], n. f., *fair, market.*

Fois [*fwā*], n. f., *a time;* une fois, *once;* encore une fois, *once more;* à la fois, *at once, in unison;* toutes les fois que, *whenever, as often as.*

FOR

Folâtre [*fŏ-lä'-tr*], adj., *sportive, playful.*

Folie [*fŏ-lee'*], n. f., *madness, folly; frolic.*

Folle [*fŏl*], fem. of fou, *mad, insane, foolish.*

Follement.[*fŏl-mä`'*], adv., *foolishly, extravagantly.*

Fond [*fŏ`*], n. m., *bottom, depth, basis;* du fond de, *from the bottom of, from the remotest part of;* à fond, *thoroughly;* au fond de, *at the bottom of, in the depths of.*

Fondement [*fŏ`-dĕ-mä`*], n. m., *foundation, basis.*

Fondé-e [*fŏ`-day*], p., *founded, based, well-founded.*

Fonder [*fŏ`-day*], v. a., *to found, base, establish, build.*

Fondre [*fŏ`-dr*], v. a. and n., *to melt, be moved* (to, en).

se Fondre, v. refl., *to melt, dissolve.*

Fonds [*fŏ`*], n. m., *stock, fund;* pl. *funds.*

Fondu-e [*fŏ`-dü'*], p., *melted, dissolved.*

Font [*fŏ`*], from *faire.*

Fontaine [*fŏ`-tain'*], n. f., *fountain.*

Force [*forss*], n. f., *strength, force, fortitude, power, might;* à force de, *by dint of, with;* à toute force, *by all means.*

Force, adj., *much, a great many, a great quantity of.*

Forcé-e [*for-say*], p., *compelled, obliged, forced* (to, de).

Forcené-e [*fŏr-sĕ-nay'*], adj., *furious, enraged.*

Forcer [*for-say'*], v. a., *to force, compel.*

Forêt [*fŏ-rai'*], n. f., *forest, wood.*

Forfait [*for-fai'*], n. m., *crime.*

se Formaliser [*sĕ for-măl-ee-zay'*], v. refl., *to be offended, take offense.*

Forme [*form*], n. f., *form, shape;* dans les formes *or* en formes, *in due form.*

Former [*for-may'*], v. a., *to form, mould, shape, compose.*

se Former, v. refl., *to form; grow up.*

FOU

Formidable [*for-mee-dă'-bl*], adj., *formidable, terrible.*

Fort-e [*fŏr, fort*], adj., *strong, powerful, forcible, heavy; intense;* au fort de, *in the height of, in the enthusiasm of.*

Fort, n. m., *strong-hold, fort.*

Fort, adv., *very, very much, very well.*

Fortifiant-e [*for-tee-fee-ä`, -ä`t*], adj., *strengthening, tonic.*

Fortifié-e [*for-tee-fee-ay'*], p., *strengthened.*

Fortifier [*for-tee-fee-ay'*] v. a., *to strengthen, fortify, make strong.*

Fortune [*for-tün'*], n. f., *fortune, fate.*

Fortuné-e [*for-tü-nay'*], adj., *fortunate, happy, lucky.*

Fou [*foo*], *before a vowel or* h *mute,* fol; f. folle [*fŏll*], adj., *mad, insane, crazy; foolish; enamored.*

Fou [*foo*], n. m., *madman, simpleton, fool, booby.*

Foudre [*foo-dr*], n. f., *thunderbolt, bolt.*

Foudroyant-e [*food-rwä-yä`, -yä`t*], adj., *fulminating.*

Foudroyé-e [*foo-drwä-yay'*], p., *battered down.*

Fouet [*foo-ai'*], n. m., *whip, lash;* coup de fouet, *whipping, blow with a whip.*

Fougue [*foog*], n. f., *fury, ardor.*

Fouiller [*foo-yay'*], v. a. and n., *to dig, search.*

Foule [*fool*], n. f., *crowd, throng, multitude, group, number, company.*

Fouler [*foo-lay'*], v. a., *to trample, tread, press.*

Fouler [*foo-lay'*], n. m., *knave.*

Fourbe [*foorb*], n. m., *knave.*

Fourbe, n. f., *knavery.*

Fourberie [*foor-bĕ-ree'*], n. f., *knavery, trick.*

Fourmiller [*foor-mee-yay'*), v. n., *to swarm, abound.*

Fournir [*foor-neer'*], v. a. and n., *to furnish, yield, afford, supply.*

Fourré [*foo-ray'*], n. m., *thicket, brake.*

FRE

FRU

Fourrer [_foo-ray'_], v. a., to thrust, cram, put (into, à),

se Fourrer, v. refl., to thrust one's self (between, parmi), intrude.

Foyer [_fwā-yay'_], n. m., hearth, fireside.

Fracas [_frā-kā'_], n. m., crash, uproar, loud noise.

Fracassé-e [_frā-kăss-ay'_], p., shattered.

Fragile [_frā-zheel'_], adj., frail, fragile.

Fraîche [_fraish_], f. of frais.

Fraîcheur [_frai-shŏr'_], n. f., freshness.

Frais [_frai_], f. fraîche [_fraish_], adj., fresh, cool; ruddy.

Frais [_frai_], n. m. pl., expenses, cost, expense.

Fraise [_fraiz_], n. f., ruffle.

Franc [_frā_], f., franche [_frā-sh_], adj., frank, open; n. m., franc.

Français-e [_frā-sai', -saiz'_], adj., French.

Français-e, n. m. f., Frenchman, French woman.

France [_frā-ss_], n. f., France.

Franchement [_frā-sh-mā'_], adv., frankly.

Franchi-e [_frā-shee'_], p., crossed.

Franchir [_frā-sheer'_], v. a., to pass over, cross.

Franchise [_frā-sheez'_], n. f., frankness, exemption.

Françoise [_frā-swāz'_], n. f., Frances.

Frappé-e [_frā-pay'_], p., struck, impressed.

Frapper [_frā-pay'_], v. a. and n., to strike, rap, deal a blow; frapper des mains, to clap one's hands.

Fraude [_frōd_], n. f., fraud, deception.

Frayé-e [_fray-yay'_], p., beaten, worn.

Frayeur [_fray-yŏr'_], n. f., dread, fright; terror.

Fredaine [_frĕ-dain'_], n. f., prank.

Fredonner [_frĕ-dō-nay'_], v. a., to hum.

Frein [_frā'_], n. m., bridle, bit, curb, restraint.

Frémir [_fray-meer'_], v. n., to shudder, quiver.

Frémissement [_fray-meess-mā'_], n. m., shudder, trembling.

Frénésie [_fray-nay-zee'_], n. f., frenzy.

Fréquent-e [_fray-kā', -kā't'_], adj., common, frequent.

Fréquenter [_fray-kā-tay'_], v. a., to frequent; resort; be intimate with.

Frère [_frair_], n. m., brother.

Fresque [_fresk_], n. f., fresco.

Fringant-e [_frā-gā', -gā't'_], adj., dapper, frisky.

Fripon [_free-po'_], n. m., knave, rascal.

Friponne [_free-pŏn'_], n. f., rogue, cheat.

Frisson [_free-so'_], n. m., shudder, emotion.

Frissonner [_free-sō-nay'_], v. n., to shiver, shudder.

Frivole [_free-vŏl'_], adj., frivolous, trifling.

Froid-e [_frwā, frwād_], adj., cold, chilly; avoir froid, to be cold; il fait froid, it is cold.

Froid, n. m., cold, chill.

Froideur [_frwā-dŏr'_], n. f., coldness, coolness, frigidity.

Froissé-e [_frwā-say'_], p., bruised, rubbed, worn.

Frôlé-e [_frō-lay'_], p., grazed.

Fromage [_frō-māzh'_], n. m., cheese; fromage d'Hollande, Dutch cheese.

Froment [_frō-mā'_], n. m., wheat; pain de froment, wheaten loaf.

se Froncer [_sĕ frō-say'_], v. a., to contract, wrinkle.

Front [_fro'_], n. m., brow, forehead; head (poetic).

Frontière [_fro-tee-air'_], n. f., frontier, border.

Frotter [_frŏ-tay'_], v. a., to rub, cuff, scrub.

Fructifier [_frŭk-tee-fee-ay'_], v. n., to fructify, bear fruit.

Frugal-e [_frŭ-găl'_], adj., economical, frugal.

Frugalité [_frŭ-găl-ee-tay'_], n. f., frugality, economy.

GAG

Fruit [*früee'*], n. m., *fruit.*

Frustrer [*früss-tray'*], v. a., *to defraud, disappoint.*

Fugitif-ve [*fü-zhee-teef'*, *-teev'*], adj., *fugitive, runaway.*

Fui-e [*füee*], p., *fled from, avoided.*

Fuient [*füee'*], from *fuir.*

Fuir [*füeer'*], v. a. and n., *to flee, fly, flee away, shun, avoid, escape from.*

Fuit [*füee*], from *fuir.*

Fuite [*füeet'*], n. f., *flight.*

Fulminant-e [*fül-mee-nä~*, *-nä~t*], adj., *storming, raging.*

Fulminer [*füll-mee-nay'*], v. a. and n., *to fulminate, storm.*

Fumant-e [*fü-mä~'*, *-mä~t*], adj., *reeking, smoking.*

Fumée [*fü-may'*], n. f., *smoke.*

Fumer [*fü-may'*], v. n., *to smoke, reek, fume.*

Fumet [*fü-maï'*], n. m., *flavor.*

Funèbre [*fü-naibr'*], adj., *funeral, mournful.*

Funérailles [*fü-nay-riʸ'*], n. f. pl., *funeral.*

Funeste [*fü-nest'*], adj., *fatal, baleful.*

Fureur [*fü-rör'*], n. f., *rage, fury, madness.*

Furie [*fü-ree'*], n. f., *fury, rage.*

Furieusement [*fü-ree-üz-mä~'*], adv., *furiously, dreadfully; prodigiously.*

Furieux-se [*fü-ree-ö'*, *-öz'*], adj., *furious, raging.*

Furtif-ve [*für-teef'*, *-teev'*], adj., *stealthy, secret, furtive.*

Furtivement [*für-teev-mä~'*], adv., *by stealth, secretly.*

Fusil [*fü-zee'*], n. m., *gun;* pierre à fusil, *flint.*

Fût [*fü*], from *être.*

Futile [*fü-teel'*], adj., *frivolous, trifling, futile.*

Futur-e [*fü-tür'*], adj., *future.*

G

Gage [*gäzh*], n. m., *pledge;* pl., *wages, hire.*

Gager [*gä-zhay'*], v. a., *to wager, engage, bet.*

GAU

Gagné-e [*gän-yay'*], p., *gained, won.*

Gagner [*gän-yay'*], v. a., *to gain, win, reach.*

Gai-e [*gay*], adj., *gay, merry.*

Gaieté [*gay-tay'*], n. f., *gayety, mirth, humor.*

Gaillard-e [*gä-yär'*, *-yard'*], adj., *sprightly, lively.*

Gain [*gä~*], n. m., *gain, profit;* faire gain dans, *to derive profit from.*

Galant-e [*gäl-ä~'*, *-ä~t'*], adj., *genteel, gallant,* — *of gallantry.*

Galant, n. m., *gallant, wooer, suitor.*

Galanterie [*gäl-ä~-tǔ-ree'*], n. f., *gallantry, politeness.*

Galère [*gäl-air'*], n. f., *galley.*

Galerie [*gäl-ree'*], n. f., *gallery.*

Galien [*gäl-yä~*], p. n., *Galen* (an ancient physician).

Galimatias [*gäl-ee-mä-tee-ä'*], n. m., *nonsense, balderdash.*

Galles [*gäl*], n. m., *Wales.*

Galop [*gäl-öp'*], n. m., *gallop, galloping.*

Galvanisé-e [*gäl-vän-ee-zay'*], p., *galvanized.*

Gange [*gä~zh*], n. m., *Ganges.*

Garantie [*gä-rä~-tee'*], n. f., *pledge, security.*

Garantir [*gä-rä~-teer'*], v. a., *to pledge, guaranty.*

Garçon [*gär-soʸ'*], n. m., *boy; waiter, apprentice.*

Garde [*gärd*], n. f., *guard, care, trust, sentinel;* en garde, *parry* (in fencing); n'avoir garde de, *to be unable to.*

Garde, n. m., *guard, guardian.*

Garder [*gär-day'*], v. a., *to guard, keep, preserve, tend, observe, watch;* v. n., *to beware* (lest, ne).

se Garder, v. refl., *to beware, take care not to* (foll. by de).

Garni-e [*gar-nee'*], p., *embellished.*

Gascon-ne [*gäss-ko~'*, *-kön'*], adj., *Gascon, bragging.*

Gâteau [*gä-tö'*], n. m., *cake.*

Gâter [*gä-tay'*], v. a., *to spoil, waste.*

Gauche [*gösh*], adj., *left.*

Gauche, n. f., *left* (hand); prendre

S

GEN

a gauche, *to turn to the left;* donner à gauche, *to be mistaken.*

Gaulois-e [*gōl-wä', -wāz'*], adj., *Gallic, rude.*

Gautier [*gō-tee-ay*], p. n., a barrister noted for his sarcasm.

Géant [*zhay-ā~'*], n. m., *giant.*

Gelé-e [*zhĕ-lay'*], p., *frozen.*

Gellert [*zhĕl-lair'* or *ghel-lert*], p. n., a celebrated German fabulist of the 18th century.

Gémir [*zhay-meer*], v. n., *to groan, lament, moan ; whine.*

Gémissant-e [*zhay-mee-sā~', -sā~t'*], adj., *groaning, moaning, whining.*

Gémissement [*zhay-meess-mā~'*], n. m., *groan, moan, sob.*

Gendre [*zhā~'-dr*], n. m., *son-in-law.*

Gêne [*zhain*], n. f., *torture, rack.*

Gêner [*zhai-nay'*], v. a., *to incommode, obstruct, hinder, trouble, be in one's way, annoy.*

Général-e [*zhay-nay-răl'*], adj., *general, universal, common.*

Général, n. m., *general.*

Généralement [*zhay-nay-răl-mā~'*], adv., *generally.*

Généralité [*zhay-nay-răl-ee-tay'*], n. f., *generality.*

Généreusement [*zhay-nay-röz-mā~'*], adv., *generally.*

Généreux-se [*zhay-nay-rö', -röz'*], adj., *generous.*

Générosité [*zhay-nay-rō-zee-tay'*], n. f., *generosity, liberality.*

Genève [*zhĕ-naiv'*], n. f., *Geneva.*

Génie [*zhay-nee'*], n. m., *genius, talent.*

Génisse [*zhay-neess'*], n. f., *heifer.*

Genou [*zhĕ-noo'*], n. m., *knee, lap ;* à genoux, *on one's knees.*

Genre [*zhā~r*], n. m., *kind, species, class.*

Gens [*zhā~*], n. m. f., *people ; gens de lettres, men of letters.*

Gentilhomme [*zhā~-tee-yŏm'*], n. m., *nobleman, gentleman ; pl., gentilshommes [zhā~-tee-zōm].*

Gentillesse [*zhā~-tee-yess'*], n. f., *gracefulness, prettiness.*

GOT

Gentiment [*zhā~-tee-mā~'*], adv., *gracefully.*

Géomancie [*zhay-ō-mā~-see'*], n. f., *geomancy.*

Géométrie [*zhay-ō-may-tree'*], n. f., *geometry.*

Germanie [*zhair-măn-ee'*], n. f., *Germany.*

Germanique [*zhair-măn-eek'*], adj., *Germanic.*

Germer [*zhair-may*], v. n., *to bud, be budding.*

Geste [*zhest*], n. m., *gesture, movement, nod.*

Gîte [*zheet*], n. m., *lodging-place, home.*

Givre [*zheevr*], n. m., *rime, hoarfrost.*

Glace [*glăss*], n. f., *ice ; plate (of a mirror).*

Glacé-e [*glă-say'*], p., *icy, frozen, frigid, chilled.*

Glacer [*glă-say'*], v. a., *to freeze, chill, congeal.*

se Glacer, v. refl., *to freeze, chill, congeal.*

Glacial-e [*glă-see-ăl'*], adj., *frigid, cold.*

Gladiateur [*glăd-ee-ā-tör'*], n. m., *gladiator ; swordsman.*

Glèbe [*glaib*], n. f., *glebe, soil.*

Glissant-e [*glee-sā~', -sā~t'*], adj., *slippery.*

Glisser [*glee-say'*], v. n., *to slip, slide ; glide, slip down.*

se Glisser [*sĕ glee-say'*], v. refl., *to steal, glide, glide by.*

Gloire [*glwär*], n. f., *glory.*

Gloria Patri (*Latin*), *the winding up, conclusion.*

Glorieux-se [*glō-ree-ö', -öz'*], adj., *glorious, full of glory ; proud, vain ;* faire la glorieuse, *to act the great lady.*

Gloser [*glō-zay'*], v. a., *to criticise, carp at.*

Goguenard [*gōg-nar'*], n. m., *banterer, jester.*

Golconde [*gōl-ko~d'*], *Golconda.*

Gonzalve [*go~-zălv'*], p. n., *Gonzalvo.*

Gothique [*gō-teek'*], adj., *Gothic.*

GRA

Gourmandé-e [goor-mä˘-day´], p., larded.

Gourmander [goor-mä˘-day´], v. a., to chide, curb.

Gousset [goo-sai´], n. m., watch-pocket, fob.

Goût [goo], n. m., taste, relish; prendre goût à, to relish, to take a liking to.

Goûter [goo-tay´], v. a., to taste, relish, experience, approve of.

Goutte [yoot], n. f., drop; gout.

Goutte, adv., in the least, at all (with ne).

Gouvernante [goo-vair-nä˘t´], n. f., governess.

Gouvernement [goo-vair-nĕ-mä˘´], n. m., government.

Gouverné-e [goo-vair-nay´], p., governed.

Gouverner [goo-vair-nay´], v. a., to govern, manage.

Gouverneur [goo-vair-nör´], n. m., governor, tutor.

Grabat [grä-bä´], n. m., pallet.

Grâce [grass], n. f., grace, favor, pardon, gracefulness, charm, thank; de grâce, for mercy's sake; pray don't.

Gracieux-se [grass-ee-ö´, -öz´], adj., graceful, lovely, pleasing, courteous.

Graisser [grai-say´], v. a., to grease.

Grand-e [grä˘, grä˘d], adj., great, tall, large, grand.

Grand' [grä˘], for grande, f. of grand.

Grandeur [grä˘-dör´], n. f., greatness, grandeur, pomp; Grace (title).

Grandiose [grä˘-dee-öz´], adj., grand.

Grandiose, n. m., grandeur.

Grandi-e [grä˘-dee´], p., grown, grown up, grown tall.

Grandir [grä˘-deer´], v. n., to grow, grow up, grow tall.

Grand'maman [grä˘-mä-mä˘´], n. f., grandmother.

Grand'mère [grä˘-mair´], n. f., grandmother.

Grand-père [grä˘-pair´], n. m., grandfather.

GRO

Gras-se [grä, gräss], adj., thick, fat.

Grassouillet-te [grä-soo-yay, -yet], adj., plump.

Grave [gräv], adj., grave, serious.

Gravement [gräv-mä˘´], adv., seriously, sedately, gravely.

Graver [gräv-ay´], v. a., to engrave, imprint (on, en).

Graveur [gräv-ör´], n. m. engraver.

Gravier [gräv-ee-ay´], n. m., gravel, grit.

Gravir [gräv-eer´], v. n., to climb, clamber, climb up.

Gravité [gräv-ee-tay´], n. f., gravity, seriousness.

Gré [gray], n. m., will, pleasure, taste, liking; à son gré, at one's pleasure — will; au gré de vos vœux, to your heart's content; savoir gré à, to thank; je leur en sais gré, I thank them for it.

Grec [grĕk], f., Grecque [grĕk], adj., Greek, Grecian.

Grec, n. m., a Greek, Greek.

Grèce [graiss], n. f., Greece.

Greffier [grai-fee-ay´], n. m., clerk (of a court); registrar.

Grêle [grail], n. f., hail; shower.

Grenier [grĕ-nee-ay], n. m., loft; grenier à sel, salt warehouse.

Grève [graiv], n. f., La Grève, a square in Paris where executions formerly took place.

Griffonné-e [greef-o-nay´], p., scrawled.

Grimace [gree-mäss´], n. f., grim-ace, wry face.

Grimacer [gree-mä-say´], v. n., to make grimaces; faire grimacer, to distort.

Grimaud [gree-mö´], n. m., scrib-bler.

Grimper [grä˘-pay´], v. n., to climb, clamber, climb up.

Gris-e [gree, greez], adj., gray.

Grognon [grön-yo˘´], n. m., grum-bler.

Grommeler [grŏm-lay], v. n., to grumble, mutter.

Gronder [gro˘-day´], v. n., to mut-ter, rumble, growl, snarl.

H

Grondeur [*gro͠--dör'*], n. m., *the scold, grumbler.*

Gros-se [*grō, grōss*], adj., *big, large, thick, fat;* gros jeu, *high playing;* jouer gros jeu, *to play high;* gros de, *big with.*

Grossier-e [*grō-see-ay', -air'*], adj., *coarse, rude, crude, plain, homely.*

Grossir [*grō-seer'*], v. n. and a., *to augment, swell, enlarge, multiply.*

Grotesque [*grō-tesk'*], adj., *grotesque.*

Grotte [*grŏt*], n. f., *grotto.*

Grouiller [*groo-yay'*], v. n., *to shake* (with age).

Groupe [*groop*], n. m., *group.*

Gué [*gay*], n. m., *ford;* passer à gué, *to ford* (a river).

Guère [*gair*], adv. (with *ne*), *not very much — many; but little, but few; scarcely.*

Guéri-e [*gay-ree'*], p., *cured, healed.*

Guérir [*gay-reer'*], v. a. and n., *to heal, cure; get well; be healed — cured.*

Guérison [*gay-ree-zo͠*], n. f., *cure, healing.*

Guérite [*gay-reet'*], n. f., *sentry-box.*

Guerre [*gair*], n. f., *war.*

Guerrier [*gair-ee-ay*], n. m., *warrior.*

Guerrier-e [*gair-ee-ay', -air'*], adj., *warlike.*

Guêtre [*gaitr*], n. f., *gaiter.*

Gueule [*göl*], n. f., *mouth* (of animals).

Gueux-se [*gö, göz*], adj., *poor, beggarly.*

Gueux [*gö*], n. m., *beggar, ragamuffin; blackguard.*

Guide [*gheed*], n. m., *guide.*

Guider [*ghee-day'*], v. a., *to guide, conduct, direct.*

Guillaume [*ghee-yōm'*], p. n., *William.*

Guillotine [*ghee-yō-teen'*], n. f., *guillotine.*

H

[The character (') placed before *H* indicates that it is ASPIRATE.]

HAL

Habile [*ă-beel'*], adj., *able, skillful, clever.*

Habileté [*ă-beel-tay*], n. f., *ability, cleverness, skill.*

Habillé-e [*ă-bee-yay'*], p., *dressed.*

Habiller [*ă-bee-yay'*], v. a., *to dress;* se faire habiller, *to have one's self dressed, to be dressed.*

s'Habiller [*să-bee-yay'*], v. refl., *to dress o. s.*

Habit [*ă-bee*], n. m., *coat, garment, dress;* pl., *clothes, vestments.*

Habitant [*ă-bee-tā͠*], n. m., *inhabitant, proprietor, resident.*

Habitation [*ă-bee-tă-see-o͠'*], n. f., *dwelling.*

Habité-e [*ă-bee-tay'*], p., *inhabited, occupied.*

Habiter [*ă-bee-tay'*], v. a. and n., *to inhabit, dwell, take up one's abode.*

Habitude [*ă-bee-tüd'*], n. f., *habit, custom;* prendre l'habit, *to get into a habit.*

Habituel-le [*ă-bee-tü-ell'*], adj., *habitual, usual.*

s'Habituer [*să-bee-tü-ay'*], v. refl., *to accustom o. s., to be accustomed* (to, à).

'Hâbleur [*ă-blör'*], n. m., *braggart, boaster.*

'Hache [*ăsh*], n. f., *axe.*

'Haché-e [*ă-shay'*], adj., *abrupt* (of style).

'Hacher [*ă-shay'*], v. a., *to chop, hew.*

'Hagard-e [*ă-gàr', -gàrd'*], adj., *haggard; wild.*

'Haie [*ay*], n. f., *hedge, row, file.*

'Haine [*ain*], n. f., *hate, hatred;* prendre en haine, *to conceive an aversion for.*

'Haïr [*ă-eer'*], v. ir., *to hate;* faire haïr, *to make one hated.*

'Hais [*ai*], from haïr.

'Hait [*ai*], from haïr.

Haleine [*ă-lain'*], n. f., *breath.*

'Halle [*ăl*], n. f., *market;* langage des halles, *Billingsgate.*

'Hallebarde [*ăl-bard'*], n. f., *halberd.*

'Hallebardier [*ăl-bàr-dee-ay'*], n. m., *halberdier.*

HAU

'Hameau [ă-mō'], n. m., hamlet.
'Hanche [ă⁻sh], n. f., hip, haunch.
'Hanichen [hă-nee-shă⁻], p. n., Haynichen (town in Saxony).
'Hanter [ă⁻-tay'], v. a., to frequent, visit.
'Harangue [ă-rā⁻-g'], n. f., speech, address.
'Harassé-e [ăr-răss-ay'], p., jaded, tired.
'Hardi-e [ăr-dee'], adj., bold, daring, impudent.
'Hardiesse [ăr-dee-ess'], n. f., boldness, assurance.
'Hardiment [ăr-dee-mă⁻], adv., boldly.
Harmonie [ăr-mō-nee'], n. f., harmony.
Harmonieux-se [ăr-mō-nee-ŭ', -ŏz'], adj., harmonious, melodious, musical.
'Hasard [ă-zăr'], n. m., chance, risk, danger; par hasard, by chance; au hasard, at random.
'Hasarder [ă-zăr-day'], v. a., to hazard, risk, venture (to, de).
'Hâte [ăt], n. f., haste; à toute hâte, with all possible speed.
'Hâté-e [ă-tay'], p., in haste.
'Hâter [ă-tay'], v. a., to hasten, speed, precipitate.
se 'Hâter [sĕ ă-tay'], v. refl., to hasten.
'Hausser [ō-say'], v. adj., to raise, lift up.
se 'Hausser [sĕ ō-say'], v. refl., to raise one's self, to be raised.
'Haut-e [ō, ōt], adj., high, elevated; loud; proud; upper.
'Haut, n. m., height, upper part, summit, top; en haut, above, upward, at the top.
'Haut, adv., high, aloud; tout haut, aloud.
'Hautain-e [ō-tă⁻, -tain'], adj., haughty, lofty, proud.
'Hautbois [ō-bwă'], n. m., hautboy.
'Haut-de-chausses, pl., hauts-de-chausse [ōd-shōss'], n. m., breeches, small-clothes.
'Haute-contre [ōt-ko⁻'tr], n. f., alto.

HEU

'Hautement [ōt-mă⁻'], adv., highly, loudly, boldly.
'Hauteur [ō-tör'], n. f., height, loftiness, tallness; à la hauteur de, on a level with.
'Haye (La) [lă ay'], n. f., the Hague.
Hébété-e [ay-bay-tay'], p., stupefied, besotted.
Hébraïque [ay-bră-eek'], adj., Hebrew, Jewish.
Hébreu [ay-brŭ'], n. m., Hebrew.
Hécube [ay-küb'], p. n. f., Hecuba.
Hélas [ay-lăss'], int., alas! ah!
Hélène [ay-lain'], p. n, Helen.
Hémistiche [ay-meess-teesh'], n. m., hemistich, pause.
'Hennir [ă-neer'], v. n., to neigh.
'Henri [ă⁻-ree'], p. n., Henry.
'Henriette [ă⁻-ree-ett'], n. f., Henrietta.
'Héraut [ay-rō'], n. m., herald.
Herbe [airb], n. f., grass; pl., herbs.
Hercule [air-kül'], p. n., Hercules.
Hérésie [ay-ray-see'], n. f., heresy.
'Hérisser [ay-ree-say'], v. a., to erect; mix, interlard (with, de).
se 'Hérisser [sĕ ay-ree-say'], v. refl., to stand erect, bristle.
Héritage [ay-ree-tăzh'], n. m., inheritance.
Hériter [ay-ree-tay'], v. a, and n., to inherit, be the heir of.
Héritier [ay-ree-tee-ay'], n. m., heir.
Hérode [ay-rod'], p. n., Herod.
Héroïne [ay-rō-cen'], n. f., heroine.
Héroïque [ay-rō-eek'], adj., heroic.
Héros [ay-rō'], n. m., hero.
Hésiode [ay-zee-ōd']. p. n., Hesiod.
Hésitation [ay-zee-tă-see-o⁻'], n. f., hesitation.
Hésiter [ay-zee-tay'], v. n., to hesitate.
'Hêtre [aitr], n. m., beech, beech-tree.
Heure [ör], n. f., hour, time, o'clock; toute à l'heure, at once, immediately, presently; à or de bonne heure, early; à la bonne heure, as you please.

HOR

Heureusement [ŏ-rŏz-mä~'], adv., happily, fortunately, luckily.

Heureux-se [ŏ-rŏ', -rŏz'], adj., happy, fortunate; skillful.

'Heurté-c [ŏr-tay'], p., struck, jostled.

Hier [ee-air'], adv., yesterday.

Hippolyte [eep-ō-leet], p. n., Hippolytus.

Hirondelle [ee-ro~-dell'], n. f., swallow.

Histoire [ees-twär'], n. f., history, story.

Historien [ess-tō-ree-ă~'], n. m., historian.

Historiographe [ees-tō-ree-ō-grăph'], n. m., historiographer.

Historique [ees-tō-reek'], adj., historical, — of history.

Hiver [ee-vair'], n. m., winter.

'Holà [ō-lä'], int., halloa! stop!

'Holà, n. m., stop.

'Hollandais-e [ō-lä~-daï', -daiz'], adj., Dutch; n. m., Dutchman.

'Hollande [ŭl-lä~-d'], n. f., Holland.

Homère [ō-mair'], p. n., Homer.

Homicide [ŏm-ee-seed'], adj., murderous, bloody, homicidal.

Hommage [ō-mäzh'], n. m., homage, respect.

Homme [ŏm], n. m., man.

Honnête [ŏn-nait'], adj., honest, worthy, suitable.

Honnêteté [ō-nay-tĕ-tay'], n. f., honesty, propriety.

Honneur [ŏn-nŏr'], n. m., honor.

Honorable [ŏn-ō-răbl'], adj., honorable, flattering.

Honorer [ŏn-ō-ray'], v. a., to honor.

'Honte [o~-t], n. f., shame, diffidence; avoir honte, to be ashamed; faire honte à, to make one ashamed.

'Honteusement [o~-tŏz-mä~'], adv., shamefully, basely.

'Honteux-se [o~-tŏ, -tŏz'], adj., ashamed, shameful, disgraceful.

Hôpital [ō-pee-täl'], n. m., hospital; almshouse.

Horloge [ŏr-lŏzh'], n. f., clock; hour-glass.

Horloger [ŏr-lō-zhay], n. m., watchmaker.

HYM

Horoscope [ō-rō-skōp'], n. m., horoscope.

Horreur [ŏr-rŏr'], n. f., horror, frightfulness; frightful thing.

Horrible [ŏr-ree'-bl], adj., dreadful, awful, terrible.

'Hors [ōr], prep., out (of, de), without; hors de lui, beside himself; hors de propos, unseasonably.

Hosanna [ō-zä~-nä'], n. m., Hosanna.

Hôte [ōt], n. m., landlord, host; guest.

Hôtellerie [ō-tell-ree'], n. f., inn, hotel.

'Houlette [oo-lett'], n. f., shepherd's crook.

'Huée [ü-ay'], n. f., hooting, hoot, shouting.

Huile [üeel'], n. f., oil.

Huissier [üee-see-ay'], n. m., usher.

'Huit [ü-eet], before a consonant üee]. num., eight.

Humain-e [ü-mä~', -main'], adj., human, humane.

Humain, n. m., mortal; pl., mankind, men.

Humanité [ü-män-ee-tay'], n. f., humanity, humaneness.

Humble [ŏ~-bl], adj., humble, lowly, meek.

Humecté-e [ü-mĕk-tay'], p., wet, moistened, watery.

Humeur [ü-mŏr']. n. f., humor, disposition; mauvaise humeur, ill humor.

Humiliation [ü-meel-ee-ä-see-o~'], n. f., humiliation, abasement.

Humilié-e [ü-mee-lee-ay'], p., humiliated, humbled, abased.

Humilier [ü-mee-lee-ay'], v. a., to humble.

s'Humilier, v. refl., to humble o. s.

'Hun [ŏ~], n. m., Hun.

'Hurler [ür-lay'], v. n., to howl.

'Hussarde [üss-ärd'], à la hussarde, like hussars.

Hymen [ee-men'], n. m., hymen, wedlock.

Hyménée [ee-may-nay'], n. f., hymen, wedlock.

Hymne [eemn], n. m., hymn.

IL

Hypocrite [*ee-pō-kreet*], n. m. f., *hypocrite.*

Hypocrite, adj., *hypocritical, false.*

I

Icare [*ee - kar'*], p. n., *Icarus* (who on his flight from Crete fell into the Ægean Sea).

Ici [*ee-see'*], adv., *here, hither ;* ici bas, *here below.*

Idéal [*ee-day-ăl*], n. m., *ideal.*

Idée [*ee-day'*], n. f., *idea, notion.*

Idolâtre [*ee-dō-lā'-tr*], adj., *idolatrous ;* être idolâtre de, *to idolize.*

Idolâtre, n. m., *heathen, idolater.*

Idolâtrie [*ee-dō-lā-tree'*], n. f., *idolatry.*

Idoménée [*ee-dō-may-nay'*], p. n., *Idomeneus.*

Idumé-e [*ee - dü - may'*], adj., *Idumœan.*

Idylle [*ee-deel'*], n. f., *idyl.*

Ignominie [*een-yō-mee-nee'*], n. f., *ignominy.*

Ignorance [*een-yō-rā~'-ss*], n. f., *ignorance.*

Ignorant-e [*een - yō - rā~', - rā~t'*], adj., *ignorant ;* n. m. f., *an ignoramus, ignorant person.*

Ignoré-e [*een-yō-ray'*], p., *unknown, ignored.*

Ignorer [*een-yō-ray'*], v. a. and n., *to ignore, not to know, be ignorant of.*

s'Ignorer [*seen-yō-ray'*], v. refl., *to be unacquainted with one's self; to be ignorant of one's own powers.*

Il [*eel*]' pron., *he, it ; there.*

Ile [*eel*], n. f., *island.*

Iliade [*ee-lee-ăd'*], n. f., *Iliad.*

Illusion [*eel - lü - zee-o~'*], n. f., *illusion, deception.*

Illustre [*il-lüs'-tr*], adj., *illustrious, distinguished.*

Illustrer [*il-lüss-tray'*], v. a., *to illustrate, render illustrious.*

Ils [*eel*], pron. m., *they.*

Il s'en faut [*eel sä~ fō*], *it lacks.*

Il y a [*eel ee ă'*], *there is, there are ;* ago.

IMP

Il y a eu [*eel ee ă ü'*], *there has been, there have been.*

Il y aura [*eel ee ō-ră'*], *there will be.*

Il y aurait [*eel ee ō-rai*], *there would be.*

Il y avait [*eel ee ăv-ai'*], *there was, there were.*

Il y eut [*eel ee ü'*], *there was, there were.*

Image [*ee-măzh'*], n. f., *image, imagery.*

Imagination [*ee-mă-zhee-nă-see'o~*], n. f., *imagination, fancy ; conception.*

Imaginer [*ee-mă-zhee-nay'*], v. a., *to imagine, fancy.*

s'Imaginer [*see - mă - zhee - nay'*], v. refl., *to fancy, imagine, picture to o. s.*

Iman [*ee - mă~'*], n. m., *Imam* or *Imaum.*

Imitation [*ee-mee-tă-see-o~'*], n. f., *imitation.*

Imiter [*ee - mee - tay'*], v. a., *to imitate.*

Immédiat-e [*im-may-dee-ă', -ăt'*], adj., *immediate.*

Immense [*im - mă~ - ss*] adj., *immense, prodigious, vast*

Immobile [*in-mō-beel'*]. adj., *motionless.*

Immobilité [*im-mō-beel-ee-tay'*], n. f., *immobility.*

Immodéré-e [*im-mō-day-ray'*], adj., *immoderate, boundless.*

Immolé-e [*im-mō-lay*], p., *immolated, offered up.*

Immoler [*im - mō - lay*], v. a., *to immolate, sacrifice, slay.*

s'Immoler, v. refl., *to sacrifice o. s.*

Immortaliser [*im-mōr-tăl-ee-zay*], v. a., *to immortalize.*

Immortalité [*im-mōr-tăl-ee-tay'*], n. f., *immortality.*

Immortel-le [*im-mōr-tel'*], adj., *immortal, undying.*

Immuable [*im - mü - ăbl'*], adj., *unchangeable.*

Impassible [*ă~ - pă - see' - bl*], adj., *impassive, unmoved.*

Impatience [*ă~ - pă - see - ă~'*], n. f., *impatience.*

IMP

Impatienté-e [ă͞-pă-see-ă͞-tay'], p., out of patience, provoked.

Impénitence [ă͞-pay-nee-tă͞ss'], n. f., impenitence.

Imperceptiblement [ă͞-pair-sep-tee-blĕ-mă͞'], adv., imperceptibly.

Impérial-e [ă͞-pay-ree-ăl'], adj., imperial.

Impertinent-e [ă͞-pair-tee-nă͞, -nă͞t'], adj., impertinent, impudent; n. m. f., saucebox, insolent fellow.

Impétueux-se [ă͞-pay-tü-ö', -öz'], adj., impetuous, precipitate; wild.

Impie [ă͞-pee'], adj., impious, profane; n. m., infidel; ungodly person.

Impitoyable [ă͞-peet-wă-yăbl'], adj., pitiless, merciless.

Implorer [ă͞-plō-ray'], v. a., to beseech, beg, entreat, invoke.

Importance [ă͞-pŏr-tă͞'ss], n. f., importance, consequence.

Important-e [ă͞-pŏr-tă͞', -tă͞t'], adj., important.

Importer [ă͞-pŏr-tay], v. n., to concern (à); que m'importe, what concern of mine is it? n'importe, it matters not.

Importun-e [ă͞-pŏr-tö͞', -tün'], adj., troublesome, obtrusive.

Importuner [ă͞-pŏr-tü-nay'], v. a., to importune, torment, trouble.

Imposant-e [ă͞-pō-ză͞', -ză͞t'], adj., imposing, stately.

Imposer [ă͞-pō-zay'], v. a., to impose (on, à).

Impossible [ă͞-pō-seebl'], adj., impossible.

Imposteur [ă͞-pŏs-tör'], n. m., impostor; adj., deceitful.

Impression [ă͞-press-ee-ō͞'], n. f., impression; press, printing.

Imprévu-e [ă͞-pray-vü'], adj., unforeseen.

Imprimé-e [ă͞-pree-may'], p., printed.

Imprimer [ă͞-pree-may'], v. a., to print.

Imprimeur [ă͞-pree-mör'], n. m., printer.

INC

Impromptu [ă͞-pro͞p-tü'], n. m., impromptu.

Impropre [ă͞-prŏpr], adj., improper.

Improvisateur [ă͞-prō-vee-ză-tör'], n. m., extemporizer; improvisatore.

Imprudence [ă͞-prü-dă͞ss'], n. f., imprudence, indiscretion.

Imprudent-e [ă͞-prü-dă͞', -dă͞t'], adj., imprudent.

Impudemment [ă͞-pü-dă-mă͞'], adv., impudently; shamelessly.

Impudique [ă͞-pü-deek'], adj., impure, unchaste, lewd.

Impuissance [ă͞-püee-ssă͞ss'], n. f., inability, powerlessness.

Impuissant-e [ă͞-püee-ssă͞, -ă͞t], adj., powerless, futile.

Impunément [ă͞-pü-năy-mă͞'], adv., with impunity.

Impunité [ă͞-pü-nee-tay'], n. f., impunity.

Impur-e [ă͞-pür'], adj., impure.

Imputé-e [ă͞-pü-tay]. p., imputed, charged.

Imputer [ă͞-pü-tay]. v. a., to impute, ascribe to, charge with.

In 8°, see in-octavo.

In 12°, see in-douze.

Inachevé-e [ee-năsh-vay'], p., unfinished.

Inaction [ee-năk-see-o͞'], n. f., inaction; rester dans l'inaction, to stand — remain inactive.

Inaltérable [een-ăl-tay-răbl'], adj., unalterable; unchangeable, immovable.

Inanimé-e [een-ăn-ee-may'], adj., lifeless, inanimate.

Inappliqué-e [een-ăp-plee-kay], adj., unobserving, inattentive.

Inattendu-e [een-ăt-tă͞-dü'], adj., unexpected.

Incapable [ă͞-kă-păbl'], adj., incapable; unsuited (for, de).

Incertain-e [ă͞-sair-tă͞', -tain'], adj., uncertain.

Incertitude [ă͞-sair-tee-tüd'], n. f., uncertainty.

Incessamment [ă͞-sai-să-mă͞'], adv., incessantly, constantly, immediately, shortly.

IND

Inceste [ă̄-sest'], n. m., incest.

Incestueux-se [ă̄-sess-tŭ-ö', -öz'], adj., incestuous ; n., incestuous person.

Incident [ă̄-see-dā̄'], n. m., incident, occurrence.

Incivil-e [ă̄-see-veel'], adj., uncivil.

Inclination [ă̄-klee-nă-see'-o̅̄], n. f., inclination ; attachment ; flame.

Incliné-e [ă̄-klee-nay'], p., inclined, bent, bowed.

s'Incliner, v. refl., to bow.

Incommodé-e [ă̄-ko̅-mo̅-day'], p., disturbed, put out.

Incommoder [ă̄-ko̅-mo̅-day'], v. a., to inconvenience.

Incongru-e [ă̄-ko̅'-grü'], adj., unfit, unsuitable.

Incongruité [ă̄-ko̅'-grüee-tay'], n. f., impropriety.

Inconnu-e [ă̄-ko̅-nü̈'], adj., unknown, unexplored.

Inconstance [ă̄-ko̅'-stā̄ss'], n. f., inconstancy, fickleness.

Inconstant-e [ă̄-ko̅'-stā̄', -stā̄'t'], adj., inconstant, unstable.

Inconvénient [ă̄-ko̅'-vay-nee-ă̄'], n. m., inconvenience.

Incorruptible [ă̄-kŏr-rüp-teebl'], adj., incorruptible, unfading.

Incroyable [ă̄-krwă-yăbl'], adj., incredible.

Indépendant-e [ă̄-day-pă̄'-dā̄', -dā̄'t], adj., independent.

Index [ă̄-dex'], n. m., index ; forefinger.

Indien-ne [ă̄-dee-ă̄', -en'], adj., Indian.

Indienne [ă̄-dee-enn'], n. f., calico, printed calico.

Indifférent-e [ă̄-dee-fay-rā̄', -rā̄'t], adj., indifferent ; unimportant ; n. m. f., an indifferent person.

Indigence [ă̄-dee-zhā̄ss'], n. f., indigence, poverty.

Indigent-e [ă̄-dee-zhā̄', -zhā̄'t], adj., needy, poor.

Indignation [ă̄-deen-yā-see-o̅'], n. f., indignation.

Indigne [ă̄-deen^y'], adj., unworthy, infamous.

INF

Indigné-e [ă̄-deen-yay'], adj., indignant.

Indiquer [ă̄-dee-kay'], v. a., to indicate, point out, state.

Indiscret-e [ă̄-dee-skrai', -skrait'], adj., indiscreet, imprudent.

Indolence [ă̄-do̅-lā̄'ss'], n. f., indolence, idleness, sloth.

Indolent-e [ă̄-do̅-lā̄', -lā̄'t], adj., indolent, idle.

Indomptable [ă̄-do̅'-tăbl'], adj., untamable.

Indompté-e [ă̄-do̅'-tay], adj., untamed, wild.

In-douze [ă̄-dooz'], duodecimo, 12mo.

Indulgence [ă̄-dül-zhā̄'ss'], n. f., indulgence.

Industrie [ă̄-dü-stree'], n. f., industry ; nécessité donne de l'industrie, necessity is the mother of invention.

Inégal-e [ee-nay-găl'], adj., unequal, uneven ; unjust.

Inertie [ee-nair-see'], n. f., inactivity, inertness.

Inévitable [ee-nay-vee-tăbl'], adj., inevitable, unavoidable, sure.

Inexprimable [een-ex-pree-măbl'], adj., inexpressible.

Infaillibilité [ă̄-fă-yee-bee-lee-tay], n. f., infallibility.

Infaillible [ă̄-fă-yee'-bl], adj., infallible, unerring.

Infâme [ă̄-făm'], n. m., wretch, base wretch.

Infamie [ă̄-fă-mee'], n. f., infamy, baseness.

Infanterie [ă̄-fā̄'t-ree'], n. f., infantry ; hommes d'infanterie, infantry.

Infect-e [ă̄-fekt'], adj., infectious.

Infecté-e [ă̄-fek-tay'], p., infected, tainted.

Infecter [ă̄-fek-tay'], v. a., to infect.

Infernal-e [ă̄-fair-năl'], adj., infernal, — of hell.

Infertile [ă̄-fair-teel'], adj., unproductive.

Infidèle [ă̄-fee-dail'], adj., unfaith-

S 2

ful, faithless, infidel; n. m., *an infidel.*

Infiniment [*ă˜-fee-nee-mā˜'*], adv., *infinitely, exceedingly, immeasurably.*

Infinité [*ă˜-fee-nee-tay'*], n. f., *infinity, infinite number.*

Infirme [*ă˜-feerm'*], adj., *weak, infirm.*

Infirmité [*ă˜-feer-mee-tay'*], n. f., *infirmity, weakness.*

Inflexible [*ă˜-flex-eebl'*], adj., *inflexible.*

Influence [*ă˜-flü-ā˜ss'*], n. f., *influence.*

Influé-e [*ă˜-flü-ay*], p., *had an influence.*

Informe [*ă˜-form'*], adj., *unformed.*

s'Informer [*să˜-fŏr-may'*], v. refl., *to inquire, ask, ask after, inquire* (into, *de*).

Infortune [*ă˜-fŏr-tün'*], n. f., *misfortune.*

Infortuné-e [*ă˜-fŏr-tü-nay'*], adj., *unfortunate, unhappy, wretched;* n., *unfortunate one.*

Ingénieux-se [*ă˜-zhay-nee-ŏ', -ŏz'*], adj., *ingenious, talented.*

Ingénu-e [*ă˜-zhay-nü'*], adj., *simple, artless.*

s'Ingérer [*să˜-zhay-ray*], v. refl., *to intermeddle* (with, *de*).

Ingrat-e [*ă˜-grā', -grăt'*], adj., *ungrateful.*

Inhabile [*een-ā-beel'*], adj., *unskilled, unfit.*

Inhumain-e [*een-ü-mă˜, -main*], adj., *inhuman.*

Inimitié [*ee-nee-mee-tee-ay'*], n. f., *hatred, ill will.*

Iniquité [*ee-nee-kee-tay'*], n. f., *iniquity, transgression, unrighteousness.*

Injure [*ă˜-zhür'*], n. f., *wrong, insult;* dire des injures, *to insult.*

Injurieux-se [*ă'-zhü-ree-ŏ', -ŏz'*], adj., *injurious, insulting, taunting.*

Injuste [*ă˜-zhüst*], adj., *unjust, unrighteous.*

Injustice [*ă˜-zhüs-teess'*], n. f., *injustice, wrong.*

Innocemment [*ee-nō-să-mā˜'*], adv., *innocently, harmlessly.*

Innocence [*ee-nō-să˜ss'*], n. f., *innocence.*

Innocent-e [*ee-nō-să˜', -să˜t'*], adj., *innocent.*

Innombrable [*ee-no˜-brā'-bl*], adj., *innumerable, countless.*

In-octavo [*ee-nŏk-tā-vō'*], *octavo,* 8ᵛᵒ.

Inonder [*ee-no˜-day'*], v. a., *to inundate, deluge, overwhelm.*

Inouï-e [*ee-noo-ee'*], adj., *unheard of, unexampled.*

In-quarto [*ă˜-kwār-tō'*], *quarto,* 4ᵗᵒ.

Inquiet-e [*ă˜-kee-ai', -ait'*], adj., *restless, uneasy.*

Inquiété-e [*ă˜-kee-ay-tay'*], p., *disquieted.*

Inquiéter [*ă˜-kee-ay-tay'*], v. a., *to disturb.*

Inquiétude [*ă˜-kee-ay-tüd'*], n. f., *disquiet, uneasiness, solicitude.*

Inscrit-e [*ă˜-skree', -skreet'*], p., *entered, recorded.*

Insensé-e [*ă˜-să˜-say'*], adj., *insane, mad, foolish, unwise;* n. m., *madman, fool.*

Insensible [*ă˜-să˜-see'-bl*], adj., *heartless, unfeeling.*

Insensiblement [*ă˜-să˜-see-blĕmā˜*], adv., *insensibly, imperceptibly.*

Insérer [*ă˜-say-ray'*], v. a., *to insert, introduce.*

Insinuant-e [*ă˜-see-nü-ā˜, -ā˜t*], adj., *insinuating.*

s'Insinuer [*să˜-see-nü-ay*], v. refl., *to insinuate, creep* (into).

Insister [*ă˜-sees-tay*], v. n., *to insist, claim, urge.*

Insolence [*ă˜-sō-lā˜ss'*], n. f., *insolence, impudence.*

Insolent-e [*ă˜-sō-lā˜', -lā˜t'*], adj., *insolent, impudent, saucy;* n. m. f., *insolent fellow, saucebox.*

Inspirer [*ă˜-spee-ray'*], v. a., *to inspire, prompt;* inspirer un sentiment à, *to inspire — with a sentiment.*

Instant [*ă˜-stā˜'*], n. m., *instant,*

INT

moment ; à l'instant, *immediate-ly, this moment;* à l'instant même, *this very moment.*

Instantanément [ă͞-stā͞-tă-nay-mā͞´], *instantaneously.*

Instinctif-ve [ă͞-stă͞k-teef´, -teev´], adj., *instinctive, innate.*

Instituer [ă͞-stee-tü-ay´], v. a., *to establish.*

Institut [ă͞-stee-tü´], n. m., *institute.*

Institution [ă͞-stee-tü-see-o͞´], n. f., *institution.* ͏

Instruction [ă͞-strük-see-o͞´], n. f., *instruction, education, teaching.*

Instruire [ă͞-strüeer´], v. ir., *to instruct.*

Instruisant [ă͞-strüee-zā͞´], p., *instructing.*

Instruit-e [ă͞-strüee, -eet], p., *instructed, apprized, informed, well informed.*

Instrument [ă͞-strü-mā͞´], n. m., *instrument, implement.*

Insulte [ă͞-sült´], n. f., *taunt, insult.*

Insulté-e [ă͞-sül-tay´], p., *insulted, been an insult to.*

Insupportable [ă͞-sü-pōr-tăbl´], adj., *insufferable, intolerable.*

Intarissable [ă͞-tār-ee-săbl´], adj., *inexhaustible, never-failing.*

Intégrité [ă͞-tay-gree-tay´], n. f., *probity, uprightness.*

Intellectuel-le [ă͞-tel-lek-tü-ell´], adj., *intellectual.*

Intelligent-e [ă͞-tel-lee-zhā͞´, zhā͞´t], adj., *intelligent.*

Intention [ă͞-tā͞-see-o͞´], n. f., *design, intention.*

Interdire [ă͞-tair-deer´], v. ir., *to interdict, forbid.*

s'Interdire, v. ir. refl., *to forbid.*

Interdit-e [ă͞-tair-dee, -deet], p., *forbidden, prohibited ; abashed, confused.*

Intéressant-e [ă͞-tay-ress-ā͞, ā͞t], adj., *interesting.*

Intéressé-e [ă͞-tay-ress-ay´], p., *interested ; selfish.*

Intéresser [ă͞-tay-ress-ay´], v. a., *to interest ; give a share to.*

INV

s'Intéresser, v. refl., *to be interested* (in, à) ; *to interest o. s. in.*

Intérêt [ă͞-tay-rai´], n. m., *interest, welfare, selfishness ; self-interest.*

Intérieur-e [ă͞-tay-ree-ör´], adj., *interior, internal.*

Interlocuteur [ă͞-tair-lō-kü-tör´], n. m., *interlocutor, speaker.*

Intermède [ă͞-tair-maid´], n. m., *interlude.*

Interprétation [ă͞-tair-pray-tă-see-o͞´], n. f., *interpretation.*

Interprète [ă͞-tair-prait´], n. m., *interpreter.*

Interroger [ă͞-tair-rō-zhay´], v. a., *to question.*

Interrompre [ă͞-tair-ro͞´-pr], v. a., *to interrupt.*

Interrompu-e [ă͞-tair-ro͞-pü´], p., *interrupted.*

Intervalle [ă͞-tair-vall´], n. m., *interval.*

Intervenir [ă͞-tair-vĕ-neer´], v. ir., *to intervene.*

Intime [ă͞-teem´], adj., *intimate.*

Intimider [ă͞-tee-mee-day´], v. a., *to intimidate.*

Intimité [ă͞-tee-mee-tay´], n. f., *intimacy, acquaintance.*

Intitulé-e [ă͞-tee-tü-lay´], p., *entitled.*

Intraitable [ă͞-trai-tabl´], adj., *unreasonable, unmanageable.*

Intrigue [ă͞-treeg´], n. f., *intrigue, plot.*

s'Intriguer [să͞-tree-gay´], v. refl., *to intrigue.*

Introduire [ă͞-trō-düeer´], v. ir., *to introduce.*

Introduit-e [ă͞-trō-düee, -eet´], p., *introduced.*

Inutile [ee-nü-teel´], adj., *useless.*

Invalides (les) [lay ză͞-văl-eed´], n. pl., *famous hospital in Paris, founded by Louis XIV.*

Inventaire [ă͞-vă͞-tair´], n. m., *inventory.*

Inventer [ă͞-vā͞-tay´], v. a., *to invent.*

Invention [ă͞-vā͞-see-o͞´], n. f., *invention.*

JAL

Invincible [ă~-vă~-see'-bl], adj., in-vincible, unconquerable.

Invisible [ă~-vee-zee'-bl], adj., invisible.

Inviter [ă~-vee-tay'], v. a., to invite.

Invoqué-e [ă~-vŏ-kay'], p., invoked.

Invoquer [ă~-vŏ-kay'], v. a., to invoke, call upon.

Iphigénie [eef-ee-zhay-nee'], p. n. f., Iphigenia (title of a tragedy).

Ira [ee-rá'], from aller.

Irai [ee-ray'], from aller.

Irais [ee-rai'], from aller.

Irions [ee-ree-o~'], from aller.

Irlande [eer-lă~d'], n. f., Ireland.

Ironique [ee-rŏ-neek'], adj., ironical; d'un air ironique, in an ironical tone.

Ironiquement [ee-rŏ-neek-mă~'], adv., ironically.

Irrégulier-e [eer-ray-gü-lee-ay, -air], adj., irregular; outlandish.

Irrésolu-e [eer-ray-zo-lü'], adj., irresolute.

Irrité-e [eer-ree-tay'], p., angered, excited.

Irriter [eer-ree-tay'], v. a., to provoke, incense, exasperate; excite, feed.

Irruption [eer-rüp-see-o~'], n. f., irruption.

Isolé-e [ee-zō-lay'], p., isolated, apart.

Ispahan [ees-pă-ă~'], p. n., Ispahan.

Issu-e [ees-sü'], p., sprung, descended.

Issue [ees-sü], n. f., issue, exit, passage, outlet, egress.

Italie [ee-tă-lee'], n. f., Italy.

Itinéraire [ee-tee-nay-rair'], n. m., itinerary.

Ivrogne [ee-vrŏn^y], n. m., drunkard, sot.

J

J', for je, before a vowel or h mute.

Jacques [zhăck], p. n., James.

Jadis [zhă-dee'], adv., formerly, of old, of yore.

Jalousie [zhă-loo-zee'], n. f., jealousy.

JEU

Jaloux-se [zhă-loo', ··looz'], adj., jealous.

Jamais [zhăm - ai'], adv., ever; (with ne) never; à jamais, forever.

Jambe [zhă~b], n. f., leg, limb; jambe droite, right foot forward (in dancing).

Jambon [zhă~-bo~'], n. m., ham.

Janissaire [zhăn - ee - sair'], n. m., Janissary.

Janvier [zhă~-vee-ay'], n. m., January.

Jardin [zhār-dă~'], n. m., garden.

Jargon [zhār-go~'], n. m., gibberish, cant.

Jarretière [zhār-tee-air'], n. f., garter (order of knighthood).

Jatte [zhăt], n. f., a large bowl.

Jaunissant-e [zhö-nee-să~, -să~t], adj., golden, ripening; shining.

Javelot [zhăv-lō'], n. m., javelin.

Je [zhě], pron., I.

Jean [zhă~], p. n., John.

Jeanneton [zhăn-to~'], p. n., Jenny.

Jérémie [zhay-ray-mee'], p. n., Jeremiah.

Jérôme [zhay-rōm'], p. n., Jerome.

Jérusalem [zhay-rü-ză-lem'], p. n., Jerusalem.

Jésuite [zhay-zü-eet'], n. m., Jesuit.

Jésus-Christ [zhay-zü-kree']; however, Christ alone is pronounced kreest.

Jeté-e [zhě-tay'], p., cast, thrown.

Jeter [zhě-tay'], v. a., to throw, cast, throw away, throw down, send forth, cast off; emit; jeter les yeux, to fix the eyes upon.

se Jeter [sě zhě-tay'], v. refl., to cast o. s., throw o. s., rush (at, sur); rush (into, dans).

Jeu [zhö], n. m., play, sport, playing, pastime; gaming; jeu de mots, play on words, conceit.

Jeudi [zhö-dee'], n. m., Thursday; tous les jeudis, every Thursday.

Jeun [jö], à jeun, adv., fasting, without food.

Jeune [zhön], adj., young, youthful.

Jeunesse [zhö-ness'], n. f., youth; young days; young people.

JOY

Jocelyn [*zhŏss-lă~'*], *title of a poem.*

Joie [*zhwā*], n. f., *joy, delight, happiness, exultation.*

se Joignaient [*sĕ zhwăn-yai'*], from se *joindre.*

Joignant [*zhwăn-yā~'*], p., from *joindre.*

Joigne [*zhwăny*], from *joindre.*

Joignez [*zhwăn-yay'*], from *joindre.*

Joindre [*zhwă~'-dr*], v. ir., *to join, unite, fold, add.*

se Joindre, v. rofl., *to join, unite.*

Joins [*zhwă~*], from *joindre.*

Joint [*zhwă~*], from *joindre.*

Joint-e [*zhwă~, zhwă~t*], p., *joined, united, met;* aux sourcils joints [*ŏ soor-see' zhwă~'*], *with eyebrows which met.*

Joli-e [*zhŏ-lee'*], adj., *pretty, delightful.*

Jonas [*zhŏ-năs'*], p. n., *title of an heroic poem.*

Joppé [*zhŏ-pay'*], p. n., *Joppa.*

Josaphat [*zhŏ-zā-făt'*], p. n., *Jehoshaphat.*

Joue [*zhoo*], n. f., *cheek.*

Joué-e [*zhoo-ay'*], p., *played, ridiculed, mocked.*

Jouer [*zhoo-ay'*], v. a. and n., *to play, jest; ridicule, mock.*

se Jouer, v. rofl., *to play, sport, wanton.*

Jouet [*zhoo-ai'*], n. m., *toy, plaything; sport.*

Joueur [*zhoo-ŏr'*], n. m., *player.*

Joug [*zhoog*], n. m., *yoke.*

Jouir [*zhoo-eer'*], v. n., *to enjoy* (foll. by *de*).

Jour [*zhoor*], n. m., *day; light; light of day, daylight;* tous les jours, *every day;* de jour en jour, *from day to day;* donner le jour à, *to give birth to.*

Jourdain [*zhoor-dă~'*], p. n., *Jordan* (river).

Journal [*zhoor-năl'*], n. m., *journal, newspaper.*

Journée [*zhoor-nay'*], n. f., *day, day's work.*

Joyau [*zhwā-yŏ'*], n. m., *jewel;* pl., joyaux [*zhwā-yŏ*].

JUS

Joyeux-se [*zhwā-yŏ', -yŏz'*], adj., *joyous, gleesome, merry.*

Juché-e [*zhü-shay'*], p., *perched, mounted.*

Judas [*zhü-dā'*], n. m., *Judas, a traitor.*

Judée [*zhü-day'*], p. n., *Judæa.*

Judicieux-se [*zhü-dee-see-ŭ', -ŭz'*], adj., *judicious, well-timed, discreet.*

Juge [*zhüzh*], n. m., *judge.*

Jugement [*zhüzh-mā~'*], n. m., *judgment, decision, view; trial, sentence.*

Jugé-e [*zhü-zhay'*], p., *judged, regarded, considered.*

Juger [*zhü-zhay'*], v. a., *to judge, deem, consider; conceive.*

Juif [*zhüeef'*], n. m., *Jew.*

Junon [*zhü-no~'*], p. n. f., *Juno.*

Jupiter [*zhü-pee-tair'*], n. m., *Jupiter;* Jupiter tonant, *Jupiter tonans,* i. e., *Jupiter the thunderer.*

Jura [*zhü-rā'*], n. m., *Jura* (mountains).

Jurer [*zhü-ray'*], v. n., *to swear, declare solemnly.*

Juridiction [*zhü-ree-dik-see-o~'*], n. f., *province, jurisdiction.*

Jurisconsulte [*zhü-rees-ko~-sült'*], n. m., *lawyer.*

Jurisprudence [*zhü-rees-prü-dā~ss*], n. f., *jurisprudence, law.*

Jus [*zhü*], n. m., *juice.*

Jusque [*zhüsk*], prep., *to, as far as, even to;* jusqu'à [*zhüs-kā'*], *as far as, so far as, to, even to, up to;* jusque-là, *till then, thus far, as far as there;* jusqu'alors, *hitherto;* jusqu'ici, *hitherto, thus far;* jusque dans, *even to;* jusque chez nous, *to our house;* jusque-là que, *so much so that.*

Justaucorps [*züs-tŏ-kŏr'*], n. m., *close coat.*

Juste [*zhüst*], adj., *just, right; exact;* au plus juste, *most precisely, exactly.*

Justement [*zhüst-mā~'*], adv., *justly, precisely, exactly; just.*

Justesse [*zhüs-tess'*], n. f., *justness, exactness.*

LAI

Justice [*zhŭs-tees'*], n. f., *justice.*

Justifier [*zhŭs-tee-fee-ay'*], v. a., *to justify.*

se Justifier, v. refl., *to justify one's self.*

Juvénal [*zhŭ-vay-năl'*], p. n., *a famous Roman satirist.*

L

L', for *le* or *la*, before a vowel or *h* mute.

La [*lă*], art. and pron., *the; her, it.*

Là, adv., *there, thither.*

Là-bas [*lă-bă'*], adv., *down there, yonder, down stairs.*

Labeur [*lă-bŏr'*], n. m., *labor, toil.*

Laborieux-se [*lă-bō-ree-ŏ', -ŏz'*], adj., *industrious, toilsome.*

Labourage [*lă-boo-răzh'*], n. m., *husbandry, tillage; seed-time.*

Labourer [*lă-boo-ray'*], v. a., *to till, cultivate, plow.*

Laboureur [*lă-boo-rŏr'*], n. m., *husbandman.*

Labyrinthe [*lă-bee-ră˜t*], n. m., *maze, labyrinth.*

Lac [*lăk*], n. m., *lake.*

Lacédémone [*lă-say-day-mōn'*], n., *Lacedæmon.*

Lacédémonien-ne [*lă-say-day-mō-nee-ă˜', -ĕn'*], adj., *Lacedæmonian.*

Lacet [*lă-sai'*], n. m., *string (of lace).*

Lâche [*lăsh*], adj., *loose; indolent; mean; cowardly, weak.*

Lâche, n. m., *coward.*

Lâchement [*lăsh-mă˜'*], adv., *cowardly, slothfully.*

Lâcher [*lă-shay'*], v. a., *to let loose, release; to drop (as a remark).*

Lâcheté [*lăsh-tay'*], n. f., *cowardice, cowardliness.*

Lacs [*lă*], n. m., *snare, toils.*

Là-dedans [*lă dĕ-dă˜'*], adv., *within, in there, therein.*

Ladre [*lă'-dr*], n. m., *leper niggard.*

Là-dessus [*lă dĕ-sŭ'*], adv., *with it, thereupon.*

Laid-e [*lai, laid*], adj., *ugly, ill-favored.*

Laine [*lain*], n. f., *wool; laine*

LAT

d'Angleterre [*lain dă˜-glĕ-tair'*], *English wool.*

Laisser [*lai-say'*], v. a. and n., *to leave, permit, let; se laisser aller à, to give way to; laisser de, to fail to.*

Lait [*lai*], n. m., *milk.*

Laitage [*lai-tăzh'*], n. m., *milk food.*

Lambeau [*lă˜-bō'*], n. m., *shreds, tatters; fragment.*

Lamentation [*lă-mă˜-tă-see-o˜'*], n. f., *lamentation.*

Lampe [*lă˜p*], n. f., *lamp.*

Lancer [*lă˜-say'*], v. a., *to dart, cast, launch.*

se Lancer, v. refl., *to dart, launch.*

Langage [*lă˜-găzh'*], n. m., *language, talk.*

Langue [*lă˜g*], n. f., *tongue, language.*

Langueur [*lă˜-ghŏr'*], n. f., *languor, languidness.*

Languir [*lă˜-gheer'*], v. n., *to pine, pine away, linger, droop.*

Languissant-e [*lă˜-ghee-să˜', -să˜t*], adj., *drooping, pining.*

Lanterneries [*lă˜-tair-nĕ-ree'*], n. f. pl., *nonsense, stuff.*

Laquais [*lă-kay'*], n. m., *footman, lackey.*

Laquelle [*lă-kell'*], pron. f., *which, whom.*

Lard [*lăr'*], n. m., *bacon, fat.*

Large [*lărzh'*], adj., *broad, wide.*

Largesse [*lăr-zhess'*], n. f., *bounty, liberality.*

Larme [*lărm*], n. f., *tear.*

La Serre [*lă sair'*], p. n., *an author of slight merit.*

Las-se [*lă, lăss*], adj., *tired, weary, wearied.*

Lassé-e [*lă-say'*], p., *wearied, tired, grown weary.*

Lasser [*lă-say'*], v. a., *to tire, weary.*

se Lasser, v. refl., *to tire, grow weary.*

Lassitude [*lă-see-tŭd'*], n. f., *lassitude, weariness, ennui.*

Latin-e [*lă-tă˜', -teen'*], adj., *Latin, Roman.*

LEV

Latin [*lă-tă⁓'*], n. m., *Latin* (language).

Laurier [*lō-ree-ay'*], n. m., *laurel.*

Laver [*lă-vay'*], v. a., *to wash, wash over, lave.*

Le [*lĕ*], art., *the;* pron., *him, it; so.*

Leçon [*lĕ-so⁓'*], n. f., *lesson, instruction.*

Lecteur [*lĕk-tör'*], n. m., *reader.*

Lecture [*lĕk-tür'*], n. f., *reading.*

Légende [*lay-zhă̄⁓d'*], n. f., *legend.*

Léger-e [*lay-zhay', -zhair'*], adj., *light; trifling; buoyant, airy.*

Légèrement [*lay-zhair-mă̄⁓*], adv., *lightly; nimbly.*

Légèreté [*lay-zhair-tay'*], n. f., *lightness, buoyancy, elasticity.*

Législateur [*lay-zhees-lă-tör'*], n. m., *lawgiver, legislator.*

Législation [*lay-zhees-lă-see-o⁓'*], n. f., *legislation.*

Légitime [*lay-zhee-teem'*], adj., *legitimate, justifiable.*

Lélie [*lay-lee*], n., *Lœlius* (Roman consul).

Lendemain [*lă̄⁓-dĕ-mă̄⁓*], n. m., *the next day.*

Lent-e [*lă̄⁓, lă̄⁓t*], adj., *slow, tardy, dull.*

Lentement [*lă̄⁓t-mă̄⁓'*], adv., *slowly; gradually.*

Lenteur [*lă̄⁓-tör'*], n. f., *slowness; slow pace.*

Léonidas [*lay-ō-nee-das'*], p. n., *King of Sparta, who sacrificed himself for his country at Thermopylæ.*

Lequel [*lĕ-kel'*], pron. m., *which, which one.*

Les [*lay*; before a vowel *laiz*], art. pl., *the;* pron. pl., *them.*

Lesquelles [*lay-kel'*], pron, pl. f., *which.*

Lesquels [*lay-kel'*], pron. pl. m., *which.*

Lettre [*lettr*], n. f., *letter;* pl., *letters, literature.*

Leuctre [*lök'-tr*], p. n., *Leuctra.*

Leur [*lör*], pron., *to them, them; their;* with art., *theirs.*

Levant [*lĕ-vă̄⁓'*], n. m., *East.*

LIG

Levantin [*lĕ-vă̄⁓-tă̄⁓'*], n. m., *Levantine;* pl., *the Orientals.*

Levé-e [*lĕ-vay'*], p., *raised, risen; up; rising, dawned.*

Lever [*lĕ-vay'*], v. a., *to raise, lift;* levèrent les yeux sur son trône, *aspired to his throne.*

se Lever, v. refl., *to rise, get up, rise up.*

Lever, n. m., *rising;* au lever de l'aurore, *at break of day.*

Lèvre [*laivr*], n. f., *lip;* pl., les lèvres, *the lips.*

Liaison [*lee-ai-zo⁓'*], n. f., *connection, relation.*

Liane [*lee-ăn'*], n. f., *vine, convolvulus.*

Libéralité [*lee-bay-răl-ee-tay'*], n. f., *bounty, benevolence, beneficence, generosity.*

Libérateur [*lee-bay-ră-tör'*], n. m., *liberator, deliverer.*

Liberté [*lee-bair-tay'*], n. f., *liberty, freedom.*

Libraire [*lee-brair'*], n. m., *bookseller.*

Librairie [*lee-bray-ree'*], n. f., *bookstore.*

Libre [*leebr*], adj., *free; unrestrained.*

Licence [*lee-să̄⁓ss'*], n. f., *license, lawlessness, licentiousness.*

Licencieux-se [*lee-să̄⁓-see-ö', -öz'*], adj., *licentious, dissolute.*

Lie [*lee*], n. f., *dregs, refuse, lees.*

Lié-e [*lee-ay'*], p., *tied, bound, fastened.*

Lien [*lee-ă̄⁓'*], n. m., *bond, tie, band.*

Lier [*lee-ay'*], v. a., *to tie, fasten, bind, unite.*

se Lier, v. refl., *to bind; become intimate with.*

Lieu [*lee-ö'*], n. m., *place;* au lieu de, *instead of;* avoir lieu de, *to have reason to.*

Lieue [*lee-ö'*], n. f., *league;* faire une lieue, *to travel a league.*

Lieutenant [*lee-ö-tĕ-nă̄⁓'*], n. m., *lieutenant.*

Ligne [*leenʸ*], n. f., *line.*

Ligneux-se [*leen-yö', -yöz'*], adj., *ligneous, woody.*

LOI

Ligue [*leeg*], n. f., *league, federation.*

se Liguer [*sĕ lee-gay'*], v. refl., *to league, combine.*

Lime [*leem*], n. f., *file; finishing touch.*

Liminaire [*lee-mee-nair'*], adj., *introductory, prefatory.*

Limite [*lee-meet'*], n.f., *limit, bound.*

Linge [*lă̆zh*], n. m., *linen.*

Linière [*lee-nee-air'*], p. n., *author who attacked Chapelain.*

Lion [*lee-o͞'*], n. m., *lion.*

Liqueur [*lee-kör*], n. m., *liquor, liquid.*

Liquide [*lee-keed'*], adj., *watery, liquid.*

Lire [*leer*], v. ir., *to read.*

Lis [*lee*], n. m., *lily.*

Lis [*lee*], from *lire.*

Lisant [*lee-zā̆̆'*], p., from *lire.*

Lit [*lee*], n. m., *bed;* être au lit, *to be in bed.*

Littéraire [*lee-tay-rair'*], adj., *literary.*

Littérateur [*lee-tay-rā-tör'*], n. m., *man of letters;* pl., *literati.*

Littérature [*lee-tay-rā-tür'*], n. f., *literature.*

Livre [*leevr*], n. m., *book.*

Livre, n. f., *pound, weight; franc.*

Livrée [*lee-vray'*], n. f., *livery, servant's dress.*

Livrer [*lee-vray'*], v. a., *to deliver over, hand over, surrender.*

se Livrer, v. refl., *to yield o. s. to, devote o. s. to, give way to.*

Logement [*lŏzh-mā̆̆'*], n. m., *lodging.*

Loger [*lŏ-zhay'*], v. a. and n., *to live, dwell, lodge, entertain.*

Logique [*lŏ-zheek'*], n. f., *logic.*

Logis [*lŏ-zhee'*], n. m., *house, dwelling;* être au logis, *to be at home.*

Loi [*lwā*], n. f., *law, statute.*

Loin [*lwă̆̆*], adv., *far;* loin de, *far from;* au loin, *afar, at or to a distance;* d'un peu loin, *a little way off.*

Lointain-e [*lwă̆-tă̆̆', -tain'*], adj., *distant, far off.*

Loisir [*lwā-zeer'*], n. m., *leisure,*

LUM

leisure moment; à loisir, *at leisure;* de loisir, *at leisure.*

Londres [*lo͞'-dr*], n., *London.*

Long-ue [*lo͞, lo͞g*], adj., *long;* le long de, *along.*

Longe [*lo͞'-zh*], n. f., *loin.*

Longtemps [*lo͞'-tā̆̆'*], adv., *long, a long time;* il y a longtemps, *long ago.*

Longue [*lo͞g*], f. of *long, long.*

Longueur [*lo͞'-gör'*], n. f., *length.*

Lord [*lŏr*], n. m., *Lord.*

Lorgner [*lorn-yay'*], v. a., *to eye, ogle.*

Lorgnette [*lorn-yet'*], n. f., *glass, opera-glass.*

Lorraine (la) [*lā Lōr-rain*], n., *a department of France.*

Lors [*lor*], adv., *then;* pour lors, *then.*

Lorsque [*lōrss-kĕ'*], adv., *when.*

Louange [*loo-ā̆zh'*], n. f., *praise, encomium;* louanges toutes pures, *flattery.*

Louche [*loosh*], adj., *squint-eyed.*

Louer [*loo-ay'*], v. a., *to praise.*

se Louer, v. refl., *to praise o. s., be satisfied* (with, *de*).

Louis [*loo-ee'*], p. n., *Louis, Lewis; a coin worth about* $4 75.

Loup [*loo*], n. m., *wolf.*

Lourd-e [*loor, loord*], adj., *heavy, dull, torpid.*

Lu-e [*lü*], p., *read, perused.*

Lucain [*lü-kă̆̆'*], p. n., *Lucan.*

Lucien [*lü-see-ā̆̆'*], p. n., *Lucian.*

Lucile [*lü-seel'*], p. n., *Lucilius (a Roman satirist).*

Lucrèce [*lü-kraiss'*], p. n., *Lucretius.*

Lueur [*lü-ör'*], n. f., *glimmering, gleam, glimmer, ray.*

Lugubre [*lü-gü'-br*], adj., *sombre, dismal.*

Lui [*lüee*], pron., *he, him, to him, in him, it; himself, itself;* lui-même, *him — itself.*

Luisant-e [*lüee-zā̆̆', -zā̆̆'t'*], adj., *shining, gleaming, flashing.*

Lumière [*lü-mee-air'*], n. f., *light;* pl., *information, intelligence, insight.*

MAG

Lune [*lün*], n. f., *moon.*

Lunette [*lü-net'*], n. f., *glass; spectacles.*

Lustre [*lüs'-tr*], n. m., *lustre, gloss, brilliancy.*

Lut [*lü*], from *lire.*

Luth [*lüt*], n. m., *lute.*

Lutrin [*lü-trä'*], n. m., *reading-desk, lectern.*

Lutte [*lüt*], n. f., *strife, contest, controversy, wrestling.*

Lutter [*lü-tay'*], v. n., *to fight, strive.*

Luxure [*lüx-ür'*], n. f., *lust, lewdness.*

Lyon [*lee-o~'*], n., *Lyons.*

Lyre [*leer*], n. f., *lyre.*

Lyrique [*leer-eek'*], adj., *lyric.*

Lys [*lee*], n. m., *lily.*

Lysimaque [*lee-zee-mäk'*], p. n., *Lysimachus.*

M

M., abbreviation for *Monsieur.*

M', for *me, before a vowel or h mute.*

Ma [*mä*], pron. f., *my.*

Macédonien-ne [*mä-say-dō-nee-ä~', -ĕn'*], n. and adj., *Macedonian.*

Mâchoire [*mä-shwär'*], n. f., *jaw;* mâchoire d'en haut, *upper jaw;* m. d'en bas, *lower jaw.*

Maçon [*mä-sō~'*], n. m., *mason.*

Madame [*mä-däm'*], n. f., *Mrs., madam, mistress;* jouer à la madame, *to play mistress — lady.*

Mademoiselle [*mäd-mwä-zell'*], n. f., *Miss.*

Madrigal [*mäd-ree-gäl'*], n. m., *madrigal.*

Magasin [*mä-gä-zä~'*], n. m., *magazine; warehouse.*

Magister [*mä-zhees-tair'*], n. m., *schoolmaster;* magister de bourg, *village schoolmaster.*

Magistrat [*mä-zhees-trä'*], n. m., *magistrate.*

Magnanime [*män-yä-neem'*], adj., *magnanimous.*

Magnificence [*män-yee-fee-sä~ss'*], n. f., *grandeur.*

Magnifique [*män-yee-feek'*], adj., *grand, gorgeous, magnificent.*

MAL

Mahométan-e [*mä-ōm-ay-tä~, -tän*], n., *Mohammedan.*

Maigre [*mai-gr*], adj., *lean, thin, poor; sorry, barren.*

Maille [*miy*], n. f., *stitch, mesh.*

Main [*mä~*], n. f., *hand.*

Maintenant [*mä~-tĕ-nä~'*], adv., *now, at present;* maintenant que, *now that.*

Maintenir [*mä~-tĕ-neer'*], v. ir., *to maintain.*

se Maintenir, v. refl., *to stand one's ground.*

Maintien [*mä~-tee-ä~'*], n. m., *bearing, deportment.*

Maire [*mair*], n. m., *mayor.*

Mais [*mai*], conj., *but.*

Maison [*mai-zo~'*], n. f., *house, dwelling; household, family.*

Maître [*mai'-tr*], n. m., *master, teacher, chief;* maître d'armes, *fencing-master.*

Maîtresse [*mai-tress'*], n. f., *mistress.*

Maîtriser [*mai-tree-zay'*], v. a., *to master, subdue.*

Majesté [*mä-zhess-tay'*], n. f., *majesty.*

Major [*mä-zhōr'*], n. m., *major.*

Mal [*mal*], n. m., *evil, ill, harm, fault, suffering, complaint, disease; pain, wrong;* faire mal à *to harm.*

Mal, adv., *ill, badly, wrong, wrongly.*

Malade [*mäl-äd'*], adj., *sick;* n. m. and f., *sick one, patient.*

Maladie [*mäl-ä-dee'*], n. f., *disease, sickness, ailment, illness; pest.*

Malaisé-e [*mäl-ai-zay'*], adj., *difficult, hard.*

Malavisé-e [*mäl-ä-vee-zay'*], adj., *ill advised, ill informed.*

Malgré [*mäl-gray'*], prep., *in spite of;* malgré lui, *in spite of himself.*

Malheur [*mäl-ör'*], n. m., *misfortune, unhappiness, ill fortune.*

Malheureusement [*mäl-ö-röz-mä~'*], adv., *unfortunately.*

Malheureux-se [*mäl-ö-rö', -röz'*], adj., *unhappy, unfortunate;* n., *unfortunate man, unlucky man.*

MAN

Malice [măl-eess'], n. f., malice, malignity.

Malignement [măl-een-yĕ-mā~'], adv., maliciously, malignantly.

Malignité [măl-een-yee-tay'], n. f., malignity, malignancy.

Malin [măl-ă~'], f., maligne [măl-een?], adj., malicious, malignant; evil, ill.

Malitorne [măl-ee-torn'], n. m., boor, awkward fellow.

Malte [mălt], n., Malta.

Maltraiter [măl-trai-tay'], v. a., to ill-treat, deal harshly with.

Maman [mă-mā~'], n. f., mamma.

Mamelle [măm-ell'], n. f., breast; peak (of a mountain).

Mameluk [măm-lük'], n. m., Mameluke.

Mandement [mā~-dĕ-mā~'], n. m., mandate, order.

Mander [mā~-day'], v. a., to inform; send, send for, send word to.

Mânes [mān], n. m. pl., manes, shades.

Mangeant [mā~-zhā~'], p., from manger.

Manger [mā~-zhay'], v. a., to eat; donner à manger, to feed.

Manger, n. m., food.

Manie [măn-ee'], n. f., mania, passion (for, de).

Manier [măn-ee-ay'], v. a., to manage, handle, wield; conduct, treat.

Manière [măn-ee-air'], n. f., manner, kind, sort, way, fashion, style, deportment; de manière que, so that.

Maniéré-e [măn-ee-ay-ray'], adj., affected.

Manifester [măn-ee-fess-tay'], v. a., to manifest; v. refl., to become manifest.

Manque [mā~k], n. m., lack, want.

Manqué-e [mā~-kay'], p., failed, missed.

Manquement [mā~k-mā~'], n. m., failure, fault.

Manquer [mā~-kay'], v. n., to need, want, fail, be in want of; manquer de, to be wanting in.

MAR

Manteau [mā~-to'], n. m., mantle, cloak.

Mantinée [mā~-tee-nay'], p. n., Mantinea.

Manufacturier [măn-ü-făk-tü-ree-ay'], n. m., manufacturer.

Marâtre [mā-rā'-tr], n. f., stepmother.

Maraud [mār-ō'], n. m., knave.

Marbre [mār'-br], n. m., marble.

Marchand [mār-shā~'], n. m., merchant; gros marchand, wholesale merchant.

Marchand-e [mār-shā~, -shā~d], adj., commercial, merchantable.

Marche [marsh], n. f., step, tread, walk, march; se mettre en marche, to set out, resume one's walk; une heure de marche, an hour's walking.

Marché [mār-shay'], n. m., market; bon marché, cheap; à bon marché, at a cheap rate; faire bon marché de, to sell at a bargain.

Marcher [mār-shay'], v. n., to march; go, walk, tread, go on.

Mardi [mār-dee'], n. m., Tuesday.

Maréchal [mār-ay-shăl'], n. m., marshal.

Mari [mă-ree'], n. m., husband.

Mariage [măr-ee-ăzh'], n. m., marriage.

Marie [mă-ree'], p. n., Mary.

Marié-e [mă-ree-ay'], p., married; united.

Marié, n. m., bridegroom.

Marier [mār-ee-ay'], v. a., to marry. se Marier, v. refl., to marry (avec).

Marmotte [mār-mŏtt'], n. f., marmot.

Marque [mark], n. f., mark, sign.

Marquer [mār-kay'], v. a., to mark, indicate; appoint, show; stamp, brand.

Marqueté-e [mar-kĕ-tay], p., speckled.

Marquis [mār-kee], n. m., marquis.

Marquise [mār-keez'], n. f., marchioness.

Marraine [mār-rain'], n. f., godmother.

Marron [mār-ro~'], n. m., chestnut.

MAX

Marron-ne [măr-ro~', -rōn'], adj., *fugitive, runaway.*

Mars [mărce], n. m., *March; Mars.*

Marseille [măr-saiy'], p. n., *Marseilles.*

Martyre [măr-teer'], n. m., *martyrdom.*

Mascarade [măs-kă-răd'], n. f., *masquerade.*

Masque [mask], n. m., *mask.*

Masqué-e [măs-kay'], p., *masked.*

Masquer [măs-kay'], v. n., *to mask, conceal.*

Massacré-e [măss-ă-kray'], p., *massacred.*

Massacrer [măss-ă-kray'], v. a., *to massacre, butcher.*

Masse [măss], n. f., *mass, block, body.*

Matelot [măt-lō'], n. m., *mariner, sailor, seaman.*

Matérialisme [mă-tay-ree-ăl-eesm'], n. m., *materialism.*

Mathématicien [mă-tay-mă-tee-see-ă~'], n. m., *mathematician.*

Mathématiques [măt-ay-măt-eek'], n. f. pl., *mathematics.*

Matière [măt-ee-air'], n. f., *subject, matter, material, food (for).*

Matin [măt-ă~'], n. m., *morning;* le matin, *in the morning,* morn-ings; le matin même, *that very morning;* de grand matin, *at an early hour in the morning.*

Matin, adv., *early.*

Matinal-e [măt-ee-năl'], adj., *early, matutinal.*

Matinée [măt-ee-nay'], n. f., *morning.*

Matthieu [măt-tee-ŏ'], p. n., *Matthew.*

Maudissant [mō-dee-să~'], p., *cursing,* from *maudire.*

Maudit-e [mō-dee', -deet'], p., *detestable, confounded, abominable;* maudit soit *or* maudits soient, *confound, plague take.*

Mauvais-e [mō-vai', -vaiz'], adj., *bad, evil, mischievous.*

Maux [mō], n. m. pl. of *mal; ills, misfortunes.*

Maxime [măk-seem'], n. f., *maxim.*

MEL

Me [mĕ], pron., *me, to me, from me; myself, to, for myself.*

Mécène [may-sain'], p. n., *Mœcenas.*

Méchanceté [may-shă~ss-tay'], n. f., *waywardness.*

Méchant-e [may-shă~, -shă~t], adj., *bad, wicked, sorry, malicious;* n. m., *wicked man, bad man.*

Mêche [maish], n. f., *lock* (of hair).

Méconnaît [may-kō-nai'], from *méconnaitre.*

Méconnaître [may-kō-nai'-tr], v. ir., *to not recognize, to disregard, disown, deny.*

Mécontentement [may-ko~-tă~t-mă~'], n. m., *dissatisfaction.*

Méconnut [may-kōn-ü'], from *méconnaitre.*

Médecin [maid-să~'], n. m., *physician, doctor.*

Médecine [maid-seen'], n. f., *medicine.*

Médée [may-day'], p. n., *Medea.*

Médicinal-e [may-dee-see-năl'], adj., *medicinal.*

Médiocre [may-dee-ŏkr'], adj., *medium, middling, ordinary.*

Médiocrement [may-dee-ō-krĕ-mă~'], adv., *moderately.*

Médiocrité [may-dee-ō-kree-tay'], n. f., *mediocrity.*

Médire [may-deer'], v. ir., *to slander.*

Médisance [may-dee-ză~ss'], n. f., *slander.*

Médisant-e [may-dee-ză~, -ză~t], adj., *slanderous.*

Médisant, n. m., *slanderer.*

Méditation [may-dee-tă-see-o~'], n. f., *meditation.*

Méditer [may-dee-tay'], v. a. and n., *to meditate, reflect upon, contemplate, project.*

se Méfier [sĕ may-fee-ay'], v. refl., *to distrust.*

Mégarde [may-gard'], n. f., *inadvertence.*

Meilleur-e [mai-yŏr'], adj. comp., *better;* with art. or pron., *best.*

Mélancolie [may-lă~-kō-lee'], n. f., *melancholy.*

MEN

Mélancolique [*may -- lă˜ - kō - leek'*], adj., *melancholy.*

Mélange [*may-lă˜zh'*], n. m., *mixture, intermixture ; medley, confusion.*

Mêlé-e [*mai-lay'*], p., *mixed, mingled, coupled* (with).

Mêlée [*mai-lay'*], n. f., *contest, engagement.*

Mêler [*mai-lay'*], v. a., *to mix, mingle.*

se Mêler, v. refl., *to mix, mingle, blend* (with, *à*); *to meddle* (with, *de*), *mind.*

Mélodieux-se [*may-lō-dee-ö', -öz'*], adj., *melodious.*

Membre [*mă˜'-br*], n. m., *member, limb.*

Même [*maim*], adj., *same ; self, him — her — itself; lui-même, himself; en même temps, at the same time ;* tout de même, *precisely the same ;* de même, *likewise, together.*

Même, adv., *even, likewise.*

Mémoire [*may-mwăr'*], n. f., *memory, remembrance.*

Mémoire, n. m., *memorandum, memorial ; memoir, account.*

Mémorable [*may - mō - răbl'*], adj., *memorable.*

Menaçant - e [*mĕ - nă - să˜, - să˜t*], adj., *menacing, threatening.*

Menace [*mĕ - năss'*], n. f., *threat, menace.*

Menacer [*mĕ - nă - say'*], v. a., *to threaten, menace.*

Ménades (les) [*lay may-năd'*], n. f. pl., *the Bacchanals.*

Ménage [*may-năzh'*], n. m., *house, house-keeping, household ;* vivre de ménage, *to live with economy;* entrer en ménage, *to begin house-keeping.*

Ménager [*may-năzh-ay'*], v. a., *to husband, manage, spare, reserve, dispose.*

se Ménager [*sĕ may-năzh-ay'*], v. refl., *to conduct o. s., be conducted ; steer cautiously.*

Ménandre [*may-nă˜'-dr*], p. n., *Menander.*

MER

Mendiant [*mă˜-dee-ă˜'*], n. m., *mendicant, beggar.*

Mendier [*mă˜-dee-ay'*], v. a., *to beg.*

Ménéclidès [*may-nay-klee-dai'*], p. n., *Meneclides.*

Ménélas [*may-nay-lās*], p. n., *Menelaus.*

Mener [*mĕ-nay'*], v. a., *to lead, conduct, take, take along.*

Mens [*mă˜*], from *mentir.*

Mensonge [*mă˜ - sō˜zh'*], n. m., *falsehood.*

Ment [*mă˜*], from *mentir.*

Menteur [*mă˜ - tör'*], f., *menteuse* [*mă˜-töz'*], adj., *deceitful, false.*

Menteur, n. m., *the falsifier.*

Menti-e [*mă˜-tee*], p., *told an untruth, told a falsehood.*

Mentir [*mă˜-teer*], v. a., *to lie, falsify, tell an untruth, tell a falsehood; deceive.*

Menuet [*mĕ-nü-ai'*], n. m., *minuet.*

Mépris [*may - pree'*], n. m., *scorn, contempt ;* au mépris de, *in defiance of.*

Méprisable [*may-pree-zăbl'*], adj., *contemptible.*

Méprise [*may-preez'*], n. f., *mistake, misapprehension.*

Mépriser [*may-pree-zay'*], v. a., *to scorn, despise, ridicule, contemn.*

Mer [*mair*], n. f., *sea.*

Mercenaire [*mair - sĕ - nair'*], adj., *mercenary.*

Merci [*mair - see'*], n. m., *thanks ;* Dieu merci, *God be praised ; thank God.*

Mercredi [*mair - krĕ - dee'*], n. m., *Wednesday ;* tous les mercredis, *every Wednesday.*

Mercure [*mair-kür'*], p. n., *Mercury.*

Mère [*mair*], n. f., *mother.*

Mérite [*may - reet'*], n. m., *merit, desert.*

Mérité - e [*may - ree - tay'*], p., *deserved.*

Mériter [*may-ree-tay'*], v. a., *to deserve, merit.*

Merveille [*mair-vaiʸ'*], n. f., *wonder, marvel.*

Merveilleusement [*mair - vai - yöz-*

MET

mă͞], adv., *wonderfully, marvelously well.*

Merveilleux-se [*mair-vai-yŏ', -yŭz'*], adj., *marvelous, admirable, wonderful, miraculous.*

Merveilleux, n. m., *marvelous; machinery* (of poetry).

Mes [*may*], pron., *my.*

Mesdames [*may-dăm'*], n. f. pl., *ladies.*

Mesdemoiselles [*mayd-mwă-zel'*], n. f. pl, *young ladies, misses.*

Mésestimer [*may-zess-tee-may'*], v. a., *to undervalue, underrate;* faire mésestimer, *to cause one to be underrated.*

Message [*mess-ăzh'*], n. m., *message.*

Messager [*mess-ă-zhay*], n. m., *messenger.*

Messaline [*mess-ă-leen'*], p. n., *Messaline.*

Messe [*mess*], n. f., *mass, service.*

Messine [*mess-een'*], p. n., *Messina.*

Messieurs [*may-see-ŏ'*], pl. of *monsieur, gentlemen, sirs.*

Mesure [*mĕ-zür'*], n. f., *measure, bound, limit, attitude;* à mesure que, *in proportion as;* se sentir en mesure de, *to feel in the humor for.*

Mesurer [*mĕ-zü-ray'*], v. a., *to measure, compare* (with, à).

Met [*mai*], from *mettre.*

Métal [*may-tăl'*], n. m., *metal.*

Métamorphose [*may-tă-mor-fŏz'*], n. f., *transformation.*

Météore [*may-tay-ŏr'*], n. m., *meteor.*

Méthode [*may-tŏd'*], f., *method.*

Méthodique [*may-tŏ-deek'*], adj., *methodical.*

Métier [*may-tee-ay'*], n. m., *subject; business, profit, trade, calling.*

Mètre [*maitr*], n. m., *metre, measure.*

Mets [*mai*], from *mettre.*

Mets, n. m. pl.; *dishes, viands.*

Mettant [*met-tă͞*], from *mettre.*

Mette [*met*], from *mettre.*

Mettre [*mettr*], v. ir., *to put, place,*

MIN

put on, get on; mettre au jeu, *to put down, invest.*

se Mettre, v. refl., *to stand, sit down; dress;* se mettre à, *to begin;* se mettre en marche, *to set out, set off, move off;* se mettre en tête, *to get into one's head.*

Meuble [*mŏ-bl*], n. m., *furniture, piece of furniture;* pl., *furniture, personal property.*

Meure [*mŏr*], from *mourir.*

Meurent [*mŏr*], from *mourir.*

Meurtre [*mŏr'-tr*], n. m., *murder.*

Meurtrier-e [*mŏr-tree-ay', -air'*], adj., *murderous.*

Meurt [*mŏr*], from *mourir.*

Midi [*mee-dee'*], n. m., *noon, mid-day, twelve o'clock;* plus de midi, *after twelve o'clock.*

Mie [*mee*], n. f., *love, dear.*

Miel [*mee-ell'*], n. m., *honey.*

Mien-ne [*mee-ă͞', -en'*], pron., *mine.*

Mienne [*mee-enn'*], f. of *mien.*

Miette [*me-ett'*], n. f., *crumb, bit.*

Mieux [*mee-ŏ'*], comp. adv., *better;* with art. or pron., *best.*

Migraine [*mee-grain'*], n. f., *headache.*

Mijaurée [*mee-zhŏ-ray'*], n. f., *affected person.*

Milieu [*mee-lee-ŏ'*], n. m., *middle;* au milieu de, *in the midst of, among;* milieu du jour, *mid-day, noon.*

Militaire [*mee-le-tair'*], adj., *military;* art militaire, *art of war.*

Mille [*meel*], num., *thousand; crowds.*

Million [*mee-lee-o͞'*], n. m., *million.*

Milord [*mee-lŏr'*], n. m., *lord; my lord.*

Minaret [*mee-nă-rai'*], n. m., *minaret.*

Mine [*meen*], n. f., *countenance, looks.*

Minéral [*mee-nay-răl'*], n. m., *mineral.*

Minerve [*mee-nairv'*], p. n., *Minerva.*

Miniature [*mee-nee-ă-tür'*], n. f., *miniature.*

MOD

Ministère [*mee-nee-stair'*], n. m., *ministry.*

Ministre [*mee-nees'-tr*], n. m., *minister.*

Minois [*mee-nwā*], n. m., *pretty face.*

Minorité [*mee-nō-ree-tay'*], n. f., *minority.*

Minotaure [*mee-nō-tōr'*], n. m., *Minotaurus.*

Minute [*mee-nüt'*], n. f., *minute.*

Miracle [*mee-räkl'*], n. m., *miracle;* à miracle, *wonderfully well.*

Miraculeux-se [*mee-rä-kü-lö, -löz*], adj., *wonderful, marvelous.*

se Mirent [*sě meer*], from se mettre.

Miroir [*meer-wär'*], n. m., *looking-glass.*

Mis-e [*mee, mecz*], p., *put, placed, put on, dressed.*

Mise [*meez*], f. of mis.

Misérable [*mee-zay-räbl'*], adj., *miserable, wretched.*

Misère [*mee-zair*], n. f., *misery, wretchedness, state of wretchedness;* pl., *trifles.*

Miséricorde [*mee-zay-ree-kord'*], n. f., *mercy, compassion.*

Mission [*mee-see-o~'*], n. f., *mission, authority.*

Missionnaire [*mee-see-ō-nair'*], n. m., *missionary.*

Mit [*mee*], from mettre.

Mithridate [*meet-ree-dät'*], p. n., *Mithridates.*

Mme., abbreviation for *Madame.*

Mobile [*mō-beel'*], adj., *movable, unsteady.*

Mode [*mōd*], n. f., *fashion, mode, manner, style;* à la mode, *fashionably, gracefully.*

Modèle [*mō-dail'*], n. m., *model, sample.*

Modelé-e [*mōd-lay'*], p., *shaped, modeled.*

Modération [*mo-day-rä-see-o~'*], n. f., *moderation.*

Modéré-e [*mō-day-ray'*], adj., *moderate, restrained.*

Modérer [*mō-day-ray'*], v. a., *to moderate, temper.*

Moderne [*mō-dairn*], adj., *modern.*

MON

Modeste [*mō-dest'*], adj., *modest.*

Modestie [*mō-dess-tee'*], n. f., *modesty.*

Modifier [*mō-dee-fee-ay'*], v. a., *to modify.*

Mœurs [*mörss*], n. f. pl., *manners, morals, habits; character.*

Moi [*mwā*], pron., *I, for my part, me, myself.*

Moindre [*mwā~-dr*], adj. comp., *less;* with art., *least.*

Moine [*mwä~*], n. m., *monk.*

Moins [*mwä~*], adv. comp., *less;* sup., *least;* au moins, *at least;* du moins, *at least;* à moins de, *unless.*

Mois [*mwā*], n. m., *month.*

Moïse [*mō-eez'*], p. n., *Moses; title of a poem.*

Moisir [*mwā-zeer'*], v. n., *to mould, must.*

Moisson [*mwā-so~'*], n. f., *harvest, yield.*

Moissonné-e [*mwā-sō-nay'*], p., *cut down, gathered.*

Moissonner [*mwā-sō-nay'*], v. a., *to cut down, mow down, reap, gather.*

Moitié [*mwā-tee-ay'*], n. f., *half;* la moitié, *one half;* à moitié, *half way;* être de moitié, *to go halves.*

Mol, before a vowel or h mute for mou.

Molle [*moll*], f. of mou.

Mollement [*mōl-mā~'*], adv., *softly.*

Mollesse [*mōl-ess'*], n. f., *softness, effeminacy; indolence, tameness.*

Moment [*mō-mā~'*], n. m., *moment, eve.*

Mon [*mo~*], pron., *my.*

Monarchie [*mō-när-shee'*], n. f., *monarchy.*

Monarchique [*mō-när-sheek'*], adj., *monarchical.*

Monarque [*mō-närk*], n. m., *monarch.*

Monastère [*mō-näss-tair'*], n. m., *monastery.*

Monde [*mo~d*], n. m., *world; people;* tout le monde, *every body;* savoir son monde, *to know what one is about.*

MOR

Monnayé-e [mō-nay-yay'], p., coined.

Monseigneur [mo͞-sain-yör'], n. m., my lord.

Monsieur [mŭ-see-ö'], n. m., Mr., sir; the gentleman.

Monstre [mo͞s-tr], n. m., monster.

Monstrueux-se [mo͞-strŭ-ö', -öz'], adj., monstrous.

Mont [mo͞], n. m., mount, mountain, hill.

Montagnard - e [mo͞ - tăn - yăr', -yărd'], adj., mountaineer, — of the mountain.

Montagne [mo͞-tăny'], n. f., mountain.

Montagneux-se [mo͞-tăn-yö', -yŏz'], adj., mountainous.

Monté-e [mo͞-tay'], p., gone up, ascended; entered.

Monter [mo͞-tay'], v. a., to ascend, go up; get in (a carriage); extend, reach; ride.

Montre [mo͞-tr], n. f., watch.

Montrer [mo͞-tray'], v. a., to show, point out, exhibit, display.

se Montrer, v. refl., to show one's self, appear.

Monument [mŏn-ü-mā͞'], n. m., monument, tomb.

se Moquer [sĕ mŏ-kay'], v. refl., to laugh (at, de), mock, ridicule; to be too ceremonious.

Moqueur [mŏ-kör'], f., moqueuse [mo-kŏz'], adj., derisive; n., mocker, scoffer.

Moral-e [mŏ-răl'], adj., moral.

Morale [mŏ-răl'], n. f., moral, morals; morality.

Morbleu [mor-blö'], int., zounds!

Morceau [mor-sō'], n. m., piece, bit, morsel.

Morcellement [mŏr-sell-mā͞'], n. m., parceling out, parceling.

Mordant-e [mor-dă͞, -dă͞t], adj., stinging, pungent; keen, sarcastic.

Mordre [mŏr'-dr], v. a., to bite, gnaw.

More [mōr], n. m., Moor.

se Morfondre [sĕ mŏr-fo͞'-dr], v. refl., to chill one's self.

MOU

Morne [morn], adj., cast down, depressed, dull.

Morne, n. m., mountain.

Mors [mŏr], n. m., bit.

Mort-e [mŏr, mort], p., died; adj., dead.

Mort [mor], n. f., death.

Mortel-le [mŏr-tell'], adj., mortal, deadly, fatal.

Mortel, n. m., mortal, being, human being.

Mortelle [mŏr-tell'], n. f., human being, mortal.

Mortier [mor-tee-ay'], n. m., mortier (cap of the president of a court of justice); président à mortier, president with the mortier.

Mosquée [mŏss-kay'], n. f., mosque.

Mot [mō], n. m., word; bon mot, witticism.

Motif [mō-teef'], n. m., motive, spring of action, object.

Mou [moo], f., molle [mŏl], adj., soft, effeminate.

Mouche [moosh], n. f., fly, bee.

Mouchoir [moo-shwăr'], n. m., handkerchief.

Moue [moo], n. f., wry face; faire la moue à, to make faces at.

Mouillé-e [moo-yay'], p., moistened, wet.

Mouiller [moo-yay'], v. a., to wet, moisten, water, bathe.

Moulinet [moo-lee-nai'], n. m., hand-mill (small).

Mourant-e [moo-ră͞, -ră͞t], adj., dying, expiring; n. m. and f., a dying man or woman.

Mourez [moo-ray], from mourir.

Mourir [mo-reer'], v. ir., to die, expire; mourir de rire, to die of laughter.

Mourrai [moo-ray'], from mourir.

Mourrait [moo-rai'], from mourir.

Mourriez [moo-ree-ay'], from mourir.

Mourut [moo-rü'], from mourir.

Mousqueton [moos-kĕ-to͞'], n. m., blunderbuss.

Mousser [moo-say'], v. n., to froth; faire mousser, to mill.

MUT

Mouton [moo-to~'], n. m., sheep; mutton; pied de mouton, leg of mutton.

Mouvement [moov-mã~], n. m., motion, movement, advance, impulse, agitation, activity; sans mouvement, motionless, stock-still.

Mouvoir [moov-wãr'], v. ir., to move; faire mouvoir, to put in motion, arouse.

se Mouvoir, v. refl., to move.

Moyen [mwa-yã~], n. m., means; pl., means, income; au moyen, by means of; le moyen que (with subj.), by what means is it that; how.

Muet-te [mü-ai', -et'], adj., mute, dumb; hushed.

Mugir [mü-zheer'], v. n., to roar.

Mugissement [mü-zheess-mã~'], n. m., lowing, bellowing; bellow.

Muid [müee], n. m., hogshead.

Multiplier [mül-tee-plee-ay'], v. a., to accumulate, multiply; se voir multiplier, to see o. s. multiplied.

Multitude [mül-tee-tüd'], n. f., mass, multitude.

Muni-e [mü-nee'], p., provided, furnished.

Muphti [müf-tee'], n. m., mufti.

Mûr-e [mür], adj., ripe, mature.

Mur, n. m., wall.

Muraille [mü-riy'], n. f., wall.

Murmure [mür-mür'], n. m., murmur, sighing; grand m., deep murmur.

Murmurer [mür-mü-ray'], v. n., to murmur, mutter.

Muscade [müss-kãd'], n. f., nutmeg.

Muse [müz], n. f., muse.

Museau [mü-zō'], n. m., phiz, muzzle.

Musette [mü-zett'], n. f., bagpipe; musette.

Musicien [mü-zee-see-ã~'], n. m., musician.

Musicienne [mü-zee-see-enn'], n. f., female musician.

Musulman-e [mü-zül-mã~, -mãn], n. or adj., Mussulman.

Mutiné-e [mü-tee-nay], mutinous, seditious.

NEA

Mycènes [mee-sain'], p. n., Mycenæ.

Mystère [mees-tair'], n. m., mystery, secret.

Mystérieux-se [meess-tay-ree-ö', -öz'], adj., mysterious, cabalistic.

N

N', for ne, before a vowel or h mute.

Naïf-ve [nã-eef', -eev'], adj., simple.

Naissance [nai-sã~ss'], n. f., birth, origin.

Naissant [nai-sã~'], p., from naître; en naissant, just when they were commencing to flourish.

Naissent [naiss], from naître.

Naître [nai-tr'], v. ir., to be born, to arise, grow up.

Naïveté [nã-eev-tay'], n. f., simplicity.

Nauteuil [nã~'-tö'], p. n., famous engraver.

Naquit [nã-kee'], from naître.

Narcisse [nãr-seess'], m., Narcissus.

Narrateur [nãr-rã-tör'], n. m., narrator.

Narration [nãr-rã-see-o~'], n. f., narration, relation.

Naturam sequere (Latin), follow nature.

Nature [nã-tür'], n. f., nature.

Naturel-le [nã-tü-rell'], adj., native, natural.

Naturel, n. m., nature, natural disposition; human nature, naturalness.

Naturellement [nã-tü-rell-mã~'], adv., naturally, artlessly, by nature; of course.

Naufrage [nō-frãzh'], n. f., shipwreck, wreck.

Navire [nãv-eer'], n. m., ship.

Ne [nĕ], adv., not; ne — pas, ne — point, not, not at all; ne — plus, no more, no farther; ne — que, only, but.

Né-e [nay], p., born, by birth.

Néant [nay-ã~'], n. m., nothingness, obscurity.